처음 만나는 개 세계문학 단편

개를 읽는 시간

일러두기

1. 한국어판 독자들의 이해를 돕기 위해 넣은 옮긴이 주*는 본문 하단에 실었다.
2. 외래어 표기는 일차적으로 국립국어원 표기법을 따랐지만 현재 더 널리 통용되는 표기는 예외적으로 그대로 사용했다.

처음 만나는 개 세계문학 단편

개를 읽는 시간

D. H. 로렌스 / P. G. 우드하우스 / 기 드 모파상 / 레이 브래드버리
루이스 언터마이어 / 마리 폰 에브너에셴바흐 / 마크 리처드
마크 트웨인 / 매튜 마틴 / 메리 E. 윌킨스 프리먼 / 밀라 조 클로저
사무엘 베이커 / 사키 / 스탠리 빙 / 스티븐 크레인
앰브로스 비어스 / 오 헨리 / 윌리엄 헨리 허드슨 / 잭 앨런
제임스 서버 / 조지아나 M. 크레이크 / 존 골즈워디
존 뮤어 / 찰리 테일러 / 헨리 로슨

지은현 엮고 옮김

꾸리에

차례

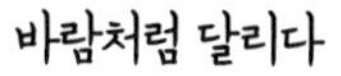

바람처럼 달리다

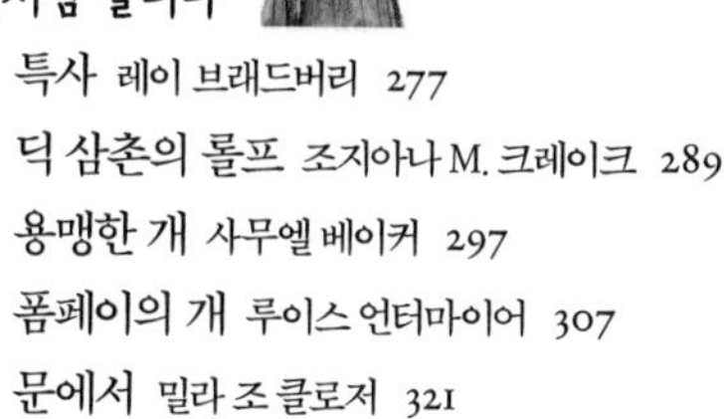

아무 죄 없는 정직한 개들을 길러……

책을 엮어내며

좀 늦었다. 닫힌 문 앞에서 개가 홀로 남아 기다리고 있다. 내민 손에서 그리움의 온기가 느껴진다. 오지 않는 주인을 기다리며 하염없이 창가 저 너머의 불빛을 바라보았으리라. 사랑을 인질로 잡힌 개에게 보잘것없는 나는 전 세계이다.

어느 날 문득, 문학 속에서 작가들에게 개는 어떤 세계일까, 궁금해졌다. 이른바 '개 계발서'에서부터 소설, 에세이, 사진집 등 국내외를 막론하고 최근 들어 특히 온전히 한 권으로 펴낸 책들은 상당히 많았지만, 흔히 '세계문학'이라 불리는 개 단편 모음집은 찾아볼 수 없었다. 이 책을 엮고 옮기게 된 계기다.

처음으로 선보이는 '개 세계문학 단편'이니 만큼 온 시대를 통과해야 했다. 개가 인간과 교류한 지 10만 년. 그리스 시대 『이솝 우화』에서부터 라틴어로 된 동물설화집 『이젠그리무스』 등 동물 이야기는 문학 속에서 오랜 전통을 가지고 있지만, 개가 본격적으로 문학의 주인공이 된 것은 영미문학이 가장 탄탄했던 19세기 이후이다. 잭 런던의 『야성의 외침』처럼 국내에 익히 알려진 목록은 제외한다는 방침을 세운 뒤, 총리에서 하녀에 이르기까지 소설 읽는 재미로 밤을 지새웠다는 산업혁명 이후의 영국에서부터 프랑스, 미국 등 작가들의 '개'를 찾아 헤맨 끝에 이 한 권의 책이 탄생했다. 영미권뿐 아니라 유럽 여러 나라의 단편들도 함께 싣고 싶은 열망 때문에 속절없이 계절들이 흘렀다.

대개 처음 접하는 글들 위주로 묶기로 작정했다. 또 처음 만나는 작가라면 더더욱 좋겠다는 바람도 들어갔다. 하지만 '거장들의 개'는 역시 빠질 수 없는 목록이었다. '삶은 기막힌 반전'이라는 것을 개를 통해 무감각하리만치 간결한 문체로 그려낸 기 드 모파상과 오 헨리는 단편소설 작가의 대명사라는 수식어를 실감나게 해준다. 모파상의 『개를 가진 남자』와 오 헨리의 『이론과 사냥개』, 『누렁이의 추억』, 『율리시즈와 개아범』은 국내에 첫선을 보이는 작품들이다. 『떠돌이들』의 마크 리처드와 『개를 들이다』의 매튜 마틴, 『추억』을 쓴 1932년 노벨문학상 수상 작가 존 골즈워디, 『암갈색 개』의 스티븐 크레인, 『개를 두려워한 소녀』의 메리 E. 윌킨스 프리먼 등은 작가뿐 아니라 작품도 국내에 잘 알려지지 않았거나 아예 소개조차 되지 않았지만, 시대와 나라를 초월하여 우리 삶의 황량한 풍경과 참담한 상황을 마주하게 함으로써 개의 숙명과 인간의 숙명이 크게 다르지 않다는 것을 증언하고 있다.

작가들에게 개는 가장 친한 친구이자, 동료, 수호자, 구조대원이다. 애초부터 순교자로 보이거나 복수를 꾀할 마음이 없는 자들로, 작가들을 섬기고, 찬양하며, 즐겁게 해준다. 영국이 낳은 유머의 대가 P. G. 우드하우스의 『잡종』과 호주의 국민시인이라 불리는 헨리 로슨의 『장전된 개』, 미국의 유명한 유머 작가 제임스 서버의 『사람을 문 개』와 『어떤 개에 대한 단상』, 잭 앨런의 『기둥에서 말뚝까지, 혹은 개를 기르는 방법』은 문학 속에서 '대개 얼간이같이 침을 흘리며 활짝 웃는 얼굴이 머리통 대부분을 차지하고 있는' 개들을 만나는 즐거움을 선사해줄 것이다.

헨리 로슨은 『저기 있는 나의 개』에서 이렇게 말한다. "여기 있는 늙은 개는 10년간 나를 따랐어요. 홍수와 가뭄을 버티면서, 좋은 시절과 어려운 시절을, 대부분 어려운 시절이었지만 그 시절을 버텨왔다고요. 친구도 없고 돈도 없는 외로운 길에서 내가 미치지 않도록 해주었고, 빌어먹을 술집에서 마신 술에 잔뜩 취했을 때면 몇 주 동안 나를 지켜줬습니다. 여러 번 내 목숨을 구해주기도 했지만, 고맙다는 말보다는 뻰질나게 발로 차이거나 욕을 먹었죠. 그런데도 그 모든 걸 용서해줬어요."

존재의 침범과 다가섬은 무엇이 다른 것일까? 그 둘 사이의 거리를 우리는 사랑이란 불투명한 감정으로 곧잘 얼버무리려 하지만, 우리는 또한 그러한 시도가 필시 실패한다는 것을 최근 일련의 '개 사건들'을 통해 목격하고 있다. 인간과 개 사이의 화해로운 공존이 요구되는 시대다. 지면상 혹은 이런저런 사정상 이 책에 실리지 못하고 '감히' 탈락시킨 아까운 작품들이 여럿 있다. 기회가 되어 제2, 제3의 '개 세계문학 단편'이 이어져, 인간과 개가 서로를 완성시키는 공존의 길에 조그만 발도장 하나 남기기를 바라본다.

2017. 늦가을. 엮은이 지은현.

세상에서 제일 바보 천치처럼 활짝 웃는

개는 메뉴만 신경 쓰면 되는 거야.

다른 사람들 일엔 신경 꺼.

잭 앨런

기둥에서 말뚝까지, 혹은 개를 기르는 방법

개 주인들이여, 정신 차려라! 여러분 집안의 실제적인 가장은 너무나 오랫동안 소득세조차 지불하지 않고 있다. 여러분은 너무나 오랫동안 실제로는 개가 여러분을 소유하고 있다는 사실을 개한테 숨기려고 해왔다. 그토록 간절히 원했던 전문가의 조언을 너무나 오래도록 찾아 헤맸지만 결국 다 부질없는 짓이라는 사실을 깨달았을 때, 여러분은 숨을 헐떡거리며 혀가 축 늘어진 지친 몸으로 가장 가까이에 놓인 의자에 푹 주저앉아, 결국 저 활기 넘치는 조그만 녀석은 자세를 똑바로 하고 앉아 용서를 빌 생각이 없으며, 해어져 가는 태피스트리를 가만 놔두려는 생각 또한 털끝만큼도 없으며, 거실 양탄자의 널따란 한복판이 바로 자신을 위한 최고의 공중화장실이라 여긴다는 사실만을 인정하게 된다.

개와 관련된 책이나 수의사들에게선 어떤 도움도 기대할 수 없다. 지극히 다급한 비상사태시 그들이 하는 일이라곤 훈련과 심리학에 관한 일관성 없는 진술을 중얼거리면서 회피하는 것뿐이다. 여러분은 결국 가방만 쥔 채 남겨져 있다. 가방 한쪽 끝은 여러분이 가진 다른 모든 것들처럼 이미 잘근잘근 물어 뜯겨져 있다.

나는 전문가가 아니다. 나는 보통 베개 밑에 기름진 커다란 뼈다귀를 두고 잠잔다는 것을 지금 먼저 이실직고하겠다. 뼈다귀를 숨기는 데 이 동네에서 이보다 더 좋은 곳이 없다는 개의 의견을 뒤집지 못했기 때문이다. 우리 집은 철저히 개가 살도록 길들여진 집이다.

하지만 나는 집구석에서 우위를 점한 개에게 우리 동포를 맡기고 싶은 생각이 없다. 나는 나의 곤경이 평균적인 것으로서 귀중한 역사적 사례가 되리라 믿는다. 자, 이제 내 개를 어떻게 다루는지 보여주겠다. 어쩌면 글이 진행되는 중 어느 시점에 여러분은 뭔가 크게, 아주 크게 잘못되었다는 것을 발견할지도 모른다.

녀석을 샀을 때부터 일이 된통 꼬이기 시작했다. 나는 그 녀석을 선택하지 않았다. 그 녀석이 나를 선택했다. 원래는 너덧 마리를 사고 싶었지만, 사육장에 갈 때 절대 그렇게 많이 사지 않겠다고 굳게 마음을 먹었다. 필리스는 비좁은 아파트에서 이 개는 감당하기 어렵다고 잔소리했다. 하지만 교활하게도 나는 갖고 있는 돈으로 살 수 있는 한 가장 큰 개를 사는 걸로 문제를 해결하려고 계획했다. 바로 그레이트데인이다.

겨우 3개월밖에 되지 않았는데도 거의 에어데일 크기만 한 강아지 무리들을 나는 삐딱하게 보고 있었다. 그때 한 마리가 무리에서 이탈했다. 그 녀석은 아직 제대로 자라지도 못했다. 몇 발자국 떼어 놓고 나서야 살갗이 움직일 정도였다. 그런데 내게 전속력으로 달려오더니 내 발밑에 푹 주저앉아서는 나를 뚫어져라 쳐다보는 게 아닌가. 나는 꼼짝할 수 없이 녀석을 바라보아야만 했다. 녀석은 분명 나에게 감탄하고 있었다. 녀석의 다음 단계는 내 바짓가랑이를 입에 물고 흔드는 것이었다. 아마 바짓감의 품질이 어떤지 시험해보려 그랬을 것이다. 그런 뒤 좋아 죽겠다는 듯 몸을 씰룩쌜룩 움직이며 내 몸을 타고 올라오려고 했다. 그리고는 연어 살색과도 같은 분홍빛 혀로 내 손을 샅샅이 핥았다. 그런 뒤 녀석은 다시 내 발치에 주저앉아 나를 더더욱 감탄스러운 눈길로 바라보았다.

나는 선택받았다.

몇 달이 지나면서 우리는 서로에 대해 많은 것을 배웠다. 비록 내 훈련 방식이 뭔가 좀 부족한 것처럼 보일지라도, 우리 중 누구도 녀석의 선택을 후회하지 않았다.

나는 첫 번째 단계로 녀석의 신뢰를 얻고자 했다. 이를 이루기 위해서, 나는 녀석 옆의 바닥에 앉아서 "우리 착한 강아지!"라고 말했다. 그건 새빨간 거짓말이었고 녀석도 거짓말이라는 것을 아주 잘 알고 있었다. 녀석은 강아지도 아니고 착하지도 않았기 때문이다. 녀석은 몇 발자국 뒤로 물러나 마룻바닥에 납작하게 엎드리더니 눈을 희번덕거리며 '너 사기꾼 같은 구석이 있네. 난 그런 거 별로 안 좋아해'라며 경계하는 듯한 표정을 지었다.

나는 안심시키려고 손을 내밀어 가장 가까이에 있는 발을 쓰다듬었다. 녀석은 발을 빼내더니 유난스러울 정도로 꼼꼼하게 핥아댔다.

나는 이제 양손을 오목하게 오므려 수줍게 말하면서 녀석의 관심을 끌려고 했다. "여기 뭐가 있게?"

관심이 있다는 신호를 보이면서 녀석은 내 손에 코를 비벼댔다. 나는 손에 아무것도 없는 상태로 붙잡혔다. 나는 죄를 용서받기 위해 개 비스킷을 가지러 달려가야 했다. 그러는 동안 녀석은 한 구석으로 성큼성큼 걸어가 앞다리를 팽팽하게 긴장시키더니 양탄자에 구멍을 파고는 그 안에 드러누웠다.

나는 이제 접근 방식을 바꿔 '거인 놀이친구' 전략을 시도하기로 결심했다. 네 팔다리를 웅크린 채 녀석에게 다가가 가짜로 사납게 여러 번 컹컹 짖는 것이었다. 녀석은 나를 무지무지하게 커다랗고 위험한 개라고 생각하는 척함으로써 내 비위를 맞춰주기로 결심한 것 같았다. 기분 좋게 멍멍 짖으면서 의자 주위를 뛰어다니다가 뒤에서 나에게 돌진했다. 그때 녀석의 몸무게는 대략 38킬로그램 정도 나갔기에 내 위에 올라탄 녀석과 함께 나는 바닥에 나동그라졌다. 녀석은 내 목덜미를 흔들어대는 척하고 싶었다. 이것은 녀석이 실제로 내 뒷목덜미를 흔들지 않으면 몹시 어려운 기술이었다. 그래서 녀석은 내 뒷목덜미를 흔들었다.

나는 일어나서 몸을 부르르 털었다. 내게서 녀석을 몇 번이나 부르르 털어내기도 했다. 나는 이제 녀석의 신뢰를 얻어냈고, 내가 깨끗하고 정정당당하게 장난치는 것을 마다하지 않는 호걸이라는 사실을 확인시키면서 무사히 일을 마쳤다. 하지만 녀석은 아니었다. 장난치는 것을 무지하게 좋아하는 녀석은 여기서 그만둘 수가 없었다. 녀석은 이빨로 넥타이를 물더니 넥타이에 매달렸다. 얼마간의 시간이 지난 뒤에서야 나는 겨우 숨을 쉴 수 있었다.

녀석은 여전히 장난을 그만두는 것을 거부했다. 따라서 녀석을 처벌할 시간이었다. 나는 녀석을 욕실에 가둬야겠다고 결심했다. 이는 다음과 같은 단계로 이루어졌다.

1. 녀석은 즉시 내 목적을 알아채고 침실로 가 침대 밑으로 기어들어 간다.

2. 나는 황급히 녀석을 뒤쫓아가 "지금 당장 그 밑에서 나와!"라고 말한다.

3. 녀석은 나오지 않는다.

4. 나는 바닥에 엎드려 침대 밑을 쳐다본다. 우리는 잠시 동안 서로 말없이 대면하고, 각기 서로 노려보면서 누가 더 오래 견디나 본다. 나는 그만 눈을 깜빡거리고 만다. 이번 승부는 그 녀석 것이다.

5. 나는 여러 무서운 말로 협박한다. 녀석도 그렇게 한다.

6. 나는 손수건을 내민다. 녀석이 손수건을 꽉 물어 잡아당기면, 녀석을 끌어낼 수 있기 때문이다.

7. 녀석은 손수건을 꽉 물고는 잡아당긴다.

8. 우리는 이제 둘 다 침대 밑에 있다.

9. 나는 녀석을 단단히 붙잡아 발버둥 치는 녀석을 끄집어낸다.

10. 침대의 박스 스프링*에 머리를 쾅 부딪친다. 녀석의 머리가 아니다.

11. 나는 녀석을 거칠게 끌어내 욕실로 끌어당겨 문을 닫는다.

12. 나는 녀석의 코가 문에 끼는 것을 막으려고 문을 닫는 것을 멈춘다.

13. 나는 다시 녀석을 들이밀면서 문을 닫는다. 내 손이 문에 낀다.

14. 우리 둘 다 동시에 울부짖는다.

피곤하지만 승리의 쾌거(훌륭한 백과사전에서 피릭Pyrrhic**이라는 단어를 찾아보시라)를 이룬 나는 거실로 돌아온다. 계속해서 여러분에게 내 개에 대해 설명하겠다. 녀석은 아직도 7개월짜리 강아지이다. 순종이기는 하지만, 실제적으로 미국의 개들의 한 단면을 보여주는 특성을 가지고 있기 때문에 역사적 사례를 들기에 좋은 개다.

아무리 몸집이 크고 또 더 커지더라도 녀석의 견해에 따르면 자기는 애완견이고 따라서 내가 있든 없든 내 의자에 올라갈 권리가 있다. 녀석을 목욕시키려고 붙잡을 때면, 녀석은 검은색 입가에 연한 금빛을 드러낸다. 이 입은 내 팔을 푹 담을 정도로 이미 충분히 크다. 목욕시킬 때면 정말로 내 팔을 입에 담근다. 녀석과 같은 모든 품종과 마찬가지로 녀석은 단모지만, 콜리처럼 성황리에 털갈이를 한다. 녀석은 자신의 음식에서 맛있는 것을 최후의 한 톨까지 찾아내는 비법을 가지고 있다. 아마 녀석의 혈통에도 불구하고 개미핥기

*box spring. 매트리스 아래에 받쳐놓는 지지대. 속이 빈 나무 형태이다.
**너무 많은 희생[대가]을 치르고 얻은 승리.

의 흔적이 남아있다는 점을 드러내는 게 아닌가 싶다. 녀석은 맥주에 취한 것 같은 바리톤 음색을 가지고 있다. 그리고 사랑에 관한 한 대단히 민주적이다.

처음 녀석을 데리고 왔을 때 나는 녀석을 길버트라고 불렀다. 아직도 녀석을 소개할 때 부르는 이름이다. 하지만 녀석이 항상 대답하는 유일한 단어는 '밥food'이다. 그래서 나는 보통 녀석을 밥이라고 부른다.

밥, 아니 길버트가 아직도 욕실에 있다는 사실을 여러분은 기억할 것이다. 이때가 바로 녀석이 모르는 사이에 뭔가를 먹을 수 있는 황금 같은 기회다. 자, 설명하겠다.

나는 길버트가 어떤 놈인지 잘 알기 때문에, 집에서 제대로 된 식사를 거의 해본 적이 없다. 길버트는 조용히 협박하는 데 능숙하기 때문이다. 내가 먹고 있을 때, 강압적인 폭력 전술을 사용하기에는 무지하게 약삭빠른 녀석은 폭력에는 폭력이 따른다는 것을 깨달았다. 그리하여 녀석은 나를 아주 애절한 눈빛으로만 바라볼 뿐이다. 녀석은 계속해서 나를 바라본다. 개에 대한 인간의 비인도성에 대해 곰곰이 생각하는 것 같다. 녀석이 한숨을 쉰다. 내가 갑자기 비정한 미식가처럼 느껴지기 시작하면서, 맛있는 음식 한 조각을 내 입으로 가져간다. 녀석의 시선은 절대 흔들리지 않는다. 녀석의 입에서 천천히 침이 줄줄 흐른다.

결과적으로 나는 길버트에게 줄 음식을 발라내면서 저녁식사 시간의 대부분을 보낸다. 그런 뒤 욕을 퍼부으며 녀석에게 음식을 바친다.

하지만 지금은 길버트가 욕실에 있으므로, 나는 라디오를 최대한도로 크게 켜놓고 부엌으로 들어가 큰소리로 노래 부른다. 시끄러운 두 소리가 녀석의 주의를 딴 데로 돌리기를 바라는 마음에서다.

이길 가망이 없는 경기다. 다른 행성과 충돌하는 와중에도 쿨쿨 잘만 잘 것 같은 길버트는 끽소리도 나지 않게 조용히 냉장고를 여는 것을 쉽게 감지한다. 죄책감이 드는 손으로 구운 소고기 뼈를 잡기도 전에 녀석은 고통에 찬 비명을 질러댄다. 이는 온 동네에 내가 서서히 녀석을 죽이고 있다는 인상을 준다. 정당방위 차원에서 나는 비명을 멈추게 하려고 서둘러 욕실로 달려간다.

내가 문을 여는 순간 녀석은 아주 행복해한다. 특히 딱 때를 맞춰 움직이면 내 손에서 구운 소고기 뼈다귀를 낚아챌 수 있기 때문이다. 그런 뒤 녀석은 다시 욕실 안쪽으로 줄행랑을 친다.

내 뼈를 되찾으려고 막 녀석을 뒤쫓는 순간 초인종이 울린다.

별로 마음에 들지 않는 중년여성 가블 부인이다. 그녀는 필리스 팬클럽의 회장이다. 고양이 애호가이기도 하다. 그녀는 일단 들어올 수 있는 것에 대해 안도감을 표현하면서 자신에게 뛰어들지 않는 커다란 개를 찾는다. 초조하게 주위를 둘러보면서 그녀는 녀석이 어디 있냐고 묻는다. 나는 그녀에게 말한다.

"도대체 화장실에서 뭘 하고 있죠?"라고 그녀는 말한다.

"흠, 글쎄요, 가블 부인." 나는 점잔을 떨며 대답한다. "손을 씻고 싶다고 해서요."

이 말에 그녀는 잠시 잠자코 있다. 그런 뒤, 집에 없는 필리스를 보고 싶어 하는 단계에 이른다. 그녀는 길버트의 털로 뒤덮인 양탄자를 쳐다본다. 털은 딱 정상적인 양일뿐이다.

"어머, 세상에!" 그녀가 혀를 쯧쯧 차며 말한다. "도심지 아파트에서 어떻게 그레이트데인을 키울 수 있는지 모르겠어요! 저런, 차라리 말을 한 마리 키우는 게 낫겠어요!"

나는 발끈해서 "아, 그럼 부인께서는 나도 내 말을 키울 거라고 생각하지는 않으시나요?"라고 말하고 싶은 욕구를 가까스로 억누른다.

길버트가 딱 이 순간에 들어온다. 놀랍게도 평소 하던 태도가 아니다. 평소처럼 실제로 "아, 내 턱과 수염들이여! 내가 이런 멋있는 걸 잊고 있었다니!"라고 말하는 대신, 아주 침착하고 위엄 있는 자태로 들어온다. 녀석은 가블 부인에게 근엄한 시선을 보낸다.

"훨씬 예의 발라지고 있는 거 같네요." 그녀가 마지못해 말한다. "신사처럼 행동하도록 훈련시키는 게 틀림없어 보이는군요!"

나는 가블 부인도 예의가 발라지고 있는 거 같다는 생각이 든다. 길버트에 대해 훈훈한 말을 하는 모든 사람들에게 그렇듯 나는 갑자기 그녀에게 따뜻하게 대한다. 심지어 술을 한 잔 대접할까 생각해 본다.

나는 아버지의 자부심을 가지고 길버트가 그녀에게 천천히 걸어가는 모습을 지켜본다. 녀석이 품위 있게 그녀의 다리 냄새를 맡는다. 나는 안심하며 활짝 웃는다. 가블 부인도 머뭇거리며 미소 짓는다. 길버트는 그녀를 막 지나가려는 것처럼 보인다. 그런데 지나가지 않는다. 멈춰 선다. 그러한 문제들을 관찰하는 데 단련이 된 나는 불현듯 녀석의 알쏭달쏭한 태도에 주목한다. 길버트의 왼쪽 뒷다리 근육이 미세하게 떨리고 있다.

"길버트!" 나는 아슬아슬하게 때를 맞추어 외친다.

다음 5분간은 자세히 들여다볼 필요도 없다. 격분한 가블 부인에게 길버트는 여전히 실험 단계에 있으며, 비교적 새로운 아이디어를 그냥 시험해보려 했을 뿐이라고 설득력 없는 해명을 반복해봤자 소용없는 일이다. 개인적인 악의나 의도적으로 비난하려는 뜻은 없다.

길버트와 나는 또다시 혼자가 되었다. 녀석을 데리고 나가야 할 때다.

길버트는 산책 가는 것을 아주 좋아한다. 하루에 다섯 번에서 일곱 번 나가는데, 쇠줄이 달그락거리는 소리가 나면 뛸 듯이 기뻐하며 격하게 반응한다. 목걸이에 쇠줄을 달자마자 뛰고 싶어 안달이 나서는 샤무아*처럼 이리저리 껑충껑충 날뛰면서 아파트 엘리베이터로 나를 몰아간다. 나가는 중에 내 발은 이따금 복도 바닥에 닿을 뿐이다.

길버트가 운이 좋다면, 엘리베이터에 또 다른 승객이 있을 것이다. 이번에는 우리 집 바로 위층에 사는 붉은 얼굴의 땅딸막한, 아주 땅딸막한 신사다. 그는 통상 그렇듯 공식적으로 볼일이 있어 길을 나서는 중이다. 그 남자의 긴 코트와 중절모에는 길버트에게 아주 따뜻한 애정을 불러일으키는 무언가가 있다.

길버트가 양쪽 발을 땅딸막한 남자의 세심하게 잘 손질된 어깨 위에 올려놓는 데에는 전혀 시간이 필요하지 않다. 그 뒤 길버트의 혀는 그 남자의 턱에서부터 이마까지 신속하고 능숙하게 축축하고 기다란 줄무늬를 남긴다. 길버트의 몸은 흠잡을 데 없이 깨끗한 의복에 수북한 털들을 남긴다.

키 작은 남자의 얼굴은 이제 훨씬 더 붉어진다. 개를 이해할 수 없기 때문이다. 나는 그가 개를 이해할 수 없다는 것을 안다. 왜냐하면 이런 일이 벌어진 게 처음이기 때문이다. 나는 안심시키려고 그에게 말을 건다.

"괜찮아요, 정답게 구는 거예요."

그가 대답한다. "저는 괜찮지 않은데요."

그때 이후로 우리가 서로에게 하는 말이라곤 "조심하세요!" 밖에 없다.

일단 엘리베이터를 나와—평균적인 시각으로 보자면 쏜살같이 지나가는 통로인—로비를 통과하면 길버트와 나는 바깥에 있게 된다. 이제부터 내 문제가 시작되고 길버트의 문제는 끝난다. 우리는 많은 시간을 나무나 가로등 기둥, 온갖 말뚝 옆에 서서 보내기 때문이다. 길버트가 보통 나보다 다리 하나가 더 많은 채로 서 있어서 녀석보다 내가 훨씬 자세 잡기가 어렵다는 사실 때문

*남유럽 · 서남 아시아산의 영양.

이 아니다. 오히려 녀석보다 내가 우리 동네에 있는 예쁜 여학생들의 학교가 파하는 것을 훨씬 더 의식하고 있다는 점에 있다. 하교 시간이 우리가 나들이하는 시간과 일치했기에 세상에서 제일 예쁜 수백 명의 소녀들이 내가 시간을 온통 수직 기둥들 옆에 서서 보낸다고 믿는다는 것을 생각하자 여간 신경이 쓰이는 게 아니었다.

따라서 종종 길버트를 모르는 척하는 것이 필요하다.

그것은 사실 우리를 연결하는 튼튼한 쇠줄 때문에 어렵다. 하지만 추측건대 다양한 견해가 있을 수 있다.

1. 내가 우연히 쇠줄을 가지고 나왔는데 조심성 없는 까불이 개가 쇠줄에 잡혔다.

2. 개가 우연히 쇠줄을 찬 채 밖으로 나왔는데 내가 개를 잡았다.

3. 쇠줄이 우연히 밖에 있었는데 개와 내가 쇠줄을 잡았다.

가로등 기둥들 사이에서 길버트와 나는 품위 있게 걷는다. 가능한 한 최대한 품위 있게. 즉, 우리가 시궁창을 걷고 있다고 여기는 것이다.

때때로 우리는 시궁창에서 발길을 잠시 멈추고 여러 번 재빨리 돌아서기도 한다. 그런 다음 학교가 파하는 동안 우리 중 한 명은 신문을 읽는다. 하필 우리 바로 앞에 있는 학교에서는 소방 훈련을 하고 있다.

나는 이 이야기를 지루하게 질질 끌 수도 있다. 어쩌면 여러분은 이미 내가 지루하게 질질 끌고 있다고 생각할지도 모른다. 뭐, 그렇다 치고, 우리는 내가 개를 다루는 방법이 이상적이지 않다는 데 동의했다. 자, 이제는 개를 키울 계획을 갖고 계신 분들을 위해 실제로 유용한 정보를 좀 알려드리겠다. 길버트의 습관, 관점, 심리를 살펴보자. 나는 그 모든 것들을 알고 있기에 나한테는 도움이 되지 않지만, 여러분이 개를 갖게 된다면 예방 차원에서 도움을 줄지도 모르기 때문에 굳이 말씀드리는 것이다.

나는 길버트의 다양한 기분들을 관찰해왔다. 그 기분들은 그들 종족에게는 상당히 보편적이라 믿어 의심치 않는다. 다음은 그중 몇 가지다.

1. '만세, 만세, 새날이 밝았다!' 기분. 이것은 하루에 두 번 나타난다. 한 번은 아침 여섯 시다. 그 시간이 되면 길버트는 내 배 위로 있는 힘껏 올라탄다. 깜짝 놀라게 하여 잠을 달아나게 하려는 일거양득 심산이다. 그리고 두 번째는 자정이 좀 지난 시간이다. 녀석이 막 자고 난 직후로, 그 시간에는 고무로 된 뼈다귀를 던져달라거나 파자마 위에 코트를 걸치고 나가자고 우긴다. 이것을 막을 수 있는 방법이 있어야 한다.

2. '내가 정상적인 본능을 지녔다고 생각하지 않아?' 기분. 이것은 단순히 길버트가 수치심이 없고 나는 그렇지 않다는 사실에 기인한다. 이는 종종 우리가 서로 말을 걸지 않거나, 다른 사람들이 내게 말을 걸지 않는다는 결과를 낳는다. 이것을 피할 방법은 없다.

3. '나는 잠들어 있었는데 어떤 나쁜 놈이 들어와서 푸른색 침대보를 물어뜯은 게 틀림없어' 태도. 이것은 방 입구에서 지나치게 기뻐하는 듯한 뻔뻔스럽고 위선적인 흉내를 수반하는데, 길버트가 군턱으로 무의식적으로 물고 다니는 푸른색의 커다란 천 조각 때문에 납득이 안 간다. 이 문제를 피하는 한 가지 방법은 은퇴할 때까지 항상 침대의 스프링이 드러나도록 내버려 두는 것이다.

자, 이제 됐다. 내 개와의 관계를 모든 비열한 측면에서 만천하에 드러냈으니, 혹자들은 그럼에도 왜 개를 기르냐고 물을 것이다. 혹자들은 그럴지 몰라도, 현자들은 그렇지 않다.

대답은 물론 간단하다. 필리스는 거리에서 많은 사람들이 내가 아니라 길버트를 감탄스러운 눈길로 바라보게 하려고 가던 길을 멈추었지만, 길버트는 내가 여러 면에서 우월한 존재라는 사실을 알게 해준다. 길버트는 차를 운전할 수 없다. 난 할 수 있다. 길버트는 그릇을 씻거나 사람들에게 술을 부어주거나, 심부름을 가거나, 필리스가 필요하다고 여기는 수십 가지의 다른 집안일들을 할 수 없다. 무엇보다도 길버트는 여태껏 창안된 삶의 방식 중에서 내가 가장 비효율적이라는 그녀의 주장에 대한 생생하고도 살아있는 대답이다.

녀석은 비록 이 작품의 가장 훌륭한 부분을 찢어발겼을지라도 동네에서 가장 훌륭한 개이기도 하다.

잭 앨런Jack Alan(Jack Goodman & Alan Green)

이 재미있는 에세이는 루이스 언터마이어가 1946년에 편집한 『웃음보따리』에 실려 있다. 1930년대에 꽤 유명했던 작가들이었던, 잭 굿맨과 앨런 그린이 공동으로 쓴 책에 초판본이 실려있다.

P.G. 우드하우스 잡종

1. 수줍은 신사를 만나다

돌이켜보면, 개로서 제대로 된 나의 이력은 그 수줍은 남자에게 총 반 크라운*으로 팔렸을 때 시작되었던 것 같다. 그 일은 내게 강아지 시절이 끝났다는 것을 표시했다. 누군가에게 실제 현금의 가치가 있다는 소식에 나는 새로운 책임감으로 똘똘 뭉치며 정신이 번쩍 들었다. 게다가 반 크라운으로 주인이 바뀌고 난 뒤에서야 나는 비로소 더 큰 세상으로 나갈 수 있게 되었다. 이스트 엔드**에 있는 선술집에서 사는 게 아무리 재미있을지라도, 세상 밖으로 나가야만 도량이 넓어지며 만사를 보기 시작할 수 있는 법이다.

한계가 있긴 했지만 내 삶은 대단히 충만하고 활기 넘쳤었다. 말했듯, 나는 이스트 엔드의 선술집에서 태어났다. 아무리 선술집이 고상함이라든가 교양 같은 게 부족할지라도 여러 즐거움을 준다는 것은 두말할 나위가 없다. 태어난 지 6주가 되기 전에 벌어졌던 일로, 나는 수상한 소리를 들었다면서 예고도 없이 옆문으로 온 경찰 세 명의 다리 사이에 끼어들었다가 경찰관들의 작전을 망쳐놓은 적이 있다. 또 계획을 잘 짜서 완벽하게 성공적

*영국의 화폐 단위.

**전통적으로 노동자 계층이 사는 런던 동부지역.

으로 식품저장실을 습격한 뒤 빗자루로 마당을 열일곱 바퀴나 쫓겨 다닐 때의 그 기분은 지금 생각해도 짜릿하기만 하다. 하지만 이런 일들이나 이와 비슷한 종류의 사건들은 당장의 내 기분을 달래줄 순 있었지만 잔망스러운 특유의 성격을 치유해줄 수는 없었다. 나는 늘 가만있지 못해 한 장소에 진득하니 붙어있을 수 없었고 다음엔 또 무슨 일을 벌일까 안달이 났었다. 삼촌 중 한 분이 서커스단과 여행을 다녔다는 것으로 보아 내 조상에게 집시의 피가 흐르는 데서 기인하거나, 아니면 할아버지에게서 물려받은 예술가적 기질일 수도 있다. 직업상 순회하는 중에 들렀던 브리스틀* 대경기장의 소도구실에서 밀가루 풀을 과다하게 먹어 돌아가시기 전까지 할아버지는 '폰드 교수의 푸들 공연단' 중 일원으로서 음악당 무대에서 명성이 자자했다.

내 삶이 충만하고도 다양하게 채워진 것은 바로 이런 잔망스러움 덕분이다. 왜냐하면 어디 재미있는 곳으로 가는 것처럼 보이는 처음 보는 낯선 사람을 따라가려고 계속해서 안락한 집을 나갔기 때문이다. 가끔 나는 내 안에 고양이의 피가 흐르는 게 틀림없다고 생각한다.

수줍은 그 남자는 4월 어느 날 오후 우리 집 마당에 들어섰다. 나는 그때 술집 종업원 중 한 명인 프레드가 빌려준 낡은 스웨터 위에서 햇볕을 쬐며 엄마와 자고 있었다. 엄마의 으르렁거리는 소리가 들려왔지만 전혀 개의치 않았다. 엄마는 소위 사람들이 말하는 훌륭한 경비견으로 주인을 제외한 모든 사람들에게 으르렁거렸다. 어렸을 때는 엄마가 으르렁거리면 나도 일어나서 마구 짖어댔지만 지금은 그러지 않는다. 우리 마당에 들어오는 모든 사람들에게 짖기에는 내 삶이 너무 짧다. 마당은 선술집 뒤편에 있었고, 빈 병들과 잡동사니들을 보관하고 있기 때문에 늘 사람들이 오갔다.

*영국 서부의 항구 도시.

게다가 피곤하기도 했다. 아침부터 일이 정말 너무 많았다. 종업원들이 맥주 상자를 나르는 것을 도와줘야 했으며, 방으로 달려가 프레드와 대화를 나누어야 했고, 전체적으로 매사를 일일이 다 살펴야 했다. 그래서 다시 꾸벅꾸벅 졸고 있을 때, "음, 더럽게 못생겼네!"라고 하는 목소리를 들었다. 그때 나는 그들이 나에 관해 말하고 있다는 것을 알았다.

나는 내가 잘생긴 개가 아니라는 것을 전혀 숨긴 적이 없었으며, 아무도 내가 못생겼다는 것을 감춘 적이 없었다. 심지어 우리 엄마조차도 나를 잘생겼다고 생각한 적이 없었다. 엄마 자신도 글래디스 쿠퍼*가 아니면서 내 외모를 가지고 뭐라 하는 데에는 조금도 망설이지 않았다. 하지만 사실, 나는 아직까지는 내 외모를 가지고 나무라는 사람을 만나지 못했다. 그런데 그 낯선 사람이 나에 대해 처음으로 한 말이 "더럽게 못생겼네!"였다.

나는 내 정체를 모르겠다. 얼굴은 불도그 종류인데 나머지는 테리어 종류다. 기다란 꼬리는 공중에 곧추서 있다. 털은 철사처럼 뻣뻣하다. 두 눈동자는 갈색이다. 가슴에 흰 털이 있지만 온몸은 새까맣다. 한번은 프레드가 나를 보고 '고르곤졸라 치즈 사냥개'라고 말하는 것을 우연히 들은 적이 있었는데, 나는 대체로 프레드가 하는 말을 신뢰하는 편이다.

나에 관해 의논하고 있다는 사실을 알고 나는 눈을 떴다. 주인이 나를 내려다보며 서 있었고, 방금 나를 두고 더럽게 못생겼다고 말한 남자가 주인 옆에 서 있었다. 술집 종업원과 비슷한 나이에 경찰관보다 키가 더 작은 그 남자는 깡마른 체구였다. 갈색 구두와 검은색 바지는 기워져 있었다.

"그래도 천성이 착해요." 주인이 말했다.

다행히도 그것은 사실이었다. "힘이 없거나 사적인 자산이 없는 개가 세

*Gladys Cooper(1888~1971). 영국의 영화배우.

상에서 출세하려면 외모가 잘생기거나 붙임성이 좋아야 해"라고 엄마는 항상 말씀하셨다. 하지만 엄마 말에 따르면 나는 도가 지나쳤다. "개는 말이지." 엄마는 말씀하시곤 했다. "만나는 모든 사람마다 친구가 될 수는 없어도 착한 마음씨를 가져야 해. 근데 네가 하는 짓을 보면 어떤 때는 정말로 개 같지가 않아." 엄마는 한 사람만 따르는 개라는 사실에 대해 자긍심을 가지고 있었다. 엄마는 그 누구와도 어울리지 않고 혼자서만 지냈다. 주인을 제외하고는 아무하고도 뽀뽀하지 않았다. 심지어 프레드와도 말이다.

그래, 나는 잡종이다. 타고난 게 그런 걸 나보고 어쩌라고. 나는 사람들을 좋아한다. 부츠에서 나는 맛, 다리에서 풍기는 냄새, 목구멍에서 나오는 소리가 좋다. 그게 내 단점일 수도 있다. 어떤 사람이 와서 말을 걸기만 해도 나는 황홀감이 곧장 척추까지 내려가서 절로 꼬리가 흔들어진다.

나는 이제 꼬리를 흔들었다. 그 남자는 별 관심 없다는 듯 바라보았다. 나를 쓰다듬지도 않았다. 나는 그가 수줍어서 그런다고 짐작했고, 그래서 그에게 풀쩍 뛰어올라 마음을 편하게 해주어야겠다고 생각했다. 엄마가 다시 으르렁거렸다. 그러지 말라는 뜻이라는 것을 알았다.

"이런, 벌써 당신한테 상당히 마음이 끌린 거 같은데요." 주인이 말했다.

그 남자는 한마디도 하지 않았다. 뭔가 곰곰이 생각하는 것 같았다. 그는 과묵한 남자로, 길 아래에 있는 식료품점의 늙은 개 조를 떠올리게 했다. 조는 온종일 문 앞에 누워 있으면서 눈만 깜빡일 뿐 그 누구와도 말을 섞지 않는다.

주인이 나에 관해 이야기하기 시작하면서, 나를 칭찬하는 것을 보고 나는 깜짝 놀랐다. 나는 주인이 나를 그토록 존경하고 있다고 추호도 생각한 적이 없었다. 주인이 말한 대로라면 사람들은 내가 크리스털 팰리스*에서 진작 여러 상과 훈장을 휩쓸었을 거라 생각할 정도다. 하지만 그 남자는 감명을 받은 것 같지 않았다. 여전히 아무 말도 하지 않고 있었다.

내가 다 얼굴이 화끈거릴 때까지 얼마나 훌륭한 개인지 칭찬을 늘어놓고 나자 그 남자가 말을 꺼냈다.

"좀 깎아주세요." 남자가 말했다. "반 크라운밖에는 드릴 수 없어요. 그리고 만약 저 개가 천사라 해도 반 페니도 더는 못 줘요. 어때요?"

어떤 일이 벌어지고 있는지를 알았기 때문에 흥분감에 온몸에 전율이 일었다. 그 남자는 나를 사서 데려가고 싶어 하는 것이었다. 나는 기대에 차서 주인을 바라보았다.

"저 녀석은 저에겐 개라기보다는 아들이나 마찬가지예요." 주인이 아쉬워죽겠다는 듯 말했다.

"얼굴 때문에 그런 기분이 드는 거겠죠." 일말의 동정심도 없이 매정하게 남자가 말했다. "아들이 있다면 딱 저렇게 생겼겠네요. 반 크라운이 제가 부르는 값이에요. 그럼 전 바빠서 이만."

"좋아요." 한숨을 내쉬며 주인이 말했다. "저렇게 소중한 개를 그 돈이면 거저 주는 건 줄 아세요. 반 크라운만 내쇼."

그 남자는 목에 줄을 묶었다.

엄마가 가문의 자랑거리가 되어야 한다는 둥 조언을 하느라 컹컹 짖는 소리가 들렸지만, 나는 너무 흥분한 나머지 하나도 들리지 않았다.

"엄마, 안녕히 계세요." 내가 말했다. "주인님도 안녕히, 프레드도 안녕히. 모두들 안녕히 계세요. 전 이제 새로운 세상을 보려고 떠나요. 수줍은 남자분께서 반 크라운에 저를 사셨거든요. 야호!"

나는 그 남자가 나를 발로 차 그만하라고 할 때까지 빙글빙글 돌아다니

*1851년 런던에 철골과 유리로 만들어 세웠던 만국 박람회용 건물로 1936년 소실되었다. 이곳에서 개와 고양이, 비둘기 등 다양한 쇼들이 열렸다.

면서 멍멍 짖어댔다. 그래서 그만했다.

어디로 가는지는 몰랐지만 아주 먼 길이었다. 나는 태어나서 우리가 사는 거리를 벗어난 적이 없었고 온 세상이 그렇게 큰 줄도 몰랐다. 우리는 계속해서 걷고 또 걸었다. 내가 멈춰 서서 뭔가를 들여다보고 싶어 할 때마다 남자는 목줄을 잡아당겼다. 남자는 우리가 만나는 개들과 간단한 인사를 나누는 것조차도 못하게 했다.

엄청나게 먼 길을 걸어간 뒤 어두컴컴한 출입구 쪽으로 향하는 참이었는데 경찰관 한 명이 갑자기 남자를 막아 세웠다. 나는 그 남자가 내 목줄을 잡아당기며 부랴부랴 서두르는 것을 보고 경찰관과 얘기하고 싶어 하지 않는다는 것을 느낄 수 있었다. 그 남자를 더 많이 쳐다볼수록 그가 얼마나 많이 수줍어하는지를 알 수 있었다.

"안녕하쇼." 경찰관이 말하자 우리는 멈춰 서야 했다.

"이봐요. 전할 말이 있어요. 공중위생국에서 당신이 이곳을 떠나야 한다는 통보를 나더러 전하라 했어요. 알았소?" 경찰관이 말했다.

"알았습니다!" 남자가 말했다.

"가능하면 빨리 받아들이는 게 좋을 거요. 그렇지 않으면 쫓겨나게 될 테니까. 알아들었소?"

나는 그 남자를 무척이나 존경스러운 눈빛으로 바라보았다. 사람들이 그의 건강에 대해 그렇게 걱정할 정도라면 아주 중요한 인물임이 틀림없기 때문이다.

"오늘 밤 시골에 내려갈 거예요." 남자가 말했다.

경찰관은 만족한 듯 보였다.

"시골이 운이 좋네." 경찰관이 비꼬듯 말했다. "마음 바꾸지 마쇼."

우리는 걸어갔다. 어두컴컴한 출입구로 들어가 수많은 계단을 올라가서는 쥐 냄새가 들끓는 방으로 들어갔다. 남자는 앉아서 욕설을 퍼부었고, 나는 앉아서 그를 바라보았다.

이내 나는 더 이상 참을 수 없었다.

"여기가 우리가 사는 곳이에요?" 내가 물었다. "시골에 내려간다는 게 정말이에요? 그 경찰관은 좋은 사람 아니었나요? 경찰관이 마음에 들지 않아요? 전 술집에서 경찰관을 수두룩하게 봤어요. 여기 다른 개들은 없어요? 저녁식사는 뭐예요? 찬장에 뭐가 있어요? 언제 데리고 나가서 또 뜀박질하게 해줄 거예요? 나가서 고양이가 있는지 찾아봐도 돼요?"

"그만 짖지 못해!" 그가 말했다.

"시골 가면 우린 어디서 살아요? 저택 관리인이 될 거예요? 프레드의 아버지도 켄트에서 대저택의 관리인으로 있어요. 프레드가 말하는 걸 들었거든요. 술집에 왔을 때 프레드를 만난 적 없죠, 그렇죠? 만났으면 분명히 프레드를 좋아했을 텐데. 전 프레드가 좋거든요. 우리 엄마도 프레드를 좋아해요. 우리 모두 프레드를 좋아해요."

늘 가장 따뜻한 마음씨를 가진 친구였던 프레드에 관해 더 많은 것을 말하려던 참이었는데, 그가 갑자기 막대기를 하나 쥐더니 나를 두들겨 팼다.

"조용히 하라고 할 때 말을 들었어야지."

그는 정말로 내가 여태껏 만난 사람 중에 가장 수줍어하는 남자였다. 내가 말을 거는 게 괴로운 것 같았다. 그렇지만 그는 대장이었기에 그의 비위를 맞춰주어야 했다. 그래서 더 이상은 말을 걸지 않았다.

우리는 그날 밤 그 남자가 경찰관에게 말한 대로 시골로 내려갔다. 나는 무척 흥분되었다. 프레드에게서 시골에 대해 귀가 닳도록 들었기 때문에 늘 거기에 가고 싶었다. 프레드는 모터 달린 자전거를 타고 켄트에 가서 가끔씩 아버지와 밤을 보내곤 했다. 언젠가 한 번은 다람쥐를 데리고 돌아왔다. 나에게 먹으라고 주는 걸로 알았는데, 엄마가 안 된다고 딱 잘라 말씀하셨다. "개가 가장 먼저 배워야 하는 것은 온 세상이 자신의 먹잇감을 위해서만 만들어진 것은 아니라는 사실이야"라고 엄마는 종종 말씀하시곤 했다.

시골에 도착했을 때는 상당히 어두컴컴했지만, 그 남자는 어디로 가야 할지 잘 아는 것처럼 보였다. 그는 내 목줄을 잡아당겼고, 우리는 사람이 하나도 없는 길을 따라 걷기 시작했다. 계속해서 걷고 또 걸었지만, 모든 게 워낙에 신기해서 얼마나 피곤한지도 까먹었다. 내딛는 한 걸음마다 가슴이 넓어지는 것을 느낄 수 있었다.

때로는 아주 커다란 저택을 지나갔다. 그 저택은 비어있는 것처럼 보였지만, 나는 프레드의 아버지 때문에 내부에 관리인이 있다는 것을 알았다. 그 커다란 저택들은 아주 부유한 사람들 것이지만 여름까지는 그곳에서 살고 싶어 하지 않기 때문에 관리인들을 두었고, 관리인들은 도둑들을 가까이 오지 못하게 하려고 개를 키웠다. 혹시 그 이유 때문에 나를 여기에 데려온 것인지 궁금했다.

"관리인이 될 거예요?" 남자에게 물었다.

"닥쳐." 그가 말했다.

그래서 나는 입을 닥쳤다.

한참을 걷고 나자 오두막에 이르렀다. 한 남자가 나왔다. 주인이 빌이라고 부르는 걸 보면 서로 아는 사이인 듯했다. 나는 그 남자가 빌과 있을 때 전혀 수줍어하지 않는 것을 보고 상당히 놀랐다. 그들은 무척 친한 사이처럼 보였다.

"이놈이 그놈이야?" 나를 보면서 빌이 말했다.

"오늘 오후에 샀어." 남자가 말했다.

"이야, 더럽게 못생겼네. 사나워도 보이고. 네가 평소에 바라던 딱 그런 개

네. 근데 이 개를 어디다 쓰려고? 쓸데없이 데리고 다니는 것도 꽤 번거로워 보이는데. 그냥 내가 늘 하고 싶었던 걸 하면 안 돼? 개를 처치한 후 안에 걸어 들어가서 늘 하던 대로 하는 게 어때?" 빌이 말했다.

"뭐가 잘못됐는지 말해 줄게." 남자가 말했다. "우선, 개를 처치하려면 사람들이 풀어놓는 낮밖에는 안 돼. 밤에는 집안에 갇혀있거든. 그리고 만약 낮에 개를 처치했다고 가정해 봐. 그다음에는 어떻게 될 것 같아? 그 자식은 밤이 오기 전에 다른 개를 구하던지, 아니면 총을 들고 앉아서 밤을 꼴딱 새울 거야. 그런 자식들은 평범한 자식들하고는 달라. 그들은 집을 건사하려고 여기에 내려왔어. 그게 그들의 일이야. 게다가 안전에 만전을 기한다고."

지금까지 들었던 그 남자의 이야기 중에 가장 긴 말이었고, 빌은 감동을 받은 것 같았다. 빌은 무척 겸손한 남자였다.

"그런 생각은 하지도 못했어." 빌이 말했다. "얼른 이 똥개를 훈련시키는 게 최선이겠어."

세상 밖으로 나가 새로운 세계를 경험하고 싶다고 말할 때면 엄마는 항상 이렇게 말씀하시곤 했다. "결국엔 후회할 거야. 세상엔 맛있는 뼈다귀나 간만 있는 게 아니거든." 오두막에서 그 남자와 빌과 산 지 채 얼마 되지도 않았을 때 나는 엄마의 말씀이 얼마나 지당하셨는지 알아차렸다.

모든 문제의 원인은 그 남자의 수줍음 때문이었다. 그는 주목받는 것을 싫어하는 사람처럼 보였다.

오두막에서 지낸 바로 그 첫날밤부터 일이 시작되었다. 나는 부엌에서 곯아떨어져 있었다. 그날 겪은 온갖 흥분과 기나긴 산책으로 인해 녹초가 되어 있었는데, 무언가에 깜짝 놀라 눈을 떴다. 누군가 창문을 긁으면서 안으로 들어오려 하고 있었다.

자, 여러분에게, 또 개들이라도 좋으니 한 가지만 물어보자. 내 입장이라면 여러분은 어떻게 할 것인가? 내가 말귀를 알아들을 만큼 나이를 먹은 이래 엄마는 이와 같은 경우에 어떻게 해야 하는지에 대해 귀가 닳도록 말씀하셨다. 즉, 개 교육에 있어 기본은 이런 것이었다. "네가 방에 있는데 누군가 안으로 들어오려고 하는 소리를 들으면 멍멍 짖어. 볼일이 있어서 온 사람일 수도 있고 아닐 수도 있어. 우선은 먼저 짖어. 찬찬히 살펴보는 건 다음 일이야. 개들은 들으라고 있지 보라고 있는 게 아니야."

나는 고개를 들고 멍멍 짖었다. 나에게는 원래 조상으로부터 이어받은 사냥개의 피가 흐르고 있는 데다 잘 단련된 굵고 힘찬 목소리도 있었다. 그 단련이란 보름달이 떴을 때 선술집에서 종종 사람들이 서로 기대어 창밖의 거리로 소리 지를 때 짖곤 했던 것이다. 나는 크게 심호흡을 하고는 멍멍 짖기 시작했다.

"주인님!" 나는 외쳤다. "빌! 주인님! 얼른 와요! 여기 도둑이 들어오려고 해요!"

그때 갑자기 성냥이 그어지면서 불이 켜졌다. 바로 그 수줍은 남자였다. 그는 창문을 통해 들어왔다.

그는 막대기를 집어 들더니 나를 두들겨 팼다. 나는 이해할 수 없었다. 도대체 뭐가 잘못됐는지를 알 수 없었다. 하지만 그는 대장이었으므로 아무런 말대꾸도 할 수 없었다.

정말로, 그날 밤과 똑같은 일이 매일 밤 일어났다. 매일 밤마다! 어떤 때는 아침이 되기 전까지 두세 번이나 그런 일이 벌어졌다. 그때마다 있는 힘껏 높이 짖었고, 그 남자는 그때마다 성냥을 그어 불을 켜고는 나를 두들겨 팼다. 도저히 이해할 수 없는 일이었다. 엄마가 했던 말을 잘못 알아들었을 리가 없었다. 그러기엔 귀에 못이 박히도록 말했기 때문이다. 짖어! 짖어! 짖으라니까! 그것이 엄마의 전 교육 체계의 주요 강령이었다. 그런데도 나는 여기에서 매일 밤마다 짖는다고 두들겨 맞고 있었다.

골치가 지끈지끈해질 때까지 그 이유를 생각한 뒤, 마침내 올바르게 이해했다. 나는 엄마의 관점이 편협하다는 것을 알기 시작했다. 선술집 주인과 같은 남자, 그러니까 기질적으로 수줍은 성격이 아닌 남자와 함께 살 때는 분명히 짖는 게 옳았다. 하지만 상황에 따라 이야기는 달라진다. 나는 신경이 아주 예민한 남자의 것이었다. 그에게 말을 걸면 그는 공격했다. 내가 해야 했던 것은, 대개는 틀림없이 보편타당하게 들리는 우리 엄마에게서 받았던 훈련을 잊어버리는 것이었다. 그리고 우연히 나를 산 그 특별한 남자의 욕구에 맞춰 적응하는 것이었다. 나는 엄마의 방식을 따르려 했고, 바로 그 이유 때문에 두들겨 맞았던 것이었다. 그리하여 나는 이제 나 스스로 생각하기로 했다.

그래서 이튿날 밤, 창문으로 들어오는 소리를 들었을 때 나의 훌륭한 감각에 위배되는데도 불구하고 그대로 누워 잠자코 있었다. 으르렁거리지도 않았다. 누군가가 들어와서 손전등을 켜고 어둠 속에서 이리저리 움직였다. 나는 그게 그 남자라는 걸 냄새로 알았지만 단 한 마디도 묻지 않았다. 이내 그 남자는 불을 켜더니 다가와서 쓰다듬어줬다. 이전에는 한 번도 받아본 적이 없던 것이었다.

"착하지!" 그가 말했다. "이제 이거 먹어."

그는 저녁식사가 조리되었던 냄비를 핥게 해주었다.

그 일이 있은 후부터 우리는 사이좋게 지냈다. 창문에서 무슨 소리가 들릴 때마다, 나는 그냥 몸을 동그랗게 말고 웅크린 채 신경도 쓰지 않았다. 그러면 그때마다 뼈다귀나 맛있는 음식들을 얻어먹었다. 일단 어떤 일이든 요령을 알면 쉬워진다.

약 일주일 후쯤 어느 날 아침, 남자가 나를 데리고 길을 나섰다. 우리는 어떤 커다란 문이 나올 때까지 먼 길을 걸었고, 이어서 커다란 저택에 당도할 때까지 아주 반듯한 길을 따라 걸었다. 그 땅 전체 구획의 한가운데에 홀로 서 있는 저택이었다. 저택 앞에는 넓은 잔디밭이 있었고 주변은 온통 들판과 나무들이었으며 뒤쪽에는 광대한 숲이 있었다.

남자가 초인종을 누르자 문이 열리며 한 노인이 나왔다.

"무슨 일이오?" 크게 상심한 듯한 말투였다.

"훌륭한 경비견 한 마리 사지 않겠어요?" 그 남자가 말했다.

"아이고, 거 참 기묘한 일이군요." 관리인이 말했다. "우연의 일치네. 내가 꼭 사고 싶은 게 바로 경비견이었거든요. 그러잖아도 슬슬 나가서 한 마리 사야 하나 생각하고 있던 참이었소. 내 늙은 개가 오늘 아침 먹어서는 안 되는 뭔가를 집어먹더니 죽어버렸거든요. 가엾은 녀석 같으니."

"가엾은 녀석." 그 남자가 말했다. "인이 든 오래된 뼈다귀라도 찾아냈나 보네요."

"이 개는 얼마요?"

"5실링이에요."

"경비견 노릇 잘할까요?"

"최고죠."

"험상궂게는 생겼구먼."

"그렇죠."

관리인은 그 남자에게 5실링을 주었고, 그 남자는 나를 두고 떠나버렸다.

처음에는 모든 것이 신기하고 익숙하지 않은 냄새에다 친절한 노인이었던 관리인을 알게 되어 그 남자 생각이 별로 나지 않았다. 하지만 날이 저물자 그가 가버렸고 다시는 돌아오지 않은 거라는 사실을 깨닫기 시작하면서 몹시 우울해졌다. 나는 깽깽거리면서 온 집안을 타닥타닥 휘젓고 다녔다. 그 집은 정말로 흥미로운 집이었고, 그렇게 큰 집이 있을 수 있을까 싶을 정도보다 더 컸지만, 내 기분을 북돋을 수는 없었다. 그러고 보니 그간 나를 그토록 두들겨 팼는데도 그 남자를 간절히 그리워하는 게 참말로 이상하다고 생각할 수도 있겠다. 하지만 개는 개다. 개들은 원래가 그렇게 만들어졌다. 저녁 무렵이 되자 나는 세상 비참해졌다. 어떤 방 한 곳에서 그토록 좋아하는 구두와 낡은 옷솔을 찾아냈어도 잘근잘근 물어뜯을 수가 없었다. 나는 맥없이 앉아있기만 했다.

가장 비참하다고 느끼는 순간에 항상 어떤 좋은 일이 일어나는 것처럼 보인다는 것은 정말 재미있는 일이다. 거기에 앉아있을 때 바깥에서 모터 달린 자전거 소리가 들렸고, 누군가가 소리쳤다.

내 사랑하는 프레드, 내 오랜 친구 프레드, 세상에서 최고로 멋진 친구의 발걸음 소리였다. 나는 금세 그의 목소리를 알아봤고, 노인이 의자에서 일어나기도 전에 문 앞에서 발로 긁었다.

세상에, 세상에, 세상에나! 이런 깜짝선물이 있다니! 나는 멈추지 않고 잔디밭을 다섯 바퀴나 돈 뒤 프레드에게 풀쩍 뛰어올랐다.

"프레드, 여기엔 어쩐 일로 내려오셨어요?" 내가 말했다. "이 관리인이 당신 아버지인가요? 숲 속에서 토끼들 봤어요? 얼마나 머물 거예요? 우리 엄마는 어때요? 전 시골이 좋아요. 술집에서부터 쭉 달려온 거예요? 전 지금 여기서 살고 있어요. 당신 아버지가 저를 위해 5실링을 지불했어요. 제가 당신을 마지막으로 보았을 때보다 두 배나 더 되는 돈이에요."

"이야, 우리 깜둥이 새끼네!" 술집에서 그들은 나를 그렇게 불렀었다.

"너 여기서 뭐 하고 있어? 아버지, 이 강아지 어디서 났어요?"

"어떤 남자한테서 오늘 아침에 샀어. 우리 불쌍한 밥이 독약을 먹고 죽었거든. 이 개도 아주 훌륭한 경비견이 될 게 틀림없어. 아주 크게 잘 짖거든."

"그럴 거예요. 쟤 어미도 런던에서 최고의 경비견이에요. 이 치즈 사냥개는 우리 사장님 거였는데 여기서 보게 될 줄이야!"

우리는 집으로 들어가서 저녁을 먹었다. 저녁을 먹은 뒤에는 앉아서 이야기를 나눴다. 프레드는 딱 하룻밤만 거기서 보낼 수 있었다. 사장이 다음 날 돌아오기를 바라기 때문이라고 했다.

"그래도 아빠 일보다는 제 일이 마음에 드네요." 프레드가 말했다. "여긴 세상에서 제일 적적한 곳이에요! 도둑들이 무섭지 않으세요?"

"난 엽총도 있고, 또 저기 개도 있어. 저 개가 없다면 무서울지도 모르지만 저 개가 자신감을 줘. 밥도 그랬었어. 개들은 시골에서 큰 위안을 준단다."

"여기 부랑자들 많아요?"

"두 달 동안 딱 한 명 봤는데, 그게 저 개를 나에게 판 사람이야."

그들이 그 남자에 대해 이야기를 나누는 동안, 나는 프레드에게 그를 아는지 물어봤다. 그 남자가 사장님한테서 나를 사려고 왔을 때 술집에서 만났을지도 모르니까.

"그를 좋아할 거예요." 내가 말했다. "그를 만났더라면 좋았을 텐데."

둘 다 나를 바라보았다.

"뭐라고 으르렁거리는 거야?" 프레드가 물었다. "무슨 말이라도 들었어?"

노인이 허허 웃었다.

"녀석은 으르렁거리는 게 아니야. 잠꼬대를 하는 거야. 네가 예민한 것 같구나, 프레드. 도회지 삶이라는 게 그렇지 뭐."

"맞아요. 전 낮에는 이런 곳이 좋지만 밤에는 기분이 오싹해요. 원체 조용하잖아요. 어떻게 내내 이런 곳에서 버틸 수 있는지 이해가 안 돼요. 전 두 밤만 지냈다간 헛것을 보게 될 거 같아요."

아버지가 다시 웃었다.

"프레드, 네가 그렇게 느낀다면 잘 때 총을 가지고 있는 게 좋겠구나. 난 총 없이도 무척 행복할 테니 말이야."

"그럴게요. 6연발 권총이 있으면 그걸로 주세요." 프레드가 말했다.

그 후 그들은 위층으로 올라갔다. 복도에는 내 바구니가 있었는데, 그 바구니는 독을 먹고 죽은 밥의 것이었다. 바구니는 편안했지만, 프레드를 다시 만났다는 생각에 가슴이 벌렁벌렁 뛰는 나머지 잠을 이룰 수가 없었다. 게다가 어딘가에서 생쥐 냄새가 났다. 그래서 쥐들이 어디 있는지 찾으려고 이리저리 어슬렁거렸다.

뭔가 긁는 소리를 들었을 때는, 막 벽 속 구멍을 킁킁거리고 있던 참이었다. 처음에는 쥐들이 다른 곳으로 이동하는 소리라고 여겼지만 귀 기울이고 나서는 창가에서 나는 소리라는 것을 알았다. 누군가 바깥에서 창문에다 대고 무슨 짓을 하고 있는 것이었다.

엄마였다면 지붕이 떠나가라 짖었을 터였다. 그 남자가 내게 가르쳐준 것이 없었더라면 나 역시도 그리했을 것이다. 나는 이것이 그 남자가 돌아온 것일 수도 있다는 생각을 꿈에도 하지 않았다. 왜냐하면 그 남자는 떠나버렸고, 우리가 다시 만날 거라는 얘기를 전혀 하지 않았기 때문이다. 하지만 나는 짖지 않았다. 나는 있던 곳에 멈춰 서서 귀 기울였다. 그러자 이내 창문이 열렸고 누군가가 기어 들어오기 시작했다.

나는 냄새를 잘 맡았기에, 그게 그 남자라는 것을 알았다.

그 잠시 동안 너무 기쁜 나머지 거의 제정신이 아닌 나는 즐거운 마음에 소리를 꽥 지를 뻔했다. 하지만 곧 그가 얼마나 수줍음이 많은지를 기억해내고는 그만뒀다. 그에게 달려가 아주 조용히 풀쩍 뛰어오르자 그는 내게 누워 있으라고 말했다. 나는 그가 나를 만나도 별로 기뻐하지 않는 것 같아 실망했다. 그래도 시키는 대로 누웠다.

칠흑같이 캄캄했지만, 그는 손전등을 가지고 왔기 때문에 나는 그가 방을 이리저리 돌아다니면서 물건들을 들어 올린 뒤 가지고 온 가방에 넣는 것을 볼 수 있었다. 때로 그는 멈춰 서서 귀 기울였다. 그런 다음에는 다시 이리저리 돌아다니기 시작했다. 그는 무척 잽쌌지만, 또 무척이나 조용했다. 프레드나 아버지가 내려와서 자기를 발견하는 것을 원하지 않는다는 사실이 명백했다.

그 남자를 지켜보는 동안 나는 계속해서 그의 성격에 대해 생각해 봤다. 나는 나 자신을 아주 붙임성 좋은 존재라고 생각하기 때문에 세상 모든 사람들이 다 붙임성이 있지는 않다는 것을 이해하기가 어려웠다. 물론 선술집에서 경험한 바로는, 사람들은 개들만큼이나 서로 달랐다. 예를 들어, 만약 내가 주인의 신발을 잘근잘근 씹어대면 주인은 나를 발로 걷어차곤 했다. 하지만 프레드의 신발을 씹어대면 프레드는 내 귀밑에 간지럼을 태웠다. 그리고 마찬가지로, 어떤 남자들은 수줍어하고 어떤 남자들은 사교성이 좋았다. 나는 그런 점을 꽤 잘 이해했지만, 그 남자의 수줍음은 병적인 정도라는 것을 느끼지 않을 수 없었다.

그리고 그는 스스로에게 그 병을 고칠 기회를 주지 않았다. 그것이 핵심이었다. 한 남자가 사람들을 만나는 게 그토록 꺼려져서 사람들이 침대에서 잠든 한밤중이 되기 전까지는 절대로 집을 방문하지 않는다는 사실을 상상해보라. 말도 안 되는 일이었다. 수줍음은 늘 내 본성 바깥에 존재하는 것이었기 때문에 나는 수줍음에 절대 공감할 수 없을 거라고 생각했다. 나는 항상 누구나 노력하면 어떤 것이든 극복할 수 있다는 견해를 가지고 있다. 그 남자의 문제는 노력을 하지 않는다는 것이었다. 그는 사람들을 만나는 것을 일부러 피했다.

나는 그 남자를 좋아했다. 그는 사람들이 잘 알지 못하는 그런 부류의 사람이었지만 우리는 꽤 오랫동안 함께 지냈다. 그에게 정이 들지 않았다면 나는 개가 아니다.

앉아서 그 남자가 방을 살금살금 걸어 다니는 것을 지켜보면서, 그 자신도 모르게 그를 도와줄 기회가 이제 왔다는 생각이 불현듯 들었다. 프레드는 위층에 있었다. 경험상 나는 프레드가 세상에서 제일 성격이 좋은 사람이라는 것을 알고 있었다. 프레드와 함께 있을 때는 아무도 수줍어할 수가 없다. 프레드를 데려와서 그 남자와 함께 있도록 할 수만 있다면 서로 굉장히 친해질 게 분명하고, 그러면 그 남자에게 그토록 바보같이 사람들을 피하지 말라는 사실을 가르쳐줄 거라는 느낌이 들었다. 그 남자에게 필요한 자신감도 가지도록 도와줄 것이다. 나는 그 남자가 빌과 함께 있는 것을 보면서 마음에 드는 상대와는 더할 나위 없이 편안하고 자연스럽게 지낼 수 있다는 것을 알았다.

그 남자는 처음에는 반대할 수도 있지만, 조금만 지나면 내가 한 행동이 정말로 자기에게 도움을 주기 위한 것이라는 사실을 알고는 고마워할 것이다.

문제는 어떻게 그 남자를 겁먹게 하지 않고 프레드를 아래층으로 내려오게 할까라는 것이었다. 만약 큰소리로 외친다면 그 남자는 기다리지도 않고 프레드가 오기 전에 창문 밖으로 나가리라는 것을 알았다. 그렇다면 내가 해야 할 일은 프레드의 방으로 가서 모든 상황을 조용히 설명하고, 아래층으로 내려와서 상냥하게 대해달라고 부탁하는 것이었다.

그 남자는 지금 너무 바빠서 내게 눈곱만큼도 관심을 쏟지 않았다. 그는 나를 등지고 구석에 무릎을 꿇고 앉아서 가방에 무언가를 넣고 있었다. 나는 방에서 슬그머니 빠져나올 기회를 잡았다.

프레드가 자고 있는 방은 닫혀있었지만 코 고는 소리를 들을 수 있었다. 나는 문을 살며시 발로 긁었다. 그런데도 인기척이 없어 코 고는 소리가 멈추는 것이 들릴 때까지 좀 더 세게 긁었다. 프레드는 침대에서 일어나 문을 열었다.

"시끄럽게 하지 마세요." 내가 속삭였다. "아래층으로 내려오세요. 내 친구를 소개해드릴게요."

처음에는 상당히 짜증을 냈다.

"왜 푹 잘 자고 있는 사람을 깨워? 저리 가."

그는 정말로 방으로 돌아가기 시작했다.

"아니, 저기요, 프레드. 솔직히 말할게요." 내가 말했다. "당신을 속이려는 게 아니에요. 아래층에 한 남자가 있어요. 창문으로 들어왔어요. 저는 당신이 그 남자를 만나길 바라요. 그 남자는 수줍음이 너무 많은 성격이라 당신과 얘기를 나누면 도움이 될 거 같거든요."

"왜 그렇게 낑낑대는데?" 프레드가 이제 막 말을 시작하려는 찰나, 갑자기 말을 끊더니 귀 기울였다. 우리 둘 다 그 남자가 돌아다니는 발자국 소리를 들을 수 있었다.

프레드는 다시 방으로 뛰어들어갔다. 그러더니 뭔가를 가지고 나왔다. 그는 한마디도 하지 않고 아래층으로 살금살금 내려가기 시작했다. 나는 그를 따라갔다.

거기에 그 남자가 있었다. 그는 여전히 가방에 물건들을 집어넣고 있었다. 막 프레드에게 소개해주려 할 때 바보 멍청이 프레드가 꽥 고함을 질렀다.

나는 프레드를 물어버릴 뻔했다.

"이 얼간아, 지금 뭐 하자는 거야?" 내가 말했다. "저 남자는 굉장히 수줍음을 많이 탄다고 말했잖아. 지금 완전히 겁먹게 해버렸어!"

그 남자는 확실히 겁을 먹었다. 남자는 우리가 그럴 거라고 예상할 수 있는 것보다 훨씬 더 빨리 창문 밖으로 나갔다. 거의 날아갔다고 보면 된다. 나는 그 남자에게 거기 있던 게 다름 아니라 프레드와 나였다고 말하며 뒤쫓아갔다. 하지만 그 순간 무시무시한 굉음을 내며 총이 발사되었기 때문에 그 남자는 내가 하는 말을 들을 수 없었다.

걱정돼 죽는 줄 알았다. 모든 게 잘못되었다. 프레드는 완전히 정신이 나간 것 같았다. 딱 멍청이처럼 굴고 있었다. 당연히 그 남자는 그런 식으로 대하면 식겁할 터였다. 나는 그 남자를 찾아서 자초지종을 설명하려고 창밖으로 풀쩍 뛰어나갔지만, 그 남자는 가고 없었다. 프레드도 나를 거의 짓뭉개다시피하면서 내 뒤를 쫓아 뛰어나왔다.

칠흑같이 어두웠다. 한 치 앞도 볼 수 없었다. 하지만 그 남자가 멀리 갈 수 없다는 것을 알았기에, 그 남자의 소리를 들을 수 있을 터였다. 그 남자의 흔적을 찾아낼 수 있는 기회를 잡으려고 땅에 대고 코를 킁킁거리기 시작했다. 얼마 지나지 않아 흔적을 발견했다.

이제는 프레드의 아버지도 내려왔다. 그들은 헐레벌떡 뛰어다니고 있었다. 노인은 등불을 가지고 있었다. 나는 그 남자의 흔적을 따라갔다. 흔적은 집에서 멀지 않은 커다란 삼나무에서 끝났다. 나무 밑에 서서 위를 올려다보았지만 당연히 아무것도 볼 수 없었다.

"거기 있어요?" 내가 소리쳤다. "아무것도 무서워할 거 없어요. 다름 아니라 프레드였어요. 내 오랜 친구예요. 당신이 저를 산 곳에서 일하는 사람이에요. 총은 우연히 발사된 거예요. 프레드는 당신을 해치지 않을 거예요."

찍소리도 나지 않았다. 나는 내가 실수한 게 틀림없다고 생각하기 시작했다.

"그놈은 빠져나갔어요." 프레드가 아버지한테 말하는 소리가 들렸다. 그런데 프레드가 막 그 말을 했을 때 나는 내 위에 있는 나뭇가지에서 누군가 희미하게 움직이는 소리를 들었다.

"아뇨, 가지 않았어요!" 내가 외쳤다. "이 나무 위에 있어요."

"개가 그놈을 발견한 것 같아요, 아버지!"

"맞아요, 여기 있다니까요. 얼른 와서 만나보세요."

프레드가 나무 밑으로 왔다.

"네 이놈 거기 있구나. 얼른 내려와." 프레드가 말했다.

나무에선 찍소리도 나지 않았다.

"괜찮아요. 저 위에 있는 건 너무 수줍어서 그래요. 다시 부탁해 봐요." 내가 설명했다.

"좋아." 프레드가 말했다. "원한다면 거기 있어. 이 총으로 재미 삼아 나뭇가지를 쏠 테니까."

그러자 그 남자가 내려오기 시작했다. 손이 땅에 닿자마자 나는 그 남자에게 풀쩍 뛰어올랐다.

"이제 괜찮아요. 여긴 내 친구 프레드예요, 당신도 아마 맘에 들 거예요." 내가 말했다.

하지만 어떤 도움도 되지 않았다. 그들은 전혀 사이가 좋아지지 않았다. 그들은 거의 말도 섞지 않았다. 그 남자는 집으로 들어갔고, 프레드도 총을 들고 그를 따라 들어갔다. 그들이 집에 들어갔을 때도 똑같았다. 그 남자는 한 의자에 앉아있었고, 프레드는 다른 의자에 앉아있었다. 오랜 시간이 지난 후에 어떤 남자들이 자동차를 타고 오자 그 남자는 그들과 함께 떠났다. 그 남자는 나에게 작별 인사도 하지 않았다.

그 남자가 떠나가고 없을 때, 프레드와 아버지는 내게 아주 호들갑을 떨며 야단법석을 피웠다. 이해할 수 없었다. 사람들은 정말 이상하다. 그 남자는 내가 프레드와 어울리도록 소개해준 것을 하나도 기뻐하지 않았다. 하지만 프레드는 내가 그 남자를 소개해준 것에 대한 보답으로 나를 위해 해주는 그 어떤 것으로도 충분하지 않은 것처럼 보였다. 또 어떻게 된 일인지 프레드의 아버지는 내가 가장 좋아하는 요리인 차가운 햄을 꺼내더니 꽤 많은 양을 주셨다. 그래서 나는 그 일을 그만 걱정하기로 했다. 우리 엄마는 이렇게 말씀하시곤 했다. "너하고 상관없는 일에 골머리 썩지 마. 개가 관여해야 하는 유일한 것은 메뉴야. 번빵*이나 먹어. 다른 사람들 일에는 신경도 쓰지 말고." 엄마는 어떤 면에서는 편협한 관점을 가지고 있었지만, 대단히 훌륭한 상식이 쌓인 분이셨다.

2. 사교계에 출입하다

정말로 누구의 잘못도 아닌 일 중 하나였다. 운전사의 잘못도 아니고 내 잘못도 아니었다. 보도에서 친한 친구 하나를 우연히 만난 나는 그가 도로를 뛰어 건너자 그를 쫓아 뛰었다. 그리고 차가 모퉁이를 돌아 나와서 나를 쳤다. 차는 속도가 상당히 느렸던 게 틀림없다. 그렇지 않았다면 나는 벌써 죽었을 테니까. 그랬기에 나는 깜짝 놀랐을 뿐이었다. 정육점에서 고기를 한 점 물고 슬금슬금 나오고 있는데 정육점 주인한테 딱 붙잡힌 것과 같은 기분이라고나 할까. 딱 그런 일이었다.

나는 얼마 동안은 그 상황에 별로 흥미가 없었지만, 운전사와 조그만 꼬마, 그리고 조그만 꼬마의 유모, 이렇게 셋이 서 있는 한가운데 있다는 것을

*건포도 등이 든 단맛이 많이 나는 작고 동그란 빵.

알고는 흥미가 생겼다.

굉장히 잘 차려입은 조그만 꼬마는 무척 연약해 보였다. 꼬마는 울고 있었다.

"불쌍한 강아지, 불쌍한 강아지야." 꼬마가 말했다.

"제 잘못이 아니에요, 피터 도련님." 운전사가 공손하게 말했다.

"내가 보기도 전에 도로로 뛰어들었어요."

"맞아요." 내가 거들었다. 운전사를 곤경에 빠뜨리고 싶지 않았기 때문이다.

"아, 안 죽었네." 꼬마가 말했다. "지금 짖었어."

"으르렁거리는 거예요." 유모가 말했다. "이리 오세요, 피터 도련님. 도련님을 물지도 몰라요."

여자들은 마치 일부러 오해하는 것처럼 가끔 애를 쓸 때가 있다.

"이 강아지랑 떨어지지 않을 거야. 집에 데려가서 의사를 불러 이 강아지를 보살피게 할 거야. 얘는 내 강아지가 될 거야."

꽤 괜찮은 생각인 것 같았다. 하느님은 내가 절대 속물이 아니란 것을 알고 계시며, 굳이 필요하다면 불편한 생활을 할 용의도 있다. 하지만 편안하게 지낼 수 있는 기회가 왔을 때 그 기회를 잡는 게 뭐 그리 나쁠까. 이것이 바로 그 기회인 것 같았다. 거기다 나는 그 꼬마가 마음에 들었다. 어딘가 모르게 신뢰가 가는 아이였다.

유모가 몹시 불쾌한 표정을 내비치며 반대했다.

"피터 도련님! 저 개를 집에 데려갈 순 없어요. 크고 거친 데다 사납게 생긴 흔해빠진 개잖아요! 마님께서 뭐라고 하시겠어요?"

"집에 데려갈 거야." 진심으로 감탄할만한 결단력을 가진 꼬마가 반복했다. "얘는 내 강아지가 될 거야. 파이도*라고 불러야지."

*Fido. 미국에서 기르는 개에 흔히 붙이는 이름. 멍멍이라는 뜻.

이런 행운에는 항상 결점이 있게 마련이다. 파이도는 내가 특히 싫어하는 이름이다. 모든 개들이 다 그럴 것이다. 한때 그 이름으로 불린 개를 한 마리 알고 지냈는데, 우리가 거리에서 그의 이름을 외치면 그 개는 끔찍이도 넌더리를 치곤 했다. 파이도라는 이름을 가진 개 중에서도 훌륭한 개가 분명히 있겠지만, 내 마음속에서는 오브리나 클라렌스 같은 이름이 훌륭한 이름이었다. 파이도라는 이름은 오명은 만회할 수 있을지라도 일단 시작부터 불리했다. 그렇지만 기쁨과 마찬가지로 고난도 받아들여야 한다. 나는 이름을 양보할 준비가 되어 있었다.

"피터 도련님, 기다리시면 아버님께서 예쁘고 귀여운 개를 한 마리 사주실 거예요……."

"예쁘고 귀여운 거 필요 없어. 난 이 개가 좋아."

그런 비방으로 인한 마음의 상처는 없었다. 나는 내 외모에 대한 환상이 없다. 내 얼굴은 예쁘지는 않지만, 정직한 얼굴이다.

"말해봤자 소용없어요." 운전사가 방긋 웃으며 말했다. "이 개를 가지겠단 거잖아요. 일단 개를 밀어 넣고, 집으로 돌아갑시다. 안 그러면 지체 높으신 분이 유괴당했다고 생각할 거예요."

그래서 나는 차에 실렸다. 걸을 수 있었지만, 걷지 못하는 게 더 나을 것 같다는 생각이 들었다. 나는 차에 치인 절름발이 개가 되기로 했다. 그리고 상황이 좀 진정될 때까지 절름발이 개로 남아있자는 것이 내 의도였다.

운전사가 차를 다시 움직이기 시작했다. 내가 받았던 충격과 더불어 고급스러운 자동차에 타고 있으려니 약간 얼이 빠졌다. 얼마나 멀리 갔는지는 모른다. 하지만 엄청나게 먼 거리임은 틀림없었다. 내가 태어나서 여태껏 본 가장 큰 저택 앞에 차가 멈춘 건 아주 오랜 시간이 지난 후인 듯했기 때문이다. 반들반들한 잔디밭과 꽃밭, 작업복을 입은 사람들, 분수대와 나무들, 그리고 오른쪽 저 멀리에 수많은 개들이 들어찬 사육장이 있었다. 개들은 모두 코를 철창 사이로 내밀며 외치고 있었다. 그들 모두 내가 누구인지, 어디서 무슨 상을 받았는지 알고 싶어 했다. 그러자 나는 상류층으로 진입하고 있다는 사실을 깨달았다.

나는 꼬마가 나를 들어 올려 집안으로 데리고 가도록 내버려 뒀다. 그것이 그 불쌍한 아이가 최대한으로 할 수 있는 것이었다. 내가 체중이 좀 나갔기 때문에 아이는 휘청거리며 계단을 올라갔고 커다란 복도를 따라간 뒤, 여태껏 세상에서 본 제일 아름다운 방의 양탄자 위에 나를 털썩 내려놓았다. 양탄자는 말도 못하게 푹신했다.

한 여자가 의자에 앉아있다가 나를 보자마자 비명을 꽥 질렀다.

"마님이 좋아하지 않으실 거라고 제가 피터 도련님께 말씀드렸어요." 나를 싫어하는 게 확실해 보였던 유모가 말했다. "그런데도 도련님이 이 끔찍한 짐승을 굳이 집에 데려오겠다고 하셨어요."

"엄마, 이 개는 끔찍한 짐승이 아니에요. 얘는 내 개예요. 파이도라는 이름도 있어요. 존이 차로 이 개를 치는 바람에 우리와 같이 살려고 데려온 거예요. 저는 이 개가 무척 좋아요."

이 말이 감명을 준 것 같았다. 피터의 어머니는 마음이 약해지고 있는 것 같았다.

"하지만, 피터야, 네 아버지가 뭐라고 하실지 모르겠구나. 아버지는 개에 대해 무척 까다로운 분이시잖니. 우리 집에 있는 모든 개들은 상을 받은 혈통 있는 개들이야. 그런데 이 개는 진짜 잡종이구나."

"끔찍이 험악한 데다 못생긴 똥개라고요, 마님." 참말로 쓸데없이 참견하면서 유모가 말했다.

바로 그때 한 남자가 방에 들어왔다.

"대체 무슨 일이야?" 나를 힐끗 보면서 그가 말했다.

"피터가 데려온 개에요. 키우고 싶다고 하네요."

"제가 키울 거예요." 피터가 단호하게 수정했다.

나는 주관이 뚜렷한 아이를 좋아한다. 나는 매 순간 피터가 더 좋아지고 있었다. 나는 몸을 쭉 내밀어 피터의 손을 핥았다.

"보세요! 이 개도 내 개란 걸 알잖아요. 그렇지, 파이도? 내 손을 핥았다고요."

"하지만 피터야. 너무 사나워 보이잖니." 불행히도 이 말은 사실이었다. 나는 분명 사나워 보인다. 그것은 지극히 평화를 사랑하는 개에게는 상당한 불행이다. "네가 데리고 있는 건 분명 안전하지 않을 거야."

"얘는 내 개고, 이름이 파이도예요. 요리사한테 뼈다귀를 주라고 말할 거예요."

어머니가 아버지를 바라보았다. 아버지는 다소 심술궂게 웃고 있었다.

"여보, 헬렌. 내 기억이 맞다면, 10년 전에 피터가 태어난 이래 피터는 요구하는 모든 것을 다 가졌소. 일관성 있게 합시다. 난 이 볼품없는 개를 키우는 것에 대해 찬성하진 않지만, 피터가 원한다면 가져야 한다고 생각하오." 아버지가 말했다.

"잘 알았어요. 하지만 잔인한 모습을 보여주는 바로 그 순간, 저 녀석을 총으로 쏴버릴 거예요. 왠지 불안하다니깐요."

그들은 그 정도로 해 두었고, 나는 뼈다귀를 얻어먹으려고 피터와 함께 자리를 떴다.

점심을 먹은 후, 피터는 다른 개들한테 나를 소개해주려고 사육장으로 데려갔다. 가긴 가야 했지만 즐겁지 않으리라는 것을 알았고, 역시나 즐겁지 않았다. 상과 훈장을 받은 개들이 어떤 개들인지는 누구라도 분간할 수 있을 것이다. 그들은 자만심으로 가득 차서 사육장에도 거꾸로 들어가야만 했으니까.

딱 예상했던 그대로였다. 마스티프, 테리어, 푸들, 스패니얼, 불도그, 양치기개, 그리고 우리가 상상할 수 있는 온갖 종류의 개가 있었고, 모두가 상을 엄청나게 많이 받은 개들이었다. 그곳에 있는 개 한 마리 한 마리가 나를 보고는 고개를 뒤로 젖힌 채 자지러지게 웃어댔다. 나는 살면서 내가 그토록 하찮다고 느낀 적이 없었다. 소개가 끝난 뒤 피터가 마구간으로 데리고 간 게 그렇게 기쁠 수가 없었다.

살면서 다시는 개를 보고 싶지 않다는 기분이 막 들었을 때, 테리어가 마구간에서 멍멍 짖으면서 달려 나왔다. 낯선 사람을 보았을 때 그렇듯, 테리어는 나를 보자마자 다리를 빳빳이 세워 걸으며 미심쩍어하는 눈빛으로 다가왔다.

"야, 넌 어떤 특별한 상을 받았어? 크리스털 팰리스에서 무슨 훈장들을 받았는지 말해 봐. 그냥 후딱 해치워버리자고." 내가 말했다.

테리어가 생글생글 웃자 나는 기분이 좀 풀렸다.

"맞혀 봐!" 테리어가 말했다. "나를 사육장에 있는 최고의 개들처럼 본 거야? 내 이름은 잭이고, 말 사육 담당자 중 한 명한테 소속돼 있어."

"뭐라고?" 내가 외쳤다. "네가 바로 '왕립 안짱다리대회'인가 뭔가 하여튼 그 비슷한 대회 우승자였어? 이렇게 반가울 수가!"

우리는 다정하게 마구 코를 비벼댔다. 그것은 각자에게 나름의 큰 기쁨을 주는 만남이었다. 나는 사육장에 있는 고결한 개들이 우리를 마치 청소부가 쓰레기 치우는 것을 깜빡 까먹은 것처럼 바라보는 모습에 질려버렸다.

"근데 너 유명인사들하고 이야기 나누던 거 아니었어?" 잭이 말했다.

"저 아이가 나를 데려갔어." 나는 피터를 가리키며 말했다.

"아, 그럼 네가 저 아이의 최신상품이구나? 그럼 괜찮아. 그게 지속되는 동안에는 말이야."

"지속되는 동안이라니, 그게 무슨 말이야?"

"자, 나한테 무슨 일이 일어났었는지 말해줄게. 꼬마 피터가 한때 나한테 엄청 반한 적이 있었어. 한동안은 더 잘해주지 못해 안달이었지. 그러다 나한테 싫증이 나서 안중에도 없어진 거야. 너도 알다시피 피터는 더할 나위 없이 착한 아이지만, 문제는 태어난 이후부터 원하는 모든 것을 항상 가져왔고, 그래서 너무 쉽게 모든 것에 싫증을 낸다는 거야. 나한테 관심이 싹 사라진 것은 장난감 기차 때문이었어. 그것을 얻은 그 순간부터 나는 지상에 없는 존재였는지도 몰라. 현재 주인인 딕이 쥐들을 때려잡는 개를 원한 건 내겐 정말 행운이었어. 안 그랬다면 내게 무슨 일이 벌어졌을지 누가 알겠어. 품평회에서 배를 가라앉히고도 남을 정도의 푸른색 리본들을 상으로 타오지 않는 한, 저 사람들은 개를 좋아하지 않아. 게다가 말이야, 기분 나빠하지 마. 너나 나 같은 잡종들은 오래가지 않아. 네가 도착했을 때 어른들이 반기지 않는다는 걸 분명히 눈치챘을 텐데?"

"살갑게 대해주진 않았어."

"그럼 내 말 들어. 네가 가진 유일한 가능성은 어른들을 친구로 만드는 거야. 어른들을 기쁘게 하는 일을 하면 피터가 너한테 싫증 났더라도 남아있게 할 거야."

"어떤 게 있지?"

"그건 네가 생각해 내야지. 난 찾을 수 없었어. 피터가 익사할 때 구하는 거 같은 게 되겠지. 그렇게 되면 혈통이고 뭐고 다 필요 없어. 하지만 그 아이를 호수로 끌고 가서 밀어 넣을 수는 없는 거잖아. 그게 문제야. 개는 기회를 잡기가 무척 힘들거든. 그러니 내 말 잘 들어. 2주 안에 어른들과 관계를 단단하게 다지는 뭔가를 하지 않으면 넌 끝이야. 2주가 지나면 피터는 너를 새까맣게 잊어버릴 거야. 그건 피터 잘못이 아니야. 자라온 방식이 그래서 그래. 피터의 아버지는 세상에서 둘째가라면 서러운 부자고, 피터는 외아들이야. 피터를 욕해선 안 돼. 내 말은 여기까지야. 이젠 너 자신만을 생각해야 해. 어쨌든 만나서 반가워. 들를 수 있을 때 다시 들러. 흥미로운 정보를 줄 수도 있고, 뼈다귀 한두 개 정도는 남겨 둘 테니까. 그럼 잘 가."

잭이 한 말들 때문에 나는 몹시 불안했다. 머릿속에서 그 말들을 떨쳐낼 수가 없었다. 그런 말들을 듣지 않았더라면 무척 행복한 시간을 보냈을 텐데. 피터는 분명 나에게 지나칠 정도로 애정을 보였다. 마치 자기의 유일한 친구인 것처럼 나를 대했다.

그리고 어느 정도는 나도 그랬다. 세상에서 제일 부자인 남자의 외아들이라면 평범한 아이처럼은 될 수 없는 것이다. 다른 아이들과 접촉하면 오염될지도 모르는 소중한 존재라는 듯 그들은 가둬놓을 것이다. 그 집에 있는 내내 나는 피터 말고는 다른 아이를 한 번도 만난 적이 없었다. 피터는 같이 어울릴 만한 제 나이 또래의 친구들만 빼고는 세상의 모든 것을 다 가졌다. 그리고 그게 지금까지 내가 알았던 다른 아이들과 다른 점이었다.

피터는 나와 대화하는 것을 좋아했다. 나는 그 아이를 진심으로 이해하는 유일한 인물이었다. 피터는 몇 시간이고 말을 걸었고, 나는 혀를 축 늘어뜨린 채 가끔씩 고개를 끄덕이며 들었다.

피터가 하는 말들은 들을 만한 가치가 있었다. 그는 세상에서 가장 놀라운 사실들을 말해 줬다. 예를 들어, 나는 영국에 북미토인*이 있다는 사실도 몰랐다. 그런데 하물며 피터는 내게 '커다란 구름'이라고 불리는 추장이 호수 옆 진달래 덤불 속에 살고 있다고 했다. 어느 날 조심스럽게 덤불 속을 살펴봤지만 추장을 찾아내진 못했다. 또한 호수에 있는 섬에 해적들이 있다고 말했다. 나는 해적들도 보지 못했다.

피터가 가장 즐겨하는 이야기는 마구간 뒤쪽에 있는 숲 사이로 난 길을 쭉 걸어가면 나오는 금은보화로 만들어진 도시였다. 피터는 늘 언젠가 그곳에 가 보겠다고 벼르고 있었다. 피터가 도시에 관해 설명하는 방식으로 보건대, 나무랄 만한 것은 없었다. 분명 상당히 멋진 도시였기 때문이다. 게다가 개에게도 딱 좋은 도시였다. 거기에는 뼈다귀나 간, 달콤한 케이크뿐 아니라 개가 바랄 수 있는 모든 것들이 다 있다고 피터가 말했기 때문이다. 피터의 말을 듣고 있노라면 군침이 주르륵 흘렀다.

우리는 절대 떨어져 있지 않았다. 나는 하루 종일 피터와 함께 있었고 밤에는 피터 방의 깔개 위에서 잤다. 하지만 그러는 동안에도 잭이 말한 것이 머릿속을 떠나지 않았다. 내 눈에는 일단 피터에게 내가 무척이나 필요한 존재라서 아무것도 우리 사이를 갈라놓을 수 없는 것처럼 보였다. 하지만 이제 안심되었다고 느낀 바로 그때 피터의 아버지가 태엽을 감으면 날아다니는 장난감 비행기를 주었다. 그것을 받은 그날, 나는 안중에도 없었다. 피터를 졸졸 따라다녔지만 나에게 한 마디도 말을 걸지 않았다.

그런데 둘째 날 비행기에 문제가 생겼다. 날아가지 않았던 것이다. 그러자 나와의 관계가 다시 견고해졌다. 하지만 나는 냉정하게 생각한 끝에 내 위치가 어떤지를 알게 되었다. 나는 최신상품 장난감이었던 것이다. 그게 나였다. 언제라도 더 새로운 것이 온다면 나는 끝장날 것이다. 내가 할 수 있는 유일한 것은

*Red Indians. 아메리카 원주민을 가리키는 대단히 모욕적인 말.

바로 잭이 말한 것처럼 어른들에게 감명을 줄 수 있는 뭔가를 하는 것이었다.

내가 얼마나 노력했는지는 하느님만 아신다. 하지만 내가 한 모든 것은 잘못된 것으로 판명 났다. 운명인 것 같았다. 예를 들어, 어느 날 아침 나는 일찌감치 집 주변을 총총거리며 돌아다니다가 맹세코 도둑으로 보이는 놈을 만났다. 그는 가족의 일원이 아니었고, 하인들 중 하나도 아니었으며, 대단히 미심쩍게 집 주변을 어슬렁거리고 있었다. 나는 그를 나무 위로 쫓아냈고, 두 시간 뒤 가족이 아침식사를 하려고 내려왔을 때가 되어서야 그가 간밤에 도착한 손님이라는 사실을 알게 됐다. 상쾌한 아침 공기와 호수에 반짝이는 태양을 즐기려고 일찌감치 나서는, 그런 부류의 남자였던 것이다. 일생에 도움이 안 되었다.

다음으로, 피터의 아버지인 주인님을 화나게 했다. 이유는 모르겠다. 공원에서 다른 남자와 함께 있는 아버지를 만났는데, 둘 다 지팡이를 한 무더기씩 가지고 있었다. 매우 진지하고 심각해 보이는 얼굴이었다. 주인님에게 막 다가갔을 때, 주인님은 지팡이 중 하나를 들어 올리더니 그걸로 조그만 하얀 공을 쳤다. 주인님은 전에는 나랑 단 한 번도 같이 놀고 싶어 한 적이 없었기에 나는 그것을 굉장한 영광으로 받아들였다. 주인님이 쳐서 꽤 멀리 날아가는 공을 쫓아 전력 질주한 끝에 입으로 물고는 다시 주인님께 갖다드렸다. 나는 그 공을 주인님의 발치에 놓은 뒤, 자랑스럽게 입을 헤 벌리고 웃으며 주인님을 올려다보았다.

“또 쳐 주세요.” 내가 말했다.

주인님은 하나도 기뻐하지 않았다. 대신 온갖 종류의 욕을 퍼부으며 나를 발로 걷어차려 했다. 그날 밤 나는 주인님이 아내에게 내가 골칫덩어리라서 없애버려야겠다고 하는 말을 들었다. 주인님은 내가 듣고 있다는 것을 몰랐다. 그 말을 듣고 나는 여러 생각에 잠겼다.

그런 일들이 있고 난 뒤 최악의 사태가 벌어졌다. 정말로 최상의 의도를 가지고 한 것이었는데 그렇게 엉망진창이 되고 보니 이제 끝이 보이는구나 싶었다.

어느 날 오후 응접실에서 벌어진 일이었다. 여러 손님들이 있었는데, 모두 여자분들이었다. 여자들은 내게 숙명적인 것 같다. 나는 그들 눈에 띄지 않으려고 뒤쪽에 있었다. 피터가 나를 응접실에 들여놓긴 했지만, 가족들은 내가 들어가는 것을 전혀 좋아하지 않았기 때문이다. 나는 케이크 한 조각만을 간절히 바랐지 그들이 나누는 대화에는 신경도 쓰지 않았다. 그들은 내가 만나보지 못한 토토라고 불리는 누군가에 대한 이야기로 화제의 꽃을 피우고 있었다. 피터의 어머니는 토토가 무척이나 귀엽고 사랑스럽다고 말했고, 손님 중 한 명은 토토가 그날 몸이 좋지 않아서 무척 걱정된다고 말했다. 그리고 어떻게 하면 토토에게 저녁식사로 곱게 다진 닭고기 가슴살을 조금이라도 더 먹게 하는지에 대한 이야기들을 나눴다. 별로 흥미롭지 않은 대화라서 나는 관심을 두지 않았다.

그런데 그때, 케이크 부스러기라도 떨어져 있는지 보려고 의자를 샅샅이 뒤지고 있을 때, 무지하게 크고 끔찍한 쥐가 한 마리 내 눈에 들어왔다. 커다란 쥐는 접시에서 우유를 마시면서 손님 바로 옆에 서 있었다. 세상에나!

나는 여러 단점이 있을지는 모르지만, 면전에 있는 쥐를 보고 꾸물거리는 버릇은 내 단점 중 하나가 아니었다. 나는 한 치도 망설이지 않았다. 기회가 온 것이었다. 여자분들이 공통적으로 싫어하는 게 단 한 가지 있다면 그것은 바로 쥐였다. 우리 엄마는 늘 "살면서 성공하고 싶다면 여자들을 기쁘게 해줘라. 그들이야말로 진짜 주인님들이시다. 남자들은 중요하지 않다"라고 말씀하셨다. 이 설치류를 제거함으로써 나는 감사하는 마음과 존경심을 얻을 수 있고, 그렇게만 된다면 피터의 아버지가 나를 어떻게 생각하는지는 하나도 중요하지 않을 터였다.

나는 뛰어올랐다.

쥐는 도망칠 기회도 없었다. 나는 바로 달려들었다. 쥐의 목을 꽉 물고 두세 번 흔들어댄 뒤 방 건너편으로 휙 내던졌다. 그런 다음 사생결단을 내려고 달려갔다.

쥐에게 막 다다른 그 순간, 녀석은 자세를 바로 하더니 나를 향해 멍멍 짖었다. 나는 살면서 그렇게 소스라치게 놀란 적이 없었다. 나는 갑작스레 하던 동작을 멈추고 그놈을 찬찬히 살펴봤다.

"얘야, 정말 미안해." 나는 사과했다. "네가 쥐인 줄 알았어."

그러고 난 뒤 순식간에 아수라장이 되어 버렸다. 누군가는 내 목걸이를 잡았고, 다른 누군가는 우산으로 내 머리를 때렸으며, 또 다른 누군가는 발로 갈비뼈를 걷어찼다. 모두가 동시에 말하며 외쳐댔다.

"가엾은 우리 귀염둥이 토토!" 그 조그만 동물을 낚아채며 손님이 울부짖었다.

"저 커다란 짐승 같은 놈이 널 죽이려 했어!"

"아무런 정당한 이유도 없이 말이야!"

"이 불쌍한 조그만 것한테 달려들었어!"

설명하려고 애써봤자 소용없었다. 우리 집에 있는 어떤 개라도 똑같은 실수를 했을 것이다. 그 녀석은 품평회에서 수상한 우승자가 그렇듯 특별한 품종 중 하나인 조그만 애완용 개였다. 그리고 당연히 천금같이 소중했다. 토토보다 차라리 손님을 무는 게 더 나았을 것이다. 그만큼은 그들이 주고받는 대화에서 알아내었고, 문이 닫혀 있는 것을 안 나는 소파 밑으로 슬그머니 들어갔다. 당혹스러웠다.

"그럼 결말이 난 거네요!" 피터의 어머니가 말했다. "그 개는 안전하지 않아요. 총으로 쏴버려야 해요."

피터는 이 말에 고함을 질렀지만, 이번만은 그들의 주장을 조금도 흔들 수 없었다.

"조용히 해, 피터." 어머니가 말했다. "네가 그런 개를 갖는 것은 안전하지 않아. 미친개인지도 몰라."

여자들은 몹시 부당하다.

토토는 당연히 그 실수가 어떻게 발생했는지 설명하는 말을 한마디도 하지 않았다. 손님의 무릎 위에 앉아서는 나를 자기한테서 떼어놓지 않으면 자기한테 또 무슨 짓을 할지 모른다며 바락바락 악을 쓰고 있었다.

소파 아래에서 조심스럽게 누군가가 느껴졌다. 집사인 윅스의 구두라는 것을 알아봤다. 여자분들이 벨을 울려 그를 오게 했고, 그도 별로 달갑진 않지만 나를 데리고 갈 수밖에 없으리라는 것을 짐작한 터였다. 나는 친구인 윅스가 딱해서 그의 손을 핥았다. 그러자 윅스는 굉장히 의기양양해하는 것 같았다.

"지금 붙잡았습니다, 마님!" 나는 그가 이렇게 말하는 것을 들었다.

"마구간에 데려다 묶어놔, 윅스. 그리고 하인 중 하나에게 총을 가져오라고 해서 쏴버려. 그놈은 안전하지 않아."

몇 분 뒤 나는 빈 마구간의 여물통에 묶여졌다.

다 끝났다. 아이의 관심이 지속되는 동안은 즐거웠지만, 삶이 이렇게 끝나는 시점에서 아무것도 할 수 없다는 것이 몹시 슬펐다. 나는 겁먹었다고 생각하지는 않지만, 연민의 감정이 나도 모르는 사이에 스며들었다. 이 세상에 선의는 아무짝에도 쓸모없는 것처럼 보였다. 모두를 기쁘게 하려고 무진장 열심히 노력했건만, 결과는 이렇듯 어두침침한 마구간에 묶여 최후를 기다리는 것뿐이었다.

마구간 마당에 그림자가 길어졌지만 여전히 아무도 오지 않았다. 나는 그들이 나를 잊어버렸는지 궁금해지기 시작했다. 그리고 이내 나도 모르게 결국 이것은 내가 총에 맞지 않는다는 걸 뜻한다는 어렴풋한 희망이 솟아나기 시작했다. 아마 토토가 막판에 모든 정황을 설명했으리라.

그때 바깥에서 발걸음 소리가 들리면서 희망이 사그라들었다. 나는 눈을 질끈 감았다.

누군가 내 목을 팔로 끌어안더니 따뜻한 뺨을 내 코에 갖다 대었다. 나는 눈을 떴다. 총을 가지고 나를 쏴 죽이러 온 남자가 아니었다. 피터였다. 피터는 가쁘게 숨을 몰아쉬면서 훌쩍이고 있었다.

"조용히 해!" 피터가 속삭였다.

피터는 밧줄을 풀기 시작했다.

"정말로 조용히 해야 해. 사람들이 우리 목소리를 들으면 끝장이니까. 너를 숲 속으로 데려갈 거야. 그리고 전에 말한 적 있는 금과 다이아몬드로 된 도시에 당도할 때까지 우린 걷고 또 걸을 거야. 거기서 남은 평생을 사는 거야. 아무도 우리를 해칠 수 없어. 하지만 그러려면 정말로 조용히 해야 해."

피터는 마구간 문으로 가서 바깥의 동정을 살폈다. 그런 다음 내게 들릴락 말락 조그맣게 휘파람을 불더니 따라오라고 했다. 우리는 그 도시를 찾아 길을 나섰다.

숲은 커다란 잔디밭의 언덕 아래에 있는 개울 건너에 멀찌감치 떨어져 있었다. 우리는 그림자가 진 곳을 따라 걷고 빈터를 가로질러 달리면서 무척 조심스럽게 갔다. 가끔씩 멈춰 서서 뒤를 돌아보았지만 아무도 보이지 않았다. 해가 지고 있었고, 주위는 온통 서늘하고 고요했다.

이내 우리는 개울에 이르렀고 나무로 된 작은 다리를 건넜다. 그런 다음 아무도 우리를 볼 수 없는 숲 속에 도착했다.

나는 전에 숲 속에 가 본 적이 없었기에 모든 것이 무척 새롭고 흥분됐다. 평생 살면서 보았던 것보다 더 많은 다람쥐와 토끼, 새들이 있었고, 뭔지 알 수 없는 조그만 것들이 윙윙거리고 날아다니며 귓가를 간지럽혔다. 나는 미친 듯이 날뛰며 모든 것을 둘러보고 싶었다. 하지만 피터가 나를 불렀기 때문에 그의 말에 순순히 따랐다. 피터는 우리가 어디로 가는지 알고 있었고 나는 몰랐기에 그가 이끄는 대로 갔다.

우리는 아주 천천히 갔다. 숲 속으로 더 깊이 들어갈수록 나무는 더욱더 울창했다. 통과하기 힘든 덤불들도 있었고, 뾰족뾰족한 가시로 뒤덮인 기다란 나뭇가지들이 바깥으로 뻗어 있어서 빠져나오려고 할 때면 상처가 났다. 얼마 지나지 않자 상당히 어두워져서 아무것도 볼 수 없었다. 나와 그토록 가까이 있는데도 피터조차 볼 수 없었다. 우리는 더욱더 천천히 갔다. 어둠은 기묘한 소리들로 가득했다. 가끔 피터는 멈춰 섰고, 나는 그에게 달려가 내 코를 그의 손에 올려놓았다. 처음에는 나를 쓰다듬어 주었지만 시간이 좀 흐르자 더 이상 쓰다듬어 주지 않았다. 손을 들어 올리기도 힘들다는 듯 핥으라고 내밀기만 할 뿐이었다. 피터가 몹시 지쳐가고 있다는 것을 알았다. 피터는 아직 어린 조그만 꼬마인 데다 몸이 튼튼하지도 않았으며, 우리는 워낙 먼 길을 걸어왔다.

점점 더 어두워지는 것 같았다. 피터의 발걸음 소리를 들어보니, 덤불 사이를 질질 끌면서 헤치고 나아가는 것 같았다. 그때 돌연 예고도 없이 피터가 털썩 주저앉았다. 피터의 울음소리가 들리는 곳으로 헐레벌떡 뛰어갔다.

해야 할 올바른 일을 정확히 알고 있는 개들이 많이 있을 거라고 생각하지만, 그땐 피터의 뺨에 내 코를 갖다 대고 낑낑거리는 것밖에는 아무것도 생각나지 않았다. 피터는 팔로 내 목을 감쌌고, 우리는 오랫동안 아무 말도 하지 않은 채 그대로 있었다. 잠시 후 울음을 멈춘 것으로 보아 그게 좀 위안이 된 것 같았다.

나는 우리가 가고 있는 멋진 도시에 대해 물어본다든가 하면서 피터를 괴롭히지 않았다. 피터가 너무 지쳐있었기 때문이다. 하지만 우리가 과연 그 도시 근처에 있는지는 궁금하지 않을 수 없었다. 그 어떤 도시라도 있다는 기색은 없이 오직 어둠과 기묘한 소리와 나무 사이로 불어오는 바람만 있었다. 이전에 냄새도 맡아본 적이 없는 조그만 동물들이 호기심에 차서 우리를 보려고 덤불에서 기어 나왔다. 나는 그 동물들을 쫓아낼 수 있었지만 피터의 팔이 내 목을 감싸고 있었기에 자리를 뜰 수 없었다. 하지만 토끼와 비슷한 냄새가 나는 어떤 동물이 아주 가까이 왔을 때는 발을 뻗어 그 동물을 건드릴 수 있었다. 고개를 돌려 물려고 하자 조그만 동물들은 허둥지둥 덤불 속으로 되돌아갔고 더 이상 아무 소리도 나지 않았다.

기나긴 침묵이 흘렀다. 그때 피터가 공포에 질려 침을 꿀꺽 삼켰다.

"무섭지 않아, 무섭지 않다고!" 피터가 말했다.

나는 고개를 있는 힘껏 밀쳐 넣어 피터의 가슴팍 더 가까이에 댔다. 또다시 오랫동안 침묵이 흘렀다.

"난 우리가 산적들한테 붙잡힌 척할 거야." 드디어 피터가 입을 열었다. "듣고 있어? 턱수염이 있는 아주 커다란 남자 세 명이 있었는데, 그들이 내 뒤로 슬금슬금 다가와서는 나를 낚아챈 뒤 은신처인 이곳으로 데려온 거야. 여긴 그들의 은신처야. 한 명은 딕이고, 다른 두 명의 이름은 테드와 알프레드야. 그들은 나를 붙잡아 숲 속을 헤치며 여기에 데려왔어. 그리고 다시 오겠다면서 떠났어. 그들이 멀리 떠나 있는 동안 나를 너무너무 보고 싶은 네가 숲 속을 헤치고 내 흔적을 뒤쫓은 거야. 그리고는 여기에 있는 나를 발견한 거지. 그런데 그때 산적들이 돌아왔어. 그들은 네가 여기 있는 걸 몰랐어. 딕이 아주 가까이 올 때까지 넌 숨소리도 내지 않았거든. 그러다 갑자기 네가 뛰어올라서 딕을 물었어. 그는 도망쳐버렸지. 그런 다음에는 테드를 물었고, 이어서 알프레드를 물었어. 그들 역시 도망쳐버렸어. 그래서 우리 둘만 여기에 남겨진 거야. 나는 네가 여기에서 나를 돌봐줘서 무척 안심이 되었어. 그런 뒤에, 그런 뒤—"

피터의 목소리가 잦아들면서 내 목을 감싸고 있던 팔이 축 늘어졌다. 나는 피터가 잠들었다는 것을 숨소리로 알 수 있었다. 피터가 내 등에 머리를 기대고 있었기에 나는 꿈쩍도 하지 않았다. 나는 가능한 한 편안하게 해주려고 꿈틀거리며 좀 더 가까이 갔다. 그런 뒤 나도 잠이 들었다.

푹 잠이 들지가 않았다. 피터의 잠을 방해하지 않도록 덤불에서 기어 나오는 조그만 동물들이 가까이 오면 물어야겠다는 생각을 내내 했기 때문이다.

수없이 여러 번 깨었지만 아무것도 없었다. 나무들 사이로 바람이 살랑거리고 덤불 속에서 바스락거리는 소리가 났다. 저 멀리 떨어진 곳에서는 개구리들이 개굴개굴 노래하고 있었다.

그런 뒤 이번에는 무언가가 정말로 덤불을 지나고 있다는 느낌 때문에 다시 한번 눈을 떴다. 나는 최대한 목을 빼 귀 기울였다. 잠시 동안 아무 일도 일어나지 않았다. 그런데 바로 그때 앞쪽에서 불빛이 보였다. 이어서 덤불을 밟는 소리가 들렸다.

피터를 깨우지 말아야 한다고 생각할 겨를도 없었다. 이것은 재빨리 처리해야 하는 명백한 것이었다. 나는 컹컹 짖으며 벌떡 일어났다. 피터가 내 등에서 굴러떨어지면서 잠에서 깼다. 피터는 거기 앉아서 귀 기울였고 나는 두 앞발을 들고 서서 고함쳤다. 온몸의 털이 곤두섰다. 그들이 누구인지, 뭘 원하는지는 몰랐지만, 내 생각에 한밤중에 그런 숲 속에서는 무슨 일이든 일어날 수도 있는 것이고, 만약 누군가가 와서 어떤 일을 저지르려고 한다면 나는 그와 맞서야 할 터였다.

누군가가 외쳤다. "피터! 피터, 거기 있니?"

덤불 속에서 요란한 소리가 나며 불빛이 점점 더 가까이 다가왔다. 그런 뒤 누군가가 "여기 있어요!"라고 말했고, 여기저기서 외치는 소리가 들렸다. 필요하다면 바로 튀어나갈 태세를 마친 채로 나는 서 있었다. 신중해야 했기 때문이다.

"누구세요?" 내가 외쳤다. "뭘 원하세요?" 불빛 하나가 내 눈앞에서 번쩍였다.

"이런, 그 개잖아!"

누군가 불빛 속으로 들어왔다. 주인님이란 것을 알아보았다. 몹시 불안하고 겁먹은 것처럼 보였다. 주인님은 피터를 땅바닥에서 재빨리 들어 올리더니 꽉 끌어안았다.

피터는 비몽사몽이었다. 피터는 주인님을 졸린 눈으로 올려다보고는 산적들에 관해 이야기하기 시작했다. 나한테 말했던 것과 똑같이, 딕과 테드, 알프레드에 관한 이야기였다. 피터가 이야기를 마칠 때까지 숨소리 하나 들리지 않았다. 그런 다음 주인님이 말씀하셨다.

"유괴범들이야! 내 그럴 줄 알았다니까. 이 개가 그들을 쫓아버렸구나!"

우리가 알고 나서 처음으로 주인님은 나를 쓰다듬어줬다.

"착하기도 하지!" 주인님이 말했다.

"얘는 내 개예요." 피터가 졸린 듯 말했다. "총으로 쏘면 안 돼요."

"절대 안 그럴게, 얘야." 주인님이 말했다. "이제부터 이 개는 귀빈이야. 금목걸이를 차고, 먹고 싶은 것은 무엇이든 주문만 하면 돼. 자, 이제 집에 가자. 자고 있을 시간이야."

"네가 착한 개라면 넌 행복할 거야. 네가 착한 개가 아니라면 불행하겠지"라고 엄마는 말씀하시곤 했다. 하지만 내가 보기에 이 세상은 순전히 운에 따르는 것 같다. 내가 할 수 있는 모든 것을 동원해서 사람들을 기쁘게 했을 때, 사람들은 나를 총으로 쏘고 싶어 했다. 그리고 도망치는 것 외에는 한 일이 없을 때, 사람들은 나를 다시 데려가서 사육장에 있는 여러 상을 받은 고귀한 우승자들보다도 더 후하게 대접해줬다. 처음에는 수수께끼였지만, 어느 날 주인님이 도시에서 내려온 친구분에게 말하는 것을 들어서 알게 되었다.

그 친구분은 나를 보더니 이렇게 말했다. "더럽게 못생긴 잡종이네! 도대체 왜 저런 개를 키워? 난 자네가 개에 관해서 아주 까다로운 줄 알았는데?"

그러자 주인님이 대답했다. "잡종일지는 몰라도, 저 개는 이 집에서 원하는 거라면 어떤 거라도 다 가질 수 있어. 저 개가 유괴당한 피터를 어떻게 구했는지 듣지 못했어?"

그리고는 산적들과 관련된 사연을 쏟아냈다.

"아이는 그들을 산적이라고 불렀어." 주인님이 말했다. "저 나이 때의 아이한테는 산적과도 같은 느낌이 들었을 거야. 아이는 계속해서 딕이라는 이름을 언급했어. 경찰이 뒤를 쫓고 있지. '유괴범 딕'이라는 자는 온 나라의 경찰들한테 악명이 높은 거 같아. 악당 조직인 게 거의 확실해. 그들이 아이를 어떻게 유괴했는지는 누군들 알겠나. 하지만 어떻게든 유괴했고, 저 개가 그들을 뒤쫓은 뒤 겁을 주어 쫓아버렸어. 우리는 숲 속에서 저 개와 피터가 함께 있는 것을 발견했네. 구사일생이었지. 우린 이 동물한테 감사해야 해."

내가 뭐라고 말할 수 있겠는가? 토토를 쥐라고 착각했던 때와 달리, 더 이상 바로잡으려고 해봤자 소용없었다. 피터는 그날 밤 시간을 때우려고 산적들에 관해 가짜로 꾸며내고는 자러 갔다. 그리고 깨어있을 때도 피터는 여전히 산적들의 존재를 믿었다. 피터는 그런 부류의 아이였다. 달리 내가 할 말이 뭐가 있겠는가.

주인님이 얘기하고 있을 때, 나는 모퉁이 쪽에서 사육사가 손에 접시를 들고 오는 것을 보았다. 좋은 냄새가 났다. 사육사는 곧장 내게로 향했다.

사육사는 접시를 내 앞에 내려놓았다. 내가 좋아 죽는 간이었다.

"그래." 주인님이 이야기를 계속했다. "저 개가 옆에 없었다면 피터는 유괴당했을 때 무서워서 초주검이 됐을 거야. 그리고 나는 가난해졌을 게야. 악당들이 몸값으로 원하는 금액을 내야 했을 테니 말이야."

나는 정직한 개다. 정체를 속이고 신망을 얻는 것은 싫어하지만, 간은 간이다. 그것으로 됐다. 더 이상 말하지 말자.

P. G. 우드하우스P. G. Wodehouse

영국의 소설가 겸 정치인. 독일 지배 하 그리스에서 영국 파견군 대장으로 산악 게릴라전에 참가한 경험을 바탕으로 소설 『분쟁의 씨』를 발표했다. 제2차 세계대전 중이던 1939년 나치스에게 체포되어 대영방송對英放送을 강요당한 일로 한때 비난도 받았으나 조지 오웰 등의 변호로 비난을 면하였다. 1955년 미국에 귀화하였으며, 유머 소설의 대가로 높이 평가받고 있다.

헨리 로슨 장전된 개

데이브 리건과 짐 벤틀리, 앤디 페이지는 스토니 크리크*에서 수직갱을 파고 있었다. 그 부근에 매장되어 있다고 짐작되는 황금 석영광맥을 찾기 위해서다. 근처엔 언제나 풍부한 광맥이 있다고 생각되었다. 유일한 문제는 그게 땅 표면 아래 3미터에 있느냐 아니면 수백 미터 아래 있느냐, 그리고 어느 방향으로 있느냐다. 그들은 꽤 단단한 암석에 발목이 잡힌 데다 물도 고여 있었다. 그들은 구식 발파용 화약과 시한 도화선**을 사용했다. 질긴 옥양목이나 캔버스 천으로 발파용 화약을 소시지처럼 연결해 만든 화약통 입구는 꿰매었고 도화선 끝은 동여맸다. 또 화약통을 녹은 수지에 담가 물이 새어들어 가지 않도록 했으며, 마르는 대로 드릴로 구멍을 뚫고, 마른 흙을 약간 흘려 넣고 나서 단단한 점토와 작은 암석 부스러기들을 채워 넣었다. 그런 다음 도화선에 불을 붙이고 구덩이에서 나와 기다렸다. 결과는 보통 수직갱 바닥에 엉망진창으로 움푹 패인 구덩이와 부서진 암석들로 가득 찬 돌무덤을 만들어놓는 것이었다.

개울에는 물고기들이 풍부했다. 민물 도미, 대구, 메기 등등의 물고기가 따라왔다. 일행은 생선을 좋아했고, 앤디와 데이브는 낚시를 즐겼다. 앤디는 대략 20분에 한 번씩 "입질"이나 "무는" 것에 고무되어 내처 세 시간을 낚시하

*호주 빅토리아주 멜버른의 서쪽 교외에 위치하고 있다.

**time-fuse. 시계를 장치하여 폭탄이 터질 시간을 조절할 수 있게 만든 도화선.

곤 했다. 먹을 수 있는 것보다 더 많이 잡을 때면 정육점 주인은 항상 흔쾌히 생선을 고기와 교환해주었다. 하지만 지금은 겨울이라 물고기들이 잡히지 않았다. 개울이 수심이 낮고 진흙투성이의 물웅덩이일 뿐일지라도 몇 양동이만큼의 구덩이에서 꽤 큰 웅덩이까지는 평균 2미터 정도였기에 물고기가 수면으로 올라올 때까지 작은 웅덩이의 물을 퍼내거나 흙탕물을 일게 하면 물고기를 잡을 수 있었다. 대가리 양쪽으로 뾰족뾰족한 주삿바늘들이 나오는 메기가 있다고, 찔려보면 안다고 데이브가 말했다. 앤디는 장화를 벗고 바짓단을 접고 선 발로 진흙 구덩이를 휘저으려고 웅덩이로 들어갔다. 나중에서야 앤디는 찔렸다는 것을 알았다. 데이브도 맨손으로 한 마리 퍼내다가 메기에게 찔렸고, 나중에 찔린 것을 알게 되었다. 팔이 부어 오르고 통증 때문에 어깨까지 욱신거리더니 배로도 내려갔다면서, 한번 앓은 적이 있는 치통 같다며 이틀 밤이나 잠을 못 잤다. 데이브는 치통의 통증은 "새 발의 피"에 불과하다고 말했다.

데이브는 좋은 생각이 떠올랐다.

"화약통으로 커다란 물웅덩이에서 물고기를 날려버리면 어떨까? 한 번 해보겠어." 데이브가 말했다.

데이브가 무언가를 생각해 내면 앤디 페이지가 처리했다. 앤디는 대체로 데이브의 이론이 실현가능하다고 생각하면 그것을 실행에 옮겼다. 실패하면 앤디는 비난을 받으며 동료들의 놀림감이 되었다.

앤디는 암석을 폭파할 때 사용하는 크기보다 약 세 배 큰 화약통을 만들었다. 짐 벤틀리는 강바닥까지도 폭파할 정도라고 했다. 내피는 튼튼한 옥양목이었다. 앤디는 1.8미터 길이의 도화선 끝부분을 화약에 잘 꽂고 자루 입구를 노끈으로 단단히 묶었다. 수면 위에 뜨도록 연결된 도화선의 벌어진 끝을 화약통과 함께 물속에 가라앉히려는 생각으로, 이제 불을 붙이기만 하면 되었다. 앤디는 물이 새어 들어가지 않도록 화약통을 밀랍에 담갔다. "화약통을 넣을 때 물고기가 두려움을 극복할 수 있는 시간을 주기 위해선 불을 붙이기 전에 잠시 그대로 두어야 해. 그래야 물고기가 화약통 주변에 다시 기웃거릴 거 아냐. 내 말은 그러니까, 내수처리를 잘해야 한다는 거야." 데이브가 말했다.

데이브의 제안에 따라 앤디는 돛대를 만들 때 사용하는 캔버스 천조각으로 화약통을 둘둘 감았다. 물주머니를 만들 때 사용하는 천으로 폭발력을 증가시키기 때문이다. 그리고 빳빳한 갈색 종이를 겹겹이 붙여놓았다. '폭죽'이라 부르는 일종의 불꽃놀이를 계획한 것이었다. 앤디는 그 종이를 햇볕에서 말린 뒤 그 위에 두 장의 두꺼운 캔버스 천을 꿰매고는 튼튼한 낚싯줄로 칭칭 감았다. 보통 데이브는 계획은 정교했으나 발명품들은 헛수고인 게 다반사였다. 하지만 이 화약통은 단단하고 견고했다. 어마어마한 폭탄이었다. 하지만 앤디와 데이브는 확실히 하고 싶었다. 앤디는 또 한 장의 캔버스 천을 꿰매었고, 녹인 수지에 화약통을 담갔으며, 나중에 생각이 나서 울타리용 철사를 또 휘감았다. 그리고 또다시 녹인 수지에 화약통을 담근 뒤 나중에 찾기 쉽게 천막 말뚝에 조심스레 기대어 세워놓고는 도화선을 느슨하게 감아놓았다. 그런 뒤 모닥불로 가 양철 주전자 안에 껍질째 삶고 있는 감자를 몇 개 먹고, 저녁으로 구워 먹을 고기가 있는지 보러 갔다. 데이브와 짐은 그날 아침부터 광구의 불하 청구지에서 일하고 있었다.

그들에겐 나이는 어리지만 덩치는 커다란 검은 리트리버 개가 한 마리 있었다. 아니, 덩치가 산만 한 새끼 강아지라고 하는 게 맞겠다. 어처구니없이 커다란 네발 달린 친구로, 항상 그들 주위에서 침을 질질 흘리고 육중한 꼬리를 목동용 채찍처럼 휘두르며 그들의 다리를 후려치곤 했다. 머리통 대부분이 자신의 바보스러움을 인정하듯 대개 벌건 잇몸과 이를 활짝 드러내 얼간이같이 웃고 있었다. 녀석은 삶과 세상, 두 다리를 가진 친구들과 자기 자신의 본능까지도 장난으로 받아들이는 듯했다. 녀석은 무엇이든 가져왔으며, 앤드루가 내다 버린 쓰레기들도 죄다 야영지로 다시 가져왔다. 그들에겐 고양이가 한 마리 있었는데 푹푹 찌는 날씨 때문에 그만 죽고 말았다. 앤디는 고양이를 상당히 멀리 떨어진 덤불 속에 버렸다. 그런데 어느 날 아침 일찍 개가 고양이를 발견하고는 죽은 지 일주일은 지난 그 고양이를 다시 야영지로 물고 와서 텐트 덮개 안에 넣어 놨다. 한여름 옅은 일출의 숨 막히는 대기 속에서 친구들이 일어나 이상한 냄새를 맡았을 때 고양이가 있다는 것을 가장 잘 알 수 있는 장소였다. 친구들이 수영하러 갈 때면 녀석은 그들을 구출하러 가곤 했다. 친구들을 따라 뛰어들어서는 입으로 손을 물고 밖으로 헤엄쳐 나오려고 애쓰며 벌거벗은 그들의 몸을 발톱으로 할퀴었다. 착한 마음씨와 바보짓 때문에 친구들은 녀석을 무척이나 좋아했지만, 수영하고 싶을 때는 야영지에 묶어놓아야만 했다.

녀석은 아침나절 내내 앤디가 화약통을 만드는 모습을 큰 관심을 가지고 지켜보았다. 그리고는 딴에는 도와주겠다며 무진장 방해했다. 하지만 정오 무렵에는 데이브와 짐이 어떻게 하고 있나 보려고 불하 청구지로 갔고, 저녁 먹을 때가 되자 같이 보금자리로 돌아왔다. 앤디는 그들이 오는 것을 보고 모닥불에 양갈빗살을 한 냄비 올려놓았다. 앤디가 오늘의 요리사였다. 데이브와 짐은 오지 주민들이 비가 오나 눈이 오나 그리하듯 모닥불을 등지고 서서 저녁이 차려질 때까지 기다렸다. 리트리버는 뭔가 놓친 게 있는 것처럼 주변을 킁킁거리고 다녔다.

앤디는 머릿속으로 여전히 화약통에 대해 연구하고 있었다. 그의 눈길이 숲속에서 번쩍이는 빈 등불 초롱에 닿았다. 그걸 본 순간 앤디는 폭발력을 강화하기 위해 진흙과 모래, 돌멩이로 꽉 채운 화약통을 깡통 속에 넣어 가라앉히는 것도 나쁘지 않겠다는 생각이 뇌리를 스쳤다. 과학적인 관점에서 보았을 때는 철저하게 다 했지만, 그 생각 자체도 썩 괜찮아 보였다. 그러거나 말거나 짐 벤틀리는 그들의 "빌어먹을 바보짓"에 도통 관심이 없었다. 앤디는 빈 당밀통을 주목했다. 당밀을 쏟아붓기 편하게 하려고 주둥이에 납땜이 되어 있는 깡통이었다. 이게 지금까지 만들었던 최고의 화약통이 될 거라는 생각이 들었다. 화약을 쏟아부은 뒤 주둥이에 도화선을 고정시키고 밀랍과 코르크로 봉하기만 하면 되는 것이었다. 앤디는 이 생각을 말하려고 데이브에게 고개를 돌렸다. 데이브는 고기가 잘 익고 있는지 보려고 어깨너머로 언뜻 살피다가 갑자기 냅다 뛰기 시작했다. 나중에 데이브는 냄비에서 지글지글거리는 소리가 나는 것 같아서 고기가 타는지 살펴보려 했다고 설명했다. 뒤에서 보고 있던 짐 벤틀리도 데이브에 이어 갑자기 냅다 뛰기 시작했다. 앤디는 뛰어가는 그들을 쳐다보며 꼼짝도 하지 않고 서 있었다.

"뛰어, 앤디! 뛰어!" 그들이 뒤돌아서 외쳤다. "뛰어!!! 뒤를 봐, 이 멍청아!" 앤디는 천천히 뒤돌아보았다. 거기에, 아주 가까이에, 리트리버가 화약통을 입에 물고 있었다. 세상에서 제일 크고 세상에서 제일 바보 천치처럼 활짝 웃는 입가에 화약통이 끼워져 있었다. 그런데 그게 다가 아니었다. 개가 모닥불 가까이에 있는 앤디에게 다가오면서 느슨한 도화선 끝이 질질 끌려왔고, 타오르는 장작들 위에서 흔들거리자 불길이 타올랐다. 앤디가 끝을 가느다랗게 잘라냈었기에 이제 도화선은 치직치직거리며 불꽃을 내뿜고 있었다.

앤디의 다리도 얼떨결에 달리기 시작했다. 머리보다도 다리가 앞서 달리기 시작했고, 데이브와 짐을 따라 달렸다. 그리고 개는 앤디를 따라 달렸다.

데이브와 짐은 그야말로 단거리 달리기 선수였다. 그중 짐이 단연 최고였다. 앤디는 느리고 몸이 무거웠지만 힘과 호흡이 좋아 달릴 수 있었다. 개는 친구를 찾았다는 즐거움에 기뻐 날뛰며 앤디 주위에서 신나게 뛰었다. 아마 자기랑 즐겁게 노는 거로 생각하는 것 같았다. 데이브와 짐은 계속 뒤에 대고 외쳤다. "따라오지 마! 따라오지 말라니까, 이 얼간아!" 하지만 아무리 그들이 피해도 앤디는 계속 쫓아왔다. 그들은 개에게 설명할 수 없는 것처럼 서로에게도 왜 쫓아가는지 설명할 수가 없었다. 하지만 어쨌든 그렇게 계속해서 달렸고, 데이브는 짐이 아무리 방향을 바꿔도 계속해서 따라잡을 수 있었다. 앤디는 데이브를 따라 달렸고, 개는 앤디 주위를 빙글빙글 돌았다. 불붙은 도화선이 온갖 방향에서 치직치직 소리를 내며 고약한 냄새를 풍기고 있었다. 짐은 데이브에게 자기를 따라오지 말라고 고함쳤고, 데이브는 앤디에게 다른 방향으로 "공간을 넓혀" 가라고 외쳤다. 그리고 앤디는 개에게 저리 가라고 고래고래 고함을 질렀다.

그때 앤디의 머리가 다시 한번 빛을 발하기 시작했다. 위기에 자극받았던 것이다. 그는 개의 옆구리를 걷어차려고 했지만 개는 요리조리 피했다. 그래서 나뭇가지들과 돌멩이들을 낚아채 개에게 냅다 집어 던지고는 다시 줄행랑을 쳤다. 리트리버는 앤디에게 뭔가 잘못했다는 것을 알고는 앤디에게서 떠나 데이브를 따라 껑충껑충 달리기 시작했다. 도화선이 아직 터질 때가 되지 않았다는 게 퍼뜩 생각난 데이브는 몸을 날려 개의 꼬리를 잡았다. 그리고 녀석의 입에서 화약통을 낚아채 최대한 멀리 던졌다. 개는 즉시 화약통을 쫓아가더니 다시 물고 왔다. 데이브는 고래고래 소리를 지르며 욕을 퍼부었다. 데이브가 기분이 상한 것을 본 개는 이번엔 데이브를 떠나 멀찌감치 앞서가던 짐을 쫓아갔다. 짐은 온몸을 흔들며 코알라처럼 묘목 위로 올라갔다. 정말 어린나무였기에 땅에서 고작 3미터 정도밖에는 안전을 확보할 수 없었다. 개는 묘목 밑에다 마치 새끼 고양이를 다루듯 조심스럽게 화약통을 내려놓았다. 그리고는 밑에서 기뻐 날뛰며 컹컹 짖어댔다. 덩치만 커다란 강아지는 이것을 놀이의 일부로 여겼고, 짐이 아주 흥이 폭발했다며 무척 뿌듯해하는 것 같았다. 도화선이 치직거리는 소리가 쉴 새 없이 들려왔다. 짐은 더 높이 올라가려고 했지만 가지가 휘어지더니 그만 갈라져 버렸다. 짐은 땅바닥에 떨어진 뒤 줄행랑을 쳤다. 개는 화약통을 다시 물더니 짐을 좇아갔다. 순식간에 일어난 일이었다. 짐은 광부들이 파놓은 약 3미터 깊이의 구덩이를 향해 뛰어들었고 그 안의 부드러운 진흙 위로 무사히 떨어졌다. 개는 구덩이 가장자리에서 짐을 내려다보며 씨익 이빨을 드러내 웃었다. 마치 화약통을 짐에게 떨어뜨리는 게 제일 재미있는 놀이라고 생각하는 것 같았다.

"저리 가, 토미. 가라고!" 짐이 기운이 다 빠진 소리로 말했다.

개는 이제 시야에 들어오는 유일한 사람인 데이브를 따라 껑충껑충 달렸다. 앤디는 통나무 뒤에 납작 엎드려 있었다. 그 모습은 마치 투르크인들이 새로 도착한 포탄 주위에 원형으로 납작 엎드려 있던 러시아-투르크 전쟁의 한 장면을 떠올리게 했다. 불하 청구지에서 멀지 않은 큰길가의 개울가에 선술집인지 조그만 호텔인지가 하나 있었다. 잔뜩 흥분한 데이브는 실제 시간이 생각보다 훨씬 더 빨리 흐르자 필사적이 되어선 선술집 쪽으로 향했다. 베란다와 술집에 오지 주민 여럿이 있었다. 데이브는 술집으로 허둥지둥 들어가 문을 쾅 닫았다. 술집 주인이 깜짝 놀라서 바라보는 데 대한 응답으로 "내 개! 빌어먹을 리트리버가, 입에 화약통을 물고 있어요"라고 숨을 헐떡이며 말했다.

현관문이 닫힌 것을 발견한 리트리버는 뒤쪽으로 껑충껑충 돌아가더니 통로로 통하는 출입구에서 활짝 미소 지으며 섰다. 여전히 화약통을 물고 있었고, 여전히 도화선은 치직거리고 있었다. 사람들이 술집에서 뛰쳐나왔다.

모든 사람들과 친해지고 싶은 어린 강아지 토미는 이 사람 저 사람에게 신나서 뛰어올랐다.

오지 주민들은 모퉁이를 뛰어 돌았고, 일부는 마구간에 들어가 틀어박혔다. 뒷마당 말뚝 위에 새 비막이 판자와 골철판 부엌, 세탁장이 있었고, 그 안에서 여자들 몇몇이 옷을 빨고 있었다. 데이브와 주인은 그곳으로 후다닥 뛰어들어가 문을 닫았다. 주인은 다급한 목소리로 데이브에게 "천하의 바보"라고 욕을 퍼부으며 도대체 왜 여기로 왔냐고 했다.

리트리버는 말뚝 사이에 있는 부엌 밑으로 들어갔다. 그러나 다행히도 그 안에는 사나운 누런 잡종 목축견이 흉측한 몰골로 부루퉁하게 있었다. 살금살금 다가가 싸움질하고 도둑질하는 개로 이웃 사람들이 수년간 총으로 쏘거나 독약을 먹이려 하고 있었다. 토미는 자신이 위험에 처했다는 것을 알았다. 전에도 이 개에게 당한 적이 있기 때문이다. 부엌에서 나온 토미는 밖으로 나와 마당을 가로질렀다. 여전히 화약통을 입에 문 채였다. 마당을 절반 정도 건넜을 때 누렁이가 토미를 붙잡더니 물고 늘어졌다. 겁이 난 토미가 한 번 컹 짖자 화약통이 떨어졌고, 걸음아 나 살리라며 도망쳤다. 누렁이는 울타리까지 토미를 쫓아간 뒤 뭘 떨어뜨렸는지 보려고 되돌아왔다. 거의 열두 마리쯤 되는 개들이 온갖 모퉁이와 건물 아래에서 나왔다. 거미 다리처럼 가늘고 기다란 다리로 살금살금 걷는 냉혹한 캥거루 사냥용 개들과 잡종 목축견들, 살벌한 검둥이들과 노랭이들—어둠 속에서 슬그머니 쫓아와 발 뒤꿈치를 물고는 이유도 없이 사라지는 개들—로 컹컹 짖거나 깽깽 우는 조무래기들이었다. 그 개들은 흉측한 누렁이와 일정한 거리를 유지했다. 누렁이가 좋은 먹잇감을 발견했다고 생각했을 때 옆에 가는 것은 대단히 위험하기 때문이다. 누렁이가 화약통 냄새를 두 번 맡은 뒤, 이제 막 세 번째로 조심스럽게 냄새를 맡으려는 바로 그때였다.

아주 성능 좋은 폭파약인 그것은 데이브가 최근에 시드니에서 사 온 신상품으로 화약통도 훌륭하게 잘 만들어져 있었다. 앤디가 엄청난 인내심을 발휘하며 바늘과 끈, 캔버스천, 밧줄을 가지고 거의 뱃사람 솜씨만큼이나 공들여 만들었기 때문이다.

오지 주민들은 부엌이 공중으로 튀어 올랐다가 다시 내려앉는 듯했다고 말했다. 연기와 먼지가 사라지자 마당 울타리에 있는 흉측한 누렁이의 잔해가 보였는데 주민들 말로는 그 모습이 마치 말이 발길질로 불구덩이 속으로 차서 무덤 속 먼지 구덩이에서 굴러다니다가 마침내 저 멀리 울타리로 던져진 것 같다고 했다. 툇마루 주위에 묶여있던 말 여러 마리가 망가진 고삐를 날리면서 먼지 구덩이 길을 따라 맹렬하게 질주하고 있었고, 온 덤불 숲 주변에서 개들이 컹컹 짖는 소리가 났다. 그중 두 마리는 50킬로미터나 떨어져 있는데도 자기가 태어난 집으로 그날 밤 도착해 그곳에 머물렀다. 저녁이 되어서야 나머지 개들도 조심스럽게 살펴보며 보금자리로 돌아갔다. 한 마리는 두 다리로 걸으려 애쓰고 있었고, 정도의 차이는 있어도 대부분 그을려 있었다. 한쪽 다리로 깡충깡충 뛰는 버릇이 있던 뭉툭한 꼬리의 개는 좀 많이 그을리긴 했지만, 오랜 세월 동안 다른 한쪽 다리를 아껴두었던 걸 기뻐했다. 지금 그 다리가 필요했기 때문이다. 그 일이 있고 난 뒤 몇 년 동안 선술집 주변을 맴돌았던 한 늙은 외눈박이 목축견은 총을 손질하는 냄새를 견딜 수 없었다. 그 개는 누렁이에 버금갈 정도로 화약통에 관심을 가졌었다. 오지 주민들은 눈이 먼 쪽으로 몰래 다가가 코 밑에 더러운 꽂을대*를 찔러 넣는 게 재미있다고 했다. 개는 하나밖에 없는 성한 눈으로 차마 견딜 수 없었던지 이후 냅다

*과거 총포에 화약을 잴 때 쓰던 쇠꼬챙이.

도망쳐 밖에서 밤을 지새웠다.

폭발 후 30여분 동안, 오지 주민들 여럿은 하도 우스워서 소리내 웃을 수도 없는 지경이었다. 그들은 벽에 기대 웅크려 포복절도하거나 먼지 구덩이를 데굴데굴 굴러다녔다. 두 백인 여자는 미친 듯 발작하고 있었고, 한 혼혈인은 찬물을 한 바가지 들고 정신없이 허둥대고 있었다. 술집 주인은 꺅꺅 울어대는 자신의 아내를 꽉 끌어안고는 "메리, 제발 나를 위해서라도 그만해. 안 그러면 쥐어 패서라도 정신을 차리게 할 수밖에 없어"라며 애걸했다.

데이브는 나중에 "상황이 조금 안정되었을 때" 사과하기로 결심하고 야영지로 돌아갔다. 그리고 그 모든 짓을 벌인 개, 무지막지한 얼간이 똥개 리트리버 "토미"는 데이브 주위로 침을 질질 흘리며 오더니 꼬리로 데이브의 다리를 살포시 때렸다. 그리고는 세상에서 제일 크고 길고 뜨겁게 애정 어린 미소를 지으면서 데이브를 따라 보금자리로 총총거리며 뛰어갔다. 재미있게 보냈던 어느 날 오후가 만족스러운 게 분명했다.

앤디는 개를 안전하게 묶은 뒤 양고기를 좀 더 요리했다. 한편, 데이브는 짐이 구덩이에서 나오는 것을 도와주려고 나갔다.

그 이후 몇 년 동안 만사태평의 껑충한 오지 주민들이 데이브의 야영지를 말을 타고 느릿느릿 지나갈 때마다 흐느적거리는 말투에 콧소리를 섞어가며 이렇게 외치는 까닭은 대부분 그 일 때문이다.

"안뇽, 다-아-브! 낚시느으응 잘 되에, 다-아-브?"

헨리 로슨Henry Archibald Lawson

호주의 시인이자 단편소설 작가. 영국 식민지풍의 문학이 풍미하던 호주 문학계에 호주의 정신이 깃든 문학작품을 선보여 호주국민주의를 일깨웠다. 그러나 말년에는 걸인처럼 떠돌면서 감옥까지 드나들다가 찌그러진 양은 맥주잔을 꼭 쥔 채 객사했다. 평생을 독신으로 살면서 호주 민중의 애환을 문학작품 속에 생생하게 담아냈다.

오 헨리 이론과 사냥개

며칠 전 열대지방인 라토나섬에서 미국 영사로 근무하는 오랜 친구 J. P. 브리저가 도시로 왔다. 우리는 기쁜 마음에 술잔치를 벌이고 플랫아이언 빌딩을 구경했지만 브롱크스리스 동물원의 쇼는 이틀 밤 차이로 놓치는 바람에 구경하지 못했다. 술자리를 파한 뒤 우리는 브로드웨이를 유사하게 본뜬 거리를 걸어 올라가고 있었다.

곱상하긴 하지만 흔히 볼 수 있는 용모의 한 여자가 포악한 얼굴로 씩씩대며 뒤뚱뒤뚱 걷는 누런 퍼그의 목줄을 잡은 채 우리를 지나치고 있었다. 걷다가 브리저의 다리에 뒤엉킨 개는 잔뜩 골이 난 얼굴로 으르렁거리며 브리저의 발목을 우물우물 씹었다. 브리저는 방긋 미소를 지어 보이며 그 짐승이 화들짝 놀랄 정도로 걷어찼다. 여자는 우리에게 온갖 상상 가능한 수식어들을 빗발치듯 퍼부었고 우리 입장에서는 딱히 할 말이 없었던지라 얼른 자리를 떴다. 약 10미터쯤 떨어진 곳에서는 백발이 헝클어진 한 노파가 누더기 같은 숄 안에 통장을 접어 넣어 숨긴 채 구걸하고 있었다. 브리저는 멈춰 서서 외출할 때 입는 조끼에서 25센트를 찾아내 노파에게 건넸다.

다음 모퉁이에는 쌀가루처럼 희멀건 얼굴에 뚱뚱하고 흰 턱살이 축 처진 250킬로그램은 나갈 것 같은 잘 차려입은 한 남자가 타고난 악마 같은 불도그의 목줄을 잡고 서 있었다. 불도그의 앞다리는 닥스훈트의 앞다리 길이에 비하면 낯설었다. 유행이 지난 모자를 쓴 아담한 여자가 그 남자와 마주 서서 눈물을 흘리고 있었다. 남자가 낮으면서도 지독히 노련한 말투로 그녀에게 욕을 퍼붓는 동안 그녀가 할 수 있는 것이라곤 우는 게 전부였기 때문이다.

브리저가 다시 단호하게 미소를 짓더니 이번에는 작은 수첩을 꺼내 자기가 본 것을 적었다. 적절한 설명을 하지 않고 그런 것을 쓸 권리는 없다고 내가 말했다.

브리저는 이렇게 말했다. "라토나에서 알아낸 새로운 이론일세. 난 여기저기 찾아 다니면서 그 이론을 뒷받침할 만한 증거들을 모으고 있어. 세상에 내보내기엔 아직 미흡하지만, 음, 자네에겐 말해주지. 자네가 지금까지 알고 지낸 사람들을 다시 떠올려보면 무슨 말인지 이해가 될 걸세."

그래서 나는 모퉁이를 돌아 인공 야자나무와 포도주가 있는 곳으로 브리저와 갔다. 그가 자진해서 한 말을 들은 그대로 여기에 옮겨보겠다.

어느 날 오후 세 시, 라토나섬에서 한 소년이 해변을 따라 달리면서 "어어이, 빠하로!"라고 외쳤다.

자신의 청력이 얼마나 예리하고 분별력이 있는지를 큰소리로 알리는 것이었다.

빵—하면서 다가오는 증기선의 경적소리를 처음으로 듣고 증기선의 이름을 정확하게 입 밖으로 선포하는 사람이 다음 증기선이 올 때까지 라토나섬의 작은 영웅이었다. 그런 이유로 라토나의 맨발의 청춘들 사이에서는 영웅이 되려는 경쟁이 일었다. 돛대가 하나인 작은 범선이 항구에 들어오면서 소라고둥 껍데기를 부드럽게 불어서 내는 소리가 저 멀리서 증기선이 내는 신호와 놀라울 정도로 비슷했기 때문에 많은 소년들이 그 소리에 속아 넘어갔다. 어떤 소년들은 우리처럼 청력이 둔한 사람에게는 코코넛야자나무 가지 사이로 살랑거리는 바람 소리보다도 더 조그맣게 울려 퍼지는 경적소리를 듣고도 배의 이름을 말할 수 있었다.

오늘은 '빠하로'를 선포한 소년이 '라토나'가 되는 영예를 얻었다. '라토나'는 귀 기울여 들으려고 귀를 구부렸다. 그러자 곧 깊은 경적소리가 점점 더 커지며 더 가까이에서 들려왔고, 드디어 늘어선 야자나무 위의 낮은 '마디'에서 항구 입구 쪽으로 아주 천천히 움직이는 과일 운반선의 검은 굴뚝 두 개가 보였다.

라토나섬은 남아메리카 공화국 남쪽에서 30킬로미터 이상 떨어진 섬이라는 점을 명심하시라. 라토나섬은 그 공화국의 항구로 청명한 바다에 잔잔하게 떠 있다. 온갖 만물이 "무르익었다가 멎으면 무덤을 향하여 떨어지는" 곳인 풍부한 열대지방이 먹여 살리기 때문에 힘든 노동을 할 필요도 길쌈을 할 필요도 없다.

8백 명의 거주민들은 편자 모양으로 휘어진 아기자기한 항구를 따라 녹음으로 둘러싸인 마을에서 꿈 같은 삶을 살고 있다. 대부분 스페인과 북미 인디언의 피가 섞인 메스티소인*들로, 산 도밍고 흑인들의 피부색과 순수혈통을 가진 스페인 장교들의 밝은 피부색, 서너 개척적인 백인 종족들의 피부색에서도 약간의 영향을 받았다. 라토나섬에 기항하는 증기선들은 바나나를 검수하려고 해안으로 가는 검시관들을 태운 과일 운반선 외에는 없다. 그들은 일요일판 신문들과 얼음, 퀴닌**, 베이컨, 수박, 백신 등을 섬에 넘겨주는데, 이는 라토나섬이 세상과 접촉하는 전부였다.

빠하로는 거세게 굽이치는 하얀 파도를 해안가의 잔잔한 수면 너머로 쏜

*Indian mestizo. 라틴아메리카 사람.
**quinine. 남미산 기나나무 껍질에서 얻는 약물. 과거에는 말라리아 약으로 쓰였다.

살같이 흘려보내며 항구 입구에서 멈추었다. 마을에서는 이미 소형 어선 두 척이 나와 증기선 쪽으로 반쯤 가 있었다. 한 척은 과일 검시관을 태우고, 다른 한 척은 물품을 얻으려는 것이었다.

검시관들은 한 소형 어선에 탔고, 빠하로는 과일을 적재하기 위해 본토로 신속히 나아갔다.

나머지 배 한 척이 빠하로의 얼음저장고에서 기증할 물품들과 늘 그렇듯 둘둘 만 신문들과 승객 한 명을 태우고 라토나섬으로 돌아왔다. 승객은 켄터키주의 채텀군 보안관인 테일러 플런킷이었다.

라토나섬의 미국 영사인 브리저는 항구에서 20미터 정도 떨어진 빵나무 아래, 오두막 사옥에서 소총을 닦고 있었다. 영사는 행정 조직에서 보자면 거의 말단에 위치하고 있었다. 조직의 선두에서 울리는 풍악은 그에게는 아주 멀리서 희미하게 들리는 소리일 뿐이었다. 관직의 부수입은 다른 사람들에게 돌아갔다. 부수입 중에서 브리저의 몫은, 그러니까 라토나섬에서 영사의 몫은 공용주택의 기숙사 부문에서 나오는 말린 자두에 불과할 뿐이었다. 하지만 라토나섬에서는 연간 900달러면 풍족했다. 게다가 브리저는 영사관 근처에 있는 작은 늪에서 악어를 쏘는 데 정신이 팔렸기 때문에 크게 개의치 않았다.

소총의 잠금장치를 주의 깊게 살펴보던 브리저는 한 풍채 좋은 남자가 대문간을 가득 채우고 있는 것을 고개 들어 보았다. 풍채가 좋고 조용히 느릿느릿 움직이는 남자는 짙은 갈색에 가까울 정도로 햇볕에 심하게 타 있었다. 마흔다섯 살 된 남자로 단정하고 수수한 차림새였으며, 숱이 얼마 안 되는 머리칼은 밝은 색깔이었고 회갈색의 수염은 바짝 깎여 있었다. 연푸른 두 눈은 온화한 성품을 내비치고 있었다.

"당신이 브리저 영사시군요." 풍채 좋은 남자가 말했다. "사람들이 여기로 가라고 알려줬어요. 그런데 깃털로 만든 먼지떨이처럼 보이는 저 물가에 늘어선 나무들에 박처럼 매달린 커다란 덩어리들은 뭐죠?"

"우선 의자에 앉으시죠." 세척용 천조각에 기름을 바르면서 영사가 말했다. "아니. 그 의자 말고 다른 의자요. 저 대나무로 만든 의자는 당신을 지탱하지 못할 거예요. 아, 그것들은 코코넛입니다. 녹색 코코넛이요. 익기 전에는 항상 껍질이 연녹색이에요."

"아이고, 고맙습니다." 남자가 조심스레 앉으며 말했다. "확신이 없어서 고향 사람들한테 올리브나무라고 말하기가 좀 그렇더군요. 제 이름은 플런킷입니다. 켄터키주의 채텀군 보안관이죠. 저는 이 섬에서 한 남자를 체포해도 좋다는 권한을 부여받은 본국 송환 명령장을 주머니에 갖고 왔습니다. 이 나라의 대통령이 서명한 것으로 정확한 문서죠. 그 남자의 이름은 웨이드 윌리엄스입니다. 코코넛 재배 사업을 하고 있어요. 2년 전에 자기 아내를 살해한 혐의로 수배 중입니다. 어디에 가면 그 남자를 찾을 수 있을까요?"

영사는 눈을 가늘게 뜨고 소총의 총열을 들여다보았다.

"이 섬에 자칭 '윌리엄스'인 사람은 아무도 없습니다." 그가 말했다.

"그럴 줄 알았어요." 플런킷이 부드럽게 말했다. "어떻게든 다른 이름을 쓰겠지요."

"저 말고는 라토나섬에 미국인이 딱 두 명밖에 없습니다. 밥 리브스와 헨리 모건이죠." 브리저가 말했다.

"제가 찾는 남자는 코코넛을 파는 남자입니다." 플런킷이 넌지시 말했다.

"코코넛나무가 저 지점까지 뻗어 나가는 게 보이세요?" 열린 문 쪽으로 손짓을 하며 영사가 말했다. "저건 밥 리브스 거고요. 헨리 모건은 이 섬의 바람이 불어가는 쪽 절반에 해당하는 코코넛나무를 가지고 있습니다."

“한 달 전에 웨이드 윌리엄스가 채텀군에 있는 한 남자에게 자기가 어디 있으며 어떻게 지내고 있는지를 말하는 비밀 편지를 부쳤습니다. 그 편지는 분실됐고, 편지를 발견한 사람은 일을 그만뒀죠. 본국에선 그를 뒤쫓으라고 저를 보내면서 송환 명령장을 발부했어요. 제 생각에는 당신이 말한 코코넛 재배자 중 한 명이 틀림없는 것 같군요.” 보안관이 말했다.

“당연히 그 사람 사진을 가지고 있겠지요.” 브리저가 말했다. “리브스 아니면 모건일 텐데, 생각하기도 싫군요. 당신이 종일 자동차를 타고 다니면서 만나는 사람들만큼이나 둘 다 좋은 친구들이거든요.”

“아니요.” 자신 없는 목소리로 플런킷이 대답했다. “윌리엄스 사진은 단 한 장도 가지고 있지 않습니다. 직접 본 적도 없어요. 보안관이 된 지 겨우 1년밖에 안 됐거든요. 하지만 그 남자에 대해 상당히 정확하게 설명할 순 있습니다. 키가 약 180센티미터에 머리칼과 눈동자는 짙습니다. 콧날은 오뚝하니 높은 편이고, 어깨가 딱 벌어졌으며, 이는 하얗고 튼튼하며 한 군데도 빠지지 않았어요. 크게 웃고 너스레를 잘 떠는 편입니다. 주량은 상당하지만 절대 취하는 법이 없지요. 말할 때 눈을 똑바로 쳐다봅니다. 나이는 서른다섯이고요. 이 설명에 들어맞는 사람이 누구입니까?”

영사가 씩 웃었다.

“이렇게 하면 어떨까요.” 소총을 내려놓고 거무죽죽한 알파카 코트를 황급히 걸치며 말했다. “따라오세요, 플런킷 씨. 그 사내들을 만날 수 있는 곳으로 모셔다드리겠습니다. 당신이 한 설명으로 보자면 어떤 사람이 더 잘 들어맞는지 저보다 더 잘 분간할 수 있을 테니까요.”

브리저는 보안관을 밖으로 안내하여 짠내 나는 해안가를 따라 아담한 집들이 흩어져 있는 마을로 갔다. 마을 바로 뒤편에는 숲이 울창한 조그만 언덕들이 불쑥 솟아 있었다. 영사와 보안관은 단단한 진흙을 계단으로 깎아 만든 이 언덕들 중 하나에 올라갔다. 벼랑 끝에 초가지붕으로 엮은 방 두 칸짜리 통나무집이 자리 잡고 있었다. 카리브인 원주민 여자가 바깥에서 빨래를 하고 있었다. 영사는 보안관을 항구가 내려다보이는 방의 문 쪽으로 안내했다.

방 안에는 셔츠 바람의 두 남자가 차려놓은 저녁 밥상에 이제 막 앉으려 하고 있었다. 그들은 자세히 보면 서로 닮은 점이 거의 없었지만, 플런킷이 제시한 전반적인 설명으로 치면 각자에게 곧바로 적용할 수 있었다. 그들 각자 키 높이, 머리카락 색깔, 코 모양, 체구나 태도 등이 플런킷이 말한 것과 일치했다. 그들은 이국땅에서 동료애로 자연스럽게 끌리는 쾌활하고 재치 있고 관대한 미국인이라는 전형적인 타입이었다.

"브리저 씨, 오셨어요?" 그들은 영사를 보자 일제히 외쳤다. "와서 같이 식사나 하시죠!" 그런 다음 그들은 바로 뒤에 플런킷이 있다는 것을 알아차렸고, 손님에게 호기심을 보이면서 친절하게 다가섰다.

"여러분, 이 분은 플런킷 씨입니다. 플런킷 씨, 리브스 씨와 모건 씨예요." 이렇게 말하는 영사의 목소리는 보통 때와 달리 굳어 있었다.

코코넛 업계의 거물들은 손님을 반갑게 맞이했다. 리브스는 모건보다 2센티미터가량 커 보였지만, 웃음소리는 그다지 크지 않았다. 모건의 두 눈동자는 짙은 갈색이었고, 리브스의 두 눈동자는 검은색이었다. 집주인인 리브스는 손수 다른 의자들을 가져오고 카리브인 여자를 불러 추가로 식탁을 차리느라 분주했다. 그것으로 보아 바람이 불어가는 쪽에 대나무로 만든 오두막집에 사는 사람이 모건인 듯했다. 하지만 두 친구는 매일 식사를 같이했다. 플런킷은 식탁이 차려지는 동안 연푸른 눈동자로 가볍게 주위를 둘러보며 가만히 서 있었다. 브리저는 불편하면서도 미안한 기색을 보였다.

잠시 후 2인분의 식기가 더 놓여 졌고 일행은 각자의 자리를 지정받았다. 리브스와 모건은 방문객들 맞은편에 나란히 서 있었다. 리브스는 모두 자리에 앉으라는 신호로 상냥하게 고개를 끄덕였다. 그런데 갑자기 플런킷이 권위적인 몸짓을 하며 손을 들어 올렸다. 그는 리브스와 모건 사이를 똑바로 보고 있었다.

"웨이드 윌리엄스." 그가 차분하게 말했다. "너를 살인죄로 체포한다."

리브스와 모건은 즉시 깜짝 놀라 의문에 찬 눈길로 경계하듯 재빨리 눈짓을 주고받았다. 그런 다음 동시에 당황하여 노골적으로 항의하는 듯한 시선을 화자에게로 향했다.

"플런킷 씨, 당최 이해할 수가 없군요." 모건이 쾌활하게 말했다. "'윌리엄스'라고 하셨나요?"

"이건 무슨 농담이죠, 브리저?" 영사를 돌아보며 미소를 띤 채 리브스가 물었다.

브리저가 대답하기 전에 플런킷이 다시 말을 꺼냈다.

"제가 설명하죠." 플런킷이 침착하게 말했다. "당신들 중 한 사람에게는 굳이 설명할 필요가 없겠지만, 이건 다른 한 사람을 위해 설명하는 겁니다. 당신들 중 한 사람은 켄터키주 채텀군의 웨이드 윌리엄스입니다. 5년 동안 아내를 끊임없이 학대하고 가혹하게 다룬 뒤, 2년 전 5월 5일에 살해했지요. 저는 당신을 본국에 송환하라는 명령장을 주머니 속에 가지고 있습니다. 당신은 저와 함께 가야만 합니다. 우린 과일 검시관들을 데려다주려고 내일 이 섬에 되돌아오는 과일 운반선을 타고 돌아갈 겁니다. 여러분 중 누가 윌리엄스인지 확신할 수 없다는 점은 인정하지만, 웨이드 윌리엄스는 내일 채텀군으로 돌아가야 합니다. 양해해 주시기 바랍니다."

고요한 항구 위로 모건과 리브스의 떠들썩한 웃음소리가 호탕하게 퍼졌다. 항구에 정박한 작은 범선 무리에 있는 어부 두세 명이 언덕 위에 있는 미국인들의 집을 올려다보며 도대체 무슨 일인가 의아해했다.

"여보세요, 플런킷 씨." 웃음이 터져 나오는 것을 억누르며 모건이 외쳤다. "음식이 다 식겠어요. 일단 앉아서 먹죠. 상어 지느러미 수프에 숟가락을 얹고 싶어 죽겠어요. 일 얘긴 나중에 합시다."

"여러분, 이제 자리에 앉으시죠." 리브스가 유쾌하게 덧붙였다. "플런킷 씨도 반대하진 않을 거라고 확신합니다. 시간이 좀 더 흐르면 플런킷 씨가 체포하고 싶어 하는 그 양반을 식별하는 데 도움이 될 수도 있을 테고요."

"당연히 반대하지 않습니다." 플런킷이 육중한 몸을 의자에 털썩 주저앉으며 말했다. "저도 허기지군요. 여러분에게 미리 고지하지도 않고 환대를 받아들이고 싶지는 않았거든요. 그게 다예요."

리브스가 식탁에 술병과 잔을 차려놓았다.

"꼬냑도 있고, 아니스가 들어간 술*도 있고, 스카치위스키 증류주도 있고, 호밀로 만든 위스키도 있습니다. 마음대로 골라 드세요."

브리저는 호밀위스키를 골랐고, 리브스는 스카치를 한 잔 가득 직접 따랐으며, 모건 역시 똑같이 했다. 보안관은 다들 한사코 만류하는데도 불구하고 물병을 집어 잔을 채웠다.

"윌리엄스 씨의 식욕을 위하여 건배!" 잔을 들어 올리며 리브스가 말했다. 모건은 들이켜다 웃음을 터뜨리는 바람에 숨이 막혀 캑캑거렸다. 모두들 맛있게 잘 요리된 저녁식사에 집중하기 시작했다.

"윌리엄스!" 느닷없이 플런킷이 날카로운 목소리로 불렀다.

*anisada. 아니스가 들어간 술. 아니스는 미나리과의 한해살이풀로 빵, 술, 생선요리 등 각종 요리에 향신료로 쓰인다.

모두가 의아해하며 쳐다보았다. 리브스는 보안관의 온화한 눈길이 자신을 향하고 있다는 것을 알았다. 그는 살짝 낯을 붉혔다.

"이보세요." 약간 퉁명스럽게 리브스가 말했다. "내 이름은 리브스입니다. 저는 당신이 안 그러기를……" 하지만 이 상황이 너무 웃긴 나머지 결국 웃음보가 터지고 말았다.

"플런킷 씨, 제 생각에는," 모건이 아보카도에 정성스레 소금을 치면서 말했다. "엉뚱한 사람을 데리고 켄터키로 돌아간다면 상당히 골치 아픈 문제가 생길 거라는 사실을 잘 알고 계신 거 같은데요? 그러니까 물론, 누구를 데리고 가도 말이지요?"

"소금 좀 주세요." 보안관이 말했다. "아, 어쨌든 누군가는 데리고 갈 겁니다. 여러분 두 분 중 한 분이 되겠지요. 네, 맞습니다. 만약 실수하면 꼼짝없이 대가를 치르겠지요. 하지만 저는 그 남자가 누구인지 알아낼 겁니다."

"이렇게 하면 어떨까요." 모건이 두 눈을 반짝이며 앞으로 몸을 숙인 채 말했다. "저를 데려가세요. 절대 속 썩이지 않을게요. 올해는 코코넛 사업도 죽 쒀서 당신네 신원 보증인들한테서 가욋돈을 좀 벌고 싶거든요."

"그건 불공평해요." 리브스가 끼어들었다. "난 지난번에 천 개를 선적하고도 16달러밖에 못 받았단 말입니다. 저를 데려가세요, 플런킷 씨."

"난 웨이드 윌리엄스를 데리고 갈 겁니다." 보안관이 인내심을 발휘하며 말했다. "이제 거의 다 온 거 같습니다."

"마치 유령과 식사를 하는 것 같군요." 모건이 몸서리치는 흉내를 내며 말했다. "살인자 유령하고요! 막돼먹은 윌리엄스 씨 귀신에게 누가 이쑤시개라도 좀 건네주실래요?"

플런킷은 마치 채텀군에 있는 자기 집 식탁에서 식사를 하는 것만큼이나 개의치 않는 것처럼 보였다. 그는 당당한 대식가였고, 낯선 열대지방의 진미는 입맛을 돋우었다. 육중한 몸에 평범한 외모, 거의 움직임까지 굼뜬 그에게선 경찰이 가진 온갖 노련함과 경계심이라고는 찾아볼 수 없는 것 같았다. 심지어 아내 살인자라는 중차대한 혐의를 끌어내기 위해 놀라울 정도로 자신감을 가지고 지목했던 두 사람 중 한 사람을 날카롭게 식별하려는 시도나 관찰도 이제는 그만둬 버렸다. 잘못 결판 지으면 대단한 낭패에 이르게 된다는 것도 정말로 문제였다. 어느 모로 보나 그는 구운 이구아나 토막의 진기한 풍미에 정신줄을 놓아버린 사람처럼 앉아있었다.

영사는 확실히 마음이 불편했다. 리브스와 모건은 그의 친구이자 동료였다. 하지만 켄터키에서 온 보안관은 그에게 공적인 원조와 정신적 지지를 요구할 권리가 있었다. 그래서 브리저는 식사 자리에 최대한 조용히 앉아있으면서 이 특이한 상황을 가늠해보려고 애썼다. 브리저가 내린 결론은 플런킷이 임무를 공개한 순간, 그가 알기론 머리가 무척 잘 돌아가는 리브스와 모건이 번개처럼 짧은 순간에 각기 상대방이 범죄를 저지른 윌리엄스일지도 모른다는 생각을 했을 것이고, 그들 각자 그 순간 파멸의 위협에 맞서 서로의 동무를 충실하게 보호하겠다는 결심을 했을지도 모른다는 것이었다. 이것이 영사의 이론이었다. 만약 그가 삶과 자유를 위한 두뇌 싸움의 도박꾼이었다면, 그는 켄터키주 채텀군에서 온 이 느려 터진 보안관에게는 도저히 승산이 없다고 여겼을 것이다.

식사가 끝나자 카리브인 여자가 와서 접시와 식탁보를 치웠다. 리브스가 식탁에 질 좋은 시가를 늘어놓았다. 플런킷은 다른 이들과 더불어 대단히 만족해하면서 시가에 불을 붙였다.

"제가 좀 둔한 건지 모르겠지만," 모건이 씩 웃는 얼굴로 브리저에게 윙크를 하며 말했다. "정말 궁금하네요. 제 말은, 이 모든 게 세상 물정 모르는 순진한 두 사람을 겁주려고 지어낸 플런킷 씨의 농담인 것 같아서요. 이 윌리엄슨 얘기를 진지하게 받아들여야 할까요, 말까요?"

"윌리엄스요." 플런킷이 정색하며 정정했다. "난 살면서 농담이라곤 해본 적이 없습니다. 웨이드 윌리엄스를 데려가지 못하는데도 이처럼 3,200킬로미터의 여정을 떠나올 정도로 실력이 형편없는 놈은 아닙니다." 보안관은 이제 온화한 눈길로 한 사람씩 번갈아 쳐다보며 계속 말을 이어갔다. "여러분! 어디 한번 이 사건에서 농담거리를 찾아보십시오. 웨이드 윌리엄스는 지금 내가 하는 말에 귀 기울이고 있을 겁니다. 하지만 예의상 그를 제3자로 여기고 말하겠습니다. 5년간 그는 아내의 삶을 개처럼 살게 했습니다. 아니, 취소하리다. 켄터키에서는 어떤 개라도 그녀처럼 취급받은 적이 없었으니까. 그는 아내가 벌어오는 돈을 썼습니다. 도박에, 카드게임에, 경마에, 사냥에 말이오. 친구들에게는 좋은 동료였을지 몰라도 집에서는 냉혹하고 음흉한 악마였습니다. 5년간 방치해 두다 결국 아내가 아프고 병에 시달리며 약해지자 주먹으로 내리쳐서 끝장냈죠. 돌멩이처럼 단단한 손으로 말입니다. 그녀는 바로 다음 날 죽었고, 그는 몰래 줄행랑을 쳤습니다. 이게 사건의 전말입니다. 이 정도면 충분하겠죠. 나는 윌리엄스를 본 적이 없습니다. 하지만 그의 아내는 압니다. 나는 뭘 숨기는 사람이 아니외다. 그녀가 그놈을 만났을 때 우린 사귀고 있었습니다. 그녀가 루이빌*에 체류하고 있을 때 그놈을 거기서 만난 겁니다. 그놈이 그 즉시 내 기회를 빼앗아버렸다는 것을 난 인정합니다. 난 당시 컴벌랜드산맥** 언저리에 살았습니다. 웨이드 윌리엄스가 아내를 죽이고 나서 1년 뒤에 나는 채텀군의 보안관으로 선출되었죠. 비록 공적 임무 때문에 그를 쫓아 여

*Louisville. 켄터키주 북부에 있는 도시.

**Cumberland mountains. 애팔래치아산맥의 일부로 켄터키주와 테네시주에 있는 고원.

기에 왔지만, 사적인 감정 역시 개입됐다는 걸 인정합니다. 그는 나와 함께 돌아갈 겁니다. 에, 리브스 씨, 성냥 좀 주시겠습니까?"

"윌리엄스는 끔찍이도 경솔한 사람이군요." 벽에 발을 올려놓으며 모건이 말했다. "켄터키주 아가씨를 때리다니. 무슨 권투선수 얘기라도 들은 거 같네요."

"윌리엄스, 저런, 몹쓸 놈 같으니라고." 스카치를 더 부으며 리브스가 말했다.

두 남자는 스쳐 지나가듯 가볍게 말했지만 영사는 그들의 행동과 말에서 긴장감과 경계심이 느껴진다는 것을 눈치챘다. 영사는 속으로 생각했다. '좋은 친구들이군. 둘 다 훌륭해. 각자 교회의 작은 모퉁이돌처럼 서로의 곁을 지탱해주고 있어.'

그때 그들이 앉아있는 방으로 귀가 긴, 검정 바탕에 갈색 얼룩이 있는 사냥개가 한 마리 걸어 들어왔다. 느릿느릿 걷는 모양새가 환영받는다는 것을 확신한다는 듯한 태도였다.

플런킷은 고개를 돌려 그 동물을 바라보았다. 동물은 그가 앉은 의자에서 조금 떨어진 곳에 당당하게 멈춰 섰다.

갑자기 보안관은 낮고 굵직한 목소리로 욕설을 퍼부으며 자리에서 일어나더니 크고 묵직한 발로 개에게 잔인하고 거세게 발길질을 해댔다.

마음의 상처를 입고 소스라치게 놀란 사냥개는 귀를 펄럭거리고 꼬리를 궁둥이 안으로 말면서 고통과 놀라움에 귀청을 찢는 듯한 비명을 내질렀다.

리브스와 영사는 아무 말 없이 자리에 앉아있긴 했지만, 채텀군 출신의 느긋한 남자가 예상치 못한 과민한 행동을 하자 놀라움을 금치 못했다.

하지만 모건은 별안간 얼굴이 붉어지더니 자리를 박차고 일어나 손님에게 위협적으로 팔을 휘둘렀다.

"이 짐승 같은 놈아!" 그가 격노하며 소리 질렀다. "왜 이런 짓을 한 거야?"

플런킷은 재빨리 공손하게 잘 알아들을 수 없는 사과의 말을 몇 마디 중얼거리고는 자리로 되돌아갔다. 마음을 다잡아 분노를 억누른 모건 또한 자기 자리로 돌아갔다.

그런 다음 플런킷은 호랑이처럼 자리에서 튀어 올라 식탁으로 달려들어 모건의 손목을 꼼짝 못하게 잡고는 수갑을 채웠다.

"사냥개 애호가이자 여자를 죽인 살인범!" 플런킷이 외쳤다. "신을 맞이할 준비나 해라."

브리저가 이야기를 마쳤을 때 나는 물었다.

"그 사람이 범인을 제대로 잡았어?"

"그럼." 영사가 말했다.

"그런데 어떻게 알았지?" 내가 약간 아연해서 물었다.

브리저가 대답했다. "다음날 그 보안관 플런킷이 모건을 빠하로호에 태우려고 소형 어선에 집어넣고 나서, 나와 악수를 하려고 잠시 멈췄을 때 나도 똑같은 질문을 했어." 브리저가 대답했다.

플런킷이 말하더군. "브리저 씨, 나는 켄터키 사람으로 무수히 많은 남자들과 동물들을 보아왔소. 그런데 난 아직까지 말과 개를 지나치게 좋아하는 남자치고 여자에게 잔인하지 않은 남자를 본 적이 없소"라고 말이야.

오 헨리O. Henry

『마지막 잎새』를 쓴 미국 소설가. 10년 남짓한 작가 활동 기간 동안 381편의 단편소설을 썼다. 따뜻한 유머와 깊은 페이소스를 풍기며, 미국 남부나 뉴욕 뒷골목에 사는 가난한 서민과 빈민들의 애환을 다채로운 표현과 교묘한 화술로 그린 것이 특징이다. 특히 독자의 의표를 찌르는 줄거리의 결말은 기교적으로도 뛰어나다.

오 헨리 누렁이의 추억

나는 여러분이 한 동물이 들려주는 이야기에 크게 감동할 거라고 여기지 않는다. 키플링* 씨와 다른 많은 훌륭한 작가들이 동물들도 자신에게 유리한 경우에는 영어로 표현할 수 있다는 것을 보여주었으며, 아직도 브라이언**의 사진이나 플레산의 공포***를 싣고 있는 구식 월간지들을 제외하곤 요즘엔 동물 이야기를 싣지 않는 잡지가 없다.

하지만 내 글 속에서는 『정글북』에 나오는 곰인 베어루나, 뱀인 스나쿠, 호랑이인 타마누****와 같은 특정한 주제에 대한 특정한 문체의 글을 기대하지 마시라. 새틴으로 만든 낡은 속치마 (여성 항만부두 노동자 축하연에서 포트와인을 쏟았던) 자락에서 잠을 자며 삶의 대부분을 뉴욕의 싸구려 아파트에서 보낸 누렁이에게서 특별한 언어의 기교를 기대하는 것은 바람직 하지 않으니까 말이다.

나는 누런 똥강아지로 태어났다. 날짜와 지역, 혈통이나 체중은 알 수 없

*J. Rudyard Kipling(1865~1936). 영국의 작가이자 시인으로 『정글북』의 저자.

**William Jennings Bryan(1860~1925). 1890년대부터 미국 민주당의 지도적 정치인이었다. 대통령 선거에 3회 출마했다. 미국 역사상 가장 인기 있는 연설자 중 하나였다.

***Mont Pélee. 프랑스 북부에 있는 활화산. 1902년 3만 명의 목숨을 앗아간 폭발로 유명하다. 이로 인해 도시 자체가 완전히 파괴되었다.

****베어루, 스나쿠, 타마누는 각기 『정글북』에 나오는 주인공들 중 하나이다.

다. 내가 기억해낼 수 있는 첫 기억은, 한 늙은 여자가 나를 바구니에 담아 브로드웨이 23번지에서 어떤 뚱뚱한 여인에게 팔려고 할 때였다. 허버드 할머니* 는 내가 진짜 훌륭한 포메라니안-햄블토니언-레드-아이리시-코친-차이나-스토크-포기스폭스테리어라며 치켜세우고 있었다. 그 뚱뚱한 여인은 장바구니 안에 있는 그로그랭** 플란넬 천 견본들 사이에서 5달러짜리 지폐를 찾아내 나를 샀다. 나는 그 순간부터 한 마리 애완동물이었다. 우리 엄마만의 우시스퀴들럼***이었다. 관대한 독자여, 여러분은 까망베르 치즈 냄새에 뽀 데스빤느****의 향기가 더해진 채 숨을 쉬는 90킬로그램 나가는 여자가 여러분을 들어 올리고는 자신의 코를 온몸에다 비벼댄 적이 있는가? 그녀는 내내 엠마 임스*****와 같은 어조의 목소리로 이렇게 말했다. "아! 우들럼, 두들럼, 워들럼, 투들럼, 작고 귀여운 스쿠둘럼이네!"

나는 황구라고 불리는 순종 누렁이에서 점차 성장하면서 터키시앙고라 고양이와 하찮은 잡종 사이의 중간쯤 되어 보이는 신원 불명의 누런 똥개가 되었다. 하지만 내 여주인은 도통 깨닫지 못했다. 그녀는 노아의 방주를 쫓아간 태곳적의 두 강아지가 내 조상들의 방계라고 생각했다. '시베리안 블러드하운드 대회'에 나를 참가시키려고 매디슨 스퀘어 가든으로 데리고 들어가려 하는 걸 제지하는 데는 경찰이 두 명이나 필요했다.

아파트에 관해 이야기해주겠다. 그 집은 뉴욕에선 평범한 축이었고, 현관 홀에는 파로스 섬에서 나는 백색 대리석이, 1층에는 자갈들이 깔려있었다. 우

*Old Mother Hubbard. 1805년에 출간된 영국 동요의 제목이자 여주인공 이름으로, 할머니가 불쌍한 개에게 뼈다귀를 주려고 하지만 찬장에 아무것도 없어 주지 못했다는 내용을 담고 있다.

**gros grain. 골지게 짠 두꺼운 비단이나 인견, 혹은 리본을 말한다.

***wootsey squidlums. 애완동물의 애칭.

****Peau d'Espagne. 꽃과 향신료 오일로 만든 향수.

*****Emma Eames(1865~1952). 미국의 소프라노 가수.

리 아파트는 3층이었는데—아, 엘리베이터로가 아니라—걸어 올라가야 했다. 여주인은 가구가 비치되어 있지 않은 채로 아파트를 임대했고, 평범한 물건들로 채워 넣었다. 1903년산 천으로 씌워진 응접실 세트, 할렘의 찻집에 있는 게이샤 유화, 고무나무, 그리고 남편이었다.

시리우스였다! 내가 참 딱하다고 느끼는 두발 달린 동물이었다. 엷은 갈색의 머리털과 턱수염이 나와 상당히 닮은 땅딸막한 남자였다. 그런 걸 공처가라고 하나? 음, 큰부리새라든가 홍학, 펠리컨과 같은 온갖 부리가 그를 쪼았다. 즉, 아내가 시키는 대로 다 했다는 말이다. 그는 설거지를 도맡았고, 2층에 사는 여자가 말리려고 빨랫줄에 걸어놓은 다람쥐가죽 코트와 같은 싸구려 누더기 같은 것들에 대해 여주인이 하는 말에 귀 기울였다. 그리고 매일 저녁 그녀가 저녁을 먹는 동안 나를 데리고 나가 줄 끝을 잡고 산책시키도록 했다.

여자들이 혼자 있을 때 어떻게 시간을 보내는지를 남자들이 안다면 절대 결혼하지 않을 것이다. 로라 린 지비*의 소설들, 땅콩 캐러멜, 목주름에 바르는 아몬드크림, 씻지 않은 채 쌓여있는 접시들, 얼음배달부와 30분에 걸친 잡담, 옛날 편지 꾸러미들을 읽는 것, 약간의 피클과 맥아추출물 두 병, 한 시간에 걸쳐 창문 커튼 틈 사이로 통풍 공간 너머의 아파트를 훔쳐보는 것—그게 전부다. 남편이 일터에서 집에 오기 20분 전에 집을 정리정돈하고, 머리를 따을 때 덧넣은 딴머리가 보이지 않도록 고정시키며, 10분간의 허세를 부리기 위해 바느질거리들을 왕창 꺼내놓는다.

나는 그 아파트에서 기거했다. 하루 중 대부분의 시간을 구석에 누워서 그 뚱뚱한 여자가 무료한 시간을 보내는 것을 지켜보았다. 개들이 원래 그렇듯, 나는 때로는 잠을 자며 고양이들을 지하실로 쫓아내거나 검은색 벙어리

*Laura Lean Jibbey(1862~1924). 미국의 작가. 로맨스소설로 큰 인기를 끌었다.

장갑을 낀 노부인들에게 으르렁거리는 몽상을 꾸곤 했다. 그러고 나면, 그녀는 나에게 달려들어 푸들이나 하는 야단법석을 떨며 코에 입을 맞추는 등 쓸데없는 짓을 해댔다. 하지만 내가 거기다 대고 무엇을 할 수 있겠는가? 개는 정향*을 씹을 수 없는데.

나는 그녀의 남편에게 미안하게 느껴지기 시작했다, 이런 젠장. 우리는 밖에 나가면 사람들이 주목할 정도로 많이 닮았기 때문이다. 우리는 모건의 마차가 거리를 내려갈 때면 거리를 뒤흔들었고, 가난한 사람들이 사는 거리에 쌓여있는 작년 12월의 눈더미에 오르곤 했다.

어느 날 저녁, 우리는 산책을 하고 있었다. 나는 마치 상을 수상한 세인트버나드인 것처럼 보이려고 애쓰고 있었고, 남편은 멘델스존의 '결혼행진곡'을 연주한 악사를 죽이고 싶어 하지 않은 것처럼 보이려고 애쓰고 있었다. 나는 그를 올려다보며 내 식으로 말했다.

"왜 그렇게 기분이 안 좋아 보여, 얼간이처럼? 그녀는 당신한테 키스하지도 않잖아. 그녀의 무릎에 앉아서 뮤지컬 코미디 이야기를 마치 에픽테토스**의 명언인 양 들을 필요도 없잖아. 개가 아닌 걸 감사하라고. 기운 내, 유부남 아저씨, 우울한 기분을 썩 떨쳐버려."

결혼생활 때문에 불행한 남자가 거의 개의 지능을 지닌 얼굴로 나를 내려다보며 말했다.

"이런 세상에, 멍멍아. 착한 멍멍아. 너 거의 말할 수 있는 것처럼 보이는구나. 왜 그래, 멍멍아. 고양이들이 있다고?"

*열대성 정향나무의 꽃을 말린 것. 약간 매운 듯한 향기를 낸다. 원래 화장품 재료나 향료 · 구충제 · 전염병 예방제 등으로 쓰이다가 근대에 와서 주로 향신료로 사용된다.
**Epictetus(A.D. 55?~135?). 그리스의 스토아학파 철학자.

고양이들이라니! 난 말할 수 있다고!

하지만 당연히 그는 이해할 수 없었다. 인간은 동물의 언어 능력을 부정했다. 개와 사람은 오로지 소설 속에서나 의사소통할 수 있다.

우리가 사는 아파트 복도 맞은편에 검정 바탕에 갈색 얼룩이 있는 테리어를 가진 부인이 한 명 살았다. 그녀의 남편은 매일 저녁 개줄을 묶고 산책을 시켰다. 하지만 늘 즐겁게 휘파람을 불면서 집으로 왔다. 어느 날 나는 복도에서 테리어와 코로 인사를 나누면서 불현듯 어떻게 된 사연인지 설명을 들어야겠다는 생각이 들었다.

"이봐, 씰룩쌜룩 깡충깡충이. 상남자가 사람들이 있는 데서 개 보모 역할이나 하는 게 본심이 아니라는 거 너도 알고 있잖아. 멍멍이를 개줄로 끌고 다닐 때 자신을 조소하듯 쳐다보는 사람들한테 한 방 날리고 싶어 하지 않는 남자를 난 여태 본 적이 없거든. 하지만 너네 대장은 아마추어 마술쟁이가 달걀 마술을 하는 것만큼이나 날마다 뻐기면서 활기차게 들어온단 말이야. 어떻게 그럴 수가 있지? 좋아서 하는 거라고는 말하지 마."

"그 사람 말이야?" 테리어가 말했다. "그는 자연치유법을 이용하는 거야. 폭력으로 처리한다는 말이지. 처음에 산책하러 갔을 땐 그는 여객선에 있는 사람 모두가 잭팟을 노릴 때 오히려 페드로*를 하는 사람만큼이나 수줍어했어. 그런데 술집을 여덟 군데 다닐 무렵에는 개줄 끝에 있는 게 개인지 메기인지 신경도 쓰지 않더라고. 난 반회전문을 옆으로 비켜서 피하려다 꼬리를 5 센티미터나 잘렸어."

나는 그 테리어에게서 들은 조언—"이걸 한 번 다양하게 따라해 봐"—에 대해 생각하기 시작했다.

*pedro. 으뜸패의 5가 5점이 되는 게임의 일종.

어느 날 저녁 대략 여섯 시쯤, 여주인은 남편에게 '애기'에게 신선한 공기를 쐬어주라고 지시했다. 나는 지금까지 그 이름을 숨겨왔는데, 사실은 그게 그녀가 나를 부르는 이름이다. 검정 바탕에 갈색 얼룩이 있는 테리어는 '짹짹이'라 불렸다. 나는 내가 토끼몰이에 있어서 짹짹이보다 훨씬 낫다고 생각한다. 그런데도 '애기'라니, 그 이름은 양철 깡통에 붙은 명칭처럼 자존심을 긁는다.

안전한 거리의 조용한 곳에 이르자 나는 멋지고 세련된 술집 앞에서 집사의 줄을 팽팽하게 당겼다. 나는 어린 앨리스가 개울에서 백합을 꺾는 동안 수렁에 빠졌다는 것을 가족에게 알리려고 급히 낑낑거리며 달려가는 개처럼 문 앞에서 발버둥을 쳤다.

"이런, 세상에!" 남편이 씨익 웃으며 말했다. "누렁이 똥개 새끼가 들어가서 술을 한 잔 마시고 싶다는 건 아닐 테고. 어디 보자. 내가 여기에 발을 들여놓지 않은 게 얼마나 오래됐지? 내 생각에는—"

내 그럴 줄 알았다. 그는 테이블에 앉으면서 독한 위스키를 시켰다. 한 시간 동안 그는 캠벨*을 마셨다. 나는 옆에 앉아 종업원에게 꼬리를 톡톡 쳤고, 아파트에서 아빠가 집에 오기 8분 전에 식품점에서 산 자질구레한 물품들과는 질적으로 다른 공짜 점심을 얻어먹었다.

호밀빵만 빼고 스코틀랜드 제품은 다 마시고 나자, 남편은 나를 탁자 다리에서 풀어주더니 밖으로 나와 연어와 노는 어부처럼 나랑 놀아줬다. 바깥에서 그는 내 목줄을 벗기더니 거리로 던져버렸다.

"불쌍한 우리 멍멍이. 그녀는 이제 더 이상 네게 입 맞추지 못할 거야. 딱하기도 하지. 착한 멍멍아, 얼른 가, 거리에서 차에 치이더라도 부디 행복하거라."

나는 떠나기를 거부했다. 나는 남편의 다리 주위에서 양탄자 위의 퍼그

*스코틀랜드 위스키.

처럼 행복하게 뛰어놀았다.

"벼룩대가리같이 생겨가지고 마못 뒤꽁무니나 쫓아다니는 놈아." 내가 말했다. "달이나 보며 짖고 토끼나 노리면서 달걀이나 훔치는 늙은 비글 같은 놈아. 내가 당신을 떠나고 싶어 하지 않는다는 걸 모르겠어? 우리 둘 다 통 안에 든 개새끼인 거 모르겠어? 마누라가 행주를 가지고 당신을 쫓아오고, 벼룩약과 분홍색 리본을 가지고 나를 쫓아와서는 꼬리를 동여매는 잔인한 사람인 거 모르겠냐고? 차라리 입 닥치고 영원히 한패가 되지 그래?"

여러분은 그가 이해하지 못했을 거라고 할 것이다. 어쩌면 그럴 수도 있다. 하지만 그는 독한 위스키를 마신 뒤라 정신이 번쩍 들었기에 생각에 잠겨 잠시 가만히 서 있었다.

드디어 그가 입을 열었다. "멍멍아, 우리가 이 지상에서 사는 삶은 아주 짧아. 수십 년밖에는 살지 못하지. 내가 그 아파트로 다시 돌아간다면, 난 자존심도 없는 놈이고, 네가 그리 한다면 넌 더더욱 자존심이 없는 놈이야. 더 이상 자존심 없이 굴진 않을 거야. 난 닥스훈트처럼 다리가 짧더라도 서부로 헤쳐나갈 수 있다는 것에 60대 1로 내기를 걸겠어."

개줄은 없었지만 나는 23번지 선착장에서 주인과 같이 즐겁게 뛰어놀았다. 그 길에 있던 고양이들은 자기들에게 잡을 수 있는 발톱이 주어졌다는 것에 감사의 기도를 드려야 할 이유가 있다는 것을 알았다.

뉴저지에서 주인은 서서 건포도 빵을 먹고 있던 낯선 사람에게 말을 걸었다.

"저와 우리 멍멍이는 로키산맥으로 갈 거예요."

하지만 가장 기뻤던 것은 내가 아우—하며 울부짖을 때까지 내 두 귀를 잡아당기면서 이렇게 말할 때였다.

"이 원숭이 대가리, 쥐 꼬리, 누런 현관 매트같이 생긴 놈아. 내가 이제 너를 뭐라고 부를지 알아?"

나는 '애기야'를 떠올리며 서글프게 낑낑거렸다.

"피트[베드로]라고 부를 거야." 주인이 말했다. 내가 만약 꼬리를 다섯 개나 가졌다 해도 그 상황에 충분할 정도로 꼬리를 흔들어댈 수는 없었을 것이다.

사키 루이스

"올해 부활절을 비엔나에서 보내면 아주 재미있을 거요." 스트러드워든이 말했다. "오랫동안 못 만난 옛 친구들도 좀 찾아가 봐야겠소. 내가 알기론 부활절을 보내기에 가장 즐거운 곳이오—"

"난 우리가 부활절을 브라이튼*에서 보내기로 결정한 줄 알았는데요." 뜻밖의 말에 기분이 상한 듯 레나 스트러드워든이 가로막았다.

"그러니까 당신 말은, 우리가 부활절을 그곳에서 보내야 한다고 결정했다는 거요?" 남편이 말했다. "우린 작년 부활절을 거기서 보냈잖소. 성령 강림절 축제 기간도 거기서 보냈고, 재작년에는 워딩**에 있었소. 그 전에는 또 브라이튼에 있었단 말이오. 내 생각에는 내친김에 확실한 장소의 변화를 주는 편이 좋을 거 같소."

"비엔나로 가려면 돈이 무척 많이 들 거예요." 레나가 말했다.

"당신은 좀처럼 돈 걱정을 하지 않았잖소." 스트러드워든이 말했다. "그리고 어쨌든 비엔나로 여행가는 건 브라이튼에서 평소 아무 의미 없는 지인들과 쓸데없는 오찬회를 여는 것보다 비용이 조금도 더 들지 않소. 그런 모든 사람들로부터 벗어나는 게 그 자체로 휴가가 될 것이오."

*Brighton. 런던에서 기차로 한 시간가량 걸리는 해변 휴양도시.

**Worthing. 런던에서 기차로 약 한 시간 반가량, 브라이튼에서는 약 20분가량 걸리는 해변 휴양도시.

스트러드워든이 격정적으로 말했다. 레나 스트러드워든도 그 특정 문제에 대해 똑같이 흥분한 채 침묵하고 있었다. 브라이튼이나 남쪽 해안 휴양지에서 스트러드워든 부인 주위로 몰려드는 사람들은 지루하고 무의미한 사람들로 구성되어 있긴 하지만, 아첨하는 기술을 터득하고 있는 사람들이었다. 그녀는 그들과 어울리면서 그들이 바치는 찬사를 포기할 생각이 조금도 없었다. 또, 낯선 외국의 수도에서 그녀의 진가를 알아보지 못하는 이방인들 사이에 뛰어들고픈 생각도 전혀 없었다.

"비엔나로 갈 작정을 했다면 혼자 가야 할 거예요. 난 루이스를 두고 떠날 수는 없어요. 그리고 개는 외국의 호텔에서 항상 우려하는 골칫덩어리일 뿐만 아니라 돌아올 때 검역문제 때문에 격리조치를 취해야 하는 등 온갖 야단법석을 떨어야 해요. 루이스는 딱 일주일만 나와 떨어져 있어도 죽을 거예요. 당신은 그게 저에게 뭘 의미하는지 몰라요."

레나는 고개를 숙여 무릎 위에서 숄을 덮은 채 아무 반응 없이 편안하게 누워있는 조그만 갈색 포메라니안의 코에 입을 맞추었다.

"여보, 루이스 문제 때문에 우린 끊임없이 골치를 썩고 있소. 저 개의 기분이나 편의를 내세우는 문제들을 거스르지 않고는 어떤 계획도 세울 수가 없고 아무것도 할 수가 없으니 말이오. 만약 당신이 아프리카의 어떤 주물呪物을 모시는 숭배자라 할지라도 이보다 더 정교하게 제약하는 규약을 세울 순 없을 거요. 만약 어떤 식으로든 루이스의 안락함에 방해가 된다고 생각하면 당신은 정부에 총선을 연기해 달라고 요구할 사람이오."

이 장황한 비난에 대한 대답으로 스트러드워든 부인은 다시 고개를 숙여 아무 반응이 없는 갈색 코에 입을 맞추었다. 이는 아름답고 온화한 마음씨를 가진 여인의 행동이었지만, 자신이 옳다고 생각되는 곳에서 한 치라도 물러서

느니 차라리 온 세상의 시련을 달게 받겠다는 행동이기도 했다.

"어쩌면 당신은 동물들을 조금도 좋아하지 않는지도 모르지." 스트러드워든은 점점 짜증을 내며 계속 이어갔다. "케리필드에 내려가면 당신은 개들을 산책시키기 위해 한 발자국도 움직이지 않을 거야. 개들이 달리고 싶어 죽겠다는데도 말이야. 당신은 살면서 마구간에 두 번 이상 가본 적도 없을 거야. 또 당신은 깃털 달린 새들이 몰살되는 문제에 관해 공연히 법석을 떤다면서 비웃지. 내가 길거리에서 혹사당하거나 학대받는 동물을 위해서 참견하려 하면 오히려 내게 분개하는 사람이야. 그런데도 모든 사람들의 계획이 저 제멋대로 구는 조그맣고 멍청한 털북숭이의 편의에 맞춰져야 한다고 고집하고 있소."

"당신은 내 귀여운 루이스에게 편견을 갖고 있어요." 살짝 회한이 담긴 목소리로 레나가 말했다.

"루이스에게 편견을 갖는 거 빼고는 어떤 기회도 가질 수 없었지." 스트러드워든이 말했다. "나도 강아지가 얼마나 즐겁게 호응하는 친구가 될 수 있는지 잘 알고 있소. 하지만 루이스는 가까이에서 손가락 하나 댈 수도 없었소. 당신은 루이스가 당신과 하녀 말고는 죄다 물려고 든다면서 며칠 전 피터비 노부인이 루이스를 쓰다듬고 싶어 했을 때도 물까 두렵다며 루이스를 낚아채 버렸잖소. 지금까지 내가 루이스에게서 본 것이라고는 바구니나 당신 손에 두르고 있는 토시에서 빼꼼히 내다볼 때 별로 건강하지 않아 보이는 조그만 콧방울뿐이고, 들은 것이라곤 간간이 산책이랍시고 복도를 오르락내리락할 때 숨이 차서 조그맣게 쌕쌕거리며 짖는 소리뿐이오. 설마 사람들이 그런 개를 좋아하기를 바라는 터무니없는 생각은 안 하겠지. 차라리 뻐꾸기시계 안에 있는 뻐꾸기에게 애정을 불어넣는 게 더 낫지."

"루이스는 나를 무척 좋아해요." 레나는 탁자에서 일어나 숄로 감싸고 있는 루이스를 품에 안으며 말했다. "루이스는 오로지 나만 좋아해요. 아마 그래서 나도 그만큼 루이스를 좋아하는 거겠죠. 당신이 루이스에 대해 뭐라고 하든 신경 쓰지 않아요. 난 루이스와 떨어져 있지 않을 거예요. 비엔나로 가겠다고 우긴다면 나로서는 혼자 가라는 말밖에 할 말이 없네요. 나야 당신이 루이스와 함께 브라이튼으로 가는 게 훨씬 더 사리에 맞다고 생각하지만, 당연히 당신도 당신 좋을 대로 해야겠죠."

"저 개를 없애버려야 해요." 레나가 방에서 나가자 스트러드워든의 누이가 말했다. "갑작스럽고 자비롭게 최후를 맞도록 도와줘야 해요. 오빠가 바라는 바나 보편적인 사정에 맞춰 품위 있게 양보할 수도 있는 문제들을 레나는 그저 자기가 바라는 대로 하려는 수단으로 수십 번에 걸쳐 저 개를 이용했어요. 레나는 저 동물 자체에 대해선 조금도 관심이 없는 게 확실해요. 브라이튼이든 아니면 다른 데서든 친구들이 레나 주위에서 분주히 오갈 때는 저 개가 방해가 될 거예요. 온종일 하녀하고만 지내야겠죠. 하지만 만약 오빠가 레나가 가고 싶어 하지 않는 곳에 가자고 하면 레나는 곧바로 개와 떨어질 수 없다는 변명을 댈 거예요. 레나가 남의 눈에 띄지 않는 방에서 애완동물에게 이야기하는 걸 들어본 적 있어요? 전 한 번도 들어본 적이 없어요. 레나는 누군가 봐주는 사람이 있을 때만 야단스럽게 군다니까요."

스트러드워든이 말했다. "사실은 말이야, 최근에 루이스를 죽일 수 있는 치명적인 사고의 가능성에 대해 몇 번이나 곰곰이 생각해봤어. 그런데 대부분의 시간을 토시에서 보내거나 개집에서 잠을 자는 동물을 죽음으로 연결시키는 것은 쉬운 일이 아니야. 독약은 전혀 도움이 되지 않을 거 같고, 먹이도 지독히도 잘 먹인 게 분명해. 레나가 가끔 식사 중에 맛있는 걸 줘도 전혀 먹지 않는 것 같았거든."

엘시 스트러드워든이 곰곰이 생각에 잠기며 말했다. "레나는 수요일 아침마다 예배를 드리러 가는데 교회엔 루이스를 데려갈 수 없는 데다, 점심을 먹으러 델링스로 갈 거예요. 그럼 오빠는 계획을 실행할 몇 시간이 생기는 거예요. 하녀는 대부분의 시간을 운전기사와 시시덕거릴 테고요. 하여튼 하녀는 내가 어떤 구실을 붙여서라도 방해가 되지 않도록 할 수 있어요."

"그럼 내 마음대로 하면 되는데, 문제는 불행하게도 죽음을 초래할 정도로 치명적인 계획이 전혀 떠오르질 않는다는 거야. 그 조그만 짐승은 정말 끔찍하게도 움직이지 않거든. 욕조에 뛰어들어서 익사한 것처럼 할 수도 없고, 푸줏간에 있는 마스티프와 불공정한 싸움을 벌이다 물려 죽였다고 할 수도 없어. 허구한 날 바구니에서만 지내는 동물이 어떻게 죽음에 이르게 됐다고 해야 그럴싸할까? 여성 참정권론자가 급습해서 레나의 방에 침입하여 루이스에게 벽돌을 던진 척하면 꽤나 의심스럽겠지? 그러려면 다른 것들도 많이 훼손해야 하는데 그럼 꽤 골치 아프게 된단 말이야. 게다가 하인들도 침입자를 한 명도 보지 못했기 때문에 이상하게 생각할 거야." 스트러드워든이 말했다.

"좋은 생각이 났어요. 뚜껑 달린 밀폐된 상자를 하나 구해서 천연고무 관이 들어갈 정도로만 작은 구멍을 하나 뚫는 거예요. 개집까지 포함해서 루이스를 그 상자 속에 넣어 상자를 닫아버리고, 관 다른 쪽 끝은 가스관에 덧대는 거예요. 그러면 완벽한 가스 도살실이 하나 생기겠죠. 그 후 오빠는 가스 냄새를 없애기 위해 열린 창문에 개집을 올려놓으면 돼요. 그럼 오후 늦게 집에 돌아온 레나가 발견하는 것이라곤 이미 평온하게 죽은 루이스뿐이 더 있겠어요?" 엘시가 말했다.

스트러드워든이 말했다. "너와 같은 여자들에 관해 쓴 소설이 많이 있지. 넌 완전히 범죄자의 심리를 가지고 있구나. 자, 가서 상자를 찾아보자."

이틀 뒤 아침, 두 공모자는 튼튼해 보이는 사각형 상자를 죄책감을 가지고 바라보며 서 있다가 가스관을 한 가닥의 천연고무 관에 연결시켰다.

"끽소리도 안 나요. 미동도 없었어요. 고통이 거의 없었던 게 분명해요. 이제 끝났는데 그래도 좀 무섭긴 해요." 엘시가 말했다.

"이제 무시무시한 일이 다가올 차례야." 스트러드워든이 가스를 잠그며 말했다. "뚜껑을 천천히 들어 올려서 가스를 조금씩 빠져나가게 해야 해. 저 문을 앞뒤로 흔들어서 찬바람이 방으로 들어오게 해."

몇 분 뒤, 연기가 훅 빠져나가자 그는 극심한 부담을 느끼며 허리를 굽혀 작은 개집을 들어 올렸다. 엘시가 공포에 차서 절규했다. 루이스가 개집의 문 앞에 앉아있었다! 가스실에 넣었을 때만큼이나 차갑고 반항하는 기색이 없이 머리는 꼿꼿이 들고 귀는 쫑긋 세워진 상태였다. 스트러드워든은 개집을 홱 떨어뜨렸다. 그리고는 오랫동안 그 기적의 개를 빤히 쳐다보았다. 그러더니 한바탕 요란한 웃음을 터뜨렸다.

그것은 놀라울 정도로 비슷하게 만든 약간 흉포해 보이는 포메라니안 장난감이 분명했다. 그 기구는 누르면 숨이 차서 쌕쌕거리며 짖는 소리를 냈기 때문에 레나와 레나의 하녀가 식구들을 속여 넘기는 데 실질적인 도움이 됐던 것이었다. 동물을 싫어하는 여자지만 이타적인 사람이라는 후광 아래 제멋대로 하는 것을 좋아하는 여자라는 역할을 스트러드워든 부인은 그간 상당히 잘 해냈던 것이었다.

"루이스가 죽었소." 레나가 오찬 모임에서 돌아오자 그녀를 맞이한 갑작스런 소식이었다.

"루이스가 죽었다고요?" 레나가 외쳤다.

"그렇소. 루이스는 푸줏간에서 일하는 아이에게 달려들어 물었고, 내가 떼어놓으려고 했더니 나도 물었소. 그래서 그 녀석을 죽여야만 했소. 당신은 내게 루이스가 문다고 경고하긴 했지만, 극도로 위험하다고는 말하지 않았소. 난 푸줏간 아이에게 막대한 보상금을 지불해야만 하오. 그러니 당신은 부활절에 차고 싶어 했던 혁대 장식들 없이 여행을 가야만 하오. 그리고 난 비엔나로 가서 개한테 물린 상처에 관한 전문의인 슈뢰더 박사에게 진찰을 받아야만 하오. 당신도 가야만 할 것이오. 롤런드 워드*에게 루이스의 유해를 박제해 달라고 보냈소. 그것이 혁대 장식 대신 당신에게 주는 부활절 선물이 될 것이오. 레나, 부디 울고 싶다면 펑펑 울구려. 거기에 서서 마치 나를 정신이 나간 사람마냥 빤히 쳐다보고 있는 것보다는 무엇이든 하는 게 더 낫소."

레나 스트러드워든은 울지는 않았으나, 웃으려는 시도는 명백히 실패했다.

*Rowland Ward(1848~1912). 영국의 박제 제작자. 런던의 피카딜리에 박제 회사를 만들어서 조류뿐 아니라 대형 사냥감들을 박제했으며, 나중에는 사슴뿔로 만든 가구와 코끼리 발로 만든 우산꽂이를 만드는 등 온갖 동물박제관련 사업을 수행했다.

사키Saki

영국의 소설가. 본명은 헥터 휴 먼로Hector Hugh Munro. 재치 있고 때로는 변덕스럽고, 종종 냉소적이며 기괴한 단편소설을 통해 에드워드 시대의 관습과 태도, 사회와 문화를 풍자한 단편소설의 거장으로 오 헨리와 비교되곤 한다. 군더더기 없는 깔끔한 문장과 뛰어난 기지, 상상력이 돋보이는 대가이다.

메리 E. 윌킨스 프리먼 개를 두려워한 소녀

"닭들이 다시 알을 낳기 시작하고 있어." 에멀린의 이모인 마사가 말했다. "에멀린이 내일부터 불쌍한 티크너네 집으로 달걀을 갖고 다니기 시작할 수 있겠어." 아주 젊고 예쁜 마사가 마치 커다란 기쁨을 제안하는 것처럼 에멀린에게 축하의 눈짓을 보냈다.

에멀린의 엄마가 동생의 말을 그대로 따라 했다. "그래, 맞아. 시드니(시드니는 남자였다)가 그러는데 어제 닭들이 알을 쑥쑥 잘 낳았대. 내일이면 에멀린이 다시 달걀을 갖고 다니기 시작할 수 있을 거야."

"불쌍한 티크너네 아이들이 매일 새로 낳은 달걀을 여섯 개 먹는다면 얼마나 좋을지 생각해 봐." 마사는 제일 좋아하는 인형을 쥐고 창가에 앉아있는 어린 조카에게 다시 축하의 눈짓을 보내며 말했다.

"분명히 언젠가는 그보다 더 많이 보낼 수 있을 거야." 에멀린의 엄마가 말했다. "언제 상점에 갈 때 우리 예쁜이가 달걀을 가지고 다닐 수 있는 예쁜 바구니를 새로 사야겠구나."

"네, 엄마." 낮은 목소리로 에멀린이 말했다. 에멀린은 겨울 석양의 노을에 발갛게 물든 채 앉아있었다. 조그만 금발머리와 여린 얼굴이 노을을 받아 황금빛으로 반짝였다. 엄마와 이모는 에멀린의 얼굴이 새파랗게 질리는 것을 볼 수 없었다. 에멀린은 얼굴을 창문 쪽으로 향하고 있었고, "네, 엄마"라고 말할 때 비록 세상에서 제일 정직하고 양심적인 어린 소녀긴 하지만 기쁨에 찬 듯한 위선적인 분위기를 불어넣었기 때문이다. 사실은 내면에서 예수회 사람과도 같은 양심의 문제가 불거져 나와 기쁜 척한 것이었다.

티크너, 여러 자식을 둔 불쌍한 티크너 가족은 길 아래 약 1킬로미터 거리에 살았다. 에멀린의 엄마와 이모는 달걀이 풍족할 때면 그 가족들에게 달걀을 가지고 가는 것을 커다란 기쁨으로 여겼다. 에멀린 본인도 그 기쁨을 절대 부정하진 않았지만, 추수감사절 즈음해서 사람들이 당연히 달걀과 닭을 더 많이 필요로 할 때, 닭들이 그들 종족의 비뚤어진 본성에 따라 달걀을 덜 낳아 딱 가족이 먹을 만큼만 있었을 때 에멀린이 얼마나 기뻐했는지, 얼마나 (그녀는 그게 사악한 거라고 혼잣말을 했다) 사악하게 기뻐했는지는 아무도 몰랐다. 그때 에멀린은 잠시 고통에서 벗어나 한숨 돌렸었다. 그녀는 점점 포동포동하게 살이 쪘고, 조그맣고 부드럽고 둥그런 두 뺨에는 홍조가 돌았다. "에멀린은 항상 해마다 이맘때가 훨씬 더 좋아 보여." 엄마는 종종 말하곤 했다. 엄마는 그 이유를 알 턱이 없었다. 엄마에게 말할 수도 있을 테지만 양심에 찔려 말하지 못했기에 에멀린은 항상 마음이 괴로웠다.

티크너 집에는 개가 한 마리 있었다. 정말로 아주 작은 개였지만, 개떼가 있나 싶을 정도로 목소리가 우렁찼다. 에멀린은 개에게 극심한 공포심을 가지고 있었다. 에멀린이 달걀을 가지고 갈 때면 개는 항상 컹컹 짖었다. 그리고 항상 발목 주위를 기분 나쁘게 킁킁거렸다. 가끔은 에멀린을 보고 신나서 그 조그만 몸집에도 에멀린의 얼굴에 거의 닿을락말락할 정도로 껑충껑충 뛰어오르며 사납게 짖어댔다. 에멀린은 나이에 비해 작은 소녀였다. 열 살이라고는 보이지 않을 정도였다. 에멀린은 엄마와 이모의 치마폭 아래 있었다. 그것도 아주 극진한 치마폭이었다. 아버지는 돌아가셨다. 에임스 가족—에멀린의 성은 에임스였다—은 작은 농장으로 생계를 유지했는데 시드니가 농장을 관리하고 있었다. 그들이 사는 조그만 마을에서 그들은 상당히 부유한 사람들로 여겨졌고, 본인들도 그렇게 생각하고 있었다. 그래서 그들은 주위에 있는 덜 가진 사람들을 향한 즐거운 의무감 같은 것을 느꼈다. 바로 그 순간 마사 이모와 에임스 부인은 가난한 사람들을 위한 옷을 짓고 있었다. 질기고 내구성 강한 플란넬로 만든 연한 분홍색과 푸른색의 페티코트였다. 엄마와 이모는 이따금 에멀린에게 그 부드러운 옷의 솔기를 꿰매라고 했고, 바느질을 아주 좋아하지는 않았지만 항상 최대한 온순하게 따랐다. 에멀린은 진지하고 사색하는 것을 좋아하는 어린 소녀로, 딱히 게으른 게 아니라, 그녀의 어린 마음은 미래에 대한 호기심과 인생관, 보편적인 상황 속에서 자신에게 꼭 맞는 역할이 뭘까에 대한 생각에 푹 빠져 있었다. 마사 이모와 엄마가 알게 되면 상당히 놀랄 터였다. 그들은 에멀린을 사랑스럽고 순종적이며 장난감 인형을 쥐고 있는 깜찍한 어린 소녀로만 보았다. 그것은 에멀린의 진짜 모습이 아니었다. 에멀린은 활활 타오르는 상상력에 불을 지피는 소녀였다. 에멀린이 앉아서 "네, 엄마"라고 아주 얌전하게 말할 때 엄마나 이모는 꿈도 꾸지 못했다. 에멀린이 그들의 상상 이상으로 티크너네 작은 개에게 자극을 받아 영혼이 전율할 정도로 극심한 두려움에 떨고 있다는 사실을.

얼마 지나지 않아 에멀린의 머리와 얼굴에서 빛나던 구릿빛이 점차 사그라들었다. 에멀린은 황혼의 옅은 그림자가 드리울 때까지 앉아있었다. 엄마가 등불을 켰고 하녀인 애니가 저녁을 먹으라고 알리러 들어왔다. 평소에 좋아하던 굴튀김과 와플이 있었지만 에멀린은 그날 밤 식욕이 별로 없었다. 달걀과 티크너에 대해 생각하자 에멀린은 말할 것도 없이 그 무서운 작은 개가 더욱 분명히 보이는 듯했다. 모두 식탁에 앉자마자 애니는 그날 가져온 수많은 달걀에 대해 이야기했다. 애니는 에임스 가족과 오랫동안 지내왔기에 식구나 다름없이 여겨졌다. "내일 아침에는 열두 개를 가지고 갈 수 있겠구나, 우리 아가." 에멀린의 엄마가 행복해하며 말했다.

"네, 엄마." 에멀린이 대답했다.

"불쌍한 티크너네 가족에게 그게 어떤 의미가 있을지 생각해 봐." 마사 이모가 말했다.

"네, 이모." 에멀린이 말했다.

그때 에멀린의 엄마는 아이가 평상시처럼 먹고 있지 않다는 사실을 알아차렸다. "이런, 에멀린. 굴을 반도 안 먹었잖아!"

에멀린은 자신의 접시를 힘없이 쳐다보면서 별로 배가 고프지 않다고 말했다. 그녀는 자신이 사악하다고 느꼈다. 티크너의 작은 개가 끔찍이도 무서워서 내일 아침 티크너의 가족에게 달걀을 가지고 가고 싶지 않다는 생각을 한 뒤부터 배가 고프지 않았기 때문이다. 티크너의 가족은 찢어지게 가난해서 그만큼 달걀이 필요할 텐데.

"굴을 먹지 않으면 날달걀 두 개를 삼켜야 해." 느닷없이 에멀린의 엄마가 말했다. "애니, 달걀 두 개에 설탕하고 육두구하고 우유를 조금 섞어."

에멀린은 그때 육체적인 혐오 이상의 것을 느꼈다. 그녀는 달걀 모양이라면 무엇이든 도덕적인 혐오를 느꼈다. 하지만 애니가 이내 가져온 그 혼합물을 평소처럼 온순하게 삼켰다.

"굴만큼이나 영양가가 높을 거야." 마사 이모가 말했다. 마사 이모는 예쁜 파란색 드레스를 입고 있었다. 이모는 그날 저녁 존 애덤스 씨가 올 거라 기대하고 있었다. 수요일이었기 때문이다. 존 씨는 항상 수요일과 일요일 저녁에 들렸다. 에멀린은 이유를 알고 있었다. 수줍고도 은밀하게 보내는 감탄의 눈길을 알고 있었고, 수요일과 일요일 저녁에 어떤 젊은 남자가 보러 온다는 예상을 하고 있었다. 에멀린은 그렇듯 흥미로운 기회에 붉은색 옷을 입기로 했다. 어린 만큼 신비롭고도 혜안이 있는 아름다운 느낌이 가득 할 것이다. 그녀는 하늘하늘한 파란 드레스를 입고 있는 예쁜 마사 이모를 가만히 바라보았다. 목에 아주 조그맣게 마름모꼴로 재단되어 있어 하얗고 기다란 목선이 드러났다. 에멀린은 잠시 진짜 근심거리인 티크너네 집에 가는 것과 티크너의 개를 잊었다. 그런 뒤 오래된 두려움이 다시 덮쳐왔다. 엄마가 에멀린을 바라보았고, 마사 이모도 그녀를 바라보았다. 그때 두 여자는 눈짓을 교환했다. 저녁을 먹은 뒤 모두들 거실로 돌아갈 때 에멀린의 엄마는 마사의 귀에 대고 걱정스럽게 속삭였다. "에멀린의 안색이 안 좋아 보여."

마사도 동의하며 고개를 끄덕였다. "최근에 신선한 공기를 충분히 쐬지 못해서 그런 거 아닐까." 낮은 목소리로 말했다. "아침마다 티크너네 집에 가는 게 에멀린한테 도움이 될 거야."

"내 말이 그 말이야." 에멀린의 엄마가 동의했다. "오늘 밤 일찍 재워야겠어. 그래야 내일 아침을 먹고 난 직후 공기가 신선할 때 티크너네 집으로 달걀을 가져갈 수 있잖아."

에멀린은 존 애덤스 씨가 도착하기 전에 잠자리에 들었다. 엄마는 이불을 덮어주고 입을 맞춘 뒤 불을 끄고 아래층으로 내려갔다. 에멀린은 티크너의 개와 관련해 마음속으로 약간의 문장을 곁들여 기도를 드렸다. 가엾은 어린 아이가 주기도문에 보탠 것으로 내용은 늘 "이제 잠자리에 들게 하소서"였다.

엄마가 아래층으로 내려간 뒤 에멀린은 어둠을 응시하며 누워 있었다. 어둠이 곧장 도깨비불처럼 깜빡이는 것 같았다. 불 한가운데서 기괴한 얼굴이 그녀에게 이를 드러내며 웃는 것 같기도 하고 아닌 것 같기도 했다. 작은 근심거리 개가 끔찍한 공포의 핵심으로 그녀를 지배하고 있었다. 그녀는 엄마를 부르고 싶었다. 일어나서 아래층으로 달려가 불이 켜진 거실로 들어가고 싶었다. 하지만 그대로 뻣뻣하게 굳은 채 가만히 누워 있었다. 그녀는 어리긴 했지만 자제심이 대단했다. 이내 정문의 초인종이 따리링 울리는 소리를 들었다. 그리고 마사 이모가 문을 열고 존 애덤스 씨에게 인사하는 소리를 들었다. 다시 잠깐 동안 그녀의 마음은 즐거운 기대감으로 가득 했다. 하지만 존 애덤스 씨와 마사 이모가 응접실로 들어간 뒤에는 희미하게 웅성거리는 소리만 들을 수 있었다. 그녀는 다시 이전의 상태로 돌아왔다. 하지만 얼마 가지 않아 관심이 다시 다른 데로 돌려졌다. 존 애덤스 씨는 매우 깊은 저음의 목소리를 갖고 있었다. 갑자기 그 멋진 저음이 커졌다. 에멀린은 한마디도 알아들을 수 없었지만 그 크고 깊은 소리가 마치 자신에게 향하는 것처럼 들렸다. 그런 뒤 마사 이모의 아름답고도 볼멘 소리가 들려왔다. 모든 말이 들릴 정도로 커다란 소리였다. 그리고는 문이 열리면서 거의 쾅 닫히는 소리를 들었고, 현관문 앞에서 분명히 흐느껴 우는 소리를 들었다. 그런 뒤 거실문이 활짝 열리는 소리를 들었고, 엄마와 이모 사이에 끊임없이 불안한 듯 웅성웅성 대화가 오가는 소리를 들었다. 에멀린은 존 애덤스 씨가 왜 그토록 빨리 갔는지, 왜 문을 거의 쾅 하고 닫아버렸는지, 이모와 엄마가 왜 그토록 흥분해서 이야기를 나누고 있는지 궁금했다. 하지만 궁금증이 그다지 크지는 않았기에 다시 자신의 문제에 사로잡혔다. 다시 어둠 속에서 도깨비불이 반짝이며 기괴한 얼굴이 그녀에게 이죽거리며 웃고 있었고, 잠과 꿈으로 가는 모든 즐거운 문이 티크너의 작은 개에 의해 가로막혀 있었다.

에멀린은 그날 밤 거의 잠을 못 이루었다. 잠이 들었을 때면 악몽을 꾸었다. 한번은 울부짖으면서 깨어났는데, 엄마가 불 켜진 램프를 들고 옆에서 지켜보고 있었다. "왜 그래? 어디 아파?" 엄마가 물었다. 엄마는 마사 이모보다 훨씬 나이가 많았지만 하얀색의 긴 잠옷을 입고 있으니까 무척 아름다워 보였다. 램프 불이 엄마의 다정하고도 근심 가득한 얼굴을 비추고 있었다.

"꿈을 꿨어요." 에멀린이 힘없이 말했다.

"등을 바닥에 대고 반듯이 누워 있어서 그런 거 같아. 옆으로 돌아누워서 다시 자 봐, 아가야. 꿈은 잊어버리고. 내일 아침 불쌍한 티크너네 아이들한테 달걀을 가지고 가는 것만 기억해. 그러면 잠이 올 거야."

"네, 엄마." 에멀린이 말했다. 그녀는 옆으로 돌아누웠고, 엄마는 나갔다.

에멀린은 그날 밤 잠을 이룰 수가 없었다. 새벽 네 시경이었다. 에임스 가족은 꽤 이른 시간인 일곱 시에 아침을 먹었다. 에멀린은 세 시간 동안 깨어있으면서 옷을 입고 아침식사 자리에 앉아야 한다고 생각했다. 아침을 먹는 데는 약 30분이 걸릴 터였다. 그러면 약 세 시간 30분이 지나면 티크너네 집으로 갈 터였다. 에멀린은 거의 사형수가 처형 당일 아침에 느꼈을 것 같은 느낌을 알 수 있었다.

애니가 일본식 종의 줄을 잡아당겨 시간을 알렸다. 귀에 거슬리는 소리였다. 에멀린이 꾸물거리며 아래층으로 갔을 때는 맥이 빠지고 안색이 몹시 창백한 상태였다. 엄마와 마사는 마치 밤새도록 눈물을 흘리고 있었던 것 같은 얼굴의 가엾은 에멀린을 훑어보더니 다시 서로 훑어보았다. "나가서 신선한 공기를 쐬게 하는 게 좋겠어." 크게 한숨을 쉬면서 마사가 말했다.

에멀린의 엄마는 동생을 딱하다는 듯 바라보았다. "얼른 갈색 외투를 걸치고 같이 나가. 너도 신선한 공기를 쐬는 게 좋을 거 같아 보여."

애니는 달걀을 가지고 오면서 마사 양에게 분개심과 동정심이 뒤섞인 신랄한 시선을 던졌다. 애니는 무엇이 문제인지 철저히 잘 알고 있었다. 그녀는 비정상적으로 귀가 밝았다. 전날 저녁 애니가 부엌에 있을 때 존 애덤스 씨와 마사 양은 응접실에 있었다. 부엌과 응접실 사이에는 문이 있었지만 틈새가 벌어져 있어 제대로 닫혀 있지 않았기에 애니는 그들이 하는 말을 들을 수 있었다. 에임스 가족의 모든 일을 자신의 일처럼 느꼈기에 가족들에 대한 모든 것을 알 권리가 있긴 했지만 일부러 들으려고 한 것은 아니었다. 애니는 존 애덤스 씨가 마사 양과 결혼한 후 어디서 살아야 할지에 대해 이야기하고 있다는 것을 알았다. 애덤스 씨는 에멀린과 그녀의 엄마와 자신(애니)과 쭉 같이 살지 말고, 대신 선조 대대로 내려온 애덤스 농가주택에서 자신의 엄마와 형, 누이 둘과 같이 살자고 우기고 있었다. 애니는 마사 양이 정확히 올바르게 하고 있다고 생각했다. 모든 이들이 늙은 애덤스 부인의 진면목을 알고 있었다. 게다가 누이 중 한 명은 걸핏하면 화를 내는 성격으로 알려졌고, 형은 미혼이었기에 존 애덤스 씨가 결혼 후에도 집에 남아 있어야 할 의무가 있다고 생각할만한 아무런 이유가 없었다. 또 한편, 에멀린의 엄마로서는 동생과 헤어져 커다란 저택에서 에밀린과 애니 단둘만을 데리고 산다는 게 무척 힘든 일임이 분명했다. 집은 아주 컸고, 방도 남아돌았다. 반면 애덤스의 집은 작았다. 따라서 애니 생각으로는 생각하고 말 것도 없는 문제였고, 에멀린의 엄마 생각 역시 마찬가지였다. 마사 또한 마찬가지였다. 그러니 마사는 옳은 일을 한 것이었다. 애니는 존 애덤스가 마사를 마음 속 깊이 좋아하지 않는다고 결론 내렸다. 그렇지 않다면 결혼식을 올린 후 애덤스의 집에 살게 되었을 때 분명히 마주하게 되는 불편과 곤혹스러움을 겪도록 하지 않을 것이다.

존은 헌신적인 아들이자 오누이, 형제였지만, 자신의 엄마의 까다로운 성미와 누이의 성질에 대해 늘 솔직했다. 그도 역시 마사가 결혼 예물들을 전시

할 수 있는 자신만의 응접실을 가질 수 없으리라는 사실을 알고 있었다. 에임스의 저택에서라면 가능하겠지만 말이다. 마사는 마음속으로 자신이 짐작했던 만큼 그가 자신을 사랑하지 않을지도 모른다고 생각했다. 왜냐하면 그들과 함께 지내는 것이 자신의 바람이라는 것 외에는 자신이 주장하는 바에 대한 이유를 밝히지도 않은 채, 무조건 자신이 원하는 바대로 따라야 한다고 주장했기 때문이다. 마사는 주관이 뚜렷한 사람이었고, 자신이 아무리 좋아하는 사람에게서라도 압제와 같은 면이 보일라치면 분개했다. 그래서 그녀는 눈이 빨갛게 충혈되었음에도 고개를 빳빳이 든 채, 에멀린과 같이 바람을 쐬러 가라는 언니의 권유에 가지 않겠다고 대답했다. 그녀는 열 시 반 기차를 타고 볼턴에 가서 쇼핑을 좀 해야겠다고 생각했다. 봄옷을 장만하고 싶었다. 옷감을 빨리 살수록 재봉사가 빨리 만들어줄 거라고 생각했다. 그녀는 결혼식 때 입을 신혼여행 복장용의 봄옷은 아예 신경을 끈 것처럼 말했다. 결혼식 날짜는 6월 1일로 예정되어 있었다. 지금은 3월이었다. 볼턴에 가려 한다고 언니에게 말하자 언니의 얼굴이 금세 밝아졌다. 마사는 자존심으로 똘똘 뭉친 눈길을 보냈다. "그래, 볼턴에 갈 거야." 마사가 말했다.

그녀는 에멀린의 얼굴이 얼마나 실망하는지를 전혀 알아채지 못했다. 잠시 동안 이모가 티크너네 집에 같이 간다는 생각을 하자 에멀린은 속으로 기뻐 어쩔 줄 몰랐다. 그 끔찍한 작은 개에게 저리 가라며 쫓아버릴 수 있는 커다란 용기와 힘을 줄 수 있을 터였다. 하지만 이제 사형 집행을 연기할 기회는 사라져버렸다. 에멀린은 시리얼을 한 숟가락 들고는 애처롭게 조그만 입술을 오므린 뒤 삼켰다. 에멀린은 시리얼을 좋아하지 않았다. 엄마와 이모가 건강에 좋으니 먹으라고 말한 이유 때문에 먹은 것이었다. 에멀린은 왜 자신이 싫어하는 그토록 많은 것들이, 왜 싫어하는 것 이상의 그토록 많은 것들이 자신에게 좋다고 하는지 의아해지기 시작했다. 그녀는 나이 든 사람들의 지혜를 마지못해 따랐지만 의아한 것은 어쩔 수 없었다.

에멀린은 시리얼을 먹은 뒤 반숙 달걀 토스트를 먹었다. 평소에는 좋아했을지라도 그날 아침만은 끔찍이도 싫었다. 마치 자신 앞에 놓인 공포심과 두려움을 먹어치우는 것 같았다. 달걀은 공포심과 두려움과 밀접하게 연관되어 있었다. 그녀의 마음속에는 이미 두려움이 충분했기에 뱃속에다가 또 그 두려움을 넣을 필요가 없는 것 같았다.

아침을 먹은 뒤 에멀린은 빨간 코트와 모자를 썼다.(그녀는 아직도 겨울옷을 입고 있었다.) 엄마가 달걀 바구니를 주고는 입을 맞추었다. "너무 빨리 걸으면 금방 지치니까 천천히 걸어, 아가야."

엄마와 마샤는 창가에 서서 그 명랑한 조그만 것이 천천히 길 아래로 내려가는 모습을 지켜보고 있었다. 그들은 천천히 가라고 주의를 줄 필요가 없었다. 서두른다는 느낌이 조금도 들지 않았기 때문이다.

"오늘 아침 아이의 안색이 좋아 보이지 않았어." 에임스 부인이 말했다. "오래된 불안한 표정이 다시 보였어. 창백해 보이는 데다 아침을 먹기 싫은데 먹는 것처럼 보였어."

"꼭 알약을 삼키는 것처럼 먹더라니까요." 애니가 말했다.

"맞아, 그랬어." 에임스 부인이 걱정스러운 말투로 동의했다.

"신선한 아침 공기를 쐬면서 산책하면 도움이 될 거야." 마사가 말했다. "열 시 반 기차를 타려면 얼른 출발해야겠어. 장갑도 수선해야지. 갈색 원피스를 입어야겠네. 볼턴에 있는 동안 로빈스네 집에도 잠깐 들러야지."

"그래." 에임스 부인이 말했다. 그들 사이에 존 애덤스에 관해서는 더 이상 할 말이 없었다. 그에 관한 모든 문제는 듣지도 보지도 말고, 모든 것이 이

전처럼 계속되어야 한다고 암묵적으로 동의했다. 그 빨간 형체가 거리 아래로 사라지는 모습을 마지막으로 힐끗 보고 난 뒤 마사의 발걸음 소리가 위층에서 들리자 동생이 볼턴에 간다고 한 게 언니는 무척 기뻤다. 언니는 "이제 마음의 정리가 될 거야"라고 생각했다. 하지만 어떤 일이 있어도 마사에게 그 문제와 관련해서 말하지 않을 터였다.

한편 에멀린은 계속 천천히 걸어가긴 했지만 아직도 티크너의 집으로 가는 길이었다. 400미터까지는 쭉 뻗은 직선 도로였다. 그러다가 굽은 길이었다. 이 굽은 길을 지나야 비로소 티크너의 누더기처럼 초라하고 지저분한 거주지를 볼 수 있었다. 그 집은 풍경에 오점을 남기는 집이었다. 에멀린은 길을 도는 게 얼마나 무서웠는지 모른다! 그녀는 초조할 때 그렇듯 습관적으로 발끝을 살짝 세운 채 아주 천천히 걸으며 쉬지 않고 기도를 드렸다. 가엾은 작은 기도는 이런 식으로 이어졌다. "아, 하늘에 계신 우리 아버지, 부디 저를 가엾게 여기시어 돌보아 주소서. 얼룩이가 제 곁에 오지 말게 하옵시고 저를 다치게 하지 마옵시고 저에게 짖지도 말게 해주시옵소서."

에멀린은 일종의 시처럼 이 기도문을 거듭 반복했다. 그녀는 기도문과 꽤 보조를 맞추며 걸었지만, 기도에 대한 실낱같은 믿음도 가질 수 없었다. 왜 계속 기도를 드려야 하는지 도대체 알 수가 없었다. 티크너의 집에 달걀을 가져가는 동안 항상 이런 식의 기도를 올렸었지만, 얼룩이는 달려 나와 짖어대지 않은 적이 없었다. 항상 긴장한 채 이리저리 비트는 그녀의 조그만 발목에 코를 킁킁거렸고, 치마를 물고 잡아당기려고 했다. 자신이 아는 바로는 지금까지 드린 기도가 한 번도 응답을 받은 적이 없었는데 왜 지금 그것을 기대하지? 에멀린은 매우 정직한 소녀였다. 그녀는 경건했으며, 하느님은 얼룩이가 그녀에게 짖지 못하게 할 수 있다고 믿었다. 하지만 그녀는 얼룩이가 하느님의 말을 들을 거라고는 믿지 않았다. 더욱이 그녀는 믿음과 소망을 가진 그리스도인이었기에 여하튼 그녀가 겪어야 할 고통스런 공포는 결국 영적으로 도움이 될 터였다. 그녀는 불평하지 않았지만 고통을 겪게 되리란 사실을 알고 있었고, 얼룩이가 어김없이 짖을 거라는 사실을 알고 있었다.

이내 그 무시무시한 길을 꺾자 티크너네 가족이 사는 비참한 곳이 시야에 들어왔다. 페인트칠이 되어 있지 않은 판잣집이었고, 균형이 잡히지 않아 한쪽으로 기울어져 있었기에 곧 무너질 것 같아 보였지만, 또 다른 방향으로 휘청거렸기에 다행히도 모면하는 것 같았다. 딱 술주정뱅이가 사는 것 같은 집으로, 그 자체가 수감자들의 성격을 말해주는 거주지였다. 타락하고 궁핍하고 자신들의 비참한 현실을 감지하지 못하는 곳이었다. 이 판잣집 옆에 외양간이 하나 있었다. 똑바로 서 있는 것과는 거리가 멀었으며, 바깥에는 궁둥이를 바짝 들고 있는 젖소가 한 마리 있었다. 에멀린은 가끔 그 소도 두려웠지만 절대 개만큼은 아니었다. 돼지우리도 하나 있었고, 여러 다양한 끔찍한 부속물들도 있었다. 에멀린은 그 광경을 보자 몸서리쳤다. 설령 얼룩이가 그곳에 없더라도 그곳을 보는 것만으로도 신경이 예민해졌다. 그런데 그 즉시 그녀의 기도를 깨고, 익히 아는 사납게 컹컹 짖는 소리가 들려왔다.

얼룩이는 잡종이었지만 귀가 놀랍도록 밝았다. 에멀린은 그 조그만 동물이 자신을 향해 후다닥 달려오고 있다는 것을 알아차렸다. 속도를 내며 달려오는 것 같은데도 사납게 짖어대고 있었다. 에멀린은 기도하면서 걸어갔다. 그럴 때 뒤돌아서 달려간다는 생각을 전혀 하지 않는다는 것은 참으로 이상한 일이었다. 그녀는 엄마의 말을 거역해서 티크너네 집에 달걀을 가져가지 않겠다는 생각을 한 적이 없었다. 그녀는 계속 걸으면서 기도했다. 심장이 쿵쾅쿵쾅 요동쳤고 사지가 덜덜 떨렸다. 작은 개가 그녀에게 다가왔다. 그 녀석은 조그만 개였기에 그런 조그만 개를 그렇게 두려워한다는 것은 정말 말도 안 되는 일이었다. 그녀가 앞으로 나아가자 그 녀석은 둥글게 원을 그리며 날뛰었다. 평상시 개가 날뛰는 식이었다. 컹컹 짖는 소리가 점점 더 커졌다. 그토록 작은 동물이 그토록 크게 짖어댄다고는 상상할 수 없을 정도였다. 에멀린은 발끝을 든 채 달걀 바구니를 손에 쥐고 한 발짝씩 걸어갔다. 제몸이 제몸이 아닌 것처럼 느껴졌다. 온몸이 양심과 순종, 두려움, 그리고 달걀 바구니를 품고 있는 기계나 다름없는 것 같았다.

티크너 집에 다다랐을 때는 파랗다 못해 하얗게 질려 있었고, 빳빳하게 굳은 채 덜덜 떨고 있었다. 문을 두드렸다. 작은 개는 맹렬하게 미친 듯 짖어대며 치마를 물어 당기고 있었다. 두 번째로 두드리자 구제되었다. 문이 열렸다. 어마어마하게 지저분하고 기운이 하나도 없는 여자가 모습을 드러냈다. 여자는 개에게 조용히 하라고 명령했다. 개는 복종하지 않았지만 에멀린은 보호의식 같은 것을 느꼈다. 얼룩이가 실제로 공격한다면 티크너 부인이 달걀을 생각해서 개를 얌전히 앉힐 거라고 몇 번이나 생각했다. 실제로 물도록 내버려 두지는 않을 거라는 생각이었다. 티크너 부인 뒤로 꽉 막힌 방에는 아이들이 득시글거렸다. 아이들은 입을 헤 벌리고 있거나 이를 드러내며 웃고 있었는데 그중 몇몇은 표정이 아주 삐딱했다. 하지만 대부분은 엄마처럼 기운이 하나도 없어 보였다. 티크너 가족은 인간이 어디까지 침울한지를 대변하고 있었다. 아버지를 제외하고는 아무도 일을 하거나 목표를 향해 나아가지 않았다. 아버지는 가끔 이웃들에게서 약간의 일감을 얻을 수 있었다. 필수품이 턱없이 모자라거나 굶주림으로 인해 일시적으로 자극받았을 때였다. 오늘 그는 한 농부의 밭을 갈았다. 육중한 늙은 말 뒤에서 게으르게 느릿느릿 따라 걸었다. 거의 일을 한다고 말할 수도 없는 것이었다. 에멀린은 그가 집에 없어서 기뺐다. 가끔 그는 발효 사과주를 마시고 상당히 취해 있었는데, 그녀에게 말을 걸지는 않았지만 새빨간 얼굴을 보는 것만으로도 그녀는 불안했다. 또 흐리멍덩한 눈으로 무표정하게 빤히 쳐다보는 것도 당황스러웠다.

"어머니가 이 달걀을 보냈습니다." 에멀린이 작고 연약한 소리로 말했다. 티크너 부인은 달걀을 가져가며 말 못하는 짐승처럼 잘 알아들을 수 없는 말투로 감사의 표시를 했다. 아이들은 빤히 쳐다보거나 이를 드러내 웃거나 입을 헤 벌리고 있었다. 우중충한 방 전체가 쳐다보는 눈길들과 입을 헤 벌리거나 이를 드러내 웃는 얼굴들로 가득한 것 같았다. 작은 개는 점점 더 사납게 짖어댔다. 그 조그만 개가 그토록 점점 더 큰 소리를 낼 수 있다는 게 믿어지지 않았다. 에멀린은 실제로 공격당할 경우 티크너 부인이 와서 구출해줄 거라는 믿음을 갖고 있었지만 매 순간 발목에 바늘처럼 생긴 이빨이 느껴지는 것만 같았다. 모든 살갗이 움츠러들고 덜덜 떨렸다. 티크너 부인은 달걀을 보관할 쟁반을 찾지 못하는 것 같았다. 드디어 그녀는 쟁반을 찾았고, 에멀린은 바구니를 집었다. 작은 개가 길모퉁이를 도는 곳까지 빙글빙글 날뛰며 점점 더 크게 짖으면서 따라왔다. 그런 뒤 언제나 그렇듯 갑자기 휙 돌아서더니 집으로 달려갔다. 마치 애쓴 만큼 보람이 없다는 것을 확신하는 것 같았다.

그 뒤 에멀린은 고개를 빳빳이 들고 팔자걸음으로 씩씩하게 걸어갔다. 그날의 재판은 그렇게 끝났다.

집에 오자 에멀린의 얼굴을 본 엄마는 표정이 환해졌다. "아가야, 걸어서 그런지 훨씬 더 좋아 보이는구나." 그러고는 티크너네 가족이 달걀을 보고 마음에 들어 하는 거 같냐고 물었다. 에멀린은 티크너 가족이 실제로 얼마나 크게 기뻐했는지에 대해 조금 의문스러웠다. 하지만 그녀는 말했다. "네, 엄마."

"그건 그 가엾은 것들한테는 굉장히 큰 의미란다." 엄마가 말했다. "그들을 조금이라도 도와줄 수 있어서 얼마나 기쁜지 몰라. 네가 일조할 수 있는 것도 무척이나 기쁘고 말이야."

"네, 엄마." 에멀린이 말했다.

다음 날 아침, 고문이 반복되었다. 마치 잔인한 무기로 무장한 채 두 줄로 늘어선 인디언들 사이에서 역사적인 산책을 하는 것 같았다. 하지만 그녀는 그들 사이에서 살아남았고, 집에 돌아왔을 때 엄마와 이모는 얼굴이 좋아 보이는 것에 주목했다. 그게 엄마와 이모를 오해하게 만들었다. 매일 아침 출발했을 때보다 당연히 더 밝아진 얼굴로 순간적인 안도감을 느끼며 자선 여행에서 돌아왔기 때문이다. 그러는 내내 긴장한 나머지 점점 건강이 나빠졌다. 결국 의사가 내방했고 강장제를 처방받았다. 봄방학이 끝난 뒤 학기가 시작되었을 때 에멀린은 학교 대신 집에 있어야 했다. 하지만 마사 이모의 도움을 받아 공부는 계속했다.

"어쨌든 아침 산책으로 티크너네 집에 달걀을 계속해서 가져가면서 기력을 되찾는 것 외에는 달리 도리가 없을 거 같아요." 문간까지 의사를 따라간 에멀린의 엄마가 말했다.

"할 수 있는 한 바깥에서 신선한 공기를 쐬게 해주세요. 그리고 아이가 재미있어하는 심부름을 보내세요."

"그게 우리 아이가 재미있어하는 거예요. 우리 귀염둥이는 자기가 불쌍한 티크너 가족들을 도와준다고 생각하면서 무척 기뻐한답니다."

에멀린은 그들이 하는 말을 엿들었다. 문이 약간 열려 있었기 때문이다. 그녀의 예민한 입술 주변이 기이하게 약간 씰룩거렸다. 그 곤혹스러운 상황이 우습기 짝이 없었다. 자기를 병들게 한 바로 그것을 엄마는 최고의 약으로 여기고 있었다.

에멀린이 자신의 진짜 속마음에 대해 엄마에게 말하지 않은 것은 이상한 일이었다. 그랬더라면 원정은 즉시 중단되었을 것이다. 에멀린은 하지만 엄마에게 말하지 않았다. 아마 본인 자신도 이해하지 못하는 이유 때문일 것이다. 모든 완성된 인격에는 어두운 면이 있게 마련이다. 인격 자체와 하느님을 제외하고는 말이다. 에멀린은 막연하게나마 자신의 내면에 어두운 면이 있다는 것을 깨달았다. 에멀린은 그 누구도, 자기를 그토록 사랑하는 엄마조차도 그녀 자신에게 바쳐진 이 어두운 면을 올바르게 이해할 수 없다는 사실을 너무도 잘 알고 있었다. 만약 엄마에게 티크너네 그 작은 개가 얼마나 무서운지 말한다면 엄마는 토닥거리면서 위로해 줄 것이다. 그리고 절대 다시는 그 공포에 직면하게 하지 않을 것이다. 그럼에도 불구하고 그녀는 엄마가 남몰래 그 일을 비웃을 것이며 그녀의 감정이 어떤지 이해하지 못할 거라는 사실 또한 알았다. 그녀는 그런 것들을 직면할 수 없을 것 같았다. 차라리 개를 직면하는 게 나았다.

그래서 에멀린은 계속해서 달걀을 가지고 가며 기도드렸다. 작은 개는 계속해서 그녀에게 짖어댔고 발꿈치에서 킁킁거렸으며 원피스를 물어 당겼다. 의사가 처방한 약을 먹었는데도 점점 더 창백해지고 여위어갔다. 이전보다 잠도 더 잘 못 잤고, 식욕도 더 떨어졌다. 엄마와 이모는 바깥에서 매일 걷는 것만이 유일한 치료법이라 생각했다. 그러다 처음으로 자선 여행을 시작한 지 3주가 지난 뒤, 어떤 일이 벌어졌다.

4월 1일이었지만 봄은 아주 더디게 왔다. 그날 수요일 아침에는 실제로 다시 겨울로 돌아가는 것 같았다. 북쪽의 눈과 빙원에서 불어닥치는 것처럼 북서풍이 매섭게 몰아쳤다. 땅이 단단히 얼어붙었기에 농부들은 따뜻한 날들에 시작했었던 쟁기질을 중단해야 했다. 굽은 길에 다다르기 전에 지나가야 하는 들판의 기다란 밭고랑들이 마치 죽은 사람들처럼 뻣뻣하고 딱딱하게 펼쳐져 있었다. 그 들판 한가운데에 작은 옥수수 저장고가 있었는데 문이 열려 있었다. 에멀린은 꾸물거리며 들판을 건너다가 우연히 얼핏 보았다. 그녀는 아직도 빨간 코트와 모자를 쓰고 있었다. 바람이 불자 모자 밑의 부드럽고 탐스러운 금발이 깃발처럼 휘날렸다. 그녀는 우연히 보았다. 그리고는 심장이 쿵쾅거리며 그 자리에 얼어붙었다.

그 얼어붙은 들판 위로 살아있는 작은 물체가 후다닥 움직이더니 옥수수 저장고로 곧장 직행하는 것이 보였다. 에멀린의 눈으로는 볼 수 없는 아주 작은 들쥐나 두더지를 잽싸게 쫓아 저장고 안으로 들어가는 것 같았다. 에멀린은 추격자가 티크너의 개라는 것을 알았다. 불현듯 어떤 생각이 뇌리를 스쳤다. 아주 거칠고 대담한 생각으로 한순간이라도 지체할 수가 없었다. 그때 그녀가 가진 모든 능력이 행동으로 발휘됐다. 달걀 바구니를 땅바닥에 내려놓았다. 잎이 다 떨어진 덩굴들이 뒤얽혀 있는 울타리를 넘어 들판을 가로질러 달려갔다. 조그만 발이 밭고랑 사이를 내달리자 머리칼이 나부꼈다. 에멀린은 옥수수 저장고에 도착해서 필사적으로 문을 움켜쥐었다. 매서운 바람이 몰아치면서 문이 덜렁이며 삐걱거리고 있었다. 그녀는 문을 쾅 치고는 단단히 잠갔다. 마침내 에멀린은 적을 안전하게 감옥에 가두었다. 그녀가 길가로 황급히 돌아올 때 분노에 차서 컹컹 짖어대는 소리와 문을 긁어대는 소리가 귓가를 괴롭혔다. 하지만 얼룩이는 풀려날 수 없었다. 그녀는 확신했다. 저장고는 작지만 튼튼했다.

에멀린은 달걀 바구니를 집어 들고 계속 걸어갔다. 아무도 그녀를 보지 못했다. 외딴 길이었기 때문이다. 미칠 듯한 환희에 가슴이 터질 것 같았다. 처음으로 티크너의 집에 몸과 영혼을 사로잡는 공포심 없이 가고 있었다. 굽은 길을 돌고 지저분한 몇 채의 건물들이 보이기 시작하자 심지어 아름다워 보이기까지 했다. 까르르 웃음이 나오며 거의 춤추듯 걸어갔다. 집에 다다르자 평소대로 티크너 부인이 문을 열었다. 때투성이였음에도 불구하고 처음으로 에멀린은 아기 옆에 있는 작은 소녀의 사랑스러운 얼굴을 보았다. 에멀린은 미소를 지으며 달걀을 건넸고, 티크너 부인이 바구니를 비운 뒤 되돌려주는 동안 활짝 웃으며 서 있었다. 더 이상 독기를 품은 작은 동물 때문에 주위를 두리번거리거나 귀 기울일 필요가 없었다. 이제는 지극히 안전했다. 그녀는 발걸음도 가볍게 집으로 갔다. 집에 다다랐을 때는 더없이 발그레하게 상기되어 있었다.

"우리 귀염둥이 한결 나아 보이네." 에멀린이 외투를 벗으려고 올라갔을 때 이모가 엄마에게 말했다.

"그러게. 확실히 더 좋아 보여. 매일 아침 신선한 공기를 마시며 걷게 하는 것만큼 좋은 게 없다니까."

"내 생각도 그래. 의사의 처방전보다 아침 산책이 훨씬 더 효과가 있는 거 같아." 마사가 말했다.

가엾은 마사는 드높은 자존심과 콧대에도 불구하고 영혼이나 육체, 혹은 그 둘 다에게 도움을 주는 강장제가 필요한 것처럼 보였다. 그녀는 점점 더 말라갔고, 짓고 있는 미소조차도 마음에서 우러나온 것 같아 보이지 않았다. 요즘 들어 마사는 기계적으로 그리고 오직 입술로만 미소 짓고 있었다. 입꼬리는 곱게 올라갔지만 두 눈은 여전히 생각에 잠긴 듯 심각했다. 에멀린이 한결 나아 보인다는 말을 하는 동안에도 그랬다.

에멀린은 실제로 그날 하루 종일 한결 나아 보였다. 아침과 점심 사이에 간식을 달라고 할 정도였다. 그날 밤은 잠도 푹 잤다. 다음 날 아침 맛나게 아침을 먹었고, 티크너의 집에 심부름을 가려고 출발할 때도 아주 신이 나 있었다. 날씨는 여전히 추웠고 북서풍은 수그러들지 않았다. 바람은 밤새도록 맹위를 떨쳤다. 에멀린이 옥수수 저장고가 있는 들판에 왔을 때 문은 단단히 잠겨 있었다. 일하는 사람은 아무도 없었고, 나중에 갈게 될 밭고랑은 녹색의 옥수수 깃대를 휘날리며 죽은 사람들처럼 뻣뻣하게 펼쳐져 있었다. 그 전날과 다를 바가 없었다. 에멀린은 옥수수 저장고를 보았다. 확신할 순 없었지만 구슬픈 소리가 살짝 들린다고 생각했다. 낑낑 우는 소리와 컹컹 짖는 소리 사이쯤인 것 같았다. 심부름을 마치고 돌아올 때는 꽤 확신했다. 에멀린은 그 소리를 들었다는 것을 알았다. 그녀는 정색을 했다. 집에 도착하자 엄마와 이모는 눈짓을 주고받았다. 엄마는 부엌으로 가 애니에게 곰국을 좀 끓이라고 말했다. 곰국이 다 만들어지자 에멀린은 한 그릇을 다 먹어야 했다. 엄마와 이모는 그 전날만큼이나 에멀린이 좋아 보이지 않는다는 사실에 낙담했다.

하루하루 지나갈수록 에멀린의 얼굴은 더 나빠 보였다. 에멀린은 사흘 동안 옥수수 저장고에 갇힌 작은 개에 대한 양심의 가책 때문에 지독히 괴로웠다. 작년에 드문드문 남겨둔 옥수수나 쥐들이 있지 않는 한 아마도 굶어 죽었을 터였다. 또 설령 얼룩이가 굶주림에 몰리더라도 쥐를 먹을지는 확신할 수 없었다. 에멀린은 둘째 날 밤, 아닌 밤중에 홍두깨처럼 "엄마, 개들도 쥐를 먹어요?"라고 물어봐서 엄마를 깜짝 놀래켰었다. 엄마나 이모 둘 다 분명히 긍정적으로 대답할 수 없는 것 같아서 그녀의 조그만 얼굴은 하얗게 질렸었고, 그들은 그 모습을 보고 몹시 놀랐었다. 에멀린이 잠자리 들고 난 그날 밤, 엄마는 이모에게 아이가 조만간 나아지지 않는다면 다른 의사를 불러야겠다고 했다.

아침마다 황량한 들판의 문 닫힌 옥수수 저장고를 지나가는 건 에멀린에겐 소름 끼치는 일이었다. 그녀는 살인자처럼 느껴졌다. 얼룩이가 애처롭게 낑낑대는 소리가 들리는지 이제는 확신할 수도 없었다. 에멀린은 얼룩이가 죽었는지, 그리고 자기가 얼룩이를 죽였는지 궁금했다.

사흘째 저녁이 되자 에멀린은 결심했다. 기회가 왔다. 저녁식사 바로 전에 애니가 고형固形 이스트를 주문하는 것을 깜빡했다는 말을 에멀린 앞에서 한 것이었다. 애니는 저녁을 먹고 난 뒤 가게에 가서 사 오겠다고 말했다. 그날 밤 빵에 섞어야 했기 때문이다. 그때 에멀린이 간절하게 말했다.

"엄마, 제가 가도 돼요? 저녁 먹기 전에 시간이 남아돌거든요. 꼭 가게 해주세요."

이모가 부추겼다. "내가 언니라면 가게 할 거야. 그러면 잠도 푹 잘 올 거야. 게다가 공기도 아주 상쾌해. 이맘때 치고는 서리가 내리긴 했지만 말이야." 마사는 방금 우체국으로 걸어갔다가 돌아온 상태였다. "내가 가게에 있을 때 알았더라면 사 왔을 텐데. 하지만 에멀린이 밖에 뛰어갔다 오는 것도 좋을 거 같아. 돌아올 때까지는 어두워지지도 않을 테니까."

그래서 에멀린은 밖으로 나갔다. 참 희한하게도, 빨간 외투의 소맷단을 접어 올리고 조그만 꾸러미를 쏙 집어넣은 뒤였다. 그 안에는 닭 뼈다귀 두 개가 들어 있었다. 흰 종이에 싸여진 맛있는 닭 뼈다귀였다. 조그만 지갑도 챙긴 뒤였다. 그 안에는 엄마가 이스트를 사 오라며 준 돈 외에도 자기가 가진 동전이 몇 푼 들어 있었다.

에멀린은 창문 밖을 휙 지나쳤다. 재빨리 움직이는 빨간 옷을 입은 조그만 형체였다.

"이해할 수가 없어." 엄마가 말했다. "이틀 반나절 동안 완전히 풀이 죽어 있더니 난데없이 간절하게 가게에 가고 싶다잖아. 쟤가 태어난 이후 뭔가에 대해 그렇게 열성적인 모습은 처음 봤어. 눈동자가 별처럼 밝게 빛나더라니까."

"에멀린이 자라서 어른이 되었을 때 분명 뭔가 마음에 걸리는 게 있을 거야." 마사가 곰곰이 생각하며 말했다.

"이런, 마사. 말도 안 돼! 재를 위해서 모든 걸 다 해 줬는데, 마음에 걸리는 일이 뭐가 있겠어?"

"물론 없겠지." 마사는 말했지만, 곰곰이 생각하는 눈빛이었다.

그사이 에멀린은 재빠르게 갔다. 가게는 티크너의 집으로 가는 길에 있었다. 에멀린은 서둘러 가게로 가서 고형 이스트를 사고는 자기 돈으로 달콤한 과자도 조금 샀다. 그런 뒤 한순간도 지체하지 않고 재빨리 옥수수 저장고로 향하는 들판을 가로질렀다. 그녀는 문을 열기 전에 딱 1초간 귀 기울였다. 조그맣게 낑낑대는 소리가 들렸다. 컹컹 짖는 소리가 아니라 낑낑대는 소리였다. 그런 다음 문을 열었다. 군인들이 적군을 향해 돌진할 때 요구되는 그 어떤 정신력도 그녀에게 요구되는 정신력만큼은 아닐 것이다. 그녀는 문을 열어젖힌 뒤 닭 뼈다귀를 꺼냈다. 그런 다음 휙 던지자 먼지투성이의 실내에서 불쌍한 얼룩이가 몸을 질질 끌며 나타났다. 얼룩이는 조그만 뼈다귀들을 물더니 앉아서 오도독오도독 씹었다. 그런 뒤 달콤한 과자를 먹이려고 봉지 하나를 바닥에 놓았다. 그 조그만 동물이 과자를 낚아채는 순간 위대한 사랑과 연민의 감정이 그녀를 휘감았다. 돌연 그간 두려움에 떨었던 그 동물을 아주 좋아하게 되었다. 그녀는 얼룩이에게 빨간 벙어리장갑을 낀 손으로 남은 과자를 마저 다 주었다. 하나도 공포심으로 떨리지 않았다. 날카로운 조그만 이빨이 손가락 아주 가까이에 있을 때조차도 조금도 떨리지 않았다.

과자들을 모두 주고 난 뒤, 에멀린은 집 쪽으로 출발했다. 얼룩이가 그녀를 따라왔다. 얼룩이는 그녀 옆에서 깡충깡충 달리고 뛰어오르면서 즐겁게 멍멍 짖어댔다. 얼룩이는 가엾은 조그만 잡종이었고, 혈통도 없고 훈련도 제대로 받지 못해서 좋은 특성들이 모자랐다. 말썽꾸러기에다 겁이 많고 심술궂었다. 누구도 좋아한 적이 없었다. 하지만 이제 얼룩이는 자신을 풀어주고 먹이를 준 에멀린을 좋아했다. 그녀가 자신에게 가한 위해에 대해선 아무것도 몰랐다. 오직 혜택받은 것만 의식했다. 그래서 티크너의 가족들은 한 번도 따라다닌 적이 없었으면서도 에멀린을 따라갔던 것이다. 티크너의 가족들은 진심으로 얼룩이를 보살핀 적이 없었다. 그들은 무척 게으른 데다 개가 정처 없이 떠돌아다녀도 아무런 관심이 없었기에 가엾은 개는 방랑자, 불청객의 위치가 되었던 것이었다. 하지만 이번엔 달랐다. 얼룩이는 이 어린 소녀가 무척이나 좋았다. 소녀는 감옥의 문을 열어줬고 맛난 닭 뼈다귀와 달콤한 과자를 먹여줬다. 고통을 겪고 있을 때 도움의 손길을 내민 것이었다. 얼룩이는 아직도 갈증이 났지만 그 갈증 또한 그녀 때문에 만족될 터였다. 얼룩이는 크나큰 믿음을 가지고 기뻐하며 들판을 가로질러 그녀를 따라갔다. 가게로 가는 길에 이르렀을 때 한 남자가 가게에서 서둘러 나오고 있었다. 에멀린은 남자를 즉시 알아보았다. 존 애덤스 씨였다.

존은 약간 당황스러운 듯 에멀린에게 말을 걸었다. "아, 너였구나, 에멀린!"

"네." 에멀린이 대답했다.

"어머니와 이모는 어떻게 지내니?"

"잘 지내요, 덕분에."

"저녁은 먹었니?"

"아뇨."

존 애덤스 씨는 한층 더 말을 더듬거렸다. "음. 난 저녁을 일찍 먹었어, 그래서, 음, 그래서—"

에멀린은 그를 힐끗 쳐다보았다. 놀랍게도 그는 얼굴이 시뻘겋게 달아오른 채 바보 같은 미소를 짓고 있었다.

그가 마침내 말했다. "난 오늘 저녁 너희 집으로 뛰어가야겠다고 생각했어. 되도록 일찍 말이야. 왜냐하면 오늘이 기도회가 있는 저녁이라는 사실이 떠올랐거든. 하지만 그녀, 그러니까 내 말은, 네 엄마와 이모 말이야, 그녀들이 갈지도 모르니까, 아, 엄마와 이모가 집에 있다면, 내가 일찍 가서 그분들하고 같이 가려고 했어."

"엄마와 마사 이모는 기도회에 가지 않을 거예요. 그렇게 말하는 걸 들었거든요." 에멀린이 말했다. 그런 뒤 마음에도 없는 말을 덧붙였다. "마사 이모가 아저씨를 보면 정말 좋아할 거예요."

"정말 그럴 거라고 생각하니?" 존 애덤스 씨가 간절한 눈빛으로 물었다.

"네."

"만약 내가 너희 집에서 산다면 네 생각이 어떨지 궁금하구나. 너랑 네 엄마랑 이모와 같이 말이야." 존 애덤스가 말했다.

에멀린은 조그만 손을 슬그머니 내밀며 말했다. "정말 좋을 거 같아요."

"넌 정말 예쁜 아이야!" 존 애덤스 씨가 말했다. 그는 그 커다란 손으로 그녀의 손을 꽉 움켜쥐었다. "저 작은 개는 네 꺼야?" 그가 물었다.

"아니요."

"너희 집에서 애완견을 키우고 있는 줄 몰랐는데."

"티크너네 개예요. 저를 따라왔어요." 바로 그때 개가 풀쩍 뛰어오르자 에멀린이 활짝 웃으며 개의 머리를 쓰다듬었다.

"잡종이지만 아주 영리해 보여." 존 애덤스 씨가 말했다. "네가 저 개를 키워야 할 거 같은데? 티크너의 집은 좋은 가정이 아니야."

"엄마가 허락하면 키우려고요." 에멀린이 돌연 단호하게 말했다.

소규모의 승리의 행진이 시작되었다. 서쪽은 맑고도 차가운 노을이 지고 있었다. 그들은 작년에 수확한 옥수수 더미가 드문드문 쌓여있는 들판을 지났다. 말라비틀어진 옥수수 잎사귀들은 어스름 속에서도 신기하게 자연 그대로의 생생함을 간직하고 있었다. 빛깔이 아니라 분위기가 그랬다. 마치 새롭게 베어낸 나무처럼, 벌거벗은 육체처럼 빛을 발하고 있었다. 그것은 가장 자연적인 것이었다. 빛과 공기, 지각 있는 생명만큼이나 근본에 속하는 죽음, 말라비틀어진 것을 그려 낼 물감이 팔레트에는 없었다. 그런데도 서쪽의 붉은 노을이 말라비틀어진 옥수수 이파리들을 비출 때 이파리들은 노을의 환한 빛에 밝게 반사되면서 불타는 황금빛의 불길로 뛰어드는 것처럼 보였다.

하늘에 팽팽한 활 모양의 초승달이 희미하게 떴다. 커다란 별 하나가 초승달 근처에서 천천히 빛을 더하고 있었다. 에멀린은 존 애덤스 씨의 손을 잡은 채 춤을 추며 갔다. 고개를 꼿꼿이 들고 얼굴은 함빡 웃고 있었다. 작은 개가 앞서 달리다가 다시 뛰어 돌아왔다. 개는 풀쩍풀쩍 뛰어오르며 기쁨에 찬 소리로 짧게 멍멍 짖어댔다. 태생적으로 사랑이라는 정신적인 갑옷과 투구를 병력으로 갖췄다는 점에서 그들은 모두 정복자들이었다. 사랑으로 무자비한 앙심과 적의를 정복한 개가 있었다. 사랑으로 아집을 정복한 남자가 있었다. 하지만 아이가 셋 중에서 가장 위대한 정복자였다. 모든 창조물에게 있어서 가장 큰 적이며 사랑의 정반대인 두려움을 사랑으로 정복했기 때문이다.

메리 E. 윌킨스 프리먼Mary Eleanor Wilkins Freeman
미국의 소설가. 『뉴잉글랜드 수녀』(1891)와 같은 작품들을 통해 일찌기 여성의 역할과 가치관 및 사회관계를 다루었으며, 비전통적인 방식으로 페미니스트로서의 가치를 보여주려고 노력했다. 간결하면서도 명징한 문체가 특징이다.

던져졌던 생각들을 다시 모을 거야

우리는 아직도 보이지 않는 발자취에 주의를 기울이면서

녀석이 터벅터벅 따라 걷는지 보려고 뒤돌아본다.

마크 리처드

떠돌이들

밤이 되면 떠돌이 개들이 물이 새는 파이프를 핥으려고 우리 집 밑으로 왔다. 남동생과 내가 같이 쓰는 방 밑으로 오기 때문에 우리는 개들이 기침을 하거나 으르렁거리거나 우리 침대 밑에 있는 널빤지에 쥐처럼 더러운 등을 긁는 소리를 들을 수 있다. 우리는 깬 채 누워서 귀 기울였다. 동생은 한 마리를 잡아서 붙일 개의 이름을 생각하고 있다. '설루트'와 '탑보이'가 높은 순위에 올라와 있다.

나는 동생에게 이 개들은 야생적인 데다 겁을 먹고 움츠려있다고 말했다. 침대 밑에 있는 바닥을 맨발로 쿵쿵거리면 개들은 고개 숙여 열린 창문 밑의 비좁은 공간으로 허둥지둥 빠져나갔다. 때때로 동생은 재빠를 때는 몸을 밖으로 내밀어 살짝 도망가는 개를 한 마리 만지기도 했다.

아빠는 봄에 창문에 다시 방충망을 달아놓을 셈이었다. 창고에서 끌어내 진입로에 포개어두기까지 했다. 틀을 단단히 고정시키려고 톱질을 하나하나 해놓았고 모기에 대비한 철조망도 짜 넣었다. 아빠는 이렇게 할 셈이었지만, 그날 아침 엄마가 선반에 놓인 저장식품들을 죄다 마룻바닥에 내팽개치고, 동생과 내가 그린 부활절 그림들을 입으로 물어뜯고는 옆집에서 지난주에 옥수수를 심으려고 말끔히 개간해 놓은 들판 사이로 집을 나갔다.

우리와 가장 가까운 친척인 트래쉬 삼촌이 차를 몰고 도착했을 때쯤에는 엄마는 아빠와 족히 반나절은 싸움을 하던 중이었다. 트래쉬 삼촌은 엄청난 속도로 진입로까지 달려오면서 거기에 쌓아두었던 방충망 틀을 죄다 짓이겨 버렸다. 차 범퍼 그릴에는 마치 폭발한 것처럼 닭 살점들이 여기저기 달라붙어 있었다. 삼촌은 시동도 끄지 않은 채 차에서 내렸고, 아빠는 운전대에 앉아 방충망 위로 후진하면서 엄마를 찾아 나섰다.

삼촌은 자동차 좌석 밑에 술병을 두었다는 것을 알게 되었다. 삼촌은 부엌으로 들어와 엄마가 놓친 선반의 것들을 죄다 끄집어낸 뒤, 복도에 있는 수건 상자들을 보더니 쌓여있는 수건들을 풀어 헤쳤다. 안방에서마저 옷장 문을 열고 뒤졌다. 창고에서 잔디 깎는 기계용으로 둔 가솔린 통을 열고는 냄새를 맡았다. 삼촌이 다가오더니 물었다. 술 마시러 마을로 가려면 어느 길로 가야 하지? 나는 길을 가리켰다. 삼촌은 집에 불내지 마, 라고 하면서 집을 나섰다.

동생과 나는 옆 마당에서 어두워질 때까지 물구나무서기를 하면서 시간을 보냈다. 우리는 반딧불이를 한가득 잡아 셔츠 위에 환한 노란빛을 마구 문질렀다. 밤늦은 시간이었다. 나는 발을 씻은 뒤 자려고 누웠다. 우리는 누군가 집에 돌아오기를 기다렸지만 그때까지 아무도 오지 않았다. 동생이 엄마를 찾으며 칭얼거리기 시작했을 때 집 밑에서 떠돌이 개들이 모습을 드러낸 건 나로선 다행이었다. 동생은 개들의 새로운 이름 목록을 만들기 시작했고, 그 이름들을 부르면서 잠이 들었다.

배가 고팠다. 우리는 엄마가 우리를 위해 먹을 걸 만들어주는 소리가 아닌 다른 소리가 부엌에서 들리는 바람에 잠에서 깨었다.

트래쉬 삼촌이었다. 수도꼭지를 돌리면서 싱크대에 피를 토해내고 있었다. 나는 삼촌에게 사고를 당했냐고 물었다. 삼촌은 소독제와 면봉을 가져오라며 동생을 위층으로 보냈다. 얼굴이 머리 한쪽으로 비스듬히 놓여졌기 때문에 그쪽 눈은 감겨 있었다. 다친 손가락들로 흔들거리는 이를 씰룩쌜룩 움직였을 때는 눈물을 주르륵 흘렸다.

삼촌은 사고가 났지만 괜찮다고 했다. 워낙에 카드게임에 능숙했고, 그런 다음 정말로 능숙하게 잘해서 기세 좋게 차를 걸었는데 아빠가 엄마를 찾으러 차를 몰고 갔다는 것을 그만 깜빡 까먹었다고 했다. 카드게임에서 이긴 사람이 고의로 삼촌에게 달려들더니 두들겨 팼다고 했다.

하루 종일 삼촌은 안방에서 잤다. 우리는 앞마당에서도 삼촌이 코 고는 소리를 들을 수 있었다. 동생과 나는 숟가락으로 흙을 파서 내 장난감 깡통트럭이 지나다닐 수 있도록 노면과 도로를 만들었다. 저녁에 삼촌은 아빠의 셔츠 중 하나를 입고 내려왔다. 더러웠지만 두들겨 맞았을 때 입고 있던 옷보다는 훨씬 깨끗했다. 우리는 저녁밥으로 바나나 샌드위치를 먹었다. 삼촌은 집에 카드가 한 벌 있는지 물었다. 이빨로 잘린 손가락들이 아직 충분히 사용할 수 있을 정도로 구부려지는지 보고 싶다고 했다. 나는 동생이 장난감 상자 어딘가에 넣어 둔 여왕잡기 게임용으로 쓰는 카드가 아니라면, 엄마가 집에서 카드놀이 하는 것을 어떻게 금지시켰는지 말해야 했다. 동생이 카드를 찾으러 간 동안, 나는 어떻게 항상 동생의 손에 여왕을 남겨두며 이겼는지를 자랑해댔다. 그러자 삼촌은, 아, 그래? 하더니 주머니를 뒤져 5센트짜리 동전 하나를 꺼내 식탁 위에 놓았다. 삼촌은 이 동전으로 게임을 할 거야, 라고 말했다. 나는 동생과 같이 쓰는 방으로 가서 반창고 상자에 든 5센트짜리 동전들과 10센트짜리 동전들을 가져왔다. 헌금 접시에 내놓을 때 가끔 남겨놓는 돈이다.

삼촌은 곡예단의 스타들이 그려진 여왕잡기용 카드를 가지고 붉게 물든 손가락들을 풀면서 고통스러운 표정을 지었다. 하지만 그래도 여전히 카드를 섞고, 패를 떼고, 한 손으로 세 사람에게 돌렸다. 오래 가지 않아 나는 반창고 상자에 든 돈과 앞마당에 있는 장난감 트럭들까지도 죄다 잃었다. 삼촌은 나보고 나가서 트럭들을 가져와 자기 옆 식탁에 올려놓으라고 했다. 동생은 볼링핀 세트와 비글 강아지 인형 한 마리를 잃었다. 두 판 더 하면서 우리의 겨울 부츠들과 모자 달린 외투들은 삼촌의 식탁 옆에 쌓여갔다. 마지막 판에서 동생과 나는 반바지와 속바지 차림으로 나왔고, 삼촌은 씩 웃으며 얘들아, 원한다면 너희들이 가진 건 무엇이든 다 받아줄게, 라고 말했다.

삼촌은 우리 침대의 베갯잇을 벗겨서 동생과 내가 가졌던 모든 것을 그 안에 집어넣었다. 그리고는 내게 이걸 교훈으로 삼으라고 말했다. 삼촌은 현관문으로 나갔고, 우리는 홀딱 벗겨진 채 식탁에 남겨졌다. 어깨에 전리품을 멘 채 길을 나서면서 삼촌이 던진 마지막 말은, 집에 불내지 마, 였다.

나는 삼촌에게 단단히 열불이 났다.

그리고는 삼촌에게 우리를 남겨두고 엄마를 찾으러 간 아빠에게도 단단히 열불이 났다.

그리고는 또, 동생을 내게 남겨두고 집을 나간 엄마에게도 단단히 열불이 났다. 동생은 턱을 길게 빼고 입을 뿌루퉁하게 내밀며 울어 젖히고 있었다.

이제 할 일은 단 한 가지였다. 우리에게 아직 남아있는 카드를 죄다 긁어모아 동생의 얼굴에 집어 던지는 것이었다. 나는 정말로 그렇게 했고, 카드들을 얼굴 정면에 맞히자 동생은 악을 쓰며 울어댔다.

그렇게 시끄럽게 울어대면 떠돌이 개들이 오지 않을 거라고 하자 동생은 그 말을 믿었다. 평소보다 늦어도 개들이 오지 않자 나도 그 말을 믿기 시작했다. 귀뚜라미가 울고 나무 위로 기다랗게 달이 떠올랐다. 하지만 개들은 동생이 잠든 후에 결국엔 올 터였다. 그래서 나는 침대 합판 밑에 더러워진 등을 긁으며 으르렁거리는 떠돌이 개들이 왔다는 것을 알 때까지 기다렸다. 나는 바닥에서 쿵쿵거렸다. 개들에 대해 내가 제일 좋아하는 부분이다. 쿵쿵거린 다음에는 여러 방향으로 황급히 흩어지는 것을 지켜보았고, 그다음 하나씩 하나씩 숲 근처의 들판 가장자리에 무리 짓는 모습을 지켜보았다.

아침이 되자 자전거가 앞마당으로 앞바퀴를 덜덜거리며 오고 있었다. 커츠 씨의 펄프 목재를 실은 트럭에 점심과 얼음물을 실어다 주는데 사용하는 자전거로, 커츠네 가게의 흑인 소년이 타고 있었다. 커츠 씨는 마을 외곽에서 목재 벌목 일을 하고 있다. 평소에도 그 자전거를 타고 있던 흑인 소년은 엄마와 커츠네 가게에 물건을 사러 갈 때 동생과 나에게 보란 듯이 손가락으로 병뚜껑을 돌리곤 했다. 우리는 바깥에서 기다려야만 했다. 타르를 바른 종이를 붙인 달개집 옆에 있는 등유 펌프 옆이었다. 음료수 상자들이 쌓여있는 그곳에선 남자들이 둘러앉아 빈둥거렸다. 지금은 삼촌이 카드게임을 하고 있는 곳이다. 백인들은 외상으로 사지 않는 이상 보통 커츠네 가게에 가지 않았다.

우리는 학교에서 커츠 씨 부부가 아이들을 잡아먹는 가족이라는 소문을 들었다. 창문에는 비닐로 포장된 장난감들과 함께 붉은색의 금속으로 된 나무가 놓여있고, 안으로 사람들을 유혹하는 기다란 사탕 판매대가 있었다. 커츠 부부는 자식이 없었다. 그들은 어느 눈이 많이 온 혹독한 겨울에 아이들을 잡아먹고, 나머지는 샌드위치를 만들기 위해 소금에 절여놓는다고 했다. 바로 그 흑인 소년이 정오에 목재일을 하는 일꾼에게 갖다 주는 샌드위치다. 나는 사탕을 사러 들어가는 흑인 아이들을 세면서 몇 명이나 살아 나오는지 보려고 했지만, 엄마는 내가 숫자를 세기 전에 집으로 갈 준비를 마쳤었다. 커츠네 가게에서 우리의 신용은 별로 좋지 않았다.

앞바퀴가 우리의 장난감 트럭이 지나다니는 지하 터널 중 하나에 걸려 삼촌이 떨어졌다. 자전거 핸들에 고정된 바구니에서 비닐 테이프로 밀봉된 갈색 종이 봉지들이 마당에 쏟아졌다. 시가 한 보루와 샴페인이 든 상자였다. 삼촌은 넘어진 곳에 그대로 있었다. 삼촌은 앞마당에 있는 나무 아래서 온종일 잠을 잤다. 이리저리 옮겨 다니는 그늘로 다시 기어들어 가려고 할 때만 움직일 뿐이었다.

저녁은 등심과 샴페인, 시가였다. 삼촌은 저녁식사 후 식탁 위에 다리를 올려 꼬는 법을 가르쳐줬다. 하지만 동생과 내 시가에는 불을 붙이지 않은 채로 두겠다고 했다. 모든 봉지들을 뒤져봐도 장난감들과 동전들이 든 내 반창고 상자를 찾을 수 없었다. 혹시나 해서 자전거 앞에 고정된 바구니를 두 번이나 확인했지만 허사였다. 삼촌은 샴페인을 한 병 마시는 동안 식탁 위에서 물구나무서기를 보여주더니 싱크대 안에 서서 "난 던져졌던 생각들을 다시 모을 거야"*라는 노래를 불렀다. 동생과 나는 시가를 우적우적 씹으며 손뼉을 쳤지만 기분이 처지면서 외로워졌다.

커츠네 가게로 가려고 마당에서 페달을 밟으며 삼촌이 말했다. 집에 불 내지 마라.

동생은 밧줄로 똘똘 감아 실에 꿴 등심 조각을 창밖으로 내밀었다. 그러다가 흰 뱀이 우리 침대 밑에서 문틀을 넘어 마당 저 멀리로 스르르 나아가는 것처럼 줄이 스르르 미끄러지듯 풀려갈 때 손가락에 기름이 묻은 채 잠이 들었다.

옥수수가 열리는 7월이 되었지만, 부모님한테서는 아무 소식이 없었다.

트래쉬 삼촌은 독립기념일이나 독립기념일 행진을 기억하지 못했다. 삼촌은 자전거 흙받이에 부들**을 여러 다발 담았고, 여왕잡기용 카드를 자전거 바큇살에 끼워 넣고는 우리와 함께 소방차를 따라 마을로 갔다. 자전거 바구니

*gather my far-flung Thoughts together. 핑크 플로이드의 'San Tropez'라는 노랫말 중 일부.
**연못 가장자리와 습지에서 자라는 외떡잎식물. 마리화나 담배를 뜻하는 속어이기도 하다.

에는 관중들에게 던질 1센트짜리 사탕이 들어있었다. 뭐하자는 건데? 커츠네 가게까지 행진했을 때 흑인 남자가 삼촌에게 물었다. 나는 부서진 내 장난감 트럭을 흑인 아이가 손에 들고 있는 것을 보았다. 떨어진 바퀴는 커츠네 가게 입구 계단에서 아직도 빙그르르 돌고 있었다. 내 참, 같잖아서. 삼촌이 말했다.

삼촌은 커츠 부인을 카드게임에서 이겨서 하루 동안 집뿐 아니라 우리들까지도 깨끗이 닦아주러 왔다는 것을 기억하지 못했다. 커츠 부인은 빗자루로 가구들 주위를 쓸면서 우리들을 징그러운 것들이라 불렀다. 머리를 감을 비눗물 한 양동이가 있었고, 창문으로 들어오는 모기들과 바닥에 있는 벼룩들, 곤충들한테 물린 자국에 바르는 시큼한 냄새가 나는 크림이 한 통 있었다. 방충망 눈들은 진입로의 흙먼지 속에서 녹슬어 있었다. 삼촌은 내 팔 만큼이나 기다란 면도기를 열더니 그녀에게 건넸다. 커츠 부인은 면도기로 동생과 나의 머리를 잘라야 한다며 우리를 붙잡으러 쫓아다녔다. 우리는 그 정도로 어리석지는 않았다. 동생은 나무 밑으로 달려갔고 나는 나무 위로 올라갔다.

삼촌은 7월이 왔다는 사실을 기억하지 못했지만 우리가 7월이 왔다고 얘기했더니, 7월이 온 것도 꽤 찮은 것 같다고 말했다.

집 옆 밭에서 갈색의 옥수수 가지들이 휘어지는 8월이 왔다. 부모님한테서 소식이 왔다. 부모님은 주 수도에 있었다. 한 분은 그간 감옥에 있었다. 트래쉬 삼촌은 여전히 방충망을 쳐주겠다고 약속하고 있었다. 우리는 대신 커츠네 가게에서 살충제를 샀다.

나는 한밤중에 일어났다. 동생은 어느새 창문을 통해 바깥에 나가 있었다. 마당에서는 동생과 떠돌이 개 한 마리가 서로 개줄 끝을 잡고 있었다. 동생이 개줄을 감아 끌어당기는 사이 내가 달려들어 붙잡았다. 더러운 개털에서 빠져나온 벼룩들이 이미 내 팔과 목 위로 기어오르고 있었다. 우리는 개를 눕혀놓고 개털에 비누처럼 거품이 일 때까지 살충제를 한 통 다 뿌렸다. 동생은 개의 귀에 포도송이처럼 매달린 진드기를 태우려고 성냥을 가져왔다. 성냥을 긋자 개는 푸른 불꽃이 활활 타오르는 스웨터를 입은 것 같았다. 개는 집 밑으로 불덩이를 쏘듯 달려갔다.

삼촌과 마을 사람들이 집에 도착했을 즈음, 소방서 서장은 집이 걷잡을 수 없는 불길에 휘말렸다고 했다.

아침에 나는 부모님이 한때 우리 집이었던 곳을 차로 지나가는 것을 보았다. 나는 부모님이 마당이란 것을 알아차릴 때까지 다시 지나가는 것을 보았다. 트래쉬 삼촌은 가수면 상태에 빠진 동생에게 정신을 들게 하려고 현관 계단 왼쪽에 서서 속임수가 어떻게 통하는지를 보여주고 있었다. 삼촌은 온갖 카드게임 속임수를 보여줬다. 아빠는 삼촌에게 일어나라고 하더니 때려눕혔다. 삼촌은 맞아도 싸다고 말했다. 아빠는 삼촌을 다시 때려눕히고는 일어나지 말라고 했다. 일어나면 널 죽여버리겠어, 아빠가 말했다.

삼촌은 네발로 기어 마당을 가로질러 길가로 나갔다.

안녕히 가세요, 삼촌. 내가 말했다.

잘 있어, 얘들아! 삼촌이 말했다. 집에 불내지 마! 삼촌은 그렇게 말했고, 안 그럴게요, 라고 나는 말했다.

아빠가 삼촌을 쓰러뜨리는 동안 아무도 엄마에게 주목하지 않았다. 엄마는 여름 뙤약볕을 받아 다 타버려 바스락거리는 옥수수밭 사이로 터덜터덜 걷고 있었다.

마크 리처드Mark Richard

미국의 단편 소설작가이자 소설가, 시나리오 작가, 시인이다.

매튜 마틴 개를 들이다

그래서 브라이언은 개들을 집안으로 들였다. 마리아가 아직 살아 있다면 절대 있을 수 없는 일이다. 그녀는 새집이 개털들과 그 끔찍한 냄새 때문에 엉망진창이 될 필요가 없다고 보았었다. 모든 개들이 냄새가 났고, 그런 냄새에 익숙한 사람들 중 하나가 되고 싶지 않기 때문이었다. 그녀가 개를 좋아하지 않는다는 말이 아니라, 무리 동물들이 제 분수를 알지 못하면 버릇이 없어진다는 말이다. 마당에 문은 달려 있지 않았지만 지붕 덮인 오두막이 개집이었고, 개들은 그곳에서 지냈다. 그다지 좋은 집은 아니었지만, 10월 초부터 성난 쥐처럼 양철지붕을 후드득후드득 두드리는 비를 피할 수 있었다. 어쨌든 그녀의 여동생이 추위에서 벗어나려고 왔을 때인 크리스마스 때에도 15도 이하로는 많이 내려가지 않았다.

그녀의 여동생은 개들을 무척이나 아꼈다.

사실 그 개들은 둘 다 동물보호소에서 구조한 암캐로 잡종이었다. 순전히 실용적인 목적이었다. 그들은 낯선 나라로 갈 예정이었기에 좀 시끄러운 보호막이 필요하다고 느꼈다. 짐을 싸놓은 대부분의 짐 상자들은 미리 보냈기 때문에 개들은 왜건형 차 뒷좌석의 넓은 공간을 차지할 수 있었다. 그는 대피로와 화물 자동차 휴게소에서 잠을 자면서, 조수석에 노선도를 펼쳐놓은 채 직접 차를 몰았다.

그녀는 차를 그곳까지 몰고 갈 필요가 없다고 생각했다. 순전히 예측도 불가능하고 명백히 부족한 도로 표지판에도 적응이 안 되어서 그는 거의 즉각적으로 운전을 포기했다. 그는 조그만 세단형 승용차에 여러 명의 가족을 잔뜩 밀어 넣은 채 아이들이 뒷좌석에서 몸을 마구 흔들며 까불어 대는 것을 보고는 혀를 내둘렀다. 그들은 안전벨트라든가 먼지 자욱한 길을 따라 불안정하게 비틀거리는 모터 달린 자전거를 신경 쓰지 않는 것처럼 보였다. 자전거 핸들에는 온갖 종류의 제품이 매달려 있었다. 어쨌든 마을까지는 조금만 걸어가면 되었기에 대부분의 물건들을 배달할 수 있었다. 그래서 그는 여름에 집으로 돌아가는 차를 포기하고는 영국인 부부에게 헐값에 팔아버렸다.

그게 그녀가 버스를 탔던 이유였다. 처음으로 병원에 갈 때 그녀는 택시비로 쓸데없이 돈을 쓰고 싶지 않았고, 의료보험에서 택시비를 충당해준다는 사실도 알지 못했다.

두 번째로 병원을 찾아간 뒤 그녀는 입원했다. 처음에는 단지 추가 검진을 하기 위해서였다. 그리고 몸이 정말로 나빠졌을 때, 그녀에게 시간이 오래 남아 있지 않다는 것을 그가 알았을 때, 그녀의 침대에 드리운 병약한 환자의 냄새와 그녀의 피부가 노란 양피지처럼 변하기 시작했을 때, 그는 병원에서 허락하는 한 오래도록 그녀 곁에 머물렀다. 그런 다음 그는 조그만 호텔 방으로 돌아왔다. 영어로 방송되는 채널이 없는 텔레비전과 일인용 침대가 달린 방이었다.

대령은 오래된 마을을 잘 안다고 큰소리치고는 지도를 꺼내 그를 술집과 숙소들로 안내했다. 그가 착각했든지 아니면 장소가 바뀌었든지 둘 중 하나였다. 휘갈겨 쓴 맥주잔 받침이나 냅킨 같은 것들이 아무것도 없었기 때문이다.

대령은 사람들을 도와주는 것을 좋아했다.

브라이언은 떨어져 있는 동안 개들이 스스로 먹고 살아가야 할 필요가 없다는 것을 알고 있었다. 청소부가 매일 아침에 왔기 때문이다. 그녀는 개들을 해변에서 뛰어놀게 했고, 저녁에는 그녀의 아들이 담장 너머로 먹다 남은 음식이나 고기 조각을 던져주었다. 사전에 못 먹는 뼈다귀들이나 소시지 비닐 같은 것을 세심하게 제거한 음식들이었다.

그들은 일단 마리아가 진단을 받으면 머물기로 결정했다. 하지만 그건 생각처럼 수월하지 않았고 둘 다 처음에는 조심스러웠다. 의사들을 너무 많이 봤기 때문이다. 하지만 이제는 이곳이 그들의 집이었으므로 추운 곳으로 돌아갈 필요가 없었다. 죽기 위해 돌아간다는 것은 아무런 의미가 없었다.

그는 주로 보는 한 젊은 의사가 점점 마음에 들었다. 그녀는 그를 "우리 젊은 의사 양반"이라고 불렀다. 의사는 수염 자국이 좀 있었고, 런던에서 공부했기 때문에 영어가 유창했다. 투명한 갈색 눈동자와 숱이 무성한 검은 눈썹 때문에 약간 개처럼 보이기도 했다.

"수술로도 치료할 수 없는……"이라는 말 한마디로 충분했다. 그 말은 순간적으로 허공에 매달려 있다가 금속처럼 바닥에서 쨍그랑하는 소리를 냈다. 둘 다 의사가 잘못 말했기를 바라며, 의사의 억양 때문이길 바라며, 충격을 받은 채 쳐다보았다. 벗어날 수 있는 길은 없었다. 그들은 최대한 그녀를 편하게 해주었지만 그 이상 해줄 수 있는 것은 없었다.

병원에선 그것을 유방암이라고 불렀지만, 거의 겨드랑이 안쪽에 대리석과도 같은 혹이 있었다. 샤워를 마치고 나왔을 때 그녀는 거기에 손가락 끝을 갖다 대었다. 그게 무엇인지 알기 때문이었다. 병원에선 2차 소견이 나올 동안 집에 가 있으라고 했다. 그녀는 여동생이 알기를 바라지는 않았지만 아들에게는 이야기해야겠다고 생각했다.

아들은 때로는 사무실이나 또 때로는 '서재'에서 거의 매주 전화하면서 정기적으로 연락하고 있었다. 통화하는 동안 문 바깥에서는 아빠의 관심을 받으려고 손녀들이 뛰어노는 소리가 들렸다. 그들은 몇 달 동안 두 손녀들을 보지 못했다. 며느리가 비행기 타는 걸 꺼렸기 때문이다. 며느리는 시부모님이 단지 더운 곳에 산다는 이유 때문에 휴가를 시부모님과 함께 보내야 하냐며 대체로 이해하지 못했다.

그는 아들에게 전화하지 않았고, 불안을 야기하고 싶지도 않았다. 전화 걸 날이 머지않았다는 것을 알고 있었기에 그때 가서야 말할 참이었다. 어떤 불필요한 감정도 보여주고 싶지 않았다. 정확한 단어를 기억하면서 올바르게 이해시켜야 했다.

처음에 그는 현지인들의 무뚝뚝함과 직설적인 말투에 놀랐다. 그는 그게 번역 탓이거나 그들의 서투른 영어 탓이라고 생각했지만 점차 이해도가 커지면서 단지 서로 이야기하는 방식일 뿐이라는 사실을 깨달았다. 그리고 그는 젊은 의사 양반의 일말의 가능성도 열어두지 않는 방식, 희망의 그림자를 조금도 깃들이지 않는 방식이 고마웠다. 그래야 현실적으로 적절한 계획을 세울 수 있기 때문이다.

그래서 아들에게 나쁜 소식을 전할 때조차도 "수술로도 치료할 수 없는……"이라는 말을 포함할 수 있는 기운이 있었다는 게 뿌듯했다. 그래야 오해가 있을 수 없기 때문이다. 아들이 전화기 저 너머에서 평온하게 있을 때 그는 화가 치밀었다. 손녀들의 웃음소리가 들려왔기 때문이다. 손녀들의 나들이용 구두가 서재 밖의 반들반들한 마룻바닥 위에서 또각또각거리고 있었다. 게다가 낮은 목소리로 모든 말을 조심스럽게 반복하는 아들의 말하는 방식에는 어떤 냉담함이 있었다. 그러고 나서 조심스러운 심문처럼 질문이 시작되었다. 마치 나쁜 소식을 기대하기라도 하는 것 같았다.

아들은 일단 병원에 방문했지만 손녀들을 데려오지는 않았다. 아마도 잘못 알아들었거나 이해하지 못했을 것이다. 아들이 병원에 도착할 무렵 그녀는 이미 상당히 병이 깊은 상태였다. 그녀는 종합병원에 입원해 있었지만, 회복할 가능성이 없는 사람들을 위해 마련된 구석에 있었다. 1인실에 입원하려면 여분의 비용을 더 지불해야 했다. 외아들은 양복을 입고 나타났다. 그녀가 할 수 있는 말이라곤, 외아들인 이안의 얼굴이 좋아 보인다는 말, 잘생겼다는 말뿐이었다. 그리고 다음 날에도 그녀는 "참 잘생기지 않았어요? 이안. 거기 서 있는 모습이 꼭 제대로 된 사업가 같구나"라고 했다. 참 귀찮을 텐데도 이렇게 와 준 아들이 그녀는 무척이나 고마웠다.

그가 묵고 있는 호텔 로비에서 이안을 만났을 때, 그에게 든 첫 번째 생각은 아들이 그녀와 상당히 닮았다는 것이었다. 모든 사람들이 그렇게 말했어도 전에는 닮아 보이지 않았었다. 아들이 드디어 그 지독한 콧수염을 면도했기 때문일까. 아들은 양복을 입고 있었다. 상사가 "큰 폐가 되지 않는다면" 마침 그곳에 간 김에 지역 사무소를 방문하라고 했기 때문이었다. 그걸로 아들은 경비를 청구할 수 있었다. 그녀는 수술로도 치료할 수 없는 암에 걸렸고 아들은 비용을 걱정하고 있었다. 아마 비용이 얼마인지 제대로 들은 적도 없을 것이다.

이안은 가족을 데려오지 않았다. 쉬운 결정은 아니었다. 낸을 볼 수 있는 마지막 기회일지도 모른다는 것을 알았기 때문이다. 이 문제에 대해 이안은 진과 이야기를 나눴고, 그들은 낸이 어떤 사람이었는지를 기억하는 것이 최선이라고 여겼다. 손녀들은 열 살과 아홉 살로 분별력이 있을 만큼 충분히 나이 들었다고 브라이언은 생각했다. 그는 고개를 끄덕였지만 속으로는 매사에 진이 바라는 대로 하도록 아들을 통제하는 진의 방식이 싫었다. 시부모 중 한 명이 죽어가고 있을 때조차도 시부모에 대한 배려가 전혀 없었기 때문이다.

브라이언과 아내가 처음 도착해서 처음으로 대령을 만났을 때, 대령은 바닷가를 걸을 때도 계속해서 고집스레 재킷을 입고 넥타이를 매고 있었다. 그래서 그녀는 남편에게 고개를 돌려 꼭 연금수령자를 위한 버스 여행단원 같다고 입을 조그맣게 오므리며 말했다. 브라이언은 늘 대령이 독신남일 거라고 짐작했다. 과거의 군인 시절을 뛰어넘는 결벽에 가까울 정도의 깔끔함과 지나치게 까다로울 정도의 청결함이 묻어났기 때문이다. 하지만 대령 역시 홀아비가 되었다는 사실이 밝혀졌다. 대령의 아내는 "어느 날 뇌졸중으로 쓰러졌다"고 했다. 아내는 빨래를 널고 있었고 대령은 서재의 책상에 앉아있었다. 아내가 쓰러졌을 때 대령은 겨우 쉰다섯이었다. 자식이 없었기에 그들은 집을 팔고 떠나왔다. 대령은 군대에 있을 때 익숙해졌기 때문에 더운 날씨를 좋아한다며, 그곳에 정착한 이유라고 했다.

대령은 실제로 대령으로 진급하지는 못했지만, 거만한 말투와 얇은 윗입술을 두드러지게 하는 연한 회색빛의 로널드 콜먼*과 같은 콧수염 때문에 (대부분 은퇴해서 겨울을 따뜻한 곳에서 나려는 영국 거주민들인) 사람들은 그를 대령이라고 불렀다. 대령은 말레이반도에서 장교로 임관했고 얼마 안 가 부상을 입어 귀국했다고 했다.

죽음이 가까워지면서 마리아는 병상에 누워 그를 쳐다보며 개하고만 계속 지낼 계획인지 물었다. "대령은 늘 좋은 말동무잖아." 그녀가 쉰 목소리로 속삭였다. 블라인드가 따가운 햇살을 차단하고 있었고, 탁자 위에 있는 하얀 선풍기가 윙윙 돌아가며 침묵을 메우고 있었다. 그녀는 농담을 하고 있었고,

*Ronald Coleman(1891~1958). 영국의 배우. 미국에 건너가 1923년부터 제2차 세계대전 후까지 영화배우로 활약하였으며, 1947년 '이중생활'로 아카데미 남우주연상을 수상하였다. 그의 콧수염은 '콜먼 수염'이라는 이름으로 유행하였다.

농담이라는 것을 보여주려고 미소를 짓고 있었다. 그는 아내의 말에 화답할 수 없는 게 유감스러웠지만, 농담을 밀어붙이고 싶지는 않았다. 그는 '가능한 한 그녀를 편안하게 해주자'는 것만 생각하고 있었다. 아내의 죽음은 피할 수 없을지라도 지금 당장 직면하고 싶지는 않았다. 아내를 사랑하는 만큼이나 그녀가 죽은 이후의 자신의 삶에 대해서도 준비하고 싶지 않았다.

아들은 어머니의 유해를 바위 사이의 작은 웅덩이 근처에서 날려 보낸 직후 거의 똑같은 질문을 했다. 아버지가 원한다면 와서 당분간 함께 지내는 것도 괜찮아요, 라고. 그보다 더 나쁜 일은 생각할 수 없었다. 그는 며느리와 함께 지낼 수도 없었지만, 그게 다는 아니었다. 그의 삶이 깨끗이 지워졌는데도 아무 일 없다는 듯 시니 경기*를 하며 놀고 있는 행복한 가족들에 둘러싸여 지낸다는 생각 때문이었다.

거의 일종의 기억상실증인 것 같았다. 가족이 있는 집과 정원, 직업을 가지면 아무 근심 걱정이 없을 거라고 생각하는데는 1분이면 된다. 다음 순간, 우리는 어디에 있는지 알지 못한다. 무엇을 위하여 사는지 알지 못한다.

'그라운드 제로'**는 (기술적 세부사항의 정확성에 대해서는 대령도 약간 확신하지 못했지만) 대령이 추천한 비디오테이프의 제목이었다. 정말로 취향은 아니었지만 시간을 때우기는 좋았다. 피할 수 없는 대학살을 피하자 저녁이 훌쩍 지나갔다. 그리고 얼음처럼 차가운 셰리를 홀짝였다.

*shinny. 스코틀랜드 · 북부 잉글랜드에서 하는 아이들의 하키 놀이.

**Ground Zero. 1973년에 개봉한 영화 제목. 테러리스트 조직이 샌프란시스코의 금문교 상단에 핵 장치를 부착하고 이를 무력화하기 위해 한 남자가 파견된다는 내용이다. 이 말은 1946년 「뉴욕 타임스」에서 처음 썼다. 2차대전 중 일본 히로시마와 나가사키에 떨어진 원자폭탄의 피폭 지점을 일컫는 말이었으나, 이후 핵폭탄이나 지진과 같은 '대재앙의 현장'을 가리키는 데 사용되었다. 또 '급격한 변화의 중심' 또는 '사물의 가장 근본적인 시작점'으로 확장되어 사용되기도 한다. 종교적 의미로는 성지 예루살렘을, 더 광범위하게는 우주의 시작점을 일컫기도 한다. 2001년 9 · 11 테러로 붕괴된 세계무역센터를 지칭하기도 한다.

그래서 그는 개를 집 안으로 들였다. 침대 끄트머리에 있던 차갑고 축축한 코가 아침에 침대 시트 밑에서 빼꼼히 내밀고 있다는 게 위안이 됐다.

대령은 휴가철 동안 머물렀던 몇 안 되는 사람 중 한 명이었다. 대령은 이제 좀처럼 넥타이를 매지 않았다. 훨씬 더 여자들에게 인기 있는 미남 배우처럼 보이게 하는 (절대 반바지는 안 입었지만) 편한 바지와 목 단추를 푼 반팔 셔츠를 늘 깔끔하게 입었다. 브라이언은 대령이 알코올 중독일지도 모른다고 추측하면서 자신의 음주 습관에 대해 궁금해지기 시작했다. 빵집 바깥에 있는 광장에서 아침 커피와 함께 셰리를 마시면서 하루를 시작했기 때문이다. 보통 진한 블랙커피와 셰리를 마시거나 때로는 현지의 투명한 증류주를 한 잔 마시기도 했다. 증류주는 딱 겉으로 보이는 맛이 났지만 커피에 부으면 술맛을 감춰줬다. 그런 다음 열 시쯤 되면 그들은 커다란 나무 그늘 아래 체스를 두는 탁자로 자리를 옮겼고, 여름에는 차가운 맥주를 연거푸 몇 잔 마셨다. 때로는 둘이서 체스를 두며 놀았고, 또 때로는 대령이 현지의 늙은 어부와 대결하는 것을 지켜보며 즐거워했다. 납작한 모자를 눌러쓴 어부는 사투리만 썼지만 그들에게 하는 모든 말이나 그들에 관해서 하는 모든 말을 알아들을 수 있었다.

가끔 먹는 피시 앤 칩스*를 제외하고는 해산물이 별로 내키지 않았다. 이곳에서 아내와 지낸 몇 년 동안, 그들은 고기요리를 하는 카페를 찾아다니곤 했다. 킬로그램으로 파는 바닷가재와 커다란 새우를 먹도록 권유한 것은 대령이었다. 그들은 점심을 먹으러 항구 전경을 볼 수 있는 레스토랑을 찾아다녔다. 그리고는 남아 있는 몇 안 되는 낚싯배에서 힘겹게 느릿느릿 일하는 남자들이 햇볕에 바싹 달궈진 콘크리트 바닥 위에 그물을 말리는 광경을 지켜보았다. 현지의 백포도주는 단맛이 없이 약간 거품이 있었다. 그는 석 잔 이

*영국 특유의 음식 중 하나로, 얇게 썬 감자튀김을 곁들인 생선프라이.

상 마시지 않으면 맥주를 마시고 싶다는 생각이 말끔히 없어져 의자를 박차고 일어나 별장으로 돌아가 개들을 해변에서 뛰어놀게 한다는 사실을 알았다.

마리아가 아직 살아있을 때도 개를 산책시키는 것은 항상 일상적인 일과였다. 산책은 그에게 얼마 동안 혼자 있을 기회를 주었고, 원하든 원하지 않든 주로 영국인 개 산책자들과 잡담을 나누기 위해 다른 곳에서 항상 멈춰서야 했다.

그는 동틀녘이 좋았다. 이제는 개가 집 안에 들어올 수 있게 되었기에 개들은 산책하자며 새벽이 오기 전에 그를 깨웠다. 그는 항상 같은 곳에 가서 같은 바위 위에 앉아 바위 사이의 작은 웅덩이를 들여다보거나 몰려오는 파도가 뿜어내는 물보라를 맞았다. 이곳의 빛은 보는 각도에 따라 색깔이 변하였다. 드문 경우긴 하지만, 지평선 끝자락에서 구름이 태양과 만나려고 모여들면 그 효과는 폭발하는 만화경 같았다. 하늘의 광대함은 그의 시선을 사로잡았다. 바다의 떠들썩함, 바닷새들의 소리, 태양의 따사로움. 그가 여기에 살고 싶게 한 이유다.

매튜 마틴Matthew Martin

알려진 바 없음.

존 골즈워디 추억

2월 어느 흐릿한 날, 우리는 워털루 역에서 녀석을 만나려고 출발했다. 녀석의 충동적이고 성질 급한 어미를 길렀던 나는 앞으로 어떤 일이 벌어질지 약간은 알고 있었지만, 내 반려인에게는 모든 게 새로울 터였다. 솔즈베리에서 오는 기차가 연착됐기 때문에 앞으로 어떤 종류의 삶의 실타래가 우리를 엮을까 기대 반 걱정 반에 두근두근하는 마음으로 그곳에 서서 기다리고 있었다. 우리는 녀석의 눈 색깔이 옅지나 않을까 좀 불안했다. 흔히 스패니얼에게서 볼 수 있는, 여러 가지 빛깔이 뒤섞인 노란 눈 말이다. 기차가 지체되는 매 분마다 초조한 마음은 더욱 커져갔다. 어미와 처음으로 떨어진 첫 여행이었다. 고작 2개월밖에 안 된 검은색 새끼 강아지였다! 그때 기차가 들어왔고 우리는 황급히 녀석을 찾아보았다.

"혹시 개 한 마리 있나요?"

"개라니요! 이 수하물차에는 없어요. 저 뒷칸에 물어보세요."

"혹시 개 한 마리 있나요?"

"네. 솔즈베리에서 왔습니다. 여기 있어요!"

나무상자 뒤에서 우리는 길고 검은 주둥이를 가진 코가 우리를 향해 이리저리 내미는 것을 보았고, 희미하게 낑낑거리는 쉰소리를 들었다.

처음으로 든 생각은 이랬던 걸로 기억한다.

'주둥이가 너무 긴 거 아냐?'

하지만 내 반려인의 마음은 곧장 녀석에게로 향했다. 울음소리가 더 커졌고, 보이지 않는 무언가에 밀어 붙여져 있기 때문이었다. 우리는 녀석을 데리고 나왔다. 그 보드라운 것이 가볍게 떨며 울먹이고 있었다. 아직까지 네발로 동시에 잘 서 있지 못하는 녀석을 내려준 다음 우리는 녀석을 보았다. 아니, 내 반려인이 떨리는 미소를 지으며 머리를 한쪽으로 기울인 채 보았다고 하는 편이 맞겠다. 나는 녀석에게 보다 정확한 인상을 파악해야 한다는 것을 알았다.

녀석은 우리 다리 주위를 조금 돌아다녔다. 꼬리를 흔들거나 손을 핥지도 않았다. 그런 다음 우리를 올려다보았다. 반려인이 말했다. "천사야!"

나는 그다지 확신이 서지 않았다. 머리는 망치 모양에 두 눈동자가 전혀 보이지 않는 데다, 머리와 몸, 다리가 별로 일관성이 없어 보였다. 두 귀는 변변찮은 코만큼이나 무척 길었다. 칠흑같이 새카만 빛나는 털 밑에는 녀석의 어미의 가슴에 먹칠을 한 흰 털이 똑같이 나 있는 것을 볼 수 있었다.

우리는 녀석을 들어 올려 4륜마차에 태우고는 입마개를 벗겨줬다. 조그만 암갈색 눈은 조금 먼 곳을 뚫어지게 바라보고 있었다. 녀석을 기쁘게 해주려고 가져간 비스킷 냄새를 맡는 것도 거부하는 것으로 보아, 지금까지 어미와 장작을 쌓아두는 헛간에서 보드랍고 덜덜 떠는 검은색의 망치 같은 머리를 가진 다른 네 형제 천사들과만 나무 톱밥들 사이에서 자신들의 냄새를 맡으며 자신들의 온기를 느끼며 살아왔으며, 인간이 아직까지는 그들의 삶에 들어선 적이 없다는 사실을 알았다. 녀석이 무언가에 굴복한다면 자연 그대로의 손상되지 않은 사랑에 굴복한다고 생각하니 즐거워졌다. 녀석이 우리에게 정을 붙이지 않는다고 생각해보라!

바로 그때 무언가가 녀석의 내면을 자극한 게 틀림없었다. 콧구멍을 위로 벌름벌름거리면서 내 반려인을 빤히 쳐다보았기 때문이다. 그리고 조금 뒤에는 마른 분홍빛 혀로 내 엄지손가락을 날름거렸다. 그 모습에서, 게다가 무의식적으로 불안하게 핥는 모습에서, 불행했던 과거는 다 잊어버리겠다고, 발을 쓰다듬으며 낯선 냄새를 풍기는 이 새로운 생물들을 이제 엄마로 느끼겠다고 열심히 애쓴다는 사실을 알 수 있었다. 벌써 녀석은 이 생물들이 자기보다 더 크고 더 영구적이며 더 필사적이라는 것을 알게 되었다고 나는 확신했다. 누군가의 소유가 되거나 어쩌면 누군가를 소유한다는 사실을 처음으로 느낀 순간 녀석의 내면이 자극되었을 것이다. 녀석은 다시는 이전과 똑같은 존재는 될 수 없을 터였다.

우리는 짧은 여정 끝에 마차에서 내렸다. 녀석은 인생의 대부분을 보내야 할 런던의 포장도로와 냄새들에 곧바로 익숙해질 수는 없었다. 뒤에 너른 강이 흐르는 거리에서 갈팡질팡하며 첫걸음을 떼던 모습, 걷다가 계속해서 느닷없이 주저앉던 모습, 우리 발뒤꿈치를 따라오다가 계속 놓치던 모습이 지금도 눈에 선하다. 그리고는 향후에—사랑스럽지만—얼마나 민폐를 끼칠 성격인지를 완벽하게 보여주었다. 휘파람을 불거나 녀석을 부르는 어떤 소리에도 정확히 반대 방향을 바라보았다. 내가 휘파람을 불면 녀석은 나로부터 격렬하게 꼬리를 돌리고는 무언가를 찾는 듯 코를 좌우로 벌름거리며 지평선을 향해 달려가기 시작하는 것을 녀석의 생애에서 나는 수도 없이 목격했다.

처음으로 산책하는 동안 우리는 다행히도 차량을 딱 한 번만 마주쳤는데, 맥주통을 운반하는 마차였다. 녀석은 그 순간 한층 더 진지한 삶의 문제에 주의를 기울이기로 했는지 말들 발 앞에 조용히 앉았다. 우리는 녀석을 손으로 들어 옮겨주어야 했다. 녀석은 애초부터 위엄을 갖추고 있었으며, 마차

중간 부분에 있었기 때문에 들어 올리느라 곤욕을 치렀다.

녀석의 순백 같은 영혼에 낯선 느낌의 자극을 준 것은 처음으로 양탄자 냄새를 맡았을 때였다! 하지만 그날 녀석에게는 모든 것이 다 낯설기만 했다. 내가 처음으로 사립학교에 가서 『할아버지의 이야기』*를 읽고, 우리 '아버지'의 대리인이 소책자와 백포도주를 자꾸 권했을 때보다 더 많은 것을 느끼지 않았을까 싶다.

그날 밤, 또 실제로 며칠 밤 동안 녀석은 나와 함께 자면서 내 등을 아주 따뜻하게 데워줬고 이따금 잠결에 낑낑 소리를 내서 나를 깨웠다. 사실 녀석은 전 생애를 통틀어 상당 시간을 꿈속에서 개들과 싸우거나 유령을 보거나 토끼를 쫓거나 던져진 막대기를 쫓아다니면서 보냈다. 그리고 우리는 마지막까지도 녀석의 검은 네발이 갑자기 홱 움직이거나 덜덜 떨 때 녀석을 깨워야 할지 아닐지를 알지 못했다. 녀석의 꿈은 우리의 꿈과 같았다. 좋은 꿈도 있었고 나쁜 꿈도 있었다. 가끔은 행복한 꿈을 꾸었지만 가끔은 흐느낄 때도 있는 비극적인 꿈도 꾸었다. 녀석은 자신이 완벽한 조그만 식민지라는 것을 우리가 발견한 그날, 나와 같이 자는 것을 그만두었다. 그 식민지의 정착민은 내가 두 번 다시 본 적이 없는 활발한 종이었다. 그 이후로 녀석은 침대를 여럿 가지게 되었다. 왜냐하면 환경이라는 것이 녀석의 삶이 유목민이어야 한다고 규정했기 때문이다. 그리고 이 때문에 장소나 소유에 대한 철학적 무관심이 밝혀지게 되었는데, 이는 대부분의 개들과 다른 뚜렷한 특징이었다. 녀석은 길고 부드러운 귀, 풍성한 털로 덮인 꼬리, 무척 위엄 있는 머리를 가진 검은 개에게는 어떤 집도 필요 없다는 것을 일찌감치 알았다. 또한 특별한 냄새를 가진 존재들, 이름을 택할 자유가 있는 존재들, 모든 존재들 중 유일하게 자기를 슬리퍼

*월터 스콧이 1827년에 쓴 스코틀랜드 역사 책 시리즈.

로 찰싹 때릴 수 있는 특권을 가진 존재들과 떨어져 있어야 한다는 것을 알았다. 방 안 어디서라도, 아니면 바깥 어디라도 방 가까이 있기만 하다면 녀석은 어디서나 잘 수 있었다. 자기가 냄새를 맡지 못하는 것은 존재하지 않는다는 것이 녀석에게는 원칙이었기 때문이다. 코를 드렁드렁 골면서 자는 소리를 문 밑에서 다시 들을 수만 있다면 얼마나 좋을까! 녀석이 나이가 들면서 죽음이 가까워질수록 점점 더 초조해지고 예민해지는 내 마음을 매일 아침마다 즐겁게 해주고 안심시켜주던 그 소리!

녀석은 주관이 뚜렷한 개였기 때문에 한 번 가슴속에 새겨진 것은 지워질 수 없었다. 예를 들어, 고양이에 대한 본분은 이랬다. 녀석이 태어나서 처음으로 처참한 순간을 맞이한 게 고양이 때문이었기에 고양이에 대해 삐뚤어진 애착을 가지고 있었다. 허둥대는 가엾은 어린 강아지였을 때 부엌으로 잠깐 놀러 간 적이 있었는데, 그때 고양이에게 한쪽 눈과 뺨을 긁힌 것이었다! 그는 마구잡이로 눈이 할퀴어진 것을 가슴속 깊이 새겨놓았다. 이 비극이 반복될까 봐 두려운 녀석은 "고양이"라는 말을 특히 "우웨에에엥" 하면서 앞으로 돌진하는 동물로 입력했다. 다른 어떤 형체의 생물에게도 쓰지 않았던 것이었다. 마지막까지도 녀석은 자기가 고양이를 잡을 수 있을 거라는 희망을 품었지만, 한 번도 그러지 못했다. 만약 잡았다면, 그저 가만히 서서 꼬리만 흔들었을 거라는 사실을 우리는 안다. 하지만 나는 녀석이 갑작스럽게 그러한 도발을 감행하고 돌아왔을 때, 끔찍이도 고양이 애호가인 내 반려인이 깜짝 놀라 세상에서 가장 달콤한 목소리로 중얼거렸던 말을 기억한다. "그랬구나, 우리 귀염둥이가 야옹이들을 정원에서 죽이고 있었구나!"

녀석의 눈과 코는 감각적인 면에서 볼 때 흠잡을 데 없었다. 정말로 녀석은 그 점에 있어서는 아주 영국적이었다. 사람들도 그렇게 제대로 냄새를 맡아야 하고, 모든 일을 올바르게 해야 마땅하다. 녀석은 누더기 같은 옷을 입은 사람들이나 기어 다니는 아이들, 우편배달부들을 용납할 수 없었다. 왜냐하면 우편배달부들은 곁에 불룩한 가방을 메고 손전등을 가지고 다니기 때문이다. 녀석은 악의가 없는 사람들에게는 경건하게 짖으면서 지나갔다. 당연히 권위와 관례의 신봉자이자 정신적 모험을 불신하는 녀석이었지만, 그래도 모든 원칙을 상당히 벗어난 변덕스러운 호기심이 내면에 자리 잡고 있는 것 같았다. 예를 들어, 절대 마차나 말을 따라가는 법이 없었고, 집에 가려고 콧구멍을 하늘 끝까지 올리고 앉아있는 자리에서 마차나 말을 따라오라고 하면 세상에서 제일 침울하게 찢어지는 소리를 냈다. 또 한편, 막대기나 슬리퍼, 장갑처럼 가지고 놀 수 있는 거라면 무엇이든 머리맡에 놓아두면 안 되었다. 그러한 행동은 녀석을 즉시 광분하게 만들기 때문이었다.

한데 그토록 보수적이고 낡은 풍습을 고집하는 개를 둘러싼 환경은 슬프게도 무정부주의적이었다. 녀석은 우리가 떠돌아다니는 버릇에 대해 한 마디도 불평하지 않았지만, 이삿짐 냄새를 맡을 때마다 왼쪽 발에 머리를 척 얹고는 뺨을 바닥에 단단히 붙였다. 녀석은 정말로 변화할 만한 어떤 필요성이 있어서 이사하는 거냐고 끊임없이 말하는 것 같았다. 여기 우리가 다 같이 함께 있고, 어제가 오늘과 똑같기에 내가 어디에 있는지를 알게 되는 것 아니냐고 말하는 것 같았다. 그런데 이제는 다음에 일어날 일만 알게 될 뿐이며, 그 다음이라는 것이 왔을 때 함께할 수 있을지 장담할 수 없다는 듯 말이다! 신기한 것은 현실을 거부하고 밑바탕에 있는 잠재의식 속에서 그렇게 슬픔에 잠겨있는 시간 내내 사람들의 생각을 간파한다는 것이다. 부츠 한 쌍을 살그머니 싸거나, 열려있어야 하는 문을 보통 때와 달리 닫아놓거나, 항상 아래층 방에 있었던 물건을 치워버릴 때 무심코 던지는 말들이나 일부러 연민을 담아

내뱉는 말들처럼 아주 사소한 것들은 녀석을 데려가는 게 아니라는 것을 확실히 알고 있었다. 녀석은 우리가 견딜 수 없는 것에 맞서 싸우듯, 자신이 알고 있는 것에 맞서 싸웠다. 녀석은 희망을 포기하지만 노력의 결과가 없으면 자기가 아는 유일한 방식으로 항의하면서 이따금씩 크게 한숨을 쉬었다. 개의 한숨이라! 개들이 쉬는 한숨은 우리가 쉬는 한숨보다 더 깊다. 왜냐하면 개들은 크게 한숨을 내쉬는 동안 자기도 모르게 한숨이 새어 나온다는 것을 알지 못하며 결과와는 조금도 상관이 없는, 의도하지 않은 것이기 때문이다!

"그래, 또 옮길 거야"라는 말을 어떤 특정한 말투로 하면, 녀석의 눈에는 그래서 행복하냐는 질문이 떠오르는 것 같았다. 그리고 조용히 꼬리를 흔드는 모습에서 모든 게 다 쓸데없는 짓이라는 의구심이나 느낌을 잠재우는 데 별로 도움이 되지 않는다는 것을 알 수 있었다. 마차가 도착할 때까지도 말이다. 그런 뒤 녀석은 창문이나 문 밖으로 튀어나가 차량 밑에서 감탄과는 심히 거리가 먼 눈길로 마부를 바라보았다. 일단 마차에 발을 들여놓으면 녀석은 철인적인 태도로 침착하게 여행하지만 정신적으로 동화하지는 않았다.

나는 어떤 개도 인간의 외부세계에 무관심한 적이 없다고 생각한다. 그런데도 특히 녀석이 쳐다보곤 했던 낯선 여자들의 애정을 얻은 개들은 거의 없다는 것은 무척 실망스러운 일이다. 그렇기는 해도 녀석에게는—이 책을 바칠 만한 사람들인—각별한 친구가 한둘 있었고, 전에 본 적이 있어 알고 지내는 사람들도 몇 있었다. 하지만 대체로 남성들의 세계였고, 여주인은 단 하나였으며, 그녀는 전지전능한 신이었다.

여섯 살이 될 때까지 매년 8월 녀석은 건강을 위해 스코틀랜드에 사냥하러 보내졌다. 그곳에서 아주 상냥한 태도로 여러 새들을 물어오면서 유전적인 본능이 누그러졌다. 한번은 운명적으로 그곳에 거의 1년간 머무르게 될 수

밖에 없었다. 우리는 녀석을 집으로 데려오려고 그곳으로 갔다. 사냥터지기의 오두막으로 걸어 내려가는 길은 멀었다. 가을이 절정이었다. 벌써 서리가 내렸고 땅은 떨어진 단풍잎들로 곱게 물들어 있었다. 이내 우리는 녀석이 오는 모습을 보았다. 단풍잎들 사이에서 능수능란하게 탐색하면서, 사냥꾼 업무에 충실한 자신의 모습이 흡족하다는 듯 사냥터지기 앞에서 걷고 있었다. 별로 살찌지도 않았고, 털은 까마귀 날개처럼 반들반들 윤이 났으며, 스포런*을 찬 스코틀랜드의 산악지대 사람처럼 두 귀는 흔들리고 있었다.

우리는 녀석에게 조용히 다가갔다. 불현듯 녀석은 콧구멍을 높이 쳐들어 냄새를 떠올리고는 우리 다리로 돌진하더니 내 옷을 떨어뜨리며 이성을 잃은 채 그 즉시 온몸을 흔들면서 야단법석을 떨었다. 녀석은 후회도 없이 망설임도 없이 단번에 번갈아 가며 우리 둘에게 뛰어올랐다. 한 번도 한숨을 쉬지 않고, 한 번도 뒤돌아보지 않고, 꼬박 1년 동안 자기를 돌봐주고, 버터 바른 귀리 비스킷을 주고, 매일 밤 꼭 녀석이 자고 싶은 곳에서 자게 해주었던 고마운 사람들을 떠나는 것에 대해 눈곱만큼도 감사하다거나 아쉽다는 표현을 하지 않았다. 아니, 오히려 녀석은 지금까지 그 어느 때보다도 마음에서 우러나온 듯 최대한 우리 옆에서 당당하게 걸어나가고 있었다. 그리고 오두막 문을 통과할 때까지 냄새를 맡는 일조차 하지 않았다.

하지만 그것은 녀석의 외고집스런 행위와 엄밀하게 부합하는 것이었으며, 우리와 함께 지내지 않았던 1년간의 재앙의 본질과도 같은 것이었다. 나는 녀석이 새들이나 다른 동물들을 죽이자마자 몹시도 좋아하는 것과 같은, 끔찍하지만 제어하기 어려운 혐오스러운 짓들을 했다는 생각이 들었다. 나는 사냥꾼으로서의 녀석에 대해서는 생각도 하지 못했었다. 첫 1년간은 무슨 일

*스코틀랜드 남성 전통 의상인 킬트kilt 앞에 매다는 작은 주머니.

을 당하지나 않을까 두려워 내 품에 꼭 끌어안고 있는, 그저 길들여지지 않은 강아지, 조심스럽게 나한테서 벗어나려고 온갖 시도를 하는 강아지였을 뿐이었다. 사람들은 녀석이 코도 근사하고 주둥이도 완벽하게 성장했으며, 엄청나게 큰 토끼도 살금살금 다가가 잡을 정도로 충분히 컸다고 했다. 녀석의 어미의 자질을 떠올려보면 당연히 그럴 법한 말이었다. 어미의 안정적인 성격은 훨씬 벗어났지만 말이다. 하지만 매해 성장하면서 녀석은 점점 들꿩이나 새, 토끼들을 죽이는 데 몰두했고, 나는 점점 더 살아있는 동물들을 좋아하게 되었다. 그것은 우리 사이에 유일한 위반이었고, 우리는 서로 그 점을 눈에 띄지 않도록 했다. 아! 그랬다! 개의 미덕을 지키는 데 반드시 필요한 사냥하는 성질, 즉 사람들이 말하는 소위 특유의 습관을 영락없이 망쳐버렸다는 생각을 하니 위안이 된다. 하지만 가볍게 전율하면서도 경계심을 늦추지 않는 엄숙하고도 진지한 얼굴로 나와 함께 있다면 상쾌한 아침을 맞는 새로운 기쁨을 주었을 것이다. 사냥꾼들의 총알에 희망의 날갯짓이 꺾이는 순간일지라도 푸른 하늘을 배경으로 흰자작나무 줄기와 성긴 잔가지들이 우아하게 뻗어 나가는 숲 속에서, 수액과 풀밭과 고무풀과 야생화들의 향기 속에서, 나뭇잎들이 살랑거리며 반짝이는 모습 속에서 자연이 주는 감각적인 사랑과 격렬한 기쁨을 맛보았을 것이다. 녀석은 제각기 내는 자연의 소리들이 무슨 뜻인지 해석하려고 털을 살짝 곤두세웠을 테고, 낯선 울림으로 채워진 양치식물이나 이끼에 무릎을 꿇고 있거나 나무에 기대어 있을 것이다.

운명은 서서히 우리들 각자에게 가장 깊은 곳을 휘감고 있는 신조 같은 것을 마련해 놓는다. 우습게 볼 수도 없고, 시도조차 하지도 않았던 것들이다! 하지만 그토록 예민하게 느껴지는 감정을 어찌 원망할 수 있으랴? 여태껏 알지 못했던 그러한 진기한 기쁨을 공포의 손아귀에 내버려 두는 것, 내게는 그러한 방종이 있을 수 없다. 할 수만 있다면 나는 아직도 그러한 기쁨들을 알아가고 싶다. 하지만 일단 날개가 달리거나 털로 덮인 동물들과 함께 누리는 삶의 즐거움이 우리의 영혼의 문을 두드리기 시작하면, 단단한 잔가지를 하나 누르는 것도 견디기가 몹시 힘들어진다. 그들의 참된 즐거움을 비틀어 뗀다는 생각이 들기 때문이다. 유미주의라 부르든, 결벽증이라 부르든, 소극적 감상주의라 부르든 그것은 그 어떤 것보다도 강한 것이다!

그렇다. 입을 쩍 벌린 채 목이 타들어 가면서 서서히 죽어가는 새들이나, 양치식물에 대해 몇 시간이고 생각하며 누워있던, 다시는 오지 못할 구멍을 찾아 부러진 다리를 질질 끌고 가는 토끼를 단지 눈으로 보는 게 아니라 유심히 지켜보게 된 뒤에는 그렇게 된다. 그런 뒤에는 늘 약간의 산술적인 문제가 따른다. 총을 쏜 모든 이들은 "꽤 훌륭하게" 맞혔다. 물론 신은 그게 결코 훌륭한 게 아니라는 것을 알지만 말이다. 적어도 네 발 중 한 발만 빗나갔고, 그것도 아주 빗나가지는 않았다. 그래서 만약 75마리가 죽어있다면 그 외에 또 다른 25발이 발사된 것이고, 그 25발 중에 12.5발은 그들 몸의 어느 부분을 "맞혔을" 것이며 그들은 서서히 고통스런 죽음을 "맞을" 것이다.

이것은 우리의 삶에서 유일하게 분열을 초래하는 합계였다. 그래서 녀석이 점점 나이가 들면서 우리가 더 이상 서로 헤어질 수 없게 되었을 때 우리는 녀석을 스코틀랜드로 보내는 것을 그만두었다. 하지만 그 이후로 특히 총소리를 들었을 때 나는 종종 녀석의 가장 훌륭하고도 비밀스런 본능이 어떻게 억눌려지는지를 느꼈다. 하지만 무엇을 할 수 있을까? 녀석은 클레이 피전*에는 눈곱만큼도 관심이 없었고, 거기서 나는 냄새를 아주 시시하게 여기는 듯했다. 그럼에도 우리가 녀석에게 애정을 쏟아부으며 녀석이 할 일 없이

*clay pigeon. 공중에 던지는 진흙으로 만든 접시 모양의 표적.

빈둥거리던 시절조차도 녀석은 냄새가 나는 것들을 전문적으로 찾아내 물어오는 일에 엄청나게 집착하고 있었다. 그리고는 투수의 손을 떠나는 순간 고도로 특화된 방식으로 공을 뒤쫓아가는 크리켓과 같은 소일거리를 하며 스스로 위안을 삼았다. 가끔은 타자에게 공이 오기도 전에 공을 쫓아 물어오곤 했다. 이에 대해 항의하면 녀석은 분홍색 혀를 쑥 내밀어 잠시 곰곰이 생각하고는 공을 뚫어지게 본 다음, 일종의 쇼트 레그* 앞으로 천천히 걸어 나왔다. 녀석이 왜 그 위치를 택하는지는 알 수 없었다. 어쩌면 그곳이 다른 어떤 곳보다 더 잘 숨어있을 수 있고, 타자의 눈이 녀석을 노리고 있지 않는 데다 투수에게서 너무 멀지 않아서일 것이다. 야수로서 녀석은 완벽한 선수였지만, 가끔은 자기가 단지 쇼트 레그가 아니라 슬립**, 포인트***, 미드오프****, 포수라고 믿었다. 그리고 공을 약간 뜨게 만드는 경향이 있었다. 하지만 녀석은 모든 움직임을 주시하면서 발바닥에 땀이 나도록 뛰어다녔다. 녀석은 크리켓 게임에 대해 속속들이 알고 있어서 공을 확보하면 좀처럼 3분 이상을 끄는 법이 없었다. 만약 실제로 공을 잃어버렸을 때는 수풀을 이곳저곳 짓밟고 다니며 조용히 열성적으로 찾아낸 뒤 흡족한 표정으로 근엄하게 경기장 중앙으로 나왔다.

　하지만 그중에서도 열광하는 것은, 바다에서만 빼고, 수영하는 것이었다. 바다는 불쾌한 소음이 났고 짠맛을 보게 되기 때문에 별로 애착이 없었던 것이다. "잃어버려도 좋은 세상"이라는 듯한 태도로 구불구불한 물줄기를 헤치며 나아가서는 내 지팡이가 물에 닿기 전에 지팡이를 잡으려고 애쓰던 모습이 지금도 눈에 선하다. 영웅주의라는 것은 너무 소소한 문제였기에, 커다란

*크리켓 관련 용어. 삼주문에서 가까운 야수(의 수비 위치).
**타자편에서 보아 삼주문의 뒤 몇 야드 왼쪽의 위치.
***삼주문 오른편에서 조금 앞쪽에 있는 야수(의 위치).
****투수의 왼쪽에 있는 야수(의 위치).

스패니얼에 불과할 뿐인 녀석은 자기 자신 말고는 물속에 있는 생명들을 구하지 않았다. 어느 때인가는 바로 우리 눈앞에서 시커멓게 몰려오는 송어떼들과 같이 바위 사이에 있는 검은 구멍 안으로 휩쓸려 내려가려 한 적도 있었다.

사람들과 개들을 에워싸고 거세게 흐르는 봄의 소리는, 그것이 무엇이든, 녀석을 좀처럼 이길 수 없었다. 우리는 흔히 냄새로 우리를 찾아내는 데 전념하는 개의 모습을 곧잘 볼 수 있는데, 그 말 없는 자신과의 싸움을 지켜보면서 나는 우리의 문명이 과연 녀석을 얼마나 정당한 방식으로 억압하고 있는지 두고두고 궁금했다. 우리가 그토록 세심하게 심어놓은 우리에 대한 사랑이 녀석의 내면에 있는 원시적이고 야성적인 열망을 얼마나 만족스럽게 대체할 수 있을까. 녀석은 태생적으로 일부다처제인데 사랑하는 한 여인과만 결혼한 남자나 마찬가지였다.

로버*가 개들의 가장 흔한 이름이라는 것은 확실히 충분한 근거가 있다. 우리의 이름이기도 한 '로버'는 우리 자신을 포함하여 우리가 갈망하고 있는 무언가를 잃는 것에 대한 끈질긴 두려움이라는 것을 인정하자. 앵글로색슨족의 가장 중요한 특징이 용기와 위선이라는 기이하게 상반되는 두 가지 성질에 있다는 것은 참으로 기괴한 일이라고 말한 남자가 있었다! 하지만 위선도 끈기의 산물 아니던가! 즉, 용기의 저 밑바탕에는 끈기가 있지 않냐 말이다. 어떤 대가를 치르고라도 존경심에 가까운 것을 움켜쥐겠다는 것, 심지어 진실을 희생시켜서라도 그토록 땀 흘려서 얻은 것을 절대 잃지 않겠다는 명성의 속성에 대한 실제적인 감정이 위선 아니던가? 그래서 우리 앵글로색슨족은 '로버'라는 이름에 답하지 못할 것이고, 개들로 하여금 본성을 거의 알지 못하도록 다룰 것이다.

*Rover. '방랑자, 바람둥이'라는 뜻.

별로 내세우고 싶지 않은 방랑의 역사는 당연히 절대 알려지지 않을 것이다. 어느 10월 저녁, 런던에서 우리는 녀석이 살짝 빠져나갔는데 어디에도 없다는 말을 들었다. 우리는 서울에서 김 서방 찾는 식으로 네 시간을 괴롭게 찾아 헤맸다. 런던 거리의 절망적인 안개가 내 사랑하는 녀석을 삼켜버리지나 않았을까 하는 낭패감과 괴로움 속에서 몇 시간을 보냈다. 누가 훔쳐갔을까? 아니면 차에 치였을까? 어느 게 더 최악일까? 근처의 경찰서를 찾아갔고, 애완동물 보호소에 알렸고, "개를 찾습니다"라는 전단지를 500장 인쇄해 달라고 주문했고, 거리를 순찰했다! 그런 다음, 뜸한 틈을 타 먹이를 낚아챌지도 모른다며 여전히 확신 비슷한 것을 가지려고 애쓰고 있을 때, '내가 열 수 없는 문이 여기 있어요!'라고 말하는 듯 컹컹 짖는 소리를 들었다. 헐레벌떡 달려갔더니 문간 계단 맨 위에 있었다. 그러고는 서둘러 들어오더니 한 마디 해명도 없이 뻔뻔하게 저녁밥을 달라고 요구했다. 녀석이 들어온 직후에 "개를 찾습니다"라는 500장의 전단지가 도착했다. 그날 밤 반려인이 위층으로 올라가고 난 후, 나는 몇 년 전 11일 동안 스패니얼을 잃었던 저녁을 생각하면서 녀석을 오래도록 바라보며 앉아있었다. 그러자 가슴이 뒤집히는 것 같았다. 그런데 녀석은! 녀석은 잠들어 있었다. 양심의 가책이라는 것을 알지 못했기 때문이다.

아! 그러고 보니 또 다른 때도 있었다. 밤에 집으로 돌아왔는데 나를 찾으러 나갔다는 소식을 들었다. 몹시 불안해진 나는 다시 나가 빈 들판에서 녀석을 부르는 특유의 휘파람을 불었다. 그때 돌연 칠흑 같은 어둠 속에서 후다닥 달려오는 소리를 들었다. 자기만 아는 은신처에서 내 발뒤꿈치로 미친 듯 달려오는 녀석은 꼭 이렇게 말하는 것 같았다! '주인님이 올 때까지는 가지 않을 작정이었어요!' 나는 녀석을 꾸짖을 수 없었다. 새카만 밤 사이로 새카만 것이 외롭고도 활기차게 달려오는 소리에는 무척이나 아름답고 열정적인 무언가가 있었다. 녀석은 엉뚱한 짓을 다양하게도 벌였는데, 잠을 자느라 떨어져 있을 때 항의하는 듯 자신의 침대를 하도 격정적으로 긁어대서 결국에는 어떤 것과도 닮아있지 않게 되었다. 녀석의 길고도 근엄한 얼굴과 보드라운 귀에도 불구하고 꼭 구석기 시대의 동굴곰처럼 보였기 때문이다. 녀석은 아주 조금만 도발해도 안에 아무것도 묻어놓지 않은 무덤을 파헤쳤다. 녀석은 "영리한" 개는 아니었다. 속임수 자체를 몰랐기에, 한 번도 속임수라는 것을 '보여준' 적이 없었다. 우리는 녀석에게 모욕을 주는 것을 꿈도 꾸지 못했다. 우리의 개가 답답한 집 안에 주기적으로 가두어야 하는 어릿광대나 장난감, 별난 취미, 일시적인 유행, 자랑거리일까? 충실한 영혼을 그와 같은 바보짓으로 괴롭혀야만 하는 걸까? 우리는 녀석의 혈통에 관해서 이야기한 적이 한 번도 없다. 녀석의 코의 길이를 비난하거나 "영리해 보인다"고 한 적도 없다. 특유의 감각으로 우리 주위에서 냄새를 맡으며 돌아다니는 것이 "검둥이의 혈통"이라거나 녀석을 키우는 것이 금전이나 명예를 얻기 위한 자산으로 간주했다면 부끄러워 마땅할 것이다. 우리는 양치기개와 농부 사이의 마음처럼 우리 사이에도 그러한 마음이 있었으면 하고 바랐다. 개의 나이가 몇 살이냐고 사람들이 물어보면 농부는 늙은 녀석의 머리를 쓰다듬으면서 이렇게 대답했다. "내 딸 테레사는 11월에 태어났어요. 그리고 이 녀석은 8월에 태어났고요." 양치기개는 열여덟 살이 되자 죽었다. 주인의 부츠 옆에서, 기나긴 시간을 보내며 누워있던 부엌의 어두컴컴한 서까래 주위에서 장작을 때는 연기와 함께 녀석의 영혼도 저 높이 사라졌다.

그렇다! "과연 이 개가 내게 어떤 이익을 줄까?"라는 생각의 범위를 넘어 그저 개와 함께 있다는 자체가 즐거운 게 아니라면, 반려견의 본질이 의존하는 데 있는 게 아니라 무언의 영혼과 기이하고 미묘하게 어우러지는 데 있다는 사실을 절대 알지 못할 것이다. 개가 철저히 가치를 따질 수 없는 존재가 되는 것은 바로 그 "말이 없음"이기 때문이다. 말로 속임수를 써서 괴롭히지 않는 개와 함께 있으면 편안해진다. 그저 앉아있기만 해도 사랑하고, 자기가 사랑받고 있다는 것을 알고 있을 때, 나는 그때가 개에게 소중한 순간이라고 생각한다. 개는 사람들이 자신을 진정으로 생각하고 있다고 느낄 때 마음의 애정을 눈빛에 듬뿍 담아 전한다.

하지만 개는 사람들이 하는 다른 일에 대해서는 감동적일만큼 잘 견뎌낸다. 이러한 추억과 관련된 주제는 일에 너무 몰두한 나머지 녀석과 가까이 있지 않을 때면 언제나 알게 된다. 개는 절대 방해하거나 주의를 흐트러뜨리지 않는다. 자기한테 신경 써달라고 떼 쓰지도 않는다. 물론 기분이 우울해져서 눈동자 밑이 붉어지거나 뺨의 주름이 더 처지고 더 확연히 드러날 수는 있다. 그건 아마 블러드하운드의 오래된 흔적이 남아 있기 때문인 것으로 보인다. 그럴 때 녀석이 말할 수만 있다면 아마 '전 오랫동안 혼자서만 지냈고, 항상 잠들어 있을 수만은 없어요. 하지만 주인님도 아주 잘 알다시피, 전 그걸 갖고 뭐라 하고 싶진 않아요'라고 했을 것이다.

녀석은 내가 다른 인간에게 빠져있는 것도 괘념치 않았다. 자기 주위에서 들려오는 대화 소리를 즐기는 것 같았다. 그리고 언제 분별 있는 대화를 나누는지 아는 것 같았다. 예를 들어, 말을 하는 주인공들이 실제 감정이나 마음과는 아무런 상관이 없는 말을 한다는 것을 알아차리는 순간, 녀석은 그것을 참을 수 없어 했다. 그리고는 못마땅하다는 것을 보여주려는 듯 이리저리 돌아다닌 뒤, 문으로 가서 내보내달라며 문이 열릴 때까지 문을 바라보았다. 어떤 남자가 커다란 목소리로 감정적인 열변을 토하자 녀석은 측은했는지 그 남자의 면전에 가서 숨을 헐떡거린 적도 한두 번 있었다. 음악 역시 녀석을 들썩이게도, 한숨을 쉬게도, 질문을 던지게도 만들었다. 첫 소절이 들리면 가끔 녀석은 창가로 가 두리번거리며 암컷을 찾기도 했다. 또 어떤 때는 가만히 피아노 페달 위에 누워있기도 했다. 감상에 젖어서 그런 건지 아니면 그런 식으로 하는 게 덜 시끄럽다고 생각해서 그런 건지 우리는 분간할 수 없었다. 특히 쇼팽의 '야상곡'이 들리면 녀석은 항상 낑낑거렸다. 녀석은 정말로 약간 폴란드인의 기질을 가지고 있었다. 명랑할 때는 아주 명랑하고, 그렇지 않을 때는 시무룩하고 우울했다.

대체로 녀석의 삶은 아마도 개의 머나먼 여정으로서는 특별한 일이 없는 평온무사한 삶이었을 것이다. 비록 켄싱턴*에서 4륜마차 창문으로 뛰쳐나가거나, 다트무어**에서는 살무사 위에 앉아있는 등 별난 짓도 했지만 말이다. 하지만 다행히도 일요일 오후였다. 살무사를 비롯한 모든 존재들이 무기력할 때였고, 녀석을 따라가던 한 친구가 커다란 부츠로 살무사를 들어 올렸기에 별 탈이 없었다.

녀석의 내밀한 삶, 자신과 같은 종과의 관계에 대해 더 많이 알 수 있었으면 좋았으련만! 녀석은 자신과 같은 종들에게는 항상 약간은 우울한 개였을 거라는 생각이 든다. 다른 어떤 개들과도 공유할 수 없는 우리들에 대한 생각을 너무 많이 한 데다 당연히 까탈스러웠기 때문이다. 물론 암컷들에게는 예외였다. 녀석은 암컷들에게 정중했고, 모두를 다 끌어안았다. 그래서 암컷들은 종종 돌아서서 녀석을 물어뜯곤 했다. 하지만 녀석에게도 단 한 번의 영원한 사랑이 있었다. 우리 마을에 사는 적갈색 털을 가진 아가씨로 녀석의 계급과는 딱히 맞지 않았지만, 나이가 좀 많아도 사랑스럽고 건강해 보이는, 신비

*영국 그레이터런던주 중부의 한 지역.
**영국 데번주의 바위가 많은 고원.

로운 눈빛을 가진 아가씨였다. 그들의 새끼들은 슬프게도 이 세상에 없다. 태어나자마자 곧 세상을 떠나버렸다.

녀석은 싸움을 좋아하지도 않았다. 하지만 일단 공격을 당하면 가치관이란 게 결여돼 있어서 자기가 이길 수 있는 개와 "전혀 가망이 없는" 싸움을 해야 하는 개 사이에 구분을 할 줄 몰랐다. 특히 리트리버와는 그 즉시 충돌했는데, 어렸을 때 뒤에서 리트리버에게 공격당했던 사실을 절대 잊을 수 없었기 때문이다. 그랬다. 녀석은 적을 절대로 잊어버리지도, 용서하지도 않았다. 가슴이 아파서 차마 언제라고 말할 수도 없는 그날이 오기 불과 한 달 전, 늙어서 병이 나 아팠을 때 녀석은 아이리시테리어*와 싸움을 벌였다. 아이리시테리어의 시건방진 언동이 오랫동안 눈엣가시였기 때문이었다. 얼마나 전의를 불태웠는지 모른다! 그걸 보면 녀석은 확실히 기독교도는 아니었다. 하지만 개의 본성을 참작하면 녀석은 신사 그 자체였다. 그리고 나는 이 시대에 이 땅에 사는 우리들 대부분이 오히려 다른 이가 아닌 우리 자신에게 신사라는 꼬리표를 붙였다고 생각한다. 기독교도가 되는 것은 톨스토이가 제대로 이해했듯이, 우리 시대에는 그 누구도 일관된 의미를 부여할 정도로 진실에 대한 논리와 사랑을 가지고 있지 않기 때문에 진정한 의미에서 '서구인의 피'를 가진 사람들에게는 적합하지 않다. 반면, 신사가 된다는 것은! 상당히 거리감이 있긴 하지만, 신사는 될 수 있다. 어쨌든 녀석에게는 옹졸함, 천박함, 잔인함을 찾아볼 수 없었다. 비록 가끔 완벽하진 않지만, 그렇다고 해서 이 점이 녀석의 눈에서 보이는 진실함이나 영혼이 가진 충실함을 바꿀 수는 없을 것이다.

하지만 물밀 듯 밀려오는 추억이란 것은 쓰러지던 그날 방안을 채웠던 향내도 함께 가져온다. 기쁨과 즐거움, 오랜 시간에 걸친 노력과 좌절, 남모르는

*털이 붉고 곱슬곱슬한 작은 개.

공포를 녀석은 지켜내지 못했다—우리의 검둥이 녀석은. 녀석을 보고 녀석의 냄새를 맡고 녀석을 만지면 슬픔이 더욱 깊어지거나 슬픔이 누그러졌다! 앞으로 우리가 산책해야 할 날들이 얼마나 많이 남아있는데! 그래서 우리는 아직도 보이지 않는 발자취에 주의를 기울이면서 녀석이 터벅터벅 따라 걷는지 보려고 뒤돌아본다. 이 말 없는 친구들이 우리 곁을 떠날 때 몇 년간에 걸친 우리의 삶을 가져가 버린다는 것은 적잖이 참기 힘들다. 그럼에도 만약 그 시간들 속에서 온기를 발견한다면, 누가 과연 몇 년 동안 우리를 지켜준 그들을 원망할 수 있겠는가? 발을 쭉 뻗고 뺨을 바닥에 댄 채 누워있는 모습 외에는 그들은 우리에게서 아무것도 가져갈 수 없다. 무엇이라도 가져간다면, 당연히 그럴만한 것을 가져갈 것이다.

우리가 그렇듯, 그들도 언젠가 죽을 때가 온다는 것을 알고 있을까? 그럴 것이다. 드물긴 하지만 어떤 순간에는 그들도 알 것이다. 그렇지 않다면, 고개를 숙이고 완전히 틀어박힌 채 앞발로 버티면서 꽤 오랜 시간을 미동도 없이 앉아있던 녀석의 말년의 삶에 대해 달리 해석할 수 있는 길이 없다. 그 뒤 녀석은 내게 눈길을 돌려 지그시 나를 보았다. 그 모습은 어떤 말보다 더 명백하게 이렇게 말하는 듯했다. '네, 저도 가야만 한다는 걸 알아요!' 우리가 영원히 지속되는 영혼을 가지고 있다면 그들도 그럴 것이다. 우리가 죽음 이후에 대해 알고 있다면 그들도 그럴 것이다. 진심으로 진실을 갈망하는 사람이라면, 개와 사람의 영속성이라든가 의식의 소멸에 대해 입에 발린 말을 할 수 있는 사람은 아무도 없을 거라고 생각한다. 확신하는 게 한 가지 있다면, 그 영원이라는 질문에 대해 조바심내는 것은 유치하다는 것이다. 영원이란 게 어떤 것이든, 영원은 옳고, 유일하게 가능한 것이다. 녀석 역시 그렇게 느낀다는 것을 나는 안다. 하지만 녀석의 주인인 나처럼, 녀석 역시 소위 비관론자였다.

내 반려인은 녀석이 떠난 이후로 한 번 되돌아왔었다고 했다. 섣달 그믐밤이었다고 한다. 검은 몸의 형체를 봐서 그 녀석이라는 것을 알아볼 수 있었는데, 창문 끝에서 식탁 주위를 지나치더니 식탁 밑 그녀의 발치에 누울 적당한 곳을 찾더라는 것이었다. 그녀는 몹시 슬펐다고 했다. 그녀는 녀석을 꽤 분명하게 볼 수 있었다. 녀석이 앞발과 발톱으로 톡톡 두드리는 소리를 들었으며, 그녀의 치맛자락 앞부분에 간절히 몸을 비벼대 녀석의 온기를 느낄 수 있었다고 했다. 녀석이 그녀의 발치 아래 자리를 잡으려고 한 그때 무언가가 녀석을 가로막고 있었던 것 같다고 했다. 녀석은 잠시 멈춰 서서 그녀에게 몸을 비벼대더니, 평소에 내가 앉는 자리 쪽으로 갔지만 그날 밤에는 앉지 않았다고 했다.

그녀는 녀석이 마치 곰곰이 생각하는 듯한 모습으로 그곳에 서 있는 것을 보았다고 했다. 그런 뒤 어떤 소리, 아니 웃음소리가 들리면서 그녀는 정신을 차렸고, 서서히 아주 서서히 녀석은 거기에 더 이상 존재하지 않게 되었다고 했다. 작년 마지막 밤에 우리를 지켜보면서 전하고 싶은 말이 있었던 걸까? 어떤 조언을 하고 싶었을까? 녀석이 다시 돌아올까?

녀석이 누워있는 곳에 비석은 세워져 있지 않다. 녀석의 생애는 우리 가슴속에 새겨져 있다.

존 골즈워디John Galsworthy

영국의 소설가 · 극작가. 변호사였으나 세계각지를 여행한 후 창작으로 전향, 사회의 부정으로 학대받고 희생되는 사람에 대한 의분으로 인도주의적인 작품을 발표하였다. 희곡 『은상자』와 『투쟁』, 『정의』 등을 통해 법제도와 파업문제, 감옥제도의 문제점을 다루었다. 1932년 노벨문학상을 수상하였다.

D. H. 로렌스 **렉스**

어느 집안이나 하얀 양들 중에 골칫덩어리 검은 양이 한 마리 있는 것처럼, 사람들에게도 골칫덩어리 삼촌이 한 명쯤 있게 마련이다. 둘이 아니면 천만다행이다. 우리 집안에는 딱 하나, 엄마의 동생이 그렇다. 삼촌이 조그만 금발머리의 꼬마였을 때 엄마는 삼촌을 애지중지했었다. 삼촌이 자라면서 골칫덩어리가 되자, 엄마는 늘 삼촌과 다시는 말도 섞지 않겠다고 맹세했었다. 그런데도 몇 년간 사라진 뒤에 잠깐 얼굴을 내밀면 엄마는 예외 없이 완전히 축제 분위기로 삼촌을 받아들였고 심지어는 같이 시시덕거리며 좋아하기도 했다.

내가 꼬마였을 때 어느 날 삼촌은 좌석 밑에 사냥개를 넣는 상자가 달린 2륜마차를 타고 왔다. 삼촌은 몸집이 크고 고집스러우며 큰소리로 허세 부리는 것을 좋아했는데, 이번에는 사냥꾼 같았다. 삼촌은 어떤 때는 다소 문학가다운 모습을 보였고, 또 어떤 때는 사업가적인 면모를 띠기도 했지만 이번에는 체크무늬 옷을 입어서 그런지 사냥꾼 같아 보였던 것이다. 우리는 멀리서 삼촌을 세심히 살펴보았다.

요점만 말하자면, 우리가 삼촌 대신 강아지를 키워야 된다는 것이었다. 엄마는 집안에 동물이 있는 것을 싫어했다. 인간과 동물이 섞여 사는 것을 견딜 수 없어 했다. 그런데도 엄마는 강아지를 키우는 것을 승낙했다.

삼촌은 사람들이 들락거리는 큰 도심지에 대중적인 큰 술집을 가지고 있었다. 강아지를 데리고 오는 일은 내 몫이 되었다. '연소자 금주동맹'*의 회원인 내가 통유리와 마호가니로 꾸민 크고 시끄럽고 고약한 냄새가 나는 술집에 들어가려니 어딘지 낯설었다. 술집 이름은 '좋은 징조'였다. 나보다 훨씬 더 큰 삼촌이 출입구에서 내게 "이봐 멋쟁이, 뭘 자실라우?"라고 외치는 것도 어딘지 낯설었다. 삼촌은 나를 못 알아봤던 것이다. 그가 우리 엄마의 동생이고, 게다가 브라우닝**의 시를 감정이입해서 큰 소리로 읽을 때 갈채를 받는다는 생각을 하니 그것도 정말 낯설었다.

나는 거의 부엌이나 다름없는, 비좁고 불편한 일종의 응접실에서 차 대접을 받았다. 그렇게 대궐 같은 술집에 그렇게 형편없는 내실을 둬야만 하는지 이해가 안 됐지만 실제로 그랬다. 거기에 있는 게 불편했기 때문에 나는 보드랍고 토실토실한 강아지와 함께 벗어날 수 있다는 것이 기뻤다. 겨울철이라 거의 망토나 다름없는 커다란 덮개가 달린 검은색 코트를 입고 있던 나는 소매 안자락에 떨고 있는 강아지를 숨겼다. 토요일이라 열차는 붐볐다. 강아지는 코트 안자락에서 낑낑거렸다. 강아지 승차권을 따로 끊지 않고 이동하는 터라 끌려나갈지도 모른다는 생각에 몹시 두려워하며 앉아있었다. 그렇지만 도착하고 보니 쓸데없는 걱정을 한 것이었다.

다른 식구들은 강아지를 보자 미친 듯 열광했다. 강아지는 작고 통통하며 하얀 바탕에다 머리는 황갈색과 검은색이 얼룩진 폭스테리어였다. 아빠는 강아지가 레몬 두상을 가졌다고 했는데, 이는 약간 이해하기 힘든 전문용어였다. 강아지는 전혀 레몬 색상이 아니라 야생 꿀벌과 같은 색상이었다. 척추 끝에는 검은 반점이 있었다.

*술을 마시지 않겠다는 서약서에 서명을 한 젊은이들을 위한 절제 협회.

**Browning. 시인인 로버트 브라우닝을 말하는 듯하다.

목욕을 하도록 정해진 토요일 밤이었다. 강아지는 벽난로 앞에 까는 깔개로 두툼한 흰색 찻잔처럼 기어 와서는 방금 씻은 맨발을 핥았다.

"얼룩이라고 불러야 해." 누군가가 말했다. 하지만 그 이름은 너무 평범했다. 강아지를 뭐라고 불러야 할지가 초미의 관심사였다.

"렉스* 폐하라고 불러." 마치 조그만 찻잔이 살아있는 것 같은 토실토실한 강아지를 내려다보면서 엄마가 말했다. 강아지는 여동생의 조그만 발가락을 잘근잘근 씹어 대고 있었고, 그 때문에 여동생은 간지럽기도 하고 재미있기도 해서 꺅꺅대며 비명을 지르고 있었다. 우리는 아주 진지하게 그 이름을 받아들였다.

"렉스 폐하!" 우리는 그 이름이 딱 맞다고 생각했다. 몇 년 동안이나 나는 그 이름이 엄마 입장에서는 빈정거리는 말이었다는 사실을 깨닫지 못했다. 엄마는 구제불능일 정도로 순진한 우리들을 비꼬는 데 족히 20년은 넘게 허비했던 게 틀림없다.

그 이름은 그다지 좋은 이름은 아니었다. 거리에서 만나는 사람이나 심지어 아빠마저 단음절어**인 렉스Rex를 완벽하게 발음하지 못했기 때문이었다. 사람들은 모두 랙스Rax라고 말했다. 그 때문에 나는 늘 괴로웠다. 늘 '해초seaweed'라는 말이나 '파멸rack-and-ruin'***이라는 말이 떠올랐기 때문이다. 불쌍한 렉스!

우리는 렉스를 애지중지했다. 렉스가 온 첫날 밤, 우리는 계단 발치에서 외롭게 혼자 낑낑대며 구슬피 우는 소리를 들었다. 더 이상 듣고 있을 수만은 없어 나는 재빨리 내려가서는 렉스를 데려와 침대에서 재웠다.

*Rex는 라틴어로 국왕을 뜻한다.

**mono-syllable. it이나 no처럼 하나의 음절로 되어 있는 단어.

***'해초'라는 단어로 seaweed도 있지만, wrack도 있다. wrack은 '파도에 밀려 해변에 올라온 해초, 난파선, 파멸'이라는 뜻이 있으며, 일반적으로 'wrack and ruin'과 'rack and ruin'처럼 wrack과 rack을 혼용하기도 한다.

"이 작은 짐승을 침대에 둘 순 없어. 침대는 개를 위한 게 아냐." 엄마가 냉정하게 딱 잘라 말했다.

"렉스는 우리만큼 착해요." 토라진 우리는 외쳤다.

"착하든 아니든, 침대로 들어가면 안 돼."

지금 생각해보면, 엄마는 우리가 자존감이 부족한 것에 대해 경멸했던 것 같다. 우리는 품위를 떨어뜨리는 아이들이었던 것이다.

그런데 둘째 날 밤에도, 렉스는 똑같은 눈물을 흘렸고 똑같은 방식으로 위로받았다. 셋째 날 밤, 우리는 아빠가 아래층으로 터벅터벅 내려가는 소리를 들었고, 깜짝 놀라 당황하여 낑낑거리는 강아지를 몇 대 때리는 소리가 들려왔다. 그런 뒤 상냥하지만 우리에게는 무자비하게만 들리는 목소리로 "그만해! 시끄러워, 안 들려? 그만하고 바구니에 들어가, 그만해!"라고 말하는 소리가 들렸다.

"너무해!" 우리는 이불 속에서 반항심에 소리죽여 외쳤다.

"잠자코 있지 않으면 혼날 줄 알아. 얼른 자." 엄마가 안방에서 소리 질렀다. 그래서 우리는 분노의 눈물을 흘리며 잠을 청했다. 그렇지만 긴장감이 맴돌았다.

"집안에 저렇게 바보 멍청이들이 가득하니 내가 그 조그만 짐승을 싫어하는 거라고. 설령 괜찮은 놈이었대도 말이야." 엄마가 말했다.

하지만 사실 엄마는 렉시Rexie*를 전혀 싫어하지 않았다. 엄마는 우리가 지나치게 좋아하니까 균형을 맞추기 위해서 그런 척했던 것뿐이었다. 그리고 실은 엄마는 동물들과 살을 맞대는 것을 신경 쓰지 않았다. 단지 지나치게 깔끔을 떨 뿐이었다. 반면 아빠는 강아지와 이야기를 나누면서 진짜로 강아지의 목소리를 흉내 냈다. 두성에서 나오는 웃기는 고음으로 노래 부르는 것

*렉스를 애교스럽게 부르는 말.

같은 가성이었다. "이쁘기도 하지! 이쁘기도 해라!…… 아아!…… 그래, 그거야!…… 뭉툭한 꼬리 좀 흔들어 봐! 렉시야, 그 뭉툭한 꼬리를 흔들어 봐!…… 하하! 아니, 아가야, 거긴 아니야……." 괴상하게 가성으로 내지르는 소리 때문에 강아지는 몹시 흥분한 나머지 아빠의 콧구멍을 핥더니 날카롭고 조그만 이빨로 코를 깨물어버렸다.

"피를 보게 하는군." 아빠가 말했다.

"그렇게 바보같이 구니까 당해도 싸지." 엄마가 말했다. 다른 사람도 아닌 우리 아빠가 웅크린 채 조그만 개와 대화하는 것도 모자라 그 조그만 녀석이 코를 물고 턱수염을 헝클어뜨리는데도 괴상하게 낄낄대는 모습은 엄마에겐 뜻밖이었다. 그런 순간에 여자는 자기 남편을 어떻게 생각할까?

엄마는 우리가 렉스를 부르는 명칭들을 재미있어했다.

"렉스는 천사야…… 한 마리 작은 나비야…… 렉시는 우리 귀염둥이야!"

"귀엽긴! 거지깽깽이 같은 녀석이지!" 엄마가 참견했다. 엄마와 렉스는 처음부터 불화를 빚었다. 당연히 렉스는 부츠를 잘근잘근 씹고 스타킹을 물고 흔들며 [스타킹이나 양말을 흘러내리지 않게 하는] 밴드를 질겅질겅 삼켰다. 스타킹을 벗는 순간 한 짝을 물고 잽싸게 도망가면 우리는 녀석을 뒤쫓았다. 그런 뒤 스타킹 한쪽 끝에 매달려 야단스럽게 으르렁거리면 우리는 맞은편 끝을 잡고 울음을 터뜨렸다.

"엄마, 렉스 좀 봐! 스타킹에 또 구멍 내려고 해." 그러면 엄마는 렉스에게 쏜살같이 달려가서 재빨리 엉덩이를 찰싹 때렸다.

"놔, 이놈아! 이 쥐방울만한 망할 놈아."

하지만 렉스는 놓지 않았다. 렉스는 진짜 화가 나서 으르렁거리기 시작하고는 맹렬하게 매달렸다. 아주 조그맸지만, 용맹스럽게 격분하며 엄마에게 맞섰다. 렉스는 엄마를 미워하지 않았고, 엄마 역시 그랬다. 하지만 그들은 서로 기나긴 전투를 벌였다.

“내 한 수 가르쳐 주마, 이 녀석아! 내가 네 조그만 이빨로 망가뜨린 거나 평생 꿰매면서 보낼 줄 알아! 내 어떻게 하는지 보여주겠어!”

하지만 렉시는 더 맹렬하게 으르렁거릴 뿐이었다. 그러면 둘 다 정말로 화가 나게 되었고, 아이들인 우리는 둘 다 진지하게 말려야 했다. 렉스는 엄마한테 스타킹을 빼앗기지 않으려고 했다.

“엄마, 잘 알아듣게 타일러야 해요. 몰아붙이면 안 된다고요.” 우리가 말했다.

“이 녀석이 생각하는 것보다 더 심하게 몰아붙일 거야. 내 눈앞에서 영원히 안 보이도록 몰아붙일 거라고, 내 장담하지.” 엄마는 진짜로 화가 나서 다짐했다. 렉스가 아주 조그만 소리로 으르렁거리며 반항할수록 엄마는 더욱 분통을 터뜨렸다.

“이쁘기도 하지! 렉시, 우리 귀여운 렉시!”

“성질 고약한 녀석 같으니라고! 내가 참을 거라고 생각하지 마.”

사실대로 말하자면, 렉스는 처음에는 꾀죄죄했다. 그렇게 어린데 어찌 그렇지 않을 수 있을까! 엄마는 그 이유 때문에 렉스를 싫어했다. 그리고 아마도 이 이유 때문에 정말로 적대감이 시작되었을 수도 있다. 렉스가 우리와 함께 집 안에서 살았으니까. 렉스는 저지당하면 코에 주름을 자글자글 지으며 분노에 차서 비수와도 같은 앙증맞은 이빨을 드러냈고, 엄마에 맞서 격렬하게 으르렁거리며 엄마의 화를 돋울수록 우리는 무척 즐거워했다. 하지만 엄마는 결국 현장에서 렉스를 잡았다. 엄마는 렉스를 덮쳐서는 코에 강아지 똥을 문지른 뒤 마당으로 내팽개쳤다. 렉스는 수치심과 역겨움과 분노로 낑낑 흐느꼈다. 그 조그만 주둥이가 공포에 덜덜 떨며, 코와 주둥이에 묻은 역겨운 똥을 떨구려고 고개를 돌려 재채기하고 구르던 모습을 나는 결코 잊지 못할 것이다. 기가 막힌 누이는 고함을 질렀고, 미친 듯이 울면서 헝겊 조각과 물 한 그릇을 가지고 뛰어나갔다. 그리고는 더럽혀진 강아지를 데리고 마당 한가운데 앉아 통한의 눈물을 흘리면서 더러운 몸을 닦아주고 깨끗이 씻겨주었다. 누이는 큰 소리로 엄마를 책망했다. "엄마가 렉스보다 얼마나 더 큰지 보세요. 부끄러운 줄 아세요. 부끄러운 줄 아시라고요!"

"이 바보 같은 미련퉁이야, 네가 오냐오냐하는 바람에 다 도로아미타불 됐잖아. 왜 내 인생이 동물들 때문에 골치 썩어야 하는데! 이걸로는 아직 턱도 없다고……."

그 후로 조금 완화되긴 했지만 긴장감이 흘렀다. 렉스는 우리와 부모님 사이의 작고 하얀 골이었다.

렉스는 깨끗해졌다. 하지만 그때 또 다른 비극이 곧 닥쳐왔다. 꼬리를 짧게 잘라야만 했던 것이다. 공중에 둥실둥실 떠다니는 강아지의 꼬리는 짧게 잘려나가야 했다. 이번에는 아빠가 적이었다. 엄마는 불필요하게 잔인하다는 우리의 의견에 동의했다. 하지만 아빠는 요지부동이었다. "꼬리를 짧게 자르지 않으면 평생 바보처럼 보일 거야." 빠져나갈 길이 없었다. 그것만도 공포스러운데 게다가 불쌍한 렉스의 꼬리를 누군가 물어뜯어야 한다고 했다. 왜 물어뜯어야 하는데? 우리는 기겁했다. 물어뜯는 것이 유일한 방책이라고 아빠는 우리를 납득시켰다. 어떤 남자가 그 작은 꼬리를 이빨 사이에 넣고는 특정한 이음 부위를 재빨리 물어뜯는다고 했다. 아빠는 설명에 맞춰 입술을 들어 올리면서 앞니를 드러냈다. 우리는 몸서리쳤다. 하지만 운명에 맡겼다.

렉스는 끌려갔고, 로보덤이라는 남자가 약 1리터의 최고로 쓴 맥줏값을 받고는 [런던의] 내그스 헤드에서 여분의 꼬리를 물어뜯었다. 우리는 꼬리가 줄어든 불쌍한 강아지를 몹시 안타까워했지만, 더 용맹스럽고 멋져 보인다는 데 의견을 같이했다. 만약 꼬리가 짧아지지 않았다면, 우리는 늘 약간 채찍같이 생긴 꼬리를 부끄러워했을지도 모른다. 아빠는 그것이 렉스를 수컷으로 만들었다고 말했다.

어쩌면 맞는 말일 수도 있다. 이제서야 렉스가 진정한 본성을 드러냈기 때문이다. 렉스의 진정한 본성은 다른 많은 것들도 그러하듯 이중적이었다. 우선, 렉스는 약탈과 살육을 하는 사나운 갯과의 조그만 맹수였다. 렉스는 잔인하게 사냥을 하고 싶어 안달이 났다. 먹잇감에게 이빨로 공격하기만을 열망했다. 렉스에겐 심각한 일이었다. 태곳적 갯과의 송곳니와 이글거리는 두 눈이 내면에서 우위를 선점하고 있었다. 우리가 녀석을 화나게 하면 녀석은 우리에게도 덤벼들었다. 렉스는 모든 침입자들을 공격했는데 특히 우편배달부에게 그랬다. 이웃에게는 위험한 존재나 다름없었다. 하지만 꼭 그것만이 다는 아니었다. 숙명적이라 할 수 있는 사랑에 대한 욕구는 제2의 본성이나 다름없어서 결국엔 자유를 포기하게 만들었다. 렉스에겐 지독히도, 정말 지독히도 사랑이 필수불가결한 것이었고, 그것이 본성인 타고난 야만적인 사냥 본능을 속박했다. 렉스는 두 거대한 충동 사이에서 괴로워했다. 사냥하고 살생하려는 타고난 충동과, 결과적으로 사랑하고 복종하려는 기이한 2차적 충동이 그것이었다. 만약 렉스가 우리 엄마와 아빠에게 남겨졌더라면, 야성을 드러내다가 총에 맞았을 것이다. 그랬기에 렉스는 아이들인 우리를 열렬하게 반기며 좋아했고, 우리도 녀석을 무척이나 아꼈다.

학교에서 집으로 돌아올 때, 우리는 렉스가 진입로 끝에 서서 자기 앞에 펼쳐진 전원을 동경하는 듯 고개를 갸우뚱거리며 이곳을 벗어날까 말까 고민하는 모습을 보곤 했다. 자기 앞에 펼쳐진 푸르른 야생의 자유를 궁금해하는 조그만 하얀 강아지였다. 재미있는 놀이를 하면서 우리 중 하나가 저 멀리서 외치면 렉스는 길을 따라 총알같이 달려왔다. 렉스가 오는 것을 보면 누이는 즐거운 비명을 꽥꽥 지르며 돌아서서 도망쳤다. 그러면 렉스는 곧장 누이의 등에 뛰어올라 옷을 이빨로 물고 찢었다. 하지만 그건 주체할 수 없는 사랑의 환희였을 뿐이고, 누이도 그걸 알았다. 누이는 긴 앞치마*가 찢어져도 신경 쓰지 않았다. 하지만 엄마는 달랐다.

엄마는 렉스 때문에 화가 치밀어 오르곤 했다. 렉스는 작은 악마였다. 아주 조금만 자극해도 덤벼들었다. 당신께서 바닥을 쓸기만 해도 털을 곤두세우며 빗자루에 달려들었다. 절대 풀어주지 않았다. 목덜미를 꼿꼿이 세우고 콧구멍에선 분노의 콧김을 씩씩거리며 흰 눈자위를 드러내고는 엄마가 쓸고 있는 빗자루 맞은편 끝에서 씨름을 했다. "놔, 놓으란 말이야, 이 녀석아!" 엄마가 무지막지하게 밀어내며 발을 쿵쿵거리면 징글맞게 으르렁거렸다. 결국 빗자루를 놓아주는 것은 엄마였다. 그런 뒤 엄마는 렉스한테 달려들었고, 렉스도 엄마한테 달려들었다. 우리가 렉스와 함께 사는 내내 렉스는 엄마를 하마터면 물 뻔했다. 엄마도 그걸 알았다. 그렇지만 렉스는 늘 자제심을 유지했다.

아이들인 우리는 렉스의 성질머리까지도 좋아했다. 렉스의 입에서 뼈다귀를 끄집어내면, 렉스는 뭘 어떻게 해야 할지 몰랐기 때문에 고개를 홱 돌려 땅에 곤두박는 것으로 솟구치는 분노를 표현했지만, 내면에 깃들어 있는 야생성이 너무도 강해서 우리에게 달려들 수밖에 없었다. "조만간 너희들 목덜미에 달려들 거다." 아빠가 말했다. 아빠도 엄마도 감히 렉스의 뼈다귀를 건드리지는 못했다. 아빠나 엄마가 가까이 다가갔을 때 흰 눈자위를 굴리며 발끈하는 모습은 아주 볼만했다. 얼마나 빠른 시간 내에 렉스가 우리에게 이빨

*pinafore. 소매 없는 원피스 모양으로 아이들의 옷이 더러워지지 않도록 입혔다.

을 들이댈지는 알 수 없었다. 렉스가 우리에게 이빨을 드러내며 으르렁거리거나 잔뜩 웅크리고 있는 모습은 무시무시했다. 하지만 우리는 깔깔대며 웃거나 꾸짖기만 했다. 그러면 렉스는 순전히 우리를 공격하고 싶은 욕구 때문에 괴로워하며 낑낑거렸다.

렉스는 우리를 다치게 한 적이 한 번도 없었다. 어느 누구도 다치게 한 적이 없었는데도, 이웃들은 녀석을 두려워했다. 그런데 렉스에게 사냥하는 습관이 생겼다. 렉스는 피를 흘리는 커다란 죽은 쥐들을 가져와 벽난로 앞 깔개 위에 두었고, 그러면 엄마는 기겁하며 삽으로 쥐들을 제거해야 했다. 렉스는 쥐들을 치우지는 않았기 때문이다. 가끔은 짓이겨진 토끼나, 또 어떤 때는, 아아 이런, 토막 난 닭이나 오리 따위를 가져오기도 했다. 우리는 고발당할까 봐 무서웠다. 한번은 깃털로 뒤덮여 피투성이가 된 채 다소 겁먹은 표정으로 집에 들어왔다. 우리는 녀석을 씻기고 이리저리 살펴보며 야단을 쳤다. 다음날 우리는 오리 여섯 마리가 죽었다는 이야기를 들었다. 정말 다행히도 렉스를 본 사람은 아무도 없었다.

하지만 렉스는 말을 듣지 않았다. 암탉이 한 마리라도 보일라치면 우리가 불러도 돌아오지 않았다. 일요일 아침에 아빠가 산책하러 데려갈 때는 정말이지 최악이었다. 엄마는 1미터도 같이 걸으려 하지 않았다. 한번은 아빠와 산책하다가 들판에서 양들을 쫓아 헐레벌떡 뛰어갔다. 아빠가 고함을 질렀지만 소용없었다. 개는 양떼들 사이에서 사뭇 진지한 얼굴로 있었다. 아빠가 울타리 속을 기어들어 가서 다행히도 제때에 붙잡았다. 이제 화가 머리끝까지 치민 아빠는 그 조그만 짐승을 길가로 끌고 가 지팡이로 두들겨 팼다.

"개를 무자비하게 두들겨 패고 있다는 걸 알기나 하쇼?" 행인이 말했다.

"물론이오, 그러려고 작정한 거요." 아빠가 외쳤다.

신기한 것은 아빠에게 두들겨 맞은 후로 렉스는 더 이상 아빠를 따르지 않았다는 것이다. 렉스는 항상 아이들인 우리를 더 중시했다.

하지만 렉스는 우리를 실망시키기도 했다. 어느 운명의 토요일에 렉스가 사라졌다. 우리는 이름을 부르며 찾아다녔지만 렉스의 모습은 보이지 않았다. 목욕을 마치고 잘 시간이었지만 잠자리에 들지 않았다. 대신 잠옷을 입은 채 나란히 소파에 앉아서 펑펑 눈물을 쏟고 있었다. 이 때문에 엄마는 단단히 화가 났다.

"나보고 참고 견디라고? 내가? 그 지긋지긋한 조그만 개를! 가라고 해! 아직도 안 갔으면 이제 가라고 해!"

아빠는 모자를 푹 눌러쓴 채 약간 술 취한 듯한 모습으로 늦게 들어왔다. 하지만 술 취해서 띄엄띄엄 말하는 투로 보아 우리를 달래주려고 애쓰는 것 같았다.

"걱정 마라, 우리 귀염둥이들아. 아침에 내 찾아보마."

일요일이 왔다. 아, 일요일! 우리는 울고불고하느라 밥도 먹지 않았다. 온 지역을 샅샅이 뒤지면서 무언가를 찾고 있을 때가 되어서야 우리는 이 대지가 얼마나 텅 비어있고 얼마나 넓은지를 처음으로 깨닫게 된다. 아빠는 수십 킬로미터를 걸어 다녔지만 헛수고였다. 일요일 저녁, 식용 대황으로 만든 푸딩을 먹을 때에는 견딜 수 없을 정도로 절망적인 분위기였던 것이 기억난다.

"절대로." 엄마가 말했다. "내가 살아있는 한 절대로 이 집에 다신 동물이 발을 못 붙이게 할 거야. 내 이럴 줄 알았어! 이럴 줄 알았다니까."

날은 더디게 흘렀고, 완전히 캄캄해져서 잘 시간이 되었을 때 우리는 문을 긁으며 뻔뻔스럽게도 조그맣게 낑낑거리는 소리를 들었다. 진흙투성이 꼬락서니의 뻔뻔스러운 렉스가 안으로 총총거리며 들어왔다. '뭔 일 났어요?'라는 듯 무심한 태도에 우리는 할 말을 잃었다. 마치 '그래요, 돌아왔어요. 굳이 돌아올 필요는 없었지만. 난 혼자서도 무엇이든 잘할 수 있거든요'라고 보란 듯이 말하는 듯 꼬리를 흔들며 주위를 총총거리고 다녔다. 그런 뒤 물그릇으로 가더니 여봐란듯이 벌컥벌컥 마셨다. 마치 우리에게 한 방 먹이려는 것 같았다.

렉스는 이런 식으로 한두 번쯤 종적을 감췄다. 우리는 녀석이 어디로 갔는지 전혀 몰랐다. 그리고 우리가 상상했던 것만큼 렉스의 마음이 그다지 행복하지는 않다는 걸 느끼기 시작했다.

그러던 어느 운명의 날, 삼촌이 좌석 밑에 사냥개를 넣는 상자가 달린 2륜마차를 타고 또다시 나타났다. 삼촌이 휘파람을 불자 렉스가 총총거리며 나타났다. 그런데 삼촌이 강아지가 튼튼하게 잘 크고 있는지 살펴보려고 했을 때 렉스는 갑자기 그 자리에서 멈추어 버리더니 제멋대로 획획 움직였다. 꽤 경쾌하게 주위를 총총거리며 뛰어다녔지만 삼촌의 손이 닿지 않는 곳만 맴돌았다. 렉스는 우리에게 풀쩍 뛰어올라 얼굴을 핥으며 우리와 놀려고 했다.

"이런, 이 개한테 뭔 짓을 한 거야? 완전 바보로 만들어놨네. 이렇게 멍청할 수가 있나. 애를 완전히 망쳐놨어. 빌어먹을 멍청이로 만들었다고!" 삼촌이 소리를 꽥 질렀다.

렉스는 붙잡혀서 2륜마차에 끌려가 좌석에 묶였다. 렉스는 미쳐 날뛰었다. 깽깽대며 울고 비명을 지르며 버둥버둥 몸부림치다가 삼촌이 휘두른 채찍 끝에 머리를 세게 얻어맞았다. 그러자 더더욱 미쳐 날뛰며 몸부림을 쳤다. 우리가 거리에서 절망에 빠져 아무 말도 못하고 서 있는 동안, 우리가 사랑하는 렉스는 극도로 흥분한 채 그 높은 2륜마차에서 우리에게 오려고 미친 듯이 싸우다가 쓰러졌다. 그렇게 우리는 렉스가 끌려가는 모습을 바라보았다.

이 일이 있고 난 뒤, 우리의 가슴에는 새까맣게 타들어 가는 눈물과 조그만 상처가 남아있게 되었다.

'좋은 징조'에 딱 한 번 들를 일이 있었을 때, 나는 렉스를 딱 한 번 더 보았다. 렉스는 내 목소리를 알아들었던 게 확실했다. 나를 미처 보기도 전에 입구에서 나를 향해 달려왔기 때문이다. 그 순간 나는 렉스가 우리를 얼마나 좋아했는지 알았다. 렉스는 정말로 우리를 좋아했다. 그리고 바로 그 순간, 삼촌이 채찍으로 렉스의 등을 때리며 발로 걷어찼고, 렉스는 웅크린 채 털을 곤두세우며 으르렁거렸다.

삼촌은 우리가 얼마나 개를 영영 망쳐버렸는지, 얼마나 난폭하게 성질을 부리게 만들었는지, 사람들 앞에 과시하려는 목적으로 얼마나 버릇없이 키웠는지에 대해 욕설을 퍼부으면서, 우리는 빈민굴의 똥개나 키우면 딱 어울리는 응석받이 바보 멍청이들이라고 했다.

가엾은 렉스! 우리는 녀석의 성질이 구제불능일 정도로 사나워져서 총에 맞아 죽어야 했다고 들었다.

그건 우리의 잘못이었다. 우리는 렉스를 너무 많이 아꼈고, 렉스 역시 우리를 너무 많이 따랐다. 우리는 두 번 다시 애완동물을 키우지 않았다.

사랑이라는 것은 참으로 이상한 것이다. 사랑만이 개가 가진 야생의 자유를 잃게 만들고 인간의 종이 되게 만든다. 그리고 바로 이런 복종심과 사랑의 완성으로 인해 인간들은 가장 극심한 경멸의 말을 내뱉는다. "이 개새끼야!"

우리는 렉스를 그토록 아껴서는 안 되었고, 렉스도 우리를 그토록 따라서는 안 되었다. 기준이 있어야 했다. 우리 모두는 자신이 가진 본성의 한계를 넘어서려는 경향이 있다. 렉스는 인간의 영역 바깥에 머물렀어야 했고, 우리도 개의 영역 바깥에 머물러 있어야 했다. 지나친 사랑이 가져오는 재앙보다 더 치명적인 것은 없다. 삼촌이 옳았다. 우리는 개를 망쳐놓았다.

그럼에도 불구하고 삼촌은 바보였다.

D. H. 로렌스David Herbert Lawrence

영국의 소설가, 시인 겸 비평가. 외설과 예술의 경계에서 많은 논란을 일으켰던 『채털리 부인의 사랑』의 작가이다. 인간의 심리와 성격에 대한 폭넓은 지식을 여러 소설을 통해 보여주었다. 대부분의 어린 시절이 그렇듯, 로렌스 역시 어린 시절에 금붕어와 토끼, 또 이글에 나오는 실제 강아지 렉스를 비롯 여러 동물을 키웠다고 한다.

마크 트웨인 어떤 개 이야기

1부

우리 아버지는 세인트버나드*였고, 엄마는 콜리**였지만 나는 장로교 교도다. 이것은 엄마가 나에게 말한 것으로, 나는 이 말의 미묘한 차이를 모르겠다. 나에게는 아무 의미가 없는 번드르르한 미사여구일 뿐이다. 우리 엄마는 그런 말들을 좋아했다. 엄마는 그런 것들을 말하고 싶어 했고, 다른 개들이 엄마가 어떻게 그토록 교육을 잘 받았는지 궁금해하면서 놀라워하고 부러워하는 모습을 보는 것도 좋아했다. 하지만 실제로 진짜 교육을 받은 것은 아니었고, 단지 허세일 뿐이었다. 손님이 왔을 때 식당이나 거실에서 그런 미사여구들을 귀동냥으로 들었거나 주인집 아이들과 함께 주일학교에 가서 주워들은 것들로, 그런 말을 들을 때마다 혼잣말로 여러 번 되풀이해 외웠기 때문에 이웃 개들의 모임이 있을 때까지 계속 간직할 수 있었다. 엄마가 그런 말들을 꺼내면 호주머니에 들어갈 정도로 조그만 강아지에서부터 마스티프***까지 모두들 화들짝 놀라며 의기소침해졌고, 그것으로 엄마는 그간의 노고

*대형 구조견.
**양치기 개.
***초대형 맹수 사냥개.

를 보상받았다. 모임에 처음으로 참석한 개들은 거의 반드시 긴가민가하다가 숨을 좀 돌리고 나면 그게 무슨 뜻이냐고 물어봤다. 그러면 엄마는 항상 뜻을 말해줬다. 엄마를 함정에 빠뜨리려는 생각만 했지 전혀 이러한 대답을 예상하지 않았기에, 엄마가 창피당할 거라고 생각했는데 오히려 창피당한 것처럼 보이는 것은 상대방이었다. 그러면 나머지 개들은 항상 이때를 기다렸다가 기뻐하며 엄마를 자랑스러워했다. 이미 그런 일을 겪었었기 때문에 무슨 일이 벌어질지 뻔히 알고 있기 때문이다. 엄마가 어려운 말의 뜻을 말할 때면 모두들 감탄하는 지경에 이르렀기 때문에 어느 개도 그 말이 맞는지 의심하지 않았다. 그도 그럴 것이, 우선 첫째로 엄마가 하도 막힘없이 척척 대답해서 마치 사전이 말하는 것 같은 데다 또 다음으로는, 그게 맞는지 틀리는지 아무도 판별할 수 없기 때문이었다. 거기서 교양 있는 개라고는 엄마가 유일했으니까. 이윽고 내가 나이가 좀 들었을 때, 엄마는 하루는 '비지성'이라는 단어를 집으로 가져왔고 일주일 내내 각기 다른 모임에 가서 무척 열심히도 써먹었는데, 이는 개들을 더 비참하고 낙담하게 만들었다. 그런데 이때 그 주에 엄마는 여덟 개의 서로 다른 모임에서 그 뜻에 대해 질문을 받았고, 나는 엄마가 그때마다 순간적인 기지를 번득이며 새로운 정의를 내린다는 것을 알아차렸다. 하지만 그 모습을 통해 나는 엄마가 교양이 있다기보다는 오히려 침착하다는 것을 알았다. 물론 엄마에겐 아무 말도 하지 않았지만. 엄마에게는 항상 준비된 채 대기하고 있는 한 단어가 있었는데, 마치 구명조끼처럼 급작스럽게 물에 휩쓸려갈 때와 같은 경우에 부착하는 일종의 비상용 단어로, '동의어'라는 말이 그것이었다. 몇 주 전에 이미 써먹어서 준비된 뜻을 더 이상 쓰지 못하게 되었기 때문에 섣불리 꺼내선 안 될 단어를 꺼내는 사태가 발생할 때도 있었다. 그곳에 처음으로 온 신출내기라면 당연히 몇 분간 정신이 혼미한 상태가 되어 쓰러졌고, 그런 뒤 정신이 들었을 즈음에는 엄마는 또 다른 돛을 펴고 바람을 받으면서 떠나려 할 때였다. 그래서 그 개가 엄마를 큰 소리로 부르며 끝장을 보자고 하면, 엄마의 꼼수를 아는 유일한 개인 나는 정말로 아주 잠깐 동안 엄마의 돛이 순간 펄럭이는 것을 볼 수 있었지만, 이내 돛은 바람을 받아 불룩하고 팽팽해졌고, 엄마는 여름날만큼이나 평온하게 "그것은 '신이 명하는 이상의 일인 공덕功德'과 동의어예요"라고 말하거나, 뱀처럼 사악하고 긴 다른 단어를 대면서 완벽한 평정심을 가지고 차분하게 다음 돛으로 미끄러지듯 넘어갔다. 그러면 당연히 그 신출내기에게는 불경스럽고 당황스러워하는 모습만 남겨졌고, 입교자들은 일제히 꼬리를 바닥에 요란하게 치며 얼굴에는 거룩한 기쁨이 넘쳐흘렀다.

관용어도 마찬가지였다. 근사하게 들리는 말이 있으면 엄마는 전체 어절을 집으로 끌고 와 엿새 밤과 이틀 낮 동안 관용어를 연습하고는 매번 새로운 방식으로 설명했다. 그도 그럴 수밖에 없는 것이 엄마가 관심을 가지는 것은 관용어 자체였지 그것이 의미하는 바에는 관심이 없었으며, 게다가 다른 개들이 엄마의 꼼수를 알아챌 정도로 이지력이 없다는 것을 알고 있기 때문이었다. 그렇다, 엄마는 단연 발군이었다! 엄마는 아무것도 두려워하지 않게 되었고, 동물들의 무지에 대해 확신을 갖게 되었다. 심지어 저녁식사에 초대받아 온 손님들이 주인 가족들과 웃으며 떠드는 소리를 들은 뒤 그 일화까지 가져다 썼으며, 대체로 케케묵은 이야기의 요점을 또 다른 케케묵은 이야기에 끌어다 넣었기에 당연히 이야기는 어울리지도 않았고 이치에 맞지도 않았다. 하지만 엄마는 일단 요점을 전달하면 마룻바닥에 나동그라져 데굴데굴 구르면서 완전히 미친 듯 웃음을 터뜨리며 짖어대곤 했지만, 왜 그 이야기를 처음 들었을 때만큼 재미있어 보이지 않는지 엄마 스스로 의아해하는 모습을 나는 볼 수 있었다. 하지만 그건 아무런 문제도 되지 않았다. 나머지 개들도 데굴데굴 구르며 짖어댔기 때문이다. 그 개들은 내심 요점을 파악하지 못하는 스스로를 부끄러워했으며, 자신들에게는 아무 잘못이 없으며 그 이야기에는 아무 요점이 없다는 사실을 조금도 의심하지 않았다.

이러한 점들로 보아 엄마가 오히려 허영심이 많고 방정맞은 성격이 아닌가 할 것이다. 그럼에도 나는 엄마가 그런 점을 벌충할 만한 미덕을 가지고 있다고 생각한다. 엄마는 마음씨가 상냥하고 성품이 온화했으며, 엄마에게 상처를 입힌 것들에 대해 조금도 원한을 품지 않았고 쉽게 그런 생각들을 그만두고 잊어버렸다. 우리들에게 친절을 베푸는 법을 가르쳤으며, 위험에 처했을 때는 도망치지 말고 그 즉시 용기를 내어야 한다고 가르쳤다. 친구나 혹은 낯선 사이일지라도 그들을 위협하는 위험에 직면하면 그 대가가 어떤 것이든 이리저리 재지 말고 할 수 있는 한 최선을 다해 도우라고 했다. 엄마는 말로만 가르치지 않고 몸소 실천했는데, 그것은 최선의 방법이자 가장 확실하고 오래 지속되는 방법이었다. 세상에, 엄마가 한 용감한 행동들은 얼마나 근사했는지 모른다! 꼭 군인 같았다. 그러면서도 또 얼마나 겸손했는지 모른다. 이쯤되면 엄마를 존경하지 않을 수 없고, 엄마를 본받지 않을 수 없었다. 제아무리 킹찰스스패니얼이라도 엄마의 사교모임에서는 엄마를 철저히 업신여길 수가 없었다. 그렇듯 엄마에게는 교양 이상의 무언가가 있었다.

2부

마침내 나는 무럭무럭 자라 어딘가로 팔려가면서 다시는 엄마를 보지 못하게 되는 날이 왔다. 엄마는 억장이 무너지는 듯했고, 나도 그랬다. 우리는 펑펑 울었다. 하지만 엄마는 할 수 있는 한 나를 위로하면서, 우리는 지혜롭고 선한 목적을 위해 이 세상에 보내졌다고 말했다. 불평하지 말고 우리의 의무를 수행하며, 그 목적을 찾는데 목숨 걸고 덤벼들어야 하고, 다른 이들에게 최선의 도움을 주도록 살아야 하며, 절대로 결과에 대해 신경 쓰지 말아야 한다고 했다. 결과는 우리가 책임져야 할 문제가 아니라는 것이었다. 엄마는 이런 식으로 행하기를 좋아하는 사람들은 머지않아 내세來世에서 숭고하고 아름다운 보상을 받는다고 했다. 비록 우리 동물들은 내세에 가지 못할지라도, 보상을 바라지 않고 온당하고 옳은 일을 하는 것이 우리의 짧은 생애에 존엄과 가치를 주며 그것 자체가 보상이라고 했다. 엄마는 주인집 아이들과 함께 주일학교에 갔을 때 이따금씩 나오는 이러한 말들을 엄선했고, 다른 말이나 관용어들보다 더 주의 깊게 기억 속에 간직해 뒀다. 그리고 엄마는 자신과 우리들을 위하여 그 말들을 깊이 연구했다. 이런 점에서 볼 때 엄마는 비록 가볍고 허영심이 많을지는 몰라도, 그만큼 지혜롭고 사려 깊다는 사실을 알 수 있다.

이렇게 우리는 작별을 고하고 눈물을 흘리며 서로의 마지막 모습을 보았다. 그리고 내 생각에는 내가 더 잘 기억할 수 있도록 마지막으로 이런 말씀을 하셨다. "다른 이가 위험에 처했을 때는 너 자신을 생각하지 말고 네 어미를 생각하거라. 나를 기억하면서, 네 어미라면 어떻게 했을지를 생각하고 그대로 하거라."

내가 그 말을 잊을 수 있을까? 아니, 잊을 수 없다.

3부

새로운 집은 무척이나 고풍스러웠다! 섬세한 장식과 그림들, 호화로운 가구를 갖춘 멋지고 커다란 집이었다. 어두운 곳이 하나도 없이 초목이 무성한 아름다운 뜰은 쏟아지는 햇빛으로 환히 빛났다. 집 주위에는 널찍한 마당이 있었으며 멋들어진 정원에는, 아, 잔디밭과 거목, 꽃들이 끝도 없었다! 게다가 나는 식구나 마찬가지였으며, 그들은 나를 사랑하고 귀여워했다. 새 이름을 지어주는 대신 원래 이름으로 불렀는데 그것은 엄마가 지어준 이름이었기 때문에 내게는 무척 소중했다. 아일린 머버닌.* 엄마는 그 이름을 노래에서 따왔다고 했다. 그레이 가족은 그 노래를 알고 있다면서 예쁜 이름이라고 했다.

그레이 부인은 서른 살이었고, 상상도 할 수 없을 정도로 무척이나 다정하고 예뻤다. 세이디는 열 살로, 단지 굉장히 조그맣다는 점만 빼면 엄마의 조그만 판박이였을 정도로 엄마를 빼다 박았는데, 적갈색의 머리를 등 뒤로 땋아 늘어뜨리고는 짧은 드레스를 입고 다녔다. 한 살 먹은 아기는 포동포동하고 보조개가 쏙 들어갔다. 나를 무척 좋아했으며 지치지도 않고 내 꼬리를 잡아당기고, 나를 끌어안으며, 천진무구하게 행복한 웃음을 터뜨렸다. 그레이 씨는 서른여덟 살이었고, 키가 크고 날렵하고 잘 생겼으며, 앞머리가 약간 벗겨졌고, 움직임은 민첩하고 기민했다. 사무적이고 정확하며 단호하고 감상적이지 않았으며, 끌로 깎아놓은 듯 이목구비가 뚜렷한 얼굴에서는 냉철한 지성이 번득이는 것 같았다! 그는 유명한 과학자였다. 나는 그 단어가 무엇을 의미하는지 모르지만, 우리 엄마라면 그 단어를 어떻게 사용해서 효과를 얻는지를 알고 있을 것이다. 우리 엄마라면 그 단어를 가지고 어떻게 랫테리어**의 기를 죽이는지, 어떻게 작은 애완견이 여기에 온 걸 후회하게 만드는지를 알고 있을 것이다. 하지만 그게 최고는 아니었다. 최고는 실험실laboratory이었다. 엄마

*Aileen Mavourneen. 직역하면 '내 사랑 아일린'. 아일린은 Helen의 아일랜드 어형이고, Mavourneen은 내 사랑이라는 뜻이다. 아일랜드 작가인 S. C. HALL(1800~1881)의 노랫말에서 가져왔다.

**rat-terrier. 농장용이나 사냥용으로 기르던 개로 특히 쥐를 잡도록 품종이 개량된 테리어의 한 종류다.

라면 실험실에서 우리 전체 개들의 세금목줄*을 벗겨버릴 신탁기관을 조직할 수도 있을 것이다. 실험실은 책이 있는 곳도 그림이 걸려 있는 곳도 혹은 대학 총장의 개가 말했듯 손을 씻는 곳도 아니었다. 대학 총장의 개가 말한 건 화장실lavatory이었다. 실험실은 화장실과 판이했고, 여러 유리단지와 병들, 전기 장치들, 전선들과 괴상한 기계들로 가득 차 있었으며, 매주 다른 과학자들이 와서 그곳에 앉아 기계를 사용하고 토론하고 스스로 실험과 발견이라고 부르는 것들을 했다. 나도 그곳에 종종 가서 우두커니 서서 사랑하는 엄마와의 추억에 젖어 엄마를 위하여 귀 기울이고 배우려고 애썼다. 엄마가 살아가는 동안 실험실을 못 본다는 점이나 내가 실험실에서 보고 배운 게 아무것도 없다는 사실을 깨달으면서 마음이 아프긴 했지만 말이다. 하지만 아무리 애써도 나는 도무지 하나도 이해할 수 없었다.

다른 때에는 여주인의 가사실** 바닥에 누워 잠을 잤다. 여주인은 나를 부드럽게 발 받침대로 썼는데, 그렇게 하면 내 기분이 좋아진다는 것을 잘 아는 것 같았다. 그것은 어루만지는 것이었기 때문이다. 또 다른 때에는 놀이방에서 한 시간을 보냈는데, 털이 온통 헝클어져도 좋기만 했고 아기가 잠들어 유모가 잠시 아기와 관련된 일을 보러 나간 몇 분 동안에는 아기 침대 옆에서 아기를 지켜봤다. 또 다른 때에는 세이디와 지쳐 쓰러질 때까지 정원과 마당을 즐겁게 뛰어놀았고, 그런 다음 세이디가 책을 읽는 동안 나무 그늘 아래 풀밭에서 꾸벅꾸벅 졸았다. 또 어떤 때에는 이웃 개들을 찾아갔다. 그리 멀지 않은 곳에 무척이나 유쾌한 개들이 살고 있었기 때문인데 그중 아주 잘생기고 정중하고

*tax-collar. 예전에 영국에서는 개에게도 세금을 매겼는데 세금목줄은 개가 세금을 지불했다는 것을 보여주기 위해 목에 거는 목줄이었다.

**work-room. 주부의 가사노동을 위한 방. 취사 이외의 가사 예를 들면, 세탁, 다림질, 재봉, 그 외 집안일을 하도록 꾸민 방.

품위 있는 개가 한 마리 있었다. 로빈 아데르라는 이름의 털이 곱슬곱슬한 아이리시세터로, 나와 같이 장로교도였으며 스코틀랜드인인 목사님네 개였다.

우리 집 하인들은 모두 내게 친절했고 나를 좋아했다. 그래서 보다시피 나의 삶은 즐거웠다. 나보다 더 행복한 개나 감사할 줄 아는 개는 있을 수 없을 것이다. 내가 이렇게 말하는 것은 오직 진실이기 때문이다. 나는 우리 엄마와의 추억과 가르침을 기리고, 나에게 온 행복을 얻기 위해 할 수 있는 한 모든 면에서 온당하고 올바르게 행하려고 노력했다.

얼마 지나지 않아 내 작은 강아지가 태어나자, 내 삶은 더없이 충만해지고 행복했다. 세상에서 제일 사랑스러운 조그만 것은 뒤뚱거리며 걸었고, 털은 매끄럽고 보드라운 벨벳 같았으며, 작고 앙증맞은 발을 버둥거리며, 눈에 넣어도 안 아플 예쁜 눈과 깜찍하고 천진난만한 얼굴을 하고 있었다. 아이들과 그레이 부인이 내 자식을 얼마나 떠받드는지, 또 얼마나 애지중지하는지, 그리고 내 자식이 하는 아주 작은 놀라운 짓에도 얼마나 감탄을 하는지를 보고 있노라면 나는 아주 뿌듯했다. 내게는 삶이 무척이나 아름답기만 한 것처럼 보였다.

이윽고 겨울이 왔다. 어느 날 나는 아기방에서 보초를 서고 있었다. 즉, 침대에서 잠들어 있었던 것이다. 아기는 아기 침대에서 잠들어 있었는데, 그 옆에 나란히 침대가 있었고, 또 그 옆에는 벽난로가 있었다. 아기 침대는 안을 들여다볼 수 있게 얇게 비치는 천으로 만들어진 우뚝 솟은 텐트가 드리워져 있었다. 유모는 나갔고 우리 둘만 자고 있었다. 그런데 장작불에서 불똥이 튀더니 텐트 경사면에 불이 붙었다. 미동도 하지 않는 조용한 시간이 꽤 흘렀던 것 같다. 아기의 비명소리에 잠이 깼을 때엔, 텐트의 불길이 천장을 향해 타오르고 있었다! 생각할 겨를도 없이 겁이 난 나는 바닥으로 뛰어내렸고, 금세 문까지 절반을 갔다. 하지만 다음 0.5초 동안 우리 엄마의 작별인사가 귓가에 울려 퍼져서 나는 다시 침대로 돌아갔다. 불길을 뚫고 고개를 쑥 들이밀어 아기의 허리춤을 끌어내 있는 힘껏 잡아당긴 뒤 우리는 자욱한 연기 속에서 바닥으로 떨어졌다. 나는 다시 아기를 물었다. 그리고는 비명을 지르는 조그만 생명체를 질질 끌어 문밖으로 나와 복도 모퉁이 근처까지 갔다. 주인이 소리를 지를 때 나는 행복함과 자긍심으로 몹시 흥분한 채 여전히 끌어내고 있었다.

"썩 꺼지지 못해, 이 짐승 같은 놈아!" 나는 일단 모면하려고 풀쩍 뛰었지만, 주인은 순간적으로 미친 듯이 화를 내며 나를 쫓아와서는 지팡이로 사납게 두들겨 팼다. 나는 공포에 떨면서 재빨리 이리저리 피했다. 그러다 결국 왼쪽 앞다리를 강하게 후려쳤고, 나는 비명을 지르며 쓰러져 얼마 동안 옴짝달싹 못했다. 지팡이가 또다시 올라와 나를 후려치려 했지만, 다행히도 지팡이는 내려오지 않았다. 유모의 목소리가 걷잡을 수 없이 크게 울렸기 때문이었다. "아기방에 불이 났어요!" 그러자 주인은 소리가 나는 쪽으로 황급히 달려갔고, 나머지 뼈들은 무사할 수 있었다.

몹시 고통이 심했지만 상관없었다. 잠시도 지체할 시간이 없었다. 주인은 언제든 다시 올 수 있었다. 그래서 나는 복도 반대편 끝으로 세 다리를 절뚝거리며 갔는데, 그곳에는 오래된 상자 등등의 것들이 보관된 다락방으로 이어지는 어둡고 좁은 계단이 있었다. 사람들이 그 다락방에는 좀체 가지 않는다는 말을 들었기 때문이었다. 나는 가까스로 그곳으로 기어 올라가 잡동사니들 사이로 어둠 속을 헤치며 길을 더듬었고, 찾아낼 수 있는 가장 은밀한 곳에 숨었다. 두려움 때문에 거기에 숨는다는 게 바보 같았지만, 여전히 나는 두려웠다. 알다시피 낑낑거리기라도 하면 고통을 덜어주기 때문에 조금이라도 편안해졌을 텐데, 두려움에 사로잡힌 나머지 나는 아픔을 억누르며 거의 낑낑거릴 수도 없었다. 다리를 핥을 수 있다는 게 그나마 도움이 됐다.

30분 동안 아래층에는 소란이 일었다. 여기저기서 외치는 소리와 허둥지둥 뛰어다니는 발걸음 소리가 들리다가 다시 조용해졌다. 내 정신상태에는 몇 분 동안 잠잠해진 게 오히려 반가운 일이었다. 그 뒤 두려움이 조금 누그러지기 시작했기 때문이었다. 두려움은 고통보다 더 끔찍했다. 아, 훨씬 더 끔찍했다. 그러고 나서 들려오는 소리에 내 몸은 얼어붙었다. 그들이 나를 부르고 있었다. 나를 붙잡으려고 내 이름을 부르고 있었다!

약간 멀리서 들려오는 소리였지만 그렇다고 해서 공포심에서 벗어날 순 없었다. 그것은 내가 지금까지 들었던 소리 중에 가장 무시무시한 소리였다. 그 소리는 모든 곳에서, 사방에서, 저 아래에서도 났다. 복도를 따라, 모든 방들에서, 두 층 다에서, 지하실과 지하 저장고에서도 났다. 그런 다음에는 바깥에서, 멀리 더 멀리서 났다가 다시 돌아와서 집 구석구석에서 났다. 나는 그 소리가 절대로, 절대로 멈추지 않을 거라고 생각했다. 하지만 그 소리는 마침내 멈추었고, 몇 시간이 지난 뒤 다락방을 비추던 희미한 어스름은 이미 오래 전에 칠흑 같은 어둠으로 완전히 뒤덮였다.

그 평화로운 정적 속에서 공포심이 차츰 사라지자 마음이 평온해지면서 잠이 들었다. 푹 쉬었다고 생각했는데, 깨어보니 여명이 다시 밝아오기도 전이었다. 꽤 편안해진 기분이 든 나는 이제 계획을 세울 수 있었다. 나는 아주 좋은 계획을 생각해냈다. 뒤쪽 계단 아래로 살금살금 쭉 내려가서 지하 저장고 문 뒤에 숨어 있다가, 새벽에 얼음배달부가 와서 냉장고 안에 얼음을 채워 넣는 동안 재빨리 빠져나가 도망치는 것이었다. 그런 뒤 하루 종일 숨어 있다가 밤이 찾아오면 여행을 시작할 것이다. 어디로 갈까? 음, 그들이 내가 어디 있는지 모르는 곳이라면 어디든지, 그리고 주인에게 내가 어디 있는지 누설하지 않는 곳이라면 어디든지 갈 것이다. 이제 거의 기운이 나는 느낌이었다. 그때 불현듯 이런 생각이 들었다. 아니, 이런, 내 새끼가 없는 나의 삶은 어떻게 되겠는가!

절망이었다. 나를 위해 세운 계획은 없었다. 지금 있는 곳에 머물러야 한다는 것을 알았다. 거기서 머무르고 기다리면서 어떤 일이 닥쳐오든 받아들여야 했다. 어떤 일이 닥치든 그것은 내가 상관할 문제가 아니라고, 그것이 삶이라고, 우리 엄마는 말씀하셨더랬다. 그때, 자, 바로 그때, 나를 부르는 외침이 다시 시작되었다! 슬픔이 되살아났다. 주인이 절대 용서하지 않을 거라고 나는 혼잣말을 했다. 나는 내가 한 무슨 일이 그토록 주인을 증오심에 차게 하고 앙심을 품게 만들었는지 알 수 없었지만, 그런데도 개는 이해할 수 없지만 사람에게는 분명하고도 무시무시한 어떤 것이 있을 거라 짐작했다.

그들은 밤이고 낮이고 부르고 또 불렀다. 내게는 그렇게 보였다. 굶주림과 갈증이 오랫동안 계속되자 나는 거의 미칠 지경이었고, 몸이 급속히 쇠약해지고 있다는 것을 깨달았다. 이런 상태가 되면 잠을 상당히 많이 자게 되는데, 나 역시 그랬다. 한번은 소스라치게 놀라서 잠에서 깨었는데, 외치는 소리가 바로 이 다락방 안에서 들리는 것 같았기 때문이다! 그리고 실제로 그랬다. 세이디의 목소리였다. 세이디는 울고 있었다. 그 가엾은 것의 입술에서 목이 메도록 내 이름이 불려졌다. 그리고 이렇게 말하는 것을 들었을 때 나는 기쁨에 겨워 내 귀를 의심했다.

"우리에게 돌아와 줘. 아, 제발 돌아와 줘. 그리고 용서해줘. 우린 네가 없어서 너무 슬프단 말이야—"

더할 수 없이 반가운 마음에 조그맣게 낑낑 우는 소리를 내자 다음 순간 세이디가 잡동사니와 어둠 속으로 비틀비틀거리며 뛰어들더니 가족들이 들을 수 있게 소리 질렀다. "찾았어요, 찾았다고요!"

그 후 며칠간, 음, 그들은 어딘가 이상했다. 그레이 부인과 세이디와 하인들이 꼭 나를 떠받드는 것 같다고나 할까. 지금도 충분히 좋은 잠자리를 더 좋게 만들지 못해 안달 난 것 같았고, 먹이에 관해서 이야기하자면, 제철도 아닌 사냥으로 잡은 고기들이나 산해진미와 같은 것들로도 만족할 수 없는 것 같았다. 그리고 이웃과 친구들이 매일 내 영웅적 행위에 대해 들으려고 모여들었다. '영웅적 행위'라는 것은 그들이 부르는 명칭이었고, 그것은 '자식 농사를 잘 지었다'는 것을 의미했다. 나는 엄마가 개 사육장에서 그 단어를 한번 꺼내서 그런 식으로 설명했던 것을 기억한다. 하지만 엄마는 다만 그것은 '같은 무리 안에서 빛을 발하는 것'과 동의어라고만 했을 뿐 정확하게 무슨 뜻인지는 밝히지 않았었다. 그리고 하루에도 열두 번씩 그레이 부인과 세이디는 새로 오는 손님들에게 내가 아기의 생명을 구하려고 목숨 건 이야기를 들려주며 우리 둘 다 화상을 입은 것이 그 증거라고 말했다. 그러면 손님들은 내 주위를 돌며 나를 쓰다듬고 감탄사를 연발했으며 세이디와 엄마의 눈에는 자긍심이 넘쳐흘렀다. 사람들이 내가 왜 다리를 절뚝거리는지 알고 싶어 할 때면 그들은 부끄러워하는 기색을 보이며 화제를 돌렸고, 가끔 사람들이 이런저런 식으로 다리에 대한 질문을 물고 늘어지면 곧 울음을 터뜨릴 것만 같았다.

찬양은 여기서 그치지 않았다. 아주 저명한 주인의 친구분 스무 명이 와서 나를 실험실에 데리고 가서는 내가 마치 어떤 발견의 한 종류라도 되는 것처럼 나에 관해 토론했다. 그중 일부는 말 못하는 짐승이 보인 기적이라며, 가장 훌륭한 본능의 표출로 상기해야 한다고 말했다. 그러자 주인은 열변을 토했다. "그건 본능을 훨씬 넘어서는 겁니다. 그건 이성이에요. 그리고 여러분이나 저 같은 많은 사람들은 이성을 가졌기 때문에 내세에서 구원받을 특권이 있지만, 이성이 부족한 이 가엾고 어리석은 네발 달린 동물은 영원히 사라질 운명을 타고났습니다." 그런 뒤 그는 활짝 웃으며 이렇게 말했다. "세상에, 제가 얼마나 우스운지 아세요? 저의 뛰어난 지성에도 불구하고 제가 추론한 것이라고는 저 개가 미쳐서 내 자식을 죽이고 있다는 것이었습니다. 하지만 저 짐승에게 지성이 없었더라면, 장담하건대 이성이 없었더라면, 제 자식이야말로 영원히 사라졌을 겁니다."

그들은 계속해서 논쟁을 벌였다. 그 모든 주제의 중심에는 바로 내가 있었다. 내게 이렇게 위대한 영광의 순간이 왔다는 것을 엄마가 알면 얼마나 좋을까, 굉장히 자랑스러워했을 텐데.

그런 다음 그들은 광학이라고 부르는 것에 관해 토론했는데, 뇌에 어떤 손상이 가해졌을 때 실명을 일으키는지 아닌지 여부를 논의했으나 합일점을 찾지 못했고, 앞으로 실험을 통해 입증해야 한다고 말했다. 그리고 다음으로, 식물에 관해 토론했는데 나는 이 주제가 흥미로웠다. 여름에 세이디와 함께 씨앗을 심었기 때문이다. 나는 세이디가 구덩이를 파는 것을 도왔다. 여러 날이 지나면 작은 나무가 되거나 꽃이 움튼다는데 어떻게 그런 일이 벌어질 수 있는지 궁금했다. 그런데 정말로 나무가 자라나고 꽃이 움텄다. 내가 말을 할 수만 있다면 저 사람들에게 그 사실에 관해 이야기하고 내가 얼마나 많이 아는지를 보여주면서 그 주제를 활기차게 만들어 줄 수 있을 텐데. 그렇지만 나는 광학에는 관심이 없었다. 그 주제는 따분했고, 다시 그 주제로 되돌아왔을 때는 지루해져서 잠이 들었다.

이내 햇볕이 내리쬐는 상쾌하고 산뜻한 봄이 왔다. 상냥한 그레이 부인과 아이들은 나와 내 새끼를 쓰다듬으며 작별인사를 하고는 친척 집을 방문하러 여행을 떠났다. 주인은 우리와 조금도 어울려 놀아주지 않았지만, 나와 내 새끼는 함께 놀며 즐거운 시간을 보냈으며 하인들이 친절하고 다정했기에 우리는 무척 행복하게 지내며 가족이 돌아올 날만을 손꼽아 기다렸다.

그러던 어느 날 그 남자들이 다시 와서 이제 실험을 할 때라고 말하더니 내 새끼를 실험실로 데리고 갔다. 그들이 내 새끼에게 보여준 관심은 내게는 당연히 커다란 기쁨이었기 때문에 자부심을 가지고 세 다리를 절뚝거리면서 나 역시 그들을 따라갔다. 그들은 토론하고 실험했다. 그런데 갑자기 내 새끼가 꽥 비명을 질렀다. 그들이 내 새끼를 바닥에 내려놓자 내 새끼는 머리가 피범벅이 된 채 비틀거리며 주위를 돌아다녔다. 주인이 손뼉을 치며 소리쳤다.

"자, 내가 이겼습니다. 인정하시지요! 박쥐처럼 눈이 멀었잖아요!"

그러자 모두들 이렇게 말했다.

"그렇군요. 당신의 이론을 증명했으니, 고통받는 인류가 앞으로 당신에게 커다란 빚을 지겠군요." 그러더니 그들은 주인의 주위를 에워싸고는 진심으로 고마워하며 그의 손을 꽉 쥐고 칭찬했다.

하지만 나는 이러한 것들이 거의 들리지도 보이지도 않았다. 즉시 내 사랑하는 어린 새끼가 누워있는 곳으로 달려가 바싹 파고들어 피를 핥았기 때문이다. 내 새끼는 조그맣게 낑낑거리며 내게 고개를 기대었다. 비록 나를 볼 수는 없더라도 엄마의 손길을 느끼게 하는 것이 고통과 통증에 위안이 된다는 것을 나는 가슴으로 알았다. 조금 뒤 내 새끼는 고개를 떨구었다. 내 새끼의 작고 부드러운 코가 바닥에 뉘어졌다. 그리고는 그대로 가만히 있었다. 더 이상 움직이지 않았다.

곧바로 주인은 잠깐 토론을 멈추더니 벨을 눌러 하인을 불러들여 "정원 끄트머리 구석에 묻게"라고 말한 다음 토론을 계속했다. 나는 아주 행복하고 감사해하며 하인 뒤를 따라 걸었다. 내 새끼가 이제는 고통에서 벗어나 잠들었기 때문이었다. 우리는 정원에서 가장 먼 저 끝까지 내려갔다. 아이들과 유모, 그리고 내 새끼와 내가 여름에 놀곤 했던 커다란 느릅나무 그늘이었다. 하인은 그곳에 구덩이를 파냈고, 나는 하인이 내 새끼를 심으려고 하는 것을 지켜보았다. 나는 기뻤다. 내 새끼가 자라서 로빈 아데르처럼 멋지고 잘생긴 개가 될 테니까. 그러면 가족이 집에 돌아왔을 때 멋진 깜짝선물이 될 테니까. 그래서 나는 파는 것을 도우려고 했지만 절뚝거리는 다리가 뻣뻣하게 굳어서, 알다시피 아무런 도움이 되지 않았다. 여러분의 다리도 두 개여야지 그렇지 않으면 소용이 없다는 것을 알고 있지 않은가. 하인은 땅을 다 파내고 작은 로빈을 흙으로 덮은 뒤 내 머리를 어루만졌다. 그리고는 두 눈에 눈물이 그렁그렁 고인 채 이렇게 말했다. "불쌍한 멍멍이, 넌 주인의 아이를 구해줬는데!"

2주 내내 지켜봤지만, 내 새끼는 땅을 뚫고 나오지 않았다! 지난주부터는 서서히 두려움이 스며들고 있었다. 뭔가 끔찍한 일이 생겼다는 생각이 들었다. 그게 무엇인지는 모르지만, 두려움 때문에 괴로워서 나는 하인들이 제일 맛있는 음식을 갖다 줘도 먹을 수가 없었다. 하인들은 나를 다독거리며, 심지어는 밤에도 와서 흐느끼며 말했다. "불쌍한 멍멍아. 이제 그만 포기하고 집으로 돌아오렴. 우리 가슴을 찢어지게 하지 말아줘!" 그런데 이 모든 것이 나를 더욱 두렵게 하고, 무슨 일이 일어난 게 분명하다는 생각이 들게 만들었다. 나는 몸이 너무 쇠약해졌다. 어제부터는 더 이상 발로 서 있을 수도 없었다. 이 시간 내내 하인들은 해가 저물면 다가올 쌀쌀한 밤을 기다리면서 이해할 수 없는 말들을 했다. 그런데 그 말들은 내 가슴에 싸늘한 느낌을 가져왔다.

"불쌍한 동물들 같으니! 마님과 세이디 아가씨는 이런 일이 벌어졌다고는 생각도 못하고 있을 텐데. 아침에 집에 돌아와서 용감한 행동을 한 작은 개가 그동안 어떻게 지냈는지 열심히 물을 텐데. 우리 중 누가 진실을 말할 수 있을 정도로 용기가 있을까? '미천한 작은 친구는 짐승들이 다시는 돌아오지 못할 곳으로 가버렸다고.'"

마크 트웨인Mark Twain

미국의 소설가. 『톰 소여의 모험』, 『허클베리 핀의 모험』, 『왕자와 거지』 등을 썼다. 노예해방과 노예제도 폐지 운동 지지자였으며, 동물권 주창자로 동물학대와 착취에 대한 대중의 인식을 높이는 데 중요한 역할을 했다. 특히 사냥과 생체해부에 강력하게 반대했다. 여러 책들에서 밝힌 바 있듯, 동물들은 말할 능력이 없음에도 불구하고 사고하고 의사소통을 할 수 있다고 믿었다.

마리 폰 에브너에셴바흐 크람밤불리

사람은 누구나 온갖 종류의 것들과 존재들에 대한 애호를 느끼게 마련이다. 그러나 사랑, 그것도 영원한 사랑은, 설사 경험할 수 있다 해도 일생에 오직 한 번만 경험할 수 있다. 이것은 적어도 사냥터지기 호프 씨의 견해였다. 이때까지 그는 여러 마리의 개를 가지고 있었고 그들 모두를 흔쾌히 좋아했지만, 정말 좋아한, 사람들이 말하듯 너무나 좋아해서 잊을 수 없는 개는 단 한 마리, 크람밤불리 뿐이었다. 그는 그 개를 비샤우*에 있는 '사자Löwen'라는 술집에서 삼림지대를 떠돌아다니는 일꾼에게서 샀다. 아니, 엄밀히 말하면 샀다기보다는 교환했다. 개를 처음 본 순간 그는 죽는 날까지 계속될 애착에 사로잡혔다. 근사한 개의 주인은 빈 잔을 탁자에 놓고 앉아 술집 주인에게 욕을 해대고 있었다. 돈을 내지 않으면 두 번째 잔을 주지 않겠다고 했기 때문이었다. 개의 주인은 한눈에 봐도 부랑자였다. 키가 작은 사내로, 아직 젊지만 고목처럼 흙빛 낯에 노란 머리와 노란 수염이 드문드문 나 있었다. 입고 있는 사냥 옷으로 보아 마지막으로 했던 일의 영광이 사라졌다는 짐작할 수 있었으며, 간밤에 축축한 도랑에서 지낸 흔적이 역력했다. 호프 씨는 불량배들과 어울리는 것을 좋아하지 않았지만, 마지못해 그 사내 옆에 앉아 즉시 말을 걸기

*Wischau. 체코 남모라바 주에 위치한 도시로 본래는 비슈코프Vyškov, 독일어로 비샤우이다.

시작했다. 얼마 지나지 않아 이 아무짝에도 쓸모없는 건달이 이미 술집 주인에게 술값으로 엽총과 탄약 주머니를 저당 잡혔으며, 이제는 개를 내놓고 싶어 한다는 사실을 알 수 있었다. 하지만 비열한 구두쇠인 술집 주인은 먹이를 주어야 하는 담보물 같은 건 조금도 관심이 없었다.

호프 씨는 처음에는 개가 마음에 든다는 말을 입 밖에도 꺼내지 않았다. 다만 그즈음 '사자'의 주인이 들여놓은 단치히산 체리 브랜디를 한 병 주문해 이 백수건달에게 열심히 따라 부었다. 이렇게 한 시간쯤 지나자 만사가 해결되었다. 사냥꾼은 같은 술을 열두 병 더 권했고, 이로써 거래는 끝났다. 부랑자가 개를 내주었던 것이다. 부랑자는 자신의 명예를 걸고 개를 내주는 게 절대 쉬운 일이 아니라고 했다. 개의 목에 가죽끈을 맬 때 부랑자의 손이 덜덜 떨렸기에 과연 끈을 마저 다 맬 수 있을까 싶었다. 호프 씨는 조용히 그 동물에게 경탄하며 끈기 있게 기다렸다. 개가 처해있던 형편없는 조건에도 불구하고 무척이나 훌륭한 개였기 때문이다. 기껏해야 두 살 정도 먹은 것처럼 보였다. 털빛은 개를 넘겨준 건달과 비슷했지만 조금 더 짙은 색이었다. 이마에는 좌우로 전나무 잎처럼 가느다랗게 두 갈래로 가르는 흰 반점의 줄이 하나 있었다. 검게 빛나는 두 눈은 컸고, 눈자위는 이슬같이 영롱한 밝은 주황색이었다. 기다란 두 귀는 쫑긋 서 있었으며 모양새도 완벽했다. 발에서부터 멋지게 툭 튀어나온 코와 주둥이까지 어디 하나 나무랄 데가 없었다. 강인하고 유연한 체구는 어떤 찬사의 말로도 부족할 정도였다. 사슴을 물어오는 네 개의 기둥과도 같은 다리는 토끼의 다리보다도 굵지 않았다. 생-뛰베르*에게 맹세하건대, 이 피조물은 독일 기사단의 기사만큼이나 오래되고 순수한 혈통을 가진 게 틀림없었다.

*St. Hubert. 700년경 벨기에 아르덴 숲의 한 수도원에 있던 수도사로 여러 마리의 사냥개를 사육했다. 사냥개의 원조라고 알려진 하운드 역시 그가 사육한 종으로, 흔히 사냥꾼의 수호성인이라 불린다.

사냥꾼은 자신이 성사시킨 이 훌륭한 거래가 내심 크게 기뻤다. 그는 일어나서 백수건달이 드디어 겨우 다 묶은 끈을 잡고는 "개의 이름이 뭐죠?"라고 물었다.

"당신이 낸 것과 똑같은 걸로 하죠. 크람밤불리*라고요"라고 대답했다.

"좋아요. 좋아. 크람밤불리! 자, 이리 와, 얼른 가자!"

하지만 아무리 부르고 휘파람을 불고 끌어당겨도 소용이 없었다. 개는 한사코 그에게 순종하지 않았고, 아직도 주인이라고 여기는 사내 쪽으로 고개를 돌리고 있었다. 사내가 "뛰어가!"라고 명령하며 세차게 발로 걷어찼지만 짖기만 할 뿐, 계속해서 사내 쪽으로 가려고 했다. 호프 씨는 격렬한 싸움을 벌이고 나서야 개를 잡을 수 있었다. 끈에 묶고 재갈을 물려 자루에 넣은 뒤 어깨에 메고 몇 시간을 걸어서 사냥꾼의 오두막으로 옮겨야 했다.

거의 초주검이 되도록 얻어맞고 또 달아나려는 시도를 한 뒤 뾰족뾰족한 목걸이가 달린 쇠사슬에 묶이기를 두 달, 크람밤불리는 마침내 자기가 누구의 소유인지를 깨달았다. 그런데 일단 완전히 복종하게 되자 정말 훌륭한 개였다! 임무 수행에 있어서만이 아니라 열성적인 하인이자 좋은 동료, 충실한 친구이자 보호자로서 일상생활에서 이루는 성취감은 이루 말로 표현할 수 없을 정도였다. 영리한 개들을 두고 "말만 못할 뿐"이라고 흔히 말한다. 하지만 크람밤불리의 경우는 이러한 말로도 부족했다. 주인은 적어도 그 개와 긴 대화를 나누었다. 사냥터지기의 아내는 "불리"라고 경멸스럽게 부르면서 개를 질투했고, 이따금 남편을 나무랐다. 그녀는 청소하거나 닦거나 음식을 만들지 않을 때에는 온종일 조용히 뜨개질을 했다. 그러니 저녁을 먹고 난 뒤 밤이 되어 다시 뜨개질을 시작할 때는 누군가와 수다를 떨고 싶었을 것이다.

*Krambambuli. 단치히 시민권을 획득한 네덜란드 출신 이민자가 설립한 증류소에서 만든 붉은 색의 체리주 명칭. 현재는 적포도주에 진이나 보드카, 럼 등 다양한 종류의 주류를 혼합해서 만든다.

"당신은 불리에게는 그렇게 할 말이 많으면서 나하고는 할 얘기가 아무 것도 없어요, 호프? 짐승하고만 말하다 보니 사람하고 말하는 법을 잊었나 보군요." 사냥터지기는 이 말이 어느 정도 사실이라고 인정했지만 어쩔 도리가 없었다. 나이 든 사람들끼리 할 얘기가 뭐가 있단 말인가? 그들에겐 아이도 없는 데다 젖소를 기르는 것도 허락하지 않았으며 사냥꾼이라는 형편상 길들인 가금류에는 아무런 관심이 없었고, 구운 고기를 내놓아도 별로 관심이 가지 않았다. 한편 삼림이라든가 사냥 이야기는 아내 쪽에서 아무런 흥미가 없었다. 호프는 마침내 이 곤경에서 빠져나갈 탈출구를 발견했다. 크람밤불리에게 말을 거는 대신 크람밤불리에 대해 말을 하기로 한 것이었다. 도처에서 함께 했던 영광에 대해, 사람들이 부러워할 때의 그 짜릿함에 대해, 개에게 엄청나게 많은 액수를 제시했지만 코웃음 치며 거절했다는 이야기들이었다.

2년이 지난 어느 날, 그를 고용한 주인의 아내인 백작부인이 사냥꾼의 집에 들렀다. 그는 이 방문이 의미하는 바를 즉시 알아차렸다. 그리고 상냥하고 아름다운 귀부인이 "친애하는 호프, 내일이 백작님의 생신이신데……"라고 말하는 순간 침착하게 연신 싱글싱글 웃으며 이렇게 말했다. "그래서 마님께서는 백작님께 선물을 드리고 싶은데 다른 무엇보다 크람밤불리만큼 백작님을 기쁘게 해드리는 선물이 없다고 생각하시는군요."

"네, 그래요, 친애하는 호프." 백작부인은 그가 이렇듯 상냥하게 말하자 기쁜 나머지 얼굴에 홍조를 띠며 즉시 감사의 말을 전하고는 개의 값으로 얼마를 지불해야 할지 물었다.

늙은 여우 같은 사냥터지기는 터져 나오는 웃음을 참아가며 몹시 겸손한 태도로 불쑥 이렇게 단언했다. "마님, 만약 개가 성에 머물면서 개끈을 베어 물지도 않고 사슬을 끊지도 않거나, 스스로 목을 옥죄지 않는다면, 공짜로 이 개를 가지셔도 됩니다. 그럴 경우에는 이 개는 제게 더 이상 쓸모가 없으니까요."

그러한 시도는 이루어졌지만 목을 옥죄어 죽는 일까지는 벌어지지 않았다. 그 전에 백작이 그 고집쟁이 동물에게 정나미가 뚝 떨어졌기 때문이다. 우선은 다정하게 대해서 녀석의 마음을 얻어 보려고 했으나 소용이 없었고, 그런 뒤에는 엄격하게 대해도 보았으나 헛수고였다. 가까이 다가오는 사람들을 죄다 물었으며, 먹이도 거부했다. 본래 잃을 살도 별로 없었건만 점점 여위어갔다.

몇 주 지나자 호프는 와서 그의 똥개를 데려가라는 말을 들었다. 그가 지체하지 않고 개집에서 개를 찾는 순간 이루 헤아릴 수 없이 환희에 찬 재회가 이루어졌다. 크람밤불리는 기뻐서 미친 듯 짖어대며 주인에게 뛰어올라 앞발을 그의 가슴에 대고 그의 두 뺨에 흐르는 기쁨의 눈물을 핥았다.

이렇듯 행복한 날 저녁에 그들은 술집으로 갔다. 사냥꾼은 의사와 지배인과 함께 카드놀이를 했고, 크람밤불리는 주인 뒤의 구석에 있었다. 때로 주인이 개를 돌아보면 개는 아무리 깊이 잠들어 있는 것 같다가도 즉시 꼬리를 바닥에 치기 시작하며 '넵, 주인님!'이라고 말하는 것 같았다. 호프가 자제심을 잃고 몹시 흥분하여 "우리 크람밤불리는 어때?"라며 작은 승리의 노래를 부르기 시작할 때면 개는 경의를 표하듯 위엄 있게 일어나 그 환한 두 눈으로 이렇게 대답했다.

"전 아주 좋습니다!"

이 무렵 밀렵꾼 패거리가 백작 소유의 삼림뿐 아니라 인근 전 지역에서 미친 듯 활개를 치고 있었다. 우두머리는 완전히 망나니로 알려져 있었다. 때때로 평판이 나쁜 선술집에서 술 마시고 있는 우두머리를 만난 적이 있는 사냥꾼들과 이따금 그의 뒤를 밟았지만 잡을 수 없었던 사냥터지기들, 그리고 그에게 첩자 짓을 하는 모든 마을의 불량배들 사이에서는 그를 "노란 사나이"라고 불렀다.

그 사내는 정직한 사냥꾼들에게 아주 파렴치한 놈으로 그 자신도 한때는 사냥꾼이나 사냥터지기였음이 틀림없었다. 그렇지 않다면 사냥감이 어디 있는지 그토록 확신을 가지고 추적할 수 없었을 테고 또 자신에게 던져진 갖은 덫을 그토록 노련하게 피할 수도 없었을 테니 말이다.

사냥감과 삼림의 피해가 전례 없는 최고치에 이르렀기에 산림지대 관계자들의 분노는 극에 달했다. 결과적으로 사소하게 산림법을 위반한 사람들이 다른 어느 때보다 더 혹독한 처벌을 받거나 정당하다고 인정받을 수 있는데도 가혹한 벌을 받는 사례가 빈번해졌다. 이를 두고 온 마을에서는 격분했다.

제일 먼저 미움을 샀던 삼림 감독관은 선의의 경고를 여러 번 받았다. 밀렵꾼들이 기회가 닿는 대로 본보기로 그에게 복수를 하기로 맹세했다는 것이었다. 민첩하고 대담한 그는 그 말을 조금도 귀담아듣지 않았다. 대신 부하들에게 모든 위반자들을 가장 극심한 엄벌에 처하라고 지시했으며 그에 따르는 어떤 끔찍한 결과가 오더라도 자신이 모든 책임을 떠안는다는 사실을 널리 알리도록 했다. 그는 항상 사냥터지기 호프에게 직무를 상기하면서 엄격하게 집행하라고 했으며 또 때로는 "투지"가 부족하다고 나무라기도 했다. 노인은 그가 그런 말을 해도 미소만 지을 뿐이었다. 하지만 그럴 때 노인이 위에서 크람밤불리를 내려다보며 슬쩍 윙크하면 개는 체신 없이 큰 소리를 내며 입이 찢어지게 하품을 했다. 개도 호프도 삼림 감독관을 나쁘게 생각하지 않았다. 호프는 자신에게 고귀한 사냥의 기술을 가르쳐 준 사람이 바로 삼림 감독관의 아버지라는 사실을 한시도 잊지 않았다. 그리고 그 역시 삼림 감독관이 어린 꼬마였을 때 사냥의 기본을 가르쳐 주었다. 한때 그를 가르치느라 애 꽤나 썩었지만 돌이켜보면 아직도 즐거웠다. 그는 한때의 학생을 자랑스럽게 생각했고, 다른 사람들에게 대하는 것과 똑같이 자신을 거칠게 대하는데도 불구하고 그를 무척 좋아했다.

6월의 어느 날 아침, 그는 처벌을 하는 현장에서 다시 삼림 감독관과 마주쳤다.

"백작의 숲"에 아주 가까운 멋들어진 공원의 맨 끝에 보리수 숲이 있었는데 삼림 개간지에서 그리 멀지 않은 곳으로, 삼림 감독관이 지뢰를 부설하여 보호할 정도로 좋아하는 곳이었다. 보리수 꽃이 흐드러지게 피어 있었고, 한 패거리의 사내들이 그 사이로 오가고 있었다. 그들은 다람쥐처럼 멋진 나뭇가지 사이로 기어 올라가서는 잡을 수 있는 온갖 가지란 가지는 모두 꺾어 땅에 내던지고 있었다. 두 아가씨가 황급히 나뭇가지들을 주워 바구니에 담고 있었는데, 바구니에는 이미 반 이상 향기로운 약탈물로 채워져 있었다. 삼림 감독관은 걷잡을 수 없는 분노에 사로잡혔다. 그는 부하들에게 녀석들이 아무리 높은 곳에서 떨어지더라도 신경 쓰지 말고 나무를 흔들라고 말했다. 사내들은 삼림 감독관의 발치에서 흐느끼거나 울부짖으며 기어 다녔다. 한 녀석은 얼굴이 찢겨졌고, 한 녀석은 팔이 탈골되었고, 또 한 녀석은 다리가 부러졌다. 감독관은 두 아가씨를 손으로 사정없이 때렸다. 호프는 그중 한 아가씨가 "노란 사나이"의 애인으로 소문난, 경박한 창녀라는 것을 알아보고는 기분이 몹시 꺼림칙했다. 아가씨들의 바구니와 숄, 사내들의 모자를 증거물로 압수해 호프에게 재판정으로 가져가라고 지시했을 때 호프는 불길한 예감이 들지 않을 수 없었다.

울부짖는 죄인들을 둘러싸고 지옥의 악마처럼 무시무시하게 격노한 삼림 감독관이 명령을 내린 이 말이 사냥터지기가 마지막으로 들은 말이었다. 일주일 뒤 그는 다시 보리수 숲에서 감독관을 다시 만났으나 이미 죽은 뒤였다. 시체가 발견된 상태를 보니 그 특정한 지점에 보란 듯이 내보이려고 돌무더기의 땅과 늪지대 위를 질질 끌고 왔다는 것을 알 수 있었다. 감독관은 잘린 나뭇가지 위에 놓여 있었고, 이마에는 보리수 꽃을 엮은 화환이 놓여 있었다. 또 다른 화환 하나는 어깨에 탄띠 모양으로 엮여져 있었다. 옆에 놓인 그의 모자에는 보리수 꽃들이 가득 차 있었다. 살인자는 탄약 주머니만 남겨 놓은 채 탄약을 뺀 뒤 그 안에 보리수 꽃을 넣어놓았다.

뒤에서 장전하는 후장後裝총은 없어지고 대신 총부리가 넓은 구식의 나팔총이 그 자리에 있었다. 나중에 감독관의 가슴에서 그의 죽음을 초래한 총알을 빼내고 보니 감독관의 어깨에 걸쳐져 있는 나팔총의 총열에 꼭 들어맞았다. 시체를 본 순간 호프는 경악하며 그 자리에서 꼼짝도 하지 않았다. 손가락 하나도 까딱할 수 없었고 뇌는 마비된 것 같았다. 그저 계속해서 쳐다보기만 할 뿐, 처음에는 아무 생각이 나지 않았다. 시간이 조금 지난 뒤 정신이 돌아온 그는 속으로 이렇게 자문했다. '개가 있는데 뭐가 문제야?'

크람밤불리는 시체의 냄새를 킁킁거리더니 정신이 나간 것처럼 시체 주변을 뛰어다녔다. 코는 계속해서 땅에 박고 있었다. 낑낑거리는 소리를 내는가 하면, 환희에 차 귀청이 찢어질 듯 컹컹 짖으면서 앞으로 달려나갔다가는 다시 되돌아와 짖곤 했다. 마치 꼭 오래전에 잊고 있었던 기억이 되살아난 것처럼 행동했다.

"이리 와." 호프가 불렀다. "이리 오라고!" 크람밤불리는 복종했지만 몹시 흥분한 표정으로 주인을 올려다보았다. 사냥터지기가 수시로 말하곤 했던 것처럼, 이렇게 말하는 것 같았다. '제발 부탁인데요, 아무것도 안 보이세요? 아무 냄새도 나지 않냐고요? …… 아, 사랑하는 주인님. 보세요, 냄새를 맡아 보시라고요! 주인님, 제발요! 어서 이리로 오세요!' 그러고는 사냥꾼의 무릎에 주둥이를 올려놓은 뒤, 주위를 둘러보며 다시 시체가 있는 곳으로 어슬렁어슬렁 움직였다. 꼭 이렇게 말하는 것 같았다. '따라오세요!' 그러고는 그 묵직한 총을 들어 올려 밀기 시작했다. 입으로 물려는 의도가 분명해 보였다.

사냥꾼은 등골이 오싹해지면서 별의별 생각이 다 떠올랐다. 하지만 사건과 관련된 추측은 그가 관여할 일이 아니었으며, 더욱이 당국에다 그들이 해야 할 업무를 가르치는 것도 그하고는 상관없는 일이었다. 대신 그는 자신이 발견한 끔찍한 시신을 손도 대지 않고 그 자리를 떴다. 즉, 이 경우에는 사법당국에 곧장 가는 게 그의 일이었다. 그래서 그는 순전히 자신이 해야 할 일이라고 생각한 것을 했다.

사법당국에 가서 법률에 규정된 온갖 형식적인 절차를 마치고 나니 꼬박 하루가 걸렸다. 한밤이 되어서야 호프는 자러 가기 전에 개와 다시 한번 상의할 시간을 갖게 되었다.

"크람밤불리. 경찰이 이제 움직이고 있어. 수도 없이 왔다 갔다 할 거야. 우리 삼림 감독관을 쏴 죽인 악당을 다른 사람들의 손으로 끝장내야 하다니! 넌 그 비열한 놈팽이를 알고 있지. 그래, 아주 잘 알고 있지! 하지만 아무도 그 사실을 알아선 안 돼…… 난 한마디도 하지 않았어…… 나는…… 아, 개한테 이런 얘기를 하다니…… 이런 생각이나 하고 있다니!" 그는 무릎 사이에 앉아있는 크람밤불리 위로 고개를 숙여 개의 머리에 뺨을 댔다. 개가 고맙다는 듯 애정을 표했다. 그와 동시에 그는 잠이 들 때까지 "우리 크람밤불리는 어때?"를 읊조렸다.

심리학자들은 범죄자들이 반복적으로 자주 범행 장소로 돌아가는 기이한 충동을 설명하려고 애써왔다. 호프는 이러한 학문적인 내용에 대해서는 아는 바가 전혀 없었는데도 개를 데리고 꾸준히 보리수 숲 근처를 돌아다녔다.

삼림 감독관이 죽은 지 열흘째 되는 날, 그는 처음으로 몇 시간 동안 복수 이외의 것을 생각하고 있었다. 그는 "백작의 숲"에서 다음번에 베어낼 나무들을 표시하는 데 몰두하고 있었다.

일을 마치자 그는 다시 엽총을 매고 지름길로 숲을 가로질러 보리수 숲 근처에 있는 개간지로 향했다. 너도밤나무 울타리를 따라 난 오솔길에 막 들어선 순간, 나뭇잎들 사이에서 바스락거리는 소리를 들은 것 같았다. 하지만 그 직후에는 깊은 정적만이, 한없이 깊은 정적만이 흘렀다. 만약 개가 그렇듯 비상한 관심을 쏟지 않았더라면 잘못 들었겠거니 했을 터였다. 개는 털을 곤두세우고 고개를 쑥 내밀고 꼬리를 바짝 세운 채 울타리의 특정 지점을 응시하고 있었다. 오호라! 호프는 생각했다. 꼼짝 말고 기다려라, 이놈! 그런 뒤 나무 뒤로 걸어가서 조준했다. 얼마나 심장이 벌렁벌렁거리던지 평소에도 약간 숨이 찼었지만 이번에는 거의 숨이 멎을 지경이었다. 그때 갑작스럽게 그 "노란 사나이"가 울타리에서 오솔길로 나왔다. 두 마리 토끼 새끼가 망태기에서 대롱거렸고 어깨 위 가죽 줄에는 호프가 무척이나 잘 아는 삼림 감독관의 후장총포가 매어져 있었다. 이제 안전하게 숨어서 저 무뢰한을 쏘아 죽이고픈 마음이 간절했다.

하지만 아무리 세상에서 제일 흉악한 놈이라 할지라도 사냥꾼으로서 호프는 아무런 경고도 없이 총을 쏘는 사람이 아니었다. 그는 숨어있던 나무에서 오솔길로 뛰어나와 외쳤다. "손 들어, 이 망할 놈아!" 그때 밀렵꾼이 한 유일한 응답은 자신의 어깨에서 후장총포를 휙 낚아채는 것이었다. 사냥꾼은 총을 발사했다……. 하늘에 대고 맹세코 명중이었다. 그런데 총이 탕하고 터지는 대신 딸깍 소리를 냈다. 총을 너무 오랫동안 축축한 숲 속 나무에 두어서 뇌관이 노출되었기에 제대로 점화되지 않은 것이었다.

이렇게 세상을 하직하는구나. 노인은 생각했다. 그런데 아니었다! 바로 그 순간 그의 모자만 총탄에 구멍이 뚫리면서 풀숲으로 날아갔다…….

상대도 운이 없기는 마찬가지였다. 그것은 그의 마지막 총알이었다. 또 쏘기 위해서는 자루에서 탄창을 꺼내야 했다…….

"덤벼들어!" 호프가 개에게 목이 쉬도록 외쳤다. "가서 달려들어!"

"이리 와, 크람밤불리. 이리 와." 개는 예전에 알았던, 그토록 좋아했던 애정 어린 목소리를 들었다…….

그러나 개는―.

무슨 일이 벌어졌는지 설명할 수 없을 정도로 짧은 순간이었다.

크람밤불리는 자신의 첫 주인을 알아보고는 그를 향해 중간쯤까지 달려갔다. 그때 호프가 휘파람을 불자 개는 돌아섰다. 또 "노란 사나이"가 휘파람을 불자 다시 돌아섰다. 개는 사냥꾼과 밀렵꾼 사이의 한가운데 지점에서 절망에 빠진 채 오도 가도 못하고 있었다…….

마침내 이 가엾은 동물은 절망적이면서도 불필요한 싸움을 포기하고, 번민으로 가득 찬 의혹을 끝냈다. 비록 그 번민이 그들이 초래한 것은 아닐지라도 말이다. 신음하고 낑낑거리면서, 배를 땅에 대고, 몸을 활시위처럼 팽팽하게 당기고, 마음의 번민을 하늘에 맹세하는 것처럼 고개를 하늘 높이 쳐들더니 첫 주인에게로 갔다.

이 모습을 보자 호프는 피가 거꾸로 솟는 듯했다. 그는 떨리는 손가락으로 새로운 뇌관을 채우고 냉정하고 침착하게 목표를 조준했다. "노란 사나이" 역시 어깨 위로 총신을 들려 올렸다. 이번엔 끝이다. 서로를 겨냥하고 있는 두 사람은 그것을 알고 있었다. 결과가 어찌 되건 그들은 마치 그림 속 한 쌍의 저격수처럼 평온한 모습으로 서로를 겨냥하고 있었다.

두 발의 총알이 날아갔다. 사냥꾼의 총알은 적중했고, 밀렵꾼의 총알은 빗맞혔다.

이유가 뭘까? 밀렵꾼이 방아쇠를 당기는 순간, 개가 그에게 기뻐서 미친 듯 뛰어올라 그의 얼굴을 핥는 바람에 목표물이 흔들렸던 것이다.

"이 개새끼!" 밀렵꾼은 낮은 소리로 욕하더니 뒤로 나자빠져서는 더 이상 움직이지 않았다.

밀렵꾼을 처형한 사내가 천천히 다가왔다. 네가 자초한 일이야. 사냥꾼은 생각했다. 산탄 한 알의 가치도 없는 놈. 그럼에도 불구하고 사냥꾼은 총을 땅에 세우더니 다시 장전했다. 개가 혀를 축 늘어뜨린 채 숨을 헐떡거리며 그 앞에 똑바로 서서 바라보고 있었다. 준비를 마친 사냥꾼은 총을 다시 쥐더니 이야기를 나눴다. 비록 죽은 사람이 아니라 살아있는 사람이었더라도 제삼자로서는 그들이 나누는 대화를 한 마디도 이해하지 못할 터였다.

"이 총알이 누구 것인지 알고 있나?"

"예, 짐작이 갑니다."

"탈영병, 배반자, 본분과 충성심을 잃은 협잡꾼!"

"예, 주인님. 맞습니다."

"너는 나의 기쁨이었다. 하지만 이제 끝났다. 나는 이제 네게서 어떤 기쁨도 느끼지 못할 것이다."

"예. 주인님. 지당하신 말씀입니다." 크람밤불리는 누워서 앞발을 내밀더니 그 위에 머리를 대고는 사냥꾼의 얼굴을 들여다보았다.

그랬다, 그 빌어먹을 짐승이 그의 얼굴을 들여다보지만 않았더라면! 그랬다면 그는 그 자리에서 재빨리 결판을 냈을 것이고 자신이나 개의 고통을 그만큼 덜어줬을 것이다. 그런데 그게 안 되었다! 그렇듯 쳐다보는 동물을 과연 누가 쏠 수 있단 말인가? 호프는 치를 떨며 욕을 몇 마디 중얼거리고는 어깨에 총을 메고 밀렵꾼에게서 토끼 새끼를 빼앗은 다음 자리를 떴다.

사냥꾼이 나무 사이에서 사라질 때까지 눈을 떼지 못하던 개는 일어나서 온 숲이 울리도록 가슴이 미어지게 울었다. 개는 몇 차례 빙빙 돌더니 다시 죽은 자 옆에 앉았다. 호프가 황혼녘에 밀렵꾼의 시체를 검사한 뒤 치우려고 사법 당국 관계자들을 이끌고 왔을 때도 개는 여전히 그 자리에 있었다. 사람들이 가까이 오자 크람밤불리는 몇 걸음 뒤로 물러났다. 그들 중 한 명이 사냥꾼에게 "저거 당신 개잖아요"라고 말했다. "시체를 지키라고 놔두었습니다." 호프가 대답했다. 진실을 고백하기에는 부끄러웠던 때문이었다. 하지만 그게 무슨 소용이 있겠는가? 진실은 드러나기 마련이다. 시체가 수레에 실려 가고 있을 때 크람밤불리가 고개를 푹 숙이고 꼬리를 다리 사이에 감춘 채 수레 뒤를 따라갔던 것이다. 다음날 법정의 직원이 개가 "노란 사나이"의 시체가 누워있는 영안실 주위를 맴도는 모습을 보았다. 직원은 개를 발로 한 대 차며 "집으로 돌아가!"라고 소리쳤다. 크람밤불리는 이를 드러내 으르렁거리며 사냥꾼의 집 방향으로 도망쳤다고 직원이 말했다. 그러나 개는 집에 오지 않았다. 그와 달리 개는 비참한 방랑 생활을 했다.

들개처럼 뼈와 가죽밖에 안 남은 크람밤불리는 가난한 소작인들이 사는 마을 주변을 어슬렁거렸다. 어느 날 개는 마을 제일 끝의 오두막 앞에 서 있던 어린아이에게 달려들어 아이가 먹고 있던 딱딱한 빵 조각을 낚아챘다. 아이는 겁에 질려 있었지만, 작은 스피츠가 오두막에서 뛰어나와 도둑에게 캉캉 짖었다. 크람밤불리는 곧바로 먹이를 떨어뜨리고는 도망갔다.

그날 밤, 호프는 잠자기 전에 창가에 서서 별빛이 반짝이는 여름밤을 내다보고 있었다. 그는 초원 너머 숲 가장자리에서 자신의 개가 지나간 시절의 행복했던 풍경을 간절히 바라보며 시선을 고정시킨 채 앉아있는 것을 본 것 같았다. 세상에서 가장 충실한 그 개가 주인 없는 개가 되어 있었다.

사냥꾼은 덧문을 닫고 잠자리에 들었다. 하지만 잠시 후 일어나 다시 창가로 갔다. 개는 그 자리에 없었다. 다시 누워 자려고 했으나 잠을 이룰 수가 없었다. 더 이상 참을 수가 없었다. 지난 일은 훌훌 털고 잊어버리자……. 그는 개가 없다는 것을 더 이상 참을 수 없었다. 집에 데려와야겠어. 그는 생각했다. 그런 결심을 하자 그는 다시 태어난 것 같았다. 동이 틀 무렵 그는 옷을 걸치고 아내에게 점심 먹을 때 기다리지 말라고 말 한 뒤 서둘러 나갔다. 하지만 문을 여는 순간, 그의 여정은 끝났다. 발이 무언가에 부딪혔다. 크람밤불리가 문간에 죽은 채로 있었다. 녀석의 머리는 감히 다시 뛰어넘지 못했던 문지방을 베고 있었다.

사냥꾼은 그를 잃은 슬픔을 이겨낼 수 없었다. 가장 행복했던 순간은 녀석을 잃었다는 사실을 잊고 있던 때였다. 그런 뒤 그는 행복했던 기억에 잠겨 익히 잘 알려진 말투인 "우리 크람밤불리는 어때……"를 읊조렸다. 하지만 중간에 멈추고는 머리를 흔들며 깊은 한숨을 내쉬며 말했다. "참으로 아까운 개였어."

마리 폰 에브너에셴바흐Marie von Ebner-Eschenbach

오스트리아의 작가로 처음에는 서정시와 희곡을 썼으나 소설 『시계 파는 처녀 로티』로 명성을 떨친 후, 19세기 독일 최고의 여성작가가 되었다. 윤택하고 부유한 환경에 있으면서도 가난한 소농민이나 사회적으로 학대받는 소시민에게 따뜻한 관심을 보였으며 선의와 의무감을 중시하는 교육적인 면도 농후했다.

저물녘 앉아있던 자리

너는 최고였어. 세상에서 제일 상냥했어.

온전히 나의 것이었던 마지막이었어.

잘 가, 아가야

스탠리 빙 세상에서 가장 아름다운 아이

티 없이 맑은 늦가을이었던 것 같다. 보스턴은 초록빛과 금빛, 온갖 종류의 밝은 오렌지빛과 주홍빛이 오묘하게 섞인 페이즐리 무늬 같았고, 공기는 산뜻하고 상쾌했다. 무엇이든 가능할 것만 같은 가을이었다. 보스턴 레드삭스는 지금까지 열린 월드시리즈에서 이제 막 여섯 번째로 승리를 거머쥐었다. 닉슨은 1년 전에 사임했고, 마약은 미국인들에게는 여전히 스크래플*과도 같았으며, 섹스는 적어도 육체적으로는 다시없을 정도로 안전했다. 나는 내 애간장을 태우는 장차 전 약혼녀가 될 도리스와 함께 레드노선 승강장에 서 있었다. 1972년과 1976년 사이에 그녀는 그랬다. 초저녁이었다. 역 저 끝에 이제 막 강아지 시절을 벗어난 중간 크기의 콜리 비슷한 개가 한 마리 함빡 웃으며 앉아있었다. 지나치게 착잡하게 바라보는 시선에도 상관없이 개의 두 눈은 더할 나위 없이 착한 본성과 신뢰로 빛나고 있었다. 개는 혼자였다.

"안녕." 내가 말을 하자 개가 다가오더니 내 손을 조심스럽게 핥았다. 나는 잠시 개를 긁어줬다. 개는 위엄 있는 자태로 한 바퀴 크게 돌더니 드러누웠다. "하느님은 우리 앞에 선택권을 놓아둘 때가 있다"라는 말이 떠올랐던 것으로 기억한다. 나는 당시 종종 그런 생각을 하곤 했다. 우리는 개를 데리

*scrapple. 잘게 썬 돼지고기 · 야채 · 옥수수 가루로 만든 튀김 요리.

고 왔다. 그 말이 무슨 뜻인지를 이해했을 때 개는 미친 듯이 내 얼굴을 핥으려고 수직으로 포물선을 그리며 뛰어올랐고, 전체적으로 활기 넘치는 표현을 해대 웃음이 터져 나왔다.

세상 사람들의 시각에서 보자면 적절치 않은 행동이었다. 처음으로 묶는 줄을 어떻게 만들까 궁리하다가 도리스는 데님천으로 만든 커다란 가방에서 보라색 실을 한 타래 찾아냈다. 스웨터를 짜는 데 족히 3년은 걸리고 있었기 때문에 스웨터의 완성은 우리 관계의 끝을 의미하는 게 될 터였다. 나는 개의 목둘레에 실을 여러 번 감았지만 별 도움이 안 되었다. 집에 안전하게 데려가려면 개를 들어 올려 아기처럼 붙잡고 있어야 했다. 그것은 개에게는 어처구니없는 자세로 대부분 벗어나려고 발버둥 치는데 그 개는 그렇지 않았다. 개는 내 품에 안겨 하늘을 향해 발을 쑥 내밀고, 상냥한 미소를 활짝 띤 머리를 나른하게 늘어뜨린 채, 혀는 입 언저리에 척 걸치고, 두 눈은 마치 '이봐, 이거 아주 좋은데! 왜 진작 생각하지 못했어?'라고 말하는 것처럼 나의 눈을 차분하게 요리조리 뜯어보고 있었다.

당시 나는 1년에 8천 달러를 벌었다. 내 차는 구식 닛산 닷선Nissan Datsun이었는데, 기본적으로 바닥에 바퀴가 달려있었고 외관은 양철로 되어 있었다. 식단은 도넛과 땅콩버터, 깡통에서 바로 꺼낸 셰프 보야디 라비올리*로 이루어져 있었다. 집은 추웠다. 집세는 방 여섯 개에 월 155달러였다. 도리스와 나는 부엌일에 대한 정견조차도 일치할 수 없었기 때문에 싱크대에는 집안의 모든 접시들이 눈높이만큼이나 쌓여있었다.

나는 개의 이름을 엘리자베스라고 지었다. 키: 약 76센티. 몸무게: 15킬로그램. 눈: 갈색. 혀: 붉은색. 꼬리: 풍성한 깃털 모양. 순백색의 털은 빽빽하고 윤

*Chef Boyardee ravioli. 상표명. 간단히 데워 먹는 인스턴트식품.

기가 자르르 흐르며 풍성해서 사람들은 나중에 털을 깎아 그걸로 세라피*를 만들자고 제안했다. 리즈는 여름에 털을 엄청나게 내뿜었다. 겨울에는 더 했다. 옷과 가구는 온통 섬세한 하얀 아마섬유로 겹겹이 뒤덮였다.

어렸을 때, 엘리자베스의 배는 아기 엉덩이만큼이나 분홍색이었고, 상쾌하고 자극적이면서도 놀라울 정도로 달콤한 개 냄새가 났다. 성격이라? 신이 엘리자베스를 만들었을 때, 신은 어떤 악의도, 교활함도, 공격성도 추가하는 것을 잊어버린 게 분명하다는 것이 내가 말할 수 있는 전부다. 심지어는 다람쥐도 쫓아다니지 않았다. 다른 개가 공격하면 곧바로 등을 바닥에 대고 굴러다니며 부드러운 아랫배를 드러내면서 이런 메시지를 분명하게 전했다. '얼른 나를 죽여. 난 괜찮아. 하지만 난 그게 당최 쓸데없는 체력 낭비라고 생각해. 그냥 내 생각은 그렇다고.'

엘리자베스는 살면서 살아있는 동물들 때문에 상처를 입은 적이 한 번도 없었다. 크게 영리하진 않았지만, 영리함을 최대한 활용했다. "세상에서 제일 사랑스러운 개야"라고 한 친구가 말했다. "하지만 아이큐는 벽돌과 실내에서 키우는 화초 사이쯤일걸." 사람들이 어떤 품종인지 물었을 때 우리는 "좀 모자란 멕시코종"이라고 말하곤 했다. 우린 얼마나 웃었던지! 돌이켜보면 이건 좀 불공평해 보인다. 어떻게 개가 자신이 가진 생각을 변론할 수 있겠는가? 말도 안 된다. 사실상 엘리자베스는 침묵했다. 컹컹 짖지도, 으르렁거리지도, 낑낑거리지도 않았다. 14년 동안 아마 세 번 정도나 목소리를 들었을 것이다. 그래서 리즈가 짖을 때마다 나는 늘 화들짝 놀랐다.

나는 도리스와 헤어졌고, 내가 살기 전까지는 꽤 괜찮았던 집을 빌렸다. 당시 나는 집안 살림에 젬병인지라 그곳은 책임감 있는 사람이 사는 곳이라

*라틴 아메리카에서 남자가 어깨에 걸치는 기하학 무늬의 모포.

고는 보기 어려울 정도로 엉망진창이었다. 많은 밤을 리즈와 함께 보냈으며 우리는 비스킷을 먹고 영화 '찰리 챈'을 보면서 새벽까지 깨어 있었다. 리즈의 코는 크고 거무튀튀하고 축축했으며 손으로 꽉 쥐기에 완벽했다. 내 옆에 앉아 몇 시간이고 끝없이 내 손을 핥는 것을 무척 좋아했다. 내 손을 핥을 때 리즈는 일종의 무아지경에 빠졌던 것 같다. 그래서 이따금씩 그만하라고 찰싹 때려야 했다. 그 어떤 동거인도 리즈보다 나와 더 잘 맞을 수는 없을 것이다.

어느 날 오후, 리즈는 침대 밑에서 아작아작 씹어대던 신발을 한 짝 찾다가 아주 얇고 고운 솜털로 뒤덮인 파란색의 둥그런 공을 하나 찾아냈다. 한때는 오렌지였던 것이 이제는 건드리기에도 생경한 물컹물컹한 것이 되어 있었다. 조금이라도 분별력 있는 사람이라면 당장 던져버렸을 것이다. 나는 리즈가 그것을 가지고 놀고 있는 것을 발견하고는 빼앗아 치워버렸다. 그 일이 있고 얼마 지나지 않아, 온 나라가 독립 200주년을 맞이하고 있을 때 나는 미래에 아내가 될 사람을 만났다. 오래잖아 우리는 동거 비슷한 것을 했다. 그녀가 사는 건물에선 개를 키우는 게 금지되어 있었기 때문에 엘리자베스는 내 아파트를 대신 지켜줘야 했다. 얼마의 시간이 흐른 뒤, 우리 집은 개판이 되어 있었다. 나는 당연하다고 생각했다. 내용물이 텅 빈 사료인 알포와 내 라비올리 깡통이 방안에 어질러져 있었고, 긴 두루마리 휴지가 사방에 도배를 하고 있었다. 지루해졌을 때 리즈는 휴지를 질질 끌고 다니면서 확 뒤집거나 획 젖히고 노는 것을 좋아했기 때문이다. 또, 커다란 가방을 찢어 그 안에 들어있는 내용물을 다 쏟아놓은 채였다.

리즈는 바쁘게 지냈다. 또한 주기적으로 달아났다. 문이나 창문을 열면 밖으로 뛰어나갔다. 어느 날 아침에는 방충망을 찢더니 그 틈새로 거리로 내달렸다. 나는 리즈를 나무라지 않았다. 그곳은 개구멍이었다. 1층에 사는 것은 좋았다. 리즈가 달리기를 좋아했기 때문이다. 그거면 족했다. 나는 이틀에 한 번씩 근처 축구장으로 데리고 가곤 했다. 그곳엔 울타리가 쳐져 있었기에 목줄을 풀어 자유롭게 해주었고, 격심한 활동과 즐거움으로 심장이 터지지 않을까 걱정할 때까지 리즈는 그 거대한 구역을 엄청나게 전력 질주하면서 빙빙 돌았다. 그런 다음 차 뒷좌석에 태우면 리즈는 꿈을 꾸는 동안 숨을 아래위로 들썩거리며, 털을 내뿜으며 잠이 들었다. 좋았다.

집에 이어 차도 개의 것이 되었다. 우리는 결혼했고, 아내와 내게는 잠시 동안 엘리자베스가 유일한 자식이었다. 리즈는 많은 사랑을 받았다. 1년 뒤, 우리는 도시로 이사했고 리즈도 우리와 마찬가지로 도시 생활에 적응하는 법을 배웠다. 산책을 마치고 집에 돌아오면 목줄을 풀어 방 세 칸에 이르는 긴 복도를 달리도록 내버려 두었다. 사냥개의 습성을 가진 리즈는 꼬리를 궁둥이 밑에서 최대한 공기 역학적으로 들어 올리고 밀치면서 복도를 내달렸고, 결국에는 벽에 쾅 하고 부딪힌 뒤 고개를 돌려 훨씬 더 엄청난 속도로 다시 달렸다. 리즈는 젊고 활기찼으며, 말문이 막힐 정도로 활력이 넘쳐흘렀다.

우리는 이제 도시의 의례를 따르는 가진 도시인이었다. 친구를 방문하려고 여름 공동체에 갔을 때, 리즈도 같이 갔다. 당시는 사슴 진드기가 발생하기 전이라 해변을 자유롭게 뛰어다니며 파도가 휩쓸어버릴 때까지 파도를 쫓아다녔기에 나는 결국 리즈를 떠밀려가는 파도 속에서 구출해야 했다. 어느 날 밤, 참깨 국수와 닭고기를 먹으려고 돌아왔을 때 여주인은 샐러드를 바닥에 내려놓을 수밖에 없었다. 식탁이 낑낑거리는 소리로 가득 찼기 때문이었다. 촛불을 켜고 이야기를 나누고 있을 때 우리는 엄청나게 입맛을 다시며 찹찹거리는 소리를 들었다. 탁자 밑을 보았다. 리즈가 아루굴라와 염소젖으로 만든 치즈와 햇볕에 말린 토마토를 깨끗이 먹어치우고 있었다.

리즈는 고개를 들어 우리를 보았다. 비니그레트 드레싱이 수염에서 번들거리며 뚝뚝 떨어지는 꼴이 꼭 이렇게 말하는 것 같았다. '우와! 이거 정말 맛있네. 배가 부르진 않는데도 말이야. 근데 닭뼈는 좀 발라주면 어떨까?' 리즈에게 있어 먹다 남긴 가금류의 몸통은 궁극의 진미였다. 한번은 부엌 조리대 위에 은박지에 싸여있는 통닭구이 한 마리를 놓고 나간 적이 있었다. 두 시간 후, 부엌에는 조그만 은박지 조각과 바닥의 기름 얼룩만 남아 있었다. 고기와 뼛조각뿐만 아니라 알루미늄 조각도 먹어치웠던 것이다. 나는 리즈가 마약중독자처럼 완전히 정신이 나간 거 같아서 며칠 동안 지켜보았다. 하지만 제정신이었다.

리즈는 해칠 줄을 모르는 개였다. 두 아이의 탄생을 선선히 받아들였고, 아이들이 눈썹을 당기거나, 퀴즈프로 진행자들이 비미니제도로 가는 유람선 여행권을 상으로 주었을 때 일반적으로 어른들이 열광하듯 비명을 지르며 달려들어 끌어안거나 뽀뽀를 퍼부어도 다 받아들였다. 내 아들이 한 살이 되어 특히 공격적이었을 때, 아들은 리즈를 올라타려고 했다. 리즈는 그때 열세 살이었고, 아들에게 으르렁댔다. 잠시 생각한 뒤, 어머니 집에 리즈를 보내기로 결정했다. 망명은 6주간 지속되었다. 리즈는 그 뒤 태도를 바꿨다.

1988년 어느 날 아침, 리즈는 일어설 수가 없었다. 나는 리즈를 수의사에게 데려갔고, 비장이 커졌다는 말을 들었다. 보살피겠다는 결정을 내려야 할까? 개는 열네 살이었다. 우리는 리즈의 병을 고치기로 했다. 여태까지 쓴 돈 중에서 제일 많이 썼지만, 거기에다 더 많이 들어갔다. 병원에서 회복하는 동안, 아들은 "위즈벳*이 보고 싶어요"라며 처음으로 완벽한 문장을 완성했다. 그러더니 엉엉 울고 말았다.

개의 삶이 얼마나 가치가 있을까?

*Wizbet. 엘리자베스의 아이다운 발음.

지난 겨울 우리는 뒤뜰과 그네, 조그만 땅뙈기가 있는 집으로 이사했다. 엘리자베스도 왔다. 한 달 전에 아내와 아이들은 애리조나에 있는 장인과 장모를 보려고 내려갔다. 그리고 다음 날인 목요일, 아침식사 후에 리즈는 정원에 쓰러져 있었다. 두 눈이 두개골 안으로 감아 올려진 채 숨을 쉭쉭 내쉬며 덜덜 떨고 있었다. 그 일은 불과 몇 분 정도 지속되었지만 몹시 겁이 났다. 깨어난 리즈는 즐겁고 허기져 보였다. 그날 남은 시간 동안 리즈는 언제나 좋아하는 취미활동 중 하나인 허공을 멍하니 응시하면서 뒤뜰에서 시간을 보냈다.

리즈가 하루에 다섯 번씩 쓰러지자 수의사는 이렇게 말했다. "이런 식으로 하는 것이 리즈의 존엄성을 지키는 것인지 이제 결정해야 합니다." 전에는 그러한 말을 한번도 생각해본 적이 없었다. 옆으로 누워있는 리즈를 보면서, 나는 리즈의 발을 쥐고 이마에 입을 맞추었다. 리즈와 함께한 14년 동안의 내 모든 삶이 내 앞에서 떠내려가고 있다는 것을 알았다. 가슴이 미어졌다. 나는 전화를 걸었다. 리즈를 차에 태웠다. 동생이 따라왔다. 우리 둘 다 울고 있었다.

동물병원은 깨끗하고 좋았다. 수의사는 좋은 남자였다. 나는 그가 이런 일에 결코 익숙해지지 않을 것 같다는 느낌이 들었다. "이 주사를 맞으면 편안하게 잠이 올 거예요"라고 수의사가 말했다. "이어서 다음 주사를 맞으면 영면에 들 겁니다." 수의사가 첫 주사를 놓자 갑자기 등을 둥그렇게 말더니 목구멍에서 끔찍하고도 속이 뒤틀리는 듯 절규하는 소리를 냈다. 아무도 이해하려고 애쓸 필요가 없는, 가슴을 후벼 파는 고통에 찬 신음이었다. 우리 중 어느 누구도 그 울음소리를 맞을 준비가 되어 있지 않았다. 동생과 나는 리즈를 끌어안고 흐느꼈다. 수의사가 말했다. "고통스러워서 그러는 게 아니에요. 진정제에 대한 신경학적 반응을 일으킨 것뿐입니다." 그러더니 몇 분 뒤에 "이제 죽었습니다"라고 말했다. 수의사의 눈시울도 붉어져 있었다.

육신은 거기에 있었다. 털은 여전히 빛났고, 코는 아직도 축축하고 따뜻했다. 하지만 리즈는 죽었다. 나는 리즈의 혀끝이 미세하게 떨리는 것을 보았다. 1975년 10월에 리즈를 만났던 바로 그 첫날밤에 본 것만큼이나 입 밖으로 축 내밀어져 있었다. 그날은 피트 로즈가 영웅이었고 보스턴 레드삭스는 거의 60년 만에 처음으로 월드챔피언십에서 9이닝까지 갔던 날이었다. 내가 리즈에 대해 할 수 있는 마지막 말은 이것이다. 이 힘들고 불가해한 행성에서 내 옆에 바싹 붙어 있던 존재가 주었던 헌신과 웃음, 14년간의 우정에 대해 개대 개로 추모의 글을 바친다.

너는 최고였어. 세상에서 제일 상냥했어. 온전히 나의 것이었던 마지막이었어. 잘 가, 아가야.

스탠리 빙Stanley Bing

미국의 작가. 20년 이상 「포춘」지에 글을 썼으며, 그 이후에 10년 이상 「에스콰이어」지에 글을 썼다. 『마키아벨리는 무엇을 할 것인가』 등 여러 권의 책을 썼다.

제임스 서버

어떤 개에 대한 단상

며칠 전, 옛날 사진들을 들춰보다가 그 녀석이 나온 흐릿한 사진 한 장을 우연히 발견했다. 그 개는 25년 전에 죽었다. 불테리어 종으로 이름은 렉스(나와 우리 두 형제가 지은 이름이었다)였다. 흔한 잉글리시테리어가 아니라 "아메리칸불테리어"라고 우리는 자랑스럽게 말하곤 했다. 렉스는 한쪽 눈에 반점이 있어서 때로는 광대처럼 보이기도 했고 또 때로는 중산모자를 쓰고 시가를 문 정치인을 연상시키기도 했다. 등과 뒷다리 털에 타고난 반점만 빼고 나머지는 다 희었다. 그럼에도 불구하고 렉스에게는 어떤 귀족적인 면이 있었다. 녀석은 체구가 컸고 근육질인 데다 멋진 체형이었다. 녀석은 동생과 내가 자기를 가지고 엉뚱한 짓을 하려 할 때조차도 절대 위엄을 잃지 않았다.

그중 하나는 뒷문을 통해 마당 안으로 3미터 길이의 나무 막대기를 가져오는 것이었다. 우리는 나무 막대기를 골목에 던진 뒤 렉스에게 가져오라고 시켰다. 렉스는 레슬링선수만큼이나 힘이 셌고, 어떻게든 그 강력한 턱으로 막대기를 물고는 균형을 잡은 뒤 땅바닥에서 떨어지게끔 들어 올려 자부심에 가득 찬 발걸음으로 문 쪽으로 왔다. 문은 폭이 겨우 1미터 조금 넘었기 때문에 막대기를 가로로 물고서는 당연히 가져올 수 없었다. 그 사실을 알고 나서 렉스는 심하게 충격을 받았지만 포기할 줄 몰랐다. 그러다 마침내 어떻게 해야 할지 알아냈다. 으르렁거리며 한쪽 끝을 문 채 막대기를 질질 끌고 오는 것이었다. 렉스는 일을 해냈다는 굉장한 뿌듯함에 꼬리를 흔들었다. 렉스가 야구공을 무는 것을 본 적이 없던 아이들에게 우리는 얼마나 높이 던졌을 때 물어오는지 보자며 내기를 걸기도 했다. 렉스는 우리를 실망시킨 적이 거의 없었다. 담배를 씹는 것마냥 한쪽 입으로 쉽게 야구공을 물고 있을 수도 있었다.

렉스는 무시무시한 싸움꾼이었지만 절대 싸움을 먼저 걸지는 않았다. 나는 녀석이 싸움꾼의 혈통을 타고났다는 사실에도 불구하고 싸움을 좋아한다고 믿지는 않았다. 다른 개들의 귀를 움켜쥐었으면 움켜쥐었지 목구멍에는 절대 덤벼들지 않았다. 녀석은 그저 눈을 지그시 감고 꽉 물고 있을 뿐이었다. 몇 시간이고 물고 있을 수도 있었다. 가장 길게 싸움을 벌인 것은 어느 일요일로 황혼녘부터 거의 칠흑같이 어두운 밤까지였다. 콜럼버스에 있는 이스트 메인가에서 몸집이 큰 흑인이 키우는 별 특징 없이 심술궂게 생긴 커다란 개와 싸움을 벌인 것이었다. 렉스가 드디어 그 개의 귀를 물자 잠시 정신없이 으르렁거리던 소리는 깨갱 하는 외마디 비명소리로 바뀌었다. 그런 소리를 듣거나 보는 것은 무서웠다. 흑인은 과감히 개들을 들어 올리고는 머리 주위에서 휙휙 돌리기 시작하더니 마침내 해머던지기를 할 때 해머처럼 날려버렸다. 하지만 개들이 쿵 소리를 내며 3미터 멀리 나동그라졌을 때도 렉스는 여전히 귀를 물고 있었다.

두 마리 개는 결국 전차 선로 중간 지점까지 갔고, 잠시 후 두세 대의 전차가 그 싸움 때문에 정차했다. 전차 운전사는 스위치 연결대를 열어 렉스의 턱이 어떤지 동정을 살피려고 했다. 누군가 불을 피워 막대기로 횃불을 만들어 렉스의 꼬리를 살폈지만 꿈쩍도 하지 않았다. 급기야 인근에 있는 주민들과 상점주인들 모두가 손을 잡고 이렇게 해라, 저렇게 해라 고래고래 소리쳤다. 렉스는 전투를 벌이는 게 아니라 즐기는 것 같았다. 일단 전쟁이 시작되면 거의 평온에 가까웠다. 그러고는 싸움을 벌이는 동안 악랄한 표현이 아닌 일종의 기쁨의 표현으로 두 눈을 지그시 감고 있었다. 싸우는 와중만 아니라면, 누가 보면 잠들어있는 줄 알았을 거다. 결국 오크가 소방서에서 출동하는 지경에 이르렀다. 왜 아무도 진작 그 생각을 하지 못했는지 모르겠다. 소방대장이 대여섯 대의 장비를 가지고 왔다. 호스가 연결되고 개들한테 강력한 물줄기를 뿜어댔다. 물줄기가 몇 차례나 마구 퍼부어지며 녀석의 몸을 뒤흔들어 마치 홍수 속에 둥둥 떠다니는 개처럼 보이는 그 순간에도 렉스는 물고 있었다. 싸움이 처음 시작된 곳에서 약 1킬로미터 떨어진 곳에 와서야 렉스는 개를 놓아줬다.

호머식의 웅장한 싸움 이야기는 온 동네에 퍼져, 우리 친척 중 일부는 렉스가 가문의 명성에 오점을 남긴다고 여겼다. 그들은 우리에게 렉스를 없애버리라고 주장했지만, 우리는 렉스와 더불어 무척 행복했기 때문에 누구도 렉스를 포기하도록 할 수 없었다. 어디 갈 곳이라도 있으면 아마 렉스와 함께 동네를 떠났을 것이다. 렉스가 이제까지 싸움을 먼저 시작했거나 말썽을 부렸다면 아마 이야기가 달랐을 것이다. 하지만 렉스는 천성이 온순했다. 10년 동안 불굴의 삶을 살았어도 단 한 번도 사람을 문 적이 없었고, 좀도둑들만 빼고는 어느 누구에게도 으르렁거린 적이 없었다. 렉스가 고양이를 죽였다는 것은 사실이다. 하지만 어떤 특별한 악의 없이, 이를테면 사람들이 특정 동물들을 도살하는 식으로 깔끔하고 신속하게 처리했다. 우리가 절대 고칠 수 없는 유일한 것이 그것이었다. 다람쥐는 절대로 죽이지도, 심지어 쫓아다니지도 않았다. 이유는 모르겠다. 그런 것에 대한 자신만의 철학을 가지고 있는 것 같았다. 마차나 자동차 꽁무니를 쫓아다니며 짖는 일도 전혀 없었다. 그는 우리가 보기에 잡을 수 없거나 아니면 잡았더라도 아무 필요 없는 것은 쫓지 않겠다는 생각을 하는 것 같았다. 마차는 강력한 턱으로도 잡아당길 수 없는 것 중 하나였고, 그도 그것을 알고 있었다. 따라서 마차는 그의 세계의 일부가 아니었다.

수영은 렉스가 가장 좋아하는 취미활동이었다. 알룸 크리크*에서 처음 수면을 보았을 때, 렉스는 잠시 가파른 둑을 따라 긴장하며 총총걸음으로 가서는 마침내 컹컹 짖기 시작하더니 족히 2.5미터는 되는 높이에서 뛰어내렸다. 나는 그 빛나는 첫 다이빙을 늘 기억할 것이다. 그런 다음 렉스는 수영 그 자체를 즐기는 사람처럼 상류로 헤엄쳐 가서는 다시 돌아왔다. 물장구를 칠 때마다 으르렁거리고 발버둥 치면서 거센 물살을 헤쳐 기를 쓰고 상류로 가는 모습을 보는 것은 퍽 재미있었다. 물속에 있는 것을 좋아하는 내가 아는 어떤 사람만큼이나 렉스는 물속에 있는 것을 좋아했다. 막대기를 던져서 가져오라고 할 필요도 없었다. 당연히 렉스는 물속에 막대기를 던지면 물고 왔을 것이다. 심지어 피아노를 던지더라도 물고 왔을 것이다.

그러고 보니 자정이 지나 달빛이 비치는 어느 밤에 이리저리 떠돌아다니다가 어딘가에서 발견한 작은 서랍장을 집으로 물어왔던 기억이 난다. 집에서 얼마나 멀리 떨어진 곳이었는지는 아무도 모른다. 렉스에게는 1킬로미터 정도는 식은 죽 먹기였다. 서랍장을 집으로 물고 왔을 때 서랍은 들어있지 않았고, 별로 좋은 것도 아니었다. 그걸로 봐서는 다른 누군가의 집에서 가져온 것이 아니라, 누군가 쓰레기 더미에 버린 낡은 싸구려 물건일 뿐이었다. 그런 것이 여전히 렉스가 원하는 것이었다. 끌고 온다는 것 자체가 마음에 드는 과제였기 때문이다. 그것은 자신의 기질을 시험하는 것이었다. 우리가 렉스의 업적에 대해 처음 안 것은 한밤중에 녀석이 서랍장을 현관 위로 끌어올리려고 애쓰는 소리를 들었을 때였다. 마치 두세 명의 사람이 집을 허무는 소리처럼 들

*텍사스주에 있는 자치구.

렸다. 우리는 아래층으로 내려가서 현관 조명을 켰다. 렉스가 계단 맨 꼭대기에서 서랍장을 끌어 올리려 안간힘을 쓰고 있었지만 어딘가에 걸려서 그저 물고만 있을 뿐이었다. 우리가 도와주지 않았더라면 새벽까지 붙들고 씨름하고 있었을 것이다. 다음날 우리는 서랍장을 멀리 가져가서 버렸다. 근처 골목에 버리면 그 방면에서 자기가 얼마나 성실한지에 대한 조그만 징표로 다시 집에 물고 올 터이기 때문이다. 결국 렉스는 무거운 목재 물건들을 물고 다니는 법을 배우게 되었고, 자기가 가진 힘을 자랑스러워했다.

나는 렉스가 훈련된 경찰견이 하는 점프를 본 적이 없다는 게 얼마나 기쁜지 모른다. 렉스는 아마추어에 불과했지만, 지금까지 본 가장 대담하고 집요한 선수였다. 우리가 뛰어넘으라고 가리키면 그 어떤 울타리와도 대결했다. 2미터는 식은 죽 먹기였고, 2.5미터를 가리키면 으르렁거리며 앞발에 온 힘을 끌어모으며 마침내 엄청나게 뛰어올랐다. 하지만 3.5미터나 4.5미터는 무리였다는 것을 알지 못한 채 죽었다. 잠시 동안 울타리를 건너뛰게 한 다음에는 늘 그렇듯 집으로 데리고 와야만 했다. 말리지 않으면 멈추지 않기 때문이다.

녀석에게 불가능이란 없었다. 죽음조차도 렉스를 이길 수 없었다. 녀석은 죽었지만, 정말로 렉스의 숭배자들이 말하듯 한 시간 이상 "저승사자로 완전무장한" 뒤에서야 죽었다. 어느 날 늦은 오후였다. 10년간 씩씩하게 총총거리며 올라오던 길을 렉스라기엔 너무 천천히 게다가 머뭇머뭇거리며 헤매다가 집으로 들어왔다. 문으로 들어왔을 때 우리는 녀석이 죽어가고 있다는 것을 알았다. 렉스는 자기와 싸웠던 일부 개들의 소유자들로부터 분명 끔찍하게 얻어맞은 것 같았다. 머리와 몸이 상처투성이였다. 엉망진창이 된 육중한 개목걸이에는 무수한 전투를 치른 듯 이빨 자국이 나 있었다. 가죽 목걸이에 박힌 커다란 놋쇠 징이 덜렁거리고 있었다. 렉스는 우리의 손을 핥았고, 비틀거리면서 넘어졌지만 다시 일어났다. 우리는 렉스가 누군가를 찾고 있다는 것을 알 수 있었다. 그의 세 주인 중 한 명이 집에 없었던 것이다. 그는 한 시간 넘게 집에 오지 않았다. 그 시간 동안 불테리어는 3.5미터의 장벽을 오르기 위해 싸웠듯, 알룸 크리크의 차갑고 거센 물결과 맞서 싸웠듯, 죽음과 싸웠다. 렉스가 기다리던 사람이 휘파람을 불며 드디어 문으로 들어왔을 때 렉스는 그를 향해 비틀거리며 몇 발자국 걸어갔고, 그가 휘파람을 그치고 주둥이를 손으로 어루만지자 다시 쓰러졌다. 이번에는 일어나지 않았다.

제임스 서버James Thurber

미국의 유머 작가 겸 만화가. "유머란 어떠한 정서적 혼돈을 성찰하여 조용하고도 차분하게 이야기한 것"이라고 말했다. 어릴 때부터 눈이 나빠 만년에는 실명했으나, 인생을 보는 눈은 최후까지 밝고 날카로웠으며, 일생 동안 수필과 사회시평, 희곡, 단편소설, 만화집 등을 썼다. 특히 많은 저서와 만화에서 개를 다루고 있는데, 그는 특히 개들을 이해하고 그들을 유머러스하게 표현하는 재능을 가지고 있다. 여기 소개하는 두 작품은 서버의 전형적인 작품이라고 할 수 있다.

제임스 서버 사람을 문 개

아마 살면서 나만큼 개를 많이 키워본 사람은 아무도 없을 것이다. 개들과 지내면서 괴로웠던 순간보다는 즐거웠던 순간이 더 많았지만 머그스라고 불리는 에어데일*의 경우만은 예외였다. 머그스는 다른 쉰네 마리나 쉰다섯 마리를 모두 합쳐놓은 것보다 더 애를 먹게 했다. 뉴욕에 있는 아파트 4층의 벽장 속에서 막 여섯 마리 강아지를 낳은 지니라고 불리는 스코틀랜드테리어가 기어코 산책하겠다며 11번가와 5번가 모퉁이에서 걷던 중 뜻밖에 일곱 번째이자 막내를 또 낳았을 때가 가장 난처한 순간이긴 했지만 말이다.

또, 상을 수상한 푸들도 있었다. 여러분이 아는 조그맣고 말썽 피우지 않는 하얀색의 소형 푸들이 아니라 커다란 검은색 푸들이었는데, 그 녀석은 그리니치에서 열리는 개쇼에 가는 길에 자동차 뒷좌석**에 타는 것을 질색했다. 목둘레에는 붉은색의 고무로 된 턱받이가 받쳐져 있었다. 브롱크스 중간쯤에 갔을 때 폭풍우가 쏟아져서 비에 젖지 말라고 실제로는 파라솔이나 다름없지만 그 녀석에게는 작기만 한 녹색 우산을 받쳐줘야 했다. 비가 거세게 내리치자, 갑작스레 운전사는 온갖 기계들로 가득 찬 커다란 정비소로 차를 몰았다.

순식간에 일어난 일이라 나는 우산을 접는 것을 깜빡했다. 그때 나와 푸

*Airedale. 짙은 색깔의 털에 덩치가 큰 테리어종.

**정확하게는 구식 자동차 뒷부분에 있던 무개無蓋 좌석으로, 사용하지 않을 때는 접히는 좌석이다.

들을 번갈아 보며 역겨워 죽겠다는 표정과 더불어 혐오심과 의구심이 뒤섞인 표정으로 얼굴이 딱딱하게 굳은 자동차 수리공이 필요한 게 뭔지 보러 왔을 때의 모습을 나는 잊지 못할 것이다. 모든 자동차 수리공들과 편협한 부류의 사람들이 상을 받을 거라는 기대감으로 특이하게 털을 자른 푸들들을 싫어하는데, 이는 특히 그들의 엉덩이에 남겨두는 털뭉치들 때문이다.

하지만 앞서 말했듯, 에어데일은 여태껏 내가 키운 모든 개 중에서도 최악이었다. 사실은 머그스는 진짜로 내 개는 아니었다. 어느 여름에 휴가를 마치고 집에 돌아왔을 때 동생인 로이가 내가 떠나있을 때 사 왔다는 것을 알았다. 커다랗고 우람하며 성질이 더러운 그 녀석은 늘 내가 식구가 아니라고 생각하는 것처럼 행동했다. 식구의 일원으로 존재하는 약간의 이점이 있다면, 낯선 사람들을 무는 것만큼 식구들을 물지 않는다는 것이었다. 몇 년 동안 함께 지냈던 최근에도 머그스는 어머니를 제외한 모든 식구들을 물었다. 한번은 어머니를 물려고 했으나 결국 놓치고 말았지만 말이다.

우리 집에 갑자기 쥐가 들어앉은 것은 그달 중이었는데, 머그스는 쥐를 가만 내버려 두었다. 그달에 쥐들이 우리 집에 들어앉은 것처럼 쥐가 들어앉은 집은 어디도 없을 것이다. 쥐들은 거의 누군가가 길들인 것 마냥, 애완용 쥐인 듯 무척 살갑게 굴었다. 어머니와 아버지가 20년 단골인 프리라리라스에서 저녁식사를 먹고 온 어느 밤, 어머니는 식료품 저장실 바닥에 음식물이 수북이 쌓인 조그만 그릇들을 내려놓았다. 쥐들이 그걸 먹고 배가 불러서 부엌에 들어오지 못하게 하려는 것이었다.

머그스는 쥐들과 함께 식료품 저장실 바닥에 으르렁거리며 누워 있었다. 쥐들한테가 아니라 옆방에 있는 사람들에게 먹을 걸 달라고 으르렁대는 것이었다. 어머니는 별일 없는지 보려고 식료품 저장실로 슬그머니 들어갔다. 아무 일도 없었다. 그런데 머그스가 거기에 누워있는 것을 보자 어머니는 화가 치밀었다. 쥐들이 어머니에게 뛰어왔지만 쥐들을 잊은 채, 어머니는 머그스를 때렸다. 머그스는 어머니에게 달려들었으나 뜻대로 되지는 않았다. 머그스는 그 즉시 미안해했다고 어머니는 말했다. 어머니 말로는, 머그스가 누군가를 문 뒤에 항상 미안해한다고 하지만, 우리는 어머니가 그걸 어떻게 알아내는지 당최 이해할 수가 없었다. 머그스는 잘못했다고 생각하는 행동을 하지 않았다.

어머니는 크리스마스 때마다 에어데일에게 물린 사람들에게 사탕을 한 상자씩 보내곤 했다. 목록에는 결국 40명 이상의 이름이 들어있었다. 우리가 왜 개를 없애지 않는지 아무도 이해할 수 없었다. 나 자신조차도 그 이유를 제대로 이해하지 못했지만, 어쨌든 우리는 개를 없애지 못했다. 한두 사람이 머그스를 독살하려는 시도를 했었던 것 같다. 가끔 녀석이 독을 먹은 것처럼 행동했기 때문이다. 그리고 구 모벌리 시장이 이스트 브로드가에 있는 세네카 호텔 근처에서 연발 권총으로 머그스를 쐈지만 녀석은 거의 열한 살 먹을 때까지 살았고, 심지어 돌아다니기 힘들 때조차도 업무상 볼일이 있어 아버지를 만나려고 온 하원의원을 물었다.

어머니는 하원의원을 전혀 좋아하지 않았다. 어머니는 의원의 별자리가 그가 신뢰할 수 없는 사람이라는 것을 보여주고 있다고 말했다.(그는 처녀자리에 있는 달과 토성이었다.) 하지만 그해 크리스마스에 어머니는 사탕을 한 상자 보냈다. 의원은 사탕이 흉계일지 모른다고 의심하면서 바로 돌려보냈다. 아버지가 그 일 때문에 중요한 사업적 제휴를 놓치긴 했을지라도 어머니로서는 개가 의원을 물었기 때문에 그렇게 하는 게 최선이라고 확신했다. "난 그런 남자하고 엮이고 싶지 않아." 어머니가 말했다. "머그스는 그가 어떤 사람인지 책 보듯 훤히 꿰뚫어 볼 수 있을걸."

우리는 머그스한테 잘 보이려고 돌아가면서 먹이를 주곤 했지만, 항상 효과가 있는 것은 아니었다. 녀석은 심지어 밥을 먹은 뒤에도 전혀 기분이 좋지 않았다. 아무도 녀석에게 무슨 문제가 있는지를 정확히 알지 못했다. 하지만 그게 무엇이었든, 특히 아침에는 잔뜩 성질이 나 있었다. 로이 역시 특히 아침 식사를 먹기 전에는 기분이 좋지 않았다. 일단 아래층으로 내려왔을 때 머그스는 뚱한 표정으로 조간신문을 잘근잘근 물어뜯어 놓은 뒤 로이의 얼굴을 자몽으로 맞히고는 식탁 위로 뛰어올라 그릇들과 은 식기류들을 사방으로 어질러놓고 커피를 엎질렀다.

머그스는 첫발만 풀쩍 뛰어도 식탁을 가로질러 벽난로의 놋쇠로 만든 난로망까지 갔다. 하지만 순간적으로 네발을 멈추며 로이에게 가서 몹시 사납게 다리를 물어댔다. 그런 다음에라야 머그스는 싸움을 끝냈다. 녀석은 절대 사람을 한 번에 두 번 이상 물지 않았다. 녀석 때문에 말다툼이 벌어졌을 때 어머니는 녀석의 편을 들며 항상 그 점을 언급했다. 성질이 불같긴 해도 원한을 품지는 않는다는 것이었다. 어머니는 쉴 새 없이 녀석을 옹호했다. 나는 어머니가 녀석을 좋아한 이유가 녀석의 건강이 좋지 않아서라고 생각한다. "걔는 몸이 약해." 어머니는 측은히 여기며 말하곤 했지만, 그것은 부정확한 말이었다. 몸이 좋지 않았을지는 모르겠지만, 어쨌든 힘은 무지막지하게 셌다.

아무도 머그스의 문제가 무엇인지 정확히 몰랐기 때문에 어머니는 한 번은 치텐던 호텔로 가서 콜럼버스 도서관에서 "조화로운 느낌"이라는 주제로 강연하고 있는 여성 심리치료사를 만났다. 심리치료사는 개에게서 조화로운 느낌을 얻을 수 있는지 알아내고 싶어 했다. "그는 커다란 황갈색 에어데일이에요." 어머니가 설명했다. 그 여자는 개를 한 번도 치료한 적이 없다고 하면서, 어머니에게 머그스가 물지 않았고 또 앞으로도 물지 않을 거라는 생각을 가지라고 조언했다. 어머니는 바로 이튿날 아침부터 그런 생각을 가졌다. 머그스가 얼음배달부를 물었을 때 어머니는 그것을 머그스 잘못이 아니라 얼음배달부 탓으로 돌렸다. "개가 당신을 물 거라는 생각을 하지 않았다면, 물지 않았을 거예요." 어머니가 얼음배달부에게 말했다. 그는 온몸에 끔찍하게 쥐가 나는 느낌을 가지고 집을 쿵쿵거리며 걸어 나왔다.

어느 날 아침 머그스가 무심결에 나를 살짝 물었을 때, 나는 몸을 숙여 머그스의 짧고 뭉툭한 꼬리를 움켜쥐고는 공중으로 들어 올렸다. 그것은 정말로 무모한 짓이었다. 약 6개월 전에 어머니를 마지막으로 보았을 때 어머니는 그때 내가 뭐에 홀려있었던 거 같다고 했다. 나는 그때 상당히 화가 났었다는 것만 빼고는 제정신이었다. 개의 꼬리를 바닥에서 떨어진 상태로 붙잡고 있는 한 개는 나를 공격할 수 없었다. 하지만 줄곧 으르렁거리며 몸을 이리저리 비틀고 갑자기 홱 움직이는 통에 오랫동안 붙잡아둘 수 없다는 사실을 깨달았다. 나는 개를 부엌으로 가져다가 바닥에 내동댕이쳤고, 꼭 개가 문에 부딪히면서 절로 닫힌 것처럼 문을 닫아버렸다.

하지만 뒷계단을 잊었다. 머그스는 뒷계단으로 올라가 앞계단으로 내려와서는 거실로 오더니 나를 구석으로 몰아넣었다. 나는 가까스로 일어나 벽난로 위에 있는 선반으로 올라갔지만, 결국 커다란 대리석 시계 하나와 꽃병 여러 개를 엄청나게 던져 깨트린 뒤 마룻바닥에 쿵 떨어지면서 항복했다.

머그스가 사라졌을 때 나까지도 벌떡 일어나 야단법석을 떨자 머그스는 깜짝 놀랐다. 그날 밤 데트웨일러 부인이 저녁식사를 마치고 나서 방문했을 때까지 우리는 휘파람을 불며 큰소리로 외쳤지만 어디에서도 찾을 수 없었다. 머그스는 데트웨일러 부인의 다리를 한 번 문 적이 있었다. 그래서 머그스가 달아났다고 확신을 시켜준 다음에서야 그녀는 거실로 들어왔다. 부인이 자리에 막 앉자마자 커다랗게 으르렁거리며 발톱을 긁는 소리가 들려왔고, 항상 조용히 숨어 지내던 커다란 소파 아래서 머그스가 모습을 드러냈다. 그리고는 부인을 다시 물었다. 어머니는 물린 부위를 살펴보고는 그 위에 아르니카* 를 올려놓으면서 데트웨일러 부인에게 멍이 들었을 뿐이라고 말했다. "머그스가 부딪힌 것뿐이에요." 어머니가 말했다. 하지만 데트웨일러 부인은 몹시 불쾌한 기분으로 집을 나섰다.

많은 사람들이 우리 에어데일을 경찰에 신고했다. 아버지는 당시 시청에 재직하고 있어서 경찰과 우호적인 관계였지만 그렇다 해도 경찰들은 두어 번 조사하러 왔었다. 한 번은 머그스가 루퍼스 스터트번트 부인을 물었을 때였고, 또 한 번은 또다시 말로이 부지사를 물었을 때였다. 하지만 어머니는 경찰들에게 그것은 머그스의 잘못이 아니라 물린 사람들이 잘못했기 때문이라고 말했다. "머그스가 움직이기 시작하면 사람들은 비명을 질러요." 어머니의 설명이었다. "그게 머그스를 흥분시키는 거라고요." 경찰은 개를 묶어두는 게 좋을 거라고 제안했지만 어머니는 머그스를 묶어놓는 것은 그에게 굴욕감을 주는 데다 묶여있으면 식음을 전폐한다고 말했다.

머그스가 밥을 먹는 모습은 참으로 진귀한 광경이었다. 마루 쪽으로 가면 문다는 사실 때문에 우리는 보통 기다란 나무의자가 있는 낡은 식탁 위에 밥그릇을 올려놓았다. 그러면 머그스는 나무의자 위에 서서 먹곤 했다.

어머니의 삼촌, 즉 외외종할아버지인 호레이쇼는 미셔너리 리지**에서 넘버쓰리까지 올라갔다는 사실을 늘 뽐내던 분이었다. 그런데 우리가 개 밥그릇을 바닥에 두는 게 두려워서 식탁 위에서 먹게 한다는 사실을 알아채고는

*다년초로 각종 효능이 있다하여 옛날부터 꽃과 뿌리줄기를 만능약으로 사용하였다.

**Missionary Ridge. 미국 조지아주 서북부에서 테네시주 동남부에 이르는 산맥으로 남북전쟁 때의 싸움터였다.

씩씩거리며 분개하던 모습이 떠오른다.

외외종할아버지는 지금까지 살면서 어떤 개도 두렵지 않았다고 했다. 그러더니 당신한테 개 밥그릇을 주면 당신이 마룻바닥에 내려놓겠다고 했다. 로이는 만약 할아버지가 전쟁터에서 그랬듯 머그스를 땅바닥에서 먹게 할 수 있다면 미셔너리 리지에서 일인자가 됐을 거라고 했다. 할아버지는 화가 머리끝까지 났다. "개를 데려와! 지금 당장 데려와!"라며 소리쳤다. "내 기어코 바닥에서 먹일 거야!" 로이는 대찬성하며 기회를 주려고 했으나 아버지가 말을 듣지 않았다. 아버지는 머그스가 이미 밥을 먹었다고 했다. "또 먹일 거라니까!" 할아버지가 호통쳤다. 그분을 진정시키기까지 상당한 시간이 걸렸다.

생애 마지막이었던 해를 머그스는 실제로 야외에서 거의 시간을 보내곤 했다. 어떤 이유에선지 집에 머무는 것을 좋아하지 않았다. 아마 안 좋은 기억이 너무 많아서 그랬을 수도 있다. 어쨌든 머그스를 집 안으로 들여보내는 것은 무척 힘들었고, 그 결과 청소부나 얼음배달부, 세탁부들은 집 근처에도 오지 못했다. 우리는 쓰레기를 길모퉁이까지 끌고 가야 했고, 세탁물들을 직접 가져간 뒤 다시 가져와야 했으며 얼음배달부를 집에서 한 블록 떨어진 곳에서 만나야 했다. 얼마 동안 이런 식으로 계속하고 난 뒤 우리는 개를 집안에 들어오게 하는 기발한 방법을 불현듯 생각해냈다. 머그스가 무서워하는 게 딱 한 가지 있었는데, 그것은 바로 뇌우였다. 머그스는 천둥과 번개가 내리치면 겁이 나서 정신을 못 차렸다.(그는 폭풍우가 벽난로 선반을 떨어뜨려서 부숴버렸다고 여기는 것 같았다.) 그러면 머그스는 집으로 황급히 뛰어들어가 침대 밑이나 벽장 속에 숨곤 했다. 그래서 우리는 한쪽 끝에 나무 손잡이가 달린 길고 가는 철판 조각을 수리해서 천둥 치는 기계를 만들었다. 어머니는 머그스를 집에 들이고 싶을 때 이 기계를 힘차게 흔들었다. 그것은 천둥소리를 훌륭하게 흉내 낸 것으로, 여태껏 고안한 가사일 처리 장치 중에 가장 우회적인 장치였다고 생각한다. 어머니가 무척 애용하셨다.

머그스는 죽기 몇 달 전부터 "헛것을 보기"에 이르렀다. 바닥에서 낮게 으르렁거리며 천천히 일어나서는 뻣뻣해진 다리로 살금살금 걸어가 아무도 없는 곳을 향해 위협했다. 가끔은 헛것이 방문객 약간 오른쪽이나 왼쪽에 있기도 했다. 한번은 풀러 브러쉬* 방문판매업자가 경기를 일으키기도 했다. 머그스는 아버지의 유령을 따라가는 햄릿처럼 이리저리 헤매면서 방으로 들어왔다. 녀석의 눈은 풀러 브러쉬 판매업자 왼쪽 지점에 딱 고정되어 있었는데, 그는 머그스가 느리게 살금살금 움직여 대략 세 발자국 앞에 올 때까지 꼼짝도 못한 채 그대로 가만히 서 있었다. 그 뒤 그는 소리 질렀다. 머그스는 비틀거리며 판매업자를 지나치더니 뭐라고 웅얼웅얼거리며 복도로 갔고, 그는 계속해서 소리를 질러댔다.

머그스가 멈추기 전에 어머니는 냉수를 한 사발 뿌렸어야 했다고 나는 생각한다. 우리 사내 녀석들이 싸울 때 어머니는 그런 식으로 싸움을 중지시켰기 때문이다. 머그스는 어느 날 밤 갑자기 죽었다. 어머니는 가족 묘지에 묻어 대리석에 "천사들이 푸드덕 날아오르면서 그대에게 영원한 안식을 노래하기를"**과 같은 비문을 새기기를 바랐지만, 우리는 법에 저촉된다면서 어머니를 말렸다. 결국 우리는 인적이 드문 길가에 무덤을 만들고 그 위에 매끈한 널빤지를 세워놓았다. 널빤지 위에 나는 지워지지 않는 연필로 "개조심Cave Canem"이라고 써넣었다. 어머니는 오래된 라틴어의 묘비명이 주는 단순하고 고전적인 위엄성에 상당히 흡족해했다.

*Fuller Brush. 각종 청소용 제품들을 판매하는 회사명.

**『햄릿』에서 숨져가는 햄릿에게 호레이쇼가 작별인사를 고하는 마지막 장면에 나오는 대사다.

윌리엄 헨리 허드슨 댄디

녀석은 잡종이었다. 이름을 댄디라고 지은 것으로 보아 댄디 딘몬트* 혈통이 아닐까 싶었다. 털은 푸른빛이 도는 회색으로 억세고 텁수룩했으며 목은 하얗고 뛰어다니는 모습은 어설픈 커다랗고 볼품없는 동물이었다. 원래 그들 종에게 적당한 다리 길이의 반으로 줄어든 서식스 양치기개처럼 보였다. 녀석을 처음 알았을 때 녀석은 나이가 들어 점점 귀도 먹고 눈도 멀고 있었다. 그 외에는 몸도 마음도 아주 건강했으며, 어떤 일이 있어도 성질이 무척 온순했다.

댄디를 알기 전까지 나는 늘 러들럼의 개**가 순전히 지어낸 이야기라고 여겼었다. 아마 대개가 그렇게 생각할 것이다. 하지만 댄디는 그 이야기를 다시 생각하게 만들었고, 나는 결국 러들럼의 개가 몇백 년 전 옛날 옛적에 정말로 존재했다고 믿게 되었다. 만약 러들럼의 개가 세상에서 제일 게으른 개였다면 댄디도 그 점에서는 절대 그 개에게 뒤지지 않았다. 댄디는 머리를 벽에 기대어 짖지는 않았다. 대신 다른 방식으로 천하의 게으름뱅이라는 사실

*테리어 혈통의 작은 스코틀랜드 품종. 몸체가 길며 다리가 짧고 머리털이 터부룩하다. 월터 스콧의 소설 『가이매너링Guy mannering』(1814)의 주인공 댄디 딘몬트가 기르던 개로 유명해졌으며, 주인공의 이름이 견종명이 되었다.

**Ludlam's dog. '천하의 게으름뱅이'라는 뜻. 영국 서리Surrey주 파넘 근처의 유명한 여자 마법사 러들럼이 사는 곳을 '러들럼의 동굴'이라 불렀다. 마법사는 동굴에서 개를 한 마리 키우고 있었는데, 사람들이 동굴로 오거나 심지어 유령이 올 때조차도 머리를 벽에 기대어 짖을 정도로 게을렀다는 데서 유래한다.

을 보여줬다. 녀석은 자주 짖었다. 낯선 사람에게는 절대 짖지 않았지만 말이다. 녀석은 꼬리를 흔들며 얼굴에는 함빡 미소를 지은 채 모든 방문객을 반갑게 맞이했다. 심지어 세금징수원에게도 말이다. 대부분의 시간을 커다란 부엌에서 보냈는데, 그곳에는 녀석이 잠자기 딱 좋은 소파가 있었다. 집에서 키우는 고양이 두 마리가 잠시 쉬고 싶을 때면, 그 녀석들은 방석이나 양탄자보다 댄디의 넓은 털북숭이 침대를 더 좋아해서 그 위에서 몸을 둥그렇게 말곤 했다. 고양이들은 댄디를 덮어주는 따뜻한 담요와도 같았고, 그것은 일종의 상호 공제조합과 같은 것이었다. 한 시간쯤 잠을 자고 나면 댄디는 인근의 대로까지 짧은 산책을 하러 나갔고, 그곳에서 녀석은 어슬렁어슬렁 돌아다니며 만나는 사람마다 꼬리를 흔들어댄 뒤 집으로 돌아왔다.

녀석은 매일 여섯 번에서 여덟 번 정도는 나들이를 했다. 문이나 정문이 닫혀있는 데다 게으른 성향 때문에 녀석은 드나들 때 무척 어려움을 겪었다. 우선, 녀석은 누군가 와서 문을 열어줄 때까지 현관에 앉아서 짖고 짖고 또 짖었다. 그 결과, 정원에 나 있는 길을 천천히 뒤뚱거리며 걸어가서는 정문이 닫혀 있는 것을 발견하면 다시 앉아서 짖기 시작했다. 그리고는 또 누군가 와서 내보내 줄 때까지 짖고 또 짖었다. 그런데 만약 20~30번 정도를 짖었는데도 아무도 오지 않으면 녀석은 정문을 스스로 열고 밖으로 나갔다. 사실 녀석은 문을 완벽하게 잘 열 수 있었다. 20분 정도 후에 정문으로 돌아와서는 다시 한번 들여보내 달라고 짖었다. 그러다 결국 아무도 관심을 가져주지 않으면 스스로 들어왔다.

댄디는 식사시간에 항상 먹을 것이 있었지만, 하루에 한두 차례는 끼니 사이에 간식을 먹는 것을 무척 좋아했다. 간식용 비스킷은 낮은 찬장 선반의 열린 상자 안에 보관하고 있어서 "먹어치우고 싶다고 느낄 때마다" 먹을 수 있었지만, 녀석은 그것조차도 번거로워 했기에 그냥 앉아서 짖기 시작했다. 5초 간격으로 열두 번씩 반복되는 짖는 소리가 워낙에 깊고 커서 부엌에 있거나 근처에 있는 사람이라면 집안의 평화와 안녕을 위해 누구라도 비스킷을 기쁘게 줄 수밖에 없었다. 만약 아무도 비스킷을 꺼내주는 사람이 없었다면, 녀석은 스스로 꺼내 먹었을 것이다.

사람과 동물을 위한 다른 식료품들과 마찬가지로 전쟁을 치르는 마지막 해 동안 개 간식용 비스킷이 부족해졌고, 마침내 전혀 구할 수 없게 되었다. 여하튼 댄디가 사는 마을인 펜잔스*에서는 그랬다. 녀석은 수시로 우리에게 짖어댐으로써 자기가 얼마나 비스킷을 먹고 싶은지를 상기시켰다. 그런 다음에는 뭔가 다른 것 때문에 짖는 거라고 생각하지 않도록 빈 상자로 가서 코를 킁킁거리며 발로 툭툭 치곤 했다. 녀석은 아마 매일 아침에 장을 보러 가는 사람이 순전히 건망증에 걸려 장바구니에 개 간식용 비스킷 없이 돌아오는 습관에 빠졌다고 생각했을 것이다. 물품 부족과 불안감으로 시달리던 그해 겨울 어느 날, 나는 부엌 바닥이 댄디의 비스킷 상자 파편들로 온통 난장판이 되어 있는 것을 발견했다. 댄디가 벌인 짓이었다. 녀석은 찬장 선반에 있는 상자를 마룻바닥 한가운데로 물고 와서는 고의로 갈기갈기 물어뜯은 뒤 사방에 어질러놓았다. 그 일을 막 마치고 있을 때 녀석은 현행범으로 붙잡혔다. 녀석이 한 짓을 보고 놀란 어느 상냥한 사람은 상자를 그런 식으로 부숴버린 이유가 종잇조각들을 물어뜯으면서 비스킷 냄새를 맡으려는 것이라고 말했다. 내 의견은 상자가 거기에 있는 이유는 비스킷을 담고 있기 때문인데 이제는 아무것도 담고 있지 않아서 녀석이 상자를 아무 쓸모없는 것으로 여기게 되었다는 것이었다. 말하자면, 상자가 제 기능을 잃어버렸기 때문에 거기에 계

*영국 잉글랜드 서남쪽 끝, 콘월주 서남부의 항구 도시.

속 존재하는 것은 녀석의 지능에 대한 모욕이며, 끊임없이 유혹해 하루에도 열두 번씩 찾아오게 하지만 결국 노상 빈 상자만을 발견함으로써 자신을 바보로 만들었다는 것이었다. 그래서 차라리 물어뜯어 없애버리는 게 더 낫다고 생각했고, 물어뜯을 때 틀림없이 버럭 성질이 났을 거라는 게 내 주장이었다.

댄디를 처음 알았던 순간부터 녀석은 절대 술을 입에도 대지 않았지만, 먼 옛날을 생각해보면 꽤 술을 좋아하기는 했다. 녀석 앞에서 맥주잔을 들고 있으면 녀석이 뭔가 즐거운 일을 기대하면서 꼬리를 쳤기에, 식사 시간에 항상 녀석에게 맥주를 조금 부어줬다는 얘기를 들었다. 그러다가 녀석은 어떤 경험을 하게 되었다. 그 일은 댄디의 평온한 삶에서 가장 특이한 사건이었기 때문에, 조금 망설여지긴 하지만, 그 일을 전하는 게 좋겠다는 생각이 든다.

어느 날 댄디는 그들 종족이 그렇듯, 늘 녀석을 데리고 나가 산책시키고 싶어 하는 사람에게 찰싹 달라붙어서는 근처의 선술집으로 따라갔다. 그곳에서 그 사람은 주인과 사업상의 문제에 관해 의논해야 했다. 그들은 바bar로 들어갔고, 댄디는 용무가 다소 길어질 거라는 사실을 알고 낮잠을 자려고 자세를 잡았다. 그런데 우연히도 이제 막 마개를 딴 맥주통에서 맥주가 새어 나왔고, 주인은 버려지는 맥주를 받으려고 바닥에 커다란 대야를 갖다 놓았다. 낮잠에서 깨 졸졸 흐르는 소리를 들은 댄디는 일어나 목을 축이려고 대야로 갔고, 그 뒤 다시 낮잠을 잤다. 곧 녀석은 다시 잠에서 깨어나 두 번째로 마셨다. 그리고 완전히 잠에서 깨어서는 대여섯 번을 마셨다. 사업상 용무를 일단락 지은 뒤 그들은 같이 밖으로 나갔다.

그런데 신선한 공기를 쐬자마자 댄디는 만취한 징후를 드러내기 시작했다. 좌우로 갑자기 방향을 휙 틀면서 지나가는 사람들과 부딪치더니 결국엔 거리 한쪽에서 빠른 속도로 물이 흐르는 배수로 속으로 떨어졌다. 녀석은 물에서 나오려고 하면서도 또다시 물속에 처박힐까 봐 벽에서 떨어져 있지 않으려 안간힘을 쓰고 있었다. 사람들이 호기심을 가지고 쳐다보며 무슨 일인지 묻기 시작했다. "당신 개가 발작을 일으킨 거예요? 아님 왜 저러죠?" 댄디를 데리고 간 사람은 자기도 왜 저러는지 모르겠다고 말했다. 무슨 일이 있는 게 틀림없었고, 그는 최대한 빨리 집으로 데려와 살펴봐야 했다.

드디어 집에 도착하자 댄디는 비틀거리며 소파로 걸어가서는 그 위로 기어올라 가 쿠션에 파묻힌 채 잠이 들었다. 그리고는 다음 날 아침까지 한 번도 깨지 않고 잠을 잤다. 그런 뒤 꽤 기운을 회복해서 일어났는데 전날 벌어진 일을 하나도 기억하지 못하는 것 같았다. 하지만 그날 저녁식사 시간에 누군가가 "댄디"라고 말하면서 맥주잔을 들었을 때 녀석은 평소대로 꼬리를 흔드는 대신 다리 사이로 꼬리를 내리고는 몹시 역겹다는 듯 외면해 버렸다. 녀석은 그때 이후로 쭉 술잔을 입에 대지도 않았으며, 녀석 앞에 맥주를 차려놓고 와서 마시라고 사람들이 일부러 꼬드기면 자기를 놀리고 있다는 사실을 알아차리고는 외면하기 전에 낮게 으르렁거리면서 이빨을 드러냈다. 그것이 녀석이 친구들과 평생의 반려인들에게 유일하게 화를 내게 하는 방법이었다.

댄디가 살아있다면 이 사건을 말하면 안 될 것이다. 하지만 녀석은 이제 더 이상 우리와 함께 있지 않다. 열다섯 살이나 열여섯 살 사이의 늙은 개였을 때 녀석은 전쟁이 끝나는 것을 보려고 기다리는 것 같았다. 휴전 협정이 선포되자마자 급속하게 쇠약해지기 시작했기 때문이다. 귀가 먹었고 눈이 멀었으면서도 녀석은 여전히 매일 여러 번 산책하겠다고 고집 피웠고, 평소대로 정문에서 짖었으며, 녀석을 들여보내거나 내보내러 아무도 오지 않을 때는 전처럼 스스로 문을 열었다. 녀석이 아는 병사들이 펜잔스의 집으로 돌아올 때인 1919년 1월까지도 이 상황은 계속되었다. 그 뒤 녀석은 소파에 자리를 잡았다. 우리는 녀석의 죽음이 가까워졌다는 것을 알았다. 밤낮으로 잠만 잤고 식욕도 떨어졌기 때문이었다. 우리나라에서는 개를 마취시켜 스트리크닌*을 1회 투여해 “불행에서 벗어나게” 하는 것이 관례이다. 하지만 댄디의 경우에는 그게 필요하지 않았다. 녀석은 불행하지 않았기 때문이다. 깨어있을 때나 잘 때도 전혀 앓는 소리를 내지 않았다. 손을 올려놓으면 녀석은 마치 괜찮다는 것을 알게 해주려는 듯 고개 들어 쳐다보며 꼬리를 흔들었다. 자는 동안 녀석은 세상을 떴다. 안락사의 완벽한 예였다. 녀석은 넓은 정원의 두 번째 사과나무 근처에 묻혔다.

*근육을 경직 · 경련시키는 독성물질.

윌리엄 헨리 허드슨William Henry Hudson

아르헨티나 출신으로 영국으로 귀화했다. 소설가, 박물학자, 조류연구가. 어린 시절을 자연이 지배하는 아르헨티나의 대평원(팜파스)에서 보내며 동식물을 관찰하고 당시 무질서했던 국경지대에서 펼쳐지던 자연과 인간의 드라마를 지켜보며 자랐다. 이후 수많은 작품 속에서 인간의 문명과 종교, 그리고 이기심과 편견이 생명의 원천을 어떻게 파괴해 가는지를 보여주었다.

헨리 로슨 저기 있는 나의 개

양털 깎는 사람 맥쿼리가 불의의 사고를 당했다. 사실대로 말하면, 그는 길가에 있는 선술집에서 연거푸 술을 마셨다. 갈비뼈 세 대가 부러졌고, 머리에 금이 하나 가고, 그 외에 여러 경미한 찰과상을 입었지만 다행히도 생명에는 지장이 없었다. 그의 사나운 개 톨리는 제정신이었지만 연거푸 마시는 술자리에 함께 있었으며, 다리가 하나 부러졌지만 다행히도 생명에는 지장이 없었다.

그 후 맥쿼리는 어깨에 봇짐을 메고 비틀거리며 유니온타운 병원으로 16킬로미터의 길을 힘겹게 갔다. 그가 어떻게 그렇게 갈 수 있었는지는 아무도 모른다. 자기 자신도 정확히 몰랐다. 톨리는 뒤에서 내내 세 다리로 절뚝거리며 따라왔다. 의사들은 남자의 부상을 검사하고는 그의 인내심에 혀를 내둘렀다.

의사들은 자신들이 놀랐다는 것을 항상 드러내지는 않을지라도, 가끔 정말로 놀랄 때가 있다. 의사들은 당연히 그를 받아들였지만, 톨리에 대해서는 반대했다. 개들은 병원 내에서 허용되지 않는다는 것이었다. "저 개를 돌려보내세요." 양털 깎는 사람이 침대 끄트머리에 앉자 의사들이 말했다.

맥쿼리는 아무 말도 하지 않았다. "환자분, 저 개를 병원에 들일 수 없습니다." 남자의 귀가 먹었다고 생각했는지 의사가 좀 더 목소리를 높여 말했다. "그럼 마당에 묶어놓으세요." "아뇨. 개는 나가야만 합니다. 개들은 병원 부지에 들일 수 없습니다."

맥쿼리는 천천히 일어섰고, 통증 때문에 이를 악물면서 털북숭이 가슴 위로 고통스럽게 셔츠 단추를 채우고 양복 조끼를 입었다. 그리고는 봇짐이 놓여있는 구석으로 비틀거리며 갔다. "지금 뭐하시는 거예요?" 의사들이 물었다.

"내 개를 여기 있게 하지 않을 겁니까?" "안 됩니다. 규칙에 위반됩니다. 구내에는 어떤 개들도 허용되지 않습니다." 그는 몸을 굽혀 봇짐을 들어 올렸지만 통증이 극심한 나머지 벽에 기대었다.

"이런, 이봐요! 이보시라고요!" 의사가 조바심내며 외쳤다. "미쳤어요? 밖에 나갈 상태가 아니란 거 잘 알잖아요. 간호사가 옷 벗는 걸 도와줄 거예요." "아뇨!" 맥쿼리가 말했다. "안 됩니다. 내 개를 들여놓지 않으면 나도 들여놓을 수 없습니다. 저 녀석은 다리가 하나 부러졌고, 나처럼 아니, 나만큼이나 고쳐주기를 바라고 있습니다. 내가 들어올 수 있다면 저 녀석도 들어올 수 있습니다. 그리고, 아니, 나보다 더 들어올 자격이 있습니다." 그는 잠시 멈추더니 고통스럽게 숨을 쉬면서 계속했다. "저 개, 저기 있는 늙은 개는 12년이란 긴 시간을 굶주림에 시달리면서도 충직하고 진실하게 따랐어요. 내가 살았든 쓰러졌든 나를 돌봐준 유일한 녀석으로, 그 빌어먹을 길을 따라왔다고요."

그는 다시 잠깐 쉬고는 계속 이어갔다. "저기, 저기 있는 개는 어미가 길에서 낳은 새끼였습니다." 그는 약간 슬픈 듯한 미소를 지었다. "나는 녀석을 몇 달간 야영용 주전자에 넣고 다녔고, 나중에는 녀석이 녹초가 되면 등에 업고 다녔단 말입니다……. 저 녀석의 어미인 그 암캐는 아주 흡족해하면서 따라다녔죠. 지 새끼가 괜찮은지 보려고 가끔 야영용 주전자 냄새를 맡으면서요……. 얼마나 오랜 세월 동안 저를 따라다녔는데요. 장님이 될 때까지 따랐습니다. 그 이후로도 1년을 더 따랐어요. 먼지 구덩이를 더는 기어갈 수 없을 때까지 나를 따랐고, 그 뒤 내가 죽였습니다. 살아있는 채로 두고 갈 수 없었기 때문입니다!"

그는 다시 쉬었다. "그리고 여기 있는 늙은 개는," 톨리의 들창코를 마디 굵은 손으로 만지면서 말을 이어갔다. "여기 있는 늙은 개는 10년간 나를 따랐습니다. 홍수와 가뭄을 버티면서, 좋은 시절과 어려운 시절을, 대부분 어려운 시절이었지만 그 시절을 버텨왔다고요. 친구도 없고 돈도 없는 그 외로운 길에서 내가 미치지 않도록 해주었고, 그 빌어먹을 술집에서 마신 술에 잔뜩 취했을 때면 몇 주 동안 나를 지켜줬습니다. 여러 번 내 목숨을 구해주기도 했지만, 고맙다는 말보다는 뻔질나게 발로 차이거나 욕을 먹었죠. 그런데도 그 모든 걸 용서해줬어요. 그리고 나를 위해 싸웠고요. 술집 마당 뒤편에서 들개 무리들이 어슬렁어슬렁 걸어와 나를 공격할 때 살아있는 것 중에 나를 유일하게 지켜준 게 저 녀석이에요. 녀석도 그중 몇 마리에게 흔적을 남겨 놓았죠. 나도 그랬고요." 그가 또다시 한동안 말을 중단했다.

그런 뒤 숨을 들이쉬고는 이를 꽉 물고 어깨에 봇짐을 메면서 출입구로 걸어가더니 다시 뒤를 돌아봤다. 개가 다리를 절뚝거리며 구석에서 나와 애타는 눈빛으로 올려다보았다.

"저 개는," 맥쿼리가 병원 의료진들에게 말했다. "나 같은 사람보다, 아니, 여러분보다 더 나은 개예요. 더 훌륭한 '인물'이죠. 내가 어떤 남자에게 했던 것보다, 또는 어떤 남자가 나한테 했던 것보다 나한테 더 잘해준 친구였습니다. 나를 지켜줬고, 지갑을 털리는 걸 여러 번 막아줬고, 나를 위해 싸웠고, 내 목숨을 구해줬어요. 고맙다는 말 대신 걸핏하면 술 취해서 발길질하고 욕을 퍼붓는데도요. 그러고도 나를 용서해줬죠. 저 녀석은 내게 진실하고 똑바르고 정직하고 충직한 친구였어요. 그래서 지금 저 녀석을 저버릴 수가 없는 거예요.

부러진 다리를 한 녀석을 길에다 버리진 않을 겁니다. 나는—아이고, 허리야!"

그는 신음하더니 앞으로 휘청거렸다. 의료진들이 붙잡아 봇짐을 벗겨내고는 침대 위에 눕혔다.

30분 뒤 양털 깎는 사람은 수월하게 수습되었다.

"내 개는 어디 있어요?" 정신이 들자 그가 물었다.

"아, 개는 괜찮아요." 약간 안절부절못하며 간호사가 말했다. "걱정 마세요. 의사가 마당에서 부러진 다리를 고정시키고 있어요."

존 뮤어 스티킨—어떤 개 이야기

나는 1879년 가을에 시작한 얼음으로 뒤덮인 알래스카 남동부 지역 탐험을 계속하려고 1880년 여름에 포트 랭겔*에서 출발했다. 장거리 여행에 필요한 식량과 담요 등을 꾸린 뒤였고, 함께 갈 인디언 팀원들도 각자 자리에서 출발 준비를 마치고 있었다. 부두에서는 친척들과 친구들이 작별인사와 행운을 빌어주고 있었다. 우리는 함께 갈 동료인 S. H. 영 선교사**를 기다리고 있었다. 마침내 선교사가 승선했다. 그런데 조그만 검은 개 한 마리가 선교사를 따라왔다. 개는 배에 오르자마자 수하물들 사이의 움푹 들어간 곳에서 몸을 동그랗게 말더니 편안한 자세를 취했다. 나는 개들을 좋아하지만, 그 개는 너무 작아서 별 쓸모가 없어 보였기에 함께 떠나는 것을 반대했다. 선교사에게 왜 이 개를 데려가냐고 물었다.

"이렇게 작고 쓸모없는 동물은 방해만 될 뿐이에요." 내가 말했다. "부두에서 인디언 소년들에게 개를 넘겨주는 게 좋을 거 같습니다. 집에 데려가서 아이들과 놀라고 말이지요. 이런 여정은 애완견들에게는 좋지 않아요. 저 불

*Fort Wrangell. 1867년 러시아에게 알래스카를 사들인 후 1868년에 설립한 미 육군 요새. 알래스카 랭겔 자치구의 랭겔에 있다.

**사무엘 홀 영Samuel Hall Young. 포트 랭겔에 본부가 있는 장로교 선교사였다. 『존 뮤어의 알래스카 여행기』에는 영이 거의 목숨을 잃을 뻔한 산악등반 모험에 대한 흥미로운 이야기가 실려 있다.

쌍하고 철없는 것이 몇 주, 어쩌면 몇 달 동안 눈이나 비를 맞으며 있어야 할 텐데, 그러면 아기처럼 보살핌이 필요할 거예요." 하지만 개의 주인은 개가 절대 폐를 끼치지 않을 거라고 장담했다. 그 개는 곰처럼 추위와 굶주림에도 견딜 수 있으며, 물개처럼 수영할 수 있는 정말 경이로운 개라는 것이었다. 그리고 굉장히 영리하고 귀엽다는 등 여러 장점들을 열거하면서 우리 일행 중 가장 흥미로운 구성원이 될 거라고 했다.

아무도 개의 혈통이 밝혀지기를 바랄 수 없었다. 약간 영리하고 유연하고 날렵한 움직임과 몸짓은 여우를 연상시켰다. 하지만 나는 여태껏 놀랍도록 여러 종이 다양하게 뒤섞인 개를 봐왔어도 그 개와 같은 동물은 한번도 본 적이 없었다. 다리는 짧고 몸체는 뭉툭한 데다 털은 반들반들했지만 길고 부드러웠으며 약간 곱슬곱슬했다. 그래서 바람을 등지고 있을 때면 털이 헝클어지면서 털북숭이가 되었다. 처음에 유일하게 눈에 띄는 특징은 꼬리였다. 다람쥐 꼬리처럼 가볍고 여러 무늬가 뒤섞여 있었는데, 동그랗게 말면 거의 코앞까지 닿았다. 좀 더 자세히 살펴보면 얇고 예민한 귀, 그리고 위에 귀여운 황갈색 반점이 있는 두 눈이 들어왔다. 영 씨는 이 조그만 녀석이 쥐방울만한 강아지였을 때 싯카*에서 아일랜드 탐광업자가 아내에게 선물로 주었는데, 녀석이 포드 랭겔에 도착하자 새로운 행운을 가져다주는 상징물로 스티킨 인디언**들이 열광적으로 받아들였다고 했다. "스티킨"이라는 이름도 그 부족의 이름에서 따왔을 정도로 모두들 좋아했다는 것이다. 녀석은 가는 곳마다 귀여움을 받으며 보호되었고 존중받았으며 마르지 않는 지혜의 원천으로 여겨졌다고 했다.

탐험을 시작하자 곧 스티킨은 자기가 남다른 놈이라는 것을 스스로 증

*Sitka. 미국 알래스카주 남쪽 해안에 있는 항구 도시.

**Stickeen Indian. 요새 근처에 사는 인디언 부족의 이름.

명했다. 유별나고, 숨어있기 좋아하고, 독립적이고, 아무도 필적할 수 없을 정도로 조용했다. 그리고 나의 호기심을 돋우는 여러 어리둥절한 짓들을 했다. 수많은 섬들과 해안가의 산들 사이에 있는 여러 작은 만灣과 길게 얽히고설킨 해협들을 몇 주 동안 항해할 때면, 대부분 꼼짝도 하지 않은 채 무료한 나날을 빈둥빈둥 보냈다. 겉보기에는 깊이 잠들어 있는 것 같았다. 하지만 나는 스티킨이 어떻게든 늘 진척 상황을 항상 알고 있다는 사실을 알아챘다. 인디언들이 오리나 물개들을 쏘려고 하거나 해안가에 우리의 관심을 자극하는 무언가가 나타나면 스티킨은 카누 끄트머리에 턱을 받치고는 마치 관광객들이 꿈꾸는 듯한 눈으로 바라보듯 평온하게 바라보았다. 우리가 하선하는 문제에 대해 이야기하는 것을 들으면, 녀석은 우리가 가려고 하는 곳이 어떤 곳인지 알아보려고 즉시 몸을 일으켰다. 그리고는 카누가 해안 가까이에 닿자마자 물속으로 뛰어들어 헤엄쳐갔다. 그런 다음, 소금물에 젖은 털을 한바탕 흔들어 물기를 없애고는 작은 사냥감을 사냥하려고 숲 속으로 달려갔다. 녀석은 항상 카누에서 처음으로 나왔지만, 탈 때는 항상 마지막이었다. 출발할 준비를 마쳤는데도 녀석을 찾을 수 없을 때가 있었다. 녀석은 우리가 부르는 소리에는 절대 응하지 않았지만 우리를 보고 있었기에 곧 녀석을 찾아낼 수 있었다. 비록 우리는 녀석을 볼 수 없을지라도 늘 숲 언저리에 있는 찔레나무들과 월귤나무 덤불에서 카누를 세심하게 지켜보고 있다는 사실을 알 수 있었다. 배를 타고 꽤 멀리 나가면 그 즉시 해안가로 총총거리며 내려와 밀려드는 파도 속으로 뛰어들었다. 그러면 우리가 노 젓는 것을 멈추고 자기를 태우리라는 것을 잘 알고 있다는 듯 우리를 따라 헤엄쳐왔다. 그 조그만 버르장머리 없는 방랑자가 거의 다 따라올 때쯤 되면, 팔을 뻗으면 닿는 거리에서 물방울이 뚝뚝 떨어지는 목을 집어 올려 뱃전에 떨궈 놓았다. 마치 녀석을 버려 두고 가겠다는 듯, 녀석의 그 버릇을 고치려고 일부러 먼 길을 헤엄쳐 오도록 했지만 아무 소용이 없었다. 더 오래 헤엄칠수록 녀석은 헤엄치는 것을 더 좋아하는 것 같았다.

할 수 있는 한 엄청나게 게으름을 피웠지만, 녀석은 온갖 종류의 모험과 소풍에는 절대 빠지지 않았다. 어느 비 내리는 칠흑같이 어두운 밤 열 시쯤, 강물이 반짝이며 빛을 발하고 있을 때 우리는 연어가 줄줄이 이동하는 강어귀에 도착했다. 연어가 내달리고 있었다. 앞뒤를 헤아리지 않고 내닫는 연어들의 무수한 지느러미들이 강물을 휘젓자 강물이 온통 은빛으로 반짝였다. 캄캄한 어둠 속에서 보이는 숨이 멎도록 아름답고도 감동적인 광경이었다. 이 광경을 더 잘 보려고 나는 인디언 팀원 중 한 명과 함께 여울목 기슭 한가운데를 통과하여 야영지에서 약 800미터쯤 떨어진 상류로 배를 몰았다. 강물은 바위에 세차게 부딪히는 급류로 인해 어둠 속에서 눈부시게 아름다운 빛을 발하고 있었다. 인디언이 팔딱거리는 물고기들을 잡고 있는 동안 나는 우연히 강 하구를 돌아보았다. 그때 유성의 꼬리처럼 길게 부채꼴로 퍼진 빛을 보았다. 어떤 커다란 낯선 동물이 우리를 쫓고 있는 것이 틀림없다는 생각이 들었다. 당당한 꼬리를 가진 동물이 오고 있었기에 우리는 괴물의 머리와 눈을 볼 수 있게 될 거라 상상했다. 하지만 그것은 다름 아닌 스티킨이었다. 내가 야영지를 떠났다는 것을 알고는 무슨 일이 있지나 않은지 걱정되어 헤엄쳐 나를 따라왔던 것이었다.

일찌감치 캠프를 치고 나면 일행 가운데 최고의 사냥꾼은 보통 사슴을 사냥하려고 숲으로 갔고, 내가 어디 멀리 나가 있지 않을 때만 스티킨은 꼭 사냥꾼을 따라갔다. 좀 이상한 말이지만, 내가 총을 한 자루도 가지고 다니지 않았기 때문에 녀석은 항상 나를 따라다닌 것이었다. 사냥꾼이나 심지어 주인조차도 저버린 채 내 불안감을 함께 나누려고 말이다. 폭풍우가 휘몰아쳐서 항해할 수 없는 날에는 탐사할 수 있는 곳이라면 숲이든 인접한 산이든 어디서든 지냈다. 스티킨은 한사코 늘 나와 함께 가려고 했다. 아무리 날씨가 험해도 빗물이 뚝뚝 떨어지는 월귤나무 덤불과 가시들이 뒤엉킨 파낙스*와 산딸기 사이를 여우처럼 빠져나갔다. 빗물을 흠뻑 품고 있는 이파리들을 거의 건드리지도 않은 채 말이다. 눈 속을 헤치며 걷고 뒹굴면서, 얼음장 같은 강을 헤엄치면서, 통나무들과 바위를 건너뛰고 빙하 속에 깊이 갈라진 틈을 건너면서도 녀석은 인내와 끈기를 겸비한 결연한 등반가처럼 절대 지치거나 좌절하는 법이 없었다. 한번은 빙하 위로 나를 따라왔는데, 표면이 몹시 딱딱하고 거칠어서 발걸음을 내디딜 때마다 발을 베어서 피로 얼룩졌다. 하지만 내가 녀석의 발에 난 붉은 핏자국을 알아차릴 때까지 녀석은 인디언처럼 불굴의 용기를 가지고 나를 뒤따르고 있었다. 그 모습이 안쓰러워서 나는 손수건으로 모카신**을 한 쌍 만들어줬다. 고통과 고난 없이는 그 어떤 즐거움도 가치가 없다는 것을 아는 철학자처럼 녀석은 아무리 힘들어도 절대 도움을 요청하거나 불만을 제기하지 않았다.

그렇지만 우리 중 누구도 스티킨이 정말로 어떤 일에 알맞은지 파악할 수 없었다. 녀석은 아무런 이유 같은 것도 없이 위험과 고난에 맞서는 것처럼 보였고 자기만의 방식을 고수했으며 명령에 절대 복종하지 않았다. 그래서 사냥꾼은 녀석에게 절대 뭔가를 기습하거나 자기가 쏜 새를 물어오라고 시킬 수가 없었다. 지나치게 흔들림이 없는 평정심 때문에 우리는 녀석에게 감정이 결여된 게 아닐까 했다. 일상적으로 몰아치는 폭풍우는 즐거운 것이었고, 내

*가시가 많은 관목으로 알래스카에서 많이 자란다.
**북미 원주민들이 신던 신발로, 부드러운 가죽으로 만든 납작한 신.

리는 빗방울은 그저 풀들을 잘 자라게 하는 비처럼 신날 뿐이었다. 어느 곳을 전진하더라도 어떤 대가를 바라며 눈길을 던지거나 꼬리를 흔들어대지 않았다. 녀석은 겉보기에는 빙하처럼 차갑고, 재미있는 것에는 둔감한 듯 보였을 지라도, 숨겨진 이면에는 그만큼의 용맹심과 인내심, 광풍이 휘몰아치는 날씨를 모험하는 것을 즐기는 것과 같은 무언가가 틀림없이 있을 거라 짐작하면서, 나는 녀석을 알려고 무척 애썼다. 제아무리 현역에 있다가 나이 들어 노쇠한 마스티프나 불도그라도 의연한 면에 있어서는 이 쥐방울만한 솜털뭉치를 능가할 수 없을 것이다.

녀석은 가끔 짜리몽땅하니 흔들리지 않는 사막에 핀 선인장을 떠올리게 했다. 왜냐하면 우리 모두가 아는 테리어나 콜리의 특징인 명랑함이나 영악함, 장난치기를 좋아하는 기색을 절대 드러내지 않았으며, 사람을 향한 감동적인 애착과 충성심도 전혀 드러내지 않았기 때문이다. 어린아이들처럼 대부분의 작은 개들은 사랑받기를 애원하고 사랑하는 것을 허용하지만 스티킨은 오직 혼자 있기만을 요구하는 디오게네스 그 자체인 것 같았다. 자연의 침묵과 평온함으로 숨겨진 삶의 행로를 견디고 있는 광야의 진정한 자식이었다. 녀석의 강인한 기질은 두 눈에 있었다. 헤아릴 수 없이 깊고 힘차며 야생적인 눈빛이었다. 녀석의 눈을 들여다보는 게 싫증이 나지 않을 정도였다. 마치 어떤 풍경을 들여다보는 것 같다고 할까. 두 눈은 작고 다소 움푹 들어갔으며, 눈 주위에 이렇다 할 만한 특색 있는 주름이 있는 것도 아니었다. 나는 식물과 동물의 모습을 들여다보는 일에 길들여진 사람이라 그 작고 불가해한 동물을 흥미로운 연구대상으로 점점 더 예리하게 지켜보았다. 하지만 충분한 경험에 의해 분명해질 때까지는 하등동물들에게 잠재해 있거나 감춰져 있는 기지와 지혜를 예측할 수 없는 법이다. 성인군자와 마찬가지로 개들도 고난을 통해 성장해서 완전한 경지에 이르기 때문이다.

섬 덤Sum Dum과 타쿠 피오르드Tahkoo fiords, 그리고 그곳의 빙하를 탐사한 후, 우리는 페어웨더 래인지Fairweather Range의 커다란 빙원에 이르는 아직 탐사되지 않은 작은 만을 찾아 스티븐스 패시지Stephen's Passage를 통과해 린 운하Lynn Canal로 갔다. 그리고 거기에서 아이시 스트레이트Icy Strait를 거쳐 크로스 사운드Cross Sound로 갔다. 여기에서 바닷물의 흐름을 탄 우리는 글래이셔 만Glacier Bay에서 바다로 떠내려가는 빙산 덩어리들과 함께 갔다. 우리는 천천히 밴쿠버 포인트Vancouver's Point와 윔블던Wimbledon 주위에서 노를 저었다. 우리가 탄 부서질 것 같은 카누는 케이프 스펜서Cape Spenser를 지나면서 밀려들어오는 거대한 물결에 깃털처럼 이리저리 흔들렸다. 물보라가 휘몰아치면서 수십 미터 높이의 깎아지른 듯한 빙벽과 구름 속에 숨어있던 벼랑 꼭대기에서 굉음이 울렸다. 무시무시하게 위협적이고도 험해 보였다. 빙벽은 요세미티 암벽만큼이나 높았고, 거기에는 상륙할 곳이 없었기 때문에 우리가 탄 카누가 좌초되거나 전복된다면 심해에 수직으로 가라앉을 터였다. 우리는 피오르드가 처음으로 시작되는 곳이나 항구가 있을 만한 북쪽 빙벽을 열심히 살폈다. 스티킨만 빼고 우리 모두 불안에 떨고 있었다. 녀석은 우리가 이야기하는 것을 들으면서도 속 편히 꾸벅꾸벅 졸거나 거대한 빙벽을 꿈꾸듯 응시하고 있었다. 마침내 우리는 기쁘게도 현재 "테일러만Taylor Bay"이라고 불리는 좁은 물줄기의 어귀를 발견했다. 약 다섯 시경에 만의 곶에 이르렀고, 커다란 빙하 정면 근처에 있는 가문비나무 숲에 캠프를 쳤다.

캠프를 치는 동안 사냥꾼 조는 들염소를 쫓아 피오르드 동쪽에 있는 산등성이를 올랐고, 나와 영 씨는 빙하로 갔다. 우리는 빙하가 조수에 씻겨 내려간 빙퇴석에 의해 작은 만의 강에서 떨어져 나왔고, 약 5킬로미터에 걸쳐 갑작스런 장벽을 이루며 작은 만 전체에 펼쳐져 있다는 것을 알았다. 하지만 우리가 발견한 가장 흥미로운 것은 빙하가 비록 약간 퇴각*하긴 했지만 최근에 전진했다는 것이었다. 종퇴석**의 일부는 갈아엎어지면서 앞으로 밀치고 나가 동쪽 숲을 뒤덮어 버렸다. 많은 나무들이 쓰러져 묻혔거나 거의 묻힐 지경이었다. 나머지 나무들도 빙벽에 기울어져 있어서 곧 떨어질 것 같았다. 그리고 곧게 서 있는 일부 나무들은 여전히 얼음 바닥에 뿌리를 내리고 있었으며 하늘 높이 수정처럼 뻗은 나무줄기들이 빙벽 꼭대기 위로 높이 솟아 있었다. 뾰족뾰족한 빙벽 가까이에 가지들이 거의 맞닿은 채 서 있는 수백 년 된 나무들이 만들어내는 장관은 정말로 진기하고 인상적이었다. 정면 쪽으로 올라가 빙하 서쪽 면을 조금 더 올라가자, 빙하가 앞으로 전진하면서 높이와 폭이 불어나고 커지면서 빙하 둑 바깥에 줄지어 서 있는 나무들을 휩쓸어가 버렸다는 사실을 알았다.

이 첫 관측 후 야영지로 돌아오는 길에 나는 다음 날 넓은 지역에 걸쳐 여행하기로 계획했다. 밤새 내 마음을 사로잡았던 빙하만이 아니라 엄청난 폭풍우가 분 탓에 일찌감치 잠에서 깼다. 북쪽에서 강풍이 불고 있었다. 마치 그 지역에만 내리는 게 아니라 온 땅을 죄다 쓸어버리겠다는 듯 드넓은 수평선에 격렬하게 밀려드는 구름을 동반한 비가 쏟아지고 있었다. 그치지 않고 흐르는 본류는 둑 위에서 굉음을 냈으며, 새롭게 만들어지는 해류들은 파도처럼 포효하면서 만에 높이 솟은 회색 빙벽을 하얀 작은 폭포로 뒤덮고 있었다. 나는 출발하기 전에 커피 한 잔과 아침식사로 할 만한 것을 먹을 요량이었지만 폭풍우 소리를 듣고 내다보고는 그에 동참하기 위해 서둘렀다. 자연이 가르쳐주

*앞으로 더 이상 흘러나가지 않고 제자리에서 앞면이 녹아 적어지는 현상.

**빙하가 가장 멀리 전진하여 충분한 시간 동안 머물면서 운반물이 쌓여 생겨난 언덕 모양의 퇴석.

는 가장 훌륭한 교훈 중 많은 것들을 폭풍우 속에서 발견할 수 있다. 폭풍우와 올바른 관계를 신중하게 유지하기만 한다면, 우리는 나가서 안전하게 폭풍우가 만들어내는 웅장함과 아름다움을 보고 기쁨에 겨워 고대의 스칸디나비아 사람들처럼 "거센 폭풍이 우리가 노 젓는 것을 도와주네, 태풍은 우리의 하인, 우리가 가고자 하는 곳으로 우리를 모시고 가네"라고 노래할 수 있는 것이다. 그래서 나는 아침식사도 거른 채 주머니에 빵 한 조각을 챙겨 급히 나왔다.

영 씨와 인디언이 잠자고 있길래 나는 스티킨도 그러기를 바랐다. 하지만 60미터도 채 가기 전에 녀석은 텐트에 있는 잠자리를 떠나 강풍 속을 뚫고 나를 쫓아오고 있었다. 사람이 활기찬 음악과도 같은 소리와 움직임 때문에 폭풍우를 반기고 신이 만든 풍경을 보러 나가는 것은 충분히 납득할 수 있는 일이다. 하지만 개에게 그토록 험한 날씨가 무슨 매력이 있을 수 있단 말인가? 인간이 풍경이나 지질에 대해 갖는 열정과 비슷한 것은 녀석에게는 분명 없어 보였다. 그런데 어찌 된 일인지 녀석은 아침도 거른 채 숨 막힐 듯한 강풍을 헤치며 왔다. 나는 멈춰서 녀석을 돌려보내려고 최선을 다했다. "이번엔 안 돼." 폭풍 속에서 녀석이 들을 수 있을 정도로 크게 소리쳤다. "이번엔 안 된다니까, 스티킨. 네 그 괴상한 대가리 속으로 지금 무슨 생각을 하는 거야? 바보같이 굴지 마. 이런 험한 날엔 도리가 없어. 바깥에는 험한 날씨 말고는 재미있는 게 아무것도 없다고. 캠프로 돌아가 주인과 맛있는 아침이나 먹으면서 따뜻하게 있어. 이번만은 정신 좀 차리라고. 난 너를 하루 종일 데리고 다닐 수도 없고 먹이를 줄 수도 없어. 이 폭풍우가 널 죽일지도 모른단 말이야."

하지만 자연은 만물의 주모자다. 아무리 험할지라도 자연은 우리로 하여금 무언가를 하게 만들며, 자신의 방식에 따라 우리를 밀고 당기면서 사람과 마찬가지로 개들을 통해서도 목적을 이루는 것 같다. 잘 알아들을 수 없는 교훈을 통해 가끔은 우리를 거의 초토화시키지만 말이다. 나는 몇 번이나 발걸음을 멈추고 좋은 충고를 한답시고 소리 질렀지만 녀석은 꿈쩍도 하지 않았다. 차라리 지구가 달을 따돌리려고 하는 편이 나았다. 일전에 나는 녀석의 주인이 제일 높은 산꼭대기에서 떨어져 팔을 삐어 곤욕을 치렀었다. 이번에는 그의 변변찮은 친구 차례가 올 터였다. 처량한 방랑자는 비에 흠뻑 젖은 채 눈을 끔뻑거리며 바람 속에 서서 끈덕지게 "당신께서 가시는 곳에 나도 가겠나이다"* 라고 말하고 있었다. 그래서 결국 나는 정 그렇다면 같이 가자고 했다. 그리고 내 주머니 속에 있던 빵 한 조각을 건네주었다. 그렇게 우리는 함께 고투하며, 내 모든 자연의 나날 중에서 가장 기억에 남을 만한 모험을 시작하게 되었다.

빙하 정면 근처 동쪽에 있는 숲으로 대피해 들어갈 때까지 폭우는 한결같이 얼굴에 휘몰아치면서 우리를 쓸어버릴 듯 거세게 강타했다. 우리는 숲에 잠시 멈춰 귀 기울이며 밖을 내다보았다. 빙하 탐사가 내 주된 목표였지만, 바람이 하도 심하게 불었기에 빙하가 펼쳐진 표면을 탐사하는 것은 불가능했으며, 틈이 갈라지기 직전의 빙하에서 균형을 잡고 건너뛰다 보면 위험한 상황에 빠질 수도 있었다. 반면 폭풍우는 훌륭한 연구대상이었다. 약 150미터 높이로 불룩하게 솟은 암석이 하강하는 빙하 말단은 앞으로 기울어지면서 빙폭**으로 떨어졌다. 그리고 폭풍우가 북쪽의 빙하 쪽에서 내려올 때 스티킨과 나는 강풍이 부는 본류 밑에 있었다. 폭풍우 소리를 보고 듣기에 유리한 위치였기 때문이다. 폭풍우가 부르는 노래는 얼마나 감탄스럽던지, 또 폭풍우에 씻겨진 대지와 나뭇잎들에선 어찌나 상쾌한 향기가 나던지, 또 여전히 조그맣게 들리는 폭풍우 소리는 어찌나 달콤하던지! 깊이 패인 줄기들과 가지

* "Whither thou goest, I will go." 룻기 1:16~17에 나오는 말을 인용한 것이다.
**빙하가 급격한 사면에서 떨어질 때나, 급히 구부러질 때에 갈라져서 폭포와 같은 상태가 되는 것.

들, 나뭇잎들에서 나오는 음악소리와 더불어 숲 속에서 나오는 바람과 소용돌이, 그리고 심지어는 쪼개진 암석들과 하늘 높이 떠 있는 얼음덩어리조차도 플루트처럼 높고 낮은 다양한 음조를 냈다. 마치 나뭇잎 하나하나와 나무 하나하나, 얼음덩어리와 소용돌이가 피리처럼 조율하는 것 같았다. 산에서 새로이 흘러내려 불어난 수많은 개울은 이제 거대한 급류를 이루어 빙하 측면으로 흘러내리면서 암석으로 이루어진 물길을 따라 우르릉 쿵쾅거리며 소리죽여 굽이치고 있었다. 마치 서둘러 산에서 헤어나고 싶다는 듯 엄청난 힘으로 만灣을 향해 돌진하고 있었다. 위아래에 있는 강물들은 서로를 향하면서, 모두 본류인 바다로 모여들고 있었다.

대피하고 있던 곳에서 남쪽을 바라보니 왼쪽 위로는 거대한 급류와 울창하게 벽처럼 치솟은 산이 있었고, 오른쪽 위로는 기다랗고 뾰족한 얼음덩어리들이 있었으며, 앞쪽에는 어스름한 어둠이 잔잔하게 펼쳐져 있었다. 나는 공책에 그 경이로운 풍경을 담아내려고 했다. 하지만 비에 젖지 않게 하려고 갖은 애를 썼지만 비 때문에 종이가 얼룩져 결국 스케치는 거의 쓸모없게 되어버렸다. 바람이 약해지기 시작하자 나는 빙하 동쪽을 따라갔다. 숲 가장자리에 서 있는 모든 나무들은 높은 곳에서 얼음덩어리들이 떨어졌다는 표시를 그대로 전하려는 듯 껍질이 벗겨지고 부러져 있었다. 한편에는 빙하 둑에 수백 년 동안 서 있었던 수많은 나무들이 저 멀리서 으스러진 채 있거나 으스러지고 있었다. 여러 빙하 구혈* 주변에서는 밑으로 15미터가량 내려다볼 수 있었는데, 직경이 30~60센티미터 정도에 이르는 멋들어진 얼음덩어리 암석들과 빙하 둑이 산산이 부서지고 있었다.

빙하 정면 위에서 대략 5킬로미터 정도를 올라가니 빙하 표면이 나왔다.

*표면에 녹은 물이 빙하를 수직으로 녹여 내려가면서 만든 커다란 원통형의 구덩이.

나는 스티킨이 올라가기 쉽도록 도끼로 층계를 만들어줬다. 잿빛 하늘 아래 시야가 닿을 수 있는 데까지 끝없는 빙원처럼 보이는 빙하가 무한히 펼쳐져 있었다. 비가 계속 내리면서 점점 추워졌지만 개의치 않았다. 하지만 내려앉은 구름 속에서 날리는 희미한 눈발 때문에 육지에서 멀리 벗어나는 것이 망설여졌다. 서쪽 해안의 흔적이 보이지 않게 되었다. 구름이 머물며 눈을 뿌리거나 바람이 다시 거세질 경우, 뒤얽힌 크레바스*에 빠지게 될까 봐 두려웠다. 산에 핀 구름의 꽃인 눈 결정체는 연약하고 아름답지만, 무리 지어 얼어붙거나 치명적인 크레바스로 가득 찬 빙하와 뭉쳤을 때는 어둠 속에서 폭풍우처럼 끔찍하게 휘날린다. 나는 날씨에 주의하면서 얼음바다 위를 어슬렁어슬렁 거닐었다. 약 2킬로미터 정도 걸어보고 나서 얼음이 매우 안전하다는 사실을 알았다. 주변의 크레바스는 대부분 협소했으며, 몇몇 더 넓은 크레바스들은 빙 둘러 가면 쉽게 피할 수 있었다. 그리고 구름이 여기저기서 개기 시작했다.

고무된 나는 마침내 반대쪽으로 나아갔다. 자연은 우리로 하여금 무엇이든 하도록 만들 수 있기 때문이다. 처음에 우리는 속도를 높였다. 하늘은 별로 위협적이지는 않았지만, 폭풍우로 앞이 잘 보이지 않게 될 경우를 대비해 돌아가는 길을 더 확실하게 찾을 수 있도록 가끔씩 나침반의 방향을 설정했다. 하지만 주된 안내자는 빙하의 구조물 방향이었다. 서쪽으로 향하자 크레바스가 밀집한 구역에 이르렀다. 그곳에서 우리는 엄청난 비탈을 횡단하고 세로로 놓인 크레바스를 따라가면서 길고 좁은 길을 급회전하거나 갈지자로 가야 했다. 크레바스들 중에는 폭이 6~9미터에 이르는 것들도 많았으며, 깊이가 300미터는 되는 것 같았다. 아름답고도 무시무시했다. 크레바스들 사이의 길을 걸으면서 나는 사뭇 조심스러웠지만 스티킨은 떠다니는 구름처럼 망설이

*빙하 속 깊이 갈라진 틈.

는 법이 없었다. 내가 뛰어넘을 수 있는 최대 넓이의 크레바스를 녀석은 한 번 본 뒤에 한치도 멈칫하지 않고 풀쩍 건너뛰었다. 날씨가 이제 빠르게 변하고 있었다. 겨울날의 어둠 사이로 드문드문 눈부시게 밝은 빛이 흩뿌려지고 있었다. 태양이 갑자기 온전히 내비치면 구름으로 옷을 차려입은 것 같은 산들이 부분적으로 모습을 드러내며 온 해안에 걸쳐 있는 빙하가 보였으며, 빙원은 무수히 휩쓸려온 결정체가 뿜어내는 무지갯빛의 꽃을 피웠다. 그런 다음 돌연 이 모든 눈부신 장관이 캄캄해지면서 완전히 가려졌다.

스티킨은 이러한 것들에 통 관심이 없는 것처럼 보였다. 밝음도 어두움도, 크레바스도, 웅덩이도, 빙하 구혈도, 혹은 자기가 빠질지도 모를 번쩍이는 급류도, 그 어떤 것도 말이다. 그 어린 모험가는 겨우 두 살밖에 먹지 않았는데도 신기한 게 전혀 없는 것처럼 보였다. 녀석을 겁먹게 하는 것은 아무것도 없었다. 녀석은 신중함도 호기심도, 경이로움도 두려움도 내비치지 않았다. 다만 빙하가 마치 놀이터라도 되는 것처럼 용감하게 총총거리며 다녔다. 녀석의 튼튼하고도 단단히 감싸여진 몸은 단 하나의 근육, 즉 뛰어넘는 근육을 위해 존재하는 것 같았다. 녀석이 용감하게 약 2미터 폭의 구덩이를 아무 생각 없이 날쌔게 건너뛰는 모습을 보고 있노라면 정말 경이로웠다. 어찌나 한결같이 용감한지 나는 녀석의 감각이 둔하기 때문에 가능한 게 아닐까 싶었다. 맹목적인 대담함처럼 보였기 때문이다. 그래서 나는 계속해서 녀석에게 조심하라고 경고했다. 우리는 대자연으로의 여행을 많이 하면서 무척 가까운 벗이 되었기 때문에 마치 내가 하는 모든 말을 다 알아듣는 꼬마처럼 나는 녀석에게 말을 하는 습관이 생겼다.

우리는 약 세 시간 만에 서쪽 해안에 다다랐다. 이곳의 빙하 폭은 약 11킬로미터 정도 되었다. 그때 나는 구름이 다시 뜰 경우에 대비하여 가급적 멀리에서 페어웨더산의 얼음분수를 보기 위해 북쪽으로 향했다. 숲 가장자리를 따라 걷는 것은 쉬웠다. 물론 다른 편 숲과 마찬가지로 이곳도 불어난 빙하가 넘쳐흐르고 밀어닥치면서 파괴되었다. 거대한 곳을 지나 약 한 시간가량 가자 빙하 지류가 하나 불쑥 나타났다. 폭이 3킬로미터 정도 되는 웅장한 빙폭 형태로 서쪽 방향의 주主 분지 가장자리 너머에서 쏟아진 것이었다. 거대한 폭포가 몹시도 세차게 흐르다 가파르게 거꾸러졌다는 것을 말해주듯 표면이 물결 모양의 칼날과 산산조각 난 덩어리들로 으스러져 있었다. 5~6킬로미터 정도를 내려가자 빙하 지류가 빙산을 가득 채우고 있는 호수로 흘러들어 간다는 것을 알 수 있었다.

나는 기꺼이 조수로 이어지는 호수 출구 쪽으로 가고 싶었지만 날이 이미 이슥한 데다 비가 올 듯한 하늘로 봐서 어두워지기 전에 얼른 빙판을 떠나 돌아가야 했다. 그래서 더 이상 멀리 가지 않기로 결심했다. 아름다운 지역의 전경을 대략적으로 살펴본 뒤, 상황이 더 좋을 때 다시 돌아와서 보기로 했다. 우리는 거대한 얼음이 빗발치는 협곡으로 속도를 높여 올라갔다. 서쪽 해안을 약 3킬로미터 정도 걸어가자 주主 빙하가 나왔다. 여기서 우리는 그물처럼 얽혀있는 크레바스들 때문에 곤경에 처했다. 게다가 구름이 몰려들면서 주위에 부연 비를 뿌리기 시작하더니 곧장 무서운 눈보라가 잇따라 거세게 휘날렸다. 흐린 폭풍우 속에서 길을 찾아야 한다고 생각하니 이제 걱정스런 마음이 들기 시작했다. 스티킨은 두려운 기색이 전혀 없었다. 녀석은 여전히 똑같이 과묵했다. 훌륭한 작은 영웅이었다. 하지만 어둠 속에서 폭풍이 몰려오자 나는 녀석이 내 뒤에 바짝 붙어 따라오고 있다는 것을 알아챘다. 우리는 눈 때문에 더욱 서둘렀지만, 동시에 눈은 우리가 가는 길을 보이지 않도록 꽁꽁 숨겨버렸다. 나는 할 수 있는 한 최선을 다하여 무수히 많은 크레바스를 뛰어넘었고, 둘이서 함께 수 킬로미터에 걸쳐 갈라진 틈과 이리저리 옮겨 다니는 얼음덩어리들을 오르락내리락하며 곧장 나아갔다. 한두 시간 정도 이리 하고 난 뒤, 우리는 거대한 밭고랑과도 같은, 간담을 서늘케 할 정도로 넓은 세로 방향의 일련의 크레바스에 이르렀다. 거의 똑바로 일정하게 기울어져 있었다. 위험하다는 생각이 들자 더욱 흥분되기도 했지만 마음을 단단히 먹었다. 혹시 미끄러질지도 모르거나 저 건너편에 어떤 불확실한 상황이 있을지 모를 것에 대비해 뛰어오르기 전에 발로 홈을 판 뒤 아찔한 가장자리에서 조심스럽게 균형을 잡으면서 최대한 멀리 뛰어넘었다. 단 한 번의 시도만이 허용되었다. 그 운동은 무섭기도 하고 감격스럽기도 했다. 스티킨은 아무런 어려움 없이 따라오는 듯했다.

몇 킬로미터를 이렇게 주로 오르락내리락하며 나아갔다. 어쩔 수 없이 빙하에서 밤을 보내는 위험한 일이 벌어질지도 모른다는 생각에 우리는 대부분의 시간을 걷는 대신 달리거나 건너뛰면서 전진했다. 스티킨은 무엇이든 할 수 있는 것처럼 보였다. 거의 틀림없이 우리는 하룻밤의 폭풍우를 견뎌내야 했을 터였다. 얼어붙지 않으려고 평평한 곳에서는 춤을 추듯 날뛰었다. 절망이라고는 느끼지도 않은 상태에서 위협적인 상황에 직면했던 것이다. 하지만 우리는 허기졌고 온몸이 젖어 있었다. 그리고 산에서 불어오는 바람에는 여전히 눈보라가 가득했고, 살을 에는 듯 추웠다. 당연히 그날 밤은 기나긴 밤이 될 터였다. 어지럽게 휘날리는 눈보라 때문에 어느 방향으로 가야 가장 덜 위험한 경로가 놓여있는지를 분간할 수도 없는 지경이었다. 떠다니는 구름 사이로 드러나는 틈을 통해 흐릿하게나마 아주 잠깐씩 산세를 볼 수 있었지만 결코 기상 신호나 안내자로서 도와주는 역할은 하지 못했다. 단지 크레바스에서 크레바스로 길을 더듬거리며 갈 뿐이었다. 어느 곳에서나 보이는 것은 아니었지만 빙상의 구조를 길잡이로 삼았다. 때로는 바람을 길잡이로 삼기도 했다. 몇 번이고 나는 내 패기를 시험해야 했지만 스티킨은 쉽사리 따라왔다. 녀석은 위험한 상황일수록 더욱 움츠러들지 않는 불굴의 용기를 가진 듯했다. 어려움에 처한 등반가들이 언제나 보여주는 모습과도 같았다. 날씨가 몹시 궂었기 때문에 그만큼 귀한, 남아있는 햇빛을 단 1분이라도 붙들려고 우리는 인내심을 가지고 끈질기게 열심히 달리고 건너뛰었다. 그리고 우리가 어렵게 넘어선 온갖 험난한 크레바스가 부디 이번이 마지막이 되기를 바랐다. 하지만 그 희망과는 반대로, 앞으로 나아갈수록 크레바스는 점점 더 치명적이었다.

한참 후, 폭이 무척 넓은 데다 일직선으로 난 크레바스가 길을 막아섰다. 나는 크레바스를 건널 일이 없기를 바라면서 북쪽으로 급히 1.5킬로미터 정도를 따라갔다. 그런 다음 빙하 아래쪽으로 멀리 갔는데, 그곳에는 크레바스가 건널 수 없는 또 다른 크레바스와 연결되어 있었다. 3킬로미터는 족히 되는 거리로 내가 뛰어넘을 수 있는 곳이라곤 단 한 군데밖에 없었다. 하지만 최대한 시도하더라도 뛰어넘기에는 폭이 너무 넓었다. 또한 저 건너편으로 뛰어넘다가 미끄러질 위험성이 너무 커서 시도하기가 꺼려졌다. 더군다나 내가 있는 쪽이 건너편보다 대략 30센티미터는 더 높았다. 이 점을 장점으로 친다 해도 크레바스는 폭이 너무 넓어 위험해 보였다. 사람들은 보통 엄청나게 큰 크레바스의 폭을 과소평가하는 경향이 있다. 그래서 나는 필요하다면 뛰어내릴 수 있다고 생각할 때까지 아주 예리하게 크레바스를 응시했고, 건너편의 폭과 가장자리 모양을 예측했다. 낮은 쪽으로 되돌아가 뛰어내릴 경우엔 실패할 수도 있다. 신중한 등반가라면 위험이 기다릴지도 모르는 미지의 땅에 좀처럼 발을 내딛지 않는 법이다. 예측할 수 없는 장애물에 의해 멈추어야 하는 경우 되돌아갈 수 없기 때문이다. 이것은 오래 살아남는 등반가의 원칙이며 그래서 서둘러야 했음에도 나는 그 원칙을 깨지 않으려고 앉아서 침착하게 숙고했다. 마치 지도를 그리듯 나는 에둘러가는 길을 머릿속에서 상상했다. 그 길을 되돌아가다 보니 아침에 추구했던 경로보다 1.5~3킬로미터 더 위에 있는 강에서 빙하를 다시 건너게 되고, 게다가 이제는 이전에 본 적이 없는 구역에서 오도 가도 못하게 된다는 것을 알았다. 이 위험한 점프를 감행해야 하는가. 아니면 서쪽 해안의 숲으로 되돌아가 불을 피우고 새날이 밝아오기를 기다리는 동안 주린 배를 움켜잡고 있어야만 하는가! 나는 이미 위험하게 펼쳐진 드넓은 얼음덩어리를 건넜기에 어두워지기 전에 폭풍우를 헤치고 숲으로 되돌아가는 것은 어렵다는 것을 알았다. 그리고 그리하면 한밤중에 빙하 위에서 참담하게 팔짝팔짝 뛰어다녀야 할 수도 있다. 현재의 장벽 너머에 있는 표면이 훨씬 더 유망해 보였고, 동쪽 해안은 이제 서쪽만큼이나 가까이에 있을 터였다. 그리하여 나는 계속 가기로 했다. 하지만 이 넓은 크레바스는 아주 무시무시한 장애물이었다.

이미 위험은 뒤에도 놓여있으므로, 마침내 나는 앞에 놓여있을지도 모를 위험에 뛰어들기로 결심했다. 그리고 무사히 잘 뛰어내렸다. 하지만 여분이 거의 없어서 낮은 쪽으로 되돌아가 뛰어내려야 했기 때문에 여느 때보다도 더 두려웠다. 스티킨은 따라서 뛰어내리면서 내가 두려워하는 것을 전혀 이해할 수 없다는 눈치였다. 우리는 이제 고생 끝이라는 바람을 가지고 앞으로 열심히 달려갔다. 하지만 얼마 못 가 지금까지 본 것 중 가장 거대한 크레바스와 맞닥뜨렸기 때문에 발걸음을 멈추어야 했다. 당연히 나는 한쪽 끝에 나 있는 길이나 다리를 찾아내면 해결될지도 모른다는 온갖 희망을 품고 살펴보려고 서둘렀다. 약 1.2킬로미터 정도 강을 따라 올라가자 걱정했던 대로 우리가 방금 건너온 크레바스와 연결되어 있다는 것을 알았다. 그런 다음 그 크레바스를 따라 아래로 걸어오면서 그것이 아래쪽 끝에 있는 크레바스와도 똑같이 연결되어 있다는 것을 알았다. 전체 폭이 12미터에서 15미터 정도를 유지하고 있었다. 경악스럽게도 나는 길이가 3킬로미터 정도 되는 좁은 섬에 갇혀있다는 것을 알았다. 가까스로 이곳을 빠져나갈 수 있는 방법은 두 가지였다. 우리가 온 길을 다시 돌아가거나, 아니면 거대한 크레바스 한가운데쯤에 교차해 있는, 거의 접근하기조차 힘든 얼음조각으로 된 다리를 건너가는 것이었다!

이런 용감한 시도를 해야 한다는 것을 발견한 후에, 나는 얼음조각 다리로 다시 달려가 주의 깊게 살폈다. 해협의 볼록한 면과 빙하의 서로 다른 부분들이 움직이면서 내는 속도에 따라 다양하게 변형된 유형의 이 크레바스들은 처음 갈라질 때는 주머니칼의 날이 들어갈 수 없을 정도로 비좁은 균열일 뿐이었지만, 빙하의 깊이와 압력의 정도에 따라 점점 넓어진 상태였다. 나무가 틈이 벌어지는 것과 같이 지금은 이 균열들의 일부가 중단되었지만, 다시 갈라질 때는 끝부분의 겹치는 곳에서 가느다란 얼음조각들이 끌려 나왔다. 나무의 쪼개진 양쪽 면이 서로 갈라졌지만 연결되어 있는 것처럼, 크레바스의 측면 사이에서 연결구조가 유지되었던 것이다. 어떤 크레바스들은 몇 달 또는 몇 년 동안 갈라진 채로 있다가, 측면이 녹아내리면서 갈라지는 압력이 중단된 후 점차 넓어지고 커지게 된다. 한편 처음에는 표면이 평평하고 지극히 안전한 얼음조각으로 된 다리는 결국 수직으로 칼날이 선 듯 가늘게 녹아내리고, 상부는 악천후에 극심하게 노출된다. 그리고 상부 중간 부분이 가장 많이 노출되기 때문에 결국 현수교의 케이블처럼 아래쪽으로 휘어진다. 이 조각다리는 분명 아주 오래된 것이었다. 왜냐하면 지금까지 내가 갔던 길에 놓여있던 것 중에서 가장 위험하고 접근하기 어려울 정도로 비바람을 맞으며 쇠약해졌기 때문이다. 크레바스의 폭은 약 15미터였고, 대각선으로 가로지르는 조각다리는 약 20미터였다. 중간 부근의 가느다란 칼날은 빙하 높이보다 7미터에서 9미터 정도 아래에 있었고, 위로 구부러진 끝부분은 빙하 가장자리의 2.5미터에서 3미터 정도 아래쪽 측면에 붙어 있었다. 거의 수직인 벽을 내려가 조각다리의 끝까지 가서 건너편 쪽으로 올라가는 것은 몹시 어려운 일이라 할 수 있을 것 같지 않았다. 오랜 세월 동안 산악과 빙하를 돌아다니면서 여러 위험한 일을 마주했지만 이번만큼 명백하고 심각하며 가혹한 적이 없었다. 게다가 우리는 온몸이 흠뻑 젖어 있었고 허기졌으며, 하늘은 금방 폭설이라도 휘몰아칠 것처럼 어두운 데다 밤이 다가오고 있었다. 하지만 현실을 직시해야 했다. 지독히도 불가피한 일이었다.

우선 조각다리의 내려앉은 끝부분이 아니라 약간 한 쪽면으로 무릎을 받칠 깊은 구멍을 팠다. 그런 다음 벽이 너무 깎아질러 있었기에 몸을 벽에 기댄 채 짧은 손잡이가 달린 도끼로 40~45센티미터 아래에 발판을 팠다. 발판은 잘 만들어졌다. 바닥을 약간 안쪽으로 경사지게 해서 발뒤꿈치를 잘 받치도록 만들었기 때문이다. 그런 다음 발판 위로 조심스럽게 살짝 들어섰고, 몸의 왼쪽을 벽 쪽으로 향한 채 가능한 한 최대한 낮게 웅크렸다. 왼손으로는 빙벽에 약간 홈을 파서 바람에 흔들리지 않도록 했다. 그러는 동안 도끼의 섬광과 돌풍으로 인해 균형을 잃지 않도록 조심하면서 오른손으로 또 다른 비슷한 발판과 손가락을 넣을 홈을 팠다. 삶과 죽음이 모든 발판을 완성하는 하나하나의 타공과 꼼꼼함에 달려있기 때문이었다.

다리 끝에 다다른 후에는 폭이 15~20센티미터 정도 되는 평평한 층계참을 만들 때까지 또 깎아내야 할 터였다. 조각다리에 안전하게 오르기 위해 몸을 구부리는 동안 그 작고 미끄러운 층계참이 균형을 잡아주는 역할을 할 것이었다. 양쪽 벽에 무릎을 대고 균형을 잡으면서 자루가 짧은 손잡이 도끼로 조심스럽게 쪼아내고 날카로운 모서리를 깎아내면서 한번에 3~5센티미터씩 앞으로 나아가며 건너가는 것은 비교적 쉬웠다. 양쪽의 무시무시한 심연은 의도적으로 무시했다. 그때 나에게 저 차가운 얼음조각의 가장자리는 세상 전부였다. 하지만 조그만 발판을 계속 쪼아서 조금씩 건너가는 일을 마친 뒤 가장 힘들었던 부분은, 안전하게 양쪽으로 두 다리를 벌린 자세로 있다가 일어나서 거의 수직인데도 불구하고 쪼고 오르고 발로 지탱하고 손가락으로 홈을 파내면서 벽에 발판 사다리를 만드는 것이었다. 그럴 때는 온몸이 눈이 된다. 흔한 기술과 불굴의 용기는 인간의 요구나 지식을 넘어선 힘으로 대체된다. 그토록 오랫동안 극도로 긴장해본 적은 한 번도 없었다. 그 절벽을 어떻게 올랐는지 지금 생각해보면 말도 안 되는 일이었다. 꼭 다른 누군가가 행한 것만 같았다. 나는 탐험 과정에서 고결한 산이나 빙하 한가운데에서 운명을 맞이하는 것이 질병으로 죽거나 저 아래에서 초라하게 사고로 죽는 것과 비교할 때 축복받은 것이라고 종종 느끼긴 했지만, 결코 죽음을 우습게 보지는 않았었다. 비록 수많은 세월 동안 충분히 행복했다는 것을 기쁜 마음으로 느낄지라도, 수정처럼 명징하고 지체 없는 최고의 죽음이 우리 앞에 눈부시게 열려있다는 것을 직시하기란 어려운 일이다.

하지만 날렵하고 조그마한 털북숭이인 가엾은 스티킨을 생각해보라! 내가 위험을 무릅쓰고 다리를 건너겠다고 결심하고 난 뒤 다리 위에 있는 둥그런 벼랑 끝에서 무릎을 대고 구멍을 파고 있을 때, 녀석은 내 뒤로 와서 머리를 어깨너머로 밀어 넣고는 아래쪽과 건너편을 바라보았다. 그리고는 조각다리와 그 접근로를 이상한 눈빛으로 유심히 살피더니 놀라움과 근심이 섞인 화들짝 놀란 얼굴로 나를 바라보면서 나지막하게 으르렁대며 낑낑거리기 시작했다. '설마 저 끔찍한 곳으로 가려는 거 아니지요?'라고 분명하게 말하는 듯했다. 녀석이 크레바스를 찬찬히 응시하는 것을 본 것은 이번이 처음이었다. 또 곤혹스런 표정으로 내게 무언가를 간절히 말하고 싶어 하는 얼굴을 본 것도 처음이었다. 언뜻 보는 것만으로도 위험성을 인식하고 식별한다는 것은 녀석이 그만큼 놀라울 정도로 총명하다는 뜻이었다. 이 대담한 조그만 동물은 전에는 빙판이 미끄럽다거나 어디에도 이보다 위험한 곳은 없다는 것을 몰랐던 것 같다. 녀석이 구슬픈 소리를 내면서 두려움을 말하기 시작했을 때의 말투와 얼굴은 꼭 사람 같아서 나는 무의식적으로 녀석의 두려움을 진정시켜주고 또 어떤 면에서는 나 자신의 두려움을 자제하려고 애쓰면서 겁먹은 아이에게 말하듯 연민이 가득한 말투로 이야기했다. "쉿, 겁내지 마, 얘야. 쉽진 않을지라도 우린 무사히 건너갈 거야. 이 험한 세상에서 똑바른 길을 걷는 것은 쉽지 않아. 그러기 위해서는 목숨을 걸어야 해. 최악의 경우는 단지 미끄러지는 거야. 그러면 우리가 가질 무덤이 얼마나 웅대할까. 게다가 머지않아 우리의 멋진 뼈들은 종퇴석에 도움이 될 거야."

하지만 나의 설교는 녀석을 전혀 안심시키지 못했다. 녀석은 울부짖기 시작했고, 그 무시무시한 심연을 또다시 꿰뚫어 보고 나자 흥분해서 필사적으로 다른 건널목을 찾아 달아났다. 당연히 좌절한 녀석이 다시 돌아왔을 즈음에는 발판을 한두 개 만든 상태였다. 나는 돌아볼 생각도 하지 못했지만, 녀석은 자기가 돌아왔다는 것을 들을 수 있도록 했다. 그리고는 내가 몸을 구부려 건너는 모습을 보더니 절망에 빠져 더 크게 울부짖기 시작했다. 누구라도 충분히 위험하다는 생각에 사로잡힐만한 상황이었지만, 녀석이 위험성을 그렇게 정확하게 인식하고 가늠할 수 있다는 것은 무척 놀라운 일이었다. 어떤 등반가라도 실제와 겉으로 보이는 위험 사이를 구별해서 녀석보다 더 빠르게 알거나 더 현명하게 판단할 수는 없을 것이다.

내가 건너편에 도달하자 녀석은 그 어느 때보다 더 크게 울부짖었다. 그리고 탈출구를 찾으려고 헛되이 이리저리 왔다 갔다 뛰어다닌 후에는 마치 죽음의 쓴맛을 본 것처럼 낑낑 신음소리를 내고 울부짖으면서 다리 위에 있는 크레바스 가장자리로 되돌아오곤 했다. 이것이 진정 그 조용하고 침착하던 스티킨이란 말인가? 나는 녀석에게 다리가 보이는 것처럼 그다지 형편없는 것은 아니라고, 발을 안전하게 디딜 수 있도록 평평하게 만들어놓았으니 쉽게 걸을 수 있다고 큰소리로 격려했다. 하지만 녀석은 건너는 것을 두려워했다. 그토록 작은 동물이 그토록 커다란 위험, 그토록 커다란 두려움을 알 수 있다는 게 신기했다. 나는 안심시키는 말투로 아무것도 겁먹지 말고 건너오라고, 한 번만 시도해보면 할 수 있다고, 몇 번이나 외쳤다. 녀석은 잠시 잠자코 있더니 다리를 다시 내려다보며 절대로, 절대로 그 길로는 갈 수 없다는 흔들리지 않는 확신에 찬 소리로 짖었다. 그리고는 절망에 빠져 뒤로 물러서면서 "오오오! 거기에에에에! 절대로오오오! 거기에 절대로오오오 내려갈 수 없어어어어!"라고 말하는 듯 울부짖었다. 녀석의 타고난 평온함과 용맹함은 엄청난 두려움이 몰려오면서 완전히 사라져버렸다. 덜 위험한 상황이었다면 녀석이 고통스러워하는 모습이 꽤나 우스꽝스러웠을 것이다. 하지만 이 음울하고 냉혹한 심연은 죽음의 그림자를 드리우고 있었다. 녀석의 가슴이 미어지는 울음소리는 하느님에게 도움을 요청하는 것이었을지도 모른다. 아마 울음소리는 그런 의미였으리라. 그래서 이전에는 녀석에게 감춰져 있던 것들이 이제 투명하게 드러났을 것이다. 녀석의 마음속에서 움직였던 시계침들이 이제 딱지에서 나와 어떻게 작동하는지를 볼 수 있었다. 녀석의 소리와 몸짓, 희망과 두려움은 인간의 그것과 너무도 똑같아서 아무도 구별할 수 없을 정도였다. 녀석은 내가 하는 말을 다 이해하는 것 같았다. 나는 녀석을 밤새 저렇게 내버려 두었다가는 아침에 찾지 못할 위험성이 있다는 생각에 고심했다. 위험을 무릅쓰고 오라고 하는 것은 불가능해 보였다. 버려지는 것에 대한 두려움을 통해 시도할 수밖에 없도록 하려고, 나는 녀석을 운명에 맡기고 떠나는 것처럼 출발한 뒤 얼음언덕 뒤로 자취를 감추었다. 하지만 이것도 소용없었다. 녀석은 엎드려서 어찌할 도리가 없는 고통스러움에 낑낑대기만 할 뿐이었다. 그래서 몇 분 동안 숨어서 지켜본 뒤, 나는 크레바스 가장자리로 돌아가 건너편에 있는 녀석에게 이제 정말 떠날 거라고, 더 이상은 기다릴 수 없다고, 그러니 건너오지 않으면 다음 날 찾으러 돌아오는 것밖에는 약속할 수 없다고, 엄한 말투로 외쳤다. 녀석에게 숲으로 돌아가면 늑대들이 죽일 거라고 경고하면서, 다시 한 번 말과 몸짓으로 건너오라고, 제발 건너오라고 재촉하는 것으로 끝을 맺었다.

녀석은 내가 하는 말이 무슨 뜻인지 잘 알고 있었다. 그리고는 마침내 절망과 숨 막힐 듯한 침묵 끝에 용기를 내어 내가 무릎을 굽혀 만들어놓은 구멍 가장자리에 웅크리더니 몸을 빙벽에 바짝 댔다. 온몸의 털과 빙벽의 마찰을 이용하려는 것 같았다. 그리고는 첫 발판을 유심히 쳐다보더니 조그만 네 발을 모으고는 천천히 미끄러지듯, 발판 가장자리 위와 아래로 천천히, 네발을 모두 그 안에 넣었다. 거의 식은 죽 먹기라는 식이었다. 그런 다음 내가 눈 속에서도 확연히 볼 수 있을 정도로, 천천히 발판 가장자리 위로 내디뎠다가 다음 발판 가장자리 아래로 내딛는 식으로 계속해서 움직이더니 다리 끝에 이르렀다. 그런 다음, 마치 '하나, 둘, 셋'을 계측해서 움직이는 듯 초진자秒振子* 의 진동의 느림과 규칙성으로 발을 들어 올렸다. 돌풍을 맞고 몸이 흔들리지 않도록 단단히 받치고, 내딛는 발걸음마다 별도의 주의를 기울이면서 녀석은 빙벽 아래에 이르렀다. 그러는 사이 나는 녀석이 내 팔이 닿는 곳에 오면 들어

*한 번 갔다 오는 주기가 2초인 진자.

올리려고 녀석 쪽으로 무릎을 꿇고는 몸을 기울이고 있었다. 그런데 여기서 녀석은 한마디 말도 없이 멈춰 섰다. 녀석이 떨어질까 봐 두려웠다. 개들은 등반에 서툴기 때문이다. 나는 줄을 가지고 있지 않았다. 만약 하나라도 가지고 있다면 녀석의 머리 위로 올가미를 떨어뜨려 끌어올릴 수 있을 터였다. 입고 있는 옷으로 줄을 만들 수 있는지 생각하고 있는 동안 녀석은 내가 만들어놓은, 손을 집어넣는 구멍들과 발판들을 마치 속으로 세기라도 하듯 예리하게 들여다보면서 하나하나의 위치를 마음속에 새겨 넣고 있었다. 그러더니 갑자기 용수철처럼 순식간에 뛰어올랐다. 발을 발판에 거는 게 너무 빨랐기 때문에 나는 녀석이 어떻게 했는지 볼 수도 없었다. 녀석은 내 머리 위로 붕 날아왔고, 마침내 안전해졌다!

대단한 광경이었다! "잘했어, 잘했어, 꼬마야! 이 용감한 꼬마야!" 나는 울부짖으면서 녀석을 붙잡아 어루만지려고 했다. 하지만 녀석은 한사코 잡히려 하지 않았다. 절망의 구렁텅이에서 이렇듯 기뻐서 어쩔 줄 몰라 의기양양해하며 억제할 수 없는 즐거움을 보이는 모습으로 급변한 적이 이전까지 단 한 번도 없었다. 녀석은 미친 듯 비명을 지르고 짖어대며 이리저리 풀쩍풀쩍 쏜살같이 뛰어다니면서, 회오리바람 속의 나뭇잎처럼 어지럽게 빙글빙글 돌면서, 드러누우면서, 옆으로 또 거꾸로 떼굴떼굴 굴러다니면서, 절규하고 흐느끼고 헐떡거리는 소리를 요란하게 쏟아내고 있었다. 저렇게 기뻐하다 죽지나 않을까 두려워서 녀석에게 정신 차리라고 뛰어갔을 때, 녀석은 발을 버둥버둥거리더니 2~300미터를 번개같이 달아나 버렸다. 그런 뒤 갑자기 돌아서더니 미친 듯이 다시 돌아와 내 얼굴에 맹렬히 달려드는 바람에 나는 거의 넘어질 뻔했다. 그러는 내내 마치 "살았다! 살았다! 살았다!"라고 말하는 것처럼, 날카로운 소리로 괴성을 지르며 외쳐대고 있었다. 그런 다음 다시 달아나더니 온몸을 덜덜 떨고 흐느끼면서 갑자기 이따금씩 공중에서 풀썩 쓰러졌다. 그렇듯 격앙된 감정은 녀석을 죽이고도 남을 것 같았다. 이집트와 홍해를 탈출한 뒤 모세가 부른 위풍당당한 승전가는 비할 바가 아니었다. 이토록 흥분하는 현세의 몸일 뿐임에 불과한데, 그토록 우직하고 인내심 강한 조그만 동료가 가진 능력을 누가 짐작이나 할 수 있겠는가? 어느 누가 녀석과 함께 울부짖지 않을 수 있겠는가!

하지만 과도한 두려움이나 기쁨을 진정시킬 방법이 없었다. 그래서 나는 달려나가 최대한 무뚝뚝한 목소리로 녀석에게 오라고 명령하고는 실없는 짓을 그만하라고 했다. 가야 할 길이 아직도 멀었고, 곧 어두워지고 있었기 때문이다. 우리 둘 다 이제는 이와 같은 시련이 또다시 오는 것이 두렵지 않았다. 하늘나라는 평생 동안 단 한 번으로 족했다. 우리 앞에 놓여 있는 빙상은 수천 개의 크레바스들로 인해 깊이 갈라졌지만 이제는 평범한 것일 뿐이었다. 구원의 기쁨에 찬 우리는 불처럼 불사르며, 온갖 근육이 내는 힘을 대단히 기뻐하며 어마어마하게 반동을 주며 지치지도 않고 달렸다. 스티킨은 자기 앞에 놓인 것은 무엇이든 건너뛰었다. 어두워져서야 녀석은 평소대로 여우와 같은 걸음을 걸었다. 마침내 구름이 잔뜩 낀 산이 시야에 들어오며 발밑에서 단단한 바위의 감촉이 느껴지자 이제 안전하다는 생각이 들었다. 그러자 힘이 빠져버렸다. 위험이 사라지자 기운도 빠진 것이었다. 우리는 어둠 속에서 아침에 대피했던 두릅나뭇과들이 우거진 잡목 숲과 덤불들을 통과하여 바위들과 나무줄기들을 지나치며 측퇴석을 따라 비틀거리며 걸었다. 그리고 질펀하게 경사진 종퇴석을 건너갔다. 열 시경 캠프에 도착하자, 환하게 지펴놓은 모닥불과 거나한 식사가 차려져 있는 것을 보았다. 후나 인디언 일행이 영 씨를 방문했던 것이다. 그들은 돌고래 고기와 야생 딸기들을 선물로 가져왔고, 사냥꾼 조는 들염소를 주었다. 하지만 우리는 온몸이 녹초가 되어서 먹을 수가 없었고 눕자마자 곯아떨어졌다. "고생이 심할수록 휴식은 더 달콤하다"고 말한 사람은 이토록 녹초가 된 적이 없는 사람일 것이다. 스티킨은 자면서도 계속해서 중얼거리거나 몸을 움찔움찔했다. 아직도 크레바스 가장자리에 있는 꿈을 꾸고 있는 게 틀림없었다. 나도 마찬가지였다. 그날 밤뿐만 아니라 그 이후에도 오랫동안 극도로 지쳐있을 때는 그랬다.

그 이후로 스티킨은 다른 개가 되었다. 남은 여행 기간 동안, 녀석은 따로 떨어져 있지 않고 항상 내 옆에 누웠으며, 노상 나를 지켜보려 했다. 아무리 구미가 당기는 음식 한 조각이라도 내가 주는 것이 아니면 거의 입에 대지 않았다. 밤에 모닥불 주변이 온통 고요해졌을 때도 녀석은 내가 마치 녀석의 신이라도 되는 양 신심 어린 표정으로 와서는 무릎에 머리를 뉘었다. 눈이 마주칠 때마다 녀석은 '우리가 빙하에서 함께 지낸 시간이 경외심을 불러일으키지 않았나요?'라고 말하는 것처럼 보였다.

세월이 흘러도 그때 알래스카의 폭풍우 치던 날에 대한 기억은 전혀 바래지지 않았다. 그 일에 대해 쓸 때마다 마치 다시 폭풍우의 한가운데 있는 것처럼 내 마음속에서 모든 것들이 포효하며 솟구쳐 오른다. 금방이라도 빗줄기와 눈보라를 퍼부을 것 같은 떠다니는 잿빛 구름들, 줄어든 숲 위로 우뚝 솟은 빙벽들, 장엄한 빙폭, 눈 덮인 하얀 산의 수원 앞에 펼쳐진 광대한 빙하, 그리고 그 중심에 있던 죽음의 그림자의 골짜기를 상징하는 무시무시한 크레바스와 그 위로 길게 나부끼던 낮은 구름들과 그곳에 떨어지던 눈발들이 눈에 선하다. 그리고 크레바스 가장자리에서 조그만 스티킨이 보인다. 도와달라고 울부짖는 소리와 기쁨에 겨워 외치는 소리가 들린다. 나는 많은 개들을 알아왔고, 개들의 지혜로움이나 충실함에 관해 할 수 있는 이야기가 많이 있지만 그 어느 것도 스티킨에는 필적하지 못한다. 처음에는 내 강아지 친구들 중에서 가장 별 볼 일 없고 아는 것도 없었지만, 갑자기 그 모두들 중에서 가장 잘 아는 개가 되었다. 폭풍우와의 목숨을 건 사투는 녀석의 진면목을 드러냈고, 유리창을 통해 보듯 녀석을 통해 나는 그때 이후로 모든 필멸자들에게 더 깊은 연민을 가지고 바라보게 되었다.

스티킨의 친구들 중 누구도 결국 녀석이 어떻게 되었는지 알지 못했다. 그 기간의 작업을 마친 뒤 나는 캘리포니아로 떠났고 다시는 그 사랑스런 조그만 녀석을 보지 못했다. 걱정이 되어 물어보는 편지를 녀석의 주인에게 썼더니, 1883년 여름에 포트 랭겔에서 관광객이 훔쳐가서는 증기선에 태워 데리고 가버렸다는 답장을 받았다. 녀석의 운명은 신비에 싸여있다. 틀림없이 이 세상을 떠나 마지막 크레바스를 건너 저세상으로 갔을 것이다. 하지만 녀석은 잊혀지지 않을 것이다. 나에게 스티킨은 불멸의 존재이다.

존 뮤어John Muir
스코틀랜드 대생의 미국인으로 자연주의자, 작가이다. 많은 편지, 수필, 책을 통해 자연을 탐험한 이야기를 전해주었으며, 그의 자연보호운동은 요세미티 밸리, 세쿼이아 자연공원 등 자연보호 구역을 보존하는 데 중요한 역할을 했다. 그가 창설한 시에라 클럽은 미국에서 유명한 자연보호단체가 되었으며, 그의 공헌을 기리기 위하여 시에라 네바다 산의 등산로를 '존 뮤어 트레일'이라고 부르고 있다.

바람처럼 달리다

홈친 뼈다귀들이 양심에 걸렸다.

제멋대로 풀쩍풀쩍 뛰어다녔던 날들, 자물쇠가 짤깍할 때까지

제일 좋은 의자에서 잠을 잤던 날들, 이런 것들이 죄악이었던 걸까.

레이 브래드버리

특사

마틴은 다시 가을이 왔다는 것을 알았다. 개가 집으로 바람과 서리, 사과나무 밑에서 사과주로 변하는 사과 향기와 함께 집으로 뛰어들어 왔기 때문이다. 구불구불 부드러운 검은 털을 휘날리면서 개는 미역취, 여름날에 작별을 고하는 먼지, 옥수수 껍질, 다람쥐의 털, 세상을 뜨는 개똥지빠귀의 깃털, 이제 막 자른 장작더미에서 나온 톱밥, 불타오르는 단풍나무가 흔들리면서 떨어지는 검붉은 이파리들을 가지고 왔다. 개가 풀쩍 뛰어올랐다. 연약한 고사리, 블랙베리나무의 가지, 습지대의 풀들이 마틴이 소리 지르고 있는 침대 위로 소나기처럼 후드득 떨어졌다. 확실히, 분명 확실히, 이 놀라운 맹수는 10월을 맞이하고 있었다!

"자, 이리 와, 이 녀석아!"

그러면 개는 그 계절의 온갖 모닥불과 은근히 불타고 있는 것들과 함께 마틴의 몸을 따뜻하게 데우려고 자리를 잡았다. 머나먼 여행길에서 지니고 온 부드럽거나 짙은 향기, 젖은 향기와 마른 향기가 방을 가득 채웠다. 봄에는 라일락, 아이리스, 기계로 깎은 잔디밭의 냄새가 났다. 여름에는 아이스크림으로 코밑에 수염을 기른 채 햇볕에 타서는 매캐한 폭죽 냄새, 바람개비 냄새를 가지고 왔다. 그런데 가을! 가을이라!

"멍멍아, 바깥은 어때?"

침대에 누운 마틴은 늘 그렇듯 개에게 말을 걸었다. 마틴은 침대에 누워서 병 때문에 침대에 갇혀있기 전의 옛날처럼 가을이 왔다는 것을 알았다. 마틴이 가을과 유일하게 접촉하는 것은 이제 개를 통해서였다. 개는 날쌔게 움직이면서 컹컹 짖은 뒤 달려나가서는 주변을 돌아다니면서 냄새를 맡고, 마을과 시골, 개울, 강, 호수, 지하실, 다락방, 벽장, 석탄통의 질감과 시간을 모아왔다. 하루에도 몇 차례씩 해바라기씨와 석탄 찌꺼기가 깔려있는 길, 유액을 분비하는 식물, 마로니에 열매, 발갛게 잘 익은 호박의 향기를 선물로 가지고 왔다. 개는 어렴풋이 보이는 온 세계를 들락날락했는데, 그 목적은 털가죽 속에 숨겨져 있었다. 손을 내밀면 개가 다니는 목적이 거기에 있었다…….

"오늘 아침에는 어디에 갔었어?"

하지만 마틴은 개가 불어온 바람의 세계로 인해 가을 곡식이 바삭바삭하게 익어가는 언덕을 달그락거리면서 내려온 곳, 바스락거리는 나뭇잎들에 파묻혔지만 죽은 자들을 볼 수 있는 화장火葬용 장작더미 속에 아이들이 누워있는 곳이 어디인지를 듣지 않고도 알 수 있었다. 떨리는 손으로 빽빽한 털을 더듬으면 개가 걸어온 기나긴 여정을 읽을 수 있었다. 그루터기만 남은 들판을 지나 산골짜기에서 반짝이는 개울을 넘고 대리석이 펼쳐진 묘지를 걸어 숲 속으로 갔던 여정을 알 수 있었다. 가을의 정취가 물씬 풍기는 이 멋진 계절, 집 주변을 이리저리 뛰어다니는 특사를 통해 가을이 짜릿하게 전해졌다!

침실 문이 열렸다.

"개가 또 말썽을 피우는구나."

엄마가 푸른 눈을 깜빡이며 과일 샐러드, 코코아, 토스트가 든 쟁반을 들고 왔다.

"엄마……"

"늘 땅을 판다니까. 오늘 아침에도 타킨스 양네 정원에 구덩이를 팠어. 화가 잔뜩 났더구나. 이번 주만 해도 그 정원에 벌써 네 번째 구덩이야."

"아마 뭔가를 찾느라 그랬을 거예요."

"말도 안 되는 소리 하지 마. 저 개는 너무 호기심이 많아. 행실을 똑바로 하지 않으면 가둬버릴 거야."

마틴은 이 여자가 낯선 여자가 아닌가 하고 쳐다보았다. "제발 그러시면 안 돼요! 그러면 전 아무것도 알 수 없다고요. 개가 말해주지 않는다면 제가 어떻게 세상 돌아가는 것을 알 수 있겠냐고요?"

엄마의 목소리가 한결 부드러워졌다. "개가 그렇게 하는 게 너한테 세상 돌아가는 일을 말하려고 하는 거니?"

"개가 밖에 나가서 돌아다니다가 돌아왔을 때 전 모르는 것이 없어요. 전 개를 통해서 모든 걸 알게 된다고요!"

그들은 여기저기 흩뿌려진 마른 흙들과 이불 위에 뿌려진 열매와 개를 쳐다보며 앉아있었다.

"음, 개가 파지 말아야 할 곳에서 파는 것만 그만둔다면, 마음대로 뛰어다니게 할게." 엄마가 말했다.

"자, 이리 와, 이 녀석아!"

마틴은 개의 목에 줄을 채웠다. 그리고는 짧은 글귀가 새겨진 양철판을 짤깍하고 잠갔다.

'내 주인은 마틴 스미스. 열 살. 아파서 누워있음. 방문객 환영.'

개가 짖었다. 엄마는 아래층 문을 열어 개를 나가게 했다.

마틴은 귀 기울이면서 앉아있었다.

지금처럼 가을비가 보슬보슬 내리는 날에는 아득히 멀리 떨어져 있어도 개가 달리는 소리를 들을 수 있다. 잔디밭을 건너 골목의 지름길로 할로웨이 씨네 공구창고로 가서 컹컹 짖으며 달그락달그락거리는 소리가 사그라지다가 커지고 다시 사그라지는 소리가 들리면, 할로웨이 씨가 수리해 놓은 눈송이처럼 섬세하게 장식한 시계에 기름이 발라진 금속 냄새를 가져오기도 한다. 아니면 식료품점 주인인 제이콥스 씨의 냄새를 가져올 수도 있다. 그의 옷에선 상추, 샐러리, 토마토 냄새가 진하게 풍겼고, 붉은 악마 그림이 새겨진 아주 맵게 양념된 햄 통조림의 은밀하고도 숨겨진 냄새가 났다. 제이콥스 씨와 눈에 보이지 않는 분홍색의 햄 냄새는 종종 뜰 아래에서부터 요동을 쳤다. 아니면 잭슨 씨, 길레스피 부인, 스미스 씨, 홈스 부인 등 가까운 친구든 아니면 어떤 친구든 맞닥뜨렸을 때 궁지에 몰려 애원하는 듯 걱정스러운 눈길을 보내면 마침내 안전한 집에서 점심이나 차와 비스킷을 먹을 수 있었다. 이제 마틴은 밑에서 이슬비를 맞으며 움직이는 발걸음 소리에 귀 기울이고 있었다. 아래층에 있는 초인종이 울렸다. 엄마가 문을 열었고 나지막이 속삭이는 소리가 들렸다. 마틴은 앞으로 당겨 앉았다. 얼굴이 밝게 빛나고 있었다. 삐걱거리며 계단을 밟는 소리가 들렸다. 살짝 웃고 있는 한 젊은 여자의 목소리가 들렸다. 당연히, 학교 선생님인 헤이트 선생님이었다!

침실 문이 활짝 열렸다.

마틴을 찾아온 손님이었다.

개는 아침, 점심, 저녁에, 새벽녘과 황혼에, 태양과 달과 더불어 돌아다니며 풀과 대기의 기온, 땅과 나무의 빛깔, 안개의 농도나 비에 대해 충실히 알려주었다. 하지만 그 모든 것 중에서도 가장 소중한 것은 헤이트 선생님을 몇 번이고 다시금 데려오는 것이었다.

헤이트 선생님은 토요일, 일요일, 월요일에 오렌지를 얼린 컵케이크를 구워주었고, 공룡과 원시인에 관한 책들을 도서관에서 가져다주었다. 화요일, 수요일, 목요일에 마틴은 왜 그런지 모르겠지만 도미노 게임을 해서 늘 선생님을 이겼고, 또 왜 그런지 모르겠지만 장기를 내리 이겼다. 그러면 이윽고 선생님은 한탄하면서 체스를 두자고 했고, 또다시 선생님을 멋지게 이겼다. 금요일, 토요일, 일요일에는 한순간도 멈추지 않고 이야기를 나누었다. 선생님은 무척 젊고 잘 웃고 예뻤으며, 머리칼은 창문 밖의 계절처럼 부드럽게 빛나는 갈색이었다. 또각또각 잰걸음으로 걸었으며, 고통스러운 오후에 심장을 고동치게 하는 따뜻함을 지니고 있었다. 무엇보다도 여러 신호들이 가진 비밀을 알고 있었다. 기적의 손으로 개의 털을 뽑아 그게 무엇을 상징하는지를 찾아내 개의 마음을 읽고 해석할 수 있었다. 집시 같은 목소리로 살며시 미소 지으며 눈을 감으면, 세상에서 제일 귀중한 것들을 손 안에서 점칠 수 있었다.

그리고 월요일 오후, 헤이트 선생님은 죽었다.

마틴은 천천히 침대에 자세를 바로 하고 앉았다.

"죽었다고요?" 마틴이 속삭였다.

죽었다고, 엄마가 말했다. 그래, 죽었다고. 마을 바깥에서 약 2킬로미터 떨어진 곳에서 자동차 사고로 죽었단다. "죽었어. 그래, 죽었어"라는 말은 마틴에게 차가움을 뜻했다. 머지않아 침묵과 순백의 겨울이 온다는 것을 의미했다. 죽음, 침묵, 차가움, 순백. 그러한 생각들이 주위를 맴돌고 이리저리 흩날리더니 한동안 속삭이고 있었다.

마틴은 개를 껴안고 벽을 쳐다보며 생각했다. 가을색 머리칼을 가진 여인. 내가 어떤 말을 하건 내 입에서 눈을 떼지 않던 여인. 절대 남을 조롱하지 않고 온화한 웃음을 짓던 여인. 가을의 세상에 대해 개가 말하지 않은 나머지 반쪽을 말해줬던 여인. 아직도 잿빛 오후의 한가운데에 있는 심장의 고동. 그 가슴 뛰는 여인이 사라졌다.

"엄마, 사람들은 땅속에 있는 무덤에서 뭘 해요? 그냥 놓여 있어요?"

"놓여 있는 게 아니라 누워 있단다."

"누워 있다고요? 그게 다예요? 하나도 재미있지 않아요."

"재미있으라고 누워 있는 게 아니란다."

"거기 누워 있는 게 심심하면 왜 가끔씩 뛰어 올라와서 이리저리 돌아다니지 않죠? 하느님은 아주 바보 같아……."

"마틴!"

"음, 하느님이 사람들한테 영원히 그대로 가만히 누워있으라고 하는 게 사람들을 다루기가 더 좋아서 그러는 거죠? 그건 불가능해요. 아무도 그렇게 할 순 없어요! 저도 한번 해본 적이 있어요. 개한테요. 저는 개한테 "넌 이제 죽은 거야!"라고 말했어요. 개는 잠시 죽은 체 가만히 있더니 금방 싫증이 나서는 꼬리를 흔들면서 한쪽 눈을 뜨더니 지루해 죽겠다는 듯 저를 쳐다봤어요. 전 묘지에 있는 사람들도 가끔 똑같이 할 거라고 장담해요. 그렇지, 멍멍아?"

개가 컹컹 짖었다.

"그만! 그런 말을 하다니!" 엄마가 말했다.

마틴은 멍하니 허공을 바라보았다.

"그 사람들은 틀림없이 그렇게 할 거예요." 마틴이 말했다.

가을이 계속되면서 나무들이 헐벗었다. 개는 숲을 가로지르며 개울을 건너 평소대로 묘지를 살금살금 돌아다니면서 한층 더 멀리 뛰어다녔다. 그리고는 황혼녘에 돌아올 때마다 창문을 뒤흔들 정도로 연신 짖어댔다.

10월 하순 무렵이 되자 개는 바람이 바뀌어 낯선 곳에서 불어온다는 듯 행동하기 시작했다. 개는 현관 밑에 덜덜 떨며 서 있었다. 마을 너머의 텅 빈 땅에 시선을 고정하고는 낑낑거렸다. 마틴에게 손님을 데려오지도 않았다. 마치 개줄에 묶인 것처럼 덜덜 떨면서 누군가 오면 곧장 쫓아내 버리겠다는 듯 매일 몇 시간이고 그대로 서 있었다. 매일 밤, 개는 늦게 돌아왔다. 따라오는 손님은 아무도 없었다. 매일 밤, 마틴은 베개 속으로 점점 더 깊이 파고들었다.

"사람들이 바쁜가 보구나." 엄마가 말했다. "개한테 신경 쓸 시간이 없을 거야. 아니면 우리 집에 오려다가 깜빡 까먹었든지."

하지만 그것 말고도 뭔가가 있었다. 개의 두 눈은 몹시 흥분한 듯 번뜩였고, 한밤중에 꿈을 꾸면서 낑낑거리며 경련을 일으켰다. 침대 밑 어두컴컴한 구석에서 덜덜 떨었다. 가끔은 밤을 거의 꼴딱 새우다시피하면서 마틴을 바라보며 서 있었다. 마치 엄청나고도 믿기 어려운 비밀이 있는데, 절대 누워서도 안 되고, 꼬리를 맹렬하게 탁탁 치거나 끝도 없이 빙글빙글 돌고 또 도는 것 외에는 알려줄 수 있는 방법이 없다는 듯 말이다.

10월 30일, 개는 밖으로 뛰어가더니 돌아오지 않았다. 저녁식사 후에 마틴은 부모님이 개를 부르고 또 부르는 소리를 들었다. 시간이 점점 늦어져 거리와 인도는 텅 비었다. 집 주변의 공기가 차가워졌지만 아무도 없었다. 아무도.

자정이 한참 지난 뒤에도 마틴은 서늘하고 투명한 유리창 너머의 세상을 바라보고 있었다. 이제 가을도 없었다. 가을을 가져오는 개가 없었기 때문이었다. 겨울도 있을 수 없었다. 누가 내 두 손에 녹아내리는 눈송이를 가져올 수 있겠는가? 아빠, 엄마? 아니, 같지 않았다. 부모님은 소리와 몸짓으로만 하는 특별한 비밀과 규칙을 가진 놀이를 할 수 없었다. 이제 계절은 없었다. 시간이라는 것도 없었다. 중개자이자 특사인 개는 떠들썩한 인파들 속에서 길을 잃었거나 독약을 먹었거나 도둑질을 당했거나 차에 치여서 지하 배수로 안 어딘가에 방치되었을 것이다.

마틴은 흐느껴 울면서 얼굴을 베개에 파묻었다. 세상은 유리 안에 있는 그림으로 만질 수 있는 것이 아니었다. 세상은 죽었다.

마틴은 침대에서 몸을 뒤척였다. 지난 할로윈데이에 쓴 호박이 3일 만에 쓰레기통에서 썩고 있었다. 종이로 반죽해서 만든 해골과 마녀들이 모닥불에서 태워졌고, 유령 의상들은 내년까지 다른 리넨 천들과 함께 선반에 쌓여 있을 터였다.

마틴에게 할로윈데이는 차가운 가을밤 별들 속에서 양철로 만든 뿔을 불어대는 하룻밤에 불과했다. 아이들은 현관에 고개나 양배추를 들이밀거나, 살얼음이 낀 창문에 입김을 불어 이름을 쓰거나 마법의 상징 비슷한 말을 쓰면서 부싯돌처럼 딱딱한 길을 따라 마귀 복장을 하고 이리저리 흩어져 다녔다. 멀리 떨어져서 그 모든 것을 보면 멀리서 인형극을 봤을 때 표정을 알 수 없는 악마처럼 어떤 소리나 의미도 없는 것이었다.

11월이 되어 사흘 동안 마틴은 천장을 가로지르며 번갈아 움직이는 빛과 그림자를 지켜보았다. 불타는 야외의 행렬은 영원히 끝났다. 가을이 차가운 잿더미 속에 있었다. 마틴은 꼼짝도 하지 않고, 희고 폭신한 침대 속으로 더 깊숙이 파고들었다. 바깥에서 들려오는 소리에 항상 귀 기울이면서…….

금요일 저녁, 부모님은 잘 자라며 입을 맞추고는 영화가 상영되는 대성당으로 비바람을 맞으며 서둘러 갔다. 옆집에 사는 타킨스 양이 아래층 거실에 머물고 있었다. 마틴이 아래층에 대고 이제 그만 자겠다고 외치자 그녀는 뜨개질을 내려놓고 집을 나섰다.

침묵 속에서 마틴은 달빛이 빛나는 맑은 하늘 아래 움직이는 별들을 천천히 따라가며 누워 있었다. 그리고는 개가 앞서거니 뒤서거니 하면서 어슬렁거리며 돌아다니다가 녹음이 무성한 산골짜기를 따라 걸었던 일, 보름달과 은하수가 모두 사라진 밤하늘에 잔잔하게 찰싹거리던 개울, 대리석에 새겨진 이름을 나지막이 속삭이며 묘비 사이를 뛰어다녔던 밤들을 떠올렸다. 파르르 떨며 명멸하는 별들만이 유일하게 움직이는 것이었던 깨끗이 깎인 목초지를 폴짝폴짝 뛰어다녔던 일, 엄청나게 북적이는 사람들이 내 그림자마저 지워버렸던 거리를 잰걸음으로 다녔던 일들이 떠올랐다. 짙게 깔린 연기, 안개, 박무, 바람, 유령, 섬뜩한 기억들에 쫓고 쫓기면서 달리고 또 달렸다! 집은 안전하고 견고하고 아늑하고 포근했다. 잠이 들었다…….

아홉 시 정각이었다.

초인종이 울렸다. 계단 깊숙한 곳에서 벽시계도 꾸벅꾸벅 졸고 있었다. 또 다시 초인종이 울렸다.

멍멍아, 집에 와. 세상을 함께 달려보자. 멍멍아, 서리 내린 엉겅퀴를 가져다주렴. 아니 바람만이라도 가져다주렴. 멍멍아, 어디에 있니? 오, 제발 들어줘, 내가 부르잖아.

마틴은 숨을 죽였다.

멀리 떨어진 곳에서 어떤 소리가 들렸다.

마틴은 떨면서 일어났다.

다시, 그 소리가 들렸다.

그 소리는 너무도 작아서, 마치 날카로운 바늘 끝이 아득히 멀리 떨어져 있는 하늘을 솔질하는 것 같았다.

꿈꾸는 듯한 메아리가 들려왔다. 개가 컹컹 짖는 소리였다.

개가 짖는 소리는 들판과 농장, 흙먼지로 뒤덮인 길과 오솔길을 가로지르며, 달리고 또 달리며, 개울에서 커다랗게 컹컹 짖으며 밤의 정적을 깨고 있었다. 개가 한 바퀴 돌면서 내는 소리가 들렸다가 사라지고, 커졌다가 사그라들고, 다시 크게 내짖었다가 잠기고, 앞으로 나오다가 뒤로 물러나고 있었다. 마치 누군가가 기상천외하게 긴 사슬을 묶은 채 걷고 있는 것 같았다. 마치 개가 달리고 있을 때, 밤나무 밑에 있는 흙-그림자, 석탄-그림자, 달-그림자 속에서 누군가가 걸으면서 휘파람을 부는 것 같았다. 그러면 개는 크게 한 바퀴 돈 뒤 다시 집 쪽으로 뛰어오려고 하는 것 같았다.

멍멍아! 마틴은 개가 집으로 오고 있다고 생각했다! 들어 줘, 오, 제발 들어 줘, 어디 있어? 얼른 와, 얼른 출발해!

5분, 10분, 15분. 근처에서 컹컹 짖던 소리가 이제 아주 가까이에서 들렸다. 마틴은 울부짖었다. 침대에서 발을 밀치고 나가 창가에 기대었다. 멍멍아! 여기야, 멍멍아! 멍멍아! 몇 번이고 되풀이했다. 멍멍아! 멍멍아! 이 못된 녀석아. 왜 요 며칠 집을 나갔어! 못된 녀석, 우리 멍멍이 착하지, 얼른 집에 와서 세상에 대해 말해 줘!

이제 더 가까워졌다. 아주 가까워졌다. 길 위로 컹컹 짖는 소리가 났고, 벽을 부지런히 긁는 소리가 났다. 지붕 꼭대기에서는 쇠로 만든 수탉 모양의 풍향계가 달빛 속에서 빙글빙글 돌고 있었다. 개였다! 개는 이제 아래층 문에 와 있었다.

마틴은 온몸을 떨었다.

달려가서 멍멍이를 들여보내야 할까, 아니면 엄마와 아빠가 집에 돌아오기를 기다려야 할까? 기다려야 할까, 안 돼! 아냐, 기다려야 해. 그런데 기다리는 동안 멍멍이가 다시 달아나면 어떡하지? 그건 안 될 일이었다. 내려가서 문을 활짝 열고는 소리치며 멍멍이를 붙잡아 안으로 들어오게 해야겠다. 그러면 멍멍이는 위층으로 잽싸게 달려갈 것이고, 우린 서로 웃다가 울다가 꼭 끌어안다가…….

그때 개가 컹컹 짖는 것을 멈췄다.

여기야! 마틴은 창문으로 홱 움직이느라 거의 창문을 부술 뻔했다.

고요했다. 마치 누군가가 개에게 '이제 그만, 쉿! 조용히 해'라고 말한 것 같았다.

1분이 꼬박 지났다. 마틴은 주먹을 움켜쥐었다.

저 아래에서 희미하게 낑낑거리는 소리가 들려왔다.

그때 천천히 아래층 문이 열렸다. 누군가가 친절하게도 개에게 문을 열어 주었을 것이다. 개는 당연히 제이콥스 씨나 길레스피 씨, 타킨스 양이나 아니면 다른 사람을 데리고 왔을 것이다…….

아래층 문이 닫혔다.

개는 낑낑거리면서 위층으로 돌진해서는 침대 위로 풀쩍 날아올랐다.

"멍멍아, 멍멍아, 어디 갔었어? 뭐하고 돌아다녔어! 멍멍아, 멍멍아!"

마틴은 울부짖으면서 개가 으스러질 정도로 오랫동안 꼭 끌어안았다. 멍멍아, 멍멍아. 그러다 와락 웃으며 크게 외쳤다. 멍멍아! 하지만 잠시 후 마틴은 별안간 웃는 것도, 소리치는 것도 멈추었다.

마틴은 뒤로 물러섰다. 소스라치게 놀란 나머지 눈을 크게 뜬 채 그 동물을 바라보았다.

개에게서 나는 냄새가 달랐다.

그것은 낯선 땅의 냄새였다. 오랫동안 밀폐되고 부패된 것들과 바싹 붙어 있었던 땅속 어둠, 죽음의 암흑을 깊숙이 파헤친 냄새였다. 개의 주둥이와 발에서 흙덩어리가 떨어지면서 악취와 썩은 냄새가 났다. 개는 깊숙이 파헤쳤던 것이었다. 정말로 아주 깊숙이 파헤쳤던 것이었다. 그런데 뭘 파헤쳤던 것이었을까, 설마? 설마, 아니겠지? 설마, 그건 아니겠지?

개가 보내는 이 메시지는 무슨 메시지일까? 무슨 말을 하고 싶었던 것일까? 끔찍한 공동묘지에서 나는 이 썩어문드러진 악취는?

파지 말았어야 할 곳을 판 멍멍이는 못된 개였다. 항상 친구가 되는 멍멍이는 착한 개였다. 개는 사람들을 무척 좋아했다. 개는 사람들을 집에 데리고 왔다.

그리고 이제, 어두운 복도 계단을 쉬엄쉬엄 오르는 발걸음 소리가 들렸다. 한 발자국 한 발자국 천천히 고통스럽게 천천히, 아주 천천히 끄는 소리였다.

개는 온몸을 부르르 떨었다. 죽음의 암흑 속에 있던 흙이 침대 위로 후드득 떨어졌다.

개가 돌아섰다.

침실 문 안에서 수군거리는 소리가 들렸다.

마틴을 찾아온 손님이었다.

레이 브래드버리Ray Bradbury

아서 C. 클라크, 아이작 아시모프 등과 함께 SF문학의 거장으로 추앙받는 독보적인 작가. SF문학에 서정성과 문학성을 부여해 그 입지를 끌어올린 전방위적 작가로 불린다. 문명비판서의 고전으로 자리 잡은 『화씨 451』, 『화성 연대기』는 과학기술과 문명이 파괴하는 정신문화와 인간 실존에 대한 탐구와 재생의 노력을 담아냈다.

조지아나 M. 크레이크 딕 삼촌의 롤프

"어느 쾌청한 오후였어. 약 9킬로미터쯤 말을 타고 갔을까. 영국의 여름날 오후처럼 아주 기분 좋은 오후였어. 너희들은 항상 아프리카가 영국보다 상당히 더 뜨거울 거라고 생각하지, 그렇지 않아? 음, 대체로 그렇긴 해. 엄청나게 더 뜨겁긴 하지. 하지만 이따금 비가 온 뒤 바다에서 바람이 불어올 때면 어느 곳에서든 최고의 여름날이라고 느꼈던 것만큼이나 근사한 날을 맞이하게 된단다. 그날 오후도 꼭 영국의 여름날 오후 같았어. 푸르른 잎들 사이로 살랑살랑 산들바람이 불어왔고 눈부신 바다가 푸른빛과 황금빛으로 넘실대고 있었어. 푸른 하늘이 끝도 없이 펼쳐져 있었지.

폭염 정도는 아니었지만, 수영을 하면 딱 좋겠다는 생각이 들 정도로 더운 날씨였어. 얼마 동안 새를 한두 마리 사냥하면서 한가롭게 말을 탔지. 영국에 있는 사촌 동생네 집으로 화려한 깃털들을 좀 보내고 싶었거든. 나는 말에서 내려 풀을 뜯어 먹도록 말을 풀어줬어. 15분 정도 쉬면서 몸을 식히고 나서는 물속으로 뛰어들 채비를 마치기 시작했지.

절벽에 조그맣게 튀어나온 바위에 섰어. 바다에서 대략 2미터 정도 되는 높이였지. 만조였고 발밑의 바닷물은 헤아릴 수 없이 깊었어. '신나게 수영해 볼까.' 속으로 생각하고는 외투를 벗어 던졌어. 그런데 그 생각을 한 바로 그 순간, 롤프가 잔뜩 흥분하더니 나에게 달려들었어. 앞으로 무슨 일이 벌어질지 분명하게 이해한다는 듯 말이야. 난 녀석이 내 생각과 공감한다는 것을 보여주려고 안달이 난 거라 생각했어. 큰소리로 그 말을 되풀이했지. "그래, 우리 신나게 수영해볼까. 너랑 나랑 같이 말이야. 멋지게 수영하자고, 이 녀석아." 그렇게 말하면서 녀석의 등을 두드렸어. 녀석이 자신의 감정을 거리낌 없이 표현하도록 격려할 때면 난 보통 그러거든. 그런데 좀 의외로, 꼬리를 흔들며 코에 주름을 자글자글 잡고 평소에 하는 익살스러운 짓을 하는 대신 얼굴을 들어 올리더니 낑낑거리기 시작했어. 내가 쉬고 있는 15분 동안 녀석은 절벽 끝에서 고개를 떨군 채로 있었거든. 그런 자세로 한숨 자고 있었는지 아니면 파도치는 모습을 지켜보면서 좋아했는지는 나도 몰라. 녀석은 그런 자세로 잠을 자고도 남을 놈이었어. 보통 온갖 편한 기회가 있을 때마다 으레 깜빡깜빡 졸거든. 그러니 당연히 평소대로 한다고 생각하고 별로 신경을 안 썼지. 하지만 녀석이 그 전에 잠이 들었었든 아니든 간에, 어쨌든 이젠 완전히 깨긴 했지만, 정말로 뭔가 이상해 보이더라고.

"왜 그래, 이 녀석아?" 녀석이 음울한 소리로 울부짖기 시작했을 때 말했지. "수영하고 싶지 않아? 음, 하고 싶지 않으면 안 해도 돼. 난 할 테니까. 그러니 진정하고 옷을 벗도록 내버려 둬." 그런데 녀석은 언덕 밑으로 내려가는 대신, 도통 이해할 수 없는 방식으로 행동하기 시작했어. 처음에는 이빨로 내 바지를 붙잡고 늘어지면서 바위 끄트머리로 끌어당기더란 말이지. 마치 옷을 입은 채로 뛰어들기를 바라는 것처럼 말이야. 그러더니 다시 나를 물고는 뒤로 질질 끌고 가는 거야. 마치 내가 커다란 쥐인 것마냥 물고 흔들면서 말이야. 녀석은 이 말도 안 되는 짓을 세 차례나 하더라니까. 정말이야. 내내 컹컹 짖어대고 낑낑거리면서 말이야. 난 녀석이 정신이 나갔나 생각하기 시작했어.

이런, 젠장! 결국 나는 부아가 치밀어 올랐어. 녀석이 왜 그러는지 도무지 이해할 수가 없었거든. 2~3분간 진정시키려고 애썼어. 그런데 희한하게 옷을 벗으려고 하지만 않으면 괜찮아져. 그러다가도 다시 옷을 벗으려고 하면 그 순간 또다시 내 팔에 매달려 침을 질질 흘리면서 주둥이를 하늘 높이 올려 목 놓아 울부짖으면서 나를 이리저리 잡아끄는 거야. 그러다 결국 화가 폭발했지. 총을 낚아채고는 개머리로 녀석을 후려쳤어. 불쌍한 롤프!"

느닷없이 딕 삼촌의 목소리가 흔들리면서 다짜고짜 말을 멈추더니 허리를 굽혀 손을 그 커다란 검은 머리에 얹었다. 잠시 말을 멈추고 난 뒤 딕 삼촌은 계속했다.

"녀석을 후려치자 좀 평온해졌어. 잠시 동안 녀석은 내 발치에 가만히 누워있었지. 나는 녀석의 미친 짓이 끝났구나 생각하기 시작했어. 더 이상 내 속을 끓이지 않을 거라 여겼지. 그런데 물속으로 뛰어들려고 하는 바로 그 순간 갑자기 벌떡 일어나더니 또 나한테 덤벼드는 거야. 내 가슴에 있는 힘껏 몸을 날려서는 나를 뒤로 밀어젖혔어. 그것도 여러 번 아주 미친 듯이 울부짖으면서 말이야. 얘들아, 그때 이후로 난 내가 문제가 뭔지 짐작도 하지 못하는 천하의 얼간이에다 장님이나 다를 바 없다고 생각해왔어. 하지만 사실 나는 (대부분의 젊은이들이 그렇듯) 제 잘난 맛에 사는 젊은이였어. 난 이 불쌍한 짐승이 멋대로 굴고 싶은 나름의 이유 때문에 그러는 거라 여겨서 그렇게 제멋대로 굴면 안 된다는 걸 가르치는 게 내 일이라 생각했지. 그래서 녀석을 좀 더 두들겨 팼어. 지금은 그 일을 생각하기도 싫지만 말이야. 개머리판으로 서너 번 다시 후려치니까 드디어 나를 놓아줬어.

녀석은 뒤로 물러나면서 꽥 비명을 질렀어. 난 그 소리를 비명이라고 하겠어. 왜냐하면 그건 개가 아우―하면서 울부짖는 소리가 아니라 사람이 내는 소리 같았기 때문이야. 화가 나 있긴 했지만, 비명소리가 하도 크고 구슬퍼서 난 깜짝 놀랐어. 만약 생각할 시간이 충분했다면 녀석이 뭘 말하고 싶은 건지 이해하려고 마지막 시도를 했을 거야. 하지만 그럴 시간이 없었어. 난 바닷물에서 몇 미터 밖에 안 되는 곳에 서 있었으니까. 녀석을 뿌리치자마자 녀석은 절벽 끝으로 가더니 내가 다가갈 때까지 잠시 거기에 서 있었어. 그런 다음, 내가 바다에 뛰어들려고 하는 바로 그 순간, 내 용맹한 개, 내 멋진 개가 길게 한 번 우는 소리를 내고 내 얼굴을 한 번 유심히 쳐다보더니 나보다 먼저 뛰어내리는 게 아니겠어. 얘들아, 그런데 있잖아. 난 그때서야 단박에 녀석이 무슨 말을 하고 싶었던 건지 알았어. 녀석이 물에 닿자마자 악어가 햇볕이 쨍쨍 내리쬐는 절벽의 튀어나온 바위에서 번개처럼 미끄러져 나오더니 녀석의 뒷다리를 꽉 무는 게 아니겠어.

난 항상 총이 가까이에 있지만 평생 살아오는 동안 총이 내 옆에 있다는 게 그렇게 반가운 적이 없었어. 총은 장전되어 있었지. 나는 총을 들어 물에 쐈어. 세 발을 쐈는데 그중 두 발이 짐승의 머리를 관통했지. 한 발은 놓쳤고, 첫 발은 그놈한테 별 손상을 가하지 않은 것 같았지만 세 번째는 치명적이고 민감한 곳을 맞힌 거 같았어. 어쨌든 그놈은 흉측한 턱을 크게 벌리기 시작했어. 아직 총을 손에 들고 있던 나는 온 힘을 다해서 "롤프!"를 외치기 시작했어. 자리를 뜰 수가 없었지. 비록 그 맹수가 롤프를 풀어주긴 했지만, 잠시 가라앉았다가 언제 또다시 튀어 오를지 몰라서 나는 맹수가 들어간 곳에서 한순간도 눈을 뗄 수 없었어. 내 상처 입은 동물을 목이 터져라 불렀어. 녀석이 물길을 헤쳐 나가 순간적으로 바위를 붙들었을 때 나는 뛰어 내려가 녀석을 붙잡았어. 어떻게 했는지는 모르겠지만, 어쨌든 약간 가파른 길을 반은 안아서 오고 반은 질질 끌고 왔지. 다시 마른 땅인 꼭대기에서 안전해질 때까지 말이야. 그런 다음에는 정말로 그다음에 내가 뭘 했는지 모르겠어. 내 사랑하는 개의 팔다리가 가엾게도 으스러져서 피가 철철 흐르는 걸 보았고, 가쁘게 숨을 헐떡거리는 소리만 들었던 게 기억나. 난 그 순간 내가 다 큰 어른이라는 걸 잊고 아이처럼 펑펑 울었어.

얘들아, 너희들은 살아있는 생명체가 나를 위해 생명을 포기하려고 할 때 어떤 느낌이 드는지 모를 거야. 비록 그 존재가 비천한 개에 불과할지라도 말이야. 과연 이 세상에서 롤프가 내게 했던 것과 같은 것을 내게 해줄 수 있는 또 다른 친구가 있었을까? 만약 그런 친구가 있었다 해도 난 몰랐을 거야. 녀석이 내 생명을 구해주려고 했을 때 내가 생각한 것이라곤 총을 들어 녀석을 후려친 것뿐이었으니까! 사람도 해를 끼치겠다는 뜻이 전혀 없이 어떤 일을 하는 경우가 있어. 그런데 일이 터지고 난 뒤에 깨달았을 때는 고통 없이는 되돌아볼 수가 없어. 내가 롤프에게 한 구타가 바로 그런 종류야. 녀석은 말이지, 내 훌륭한 개는 말이지, 내가 자기를 때린 걸 용서했지만 나는 지금 이 순간까지도 나 자신을 용서할 수가 없어. 피가 모래 위로 뚝뚝 떨어지는 채 내 앞에 누워있는 녀석을 보면서 나는 녀석의 목숨을 구하기 위해서라면 어떤 희생이라도 치를 수 있다고 생각했어. 녀석은 내 목숨을 구하려고 열 배나 더 한 것을 했으니까.

내 가엾은 친구는 내 뺨에 흐르는 눈물을 핥아줬어. 아직도 기억이 생생해. 땅 위에 함께 머리를 나란히 하고 누워있는 우리를 누가 봤다면 참 이상한 한 쌍이라고 여겼을 거야. 끝내주는 머리 아니냐, 얘들아? (내 말은 그러니까, 내가 아니라 여기 있는 이 큰 개 말이야. 그래, 맞아, 롤프! 우린 지금 네 놈이 얼마나 멋진지에 대해서만 얘기하고 있는 거야.) 지금까지 그 어떤 개의 머리보다도 기골이 장대한 멋진 머리였지. 집에 돌아온 뒤에 녀석의 사진을 찍어

놓았어. 화가들에게 그림도 몇 번이나 그리게 했지만, 어떤 화가도 녀석의 가슴 저 밑바닥에서 우러나오는 진심을 볼 수는 없었던 거 같아. 내가 화가라면 최소한 그 어떤 화가가 그린 것보다 훨씬 더 잘 그릴 수 있을 텐데. 내 생각일 뿐이겠지만 말이야. 하지만 솔직히 말하면 이때까지 살아오는 동안 꽤 괜찮게 그린 개 그림은 겨우 열두 개 정도나 본 거 같아. 이런, 얘기가 두서없이 흘러가고 있네. 이제 거의 끝까지 다 왔어.

조금 정신을 차리고 나서 나는 롤프를 움직이도록 해 봤어. 집들은 한참 멀리 떨어져 있었고, 녀석은 한 발자국도 걸을 수 없었어. 나는 입고 있던 셔츠를 찢어 녀석이 부상당한 곳에 묶고는 외투를 입고 말을 불렀지. 그리고 할 수 있는 한 최대한 살살 말 등에 녀석을 태우고는 나도 같이 탔어. 물론 그렇게 태우는 게 쉽지는 않았지. 그리고는 말을 타고 가기 시작했어. 약 7킬로미터쯤 가니까 마을이 보여 그쪽으로 갔어. 뒷다리 두 개가 다 부러진 불쌍한 녀석한테는 덜커덩거리는 흔들림이 길고 힘들기만 했을 거야. 하지만 녀석은 꼭 사람처럼 인내심 있게 참고 견뎠어. 녀석이 숨을 헐떡거리고 있었기 때문에 말을 걸지는 않았지만, 녀석은 벌써 내 손을 핥고 내 얼굴을 애절하게 바라볼 준비가 되어 있었어. 그때 이후로 난 몇 번이나 녀석은 그 모든 것에 대해 어떻게 생각할까 궁금했어. 내가 확신할 수 있는 유일한 것은, 녀석은 자기가 한 일을 대단하다고 생각하지 않는다는 거야. 녀석에게는 자연스럽고 당연한 일이었던 게지. 지금까지도 누군가가 그 일에 대해 궁금해하거나 녀석을 영웅으로 만들려는 것을 전혀 이해하지 못하는 것처럼 보여. 가장 훌륭한 사람들은 자신이 하는 일이 훌륭한지를 모르고 하는 사람들이야. 똑같은 규칙이 당연히 개에게도 적용되어야 한다고 믿어.

나는 마침내 녀석이 쉴만한 공간에 데려다 놓았어. 몹시 지치게 말을 탄

뒤였지. 그런 다음 상처를 치료했어. 하지만 네발로 다시 서기까지는 수 주일이 걸렸어. 그리고 드디어 네발로 걷기 시작했지만, 그 이후로는 계속 절뚝거리게 되었지. 한쪽 다리의 뼈가 완전히 으스러져서 제대로 접골될 수 없었던 거야. 그래서 그 다리는 다른 세 다리보다 짧아졌어. 녀석은 그다지 신경 쓰지 않았지만, 애들아, 난 녀석이 절뚝거리는 게 무척이나 애처로웠단다. 이젠 모두 옛날이야기가 되어버렸지만 말이야."

딕 삼촌이 불쑥 말했다.

"하지만 그건 영원히 잊지 못할 일 중 하나야. 삶이 계속되는 동안 그걸 잊는다면 수치스러운 일이지."

딕 삼촌은 이야기를 하다 말고 다시 몸을 숙였다. 침묵이 흐르자 불안한 롤프가 고개를 들어 삼촌을 바라보았다. 삼촌 말처럼, 여전히 머리는 기골이 장대했으나 두 눈동자는 나이가 들어서 점점 흐려지고 있었다. 딕 삼촌이 손을 머리 위로 올려놓자 털북숭이 꼬리를 흔들기 시작했다. 오랜 세월 동안 그 손이 닿으면 흔들었던 꼬리였다.

"우린 15년간을 함께 지냈어. 이제 녀석도 늙어가고 있어." 딕 삼촌이 말했다.

조지아나 M. 크레이크Georgiana M. Craik
영국의 작가. 찰스 디킨스가 창립한 잡지 「하우스홀드Household Words」에 1851년부터 글을 쓰기 시작했다. 주로 젊은 독자와 젊은 여성들을 대상으로 한 그녀의 소설은 젊은 여성의 관점에서 사랑의 문제를 다루고 있다. 약 25편의 소설을 발표했으며 아이들을 위한 책도 여럿 썼다.

사무엘 베이커

용맹한 개

내가 어렸을 때 할아버지는 흔히 개들이 보여주는 충실함을 뛰어넘는 본보기로 어떤 개에 대한 이야기를 종종 들려주셨다. 그 동물은 마스티프로 친한 친구분의 반려견이었다. 마스티프는 보통 지능이 특별히 뛰어나서가 아니라 주로 놀랄만한 크기와 힘 때문에 찬사를 받는데, 그 개는 거대하기로 유명한 품종의 표본이었다. 강아지 시절부터 주인이 키웠고 소유주가 독신 남성이었기 때문에 여러 식구로 이루어진 가족이 키우는 개가 그렇듯 애정이 분산된 적이 없었다. 터크는 주인 이외에는 아무도 주시하지 않았다.(나는 이제부터 터크를 남성으로 예우할 것이다.)

프리도 씨가 산책하러 나갈 때마다 터크는 발뒤꿈치에서 따라다녔다. 터크의 거대한 몸집은 길거리 개들의 이목을 끌었기에 개들은 터크를 보면 짖어대고 으르렁거렸다. 하지만 터크는 그러한 저속한 시위를 거들떠보지도 않았다. 약간 작은 암사자처럼 생긴 귀공자라고나 할까. 하지만 아무리 성품이 온순하고 차분할지라도 참을 수 없을 만큼 화가 나는 경우가 더러 있었기에, 터크가 공격하면 가해자들은 거의 치명상을 입었다. 밤에는 주인의 문 바깥에서 잠을 잤다. 주인을 수행하고 지키려는 단 하나의 야망밖에 없는 이 충실한 개에게 경계태세를 갖춰 보초를 서는 것보다 더 중요한 일은 없었다.

프리도 씨는 저녁 만찬을 열곤 했다. 그는 절대 숙녀들을 초대하는 법이 없었다. 오로지 독신 남성들만 친구로 두었기 때문이다. 하지만 문학판에서나 아니면 사회적으로 명성이 있는 남자들에게 저녁식사의 질은 부차적인 것일 뿐이었다. 터크는 예외 없이 그 자리에 있었고, 보통 양탄자 위에 그 거대한 몸을 쭉 뻗은 채 누워있었다.

어느 추운 겨울밤, 프리도 씨와 친구들이 저녁식사를 마치고 담소를 나누고 있었다. 화제가 개에 관한 주제로 옮겨갔다. 거의 모든 사람들이 개와 관련된 일화를 하나쯤 가지고 있었고, 그 자리에 참석하고 있던 할아버지 역시 그 일화에 본인의 얘기를 조금 보태고 있을 때 터크가 갑자기 단잠에서 깨어났다. 마치 그 상황에 맞춰서 깨어났다는 듯 기지개를 쭉 켜더니 주인 옆으로 걸어가서는 식탁 위에 커다란 머리를 턱 하니 얹었다.

"하하, 터크!" 프리도 씨가 탄성을 질렀다. "우리가 개에 대해 말하는 것을 들었구나. 그래서 얼굴을 들이밀었구나."

"정말 장군감이야!" 우리 할아버지가 말했다. "하지만 개 중에서 마스티프가 제일 몸집이 크고 위엄이 있을지는 몰라도 다른 개들만큼 똑똑하다고는 생각하지 않네."

"일반적으로는 자네 말이 맞아." 주인이 대답했다. "마스티프들은 보통 경비견으로 묶여있기 때문에 집에서 기르는 개가 가진 큰 장점인 인간과의 친밀함이 없어. 하지만 터크는 태어난 첫 달부터 나와 계속 함께 지냈고, 지능도 놀라울 정도로 뛰어나다네. 자신과 관계된 거라면 내가 하는 말을 대부분 알아들어. 내가 속으로 무슨 생각을 하고 있는지를 찾아내겠다는 듯 커다란 눈동자를 나한테 고정시킨 채 종종 양탄자 위에 누워있지. 또 내가 나가고 싶어 할 때를 본능적으로 알아채. 그럴 땐 내 모자나 지팡이 아니면 장갑이든 뭐든 가까이에 있는 것을 물고 현관문 앞에서 나를 기다려. 내 지인들의 집 몇 군데에 편지 같은 것도 물고 가서는 회신을 기다렸다가 돌아와. 터크는 다른 개들에게선 좀처럼 볼 수 없는 이성을 함축한 여러 다양한 행동들을 볼 수 있어."

믿지 못하겠다는 듯한 미소가 여러 얼굴에 흐르자 그 즉시 프리도 씨는 주머니에서 1기니*를 꺼냈다. 그리곤 개에게 말했다. "이봐, 터크! 사람들이 너를 믿지 않네! …… 이 기니를 00가의 00번지에 사는 00 씨에게 가져가서 영수증을 받아와."

개는 아주 즐거워하며 거대한 꼬리를 흔들었다. 그리고는 기니를 입에 문 채 문 쪽으로 서둘러 갔다. 문이 열리자 개는 현관을 통해 거리로 나갔다. 창문에 진눈깨비와 비바람이 몰아치는 궂은 밤이었다. 도랑에는 흙탕물이 흐르고 있었고, 흔히 "몹시 궂은 날씨"라고 표현하는 딱 그런 날씨였다. 그럼에도 불구하고 터크는 휘몰아치는 돌풍과 어둠 속에서 임무를 완수하러 떠났다. 다시 한번 비바람이 거세게 몰아치자 문이 닫혔다.

일행은 난롯가에 편안하게 앉아있으면서 개의 모험의 성공 여부에 지대한 관심을 기울이고 있었다.

"터크가 오려면 얼마나 걸릴까?" 못 믿겠다는 듯 한 손님이 물었다.

"내가 보낸 그 집은 약 2.5킬로미터 떨어져 있어. 따라서 터크가 문에서 들여보내 달라고 짖느라 지체하지 않고, 또 내 친구가 집에 있다면 대략 45분 안에 영수증을 가지고 돌아올 걸세. 그런데 만약 집에 들어가지 못한다면 언제까지고 기다리겠지." 주인이 대답했다.

일행들 사이에 내기가 이루어졌다. 일부는 개가 성공할 확률에 걸었으며,

*guinea. 영국의 구 금화.

나머지는 그 반대였다.

저녁이 지나갔다. 할당된 시간이 초과되었고, 한 시간이 훌쩍 지났지만 개는 돌아오지 않았다. 새로운 내기가 또 이어졌다. 하지만 승산은 개에게 불리했다. 주인은 여전히 희망적이었지만……. "할 말이 있네." 프리도 씨가 말했다. "터크는 나를 위해서 곧잘 지폐를 전달한다네. 게다가 녀석은 그 집을 잘 알기 때문에 실수할 리가 없어. 아마 친구가 외식을 하고 있어서 터크가 좀 더 기다리고 있을 걸세……." 두 시간이 지났다. …… 폭풍이 휘몰아치고 있었다. 프리도 씨는 돌풍으로 인해 잠금쇠가 돌아가면서 휙 열어 젖혀진 현관문으로 갔다. 구름이 달을 제치며 흘러가는 모습이 희미하게 보였다. 도랑은 반쯤 녹은 눈이 쌓여 막혀 있었다. "불쌍한 터크!" 주인이 중얼거렸다. "네 녀석에겐 정말 가혹한 밤이구나……. 어쩌면 친구가 너를 따뜻한 부엌에 데려다 놓고 날씨가 너무 험상궂어서 못 돌아오게 하고 있는 건지도 몰라."

프리도 씨는 손님들이 있는 자리로 돌아오면서 실망감을 감출 수 없었다. "하하!" 개가 실패한다는 데 걸었던 한 사람이 외쳤다. "난 그 녀석의 총명함을 절대 의심하지 않았다네. 입에 1기니를 물고 한겨울 강풍 속에서 벌벌 떠는 대신 따뜻한 잠자리와 저녁식사를 대접하는 집으로 들어갔을 걸세!"

개가 오지 않은 대가로 내기에서 이긴 사람들이 농담을 던지고 있었지만, 주인은 초조해지면서 화가 났다. 진 사람들은 다양하게 추측하고 있었으며, 불쌍한 터크의 명성은 크게 손상을 입었다. …… 벌써 한밤이 훨씬 지났다. 손님들이 떠났고, 폭풍우가 휘몰아치고 있었다. 맹렬하게 부는 돌풍에 이따금씩 집이 들썩였다. …… 프리도 씨는 서재에 홀로 있으면서 불길이 활활 타올라 굴뚝 위로 번질 때까지 난롯불을 뒤적였다.

"혹시 어떻게 된 건 아닐까?" 주인은 혼잣말로 탄식했다. 이젠 정말로 불안했다. "제발 친구네 집에서 개를 데리고 있으면 좋을 텐데……. 필시 이렇게 험상궂은 밤에 개를 돌려보낼 사람들이 아니야."

프리도 씨의 서재는 현관문 가까이에 있었다. 그는 갑작스럽게 낑낑거리는 소리와 함께 격렬하게 흔들고 긁어대는 쪽으로 시선을 급히 돌렸다. 즉시 복도로 뛰어가 문을 열었다. 오물과 진흙투성이가 들어왔다. 터크였다!

개는 지칠 대로 지친 것처럼 보였고, 온몸이 젖은 채 추위에 덜덜 떨고 있었다. 평소 깨끗하던 털은 진흙탕 속을 훑고 다닌 것마냥 흙탕물로 범벅이 되어 있었다. 터크는 주인의 목소리를 듣자 꼬리를 흔들었지만 편찮고 의기소침해 보였다.

프리도 씨는 벨을 눌러 하인들을 불렀다. 하인들도 주인과 똑같이 터크가 임무를 완수하는 데 실패한 것에 대해 관심을 가지고 있었다. 개는 아래층으로 옮겨졌고 곧바로 뜨거운 물이 담긴 커다란 물통에 놓여졌다. 평소에 목욕하던 익숙한 통이었다. 그런데 씻기려고 보니 진흙과 오물 외에도 털에 거의 가려져 안 보였던 피투성이 몸이 드러났다!

프리도 씨는 비누와 따뜻한 물로 직접 몸을 닦아주면서 놀랍게도 심각한 유형의 상처가 있다는 것을 알았다. 목은 심하게 찢겨졌고, 등과 가슴에는 깊이 물어뜯긴 흔적이 패여 있었다. 걱정했던 대로 개떼들한테 당한 게 틀림없었다. 이것은 터크가 패배했다는, 좀 기이한 사건이었다!

프리도 씨는 깨끗이 씻긴 뒤 터크가 아궁이불 앞의 담요 위에 서 있는 동안 두꺼운 수건으로 털을 말리고 있었다. "터크, 내 새끼야, 도대체 무슨 일이 있었던 거야? 말 좀 해봐, 이 불쌍한 것아!" 주인이 한탄했다.

개는 이제 완연히 온기를 되찾아서 아궁이불의 열기 때문에 숨을 헐떡이고 있었다. 그런데 개가 입을 벌린 순간 …… 신뢰의 징표로 받았던 1기니가 부엌 바닥에 떨어졌다!

프리도 씨가 말했다. "여기 뭔가 비밀이 있어. 내일 꼭 밝혀내고 말겠어……. 녀석은 낯선 개들한테 습격을 받았는데도 돈을 놓치지 않았어. 자기방어를 위해선 입을 벌리면 되는데, 한 번도 벌리지 않은 채 초주검이 되도록 내버려 둔 거였어! 불쌍한 터크!" 주인은 계속해서 말했다. "어둠과 폭풍우 속에서 길을 잃었던 게 틀림없어. 불공정하게 싸운 뒤라 필시 혼란에 빠졌던 게야. 넌 우리 끔찍한 인간들에게 변함없는 신뢰를 보여주는 훌륭한 귀감이야!"

따뜻한 물에 목욕을 하고 나자 터크는 훨씬 나아 보였다. 빵을 섞은 걸쭉한 수프 한 사발을 깨끗이 핥고 나서, 30분도 안 돼 주인의 침실 문 옆에 있는 푹신한 양탄자 위에서 편안하게 잠이 들었다.

다음 날 아침, 폭풍우가 말끔히 개었다. 간밤의 어둠 때문일까, 더욱 눈부신 하늘이 펼쳐졌다.

아침식사를 마친 직후 프리도 씨는 터크를 대동하고 전날 저녁 터크에게 지시했던 그 집을 향해 걸어가기 시작했다. 터크는 약간 경직되어 있긴 했지만, 대충 받았던 치료치고는 나름 괜찮아진 상태였다. 프리도 씨는 친구가 부재중이었는지 알고 싶었다. 그래서 집에 들어가지 못한 터크가 하염없이 기다리다가 그 집에 있는 어떤 개들이나 이웃집 개들에게 공격을 당했을 거라고 결론 내렸다.

주인과 터크는 거의 1.5킬로미터를 걸어갔다. 길모퉁이를 막 돌아서서 우측에 있는 푸줏간을 지나갈 때 가게 문에서 커다란 얼룩무늬 마스티프가 뛰어나오더니 정당한 이유 없이 흉포하게 터크에게 달려들었다.

"당신 개 좀 말리세요!" 프리도 씨가 그 공격을 만족스러운 표정으로 지켜보고 있던 뻔뻔스러운 푸줏간 주인에게 소리쳤다. "그만하라고 하라니까요. 안 그러면 내 개가 당신 개를 죽일 거예요!" 프리도 씨가 계속해서 말했다.

평소에 유순하기만 한 터크는 보기 드물게 사납게 가해자에게 돌진했다. 사자처럼 으르렁거리며 적수의 목구멍을 재빨리 물었다. 그리고는 뒷다리로 서서 괴력을 발휘하면서 불과 몇 초 만에 격렬한 싸움을 벌이기 시작하더니 얼룩무늬 개의 등에 덤벼들었다. 프리도 씨가 그만하라고 아무리 외쳐봤자 소용없는 일이었다. 녀석의 장기인 분노는 통제할 수 없는 것이었다. 터크는 맹수가 가진 힘으로 한순간도 입에 문 것을 놓지 않았고, 푸줏간 개의 머리가 매번 인도에 처박힐 때까지 좌우로 흔들어댔다. …… 푸줏간 주인이 개입하려고 시도했다. 그는 커다란 채찍으로 터크를 후려쳤다.

"떨어져 있으세요! 정정당당하게 하자고요! 우리 개를 때리지 마세요!" 프리도 씨가 소리 질렀다. "당신 개가 먼저 공격했잖아요!"

채찍질에 대한 응답으로 터크의 분노는 배가되었다. 입에 문 것을 포기하는 법이 없었다. 이제는 아예 푸줏간의 개를 인도에서 질질 끌고는 저항도 하지 않는 몸뚱이를 이따금씩 흔들어대며 도랑으로 끌어가더니 결국엔 거리 한가운데로 끌어냈다.

많은 군중이 모여들면서 도로는 완전히 메워졌다. 당시에는 경찰이 없었다. 오직 파수꾼만 있을 뿐이었고, 설령 아주 드물게 있었더라도 개싸움의 즐거움에 가담했을 가능성이 크다. 그토록 야만적인 시대에는 스포츠로 여겨졌었으니까…….

"정정당당하게 대결해라!" 구경꾼들이 외쳤다. "결판내!" 개들 주위에 둥그렇게 둘러선 또 다른 구경꾼들이 외쳤다. 그러는 사이에 프리도 씨가 터크의 목줄을 붙잡았다. 한편 푸줏간 주인은 격노한 채 죽기 살기로 꽉 물고 있는 터크에게서 자기 개를 떼어내려고 갖은 애를 쓰고 있었다.

마침내 프리도 씨의 목소리와 행동으로 인해 터크가 잠시 진정된 것 같았다. 군중 속에 있던 한 사람의 도움을 받아 그 순간을 기회로 잡은 프리도 씨가 터크를 저지했다. 푸줏간 개의 사체는 무례한 주인에게 질질 끌려갔다. 그 개는 죽었다!

터크의 옆구리는 격렬하게 싸워서 힘든 데다 흥분이 가시지 않아 크게 들썩이고 있었으며, 이제는 고인이 된 적수의 시체를 한 번 더 공격하기 위해 주인의 손아귀를 벗어나려 안간힘을 쓰고 있었다. 마침내 친숙한 손길로 부드럽게 쓰다듬고 여러 다정한 말을 한 뒤에서야 터크의 분노는 진정되었다…….

"으흠, 지금까지 개를 키우면서 이런 희한한 경우는 처음이오!" 이제 완전히 풀이 죽은 푸줏간 주인이 한탄했다. "이런 세상에, 바로 그 개예요! 어젯밤 늦게 휘몰아치는 폭풍우 속에서 우리 가게에 들렀던 바로 그 개가 맞아요! 우리 개 타이거가 그 녀석에게 가더니 완전히 작살을 내더군요. 난 지금까지 그렇게 비겁한 똥개를 본 적이 없었어요. 과일 행상인의 당나귀만큼 커다란 놈이 글쎄 전혀 싸우려 들지 않더라니까요. 우리 개 타이거가 놈을 개라기보다는 낡아빠진 구두 흙털개처럼 보일 때까지 거의 반쯤 죽여 놓고는 도랑으로 질질 끌고 갔어요. 그래서 나는 아, 우리 개가 저놈을 죽인 게 틀림없구나 생각했죠. 그런데 오늘 기운이 펄펄 넘쳐 여기에 온 거예요. 그리고는 마치 타이거를 커다란 고양이에 불과하다고 여기면서 깨끗이 해치워버린 거예요!"

"뭐라고요?" 프리도 씨가 물었다. "간밤에 심부름을 보낸 내 불쌍한 개를 물어뜯은 게 당신 개였다고요? …… 이런 말 해줘서 정말 고맙소. 하지만 우리 개가 내 친구에게 전해주려고 입에 1기니를 물고 있었다는 사실만은 알려 드려야겠소. 녀석은 그 돈을 떨어뜨리지 않으려고 당신의 흉측한 타이거한테 초주검 당할 때까지도 가만있었던 거요. 오늘 녀석은 자신의 용맹함을 입증

했고, 당신의 개는 무슨 잘못을 저질렀는지 알게 됐소. 바로 이 기니가 오밤중에 집에 돌아왔을 때 두들겨 맞고 괴로워하면서도 그 녀석이 입에 물고 있다가 떨어뜨린 거요!" 프리도 씨가 흥분하면서 말했다. "아이고, 터크, 내 새끼. 이 기니를 다시 물고 나와 함께 가자! 넌 복수를 했고, 우리 모두에게 교훈을 주었다." 주인은 터크의 입에 다시 기니를 주었고, 그들은 계속해서 걸어갔다. …… 프리도 씨가 친구네 집에 도착해서 알게 된 것은, 터크가 그곳에 전혀 다녀가지 않은 것처럼 보였다는 사실이다. 아마 싸움에서 패배한 이후 심히 혼란스러운 나머지 거센 폭풍우 속에서 길을 잃은 것 같았다. 그리고 이미 설명한 개탄스러운 상황 속에서 마침내 한밤중이 한참 지나서야 집으로 돌아오는 길을 다시 찾은 것 같았다.

사무엘 베이커Samuel White Baker

영국의 탐험가, 사냥꾼, 작가. 식민지 시대의 호걸들이 그렇듯 부유한 아버지 밑에서 태어나 여행과 사냥을 즐겼다. 코끼리와 물소, 표범 등을 실론(현재의 스리랑카)에서 잡는 법을 쓴 『실론에서 소총과 사냥개』(1853), 『실론에서의 8년간의 유랑』(1855)으로 유명해졌다. 이집트의 초대 총독으로 나일강 북쪽을 탐험하고, 앨버트호를 발견했다. 수단 남부에서는 노예 매매를 억제하려고 노력했다.

루이스 언터마이어 폼페이의 개

티토와 그의 개 빔보는 중문으로 이어지는 벽 아래에서 (그것도 사는 거라고 할 수 있다면) 어쨌든 살았다. 물론 정말로 그곳에서 살지는 않았다. 단지 잠만 잤을 뿐이다. 그들은 어디에서든 살았다. 폼페이는 가장 즐거운 고대 라틴 도시 중 하나였다. 티토는 전혀 불행한 소년이 아니었지만, 정확하게 말해서 즐거운 소년은 아니었다. 거리는 항상 빛나는 전차와 붉은색의 환한 마구馬具 장식으로 활기를 띠었고, 야외극장은 관중들이 터뜨리는 웃음소리로 요동을 쳤다. 거대한 원형경기장에서 열리는 모의전투와 운동 경기는 원하기만 하면 무료였다. 1년에 한 번 카이사르*가 그 즐거운 도시를 방문하면 며칠 동안 불꽃놀이가 계속되었으며, 광장에서 제물이 바쳐지는 광경은 공연보다 훨씬 재미있었다.

하지만 티토는 이러한 것들을 하나도 보지 못했다. 그는 맹인이었다. 태어날 때부터 눈이 멀었던 것이다. 가난한 구역에 사는 모든 사람들이 티토를 알았다. 하지만 아무도 몇 살인지 몰랐고, 부모가 누구인지 기억을 못 했으며, 고향이 어디인지도 말할 수 없었다. 빔보는 또 다른 수수께끼였다. 사람들이 기억하는 한, 티토를 본 지 12년 내지는 13년이 되었는데 빔보도 그 정도로 봤

*Gaius Julius Caesar(100~44 B.C.). 로마의 황제.

다고 했다. 빔보는 절대 티토의 곁을 떠나지 않았다. 빔보는 티토에게 단지 개만이 아니라 유모이자 베개, 놀이 친구, 어머니이자 아버지였다.

가만, 내가 빔보가 절대 주인 곁을 떠나지 않았다고 말했던가? (동무라고 하는 게 더 맞겠다. 왜냐하면 누군가가 주인이라면 그건 빔보였기 때문이다.) 내가 틀렸다. 빔보는 하루에 딱 세 번 티토를 홀로 내버려 두었다. 그것은 그들의 우정이 시작된 이래 소년과 개 사이에 충분히 이해될 수 있는 관례적이면서도 정형화된 일상이었다. 이를테면 이런 식이었다. 티토가 아직도 꿈나라에서 헤매는 동안인 동이 튼 직후, 빔보는 아침 일찍 일어나 어딘가로 사라진다. 티토가 깨었을 때 빔보는 티토 옆에 조용히 앉아 귀를 쫑긋거리며 짧고 뭉툭한 꼬리를 땅에 대고 탁탁 친다. 발치에는 커다란 두루마리처럼 생긴 갓 구운 빵이 있다. 티토는 기지개를 켜고 빔보는 하품을 한다. 그런 뒤 그들은 아침을 먹는다. 정오. 어디 있는지에 상관없이 빔보는 티토의 무릎에 발을 턱 올려놓는다. 그런 뒤 둘은 중문으로 돌아온다. 티토는 구석에서 (거의 개처럼) 몸을 둥그렇게 말아서 자고, 빔보는 (거의 소년처럼) 아주 중요한 일이 있다는 듯 다시 사라진다. 30분 후에 빔보는 점심을 가지고 돌아온다. 때로는 과일 한 조각이나 고기 한 점이 될 수도 있다. 종종 바싹 말라비틀어진 껍질뿐이지만 말이다. 하지만 가끔은 티토가 무척이나 좋아하는 건포도와 설탕이 뿌려진 납작하게 생긴 맛좋은 케이크들 중 하나일 때도 있다. 저녁시간에 똑같은 일이 또 벌어진다. 모든 게 약간 더 적어질 뿐이다. 저녁에는 거리가 사람들로 가득 차서 먹을 것을 낚아채기가 여간 어려운 게 아니기 때문이다. 게다가 빔보는 잠들기 전에 너무 많이 먹는 것을 좋게 여기지 않는다. 저녁을 과하게 먹으면 아이들이 제대로 잠들지 못하고, 개들 역시 소화가 잘 안 되어 속이 더부룩하기 때문이다. 그리고는 한쪽 귀를 쫑긋 세우고 근육이 행동할 준비를 갖춘 채 선잠을 자는 것이 개의 일이었다. 하지만 많든 적든 간에, 뜨겁든 차갑든 간에, 신선하든 말라비틀어졌든 간에 음식은 항상 있었다. 티토는 음식이 어디서 났는지 절대 물어보지 않았고, 빔보도 결코 말하지 않았다. 매끄러운 석조로 만든 웅덩이에는 빗물이 늘 고여 있었다. 모퉁이에서 달걀을 파는 노파는 가끔 티토에게 진한 염소젖을 한 잔 가득 주었다. 포도가 제철일 때에는 뚱뚱한 포도주 양조자가 진한 즙이 뚝뚝 떨어지는 포도를 먹도록 해주었다. 그래서 굶주리거나 갈증 날 위험은 없었다. 폼페이에는 모든 것이 풍족했다. 어디에서 찾을 수 있는지 알기만 한다면, 그리고 빔보와 같은 개가 한 마리만 있다면 말이다.

조금 전에 말했듯, 티토는 폼페이에서 아주 즐거운 소년은 아니었다. 티토는 다른 아이들과 뛰어놀거나 '토끼와 사냥개 놀이'*나 '아이스파이 놀이'**, '왕과 도둑 놀이' 같은 것을 할 수 없었다. 하지만 그렇다고 해서 스스로를 불쌍하게 여기지도 않았다. 폼페이의 사내아이들이 즐거워하는 광경은 볼 수 없을지라도, 그 아이들이 전혀 알아채지 못하는 것을 들을 수 있고 냄새를 맡을 수 있기 때문이다. 티토는 정말로 다른 아이들이 눈으로 볼 수 있는 것보다 코와 귀로 더 많은 것을 볼 수 있었다. 빔보와 같이 밖에서 걸어 다닐 때, 티토는 사람들이 어디로 가는지를 단번에 알았고 무슨 일이 벌어지고 있는지를 정확히 알 수 있었다.

"아아." 커다란 멋진 저택을 지나갈 때 티토가 냄새를 맡더니 이렇게 말했다. "글라우쿠스 판사가 오늘 밤에 훌륭한 성찬을 베푸시는구나. 구운 빵

*두 아이가 토끼가 되어 종잇조각을 뿌리면서 달아나면 다른 여러 아이들이 사냥개가 되어 쫓아가는 놀이.

**아이들 중 한 명이 눈에 보이는 사물을 가리키는 첫 글자를 말하면 나머지 아이들이 그것을 추측해 내는 놀이.

이 세 종류에 새끼돼지 구이, 소를 채워 넣은 거위요리, 내 생각에 곰 스튜가 아닐까 싶은 맛있는 스튜, 무화과 파이를 먹으려고 하네." 그러면 빔보는 내일 방문하기 좋은 곳이 될 거라고 기억해뒀다.

또는, "으음," 하며 반은 입에서, 반은 콧구멍에서 나오는 소리로 조그맣게 중얼거렸다. "마르쿠스 루크레티우스의 아내가 어머니가 될 예정이야. 그녀는 집 안에 있는 모든 물건들을 들쑤시고 있어. 솔잎과 장뇌*로 보관해두었던 제일 좋은 옷을 쓰려고 해. 부엌에 다른 여자도 한 명 더 있어. 빔보, 이리 와. 이 먼지 구덩이에서 얼른 나가자!"

또는, 공중목욕탕 맞은편에 있는 작지만 우아한 주거지를 지날 때는 이런 말을 하기도 했다. "참 안됐다! 비극작가가 다시 병이 도졌어. 이번에는 고열이 난 게 틀림없어. 약 대신 월계수 잎을 태운 연기를 내뿜으려 하고 있기 때문이야. 휴! 난 비극작가가 아닌 게 천만다행이다!"

또는, 광장 근처에 갔을 때 "으음! 오늘 마켈룸**에 좋은 물건들이 많이 나왔네!"(그곳은 실제로 정육점과 식료품들을 파는 일종의 시장이었지만, 티토는 그 이상은 알지 못했다. 티토는 그곳을 '마켈룸'이라고 불렀다.) "아프리카에서 온 대추들, 심해 동굴에서 나는 굴젓들, 갓 채집한 꿀들, 양파들, 그리고 으악! 물소 스테이크도 있어. 이리 와, 광장에는 뭐가 있는지 가보자." 그러면 동무만큼이나 호기심이 강한 빔보는 서둘렀다. 개이기 때문에 빔보는 (티토처럼) 눈보다 귀와 코를 믿었다. 그렇게 둘은 폼페이의 중심부로 들어갔다.

광장은 모든 사람이 하루에 적어도 한 번은 오는 도시의 일부였다. 모든 일이 이곳 중앙광장에서 일어났다. 민가는 없었다. 주요 신전들, 황금색과 붉

*강력한 냄새가 나는 물질. 의류의 방충제로도 사용된다.

**Macellum. 베수비오 화산 폭발로 매몰된 폼페이 유적지에서 발견된 로마 시대 공공건물로 어류 및 육류가 거래되던 시장으로 추정된다.

은색의 상점가, 비단을 파는 상점들, 시청, 방직공과 보석상 소유의 점포들, 양모가 쌓여있는 가게들, 집의 수호신을 모시는 제단 등 모두가 공적인 것이었다. 이곳에 있는 모든 것은 반짝반짝 빛났다. 건물들도 새것처럼 보였다. 어떤 면에서는 정말로 새 건물이기도 했다. 12년 전에 일어난 지진으로 모든 낡은 건축물이 무너져 내려 폼페이의 시민들은 나폴리와 심지어 로마에도 맞먹는 도시를 짓겠다는 야망을 품게 되었고, 그로 인해 도시 전체를 재건할 수 있는 기회를 잡았기 때문이다. 그들은 12년 안에 그 모든 것을 끝냈다. 티토의 나이보다 오래된 건물은 거의 없었다.

티토는 지진에 관한 이야기를 무수히 많이 들었다. 당시 겨우 한 살밖에 되지 않았었기에, 티토는 기억할 수가 없었다. 이 특별한 지진은 지진으로서는 가벼운 것이었다. 상대적으로 더 약한 집들이 흔들리고 낡은 벽의 일부가 파괴되었다. 하지만 인명의 손실은 거의 없었으며 눈부시게 단장한 새로운 폼페이는 낡은 도시를 대체했다. 아무도 이 지진의 원인을 알지 못했다. 태곳적부터 이웃한 곳에서 일어났다는 기록만이 남아있다. 선원들은 게으른 도시 사람들에게 침략자로부터 마을을 지키고 사치품들을 가져다주려고 바다에 나가 위험을 감수하는 뱃사람들에게 감사하는 마음을 가지라는 교훈을 주기 위한 것이라고 했다. 제사장들은 신들을 제대로 숭배하지 않으며 제단에 제물을 충분히 바치지 않고 제사장들에게 공양을 제대로 하지 않는 이들에게 (비록 이렇게 글자 그대로 말한 것은 아니지만) 신들이 이런 식으로 진노를 표하는 것이라고 전했다. 상인들은 외국 상인들이 땅을 변질시키고 이상한 곳에서 온 수입품들이 밀거래되면서 더 이상 안전하지 않게 되어서 저주를 받아 그렇게 되었다고 말했다. 모두가 서로 다르게 설명했고, 모든 사람들이 설명할 때마다 옆 사람보다 더 시끄럽고 더 유치했다.

오늘 오후에 티토와 빔보가 골목에서 나와 광장으로 들어갈 때도 사람들은 지진에 관해 이야기하고 있었다. 광장은 부자든 가난한 사람이든 누구나 좋아하는 산책로였다. 제사장들이니 정치인들이니 할 것 없이 논쟁을 벌이고 있었고, 그날의 장을 보는 하인들, 상품을 사라고 외치는 상인들, 그리스와 이집트에서 온 최신 유행을 선보이는 여자들, 대리석 기둥들 사이에서 숨바꼭질 놀이를 하는 아이들, 그냥 느긋하게 서서 구경하는 사람들은 말할 것도 없고 각 지역에서 온 군인들, 선원들, 농부들로 인해 광장 끝까지 사람들로 북적거렸다. 빔보의 귀는 티토를 광장에서 가장 시끄러운 곳까지 안내할 때 코보다 훨씬 더 많은 역할을 했다. 광장 끝에는 집의 수호신을 모시는 제단이 있었는데, 그 제단 바로 앞에서도 당연히 집안의 가장들이 논쟁을 벌이고 있었다.

"정말이지." 티토는 그 쩌렁쩌렁 울리는 목소리가 목욕탕 주인인 루푸스의 목소리라는 것을 알아차렸다. "내 평생 또 지진이 나는 일은 없을 거요. 한두 번 진동이야 있겠지. 하지만 번개와 같은 지진은 똑같은 장소에서는 절대 두 번 일어나지 않는 법이라오."

"같은 곳에서 두 번 일어나지 않는다고요?" 티토가 한 번도 들어보지 못한 가느다란 목소리가 물었다. 목소리에 높고 날카로운 울림이 있는 것으로 보아 티토는 이방인의 말씨라는 것을 알았다. "그렇다면 에트나산의 분출*로 인해서 15년 동안 세 번이나 폐허가 된 시칠리아의 두 도시는 뭔데요? 그리고 지진이 날 거라는 경고가 없었다고요? 그렇다면 베수비오산** 위로 솟아오르는 연기 기둥은 뭘 말하는 겁니까?"

"그거요?" 티토는 질문을 연발하는 통에 사람들이 툴툴거리는 소리를 들

*세계적으로 분화의 기록으로 가장 오래 된 것이 B.C. 693년 이탈리아의 시칠리아섬에 있는 에트나화산의 분화이다.

**이탈리아 나폴리만灣에 면한 활화산.

을 수 있었다. "거야 늘 거기에 있지. 우린 그걸 날씨 예보로 사용한다오. 연기가 똑바로 서 있을 때는 날씨가 좋고, 또 연기가 점점 평평해지면 틀림없이 안개가 낀다니까. 연기가 동쪽으로 밀려가면—"

"그만, 됐소!" 화가 난 듯한 목소리가 끼어들었다. "기압에 대해 당신이 하는 말을 들었소. 하지만 연기 기둥이 평소보다 몇백 미터나 더 높은 데다 그늘진 나무처럼 짙고 널리 퍼져 있소. 사람들이 그러는데 나폴리에서—"

"아, 나폴리!" 약간 흥분해서 꽥 소리를 지르는 이 목소리를 티토는 알고 있었다. 장신구 세공업자인 아틸리오였다. "우리가 고통받을 때 그들은 수다나 떨고 있었어요. 지난번에 지진 났을 때도 그들은 우리를 도와주지 않았습니다. 나폴리가 범죄를 저지르면 폼페이는 대가를 치르죠. 이젠 아예 그게 속담이 되고 있어요. 그러니 그들 일에는 관심 끄자고요."

"맞소." 루푸스가 투덜거렸다. "다른 곳도 마찬가지입니다."

"잘 알았습니다, 확신에 찬 친구들이여." 이제 이상할 정도로 무덤덤하게 들리는 가느다란 목소리가 응답했다. "우린 이런 속담 또한 가지고 있죠. '사람들의 이야기에 귀 기울이지 않는 자들은 반드시 신에게 가르침을 받는다.' 전 더 이상 할 말이 없소. 하지만 떠나기 전에 마지막으로 경고하겠소. 신을 기억하시오. 신전을 돌보시오. 그리고 베수비오산 위에 있는 옻나무*가 금송** 모양으로 자랄 때, 여러분의 생명을 돌보시오."

티토는 그 말을 하는 사람이 토가***를 끌어당길 때 공중에서 바람이 쌩 부는 소리를 들을 수 있었다. 이방인은 재빨리 발을 끌면서 가버렸다.

장신구 세공업자가 말했다. "도대체 무슨 뜻이지?"

*옻나뭇과의 관목들은 꽃차례가 연기처럼 보인다.

**소나무와 비슷하게 생겼으나 낙우송과다. 거꾸로 된 우산 모양이다.

***고대 로마 시민이 입던 헐렁한 겉옷.

"난들 아나." 루푸스가 툴툴거렸다. "난들 아냐고."

티토 역시 의아했다. 생각에 잠긴 듯 비스듬히 고개를 숙인 빔보는 마치 두툼한 고기 한 점을 두고 곰곰이 사색하는 것처럼 보였다. 해가 질 무렵이 되자 그 논쟁은 잊혀졌다. 연기가 솟아올랐더라도 어둠 속이라 아무도 보지 못했을 것이다. 게다가 카이사르의 탄생일이라 도시는 축제 분위기였다. 티토와 빔보는 비키라고 외치며 전차를 모는 사람들과 홍청망청 떠들썩하게 노는 사람들 사이에 있었다. 사람들은 베수비오산 포도주와 과자 바구니들을 엄청나게 쏟아냈고, 화산 내부의 기류만큼이나 격렬하게 이야기를 했으며, 서로 수없이 욕을 하고 싸웠다. 하지만 티토는 절대 발을 헛디디지 않았다. 그는 예민한 귀와 즉각적인 본능이 고마웠다. 하지만 무엇보다도 빔보가 가장 고마웠다.

그들은 야외극장을 찾아갔다. 티토는 배우들의 얼굴은 볼 수 없었지만 대부분의 관객들보다 연극을 더 잘 이해할 수 있었다. 왜냐하면 관객들은 무대장치라든가 의상, 부차적인 사건, 심지어 자기 자신한테로 관심이 분산되지만 티토의 관심은 온통 듣는 것에 집중되어 있기 때문이다. 그 뒤 도시의 성벽으로 갔다. 그곳에서 폼페이의 시민들은 해안을 공격당한 뒤 수천 개의 불타는 화살이 오가고 수없이 많은 횃불이 타오르면서 도시를 구하는 모의해전을 지켜보고 있었다. 티토는 활활 타오르는 배와 횃불로 훤히 밝혀진 하늘이 전해주는 긴장감은 볼 수 없었지만 환호성과 외침이 그만큼 더 강렬하게 전해지면서 흥분에 휩싸였다. 그래서 티토는 그들 중에서 가장 큰소리로 외쳐댔다.

이튿날 아침에는 아침밥으로 건포도와 설탕이 든 케이크가 있었다. 빔보는 보통 때와 달리 적극적이었고, 꼬리를 못 쓰게 될까 봐 걱정될 정도로 꼬리를 세게 탁탁 쳤다. 빔보가 어떤 놀이를 하자고 재촉하는 건지 아니면 무언가를 말하려고 하는 건지 소년은 짐작할 수 없었다. 잠시 후, 소년은 빔보에게 신경을 껐다. 소년은 졸렸다. 지난밤에 카이사르의 탄생일을 축하하느라 늦은 시간까지 있었기 때문에 피곤했던 것이다. 게다가 대기에는 옅은 안개가 잔뜩 껴 있었다. 아니, 옅은 안개가 아니라 짙은 안개였다. 안개가 티토의 목구멍에 들어가자 기침이 나왔다. 티토는 바닷바람을 쐬려고 일어나 마리나 성문*까지 걸어갔다. 하지만 만灣 위로 온통 실안개가 뒤덮여 있어 짠바람도 검은 연기를 내뿜는 것만 같았다.

티토는 땅거미가 지기 전에 잠자리에 들었다. 하지만 푹 잠이 들지 않았다. 꿈을 너무 많이 꿨다. 광장에서 배들이 이리저리 요동치고, 비명을 지르는 군중들 사이에서 길을 잃고, 사람들이 그의 가슴팍을 가로지르고, 폼페이의 온갖 거친 길 위로 잡아끄는 꿈들이었다.

티토는 일찍 일어났다. 아니 잠들지 않았다고 하는 편이 맞겠다. 빔보가 잡아끌고 있었다. 개는 티토를 힘겹게 일으켜 세우더니 티토가 모르는 어딘가로 따라오라고 재촉했다. 티토는 머뭇거리다가 발을 헛디뎠다. 아직도 거의 비몽사몽이었다. 잠시 숨쉬기가 몹시 버겁다는 사실만 빼면 아무것도 눈치채지 못했다. 공기가 뜨거웠다. 그리고 둔탁했다. 너무 둔탁해서 맛을 음미할 수도 없었다. 공기가 가루로 변한 것 같았다. 콧구멍을 찌르고, 보이지 않는 눈을 불태우는 뜨끈한 가루.

그런 뒤 티토는 어떤 소리를 듣기 시작했다. 듣도 보도 못했던 소리였다. 마치 땅 밑에서 동물들이 내는 소리 같았다. 죽어가는 생물들이 지하 동굴에 있는 돌무더기들을 제거하느라 씩씩대고 끙끙대는, 소리 없는 외침이었다. 이제는 의심의 여지가 없었다. 그 소음은 저 바닥에서 나는 것이었다. 티토는 그

*베수비오산의 화산 폭발로 매몰된 폼페이에서 발견된 성문. 성문은 두 개의 아치형 통로로 이루어져 있는데, 왼쪽 통로는 보행자 전용이고, 오른쪽 통로는 동물과 탈 것 전용으로 구분되었다. 현재는 관광객들이 폼페이 유적지로 들어가는 주 출입구 역할을 하고 있다.

소리를 들을 수 있을 뿐만 아니라 느낄 수도 있었다. 땅이 갑자기 푹 꺼졌다. 그러더니 대지가 울퉁불퉁하게 되었다. 빔보가 티토를 간신히 끌어내는 순간 발밑의 땅이 휙 내려앉으면서 티토는 석조 분수에 내동댕이쳐졌다.

뜨거운 물이 얼굴에 끼얹어지면서 티토는 정신이 들었다. 가까스로 일어섰다. 옆에서 빔보가 다시 균형을 잡는 것을 도와주고 있었다. 소음이 점점 커지더니 더욱 가까이에서 들렸다. 절규는 이전보다 훨씬 더 동물들이 내는 소리 같았지만, 이제는 인간의 목구멍에서 나는 것이 확실했다. 두려움에 가득 찬 사람들이 발걸음을 더욱 재촉하면서 서둘러 내달리기 시작했다. 티토 자신도 혼란에 빠져서 갈피를 못 잡는 와중에, 루푸스가 미친 물소처럼 고래고래 소리를 지르며 뛰어가는 모습을 볼 수 있었다. 악몽 같은 시간이었다.

그때 굉음이 나기 시작했다. 처음에는 나무의 잔가지들이 무시무시한 소리로 탁 하고 부러지는 듯, 날카롭게 갈라지는 소리였다. 그런 뒤 숲 전체가 무너져 내리는 것처럼 요란한 소리가 났다. 그리고는 하늘과 땅을 갈라놓는 폭발이 있었다. 티토는 폭발하는 것을 볼 수는 없었지만 계속해서 불길이 하늘 높이 치솟고 있다는 것을 알 수 있었다. 번개와 천둥이 연달아 치고 있었다. 집 한 채가 무너졌다. 그러더니 계속해서 무너져 내렸다. 기적적으로 두 동무는 위험한 골목길을 빠져나와 좀 더 열린 공간에 있게 되었다. 광장이었다. 그들은 그곳에서 잠시 쉬었다. 얼마나 오래 쉬었는지는 티토도 알지 못했다.

티토는 시계가 가리키는 시각을 몰랐다. 다만 칠흑같이 캄캄했다는 것은 느낄 수 있었다. 비정상적인 암흑이었다. 배꼽시계가 아침과 점심을 걸렀고 정오가 지났다는 것을 알려주었다. 하지만 그것은 중요하지 않았다. 중요한 것이 아무것도 없는 것 같았다. 티토는 졸음이 몰려왔다. 너무 졸려서 걸을 수도 없었다. 하지만 걸어야만 했다. 티토는 그래야 한다는 것을 알고 있었다. 빔보도 알고 있었다. 이빨로 격렬하게 잡아당기는 것이 그렇다는 것을 말해주고 있었다.

하마터면 늦을 뻔했다. 광장의 신성한 땅은 이제 안전하지 않았다. 흔들리기 시작하더니 기울어진 다음 갈라지기 시작했다. 그들이 광장에서 비틀거리고 있을 때, 땅이 포획된 뱀처럼 꿈틀거리더니 유피테르 신전의 기둥들이 죄다 내려앉았다. 세상의 종말이었다. 아니, 적어도 그렇게 보였다. 이제는 걷는 것만으로는 충분하지 않았다. 달려야만 했다. 티토는 너무 무서운 나머지 뭘 해야 하고 어디로 가야 할지 갈피를 잡지 못했다. 방향 감각을 완전히 잃은 티토는 중문으로 돌아가기 시작했다. 하지만 빔보는 죽을 둥 살 둥 안간힘을 쓰면서 티토의 옷을 끌어당겼다. 이 녀석이 바라는 게 뭘까?

그때 불현듯, 티토는 녀석이 하는 말을 알아들었다. 빔보는 출입구로 가자고 말하고 있던 것이었다. 그 출입구란, 물론 바다로 가는 문이었다. 바다로 가는 문, 그리고 바다. 그곳은 무너져 내리는 건물들과 들썩거리는 땅에서 멀리 떨어져 있었다. 티토는 돌아섰다. 빔보가 앞에 펼쳐진 구덩이들과 위험하게 부글부글 끓는 진흙투성이 웅덩이들을 가로지르며 티토를 이끌었다. 그들은 불타오르는 건물들과 기둥들로부터 멀리 달아나고 있었다. 티토는 그 소음들이 하늘에서 내지르는 소리인지 고통에 찬 사람들이 내는 소리인지 이젠 더 이상 분간할 수도 없었다. 티토와 빔보는 달렸다. 목이 터져라 울부짖는 세상에서 유일하게 침묵하는 존재들이었다.

새로운 위험요소가 도사리고 있었다. 모든 폼페이 사람들이 군중들 틈으로 비집고 들어와 마리나 성문으로 몰려가는 것 같았고, 그로 인해 밟혀 죽을 가능성이 있었다. 하지만 위험을 감수해야 했다. 점점 더 숨쉬기가 어려워지고 있었다. 공기가 질식할 것 같았다. 이제는 공기 속에 먼지와 콩만큼이나 큰 자갈들이 가득했다. 자갈들이 머리와 손으로 떨어졌다. 베수비오산의 분화구에서 나오는 부석浮石이었다. 산이 뒤집어지고 있었다. 티토는 이방인이 이틀 전에 광장에서 말했던 구절을 기억해냈다. '사람들의 이야기에 귀 기울이지 않는 자들은 반드시 신에게 가르침을 받는다.' 폼페이의 사람들은 그러한 경고를 귀 기울여 듣지 않았다. 너무 늦은 게 아니라면, 지금 그 가르침을 받고 있는 것이었다.

불현듯 티토는 너무 늦은 것 같다는 생각이 들었다. 붉고 뜨거운 재가 피부에 물집을 일으켰고, 따가운 수증기는 목구멍을 찢어놓는 듯했다. 계속 뛰어갈 수가 없었다. 길가에 있는 작은 나무쪽으로 비틀거리며 걸어가 쓰러졌다. 곧바로 빔보가 옆으로 왔다. 낑낑거리며 티토를 이리저리 얼렀지만 아무런 대답이 없었다. 빔보는 티토의 손과 발, 얼굴을 핥았다. 소년은 꿈쩍도 하지 않았다. 그러자 빔보는 자기가 할 수 있는 마지막 일을 했다. 그것은 또한 빔보가 하고 싶었던 마지막 것이기도 했다. 빔보는 동무를 물었다. 팔 끝 깊숙이 물었다. 고통에 차서 울부짖으며 티토는 벌떡 일어섰다. 빔보는 티토를 따라갔다. 티토는 절망적이었으나 빔보는 확고했다. 빔보는 군중 속을 헤쳐 나갈 길이 걱정되었는지 소년의 발뒤꿈치를 덥석 물었다. 그리고는 이빨을 드러내 컹컹 짖으면서, 발로 걷어차이거나 돌부리에 걸려 넘어지면서도 계속 나아갔다. 굶주림에 시달리고, 공포와 유황 가스 때문에 초주검이 되었지만 빔보는 티토를 밀고 나갔다. 얼마나 오래 그렇게 갔는지 티토는 전혀 알지 못했다. 마침내 마리나 성문을 비틀거리며 통과했고 밑에 부드러운 모래가 깔려 있다는 것을 느꼈다. 그리고 티토는 기절했다…….

누군가가 티토에게 해수를 끼얹고 있었다. 또 누군가가 배 쪽으로 데려가고 있었다.

"빔보." 티토가 불렀다. 그런 다음 더욱 큰 소리로 "빔보!"하고 불렀다. 하지만 빔보는 사라지고 없었다.

여러 목소리들이 서로 요동치고 있었다.

“서둘러, 서두르라고!” “배로 가!” “얼마나 무섭고 배고팠을까!” “계속해서 누군가를 부르고 있어!” “불쌍한 아이야. 정신이 나갔어.” “여기 아이가 있어, 이 아이를 맡아!”

사람들은 티토를 자기들 사이에 끼워 넣어주었다. 노걸이가 삐걱거리더니 노 젓는 소리가 났다. 휘청거리는 파도를 넘나들며 배가 나아갔다. 티토는 안전했다. 하지만 계속해서 눈물을 흘렸다.

“빔보!” 티토는 울부짖었다. “빔보! 빔보!”

하지만 어떤 것으로도 위로받을 수가 없었다.

1800년이 지났다. 과학자들이 고대 도시를 복원하고 있었고, 고고학자들이 도시 전체에 묻혀있는 바위들과 쓰레기더미들을 헤치며 작업하고 있었다. 조각상들, 청동으로 만든 악기들, 눈부신 모자이크들, 가정용품들과 같은 많은 것들이 발굴되었다. 2천 명이 넘은 생명을 앗아간 잿더미 속에서 그림까지도 아주 잘 보존되어 있었다. 기둥들이 파헤쳐지며 광장이 모습을 드러내기 시작하고 있었다.

가장 깊은 곳에 자리한 유적이 있는 곳에서 책임자가 잠시 작업을 중지시켰다.

“이리 와 보게.” 책임자가 조수를 불렀다. “아주 훌륭한 형태의 건축물 잔해를 발견한 거 같네. 노예나 노새가 돌렸을 법한 거대한 네 개의 맷돌이 여기 있어. 그리고 그 안에 선반이 갖춰진 벽이 있어. 이런! 빵집이었던 게 틀림없어. 그런데 여기 신기한 게 한 가지 있어. 제일 수북하게 쌓여 있는 이 잿더미

밑에서 내가 무엇을 찾았을 거 같나? 바로 개의 골격이야!"

"정말 놀라운 일이군요!" 조수가 말을 제대로 잇지 못했다. "당시 개가 도망갈 정도로 충분히 감각을 가지고 있었다고 보여지네요. 그런데 이빨 사이에 꽉 물고 있는 저 납작한 것은 뭘까요? 돌멩이일 리는 없는데."

"그렇지. 이 빵집에서 나온 게 분명해. 오랜 세월로 인해 케이크 같은 것이 단단하게 굳은 게 아닐까. 아뿔싸! 저 조그만 검은 자갈은 건포도가 아닐까? 거의 2천 년 묵은 건포도 케이크 말이야! 그런데 왜 그런 순간에 건포도 케이크를 먹고 싶었을까?"

"그러게 말입니다." 조수가 낮은 목소리로 중얼거렸다.

루이스 언터마이어Louis Untermeyer

미국의 시인, 수필가, 수많은 시선집을 편집한 편집장으로 100권에 가까운 책을 저술, 편집 또는 번역했다. 1950년대 좌파 활동에 적극적으로 참여한 결과 FBI에 의해 당시 출연 중이던 TV 쇼에서 해고당하고 블랙리스트에 오르며 매카시즘의 희생양이 되었다. 친구인 아서 밀러에 따르면 블랙리스트에 오른 뒤 1년간 '가상의 은둔자'로 지냈다. 평생 뉴욕에서 살았지만 나이가 들면서 코네티컷으로 이주, 야생화와 새들을 돌보며 지냈다. 작가는 폼페이에 있는 작은 박물관을 방문했을 때 전시된 개의 석고 모형에 사로잡혀 이 이야기를 쓰게 되었다고 한다.

밀라 조 클로저 **문에서**

털북숭이 에어데일이 대로를 따라 냄새를 맡으며 걷고 있었다. 전에 와 본 적이 없었지만 자기보다 앞서간 형제들의 발자취를 따라가고 있었다. 그는 본의 아니게 이 여정에 나섰으면서도 완벽하게 훈련된 개답게 아무런 불만 없이 받아들였다. 그 길은 외로웠고, 자기보다 앞서간 무수한 개들의 발자취가 길 끝에서 함께 한다는 동반자 의식 같은 것이 보이지 않았더라면 마음이 약해졌을 것이다.

처음에는 풍경이 무미건조해 보였다. 최근 극도의 고통을 받다가 통증에서 벗어난 것은 감각이 마비될 정도로 순식간이었기 때문에, 지금 지나치고 있는 즐거운 '개들의 나라'를 충분히 감상하는 데는 얼마간의 시간이 걸렸다. 종종걸음을 치며 가는 땅 위에는 나뭇잎들이 우거진 숲, 마음껏 달릴 수 있는 풀이 무성한 드넓은 비탈, 뛰어들어 막대기를 다시 가져올 수 있는 호수가 있었다. 하지만 생각을 마칠 수가 없었다. 소년이 함께 있지 않았기 때문이다. 밀려드는 그리움이 에어데일을 사로잡았다.

멀리서 보이는 문은 하늘만큼이나 높고 모두가 들어갈 수 있을 정도로 넓어서 한결 마음이 놓였다. 에어데일은 오직 사람만이 그러한 장벽을 만들 수 있다는 것을 알았다. 개는 눈을 치켜뜬 채 저 너머를 통과하는 인간을 식별할 수 있을 거라 생각했다. 사람들이 만든 저 멋진 울타리에 더 빨리 다다라야겠다는 생각에 개는 갑자기 뛰어갔다. 하지만 생각이 속도를 앞질렀다. 개는 가족을 두고 떠나왔다는 것을 기억해냈다. 그리고 다시, 이 근사한 새로운 보금자리가 완벽하지 않다는 것을 알았다. 가족이 없기 때문이었다.

이제 개 냄새가 아주 짙게 났다. 놀랍게도, 더 가까이 다가갈수록 자기보다 앞서 도착했던 무수한 개들이 아직도 대문 바깥에 모여 있다는 사실을 발견했다. 그들은 입구 양쪽에 커다랗게 원을 그리며 앉아있었다. 큰 개, 조그만 개, 털이 곱슬곱슬한 개, 잘 생긴 개, 잡종 개, 순종 개들로 나이와 피부색, 특성을 망라하고 있었다. 보아하니 모두 누군가를 기다리고 있었다. 단단한 길 위에서 에어데일의 발소리가 나자 개들이 일제히 일어나서 그가 오는 방향을 바라보았다.

신출내기가 개라는 것을 알아채자마자 개들의 관심이 사라지는 것을 보고 에어데일은 당혹스러웠다. 전에 살던 곳에서는 친구일 경우 네발 달린 형제들은 열광적으로 반겨주었고, 이방인일 경우 의심스럽게 접근했으며, 적일 경우 날카롭게 꾸짖었었다. 하지만 이토록 철저히 무시당한 적은 한 번도 없었다.

에어데일은 우뚝 솟은 출입구가 있는 커다란 건물에서 여러 번 읽은 적 있던 문구를 기억해냈다. 표지판에는 "개 출입금지"라고 쓰여 있었다. 혹시 그런 이유 때문에 문 바깥에서 이렇게 커다란 원을 그리며 기다리고 있는 게 아닐까 하는 생각이 들었다. 이 웅장한 대문은 단지 개와 인간을 분리하는 경계선으로 세워져 있을지도 모른다. 하지만 그는 가족의 일원으로 거실에서 식구들과 뛰어놀고, 주방에서 함께 앉아 식사를 하고, 밤에는 함께 위층으로 올라갔었다. 그랬기에 "출입금지"가 된다는 생각이 들자 견딜 수 없었다.

에어데일은 소극적인 개들을 경멸했다. 그들은 고향에서 했던 식으로 장벽을 대하고, 장벽에 뛰어오르고, 짖어대고, 멋지게 칠해진 문을 긁어야 마땅했다. 그는 본보기를 보여줄 겸 맨 마지막으로 남은 작은 언덕을 껑충껑충 달렸다. 아직 세상에 대한 반항심으로 가득 찼기 때문이다. 하지만 뛰어넘을 어떤 문도 찾을 수 없었다. 그는 사랑하는 수많은 사람들이 입구 너머에 모여 있는 모습을 볼 수 있었다. 그런데 어떤 개도 문턱을 넘어서고 있지 않았다. 개들은 계속해서 인내심을 가지고 둥그렇게 모여 있었고, 시선은 구불구불한 길을 향하고 있었다.

이제 문을 살펴보려고 조심스럽게 앞으로 나아갔다. 그 순간 이 지역에서는 지금이 곤충들이 날아다니는 계절이 틀림없다는 생각이 들었다. 아주 조그만 새끼였을 때 완전히 당황하게 만들었던 그물망처럼, 바로 눈앞에서는 보이지 않는 그물망 사이로 뛰쳐나가려고 애씀으로써 이 이방인들 앞에서 웃음거리가 되고 싶지는 않았다. 그런데 여기에는 방충망이 없었다. 그는 절망적인 마음이 들었다. 인간들에게 데려다주는 이 둥그런 문 옆에 머물러 있어야 한다는 사실을 알기까지 이 불쌍한 짐승들은 얼마나 쓰라린 고통을 겪었을까! 도대체 무엇 때문에 이러한 벌을 받아 마땅하단 말인가? 훔친 뼈다귀들이 양심에 걸렸다. 제멋대로 풀쩍풀쩍 뛰어다녔던 날들, 자물쇠가 짤깍할 때까지 제일 좋은 의자에서 잠을 잤던 날들, 이런 것들이 죄악이었던 걸까.

그 순간, 적갈색 반점이 있는 하얀 잉글리시불테리어가 의기양양한 자세로 다가와 다정하게 코를 킁킁거렸다. 목걸이 냄새를 맡자마자 불테리어는 그를 만난 기쁨을 표현하기 시작했다. 이렇게 열렬히 반겨주자 에어데일의 의구심은 상당히 해소되었지만 어떻게 해야 할지 몰랐다.

"나 너 알아! 나 너 안다고!" 불테리어가 외치며 엉뚱하게 덧붙였다. "근데 너 이름이 뭐야?"

"섄터의 탬*. 그냥 태미라고 불러." 양해할 수 있을 만큼 잠깐 뜸을 들이며 대답했다.

"난 그 사람들을 알아. 정말 좋은 가족이야." 불테리어가 말했다.

"최고지." 애써 무덤덤한 척, 없는 벼룩을 긁어대며 에어데일이 말했다. "근데 난 네가 누군지 기억이 안 나. 언제 우리 가족들을 알았어?"

"음, 약 14년 전으로 그분들이 처음 결혼했을 때야. 여기서는 개 이름표에 따라 시간을 기록해. 난 네 개 있어."

"난 딱 하나야. 아무래도 넌 내가 태어나기 전인 거 같아." 탬은 어리다는 게 부끄럽게 느껴졌다.

"산책하러 가면서 나한테 가족들에 대한 모든 걸 말해줘." 새 친구가 권유했다.

"저기에 들어가면 안 돼?" 탬이 문을 쳐다보며 물었다.

"안 되기는! 원하면 언제든 들어갈 수 있어. 여기 있는 개들 중 일부도 처음에는 들어가는데 저 안에 머물지는 않아."

"밖이 더 좋아서?"

"아니, 아니야. 그래서가 아니야."

"그럼 왜 모두 여기에서 서성거리고 있어? 늙은 개라면 문 너머에 있는 게 더 나을 텐데."

"있잖아, 우린 가족들이 올 때까지 기다리고 있는 거야."

에어데일은 그 말이 무슨 뜻인지를 즉시 파악하고는 이해한다는 듯 고

*Tam o'Shanter. 스코틀랜드의 시인 로버트 번즈의 서사시 '섄터의 탬'에서 애주가 탬은 온갖 마귀와 마녀들이 모여 한바탕 춤을 추며 노니는 장면을 목격하는데, 그때 마녀가 입고 있던 짧은 치마를 일컬어 '섄터의 탬'이라고 했다. 또한 스코틀랜드 남자들이 쓰던 전통적인 모자로 두 겹의 원형 모직 천으로 가운데에 주름을 잡아 볼륨 있게 만든 모자를 일컫기도 한다.

개를 끄덕였다.

"길을 따라오는 동안 나도 그렇게 느꼈어. 가족들 없이 지낸다는 건 있을 수 없는 일이야. 완벽한 곳이 될 수가 없어."

"그래, 맞아. 우리에겐 아니지." 불테리어가 말했다.

"그래! 난 뼈다귀들을 훔쳤어. 하지만 여기서 가족들을 다시 볼 수만 있다면 분명 용서받을 거야. 그러면 정말 근사한 곳이 될 거야. 근데 있잖아." 탬이 퍼뜩 떠오른 새로운 생각을 덧붙였다. "가족들이 우릴 기다리고 있을까?"

더 오래 그곳에 있었던 불테리어는 당황스러운 나머지 헛기침이 나왔다.

"인간들은 기다리는 걸 그다지 잘하지 못해. 겨우 개 한 마리 때문에 밖에서 서성거리는 건 인간이 할 일이 아니야. 위엄도 없고."

"맞아." 탬이 동의했다. "난 가족들이 집으로 곧장 가는 게 기뻐. 난 말이야, 내가 사람들을 잃어버리는 것만큼 사람들이 나를 잃어버리는 것도 싫어." 탬이 한숨을 쉬었다. "그럼 그렇게 오래 안 기다려도 되잖아."

"아, 이런, 가족들이 늦어지고 있네. 낙담하지 말라고!" 테리어가 위로했다. "근데 그사이에 꼭 여름 휴가철의 대형 호텔처럼 됐어. 개들이 모두 신참자들을 지켜보고 있어. 지금 저기에 재미있는 일이 있나 봐."

소규모의 일행이 비탈길을 머뭇거리며 오르는 모습이 보이자 흥분한 개들이 일제히 일어났다. 그들 중 절반은 일행을 만나러 가기 시작했고, 그들 주위에 애정어린 마음을 가지고 모여들었다.

나이 든 동물들이 경고했다. "조심해. 겁먹게 하지 말라고." 문에서 제일 멀리 떨어져 있는 동물들에게 이런 말이 들려왔다. "얼른! 얼른! 얼른 와, 아가야!"

그들이 다 모이기도 전에, 빼빼 마른 누런 사냥개 한 마리가 군중을 밀치고는 조그만 아이에게 다가가 코를 한 번 킁킁거리더니 발치에 웅크려 기쁨의 환성을 멍멍 질렀다. 아이는 사냥개를 알아보고는 꼭 끌어안았고, 둘은 문을 향해 갔다. 사냥개는 문 바로 밖에 멈춰 서더니 상냥하게 반기는 귀족풍의 세인트버나드에게 이렇게 말했다.

"친구야, 너를 두고 가서 미안해. 하지만 난 이 아이를 보호하러 들어가야 해. 이 아이가 여기에 오기만 기다린 거, 너도 알잖아."

불테리어는 에어데일을 지그시 바라보았다.

"저게 우리가 하는 방식이야." 불테리어가 자랑스럽게 말했다.

"응, 근데—" 에어데일이 혼란스러움에 머리를 한쪽으로 갸웃거렸다.

"응, 근데 뭐?" 안내자가 물었다.

"사람들이 하나도 없는 개, 그러니까 주인이 없는 개는 어떡하지?"

"그게 제일 좋아. 아, 여기서는 모든 걸 여러모로 깊이 생각해. 너 피곤한가 보구나. 웅크리고 앉아서 지켜봐." 불테리어가 말했다.

얼마 지나지 않아 그들은 길에서 방향을 트는 또 다른 조그만 형체를 보았다. 보이스카우트 제복을 입고 있었지만 약간 두려움에 떨고 있었다. 그에게는 새로운 이 모든 것이 모험이었기 때문이다. 개들이 다시 일어서서 코를 킁킁거렸다. 좀 더 말쑥한 개들이 제지했지만, 철딱서니 없는 무리들이 아이를 맞이하려고 달려나갔다. 보이스카우트 아이는 개들의 상냥한 태도에 안심하며 공평하게 쓰다듬어준 뒤, 검정 바탕에 갈색 얼룩무늬 개를 선택했다. 그 둘은 안으로 들어갔다.

탬이 고개를 갸웃거리며 바라보았다.

"저들은 서로 모르잖아!" 탬이 소리쳤다.

"하지만 저들이 항상 바라던 거였어. 개를 한 마리 갖게 해달라고 애원하는 아이들 중 하나였거든. 그런데 아버지가 허락하지 않았었지. 그래서 여기 있는 모든 떠돌이 개들은 저런 친구가 오기만을 기다리고 있어. 이곳에선 모든 아이들이 개를 한 마리씩 가지고 있고, 모든 개들이 주인을 한 명 가지고 있지."

"저 아이의 아버지가 지금이라도 알면 좋을 텐데." 에어데일이 지적했다. "분명 '개를 한 마리 키우게 할걸'이라고 종종 생각하고 있을 거야."

불테리어가 활짝 웃었다.

"너 아직도 네가 살던 세상을 그리워하는구나, 그렇지?"

탬이 맞다고 시인했다.

"난 아빠와 아이, 그들 모두가 있는 가족이 좋아. 엄마야 말할 것도 없고."

불테리어가 깜짝 놀라 풀쩍 뛰어올랐다.

"설마 가족들한테 아이가 있다고 말하는 거 아니지?"

"맞아. 세상에서 제일 멋진 아이야. 올해 열 살이야."

"우와, 우와, 굉장해! 내가 그곳에 있을 때 아이가 하나 있으면 하고 바랐었거든."

에어데일이 새 친구를 골똘히 바라보았다.

"이봐, 근데 너 누구야?" 에어데일이 다그쳤다.

그러자 불테리어가 황급히 이렇게 말했다.

"난 그냥 한 남자아이와 놀고 싶어서 달아나곤 했던 것뿐이었어. 가족들은 나를 벌줬지. 하지만 난 항상 가족들에게 아이가 없는 부모님들 잘못이라고 말하고 싶었어."

"어쨌든 너 누구냐니까?" 탬이 반복했다. "내게 이렇게 깊은 관심을 가지고 말하고 있잖아. 넌 누구의 개였냐고?"

"이미 짐작했으면서 뭘 그래. 난 네 떨리는 주둥이에서 알 수 있어. 난 대략 10년 전쯤에 가족들을 떠나온 늙은 개야."

“설마 그 늙은 깡패 불리?”

“그래, 내가 그 불리야.” 그들은 더 깊은 애정을 가지고 서로 코를 비볐다. 그런 다음 서로 어깨를 맞대고 숲 속의 작은 빈터를 노닐었다. 불리는 더욱 애타게 가족들의 소식을 물었다. “말해 봐, 가족들은 어떻게 지내고 있어?”

“정말로 잘 지내. 집세도 다 냈고.”

“음, 내 생각에는 네가 내 개집을 차지한 거 같은데?”

“아니. 가족들은 네 집에 다른 개가 있는 모습을 견딜 수가 없다고 말했어.”

불리는 조용히 흐느끼려고 멈춰 섰다.

“나를 울리는구나. 그렇게 말해줘서 고마워. 가족들이 나를 그리워하고 있다니!”

잠깐 동안 그들 사이에 침묵이 흘렀다. 하지만 저녁이 되면서 그곳을 밝혀주는 것이라고는 도시의 황금빛 거리에서 나오는 불빛뿐이어서 불안해지기 시작한 불리가 돌아가야 한다고 말했다.

“우린 밤에 잘 볼 수가 없어. 그래서 난 특히 아침이 올 때까지는 길 아주 가까이에 있고 싶어.”

탬이 동의했다.

“내가 콕 집어 알려줄게. 처음에는 잘 알아보지 못할 테니까 말이야.”

“아, 우린 가족들을 잘 알지. 때로는 아기들도 무럭무럭 자라면 우리의 모습이 어땠는지 약간 기억이 가물가물할 거야. 가족들은 실제보다 우리가 더 크다고 생각하겠지만, 우리 개들의 눈은 못 속이지.”

“내가 아이를 기다리는 동안 네가 엄마든 아빠든 이곳에 도착하는 가족들을 편하게 맞아준다는 뜻으로 이해하면 되겠지?” 탬이 영리하게 정리했다.

“바로 그거야.” 불리가 다정한 말투로 인정했다. “만약 혹시라도 아이가 먼저 온다면—올 여름에는 많은 아이들이 왔으니까—당연히 나에게 소개시켜주겠지?"

"아주 자랑스럽게 소개할 거야."

발 사이로 주둥이를 푹 집어넣고 두 눈은 순례자의 길 쪽으로 크게 뜬 채 그들은 문밖에서 기다리고 있다.

밀라 조 클로저Myla Jo Closser

작가 밀라 조 클로저에 관해서는 거의 알려져 있지 않다. 1880년에 태어났다는 것 외에 소설가이자 극작가인 타킹턴 베이커의 아내이며, 퓰리처상을 수상한 작가 부스 타킹턴의 사촌이라는 것만 알려져 있다. 이 글은 뉴욕에서 1930년까지 발행한 「더 센츄리 매거진」에 처음 실렸으며, 이후 수많은 선집에 재수록되었다.

찰리 테일러 점령

1

늦은 아침, 군인들이 문을 두드렸다. 아주 정중하게 두드렸다. 푸르덴셜에서 마스든 씨가 매달 돈을 걷으러 올 때 내는 소리와 비슷했다. "저 또 왔습니다." 그는 지미의 어머니에게 웃으며 말하곤 했다. "시간 정말 빨리 가죠!" 그는 5실링을 걷고는 허리춤에 매고 다니는 작은 가죽 가방에 넣은 뒤, 허리 굽혀 뼈밖에 안 남은 발목에 바지를 묶는 밴드를 다시 채우고 라레이 자전거*에 자세를 바로 하고 올라타 143번지에 사는 허치슨 부인네 문을 두드리려고 페달을 밟았다. 어떤 집에서는 2파운드 6펜스, 어떤 집에서는 5실링, 또 79번지에 사는 백스터 할머니에게는 장례 보험으로 6펜스를 걷었다! 그녀는 늙은 할머니 백스터로 세상을 떠날 때 성대하게 남 보란 듯이 떠나기로 작정했다. 장례식장에 햄 샌드위치에 이어 케이크와 잼이 가득 든 비스킷이 제공되지 않는다면 당당할 수 없을 터였다.

군인들이 또다시 문을 두드렸다. 단호하게 두드리는 소리였지만 경고성의 소리는 아니었다. 똑똑, 똑똑, 똑똑, 마치 장갑 낀 손으로 두드릴 때 나는

*Raleigh. 영국의 자전거 상표명.

소리 같았다.

지미는 문을 두드리는 사람들이 군인들이라는 것을 알았다. 보병용 장갑차 옆에서 군인들이 길을 따라 걷고 있는 모습을 보았기 때문이다. 그들 중 여섯은 군복을 입고 총을 갖고 있었다.

"아빠." 지미는 계단 위로 소리쳤다. "군인들이 문밖에 있어요. 지금 멈춰 섰어요. 우리 문을 보고 있어요. 우리 집으로 들어올 거 같아요. 우리 집으로요, 아빠!"

지미는 층계참에서 정신없이 휙휙 움직이는 소리를 들었다. 지붕의 들창이 움직이는 소리를 들었고, 아빠의 발이 잠시 난간 꼭대기에 있는 게 보였다. 그런 뒤, 뒤에 있던 다락방으로 들어가 들창이 다시 삐걱거리며 닫히는 소리가 들렸다.

"창문에서 떨어져, 지미." 단단히 굳은 다급한 목소리로 엄마가 말했다. "창문에서 떨어지라니까. 얼른! 나와 같이 부엌에 들어가자. 지미, 얼른 시키는 대로 해. 당장!"

문을 두드리는 소리가 세 번째로 났다. 한층 더 끈질기고 불쾌하게 여겨지는 소리였다. '우리가 화내기 전에 지금 당장 문 여는 게 좋을걸'이라는 식이었다. 지미는 허둥지둥 뒤로 물러서서 엄마 쪽으로 갔다. 엄마는 앞치마 가슴께로 지미를 꼭 끌어안았다.

"괜찮아, 지미." 엄마가 말했다. "다 괜찮아. 우리 아가, 저들한테 아무 말도 하지 마. 조용히 하고 있으면 내가 말할게. 알았지?"

지미는 엄마의 얼굴, 겁에 질린 얼굴을 올려다보았다. 지미는 고개를 끄덕였다.

이제는 쿵쾅거리며 세차게 두드리고 있었다. 마치 장갑 낀 손의 손바닥으로 두드리는 것 같았다. 그런 뒤 문 밑바닥을 단호히 걷어차기 시작했다. 부술 정도는 아니었지만 열지 않으면 부수겠다는 뜻을 내비치고 있었다. 하나의 목소리가 필요 이상으로 크게 외쳤다. "문 열어!" 군인 중 한 명이 창가로 와 레이스 커튼 사이로 방을 이리저리 들여다보려 하고 있었다. 부엌으로 간 엄마는 뒤뜰에 서 있는 더 많은 군인들을 보았다. 그들 중 셋은 손에 총을 가지고 있었다. 엄마의 떨림이 소년에게 그대로 전달되었다. 지미는 엄마가 팔을 덜덜 떨고, 몸을 덜덜 떨고, 다리를 덜덜 떠는 것을 느꼈다.

잠시 침묵이 흐른 뒤 문이 벌컥 열렸다. 예일 자물쇠*의 잔해가 현관에서 딱딱한 붉은 타일 위로 통, 통, 통, 굴러갔다. 군인들이 집으로 들어왔다. 총을 양손으로 받친 채 단단히 굳은 얼굴이었다. 두 명은 계단 발치에 서서 층계참 쪽을 올려다보고 있었고, 두 명은 소파 뒤에 뭐가 있는지 확인하려고 소파를 끌어내면서 재빨리 거실을 샅샅이 살폈다. 두 명은 지미와 엄마를 밀치고 부엌으로 들어가 이리저리 훑어보며 정원에 있는 군인들에게 잠시 기다리라는 신호를 보냈다.

군인들은 계단 발치에 모였다. 둘은 층계참에 올라가서 망을 보며 서 있었고, 나머지는 침실과 화장실을 수색하러 갔다. 아무도 없었다. 분대장이 다락 입구를 올려다보았다. 그는 부대원 중 한 명에게 고개를 끄덕였다. 부대원은 난간으로 올라가더니 총구로 들창을 쿡쿡 찔렀다. 들창이 움직였다. 더 세게 들창을 쿡쿡 지르니 왼쪽으로 약 30센티미터가 벌어졌다. 그는 손으로 들창을 한쪽으로 밀고는 주머니에서 손전등을 꺼내 스위치를 켜고 열린 틈으로 살며시 머리를 집어넣어 지붕에 있는 공간을 비추었다.

*Yale lock. 문에 쓰는 원통형 자물쇠로, 고안자인 미국의 자물쇠공 라이너스 예일의 이름을 딴 상표명이다.

한 발의 총성이 울리자 지미의 엄마는 맥없이 주저앉았다. 엄마는 아들을 더 꼭 끌어안았다. 지미는 엄마가 거의 자기를 바닥으로 끌고 가고 있다고 느꼈다. 혼동 그 자체였다. 지미는 총소리가 감각을 완전히 압도하기에 앞서 군인의 시신이 난간에서 계단 밑으로 쿵 하고 떨어지는 소리를 들었다. 아니, 느꼈다. 지미는 엄마의 품을 뿌리치고 복도로 달려갔다. 군인이 벌러덩 나자빠져 있었다. 다리는 계단 위에 있었고, 머리는 붉은 타일 위에 있었다. 밑에 피가 흥건히 고여 있었다. 분명 깜짝 놀란 듯 눈을 크게 뜬 채 이마 한가운데에 구멍이 나 있었다.

지미는 군인 다섯이 작은 층계참에 몰려들어 천정에 자동화기를 발포하는 것을 올려다보았다. 총알이 천장 전체에 좌우로 빙글빙글 빗발치면서 석고보드가 갈가리 찢겨졌다.

"아빠!" 지미가 외치면서 계단을 오르기 시작하자 군인 한 명이 몸을 돌리더니 열 살짜리 아이에게 차고 있던 총을 휘둘렀다. 생각하고서 하는 행동이 아니라 반사적인 행동이었다. 그의 손가락이 방아쇠를 단단히 조이고 있었다. 그 군인 위에서 석고보드가 산산조각 났다. 군인 위로 시체가 하나 떨어지면서 군인이 한쪽으로 쓰러졌다. 첫 발이 지미의 왼쪽 벽에 쾅 처박혔다.

"아빠!" 지미가 소리쳤다.

2

두 시체는 한 시간 안에 치워졌다. 지미와 엄마는 검은색 험버 호크*에 실려 매그헐 경찰서로 끌려갔다. 경찰서는 웨스트 랭커셔 지역의 본부로 군인들

*Humber Hawk. 영국의 험버사가 1945년에서 1967년까지 제조한 4기통 자동차 이름.

에게 징발당한 상태였다. 지미는 책상과 의자 두 개를 제외하고는 텅 비어있는 사무실에 앉혀졌다. 군복을 입은 한 여자가 책상 뒤에서 지미와 함께 앉아있었지만 전혀 말을 걸지 않았다. 심지어 배가 고픈지도 물어보지 않았다. 엄마는 복도를 따라 군인들에게 끌려갔다. 작은 유리창문에 창살이 쳐져 있는, 커다랗고 육중한 철문이 달린 맨 끝 방이었다. 지미는 두 시간 동안 의자에 앉아있었다. 군복을 입은 여자는 책을 읽었으며, 이따금 다리를 꼬거나 풀거나 했다. 지미는 그녀에게서 탤컴파우더*와 콜타르 비누** 냄새가 난다고 생각했다. 프레다 이모에게서 나는 냄새였다.

"절대 그들에게 말해선 안 된다, 아들아." 아빠가 말했었다. "이름을 물어봐도, 어디에 사냐고 물어봐도, 초콜릿을 한 조각 먹고 싶냐고 물어봐도 절대 말하지 마. 아무것도 말하지 마. 거리에서 그들에게 말 걸지도 말고, 내 아들이라고 말하지도 마. 그들이 말하는 것은 무엇이든 절대 귀담아듣지 말거라. 온통 새까만 거짓말에다 누군가를 죽일 수도 있기 때문이란다."

지미는 그때 눈을 깜빡였다.

"그 누군가가 나나 네 엄마가 될 수도 있어. 내 말 알아들었지?"

지미는 고개를 끄덕이고는 부모님의 죽음을 상상했다. 눈물이 맺혔다.

"뚝 그쳐!" 아빠가 말했다. "지금 당장 뚝 그쳐! 그들 앞에서 울면 안 돼. 그게 그들이 원하는 거니까. 그들은 널 겁주고 싶어 할 거야. 넌 아직 아이니까. 그들은 너를 겁먹게 해서 나와 네 엄마에 관한 모든 걸 말하게 할 거야. 단 한 마디도 하면 안 돼, 알아들었지! 넌 우리가 지금 죽기를 바라지 않잖아! 아무에게도 어떤 말도 하지 마라, 아들아."

*주로 땀띠약으로 몸에 바르는 분.

**석탄에서 만들어내는 검고 점조한 액상물질로 만든 비누.

지미는 고개를 끄덕였다. 그 뒤 마음을 바꿔 고개를 흔들었고, 눈물이 뺨을 타고 흘러내렸다.

"뚝 그치라고 했다, 당장!" 그러면서 아빠는 손수건을 건네주었다. 눈을 닦기에는 너무 꼬깃꼬깃 뭉쳐있었고 더러웠다.

지미는 두 시간 동안 앉아있으면서, 허벅지가 의자 밑에 끼어 다리가 저릴 때 빼고는 거의 움직이지 않았다. 다리를 하나씩 약간 꼼지락거려 불편한 느낌을 덜어주려고 했다. 거기 앉아있는 두 시간 동안 지미는 울지 않으려고 애썼다. 그들이 자신에게 무슨 짓을 하더라도 아빠의 기대를 저버리지 않으려고 했다. 어떤 것도 말하지 않을 터였다. 아무 말도 하지 않을 터였다. 아무 말도. 지미는 용감해지려고 했다. 아빠처럼 말이다.

지미는 기억을 더듬었다. 그들과 이야기한 적이 있었던가? 사우스포트 도로* 건너에서 축구공을 다시 차 줘서 고맙다는 말을 한 적이 있는 젊은 남자가 거기에 있었다. 하지만 그게 전부였다. 설마 그게 아빠를 죽게 만들진 않았겠지? 하지만 만약 그랬다면……?

문이 열리고 군복에 화려한 훈장을 단 나이 든 군인이 한 명 들어와서 여자의 귀에 대고 무슨 말을 속삭였다. 그녀는 지미를 쳐다보았다. "이리 와!" 그녀가 말하더니 사무실 밖으로 걸어 나와 경찰서에서 나왔다. 그녀는 지미 옆에서 어깨에 손을 올렸다. 그들은 다시 검은색 험버 호크에 타서 사우스포트 도로를 되돌아가 리디에이트로 갔다. 왼쪽 측면으로 지미의 집을 지나쳤다. 대문은 여전히 열어 젖혀진 상태였고, 밖에 경비를 서는 군인이 한 명 있었다. 다른 군인들은 정원을 수색하며 집 내부를 어슬렁거리고 있었다. 그들은 약 230미터쯤 더 가서 우회전하고는 램쉬어 레인으로 접어들더니 초등학

*영국 잉글랜드 서북부, 랭카셔주 서부의 항구 도시.

교 바깥에서 멈췄다. 한 여자가 학교 정문에 서서 그들을 기다리고 있었다.

"안녕, 지미." 차 문을 열며 여자가 말했다. "나와 함께 가자. 이젠 안전해." 그녀는 군복을 입은 여자에게 고개를 끄덕였다. 무뚝뚝하게 한 번. 불가피하지만 어떤 공손함도 없는 인사였다.

"우리 엄마는요?" 지미가 말했다. "매킨타이어 선생님! 우리 엄마는요? 저 사람들이 우리 엄마를 경찰서에 잡아두고 있어요."

지미는 기다리고 있던 여자의 품에 뛰어들어 흐느꼈다. 몇 시간 동안 억눌렸던 두려움과 좌절감이 터져 나왔다. 매킨타이어 선생님은 열린 차 문 사이로 군복을 입은 여자를 다시 쳐다보았다. "그래, 결국 이런 결과를 초래했군요. 열 살짜리 아이하고 전쟁을 벌이세요? 당신들은 쓰레기예요, 모두 다!" 그녀가 말하고는 홱 돌아서서 지미의 손을 잡고 학교 운동장으로 데리고 갔다. "이리 와, 지미. 이제 나와 함께 있으니 안전해."

도즈 레인에 있는 매킨타이어 선생님의 조그만 단층집은 교장선생님만큼이나 깔끔하고 좋았다. 바짝 깎인 키 큰 쥐똥나무들이 울타리를 두르고 있었다. 진입로에는 선생님의 회색 모리스 마이너*가 타맥**으로 포장된 길에 기름을 똑똑 떨어뜨리며 세워져 있었다. 앞마당은 다이아몬드 모양의 조그만 기름진 땅을 제외하고는 포장되어 있었다. 땅뙈기에는 가지가 쳐진 뾰족뾰족한 장미 덤불이 활짝 꽃을 피우고 있었다. 지미의 할머니는 장미와 초여름을 좋아했다. "저 아이는 6월의 장미와 함께 왔지." 할머니는 지미의 생일 선물을 살 때 매해 엄마에게 그렇게 말했었다. 생일을 생각하자 왈칵 눈물이 났다. 올해 선물은 아빠가 살해당하는 것과 엄마가 끌려가는 것을 본 것이었다. 지미

*1948년부터 1972년까지 모리스사가 제조한 자동차.

**아스팔트 포장재.

는 매킨타이어 선생님의 여분의 침실에서 눈물이 말라붙을 때까지 침대 위를 뒹굴며 울었다. 거실에서는 새로운 보호자 역시 지미를 대신하여 울면서 노령의 스프링어 스패니얼의 머리를 쓰다듬고 있었다. "샌디, 너무 잔인한 세상이구나. 잔인한 세상이야." 선생님이 중얼거렸다. "어떻게 아이한테 이런 짓을 할 수 있을까?"

그녀는 유리문을 통해 깔끔한 나무 울타리가 쳐진 길고 좁다란 잔디밭을 바라보았다. 그녀의 작은 세계는 저 멀리 매그헐과 에인트리 레인과 리버풀 로드 너머의 평평한 농지와 분리되어 있었다. 그녀는 야간에 부두 위로 폭탄이 비 오듯 쏟아지며 하늘을 환히 밝히는 것을 지켜본 뒤 한동안 거실에 앉아있었다. 이제는 대부분 평화로웠다. 패배에도 나름의 장점이 있었다. 하지만 모두에게 그런 것은 아니다. 패배를 받아들이길 거부하며 계속해서 싸우는 지미의 아버지라든가 그와 비슷한 사람들에게는 아니다. 밥 미첼이라든가 해리 스크리브너라든가 테드 모간처럼 완전히 행방불명된 사람들에게는 아니다. 그것도 이 작은 마을에서만. 또한 그 여파로 인해 붙잡혀간 사람들에게는 아니다. 지미의 어머니나 지미 자신에게도 아니다. 계속해서 싸우는 사람들의 아내들이나 어머니들, 아이들에게는 아니다. "샌디, 그들이 이 상황을 받아들이는 게 더 나을지도 몰라. 어떻게 생각하니?"

그리고 이제 그녀는 한 소년을 얻었다. 낮에는 학교에서 책임감을 가지고 부모 역할을 해야 하며, 집에서도 이제 부모를 대신해야 한다. 그 외에 그녀가 무엇을 할 수 있을까? 가엾은 아이는 마을에 일가친척이 없었고, 다른 곳에 사는 친척들에게 가는 여행은 제한되어 있었다. 그러니 달리 지미를 돌볼 사람이 없었다. 매킨타이어 선생님은 한숨을 쉬었다. 그녀는 12년 전 노르망디 해변에서 스티븐이 죽으면서 독신으로 살겠다고 결심한 뒤 자식을 갖지 않은 걸 후회했었다. 생명은 잃어버렸고, 삶은 파괴되었으며, 미래는 파멸되었고, 아이들은 태어나지 않았다. 무엇을 위해서?

그녀는 지미의 울음소리를 들으면서 지미가 감정을 다 소진시키는 것이 최선이라고 생각했다. 하지만 이만하면 충분했다. 이제 그만 울어도 되었다. 그녀가 알기로는, 소년들은 무언가에 몰두할 필요가 있다. 개들도 그랬다.

"지미!" 그녀가 불렀다. "지미, 샌디를 데리고 나가서 산책시켜줬으면 싶은데. 응? 부탁이야. 샌디는 오늘 운동을 전혀 하지 못했거든……. 너도 마찬가지잖아. 얼른, 말보다 행동이야! 서둘러!" 그녀는 현관에 있는 옷걸이에서 스패니얼의 개줄을 내리고는 지미의 침실 문을 두드렸다. "지미, 얼른. 샌디를 돌보려면 네가 필요해. 눈물 닦고 용기를 내야지." 눈은 빨갛고 낯빛은 창백하며 소매는 콧물범벅이 된 채 눈물 자국이 묻은 얼굴로 문에 나타났을 때 그녀는 지미가 용감해지려고 애쓰고 있다는 생각이 들었다. 열 살짜리 소년이 용기를 내고 있었다. "잠깐만, 지미." 그녀는 화장실로 뛰어들어가더니 손에 젖은 수건을 들고 다시 나타났다. "널 엉망진창으로 보이게 할 순 없어. 그럼 시작할까?" 얼굴을 하도 빡빡 문지르는 바람에 이 고통스런 와중에도 지미는 하마터면 웃음을 터뜨릴 뻔했다. "이제 됐어." 그녀가 말했다. "이제 세상에 당당히 맞설 수 있어. 20분 동안 샌디와 나가 있는 동안 나는 너희들을 위한 저녁을 준비할게. 오메로드의 농장을 지나 들판으로 가봐." 그녀가 제안했다. "나가서 네 부모님을 자랑스럽게 해줘. 넌 이제 어른이나 다름없어. 그러니 어른처럼 행동해야 해."

매킨타이어 선생님은 자신의 조언이 경솔한지 아닌지 궁금해하며, 활기 넘치는 떠돌이 부랑자처럼 온 세상을 주시하는 담갈색 스프링어 스패니얼을 개줄로 끌고 진입로를 걸어 내려가는 반바지를 입은 조그만 남자아이를 지켜보았다. 도즈 레인 쪽 모퉁이로 방향을 돌리자 그녀는 마음이 놓였다. 그런 뒤에서야 그녀는 열 살짜리 소년에게 자신의 연약함을 드러내지 않고 실컷 울 수 있었다.

지미는 샌디가 흥분해서 개줄을 끌어당긴다는 것을 거의 알아차리지 못했다. 머릿속이 온통 슬픔과 혼란과 부모님에 대한 그리움으로 가득했기 때문이다. 하지만 인간의 어리석음과 관련된 모든 것들에 대해 아무런 관심을 안 보이는 개에게 지미는 서서히 흥미가 생겼다. 지미는 멈춰 서서 샌디를 갑자기 멈추게 했다. "앉아!" 살면서 가장 권위적인 목소리로 말했다. "앉아!"

샌디는 멈춰 서서 지미가 미친 게 틀림없다는 식으로 바라본 뒤 마지못해 입을 벌리고 숨을 헐떡이며 흥분해서 눈을 크게 뜬 채 앉았다. 지미는 무릎을 꿇고 앉아 개의 머리에 팔을 두르고는 개의 목에 얼굴을 파묻고 축 늘어진 귀에 코를 비비고 특유의 꼬리꼬리한 냄새에 푹 빠졌다. 나중에 매킨타이어 선생님에게 그 얘기를 하자 선생님은 이렇게 논평했다. "열 살짜리 아이의 냄새와 크게 다르지 않아! 자, 이제 목욕할 시간이야."

스패니얼은 체중을 한쪽 다리에서 다른 다리로 옮겨 실으며 지미의 귀와 얼굴과 팔과 닿을 수 있는 곳은 어디든 다 달려들어 핥았다. 개가 지미의 팔을 살금살금 물자 지미는 자신도 모르게 미소가 흘러나왔다. 매킨타이어 선생님이 처방을 제대로 한 것이었다. 소년에게 한두 숟가락의 스패니얼이라는 약.

깔끔하고 작은 단층집들이 지미 앞에 오른쪽으로 약 1킬로미터 정도 펼쳐져 있었다. 그 뒤로는 들판이었다. 길 건너에 오메로드의 농장이 있었고, 그 다음에는 다시 들판이었다. 도즈 레인은 밀뱅크 레인과 오턴 마을 쪽으로 쭉 펼쳐진 시골길이었다. 길은 조용했다. 점령군이 진압하는 느낌도 없었고, 지나가는 차량도 드물었다. 엄마는 전시 식량배급이 생각난다고 말했었다. "어느 전쟁?” 아빠가 심술궂게 웃으며 물었더랬다.

“이건 전쟁이 아니야. 단지 군사 쿠데타일 뿐이야. 우린 이번에는 절대 싸우지 않았어.” 엄마가 말했었다.

“우리가 뭘 할 수 있지? 1945년 이후에 우리한테는 아무것도 남은 게 없는데. 12년 동안 우리에게 남은 것은 아무것도 없었어. 그들이 폭탄 몇 개를 적절한 장소에 배치한 뒤 진군하는 건 당연한 일이야. 미국인들이 말하는 것처럼 아기한테서 사탕을 빼앗는 거나 다름없지. 그리고 우리가 그들을 필요로 했을 때 그들은 어디에 있었지? 집에 앉아서 껌이나 씹었겠지. 1939년처럼 말이야.” 아빠가 말했었다.

“이리 와, 샌디.” 지미가 벌떡 일어서서 어깨를 쫙 펴며 말했다. “토끼 찾으러 가자.”

오턴 방향에서 들판을 가로지르며 탕탕 총소리가 났다. 지미는 보리밭에서 낮게 웅크렸다. 샌디가 가상의 토끼를 쫓아 농작물을 헤치며 농로를 달려가고 있었다. “샌디, 이리 와!” 지미가 쓰읍 소리를 냈다. 샌디가 달려오더니 냄새로 지미를 찾아냈다. 지미는 목줄을 움켜잡고 같이 바닥에 납작 엎드렸다. 총소리는 산발적으로 계속되었지만 지미 쪽으로 향하고 있었다. 지미는 고개를 들었다. 누가 발포했는지는 볼 수 없었지만 샌디의 목줄을 질질 끌면서 재빨리 기어가기 시작했다. 보리 줄기가 얼굴을 후려쳤다. 뾰족뾰족한 이삭이 걸리며 점퍼에 달라붙었다. 들판 끝에 이르렀다. 밀뱅크 레인이 도즈 레인과 파크 레인과 만나는 곳이었다. 지미는 가장자리를 유심히 살피며 조금씩 전진하여 배수로로 미끄러져 내려갔다. 자전거를 탄 한 남자가 버처즈 레인과 오턴 방면에서부터 밀뱅크 레인 쪽으로 격렬하게 페달을 밟으며, 핸들 위로 웅크린 채 고개 숙여 간신히 앞만 보면서 길을 온통 누비듯 달리고 있었다. 지미는 그를 알아보았다. 이름은 몰랐지만 아빠와 매그헐 거리에서 이야기하는 것을 본 적이 있었다. 지미는 고개를 들었다. 그 순간 샌디가 쥐고 있던 목줄을 풀어헤치며 앞으로 돌진했다. 샌디는 길가로 뛰어들었다. 거의 자전거 바퀴 밑이었다. 흥분한 나머지 샌디는 컹컹 짖으며 으르렁거렸다. 스패니얼에게 훌륭한 사냥감이었던 것이다. 남자는 자전거에서 떨어지면서 자갈길로 고꾸라져 살갗이 까졌다. 지미를 보기 전까지 남자는 "빌어먹을 개새끼"라며 욕설을 퍼부었다.

"얘야!" 남자가 외쳤다. "달려가지 마. 난 너를 알아. 네 아빠를 안다고." 남자는 주위를 둘러보고는 버처즈 레인 쪽으로 어깨를 돌리며 주위를 살펴보았다. "이거." 재킷 안에서 무언가를 꺼내며 말했다. "부탁 좀 들어줘. 이걸 숨겨다오." 그러고는 지미의 발치에 자루에 감싸진 무거운 물건을 던졌다. "이걸 숨기고 아무한테도 말하지 마." 남자는 외치더니 다시 자전거에 올라타 케넌스 레인의 작은 주택단지 쪽으로 페달을 밟았다. "그걸 숨겨 놔! 네 아빠를 기억하면서!" 남자가 외쳤다. 남자는 길을 건너 도로 쪽으로 향하더니 두 주택 사이 좁은 골목으로 들어갔다. 샌디가 남자를 뒤쫓았다.

"샌디! 샌디!!!" 지미가 고함을 쳤다. "이리 와!" 그런데 그때 밀뱅크 레인을 따라 차량이 접근하는 소리가 들렸다. 자전거를 탄 사람이 왔던 곳이었다. 지미는 자루 꾸러미를 도랑 속에 발로 차 넣고는 샌디가 서 있는 길 쪽으로 황급히 건너갔다. 샌디는 울타리 말뚝에서 코를 킁킁거리며 꼬리를 흔들고 있었다. 지미는 샌디의 목걸이에 줄을 채웠다. 군인들이 가득 탄 첫 번째 차가 지미 옆에 다가와 섰다.

"그 남자 어느 길로 갔어? 자전거 탄 남자 말이야! 어느 길로 갔냐고?" 군인이 지미에게 총을 겨누었다. "대답해! 어느 길로 갔냐니까?"

덜덜 떨면서 지미는 파크 레인을 가리켰고, 차량들은 뿌연 매연을 내뿜으며 굉음을 내면서 달려갔다. 군인들이 시야에서 사라지자마자 지미는 샌디를 끌고 도랑으로 다시 들어가 자루 꾸러미를 끄집어내 점퍼 밑에 채워 넣고 다시 도즈 레인 쪽으로 출발했다. 매킨타이어 선생님네 집 쪽이었다. 지미는 몇 초마다 한 번씩 어깨너머로 뒤돌아보았다. 서두르긴 했지만 뛰지는 않았다.

오메로드의 농장에 도착하자 지미는 걸음을 멈추었다. "이게 뭔지 알지도 못하면서 매킨타이어 선생님네 집으로 가져갈 순 없어." 지미는 스패니얼에게 말했다. 평소와 다른 행동을 하고 있다는 인상을 주지 않으려고 애쓰며 지미는 주위를 둘러보았다. "샌디, 이리 와. 가서 살펴보자."

둘은 길 건너 도즈 레인 끄트머리에 있는 헛간 밖에서 옆걸음질로 걸었다. 농장 안마당 입구에서 누가 있는지 확인하려고 잠시 멈춘 뒤 샌디를 잡아당기며 모퉁이를 돌아 헛간으로 들어갔다. "쉬이이이잇!" 샌디가 건초더미에서 활개 치며 걷는 닭 두 마리를 보면서 낮게 으르렁거리자 지미가 낮은 목소리로 속삭였다. "쉬이이이이잇! 조용히 안 하면 널 여기 두고 가버릴 거야!"

지미는 쌓여있는 건초더미 꼭대기로 기어올랐고, 샌디에게도 따라오라고 재촉했다. 그런 뒤 건초더미들을 헤집어 사방이 막힌 공간을 마련했다. 지나가는 사람은 볼 수 없는, 그 자신과 새로운 친구만을 위한 소굴이었다. 둘은 거기에 잠시 앉아있었다. 개가 지미의 다리에 팔다리를 쭉 펴고 숨을 헐떡거리며 누웠다. 그리고는 샌디에게 중얼거릴 때마다 고개를 옆으로 갸웃갸웃하면서 쓸데없이 똑똑한 모습을 보여주고 있었다. "우린 가장 친한 친구야. 너랑 나 말이야." 지미는 미소를 지으며 샌디의 축 처진 두 귀를 헝클어트렸다.

점퍼가 축 늘어질 정도로 꾸러미는 무거웠다. 지미는 꾸러미를 꺼내 건초더미 위에 올려놓았다. 샌디가 코를 킁킁거렸다. "샌디, 이게 뭐라고 생각해?" 지미는 잠시 빤히 쳐다보더니 꾸러미를 풀기 시작했다. 자루 입구가 열렸다.

그것을 빤히 들여다보는 지미의 두 눈이 휘둥그레졌다. 총이 두 자루 있었다. 한 자루는 끈적끈적하고 찐득찐득한 것으로 뒤덮여 있었다. 지미는 자루에서 총들을 꺼내 건초더미 위에 나란히 놓았다. 자신의 손을 보았다. 피였다! "헉, 샌디. 우리 이제 큰일 났어. 너랑 나 말이야."

3

"너희들 걱정돼서 죽는 줄 알았어." 샌디와 지미가 식탁에 앉자 매킨타이어 선생님이 스크램블드에그와 토스트를 내며 말했다. "총소리 못 들었어?"

"오턴에서 들려왔어요." 샌디에게 주려고 토스트 테두리 조각을 벗겨내면서 지미가 말했다. 샌디는 한턱을 단단히 기대하며 식탁 밑에서 체중을 한 쪽 발에서 다른 쪽 발로 옮겨 실으며 앉아있었다.

"오늘은 어떤 가엾은 영혼이 붙잡혔을까?" 선생님이 혼잣말을 했다. "지미, 토스트 한 조각 더 먹을래?"

"아뇨, 선생님. 별로 배고프지 않아요."

"그래, 나도 알아. 하지만 어린아이들은 먹어야 해. 그게 아이들이 하는 제일 착한 일 중 하나야."

"매킨타이어 선생님?"

"응, 왜, 지미? 그리고 지미야. 여기서는 나한테 말할 때 손을 들 필요가 없단다……. 수업시간에 아이들이 하는 것처럼 말이야."

"저…… 매킨타이어 선생님……. 저 언제 집에 갈 수 있을지 아세요? 우리 엄마가 어디에 계신지, 무슨 일이 있는지 알고 계세요?"

매킨타이어 선생님은 나이프와 포크를 내려놓고, 식탁 너머에 앉아있는 해어진 옷을 입은 아이를 바라보았다. 약 150센티미터밖에 안 되는 키에 제멋대로 자란 부스스한 검은색 머리카락, 비쩍 마른 다리와 어깨, 볼이 축 처진 얼굴. 그녀는 가슴이 찢어지는 것 같았다.

"지미, 이상하게 들릴지 모르겠지만, 선생님들도 심지어는 교장선생님일지라도 모든 것을 다 알 수는 없어. 넌 이 사실을 받아들여야만 해. 너의 두 가지 질문에 대한 답은, 나도 모른다는 거야."

지미는 눈을 동그랗게 뜬 채 선생님을 빤히 쳐다보았다. 열 살짜리 소년이 달리 무엇을 할 수 있겠는가?

"하지만 여기서는 안전해, 당분간은……. 네가 여기 있는 게 필요한 한 넌 안전해……. 그리고 내일, 네가 충분히 잠을 자고 난 뒤에, 뭘 찾아낼 수 있는지 알아볼 거야. 하다못해 네 집에 들러 필요한 물품들이라도 좀 가지고 와야겠어. 며칠 동안 여기서 나랑 같이 지내려면 옷이라든가 소지품들이 좀 있어야 할 거 아냐. 네 엄마에 대해서도 알아보려고 노력할게."

지미가 그녀를 가만히 쳐다보았다.

"그리고 지미야. 이건 우리 둘을 위한 특별대우인데, 내일 너나 나나 학교에 가지 않아도 돼. 내가 없는 동안, 아니 우리가 없는 동안 다우닝 선생님한테 아침 조회도 부탁하고 학교도 맡아달라고 할게. 학교에 가는 것보다 더 중요한 일을 해야 하는 경우도 있으니까. 그렇게 생각하지 않니, 지미?"

"네, 선생님." 지미는 학교에 가지 않는다는 생각을 하자 하마터면 미소를 지을 뻔했다. 지미는 탁자 밑으로 손을 뻗어 샌디의 머리를 쓰다듬었다. 개가 지미의 손에 코를 비볐다. 토스트를 더 달라는 것이었다. "매킨타이어 선생님?" 손을 반쯤 들어 올리자 그녀가 눈살을 찌푸렸다.

"응, 왜, 지미?" 지미의 부드러운 말투로 봐서 어떤 요청이 있을 거라 감지하며 그녀가 말했다.

"선생님, 만약 제가 여기서 밤을 보낼 예정이라면…… 저 침실에서요." 여분의 침실을 가리키며 말했다. "음…… 샌디가 밤에 저랑 같이 있어도 될까요? 선생님, 제발 허락해주세요, 네? 잘 보살필게요. 아침에 산책도 데리고 가고 밥도 먹이고 털도 빗겨줄게요. 또……"

"음, 지미. 난 다른 식으로 생각해본 적이 없어. 개와 아이는 다른 방에서 자야 한다는 바로 그 생각 말이야. 그런 건 듣도 보도 못했단다. 당연히 샌디는 너와 같이 있을 수 있어. 하지만 약속해야 해. 샌디를 잘 보살피고 아침에 산책시키고 밥도 먹이고 털도 빗겨주고 또……" 말이 끝나기도 전에 지미가 바닥으로 몸을 내던져 샌디의 목을 팔로 감싸는 모습을 보며 그녀는 미소를 지었다.

"샌디, 너도 들었지? 오늘 밤 나랑 같이 지낼 수 있대! 완전 신난다!"

샌디도 당연히 좋다고 생각하는 것 같았다.

다음날 점심시간이 지나자 매킨타이어 선생님은 지미의 옷으로 가득 찬 가방을 가지고 돌아왔다. "이거면 충분할 거야." 그녀가 말했다. "군인들이 아직도 너희 집을 수색하고 있더구나. 지금은 정원을 파고 있어. 일단 수색을 다 마치면 집을 판자로 막아놓을 거라고 분대장이 말하더구나. 그리고 또, 분대장보다 더 높은 장교 중 한 명이 네 엄마에 관해서 연락을 주겠다고 했어. 그 사람은 자기도 네 엄마가 어디 있는지 모른다는구나. 별로 놀라운 일도 아니지."

"그들은 아무것도 찾지 못할 거예요. 아빠는 항상 신중했거든요."

매킨타이어 선생님이 소년을 쳐다보았다. "나한테 어떤 말도 하지 않는 게 좋아, 지미. 그 누구에게도 아무 말도 하지 마. 나를 믿을 순 있지만, 있잖아, 비밀은 딱 한 사람만 알고 있을 때 비밀인 거야."

"아빠는 절대 그 사람들하고 말하지 말라고 하셨어요. 그래서 말 안 했어요."

"그래, 네 아빠가 옳아. 하지만 단지 그들하고만이 아니야. 이런 종류의 얘기는 어느 누구한테도 하면 안 되는 거야. 네 학교 친구들에게도 말이야. 지미, 넌 이게 얼마나 위험한지 이해하는 게 중요해."

"네, 선생님. 저도 알아요. 그 사람들은 우리 아빠를 죽였어요. 마을의 또 다른 사람들을 죽이지 않으리란 법이 없잖아요. 어제도 그들은 총을 쏘고 있었어요……."

"됐어, 그만하자, 지미. 알고 싶지 않구나. 꼭 누군가에게 말하고 싶다면, 샌디에게 말해. 샌디는 무슨 말인지 이해하고 절대 비밀을 발설하지 않을 거야. 자, 이제 그만 샌디하고 방으로 가서 네 옷들 정리해. 2주 정도는 머무를 거 같으니까, 그동안 네 엄마에 대한 소식이 오기를 바라자꾸나. 너희 둘 다 얼른 가. 아, 참. 그 뒤 샌디를 산책시켰으면 좋겠구나. 산책에서 돌아오면 네가 오늘 수업 빼먹은 거만큼 가르쳐줄게."

"네, 선생님." 옷가방을 방으로 끌고 가며 얼굴을 찡그리면서 지미가 말했다.

지미는 개를 산책시키러 오메로드의 농장 쪽으로 곧장 가서 헛간으로 들어갔다. 건초더미에 올라가 땅에서는 보이지 않으리라는 것을 알고 안심하면서 샌디와 함께 소굴에서 몸을 휙 수그렸다. "쉬이이이이잇." 옆에 있는 지푸라기를 톡톡 두드리자 샌디는 고분고분하게 와서 조용히 드러누웠다. 두 건초더미 사이를 파헤쳐 자루를 끄집어내 총들이 아직도 거기에 있는지 확인했다. "이제 이 총으로 뭘 하지?" 지미가 중얼거렸다. "우린 이 총들을 영원히 갖고 있을 순 없어. 이 건초더미들은 언젠가는 옮겨질 거야. 샌디, 어떻게 생각해?" 샌디는 피 냄새에 이끌려 자루에 대고 코를 킁킁거렸다. "그만해!" 지미가 쓰읍 소리를 냈다. 지미는 샌디를 밀치고 그 꾸러미를 다시 건초들 사이에 숨긴 뒤 개를 끌어안고 누웠다. 따뜻하고 편안했다. 그리고는 헛간에서 들려오는 소리에 귀 기울였다. 작은 나무판들로 만든 벽으로 바람이 휘이이이익 소리를 내며 살랑살랑 불어오자 목조 구조물이 살며시 삐걱거렸다. 이따금 쥐들이 건초더미 주위에서 후다닥 움직이고 찍찍대며 긁는 소리가 들려왔다. 소년과 개를 경계하면서 먹을 걸 찾는 모양이었다. 지미는 거의 한 시간 동안 털 달린 친구에게 속삭이고 어루만지며 안마당에서 소음이 들릴 때마다 조용히 하라고 어르면서 몽상에 빠진 채 누워 있었다. 모든 것이 낯설지만 일상적이고, 환상 같지만 엄연한 현실이고, 있을 법하지 않은 일이지만 확실히 일어난 일들이었다. 어느 날의 삶은 저랬는데, 다음 날은 이런 식이었다. 스패니얼 친구와 함께 있는 열 살짜리 소년에게는 지금 여기에 있는 모든 것이 현실이었다. 샌디 역시 크게 다르지 않았다.

지미는 조심스럽게 헛간을 나와 길 건너 매킨타이어 선생님네 진입로로 되돌아왔다. "아, 너희들 거기 있었구나." 정문에서 그녀가 말했다. "어디 갔나 궁금하던 참이야. 산책이 길었네?"

"네, 선생님. 샌디는 지금 피곤할 거예요. 저, 학교에 가서 로버트하고 저녁 먹는 시간 전까지 놀면 안 돼요?"

"혼자서도 괜찮겠어? 여기서 별로 멀지 않은 데다 길을 알고 있으니, 별일 없을 거라 생각은 드는데……. 얼른 갔다 와. 늦어도 여섯 시까지는 돌아와야 해! 아, 그럼 너 공부는 어떻게 할……?"

"감사합니다, 선생님." 이미 도즈 레인 쪽으로 달려가면서 지미가 어깨너머로 외쳤다. "늦지 않을게요."

로버트 웰던은 빨간 머리에 주근깨투성이에다 들창코였고, 조그만 역도 선수처럼 체격이 다부졌다. 지미의 제일 친한 친구로 둘은 학교 안팎에서 늘 붙어 지냈다. 그들은 천진난만한 이들만이 지속할 수 있는 서로 간의 충성심을 깊이 간직하고 있었기에 아무도 넘볼 수 없는 단짝이었다. 하나를 발로 차면 다른 하나 역시 절뚝거렸기에 사람들은 늘 애를 먹었다. 그래서 아무도 그들 중 하나를 발로 차지 못했다.

세 시 반이 지나자 학교종이 울렸다. 지미는 운동장이 마주 보이는 낮은 담벼락 위에 앉았다. 발을 까딱까딱하고 뒤꿈치를 벽에 차면서 수명이 거의 다 된 신발을 규칙적으로 문지르고 있었다. 문들은 활짝 열려 있었다. 평평한 지붕의 새 건물에선 아이들이 쏟아져 나와 기다리고 있던 어머니들이나 아주머니들, 이웃들의 품속에 안겼다. 학교에서 별로 멀지 않은 곳에 사는 아이들은 천천히 집으로 걸어갔다. 로버트는 하이 크레스켄트에 살았다. 모퉁이 하나만 돌면 되는 곳으로, 로버트가 뒤뜰의 일부로 여겼던 학교 운동장 바로 뒤에 있었다.

"여어, 지미!" 로버트가 소리쳤다. 그는 운동장과 램쉬어 레인 사이에 있는 좁고 긴 풀밭을 가로질러 달려오더니 담벼락에 있는 친구에게 뛰어올랐다. 둘은 한 덩어리가 되어 쿵 하고 뒤로 나자빠졌다. "미안, 지미. 이러려고 한 건 아닌데." 넘어졌다가 일어나 담벼락에 다시 앉으며 로버트가 말했다. 로버트는 상처 난 팔꿈치를 쓱쓱 문질렀다. "아야!"

"오늘 어디 갔었어? 학교에 왜 안 왔어?"

"아빠가 어제 총에 맞았어." 지미는 어린아이답게 있는 그대로의 사실을 무미건조하게 말했다. "아빠는 돌아가셨어. 엄마는 군인들이 끌고 가서 난 지금 매킨타이어 선생님네 집에서 지내고 있어. 선생님이 오늘 학교에 가지 않아도 된다고 했어. 선생님은 아주 멋진 개를 한 마리 가지고 있어. 샌디라고, 스패니얼이야."

"아, 네 아빠 얘기 들었어. 미안해, 지미. 네 엄마 얘기도 미안해." 로버트는 슬픈 표정에 알맞게 정색했다. "하지만 개가 있어 다행이다. 거기다 노처녀 매킨타이어 선생님과 함께 있다니! 야, 근데 개 어때? 무섭지?"

"아니. 샌디는 정말로 착하고 상냥해. 하지만 내 물건들이 그리워. 자전거랑 게임기랑 축구공. 낚시 도구도 필요하고 말이야."

"야, 낚시 도구 없이 어떻게 지내려고 하냐? 너네 집에 가서 가져오면 안 돼?"

"매킨타이어 선생님이 그러는데 군인들이 아직도 우리 집을 수색하고 있대……."

"군인들이 찾는 게 뭔데?"

"신경 쓰지 마…… 말할 수 없어……. 하지만 군인들이 아직도 수색하고 있는데 수색이 끝나면 집을 막아버릴 거래. 매킨타이어 선생님이 그랬어."

"총과 탄약을 찾는 게 분명해. 군인들이 쫓는 건 분명히 그거야!"

"너한테 말할 수 없어. 매킨타이어 선생님이 그런 얘기는 절대 아무하고도 해선 안 된다고 말씀하셨어."

"나한텐 말할 수 있잖아, 지미. 난 네 가장 친한 친구야. 게다가 모든 사람들이 네 아빠가 전사였다는 걸 알잖아. 우리 아빠는 네 아빠가 언젠가는 총에 맞을 거라고 말씀하시곤 했어. 아빠가 옳았어. 유감스럽긴 하지만. 난 네 아빠를 좋아했어. 아빠가 그러는데 전사들은 용감한 바보들이래. 아빠는 그렇게 불렀어."

"우리 아빤 바보가 아냐." 지미가 벌떡 일어나더니 친구에게 벌컥 화를 냈다. "그 말 취소해!"

로버트는 친구를 바라보았다. 로버트 어머니 말에 따르면 지미는 "양상추만큼이나 훤히 들여다보이는" 친구였다. 그런데 그 열 살짜리 아이가 눈에 쌍심지를 켠 채 또 다른 인간에게 연민을 갖고 다가서고 있었다. "미안해, 지미. 우리 아빠가 그렇게 나쁜 뜻으로 말했다고는 생각하지 않아. 전사들은 패배당했다는 것을 모르는 사람들이라고 생각해서 한 말일 거야. 난 네 아빠가 좋아. 아주 훌륭하신 분이라고 생각해."

지미는 다시 앉았다. 두 눈에 눈물이 그렁그렁 맺혀 있었다.

로버트는 지미에게 어깨동무를 했다. "있잖아, 지미. 너네 집 쪽으로 가보자. 운하 둑 아래로 살금살금 가서 군인들이 뭘 하는지 보자. 그럼 자전거와 낚시 도구를 가져올 수 있잖아. 어때? 우리 엄마가 직장에서 돌아올 때까지는 난 집에 없어도 돼. 어때? 그리고 만약 군인들을 보면 무슨 일이냐고 물어볼 수도 있잖아? 어때? 자, 해보자."

"알았어. 하지만 매킨타이어 선생님네 집에 여섯 시까지는 돌아가야 해. 너, 시계 차고 있지? 좋아. 그래, 가자."

그들은 램쉬어 레인을 걸어 내려가 학교 정문을 지났다. 어머니들과 아주머니들과 이웃들이 아이들 주변에 모여 있었다. 그분들 중 어떤 이들은 아이들과 함께 붐비는 도로를 걷다가 지미를 보고 고개를 끄덕이며 인사했다. 얼굴에 사회적 정서에 어긋나지 않는 수심과 동정심, 그리고 두려운 표정이 서려 있었다.

"그러지 말고, 지미. 말해 봐. 넌 알잖아. 군인들이 찾는 게 뭐야?" 로버트가 움직이는 사람들 사이를 요리조리 피하면서 말했다.

4

리디에이트의 사우스포트 로드 167번지는 한쪽 벽면이 옆집과 붙어 있는 조그만 주택으로, 고양이 낯짝만한 앞뜰과 측면에는 비좁은 진입로, 아주 커다란 단풍나무가 드리워진 길고 가느다란 뒤뜰이 있었고, 그 뒤에는 너덜너덜한 나무 울타리가 쳐져 있었다. 울타리 너머 리즈-리버풀 운하는 수직으로 정원 쪽으로 흐르다가 왼쪽으로는 리버풀을 통해 스탠리 도크로 쏟아내고 오른쪽으로는 구불구불한 경로를 따라 그 유명한 위건 부두를 거쳐 리즈에 닿았다. 리디에이트의 운하에는 둑과 물고기, 다리가 있었고, 바로 뒤에는 주택들이, 근처에는 채소밭이, 뒤로는 밭과 잡목림, 연못, 예선曳船용 길, 부서질 것 같은 유리창들이 있는 버려진 건물들이 있었다. 지미와 로버트는 이 모든 것을 잘 알고 있었다. 그들은 열 살짜리 소년들만이 알 수 있을 법한 지역에 대한 것들을 알고 있었다. 가장 숨어있기 좋은 곳, 남들에게 알려지지 않은 오솔길, 부랑자들이 주저앉아 술을 마시는 계곡, 어머니들이 보기를 바라지 않는 짓들을 하려고 십 대 소년 소녀들이 만나는 덤불을 알고 있었다. 또 쓰레기들이 버려지는 곳과 쓰레기 더미를 뒤져 임시 오두막을 만드는 법도 알고 있었다. 토끼들이 어디서 굴을 파며 여우들이 어디서 토끼들을 사냥하는지도, 물쥐들이 어디서 서식하며 어부들이 벨스 레인 다리 근처에서는 왜 잉어를 잡을 수 없는지도 알고 있었다. 그들은 이 모든 것들을 훤히 알고 있었기에 학교에서 수업하는 것을 싫어했다. 소년들에게는 흔히 있는 일이지만, 그들은 카우보이나 인디언 놀이, 경찰이나 강도 놀이, 아니면 전쟁놀이를 하고 놀면서 최고의 것들을 배울 수 있었다.

아이들은 지미의 집에 도착하기 전에 벨스 레인으로 우회전하여 운하 위에 있는 수동식의 나무로 된 선개교*로 갔다. 그리고는 막대기에 끼운 아이스캔디를 종종 사 먹었던 상점을 지나갔다. 다리를 건넌 뒤 예선용 길을 따라 좌회전하고는 지미의 집 뒤쪽 맞은편에 도착할 때까지 남자애들다운 짓들을 하면서 천천히 빈둥거리며 걸었다. 그들은 예선용 길옆에서 놀았던 둑으로 살금

*旋開橋. 다리의 바닥 일부가 수평으로 회전하며 열렸다 닫혔다 하여 선박을 통과시키게 되어 있는 가동교.

살금 내려가 검은딸기나무 덤불 뒤에 숨었다.

"정원엔 아무도 보이지 않아." 운하 건너편에서 살펴보려고 숨은 덤불 속에서 잔가지를 떼어내며 로버트가 속삭였다. 꼭 특공대원 같았다.

주위를 둘러보던 지미 역시 친구의 어깨에 머리를 기댔다. "간 게 틀림없어. 아무것도 못 찾은 거야."

"그걸 어떻게 알아?" 로버트가 물었다.

"말할 수 없어. 그냥 알아." 지미가 말했다.

"군인들이 뭘 찾는지 말해줘. 난 너랑 제일 친한 친구잖아, 명심해!"

"말하잖아, 말할 수 없다고. 로버트, 말해선 안 된다고." 지미는 잠시 멈추더니 운하 건너편을 다시 바라보았다. "어쩌면 내일은 말해줄 수 있을지도 몰라. 알았지?"

"좋아." 로버트가 말했다. 남자아이다운 충성심과 자꾸 귀찮게 졸라대자 드디어 보상을 받은 것이었다.

"하지만 다른 누구한테도 말하지 않을 거라고 약속해야 해. 엄마나 아빠, 여동생에게도 말이야. 만약 비밀을 발설하면 하느님이 천벌을 내릴 거야."

"약속할게." 로버트가 손에 침을 뱉어 친구에게 내밀며 말했다. 지미도 손에 침을 뱉었고 그들은 합의의 악수를 나눴다. 약속은 고문이나 죽음의 위협에서도 반드시 지켜져야 하는 것이었다. 아무것도 모르는 어린 사내아이들은 그러한 위협이 견딜 수 있는 것이라고 확신했다.

"군인들이 떠난 거 같아?" 지미가 다시 잔가지들 사이로 엿보며 물었다.

"그런 거 같아."

"앞쪽으로 가서 확인해보자."

"잠깐만." 로버트가 말했다. 그는 돌아서서 밤나무 가까이에 가 서더니 반바지의 지퍼를 열었다. "이보다 더 높이 쌀 수는 없을걸." 거의 가슴께까지 오줌을 위로 찍 뿌리면서 로버트가 낄낄거렸다.

"할 수 있다고!" 지미도 가세하고는 오줌이 튀기지 않도록 발끝으로 서서 킬킬 웃었다.

"내가 이겼지, 이겼다고, 이 거지 같은 놈아!" 로버트가 외치더니 와하하 웃으며 예선용 길로 달려나가면서 반바지 지퍼를 올렸다. "다리까지 시합하자!"

그들은 벨스 레인에서 사우스포트 도로로 우회전하여 오솔길을 따라 빈둥빈둥 걸어갔다. 오솔길은 약 2미터 너비의 풀숲으로 차도와 분리되어 있었다. 몇 발자국 걸을 때마다 로버트는 풀숲에서 흥미로운 것들을 발견했다. 돌멩이, 철삿줄, 또 때로는 적당한 크기의 담배꽁초도 있었다. 로버트는 꽁초를 주머니에 쏙 집어넣었다. 그들은 167번지를 일부러 천천히 지나치며 걸었다. 진입로는 비어 있었고, 녹슨 철문은 열린 채로 있었으며, 집은 휑했다. 아무렇게나 막 자른 나무토막 세 개가 정면 출입구를 가로막고 있었고, 나무토막들 끝과 문 주변은 못이 박혀 있었다. 녹색 칠이 되어 있는 문 중간에는 나무토막을 덧대어 못을 박아 놓았다.

"절대 저 안에 못 들어갈 거야. 저 나무토막들을 모조리 치워버리지 않고서는……. 설령 들어간다 해도 나중에 어떻게 다시 닫지?" 로버트가 말했다.

"들어갈 필요 없어. 집에 들어가고 싶지 않아. 이리 와, 얼른!" 지미가 말했다. 그러더니 진입로로 재빨리 갔다. 그 뒤를 덩치 큰 친구가 따라갔다.

그들은 몸을 둥그렇게 숙여 낮은 자세로 집 모퉁이로 갔다. 그곳에는 문이 뜯겨진 채 흔들거리는 오두막이 있었다. 지미는 몸을 한층 더 웅크려 거의 네발로 기어가다시피 해서 정원 아래쪽의 곧 부서질 듯한 낡은 울타리 쪽으로 갔다. 뒤따르는 로버트는 전보다 훨씬 더 특공대원 같았다. 지미는 두어 개의 뾰족뾰족한 말뚝이 부러져 있는 데서 울타리를 통과했다. 로버트는 툭 튀어나와 있는 녹슨 철삿줄 끝이 울타리 틈에 닿아 점퍼에 구멍이 나면서 간신히 통과했다.

"숙여!" 지미가 말했다. 두 소년은 울타리 뒤에 높게 자란 풀밭에서 납작 엎드렸다. 쐐기풀들이 다리를 스치면서 따끔거렸지만, 소리쟁이 이파리를 찾기만 하면 쉽게 치료할 수 있었다. 165번지에 사는 왓킨슨 할아버지가 쓰레기통에 쓰레기를 버리러 나왔을 때 그들은 찍소리 하나 내지 않았다. 그들은 할아버지가 쓰레기통 뚜껑을 다시 덜컹거리며 닫은 뒤 가래침을 캭 뱉는 모습을 지켜보았다. 그런 뒤 고개 숙여 손가락을 코에 대고 땅에 코를 팽 풀었다. 중력이 콧물 덩어리를 떨어뜨리기 전까지 기다란 콧물 덩어리는 잠시 코에 매달려 있다가 크기와 모양이 제각각 다른 돌들이 깔린 길 위에 떨어졌다. 할아버지는 집안에 들어가기 전에 손을 바지에 슥슥 닦았다.

"우웨에웩. 집에서도 저럴까?" 로버트가 말했다. 그 생각을 하자 아이들은 킥킥 웃음이 나왔다. 상황이 주는 긴장감 탓인지 웃음은 더 요란해졌다. 서로 얼굴을 쳐다보지 않으려고 애쓸수록 더 흥분하게 되면서 얼굴이 더욱 붉어졌고, 소리 내지 않고 웃으려 애쓰느라 숨이 막혀 죽을 지경이었다.

마침내 지미는 데굴데굴 굴러가다가 단풍나무 가지 사이로 푸른 하늘을 쳐다보았다. 작은 원숭이처럼 가지 사이로 기어 올라가 무척이나 많은 시간을 보냈던 나무였다. 지미는 나무에 있는 온갖 굴곡과 구멍과 발판을 알았다. 불과 그저께만 해도 지미는 '타잔'에 나오는 주인공 조니 와이즈뮬러를 흉내 냈고, 바바라 샤프는 제인 역으로 나온 모린 오설리번을 흉내 냈었다. 지미는 아프리카 오지의 식인종들에게서 바바라를 구출하고 있었다. 그들은 단풍나무로 피신했었고, 그 보상으로 지미는 자기보다 먼저 올라가는 바바라의 감청색 속바지를 볼 수 있었다.

"이제 됐어. 웃을 만큼 웃었어." 로버트가 말했다.

"나도 마찬가지야. 움직일 수도 없어. 하도 웃어서 옆구리가 다 아파."

로버트는 옆으로 눕더니 왼팔로 머리를 괴었다. "어서, 지미. 말해 봐. 군인들이 뭘 찾고 있었어?"

"잠깐." 지미가 말했다. 지미는 풀숲을 기어가 운하 가장자리에서 잠시 멈추고는 예선용 길에 아무도 없다는 것을 확인하고 엎드리더니 두 팔을 탁한 물속으로 쑥 집어넣었다. 지미는 팔을 뻗으면서 끙 소리를 낸 뒤, 밧줄 끝을 잡고 뒤로 조금씩 물러났다. "야, 로버트. 이것 좀 도와줘. 당겨!" 로버트는 끈적끈적한 밧줄을 쥐었고, 둘은 잡아당겼다. "천천히." 지미가 말했다.

밧줄은 약 2미터 정도 끌어올려졌다. 밧줄 끝에 있는 것이 운하 가장자리에 달라붙었다. "꽉 붙잡고 있어. 물속에 다시 빨려 들어가지 않게." 지미가 말했다. 지미는 엎드린 채 가장자리 너머로 몸을 숙였다. 그리고는 끙 소리를 내며 풀숲 가로 작은 금속통을 잡아당겼다. 금속통을 칭칭 감고 있는 밧줄에는 벽돌이 매달려 있었다. 그러니 위로 잡아당기는 게 당연히 힘들 수밖에 없었다. 지미는 금속통을 가지고 뒤쪽으로 꿈틀거리며 갔다. 로버트가 쥐고 있던 밧줄을 풀었다. "얼른 치워야 해. 일단 안 보이게 나무 밑으로 가자." 지미가 말했다.

"그 안에 뭐가 있지, 지미? 열어 봐. 어디 한번 보자. 얼른 열어 봐." 로버트가 말했다.

"그럴 수 없어. 아빠가 단단히 봉하고는 그 위에 이 무거운 벽돌들을 묶어 놨어. 물에 뜨지 않게 말이야. 망치나 도끼, 아니면 아빠의 톱 없이는 열 수 없어. 그리고 난 이걸 훼손시키고 싶지 않아. 거기 있는 걸 봤음 됐잖아. 군인들이 찾지 못했으니 다시 돌려놓자."

"잠깐! 그 안에 뭐가 들었는데?"

"내일 말해준다고 약속했잖아, 오늘이 아니고."

"그런 게 어딨어. 불공평해."

"오늘이 아니라 내일 말한다고 합의 봤으니 공평한 거지. 로버트, 그러지 말고 물속에 다시 넣는 걸 도와줘."

로버트는 입술을 뿌루퉁 내밀고 금속통을 바라보며 앉았다. "총이 분명해. 아님 칼이든지. 아님 비밀 지도든지."

"오늘은 말하지 않는다고 분명히 얘기했어. 물속에 다시 집어넣는 거 도와줘. 내일 말해준다고 약속할게. 정말로!"

"알았어. 약속은 약속이니까 꼭 지켜야 해." 로버트가 말했다.

"로버트하고 재미있게 보냈어?" 매킨타이어 선생님이 접시 한가득 소시지와 으깬 감자를 내오면서 말했다.

"네, 감사합니다, 선생님. 운동장에서 축구하고 놀았어요."

"아, 그러잖아도 네 옷이 왜 그렇게 지저분한지 궁금했어. 그래, 이겼어?"

"제대로 된 경기가 아니었어요. 우린 드링고와 샤키, 스튜어트 피어슨하고 선수를 교체했거든요."

"그곳에서 군인들 봤어? 밀뱅크 레인에 있는 들판을 군인들이 수색하고 있다고 에반스 부인이 말하던데. 버처즈 레인으로 가는 오솔길이잖아. 에반스 부인은 어제 있었던 총격 사건과 무슨 관계가 있다고 생각하던데, 누가 알겠니? 어쨌든 불쌍한 사람이 또 곤경에 빠졌겠다. 언제면 끝이 날까, 도대체 언제면?"

지미가 헛기침을 하자 소시지가 한 조각 목에 걸렸다.

"물 좀 마셔, 지미. 그리고 우리 집에서 질식하진 마라. 네가 없으면 샌디가 무척 섭섭해할 거고, 여기 마룻바닥에서 넌 엄청나게 지저분해 보일 테니까 말이야."

"선생님?"

"응, 왜, 지미?"

"모든 사람들이 전투를 그만두고 점령을 받아들이는 게 더 나을지도 모르겠다고 어제 하신 말씀 기억하세요?"

"그냥 생각나는 대로 말한 거뿐이야, 지미."

"하지만 진짜로 그렇게 생각하지 않으세요, 선생님? 군인들이 우리나라를 훔쳐가도록 내버려 둬야 할까요? 우리 아빠는 그들이 쳐죽일 놈들이라고……"

"지미! 욕은 안 돼!"

"죄송해요, 선생님. 하지만 아빠가 그랬어요. 아빠는 그들이 우리를 노예로 만들 거라고, 우리의 모든 것들을 다 훔쳐갈 거라고 그랬어요. 여긴 우리나라이고 우리가 지켜야 할 권리가 있다고 말했어요. 설령 그들이 우리 군대를 무찌르더라도 나라를 지키는 게 우리의 의무라고 말했어요. 나라를 지키려고 하지 않는 사람은 겁쟁이에다 노예가 되어도 마땅하다고 말했어요."

매킨타이어 선생님은 지미를 뚫어지게 보았다. 소시지를 자르느라 곤욕을 치러서 그러잖아도 붉은 지미의 얼굴이 이렇듯 격정을 터뜨리고 나자 더 붉어졌다. 그녀는 손을 내밀어 지미의 팔을 만졌다. "지미야, 모르겠다. 난 정말 모르겠어. 난 매일 밤마다 이런 생각을 한단다. 독일과 벌였던 1차대전과 2차대전에서 인명을 앗아간 것에 대해 생각해. 프랑스와 벨기에에서 학살당한 모든 용감한 젊은이들에 대해 생각해. 탐욕스러운 사람들이 젊은이들을 싸움터로 내몰고 그들을 위해 죽게 만든, 역사를 통틀어 일어났던 모든 전쟁들에 대해 생각해……. 그리고 그게 지금까지 도대체 무슨 소용이 있는지 모르겠어……."

"하지만 아빠는 우리가 믿는 것을 위해서는 싸워야 한다고 말했어요. 그렇지 않으면 진정한 남자가 아니라고 말했어요."

매킨타이어 선생님이 한숨을 쉬었다. "지미, 네가 말하는 '진정한 남자'는 상황에 따라 다르단다. 때로는 싸우는 것보다 싸우지 않는 게 더 용기가 필요할 때가 있어. 우리가 지금 처한 상황을 그대로 받아들여서 싸우는 걸 그만두고 우리 자신의 삶을 찾아간다고 해도, 과연 얼마나 더 나빠질지 의문이야. 거리에 있는 보통 사람들에게 정말 차이가 있을까? 정치인들은 차이가 있을 거라고 말할 거야. 많은 돈을 잃어버리게 될 거 같은 사람들도 그렇게 말하겠지. 하지만 너나 나에게 정말로 중요할까? 난 우리가 곧 익숙해질 거라는 끔찍한 느낌이 들어. 그리고 혹시 아니? 우리가 지금 처한 상황을 훨씬 더 좋아하게 될지 말이야."

지미가 그녀를 노려보았다. "아빠는요." 아직 다 먹지 않은 음식 접시 위에 나이프와 포크를 달그락 소리가 나도록 내려놓으며 말을 하기 시작했다. "그런 식으로 말하는 사람은 반역자이고……"

그때 전화가 울렸다. 매킨타이어 선생님은 잠시 숨 돌릴 순간이 온 게 고마웠다. 선생님이 복도로 가서 전화를 받았다.

"여보세요, 네." 지미는 그녀가 하는 말을 들었다. "아, 이런, 설마. 이런 말도 안 되는 일이. 언제 이런 일이 생긴 거죠? 아, 가엾은 아이…… 아, 너무나 가슴 아픈 일이에요. 기네스, 뭐라 말할지 모르겠어요. 부모님이 너무 안됐어요. 도대체 어떻게 지미한테 이 얘기를 할까요…… 아, 기네스, 우리가 언제 가서 뭘…… 혹시 내가 뭐 도와줄 수 있는 게 있나요? 알았어요, 기네스. 알려줘서 고마워요. 내일 학교에서 뵈어요. 가슴이 너무 아프네요."

지미는 그녀가 전화기를 내려놓고 흐느끼는 소리를 들었다. "금방 갈게, 지미." 그녀가 복도에서 외쳤다. 그리고는 그녀 방의 문이 열린 뒤 닫혔다.

30분 동안 지미와 샌디는 정원에서 놀았다. 잔디밭을 구르고 격투를 펼치며 놀았다. 샌디가 항상 이겼다. 샌디는 이겼다는 신호로 지미에게 올라타서는 숨을 헐떡이며 얼굴을 핥았다.

지미는 집 안에서 전화가 다시 울리는 소리를 들었다.

"지미!" 몇 분 뒤 유리창 너머로 매킨타이어 선생님이 불렀다. "잠깐 이리 좀 와볼래? 할 얘기가 있단다." 그녀의 얼굴은 눈물로 범벅이 되어 있었고, 눈동자는 붉게 충혈된 채 퉁퉁 부어 있었다. 지미가 그녀에게 걸어갔다. "괜찮다면 여기 의자로 와서 내 옆에 앉아, 지미. 너에게 끔찍한, 아주 끔찍한 소식을 전해야겠구나. 너한테 이런 끔찍한 소식을 알리는 사람이 되고 싶지는 않았는데 말이야……."

"엄마 소식이에요? 저들이 엄마한테 무슨 짓을 했어요?" 간곡히 애원하는 눈빛이었다.

"네 엄마가 아니야, 지미. 로버트야."

"로버트요?"

"네 집 뒤에 있는 운하에서 이제 막 시체를 발견했다는구나……."

"누가 그랬대요? 우리 집 뒤에서요? 어떻게 된 일이지? 겨우 두 시간 전에 로버트와 헤어졌는데. 도대체 무슨 일……?" 지미는 되는대로 지껄였다.

"쉬…… 지미. 쉬…… 진정해. 군인 하나가 너희 집으로 돌아가서 정원 뒤뜰에서 해선 안 될 일을 하는 로버트를 붙잡은 거 같아. 로버트가 무슨 일을 하고 있었는지는 아무도 정확히 모르지만 군인이 갑자기 로버트를 움켜잡자 로버트가 몸을 비틀어 빼내더니 운하 속으로 뛰어들었대……."

"로버트는 수영을 못해요!"

"…… 그리고는 사라졌대. 사람들이 로버트를 벨스 레인 다리에서 발견했다는구나. 아, 지미. 미안하다."

지미는 의자에 멍하니 앉아있었다.

"그리고 방금 학교 직원인 에반스 부인에게서 또 다른 전화를 한 통 받았어. 군인들이 너희 집 뒤뜰 끝에 있는 운하에서 고성능 폭약을 발견했다는구나. 기네스는 로버트가 그 폭발물을 가지고 있다가 붙잡혔다고 생각해. 그러니까 군인이 로버트를 붙잡은 거 아니겠냐고. 로버트가 필사적으로 도망친 이유가 바로 그거야."

지미는 침묵했다.

"나 좀 봐, 지미야. 내 얼굴 똑바로 보고 솔직하게 대답해. 로버트가 어떻게 고성능 폭약에 대해 알았지? 네가 말했니? 너도 알고 있었어?"

"전 거기에 고성능 폭약이 없다고 절대 말하지 않았어요. 선생님, 정말이에요." 지미는 그야말로 정직하게 대답했기 때문에 교장선생님의 얼굴을 똑바로 결백하게 쳐다볼 수 있었다. "정말이에요, 선생님. 우리 엄마를 걸고 맹세코, 전 로버트에게 고성능 폭약이 없다고 절대 말하지 않았어요."

열 살짜리 소년일지라도 세상에서 가장 친한 친구를 잃어버렸다는 것은 곧바로 인식될 수 있다. 어린아이가 "이제 너는 내 친구가 아니야"라는 작별 인사조차 할 수도 없는 죽음이란 끝나지 않는 슬픔 그 자체다. 지미는 그 소식에 멍하니 넋이 나가서 엉엉 울 수도 없었다. 로버트에게 통을 보여주면 안 되었었다. 그걸 보고 로버트가 뭘 하기를 바랐는데? 내일까지 기다리라고? 알고 있는 것을 보여주지도 않으면서 로버트더러 기다리라고? 하지만 로버트는 자신을 배신했다고 지미는 머릿속으로 되뇌었다. 그리고 매킨타이어 선생님한테 대답했다시피 지미는 그야말로 정직했다. 지미는 한마디 말도 없이 방으로 가서 샌디를 끌어안고 침대 위에 누웠다.

"로버트는 나를 실망시켰어." 개의 축 늘어진 귀에 대고 속삭였다. "난 약속했어. 로버트도 약속했어. 우린 합의의 악수를 나눴어. 로버트는 스스로 죽음을 자초했어. 나 때문이 아니야. 나 때문이 아닌 거야. 그렇지, 샌디, 그렇지?"

샌디는 옆으로 누워 한쪽 눈으로 지미를 바라보았다. 납득하지 못하는 것 같았다.

"매킨타이어 선생님 말이 맞아. 너 빼고는 아무도 믿을 수 없어. 넌 절대 나를 실망시키지 마, 알았지? 넌 약속을 지키고, 아무에게도 말하지 않을 거지?"

"오늘도 학교에 가지 않았으면 싶어." 매킨타이어 선생님이 다음 날 아침 지미에게 말했다. "다음 주나 되어야 돌아갈 수 있을 거 같아." 아침식사로 내온 토스트도 먹지 않은 채 지미는 고개를 끄덕였다. "내가 도와줄 수 있는 게 뭔지 살펴보러 간 동안 여기에 머물면서 샌디를 다시 보살펴 줘. 그리고 꼭 집 안이나 정원에만 있어. 이리저리 돌아다니지 말고. 내 말 알아들었지?" 지미가 다시 고개를 끄덕였다. "네, 선생님."

열 시 반에 커다란 검은색 베이클라이트* 전화기가 울렸다. "매킨타이어 선생님이야, 지미. 군인들이 널 데리러가고 있어. 네가 학교에 있는지 물어보려고 전화했더구나. 군인들이 로버트와 마이클 데이비에 관해서 너랑 얘기하고 싶어 해. 어젯밤에 마이클을 붙잡았대. 군인들이 그러는데, 마이클이 며칠 전에 버처즈 레인에서 군인 한 명을 죽였다는구나. 총 소리가 난 건 그 때문이었어. 마이클이 군인을 죽이고 총을 훔쳤는데 그 총을 밀뱅크 레인에서 어떤 어린 소년한테 줬다고 말했대. 지미, 군인들이 너를 고문할 게 틀림없어……."

지미는 아무 말도 하지 않았다.

*Bakelite. 전화기 상표명.

"듣고 있니, 지미?"

"네, 선생님."

"지미, 그가 총을 줬다는 아이가 너니?"

지미는 아무 말도 하지 않았다.

"네가 틀림없어, 지미. 그 소년은 스패니얼과 함께 있었다는구나. 그래서 군인들이 너라는 걸 알게 된 거야. 군인들이 그 주변에서 탐문을 하고 있었어. 듣고 있어, 지미?"

"네, 선생님."

"지미, 네가 맞아?"

"선생님한테 어떤 말도 하지 말라고 선생님이 말씀하셨잖아요."

"하지만 지미, 우리가 말하는 동안 군인들이 집으로 차를 몰고 가고 있어. 서둘러, 지미. 노스웨이에 있는 워털리 씨네 집에서 너를 돌봐주었으면 해. 내가 널 보냈다고 워털리 씨에게 말해. 그러면 그 사람은 어떻게 해야 할지 알 거야!"

지미는 아무 말도 하지 않았다. 지미는 아빠가 한 말을 기억했다. "아들아, 어느 누구에게도 어떤 말도 하지 마라." 지미는 수화기를 내려놓고 의자에 걸쳐져 있던 외투를 쥐고는 열려있는 유리창을 통해 뛰어나갔다. 흥분한 샌디가 컹컹 짖으며 따라 달렸다. 지미는 정원 끝에서 울타리를 오른 뒤, 뒤에 남아있는 샌디의 머리를 재빨리 쓰다듬으며 입을 맞추었다. "우리 선생님한테 착한 강아지가 되어야 해." 그리고는 도즈 레인의 언덕에 다다를 때까지 다른 집들 뒤편으로 걸어갔다. 좌우로 잽싸게 훑어보고 황급히 길을 건너 오메로드 농장의 건초지로 간 뒤, 과거에 만만한 놀림감이 되었던 개똥지빠귀와 참새, 검은새의 알들이 있는 산울타리 안쪽을 쭉 따라가 헛간으로 들어갔다. 쌓여있는 건초더미들을 뛰어올라 은신처로 들어가 누웠다. 숨이 헐떡거리고 가슴이 쿵쾅거렸다. 지미는 어두워질 때까지 거기에 누워 있다가 집으로 내려갈 생각이었다. 음식이나 칼, 여분의 옷들이 필요할지 모르기 때문이다. 그리고는 예선용 길을 걸어 리버풀로 갈 것이다. 리버풀에서 자신을 숨겨줄 누군가를 찾을 거라 확신했기 때문이다. 랠프 삼촌이 그곳에 살았다. 삼촌이라면 어떻게 해야 할지 알 것이다.

지미는 앉아서 기다렸다. 도즈 레인을 따라 가끔씩 차량이 달리는 소리가 들렸고, 헛간의 목재 칸막이에 붙어 있는 거미들을 지켜보았다. 아주 조그만 동물들이 차례차례 숨으면서 건초에서 바스락거리며 움직이는 소리가 났다.

총이 있었다! 지미는 건초더미들 사이의 공간에 손을 집어넣었다. 꾸러미를 꺼내 포장을 풀었다. 총 두 자루가 거기에 있었다. 한 자루는 말라붙어 갈색으로 변한 피가 묻어 있었고, 다른 한 자루는 구식이었지만 깨끗했다. 토요일 아침에 올바니 극장*에서 호팔롱 캐시디**가 총격전을 벌인 총과 아주 흡사해 보였다. 총은 무거웠다. 지미는 호팔롱이 그랬던 것처럼 총을 꽉 움켜잡았다. 손가락을 방아쇠에 대고는 건초더미 꼭대기에서 군인을 쏘는 흉내를 냈다. "피우우우웅." 총알을 맞은 적이 농장 안마당 바닥으로 빙그르르 나가떨어지는 모습을 상상하면서 지미는 혼잣말을 했다. "피우우우우웅." 그리고 또 한 발을 쐈다!

도로에서 낯익은 개가 짖는 소리를 들었을 때 지미는 총을 내려놓았다. 그런 뒤 농장 안마당에서 또다시 개 짖는 소리가 들려왔다. 외국어로 크게 외치는 소리에 이어 컹컹 짖는 소리가 들린 뒤 달려오는 발소리들이 들렸다. 개가 흥분해서 컹컹 짖는 소리가 들리고 이내 샌디가 은신처 앞의 건초더미 꼭

*매그헐에 위치한 극장.

**Hopalong Cassidy. 1935년 윌리엄 보이드를 스타로 등극시킨 유명한 서부극 시리즈. 1948년까지 무려 66편이 만들어질 정도로 인기를 끌었다.

대기에 나타났다. 숨을 헐떡이며 꼬리를 흔들고 있었다. 농장 안마당으로 쿵쿵거리며 들어오는 더 많은 발소리들이 나더니 헛간 앞에서 멈추었다.

"거기서 나와! 지미, 네가 거기 있는 걸 알아. 우리가 가서 잡기 전에 나와!"

샌디가 지미의 무릎 위로 뛰어내리더니 얼굴을 핥았다.

"샌디, 네가 저들한테 말했지. 내가 여기 있다고 네가 말했지!" 얼굴에 눈물이 왈칵 흘러내렸다. "너를 믿었는데 네가 말해버렸어!" 지미는 손에 총을 든 채 샌디를 거칠게 밀쳤다. 총구가 샌디의 귀를 스쳤다. 샌디가 고통에 차서 울부짖었다.

"밖으로 나와, 지미. 이게 마지막이다."

지미는 샌디를 소굴에서 밀어냈다. 손에 총을 쥐고 일어나 군인들을 보았다. 두 명이 소총을 가지고 있었다. 지미는 총을 들어 방아쇠에 손을 대고는 군인 한 명을 죽음으로 몰아넣는 흉내를 냈다. 그때 몇 발의 총성이 저 밑에서 크게 울렸다.

찰리 테일러Charlie Taylor

영국의 작가. 사진을 찍고 항해를 즐기며 여러 필명으로 글을 썼다. 인류의 근시안적인 자기중심성과 쓸데없는 전쟁을 혐오하고, 예술만이 인간을 시궁창과도 같은 삶에서 구원해준다고 믿고 있다. 온라인 문학잡지 「멀버리 포크 리뷰」지의 부편집장이다.

아무 죄 없는 정직한 개들을 길러……

가끔은 아이 역시 개를 때리곤 했다. 개는 마음속 깊이 순응하며
매질을 받아들였고, 아이가 매질을 끝내는 순간 아이를 용서했으며,
그 조그만 붉은 혀로 아이의 손을 부드럽게 핥을 태세를 갖추고 있었다.

스티븐 크레인 암갈색 개

한 아이가 길모퉁이에 서 있었다. 한쪽 어깨는 널빤지로 만든 높다란 울타리에 기대고 있었고 다른 한쪽 어깨는 앞뒤로 흔들면서 심드렁하게 발로 자갈을 차고 있었다.

햇볕이 거리 위로 쨍쨍 내리쬐었고, 여름의 나른한 바람이 큰길을 따라 자욱하게 퍼지면서 누런 먼지를 일으켰다. 덜커덩거리는 트럭들이 그 속을 지나가는 모습이 흐릿하게 보였다. 아이는 꿈꾸듯 가만히 바라보며 서 있었다.

잠시 후, 짙은 갈색의 작은 개 한 마리가 인도를 따라 뭔가 바라는 듯한 모습으로 총총거리며 뛰어왔다. 짧은 줄이 목에서 끌리고 있었다. 가끔 개는 줄 끝을 밟아 걸려 넘어지기도 했다.

개는 아이와 마주 보며 섰고, 둘은 서로를 주시했다. 개는 잠시 망설였지만, 이내 꼬리를 치며 조금 다가가려 했다. 아이는 손을 내밀며 개를 불렀다. 황송하다는 듯한 자세로 개가 가까이 왔고, 둘은 서로 다정하게 쓰다듬으며 꼬리를 흔들었다. 서로 닿는 순간마다 개는 더욱 열광적이 되었고, 신나게 뛰어놀다가 아이를 그만 넘어뜨릴 뻔했다. 그 때문에 아이는 손을 들어 올려 개의 머리를 한 대 쥐어박았다.

이러한 손짓은 그 조그만 짙은 갈색 개를 제압하거나 깜짝 놀라게 하려는 것처럼 보였기에 개는 마음에 상처를 입었다. 개는 시무룩해져서는 아이의 발치에 털썩 주저앉았다. 어린애다운 말들로 훈계하면서 때리는 것이 반복되자 개는 등을 뒤집어 깔고 특이한 방식으로 발을 들어 올렸다. 동시에 두 눈과 두 귀는 아이에게 기도를 드리는 것 같은 모습이었다.

아이는 등을 발라당 대고 누워 특이하게 발을 들어 올리고 있는 모습을 무척 재미있다는 듯 바라보았다. 아이는 아주 즐거웠고 계속 그렇게 하도록 개를 가볍게 토닥토닥거렸다. 하지만 그 조그만 짙은 갈색 개는 이것을 몹시 정색하며 혼내는 거라 받아들였고, 틀림없이 자신이 어떤 중대한 죄를 저질렀다고 여겼다. 왜냐하면 깊이 뉘우치는 듯 꼼지락거리면서 할 수 있는 온갖 방법으로 회개하는 모습을 보여줬기 때문이다. 개는 아이에게 애걸하고 간청하며, 더 기도하는 듯한 모습을 보였다.

마침내 아이는 이 놀이에 싫증이 나서 집으로 향했다. 그때도 개는 기도하는 듯한 자세였다. 개는 발라당 등을 대고 누운 채 아이가 멀어져가는 모습에 시선을 던졌다.

이내 개는 가까스로 일어나 아이를 쫓기 시작했다. 아이는 집으로 갈 마음이 없어 이따금씩 온갖 일을 살펴보려고 멈춰 서곤 했다. 그렇게 잠시 멈춰 있는 동안 아이는 조그만 짙은 갈색 개가 마치 노상강도처럼 자기를 따라오고 있다는 것을 알았다.

아이는 작은 막대기를 찾아내 쫓아오는 개를 때렸다. 개는 아이가 다 때릴 때까지 발라당 드러누워 기도하는 자세로 있었고, 아이는 마저 길을 가기 시작했다. 그러자 개는 천천히 일어나 다시 쫓아오기 시작했다.

집으로 가는 길에 아이는 아주 잠깐만을 제외하고는 아무 가치도 없는 하찮은 개라서 업신여긴다는 점을 어린애다운 몸짓으로 분명히 보여주면서,

여러 번 돌아서서 개를 때렸다. 개는 동물의 이런 특징을 가진 것에 대해 미안해했고 후회한다는 걸 확실하게 표현했으나, 계속해서 아이를 몰래 따라갔다. 개의 떳떳하지 못한 태도는 점점 더 심해져서 이제는 암살자처럼 살금살금 뒤를 밟았다.

아이가 문 앞 계단에 이르렀을 때, 개는 얼마 떨어진 뒤에서 느릿느릿 걷고 있었다. 아이와 얼굴을 다시 마주쳤을 때 개는 부끄러움 때문에 몹시 불안해져서 질질 끌리는 개줄을 깜빡했다. 개는 줄에 걸려 넘어지며 앞으로 고꾸라졌다.

아이는 계단에 앉았고 둘은 또다시 서로 얼굴을 마주 보았다. 그사이에 개는 아이를 기쁘게 하려고 무척이나 기를 썼다. 개는 제멋대로 아무렇게나 깡충깡충 뛰어노는 재주를 부렸고 갑작스레 아이는 개가 가치가 있다는 것을 알았다. 아이는 욕심이 생겨 재빨리 달려들어 줄을 붙잡았다.

아이는 포로를 현관으로 끌고 간 뒤, 컴컴한 공동주택의 높고 기다란 계단 위까지 끌고 갔다. 개도 올라가려고 애를 썼지만, 아주 작고 연약했기 때문에 계단 위로 능숙하게 올라갈 수 없어서 뒤뚱거려야 했다. 그리고 결국 계단을 오르는 데 정신이 팔린 아이가 한층 더 빨리 걷게 되자 개는 공포에 휩싸이게 되었다. 마음속으로 미지의 으스스한 곳으로 끌려가고 있다는 생각이 들었다. 그 생각을 하자 두려움 때문에 눈빛이 사나워졌다. 개는 고개를 미친 듯이 흔들며 네 다리로 버티기 시작했다.

아이는 더욱 애를 썼다. 그들은 계단 위에서 한바탕 전쟁을 치렀다. 아이는 자기의 목적에 완전히 몰두했고, 게다가 개는 너무 작았기 때문에 아이가 이겼다. 아이는 자신의 전리품을 집의 문으로 끌고 갔고, 결국 문지방을 넘어서는 승리를 거두었다.

집에는 아무도 없었다. 아이는 바닥에 앉아서 개에게 다가갔다. 아이가 다가서는 것을 개는 즉시 받아들였다. 개는 새 친구에게 애정 어린 마음을 담아 방실방실 웃었다. 얼마 안 가 그들은 단단히 변치 않는 동무가 되었다.

아이의 가족들은 집에 오자 야단법석을 떨었다. 가족들은 개를 이리저리 살펴보고는 자신들의 생각을 말하면서 욕을 했다. 뚫어지게 쳐다보면서 멸시하는 눈빛을 퍼붓자 개는 몹시 당황하게 되었고 볕에 누렇게 시든 식물마냥 풀이 죽었다. 하지만 아이는 기운차게 마루 한가운데로 나가 목청껏 개를 두둔했다. 아이가 개의 목을 꽉 끌어안으며 우렁차게 항변하고 있을 때 우연히 가장인 아버지가 일터에서 돌아왔다.

부모님은 자기들이 도대체 뭘 했길래 그렇게 울며불며 난리를 치는지 아이에게 말해달라고 했다. 그 아수라장 속에서 아이는 볼품없는 개를 가족으로 받아들이고 싶다고 구구절절 설명했다.

가족회의가 열렸다. 여기에 개의 운명이 달려있었지만, 개는 아이의 옷자락을 물어뜯느라 정신이 나가서 신경도 쓰지 않았다.

상황은 빠르게 정리되었다. 가장인 아버지는 그날 저녁 특히 잔인한 성격을 드러내는 것 같았다. 만약 그렇게 볼품없는 개를 남아있도록 허락한다면, 모두가 질겁을 하며 화를 낼 것이라는 점을 알고는 개를 남게 해야겠다고 결심했다. 아버지가 격렬하게 반발하는 어머니를 진정시키는 동안 아이는 훌쩍거리며 개와 놀아주려고 방의 구석진 곳으로 개를 데리고 갔다. 그래서 결국 그 개는 식구가 되었다.

개와 아이는 아이가 잠이 들었을 때를 빼고는 항상 함께 어울려 다녔다. 아이는 친구이자 수호자가 되었다. 어른들이 개를 발로 차거나 개에게 물건 같은 것을 집어 던지면 아이는 큰소리를 지르며 거세게 항의했다. 한번은 아이가 눈물을 펑펑 흘리며 달려나가 크게 항의하면서 친구를 보호하려고 팔을 뺐었는데, 아버지의 손에서 날아오던 커다란 소스냄비에 머리를 맞았다. 아버지는 개에게서 예의라곤 눈곱만큼도 보이지 않는다며 격분해 있었다. 그 후로 가족은 개에게 물건을 집어 던지는 방식에 주의를 기울였다. 더욱이 개는 날아가는 무기들과 걷어차는 발길질을 요리조리 잘 피하게 되었다. 난로와 탁자, 책상과 의자 몇 개가 있는 작은 방에서 개는 가구들 사이를 잽싸게 획획 움직이거나 속이는 동작을 취하거나 총총거리며 달려가는 등 최고 수준의 전략적 기량을 선보였다. 빗자루와 막대기, 한 움큼의 석탄으로 무장한 사람들은 개에게 한 방 먹이려고 갖은 기발한 재주를 고안해냈다. 하지만 그들이 개를 맞혔을 때도 심한 상처나 하다못해 어떤 자국도 거의 남길 수 없었다.

그런데 아이가 있을 때는 이런 광경들은 벌어지지 않았다. 만약 개를 못살게 굴면 그 즉시 아이는 훌쩍거리고, 일단 울음을 터뜨리기 시작하면 몹시 요란하게 울어대서 거의 손쓸 수 없는 지경이 되기 때문에 개는 그런 점에서 보호장치가 있다는 것을 알게 되었다.

하지만 아이가 항상 곁에 있을 수는 없었다. 밤에 아이가 잠들어 있을 때 짙은 갈색의 친구는 어두컴컴한 구석에서 일어나 한없이 처량하고 절망적으로 야생의 구슬픈 울음을 울었다. 그 몸서리치면서 흐느끼는 소리는 단지 내 건물들 사이로 울려 퍼졌고, 사람들은 욕을 퍼부었다. 그럴 때면 그 가수는 종종 부엌 곳곳으로 쫓겨 다녔고, 온갖 종류의 물건으로 두들겨 맞았다.

가끔은 아이 역시 개를 때리곤 했는데, 아이가 진정으로 개를 때릴만한 정당한 이유라고 할 만한 것을 한번이라도 가졌는지는 의문이다. 개는 늘 죄를 인정하는 듯한 태도로 매질을 받아들였다. 순교자로 보이거나 복수를 꾀하려 하기엔 그 개는 그저 평범한 개일 뿐이었다. 개는 마음속 깊이 순응하며 매질을 받아들였고, 심지어는 아이가 매질을 끝내는 순간 아이를 용서했으며, 그 조그만 붉은 혀로 아이의 손을 부드럽게 핥을 태세를 갖추고 있었다.

아이에게 안 좋은 일이 닥쳐서 심란할 때면, 아이는 종종 탁자 밑으로 기어 들어가 시름으로 가득 찬 작은 머리를 개의 등 위에 올려놓았다. 개는 언제나 이해심이 많았다. 친구가 화가 났을 때 자기에게 가했었던 부당한 매질에 관해 이럴 때를 따지는 기회로 삼는 것은 생각도 할 수 없는 일이었다.

개는 아이를 제외한 나머지 식구들과는 눈에 띌 정도의 친밀감을 쌓지 못했다. 개는 식구들을 신뢰하지 않았고, 그들이 평상시에 접근할 때 개가 표출하는 것들은 그들을 종종 극도로 격분하게 했다. 식구들은 개에게 밥을 충분히 주지 않는 것으로 모종의 만족감을 얻곤 했다. 하지만 결국 친구인 아이가 그 문제를 주의 깊게 지켜보게 되었고, 아이가 까먹었을 때 개는 수시로 식구들 몰래 스스로 밥을 찾아 먹곤 했다.

그래서 개는 건강하게 잘 자랐다. 개는 커다란 소리로 짖게 되었는데, 조그만 털북숭이 개에게서 그런 소리가 나오다니 놀라울 따름이었다. 개는 밤에 끊임없이 울부짖는 것을 그쳤다. 가끔은 자다가 고통스러울 때 내는 것과 같은 앓는 소리를 약하게 내뱉었지만, 그것은 틀림없이 꿈속에서 자기를 무시무시하게 위협하는 이글이글 불타는 눈을 가진 거대한 개와 마주쳤을 때 벌어지는 일이었다.

아이에 대한 충성심은 점점 더해져 숭고한 지경까지 이르렀다. 아이가 다가오면 꼬리를 흔들었고, 아이가 떠날 때면 자포자기하여 맥없이 주저앉았다. 개는 이웃의 온갖 시끄러운 소리들 가운데서도 아이의 발걸음 소리를 감지할 수 있었다. 그것은 마치 자기를 부르는 목소리와도 같았기 때문이다.

그들이 우정을 나누는 모습은 지독히도 강력한 군주인 아이가 지배하는 왕국의 모습이었다. 하지만 이 유일한 백성의 마음속에는 단 한순간도 군주에 대한 비판이나 반역을 하겠다는 생각이 깃든 적이 없었다. 작은 개의 영혼 깊숙이 신비롭게 숨겨진 들판에 사랑과 충절과 완전한 믿음의 꽃이 활짝 피었다.

아이는 주변의 낯선 것들을 관찰하려고 여러 곳으로 탐험을 떠나는 습관이 있었다. 이 경우 친구는 대개 뒤에서 목적의식으로 가득 차서 터벅터벅 걸어갔다. 어떤 때는 개가 앞장서기도 했다. 이럴 땐 아이가 잘 따라오는지 확인하려고 15분 간격마다 뒤를 돌아봐야 했다. 개는 이 여정의 중요성에 관한 원대한 생각으로 가득 차 있었다. 개는 자못 그러한 분위기를 스스로 풍겼다! 개는 그토록 위대한 군주의 가신이 된 것이 자랑스러웠다.

그러던 어느 날 아버지인 가장이 유난히 술에 취했다. 아버지는 집에 와서 조리도구들을 가지고 난리를 쳤다. 가구를 가지고도, 아내를 가지고도 그랬다. 아이가 짙은 갈색 개와 방으로 들어왔을 때는 이러한 난장판을 한창 벌이고 있을 때였다. 그들은 여러 여정을 마치고 돌아오는 길이었다.

이런 일을 자주 겪은 아이는 즉시 아버지의 상태에 주목했다. 아이는 탁자 밑으로 뛰어들었다. 경험상 그곳이 그나마 안전했기 때문이다. 이러한 일에 익숙하지 않은 개는 당연히 사태의 심각성을 인식하지 못했다. 개는 친구가 갑작스럽게 뛰어드는 모습을 흥미로운 눈길로 바라보았다. 개는 그것을 같이 즐겁게 뛰어놀자는 뜻으로 해석해서 아이와 함께 놀려고 마룻바닥을 가로질러 후다닥 소리를 내며 달리기 시작했다. 한 친구에게 달려가는 한 마리 조그만 짙은 갈색 개의 모습이었다.

바로 이 순간 집안의 가장이 개를 보았다. 가장은 기쁨에 찬 괴성을 지르며, 육중한 커피포트로 개를 때려눕혔다. 개는 극도의 놀람과 공포 속에서 찢어지는 듯한 소리를 내지르면서, 비틀거리며 일어서서 피할 곳을 찾아 달렸다. 가장은 크고 무거운 한쪽 발로 개를 걷어찼다. 그러자 마치 파도에 휩쓸린 것처럼 개가 방향을 틀었다. 커피포트로 두 번째 가격을 하자 개는 바닥에 고꾸라졌다.

이때 아이가 큰 소리로 울부짖으며 기사처럼 용감무쌍하게 뛰쳐나왔다. 가장인 아버지는 아이가 이렇게 외치는 소리에는 신경도 쓰지 않은 채 기뻐 날뛰면서 개에게 다가갔다. 짧은 시간 안에 연속으로 두 번이나 나동그라지고 나자, 개는 달아나겠다는 희망을 여실히 포기한 것처럼 보였다. 개는 등을 대고 발라당 굴렀고 특유의 자세로 발을 들어 올렸다. 동시에 눈과 귀는 조그맣게 기도를 드리는 것 같았다.

하지만 아버지는 재미있게 놀고 싶은 기분이 들었고, 문득 개를 창문 밖으로 집어 던지면 좋겠다는 생각이 들었다. 그래서 몸을 아래로 숙여 다리를 움켜잡고는 버둥거리는 개를 들어 올렸다. 아버지는 우스워 죽겠다는 듯 개를 두세 번 머리 주위에서 흔들어댔고, 그런 뒤 아주 정확하게 창문 너머로 던졌다.

개가 허공으로 치솟자 단지 내의 사람들이 경악했다. 건너편 창문에서 화초에 물을 주고 있던 한 여자는 자기도 모르게 비명을 지르며 화분을 떨어뜨렸다. 또 다른 창문에 있던 한 남자는 개가 날아가는 것을 지켜보려고 위험하게 창문 밖으로 몸을 내밀었다. 마당에서 빨래를 널던 한 여자는 미친 듯이 뛰어다니기 시작했다. 그녀의 입에는 빨래집게들로 가득 차 있었지만 두 팔은 어떤 절규 같은 것을 표출하고 있었다. 딱 보기에 그녀는 꼭 입에 재갈이 물린 죄수 같았다. 아이들은 와 하고 함성을 내지르며 달렸다.

짙은 갈색의 몸은 다섯 층 아래에 있는 창고 지붕 위에 쿵 하고 떨어지며 추락했다. 거기서부터 그 갈색의 몸은 골목길의 포장도로 위를 굴러갔다.

훨씬 위의 방에 있던 아이는 슬픔으로 가득 찬 울음을 터뜨리며 헐레벌떡 방에서 나왔다. 아이가 골목에 다다르는 데는 오랜 시간이 걸렸다. 몸집이 작아서 두 손을 바로 위의 계단을 붙잡은 채 한 번에 한 걸음씩 뒷걸음질로 아래층으로 내려와야 했기 때문이다.

나중에 사람들이 아이에게 왔을 때, 아이는 짙은 갈색 친구의 시신 옆에 앉아있었다.

스티븐 크레인Stephen Crane

미국 소설가 겸 시인, 신문 기자. 29살의 짧은 삶을 살다 갔지만 생생하고 강렬하며 독특한 방언과 아이러니가 넘치는 글을 썼다. 사회적 고립이라든가 인간의 두려움에 관한 주제가 공통적으로 나타나는 그의 작품은 다음 시대의 사회적 사실주의에의 길을 열었으며 헤밍웨이를 비롯한 현대 미국 작가들에게 커다란 영향을 주었다. 시에서도 이미지즘의 선구자로 평가된다. 주요 작품에는 『붉은 무공훈장』 등이 있다.

앰브로스 비어스 스텔리 플레밍의 환각

말하고 있는 두 사람 중 한 사람은 내과의사였다.

"제가 오시라고 했어요, 선생님." 다른 한 사람이 말했다. "하지만 저를 위해 할 수 있는 일은 없을 거예요. 정신과 전문의를 추천할 수는 있겠죠. 아무래도 제가 미친 게 아닐까 싶어요."

"괜찮아 보이는데요." 내과의사가 말했다.

"아마 제가 허깨비를 본다고 판단할 거예요. 전 매일 밤 잠에서 깨어서는 내 방에서 나를 빤히 지켜보고 있는 앞발이 하얀 커다란 검은색 뉴펀들랜드 개를 봐요."

"잠에서 깬다고 하셨죠? 확실한가요? '환각'은 때로는 꿈일 뿐입니다."

"아, 전 툭하면 잠에서 깨요. 어떤 때는 저를 바라보는 개만큼이나 정색하고 개를 바라보면서 그대로 오랫동안 누워있기도 해요. 전 항상 불을 켜놓은 채로 두어요. 하다하다 참을 수 없을 때는 침대에 앉아요. 그러면 거기에 아무도 없는 거예요!"

"음…… 그 짐승의 표정이 어떻죠?"

"사나워 보여요. 물론 회화에서 말고는, 쉬고 있는 동물의 얼굴이 항상 같은 표정이라는 건 저도 알아요. 하지만 이건 실제 동물이 아니잖아요. 뉴펀들랜드 개는 아시다시피 상당히 표정이 온화하잖아요. 개한테 무슨 일이 있는 거죠?"

"정말로 제 진단은 아무 가치가 없을 거 같네요. 전 개를 치료하지 않습니다."

내과의사는 의례적으로 웃었지만, 곁눈질로 환자를 면밀히 지켜보았다. 이내 의사는 이렇게 말했다. "플레밍 씨가 그 짐승에 대해 설명하는 대로라면, 그 개는 고인이 된 애트웰 바턴의 개가 맞습니다."

플레밍은 의자에서 반쯤 일어서더니 다시 앉았다. 그리고는 무심해 보이려고 눈에 띄게 시도했다. "바턴, 기억하죠. 제 생각에는…… 그의 죽음에 수상한 점은 없었다고 보고되었지만, 과연 그럴까요?"

의사는 이제 환자의 눈을 똑바로 바라보며 말했다. "3년 전에 당신의 오랜 정적이었던 애트웰 바턴의 시체가 당신의 집 근처에 있는 숲 속에서 발견되었지요. 그는 칼에 찔려 죽어있었어요. 체포된 이는 아무도 없었습니다. 단서도 없었고요. 우리 중 일부는 '가설'을 갖고 있습니다. 저도 가설이 하나 있긴 하지요. 당신도 혹시 있나요?"

"저요? 이런, 세상에, 제가 뭘 알 수 있겠어요? 제가 그 이후에 거의 즉시 유럽으로 떠났던 걸 선생님도 기억하시잖아요. 상당히 오랫동안 떠나있었죠. 귀국 후 몇 주 지난 뒤에 제가 무슨 '가설'을 세울 수 있겠어요? 사실 저는 그 문제에 대해 조금도 생각하지 않았어요. 그의 개는 어떤가요?"

"시체를 처음 발견한 게 그 개였어요. 그 개는 무덤에서 굶어 죽었습니다."

우리는 근원적인 우연의 일치의 냉혹한 법칙을 알지 못한다. 스탤리 플레밍도 알지 못했으며, 그렇지 않았다면 밤바람이 열린 창문 사이로 저 멀리서 개가 길게 울부짖는 소리를 실어왔을 때 벌떡 일어나지 않았을 것이다. 플레밍은 의사가 예의주시하는 가운데 여러 번 방 안을 성큼성큼 가로질렀다. 그러더니 돌연 의사에게 얼굴을 들이밀면서 거의 외치듯 말했다. "할더맨 선생님, 이 모든 것들이 제 문제와 무슨 관계가 있죠? 제가 선생님을 왜 불렀는지 잊으셨어요?" 의사는 일어나면서 환자의 팔에 손을 얹고는 부드럽게 말했다. "양해해주세요. 전 당신의 장애문제를 이 자리에서 바로 진단할 수는 없습니다. 아마 내일이면 되지 않을까 싶네요. 이제 그만 주무세요. 문은 열어놓은 채로 두시고요. 전 책이나 읽으면서 여기서 밤을 지새겠습니다. 일어나지 않고도 저를 부를 수 있습니까?"

"네, 전기벨이 있습니다."

"네, 좋습니다. 무슨 일 생기면 앉아있지 말고 버튼만 누르세요. 그럼, 주무세요."

안락의자에 편하게 자리를 잡은 의사는 은은히 타오르는 석탄을 가만히 바라보며 길고도 깊은 사색에 잠겼다. 하지만 명백히 거의 소용이 없었다. 그는 자주 일어나서 계단으로 이어지는 문을 열고는 골똘히 귀 기울였다. 그런 다음 자리에 다시 앉았다. 하지만 이내 잠이 들었고, 잠에서 깨었을 때는 자정이 지난 시각이었다. 그는 꺼져가는 난롯불을 뒤적였고, 탁자에서 책을 한 권 집어 들어 제목을 보았다. 『덴네커의 명상』이었다. 그는 아무 페이지나 펼쳐 읽기 시작했다.

> 모든 육신이 영혼을 지니고 그리하여 영적 권능을 취하는 것은 하느님의 명이므로, 그렇듯 육신의 권능을 가진 영혼은 설령 영혼이 육신을 떠났을 때조차도 같은 수만큼의 난폭한 유령과 여우원숭이의 모습으로 별개로 살아있다. 그리고 이런 일은 비단 인간에게서만이 아니라고 말하는 사람들도 있으나, 짐승들은 사악하게 유인하는 모습을 띠고 있으며, 또…….

육중한 물건이 떨어지는 것처럼 집이 흔들리면서 독서는 중단되었다. 의사는 읽고 있던 책을 내팽개치고 헐레벌떡 방에서 나와 플레밍의 침실이 있는 계단으로 올라갔다. 문을 열려고 했지만 자신의 지시와 달리 잠겨 있었다. 그는 문에 어깨를 대고 있는 힘을 다해 문을 부수었다. 어수선한 침대 근처의 바닥에서 플레밍이 잠옷을 입은 채 숨을 거두고 있었다.

의사는 죽어가는 남자의 머리를 바닥에서 들어 올려 목에 난 상처를 살펴보았다. "이걸 생각해야 했는데." 자살이라고 믿으면서 의사가 말했다.

그 남자가 죽었을 때 자세히 검사해보니 동물의 송곳니가 경정맥 깊숙이 박혀있었다는 뚜렷한 흔적이 발견되었다.

하지만 그곳에 동물은 없었다.

앰브로스 비어스Ambrose Bierce

미국의 신문기자, 풍자작가. 제2의 애드거 앨런 포라는 평을 듣기도 했다. "문제 될 것 없다"를 모토로 내세운 맹렬한 평론과 작품 근간에 깔려 있는 인간 본성에 대한 냉소적 관점으로 인해 '신랄한 비어스Bitter Bierce'라는 별명을 얻었다. 냉소와 위트가 가득한 풍자적 어휘사전인 『악마의 사전』으로 유명하다. 1913년 남북전쟁 격전지를 방문한 후 멕시코에서 판초 비야 군대에 합류할 것이라는 편지를 남기고 실종되었다.

앰브로스 비어스 개기름

내 이름은 보퍼 빙스다. 나는 하층민인 정직한 부모님에게서 태어났다. 아버지는 개기름 제조자이고, 어머니는 마을 교회 가까이에 작은 작업장을 하나 가지고 있다. 그곳에서 어머니는 환영받지 못하는 아기들을 처분했다. 어린 시절부터 나는 근면성에 대한 습관을 훈련받았다. 아버지를 도와 개들을 어렵사리 잡아 커다란 통에 집어넣었을 뿐 아니라, 작업장에서 어머니가 작업한 잔해들을 나르는 일에도 자주 고용되었다. 이 임무를 수행하는 데에는 가끔 나의 타고난 재능이 필요했다. 인근의 모든 법률 관련자들이 어머니의 사업에 반대했기 때문이다. 그들은 야당의 공천 후보로 선출된 사람들이 아니었으며, 그 문제는 결코 정치적으로 쟁점이 된 적이 없었다. 그래서 그런 일을 벌일 수 있었던 것이다. 개기름을 만드는 아버지의 사업은 당연히 그다지 평판이 안 좋은 것은 아니었다. 실종된 개의 주인들이 가끔 아버지를 의심했고, 그런 시선은 어느 정도 내게도 반영이 되긴 했지만 말이다. 아버지는 침묵의 동반자인 마을의 모든 의사들과 알고 지냈고, 의사들은 모든 처방전에 기꺼이 개기름이 들어간 약을 썼다. 그것은 정말로 지금까지 발명된 약 중에서 가장 가치 있었다. 하지만 대부분의 사람들은 고통받는 사람들을 위해서 개인적으로 희생하기를 꺼려했으며, 마을에서 제일 살찐 개들이 나랑 노는 것을 금지시킨 게 분명했다. 그것은 내 어린 감수성에 상처를 입혔고, 동시에 나를 거의 약탈자가 되도록 몰아가고 있었다.

그 시절을 돌이켜보면, 나는 후회하지 않을 수 없다. 당시 나는 사랑하는 부모님을 간접적으로 죽음에 이르도록 했으며, 미래에 지대한 영향을 미치는 불행의 창시자였다.

어느 날 저녁, 어머니의 작업장에서 주운 아이의 시체를 가지고 아버지의 기름 공장을 지나가다가 내 움직임을 면밀히 주시하고 있는 것 같은 경찰을 한 명 보았다. 나는 어린 나이였지만 경찰이 어떤 성격의 소유자였든 그의 행동이 아주 괘씸한 동기에서 비롯되었다는 사실을 알고 있었기에, 약간 열려 있는 쪽문 옆 기름창고 안에 몸을 숨겨 그를 피했다. 나는 즉시 문을 잠갔고 시체와 단둘이 있었다. 아버지는 그날 밤 자고 있었다. 그곳의 유일한 불빛은 용광로에서 나오고 있었다. 커다란 통 밑에서 깊고도 짙은 진홍색으로 타오르는 불빛은 벽을 불그스름하게 비추고 있었다. 기름이 가마솥 안에서 아직도 천천히 끓고 있었다. 때때로 표면에 개뼈다귀가 둥둥 떠올랐다. 경찰이 사라질 때까지 앉아 기다리면서 나는 무릎에 주운 아이의 벌거벗은 시체를 올려놓고 그 짧고 부드러운 머리를 살며시 쓰다듬었다. 아, 얼마나 아름답던지! 그 어린 나이에도 나는 아이들을 열렬히 좋아했으며, 천사 같은 아이를 바라보면서—내 사랑하는 어머니의 작품인—가슴에 난 조그맣고 빨간 상처가 치명적이지 않기를 바랐다.

자연이 사려 깊게 규정한 목적에 맞게끔 아기들을 강에 집어 던지는 게 나의 관례였지만, 그날 밤에는 경찰이 무서워서 기름창고를 나서지 못하고 있었다. "결국 이걸 가마솥 안에 넣어버려도 큰 문제 없잖아." 나는 혼잣말을 했다. "아버지는 개뼈다귀들 틈에 아기의 뼈들이 있는지 알 턱이 없고, 최고의 기름을 얻기 위해 고작 시체 몇 구를 집어넣는 건 급속도로 증가하는 인구에서는 별로 중요하지 않아." 요컨대, 나는 범죄의 첫발을 내디뎠고, 아기를 가마솥에 던지면서 말로 다 할 수 없는 슬픔에 잠겼다.

다음날, 조금 놀랍게도 아버지는 나와 어머니에게 지금까지 본 것 중 최고 품질의 기름을 얻었다면서 만족스럽게 손을 비벼댔다. 아버지가 견본을 보여준 의사들도 그렇다고 했다. 아버지는 어떻게 그런 결과가 얻어졌는지는 전혀 알지 못한다고 덧붙였다. 개들은 모든 면에서 평소대로 다뤄졌고 흔한 품종이었기 때문이다. 나는 설명할 의무가 있다고 생각했다. 결과를 예견할 수 있었다면 내 혀를 놀리지 않았을 텐데, 나는 그만 설명하고 말았다. 왜 이전에는 서로의 사업을 결합하는 장점을 몰랐을까 한탄하면서 부모님은 즉시 오류를 수정하기 위한 조치를 취했다. 어머니는 작업장을 아버지 공장의 부속 건물로 옮겼고, 그 일과 관련된 내 임무는 끝났다. 나는 더 이상 불필요한 조그만 시체들을 처분하지 않아도 되었고, 개들을 꾀어내 죽음을 맞이하게 할 필요도 없어졌다. 아직까지 기름의 명성을 빌려 유명세를 치르고 있으면서도 아버지가 그것들을 도맡아 폐기했기 때문이다. 그래서 갑작스럽게 게으른 상태에 던져진 나는 당연히 악랄하고 방종한 아이가 될 거라 예상했지만 그렇지 않았다. 사랑하는 어머니는 나를 온갖 괴로운 유혹으로부터 지켜내려고 종교적인 영향을 미쳤고, 아버지는 교회에서 집사였다. 아아 슬프게도, 이렇듯 존경할 만한 분들이 그토록 끔찍한 죽음을 맞이한 것은 다 내 잘못이었다!

사업에서 이윤을 두 배로 늘리는 방법을 찾아낸 어머니는 이제 새로운 일에 부지런히 매달렸다. 불필요하고 환영받지 못하는 아기들을 주문받아서 없애버리는 일뿐만 아니라, 대로변이든 샛길이든 거리로 나가서 조금 더 자란 아이들까지 끌어모았다. 심지어는 할 수 있는 한 성인들까지도 기름창고로 유인했다. 아버지 역시 최고 품질의 기름을 만드는 데 현혹되어서 부지런히 커다란 통들을 채워 넣었다. 이웃들을 개기름으로 변환시키는 것은 요컨대 그분들의 삶의 단 하나의 열정이 되었다. 천국에 갈 거라는 희망 대신 극도의 탐욕이 그분들의 영혼을 사로잡았을 뿐 아니라 열의를 고취시키기도 했다.

이제 그분들이 그렇듯 진취적이 되자 공청회에서 그분들을 혹독하게 문책하자는 결의안이 통과되었다. 의장은 앞으로 사람들을 습격하면 적대적인 상황에 부닥치게 될 거라고 공표했다. 우리 불쌍한 부모님은 가슴이 미어지는 절망에 빠졌고, 내가 알기로는 제정신이 아닌 채 회의장을 나왔다. 어쨌든 나는 그날 밤 부모님과 함께 기름창고에 들어가지 않는 게 신중한 처사라고 생각해서 밖에 있는 마구간에서 잤다.

자정쯤에 어떤 불가사의한 충동심이 나를 일으켜 세웠다. 나는 창문으로 가 보일러실을 들여다보았다. 내가 알기론 지금 아버지가 자고 있는 곳이었다. 다음 날의 수확량이 얼마나 풍요로울지 기대될 정도로 불이 활활 타오르고 있었다. 커다란 가마솥 하나는 마치 온 힘을 발산하기 위한 때를 기다린다는 듯 불가사의하게도 자제력을 보이며 천천히 "부글부글 끓어오르고" 있었다. 아버지는 자고 있지 않았다. 잠옷을 입은 채 튼튼한 줄로 올가미를 준비하고 있었다. 어머니의 침실 문에 올가미를 던지는 모습을 보자 나는 아버지가 속으로 계획하는 목적이 뭔지 빤히 보였다. 공포심에 말문이 막히고 꼼짝달싹할 수 없게 된 나는 막을 수도 경고를 할 수도 없었다. 그때 급작스럽게 어머니의 방문이 열렸고, 소리 없이 둘은 서로 정면으로 부딪쳤다. 두 분 다 분명히 놀란 눈치였다. 어머니 또한 잠옷을 입고 있었는데 오른손에 직업상 필요한 연장이 들려 있었다. 기다랗고 좁은 날의 단도였다.

어머니 역시 시민들의 비우호적인 행동과 나의 부재로 인해 수익이 적어진 것을 부정할 수 없었다. 잠시 그분들은 서로의 이글거리는 눈을 들여다본 뒤 이루 말할 수 없이 분개하며 날뛰었다. 그분들은 방 안을 빙글빙글 돌면서 전투를 치렀다. 남자는 욕설을 퍼붓고 여자는 소리를 꽥꽥 질렀다. 둘 다 악마처럼 싸웠다. 여자는 단도로 남자를 공격했고, 남자는 커다란 맨손으로 여자의 목을 졸랐다. 나는 집 안에서 벌어지는 이 불운한 사태를 얼마나 오랫동안 비참하게 지켜봤는지 알 수 없다. 하지만 일반적인 격렬한 전투보다 훨씬 더 격렬하게 전투를 벌인 뒤, 마침내 전투원들은 갑작스럽게 서로 떨어져 나갔다.

아버지의 가슴과 어머니의 무기는 접촉의 증거를 보여주었다. 아주 짧은 순간 동안 그분들은 아주 무뚝뚝하게 서로를 노려보았다. 그런 뒤 불쌍한 아버지, 부상당한 아버지는 죽음의 손길을 느끼면서 갑자기 앞으로 나아가더니 저항할 생각이 하나도 없는 사랑하는 어머니를 품에 안고 끓는 가마솥으로 끌고 가서 다 떨어져 가는 기력을 끌어모아 어머니와 함께 가마솥에 뛰어들었다! 순식간에 두 분은 사라졌고, 그 전날 공청회에 오라고 초청한 시민위원들의 기름에다 자신들의 기름을 보태고 있었다.

이 불행한 사건으로 인해 그 마을에서는 괜찮은 직업을 가질 수 있는 모든 길이 막혀있다고 확신한 나는 저 유명한 도시 오툼위*로 이사했다. 그곳에서 쓰여진 이 회고록은 그토록 무시무시하게 돈벌이만을 추구하는 상업적 재앙이 가져오는 무분별한 행위에 대한 온 회한을 담은 것이다.

*Otumwee. 아이오와주의 도시인 오텀와Ottumwa의 언어유희인 것으로 보인다.

오 헨리 율리시즈와 개아범

개아범들의 시간을 아는가?

황혼이 물들기 시작하면서 선명한 대도시의 윤곽이 희미해질 때면 도시 생활의 가장 우울한 광경 중 하나에 바쳐지는 한 시간이 막을 연다.

뉴욕의 우뚝 솟은 험준한 아파트의 꼭대기에 사는, 한때 남자였던 존재들 무리가 살그머니 빠져나온다. 아직까지는 두 쌍의 팔다리를 똑바로 세운 채 인간의 형체와 언어를 유지하는 그들은 앞서가는 동물들 뒤로 따라간다. 이 각각의 존재들은 인위적인 끈으로 단단히 묶인 개를 쫓아간다.

이 남자들은 모두 키르케*의 희생자들이다. 이들은 자진해서 바둑이의 하인이 되거나 불테리어의 심부름꾼 또는 몸집이 큰 개를 쫓는 아기가 된 것은 아니다. 현대의 키르케는 남자들을 동물로 바꾸는 대신, 친절하게도 그들 사이에 180센티미터 정도 되는 개줄의 차이를 남겨두었다. 이 개아범 한 사람 한 사람은 제각기 자신의 특정한 키르케에게서 애완동물을 데리고 나가 바람을 쐬어주라고 꼬드김을 당하거나 매수당하거나 명령을 받는다.

개아범들의 얼굴과 태도에서 우리는 그들이 어찌할 도리가 없는 끔찍한

*호머의 장편 서사시 『오디세이』에 나오는 아름답지만 위험한 마녀. 만나는 모든 남자들을 동물로 만들고, 오디세우스 일행들을 돼지로 변형시켜 돼지우리에 던져버린다. 그들은 거기에 홀로 남겨진 채 감금되어 자신들의 불행을 울부짖는다.

마법에 걸려들었다는 것을 알 수 있다. 개 포획자인 율리시즈*조차도 절대로 마법을 제거하지는 못할 것이다.

어떤 얼굴들은 돌처럼 차갑게 굳어있다. 그들은 같은 처지에 있는 동료들의 조롱이나 호기심, 연민 같은 것을 신경 쓰지 않는다. 의무적으로 계속해서 개를 산책시켜야만 하는 수년간에 걸친 결혼생활은 그들을 냉담한 사람으로 만들었다. 가로등 기둥이나 불경한 보행자들에게 짐승의 다리가 걸리면 그들은 고관대작처럼 무심하게 연줄을 조종하면서 다리를 풀어준다.

최근에 유랑자들의 수행원으로 강등당한 또 다른 이들은 부루퉁하니 잔뜩 골이 나 있지만 제 탓이려니 하고 벌을 달게 받는다. 그들은 여자가 낚싯바늘로 성대를 낚아 올릴 때 느끼는 즐거움으로 개줄 끝에서 개와 장난을 친다. 만약 그들이 노는 모습을 찬찬히 바라보고 있으면, 마치 전쟁의 참화를 불러일으킬 것처럼 눈을 부릅뜨고 위협적으로 노려본다. 이들은 반쯤은 반항하는 개아범들로 완전히 키르케화되지는 않았으며, 개들이 우리의 발목 주위를 킁킁거리며 냄새 맡으려고 달려들더라도 발로 차지 않는 게 좋을 것이다.

그 종족의 다른 일부는 별로 예민하게 느끼는 것 같지 않다. 그들은 주로 생기 없는 청년들로 자신들의 개들과 어울리지 않게 금빛 모자를 쓰고 연신 담배를 피워댄다. 청년들이 수행하는 동물들은 새틴으로 만든 리본 목걸이를 착용하고 있다. 청년들은 의무를 수행할 시 만족도 여하에 따라 어떤 개인적인 이득이 기다리고 있는 게 아닌가 생각이 들 정도로 개들을 부지런히 몰고 간다.

그렇게 개인적으로 수행받는 개들은 각양각색이다. 하지만 하나같이 비만에 제멋대로인 데다 병적으로 성질이 더럽고 무례하며 어디로 튈지 모르는 변덕스러운 행동을 하면서 으르렁거린다. 목줄을 죽어라 잡아당기고, 현관 계

*오디세우스의 별칭.

단이나 난간, 기둥마다 어슬렁거리며 코를 킁킁거린다. 또, 쉬고 싶을 때는 언제든 주저앉으며, 3번대로에서 열리는 소고기 스테이크 먹기대회의 우승자처럼 씩씩거리고, 열린 지하실과 지하 석탄고로 느릿느릿 들어가고, 개아범들을 이리저리 끌고 다니며 애를 먹인다.

이 불운한 개아범들은 똥개를 끌어안고, 잡종을 관리하며, 스피츠를 쫓아다니고, 푸들을 끌어당기며, 스카이테리어를 긁어주고, 닥스훈트를 어르고 달래며, 테리어에게 끌려가며, 포메라니안을 뛰어다니게 하는, 자신들에게 주어진 과제를 온순하게 따르는 고층건물에 사는 키르케들이다. 개들은 그들을 두려워하지도 존경하지도 않는다. 개줄을 잡은 그들은 집의 주인이긴 하지만 개의 주인은 아니다. 개는 출타한 동안 한쪽 줄 끝에서 걷도록 임명된 이 두 발 달린 존재들에게 으르렁거림으로써 아늑한 구석에서부터 비상계단에 이르기까지, 기다란 의자에서부터 식품 식기용 승강기에 이르기까지 아주 수월하게 몰아넣어 버릴 수 있다.

어느 황혼녘, 평소대로 자신들의 키르케들이 애걸하거나 포상하거나 들볶아대기에 개아범들은 밖으로 나왔다. 그중 한 남자는 기골이 장대했다. 이 대수롭지 않은 직업적 소명을 갖기에는 분명 너무 건장한 미덕을 갖고 있었다. 남자의 표정은 우울했고, 태도는 의기소침했다. 그는 혐오스러울 정도로 뚱뚱하고, 극도로 성질이 더럽고, 다루기 힘들어서 쩔쩔매는 같잖은 수행인을 고소한 듯 바라보는, 흰 꼴불견 개의 개줄에 매여 있었다.

개아범은 아파트에서 나오자마자 길모퉁이에서 자신의 수치스러운 모습을 보는 이가 많지 않기를 바라는 마음에 골목길로 접어들었다. 과도하게 살찐 그 짐승은 움직이는 게 몹시 고되어 심술이 잔뜩 난 채 숨을 헐떡거리며 남자 앞에서 뒤뚱뒤뚱 걷고 있었다.

갑자기 개가 멈춰 섰다. 긴 코트를 입고 챙이 넓은 모자를 쓴, 햇볕에 그을린 키 큰 남자가 콜로서스*처럼 서서 인도를 막더니 이렇게 외쳤다.

"햐, 정말 반갑네 그래!"

"짐 베리!" 개아범이 감격하는 목소리로 나직이 말했다.

"샘 텔페어!" 챙 넓은 모자를 쓴 남자가 다시 외쳤다. "이 망할 놈의 자식, 딱 걸렸어!"

그들은 잠시 손을 움켜잡았다. 서부 지방 특유의 단단히 움켜쥔 악수였다.

"야, 이 썩을 놈아! 이 나쁜 자식아!" 챙 넓은 모자를 쓴 남자가 햇볕에 그을려 주름진 얼굴에 미소를 지으며 말을 이어갔다. "5년 만에 보는군. 일주일 동안 이 도시에 있었는데, 이런 데선 도대체 널 찾을 수가 없더라고. 그래, 유부남 아저씨, 어떻게 지내고 있어?"

부풀어 오른 밀가루 반죽처럼 물컹물컹하고 흐물흐물한 것이 짐의 다리에 기대어 으르렁거리면서 바지를 잘근잘근 씹어대고 있었다.

"그래, 올가미를 씌운 이 덩치 큰 광견병에 걸린 거 같은 개새끼는 뭐야? 너 이 동네의 떠돌이개 수용소 소장이야? 이거 개 맞아?"

"술 한잔하자." 바닷가에 있는 자신의 늙은 개를 떠올리자 허탈해진 개아범이 말했다. "가자."

아주 가까이에 카페가 있었다. 대도시에서는 그렇다.

그들은 테이블에 앉았고, 터질 듯 부푼 괴물은 카페 고양이에게 가려고 개줄 끝에서 기를 쓰며 으르렁거리고 있었다.

"위스키요." 짐이 종업원에게 말했다.

"두 잔 주세요." 개아범이 말했다.

*Colossus. 멤논의 거상巨像. 이집트왕 아멘호테프 1세에 의해 테베 근처에 건립된 고대 이집트의 석상石像으로 높이 12m의 두 개의 좌상坐像으로 되어 있다.

"너 살이 좀 더 쪘네." 짐이 말했다. "근데 주눅 들어 보여. 동부가 너한테 잘 맞는지 모르겠다. 고향을 떠나올 때 친구들이 온통 다 너를 찾아보라 그랬어. 샌디 킹, 그 놈은 클론다이크*로 갔어. 왓슨 부렐은 피터의 장녀와 결혼했어. 난 육우를 사서 돈 좀 벌어서 리틀 파우더**에 있는 드넓은 황무지를 샀어. 내년 가을에 울타리를 치러 갈 거야. 빌 롤린스, 그 놈은 농부가 되었어. 너 당연히 빌 기억하지? 마르셀라와 연애하고 있었잖아. 이런, 미안, 샘. 그러니까 네가 결혼한 여자 마르셀라가 당시에 프레리 뷰*** 학교에서 선생님으로 있을 때 말이야. 그런데 실은 네가 진짜 행운아지. 그래, 텔페어 마나님은 어때?"

"잠깐만!" 종업원에게 신호를 보내며 개아범이 말했다. "뭐 마실지 말해."

"위스키요." 짐이 말했다.

"두 잔 주세요." 개아범이 말했다.

"그녀는 잘 지내." 위스키를 한 모금 마신 뒤 계속해서 말했다. "자기가 태어난 뉴욕에서만 살겠다고 고집 피웠어. 우린 아파트에 살아. 매일 저녁 여섯 시에 난 저 개를 데리고 산책 나오지. 저 개는 마르셀라의 애완견이야. 짐, 이 세상에서 나와 저 개처럼 서로 끔찍이도 싫어하는 동물은 없을 거야. 저놈의 이름은 러브킨스야. 마르셀라는 우리가 산책 나와 있는 동안 만찬용 정장을 입어. 우린 타블 도트****를 먹지. 짐, 너 먹어본 적 있어?"

"아니, 한 번도 먹어본 적 없어. 간판에 써 있는 거만 봤지. 근데 난 사람들이 '구멍이 있는 테이블table de hole'이라고 말하는 줄 알았어. 그래서 당구대의 프랑스 말이라고 생각했지. 그래, 맛이 어떤데?"

"네가 잠시 도시에 머무를 예정이라면 우리 한 번—"

*Klondike. 캐나다 유콘강의 지류인 클론다이크강, 또는 그 유역의 금광 지대를 말한다.

**Little Powder. 미국 남동부 몬태나주와 와이오밍 북동쪽에 있는 파우더강의 지류.

***Prairie View. 텍사스주 월러군에 있는 도시.

****table d'hote. 프랑스식 정찬요리.

"아니, 안 돼. 오늘 저녁 7시 25분 배를 타고 고향으로 출발할 거야. 더 오래 머무르고 싶지만, 그럴 수 없어."

"그럼 배 타는 데까지 데려다줄게." 개아범이 말했다.

개는 짐의 다리와 의자 다리에 묶인 채 정신없이 곯아떨어져 있었다. 짐이 비틀거리자 개줄이 확 잡아당겨졌다. 잠에서 깨어난 짐승의 비명 소리가 온 동네에 울려 퍼졌다.

다시 거리로 나서자 짐이 말했다. "그게 네 개라면 인신보호 영장을 목에 걸고 떠나버려. 그리곤 잊어버리면 되잖아?"

대담한 제안에 기겁하며 개아범이 말했다. "감히 엄두도 못낼 말이지. 이 놈은 침대에서 자고 난 소파에서 자. 내가 이놈을 쳐다보면 목 놓아 울면서 마르셀라한테 달려간다니까. 짐, 언젠가 밤에 때가 되면 저놈한테 꼭 복수할 거야. 이미 결심했다고. 칼을 가지고 살금살금 다가가서 저놈이 자는 모기장에 구멍을 내서 모기들이 들어가게 할 거야. 내가 안 하는지 두고 봐!"

"샘 텔페어, 너 지금 제정신이 아니야. 옛날의 네가 아니라고. 이 도시와 아파트들에 대해서는 잘 모르겠다. 하지만 내 이 두 눈으로 똑똑히 본 너는 프레리 뷰에 있을 때 당밀이 든 통의 주둥이를 가지고 틸로트슨의 두 형제들과 팽팽하게 맞섰었어. 또 리틀 파우더에서 제일 난폭한 황소도 39초 반만에 밧줄로 꽁꽁 묶는 걸 봤었다고."

"그랬지, 그랬었지." 순간적으로 눈빛을 반짝이며 샘이 말했다. "하지만 그건 내가 순종하는 걸 배우기 전이었어."

"혹시 텔페어 마나님이—" 짐이 말을 막 시작했다.

"이런! 여기 술집이 또 있어." 개아범이 말했다.

그들은 바에서 줄을 섰다. 개는 그들의 발치에 잠들어 있었다.

"위스키요." 짐이 말했다.

"두 잔 주세요." 개아범이 말했다.

"황무지를 살 때 너를 염두에 두고 있었어. 거기 와서 가축 돌보는 일을 도와주면 좋겠다고 생각했지." 짐이 말했다.

개아범이 말했다. "지난 화요일에 저놈이 내 발목을 물었어. 커피에 크림을 넣어달라고 했기 때문이야. 크림은 항상 저놈 거거든."

"너도 프레리 뷰를 좋아하게 될 거야." 짐이 말했다. "말을 탄 남자들이 가축을 80킬로미터 정도 몰아. 내 목초지 한 구석은 25킬로미터나 마을로 뻗어 있고, 또 한 쪽면으로는 65킬로미터에 걸쳐 철조망이 쳐져 있어."

"부엌을 지나가야 침실에 들어가고, 거실을 지나가야 화장실에 갈 수 있어. 그리고 주방을 되돌아 나와야 침실에 들어갈 수 있기 때문에 돌아서면 부엌에 있게 돼. 저놈은 자면서도 코를 드르렁드르렁 골고 컹컹 짖어. 또 저놈의 천식 때문에 난 공원에서 담배를 피워야 해." 개아범이 말했다.

"텔페어 마나님이—" 짐이 이야기를 시작했다.

"아, 제발 그만!" 개아범이 말했다. "이번엔 뭐 마실래?"

"위스키요." 짐이 말했다.

"두 잔 주세요." 개아범이 말했다.

"음, 그럼 난 배가 있는 쪽으로 천천히 가 볼게." 짐이 말했다.

"일어나, 이 더러운 거북이 등껍질, 뱀 대가리, 숏다리, 1톤 반이나 되는 비눗물을 뒤집어쓴 놈아!" 개아범이 소리 질렀다. 이번에는 새로운 말투가 담긴 목소리였고, 개줄에도 새로운 힘이 들어가 있었다. 보호자가 평소와 달리 심상치 않은 말을 퍼붓자 개는 화가 잔뜩 나 낑낑거리며 그들을 쫓아 힘겹게 움직였다.

23번가 끄트머리에서 개아범은 반회전문으로 인도했다.

"마지막 기회야. 크게 말해."

"위스키요." 짐이 말했다.

"두 잔 주세요." 개아범이 말했다.

"리틀 파우더를 책임지고 맡아 줄 사람을 어디에서 찾아야 할지 모르겠어. 내가 좀 아는 사람이면 좋겠는데 말이야. 멋지게 활짝 펼쳐진 대초원과 산림을 다 보려면 눈을 가늘게 떠야 할 거야. 샘, 만약 네가—" 목장주가 말했다.

"저 광견병 걸린 거 같은 미친놈이 요전 날 밤에는 내 다리를 물어뜯었어. 내가 마르셀의 팔에 있던 파리를 한 마리 죽였기 때문이야. "뜸을 떠야겠네." 마르셀라가 말했어. 나도 그렇게 생각하고 있었지. 의사에게 전화했어. 의사가 오자 마르셀라는 내게 이렇게 말하더군. "의사가 불쌍한 우리 애기 입을 치료하는 동안 애기 좀 붙들어 줘. 아, 애기가 당신을 물었을 때 이빨에 바이러스가 감염되었으면 안 되는데." 이런 말에 대해 어떻게 생각해?" 개아범이 물었다.

"텔페어 마나님이 말이야—" 짐이 이야기를 시작했다.

"에이, 그만해!" 개아범이 말했다. "여기요!"

"위스키요." 짐이 말했다.

"두 잔 주세요." 개아범이 말했다.

그들은 배가 있는 곳으로 걸어갔다. 목장주는 매표소 쪽으로 갔다.

그때 급작스럽게 발로 서너 번 세차게 걷어차이면서 그 즉시 땅으로 떨어지는 소리가 들리며, 개가 찢어질 듯 날카롭게 내지르는 비명이 허공을 갈랐다. 덩치만 크고 멍청한 안짱다리 땅딸보 개가 고통에 시달리며 격분한 채 미친 듯이 홀로 거리를 내달렸다.

"덴버행이요." 짐이 말했다.

"두 장 주세요." 안주머니에 손을 넣으며 전직 개아범이 외쳤다.

기 드 모파상 개를 가진 남자

그의 아내는 심지어 그와 이야기할 때조차도 항상 그를 "비스토 씨"라고 불렀지만, 프랑스와 벨기에를 둘러싼 50킬로미터 반경 내에서 그는 "개를 가진 남자"로 알려져 있다. 그것은 아주 좋은 평판이 아니었으며 "개들과 있는 그 남자"는 들개와 같은 취급을 받았다.

띠에하쉬*에서 사람들은 세관 관리를 좋아하지 않는다. 수많은 물품들, 특히 커피와 화약, 담배는 염가로 살 수 있는 덕에 신분이 높거나 낮거나 모든 세관 관리들이 밀수로 수익을 올리기 때문이다. 길은 어둡고 좁은 데다 목초지가 덤불로 둘러싸여 있어 숲이 우거지고 지대가 험한 땅에서 밀수는 주로 사냥개를 통해 이루어지고 있다는 점을 여기서 말해두겠다. 사냥개들은 밀수견이 되도록 길들여진다. 저녁마다 밀수품을 잔뜩 실은 개들이 보인다. 어딘지 수상쩍고 불편해 보이는 그 개들은 콧구멍을 산울타리 구멍 속으로 밀어 넣은 채 조용히 걸으며 세관 관리들과 그들의 개들의 냄새를 맡는다. 세관 관리의 개들 또한 특별한 훈련을 받았고, 매우 사나우며, 사냥하는 대신 승부를 가리도록 되어 있기 때문에 운이 없는 동족들을 손쉽게 갈기갈기 찢어발길 수 있다.

이런 비정상적인 훈련을 개들에게 시킬 수 있는 이는 "개를 가진 남자"

*Thierache. 프랑스 동북부 지방 및 벨기에 남동부 지방을 아우르는 지역.

밖에 없었다. 그의 일은 세관 당국을 위해 개를 훈련시키는 것이었고, 모두가 그 일을 추잡한 장사치나 하는 일, 제대로 된 감정이 없는 사람만이 할 수 있는 일로 치부했다.

"그는 도둑이에요." 여자들이 말했다. "아무 죄 없는 정직한 개들을 길러 수많은 유다로 만들어버리죠."

아이들이 등 뒤에서 모욕적인 말을 외치고, 뭇 남녀들이 욕설을 퍼부었어도, 아무도 그의 면전에서는 감히 그러지 못했다. 왜냐하면 그는 그다지 참을성이 없는 데다 항상 거대한 몸집을 가진 개들 중 한 마리를 동반하였기 때문에 그를 깔볼 수 없었던 것이다.

경호견이 없었다면, 특히 극도로 그를 증오하는 밀수꾼들의 손아귀에서 그는 틀림없이 곤경에 처했을 것이다. 그는 싸움을 좋아하는 사람처럼 생기긴 했지만 홀로 있을 때는 별로 무서워 보이지 않았다. 키가 작고 말랐으며 등은 굽어졌고 안짱다리인 데다 팔은 거미 다리만큼이나 길고 가늘었기 때문이다. 손등으로 치거나 발로 차면 쉽게 때려 눕혀질 것 같은 모습이었다. 하지만 그는 제일 용감하다는 밀수꾼들도 해칠 수 있는 빌어먹을 개들을 데리고 있었다. 사납고 핏발 선 두 눈에 네모나게 딱 벌어진 머리, 단도만큼이나 날카롭고 거대한 송곳니와 소뼈를 곤죽이 되게 으스러뜨릴 것 같은 어마어마한 흰 이빨이 있는 단단한 턱을 가진 거대한 짐승들을 데리고 있는 그에게 어떻게 감히 위험을 무릅쓰고 덤빌 수 있겠는가? 개들은 놀랍도록 잘 훈련받았고 항상 그 남자 옆에 있었으며 남자의 신호에 복종했고, 밀수꾼들의 개를 물고 흔들어대는 것뿐만이 아니라 밀수꾼들에게도 달려들어 목을 물어뜯도록 배웠다.

결론적으로 아무도 그 남자나 그의 개를 건드리지 못했으며, 사람들은 그들을 험담하거나 공공연히 따돌리는 것으로 만족해야 했다. 비스토의 아내는 작은 상점을 운영하는 훤칠한 여자였지만, 그녀의 상점에 발을 들여놓는 농부는 아무도 없었다. 그곳에 오는 유일한 사람들은 세관 관리인들이었다. 그 외 모든 사람들은 개를 가진 남자가 마치 개들을 세관 관리인들에게 팔아넘기는 것처럼 아내를 세관 관리인들에게 팔아넘긴다고 수군대는 것으로 복수했다.

"아내를 두는 이유가 개들을 두는 이유랑 똑같대"라며 그들은 조롱했다. "뿔 한 쌍이 툭 튀어나와 있는 것처럼 누런 눈썹과 수염을 타고난 것으로 봐서 마누라가 서방질하는 게 분명해."

그의 머리카락은 분명 붉다기보다는 조금 노란 색이었고, 숱이 무성한 눈썹은 관자놀이에서 딱 2도 정도로 올라가 있었다. 그는 눈썹을 마치 한 쌍의 긴 콧수염처럼 자유자재로 움직이곤 했다. 그런 머리카락과 긴 수염, 텁수룩한 눈썹, 누렇게 뜬 혈색, 깜빡이는 눈꺼풀, 고집스럽고 얇은 입과 입술로 인해 칙칙해 보이는 모습과 보잘것없이 기형적인 체형은 사람들을 기분 좋게 하는 꼴은 분명 아니었다.

하지만 그는 아내의 서방질을 고분고분하게 참을만한 성격은 확실히 아니었고, 그에 대해 그렇게 말한 사람들은 집에서 그를 본 적이 없었다. 반대로, 그는 언제나 질투심에 불탔으며 개에 대해 그러듯 아내에 대해서도 경계를 게을리하지 않았다. 그가 어떤 식으로든 그녀를 길들였다면, 개들에게 그랬듯 자신에게 충실하게 하려는 것이었다.

그녀는 이목구비가 뚜렷했으며, 그 고장 사람들이 부르는 말로, 쭉쭉빵빵했다. 키가 크고 체격이 좋은 데다, 가슴이 풍만하고 엉덩이도 컸다. 세금 징수원이 한 번 이상 곁눈질로 훔쳐보게 만드는 몸매였지만, 그녀 주위에 바짝 붙어서 수작을 걸어보려는 짓은 소용없는 일이었다. 그랬다면 얻어터졌을 것이다. 적어도 세관 관리인들은 그렇게 말했지만, 누구라도 세관 관리인들과 농담을 할 땐 그들에게 이렇게 말했다.

"그게 뭐 중요하겠어요. 그녀가 당신이랑 당신의 벼룩을 잡을 게 틀림없는데."

비스토 부인의 정조를 극렬히 옹호하는 것은 쓸모없는 짓이었다. 아무도 세관 관리인들을 믿지 않았으며, 그들이 듣는 유일한 대답은 이것이었다. "당신은 자신을 속이고 있어요. 그런 형편없는 놈의 여자를 꼬시려는 게 창피해서 그렇겠지요."

엉덩이가 외모만큼이나 따뜻해 보이는 가슴이 풍만한 여자가, 공주처럼 떠받들어 주는 것을 좋아할 게 틀림없는 여자가 그렇게 시원찮아 보이는 남편한테 만족할 수 있다는 것을 믿는 사람은 물론 아무도 없었다. 그의 사냥개에게나 주는 곰팡이 슨 썩은 고기 냄새가 나는 붉은 머리카락을 가진 못생기고 비실비실한 그런 놈에게 말이다.

하지만 사람들은 "개를 가진 남자"가 몇 년 전에 딱 한 번 그녀에게 사소하고 가벼운 죄를 통해 정절에 관해 가르쳤다는 것을 알지 못했다! 그는 어떤 용맹한 남자가 그녀에게 입을 맞추는 것을 허락해서 그녀를 놀라게 한 적이 있었다. 그게 다였다! 그는 전혀 괘념치 않았지만 그 남자가 가고 없을 때 방에 사냥개를 두 마리 데리고 와서는 이렇게 말했다.

"개들이 토끼에게 하듯 네 창자를 찢어발기기를 바라지 않는다면, 널 두들겨 팰 수 있게끔 무릎 꿇어!"

그녀는 겁에 질려 순순히 따랐고, "개를 가진 남자"는 팔이 아파 채찍을 들지 못할 때까지 그녀를 때렸다. 그녀는 옷이 찢어져서 살갗을 파고드는 가죽 채찍에 맞아 피를 철철 흘렸지만 감히 비명을 지를 엄두도 내지 못했다. 그나마 할 수 있는 것이라곤 쉰 목소리로 낮은 신음 소리를 내는 것이었다. 그녀를 때리는 동안 그는 계속해서 이렇게 말했다.

"소리 내지 마, 소리 내지 말라니까. 안 그러면 개들이 엉덩이를 물어뜯게 할 거야."

그때부터 그녀는 비스토에게 충실했다. 당연히 누구에게도 그 이유에 대해서나 그녀가 가진 증오심에 대해서 말하지 않았다. 심지어는 그녀를 영원히 복종시켰다고 생각하며 항상 자신에게 무척 고분고분하고 공손하다고 여기는 비스토에게도 증오심을 드러내지 않았다. 하지만 6년 동안 그녀의 마음속에서는 증오심이 쌓여갔고, 복수에 대한 다짐과 희망을 조용히 키워갔다. 그리고 복수에 대한 갈망과 희망의 불꽃이 활활 타오르면서 그녀는 세관 관리인들에게 교태를 부리기 시작했다. 그녀에게 열광하는 숭배자들 중에서 가능한 복수자를 찾으려는 이유였다.

마침내 그녀는 딱 알맞은 남자를 만나게 되었다. 헤라클레스처럼 단단한 체격에 권투선수 같은 주먹을 가진 세관의 멋진 하급 관리로, 그녀의 남편에게서 사나운 개를 네 마리 장기 대여하고 있었다.

개들은 새로운 주인에게 길들자마자 점차 자신들을 길렀던 옛 주인에게서 떨어져 나갔다. 특히 밀수업자들의 개고기 맛을 본 후에는 더욱 그랬다. 물론 개들은 여전히 남편을 조금은 알아보았고, 완전히 낯선 사람인 듯 남편의 목덜미를 향해 덤벼들지는 않았지만, 남편의 목소리와 새 주인의 목소리 사이에서 망설임이 없었다. 그리고 개들은 새 주인에게만 복종했다.

여자는 종종 이 점을 눈여겨보고 있었지만, 지금까지는 제대로 이용할 수 있는 상황이 아니었다. 세관 관리인은 대체로 개를 한 마리만 키우지만, 남편에게는 자신을 지키는 가장 사나운 개인 경호견 외에도 훈련 중인 개가 언제나 최소한 여섯 마리는 있었다. 결과적으로 단 한 마리의 개만 있는 애인과 무리들이 지키는 개 조련사 사이에는 어떤 전투도 불가능했다.

하지만 그 경우에도 가능성은 똑같았다. 바로 그때, 남편은 사육장에 단 다섯 마리만 가지고 있었고, 그중 두 마리는 매우 어렸다. 비록 늙은 뷰로*는 확실히 여러 마리의 가치가 있긴 했지만, 어쨌든 세관 관리인 연인은 남편과 나머지 세 마리에 맞서 싸움을 치르면 될 터였다. 그들은 기회를 잘 잡아야만 했다.

어느 쾌청한 저녁에, 세관 관리인인 반장은 비스토의 아내와 상점에 단둘이 있었다. 그는 그녀의 허리를 꽉 끌어안고 있었다. 그녀가 불쑥 말을 꺼냈다.

"저를 정말로 원하세요, 페르낭 씨?"

그는 입술에 키스하면서 대답했다. "정말 원하냐고? 내 계급장이라도 떼 줄 수 있어, 그러니 있잖아……."

"좋아요." 그녀가 대답했다. "전 정직한 여자니까, 맹세코, 말하는 대로만 해준다면 당신의 일용품이 되겠어요."

그 지역에서는 '정부'를 뜻하는 '일용품'이라는 말을 강조하며 그의 귓가에 대고 뜨겁게 속삭였다.

"전 일용품에 관해서는 전문가거든요. 정말로 짐승 같은 남편이 날 그런 식으로 훈련시켰다고요. 이젠 남편이 아주 역겨워죽겠어요."

몹시 흥분한 페르낭은 그녀가 바라는 모든 것을 다 하겠다고 약속했다. 그녀는 얼마 전에 남편이 자기를 얼마나 수치스럽게 다뤘는지, 그래서 그녀의 고운 피부에 어떻게 상처를 냈는지에 대해 악의에 차서 열성적으로 말했다. 그리고 또 그를 얼마나 증오하는지, 얼마나 복수심에 불타는지도 말했다. 반장은 묵묵히 그녀의 말에 따르겠다고 했고, 그날 저녁 뾰족뾰족한 목걸이를 단 네 마리 사냥개를 대동하고 집으로 왔다.

"개들은 왜 데려왔어요?" "개를 가진 남자"가 물었다.

*Bourreau. 사형집행인이라는 뜻.

"자네가 나한테 개들을 팔아넘길 때 사기 치지 않았는지 확인하려고 데려왔네." 반장이 대답했다.

"사기를 치다니, 그게 무슨 말이죠?"

"사기지, 뭔가! 사람들이 그러는데 이 개들은 자네의 뷰로 같은 개는 절대 공격하지 못한다는 거야. 게다가 많은 밀수꾼들이 뷰로만큼이나 훌륭한 개들을 가지고 있다더군."

"말도 안 돼요."

"자, 밀수업자들이 그런 개를 하나라도 가지고 있는 경우에 대비해서, 자네가 나한테 팔아먹은 개들이 자네의 개들과 어떻게 맞붙는지 보고 싶네."

여자는 사악한 웃음을 터뜨렸고 반장이 윙크로 웃음에 화답하는 것을 보자 남편은 의심이 생겼다. 그러나 때늦은 의심이었다. 조련사에게는 사육장으로 가서 개떼들을 풀어줄 만한 시간이 없었다. 뷰로가 세관원 관리의 개 네 마리에게 붙잡혔기 때문이었다. 동시에 여자는 문을 잠갔고, 이미 남편은 바닥에 꼼짝도 못하고 때려 눕혀졌다. 뷰로는 다른 개들의 맹렬한 공격에 맞서 스스로를 방어해야 했다. 갖은 힘을 다 쓰고 용맹하게 맞서는데도 뷰로는 거의 갈가리 찢겨졌다. 5분 뒤, 공격하던 두 마리 사냥개는 창자가 튀어나오면서 완전히 만신창이가 됐고, 뷰로는 입을 크게 벌린 채 죽어가고 있었다.

그때였다. 여자와 세관 관리인은 단단히 묶인 조련사 앞에서 서로 키스를 나눴다. 아직 서 있을 수 있는 세관 관리인의 개 두 마리는 숨을 헐떡이고 있었고, 나머지 세 마리는 피투성이인 채로 뒹굴고 있었다. 육체적 탐닉에 빠진 연인은 개 조련사가 분노하는 것을 보고 한층 더 흥분하며 온갖 희롱을 서슴지 않고 있었다. 그들을 바라볼 수밖에 없는 조련사가 절망에 빠져서 외쳤다.

"이 몹쓸 연놈들! 나중에 내 톡톡히 갚아주마." 여자는 이렇게만 말할 뿐이었다. "서방질! 서방질! 서방질!"

그녀는 질릴 만큼 희롱했지만, 아직도 증오심이 완전히 가시지 않았다. 그녀는 반장에게 말했다.

"페르낭, 얼른 사육장으로 가서 나머지 다섯 마리를 쏴 버려요. 그렇지 않으면 남편이 내일 그 개들을 시켜 나를 죽일 거예요. 얼른 가요, 내 사랑!"

반장은 순순히 따랐고, 어둠 속에서 즉시 다섯 발의 총소리가 들렸다. 그 시간은 별로 오래 걸리지 않았지만, 그 짧은 시간은 "개를 가진 남자"가 자신이 할 수 있는 것을 보여주기에 충분한 시간이었다. 그가 묶여있는 동안 세관 관리인의 개 두 마리가 서서히 그를 알아보더니 그에게 와서 몸을 비벼댔다. 아내와 단둘이 있게 되자마자, 그녀가 그를 모욕하고 있을 때 그는 평소 목소리대로 개들에게 명령했다.

"플랑바, 덮쳐! 갸루, 물어!" 그러자 두 마리 개가 가련한 여자에게 뛰어올랐다. 한 마리는 그녀의 목을 덮쳤고, 다른 한 마리는 옆구리를 기습했다.

반장이 돌아왔을 때, 그녀는 피가 흥건하게 고인 바닥에서 죽어가고 있었다. "개를 가진 남자"는 웃음을 터뜨리며 말했다. "이제 알겠죠. 이게 내가 개를 훈련시키는 방법입니다!"

세관원 관리는 무서워서 벌벌 떨며 줄행랑을 쳤다. 뒤이어 그의 사냥개들이 손을 핥으면서 달려갔고, 그들은 피로 범벅이 됐다.

이튿날 아침, "개를 가진 남자"는 도축장으로 변한 돼지우리 같은 집에서 여전히 묶인 채로 발견되었다. 그는 낄낄거리며 웃고 있었다.

둘 다 체포되어 재판을 받았다. "개를 가진 남자"는 무죄판결을 받아 풀려났고, 반장은 징역을 선고받았다. 그 사건은 그 지역에서 수많은 입방아를 낳았고, 실제로 아직도 회자되고 있다. "개를 가진 남자"가 돌아왔을 땐 그 별

명이 어느 때보다 유명해져 있었다. 하지만 이번 유명세는 나쁜 종류가 아니었다. 이전에 멸시당하고 사람들이 질색했던 것만큼이나 이제는 존경받고 사람들이 좋아하는 사람이 되었기 때문이다. 그는 사실상 여전히 "개를 가진 남자"라고 불린다. 그에게 걸맞은 이름이다. 근방에서 그를 당해낼 개 조련사는 없기 때문이다. 하지만 이제는 더 이상 마스티프들을 훈련시키지 않는다. 그의 말에 따르자면, 저 추잡한 세관 관리인들을 위해 아무 죄 없는 정직한 개들에게 "유다의 역할을 맡도록" 가르치는 것을 포기했기 때문이다. 그리고 이제는 오직 밀수에 쓰이는 개들에게만 전념하고 있다. 그가 이런 말을 할 땐 귀담아들어야 한다.

"그녀와 같은 짓을 하는 그런 일용품들이 죄를 저지른 곳에서 어떻게 벌줘야 하는지 난 알고 있습니다. 정말입니다!"

기 드 모파상Guy de Maupassant

프랑스의 소설가. 단편소설 『비곗덩어리』를 발표하여 명성을 얻은 대표적인 사실주의 작가로, 장편소설 『여자의 일생』은 프랑스 사실주의 문학이 낳은 걸작으로 평가된다. 플로베르에게 배우는 한편 다른 자연주의 작가들과도 교제가 빈번했다. 낭만주의의 자기표현 과잉이나 과장된 표현을 멀리하고 같은 자연주의 작가라도 에밀 졸라 등과 같이 허구성이 짙은 소설은 쓰지 않았다. 인간의 냉혹함과 비참, 외설 등 절망적인 부분에 초점을 맞추면서 인생의 허무와 싸우는 불안한 영혼을 그리고 있다. 여기 세 편의 개에 관한 단편을 소개한다. 개를 통한 모파상 소설의 백미를 맛볼 수 있을 것이다.

기 드 모파상 삐에로

르페브르 부인은 시골에 사는 노부인으로 미망인이었다. 거의 시골뜨기나 다름없이 리본과 보닛*으로 꾸미고 다니며, 우스꽝스럽게 치장한 겉모습 속에 허세를 부리는 동물의 영혼을 숨긴 채 기품있는 척 말을 하는 사람들 중 하나였다. 꼭 거칠게 튼 커다란 붉은 손을 담갈색의 비단 장갑 속에 감추는 촌뜨기 같다고나 할까.

그녀에게는 로즈라고 불리는 하녀가 한 명 있었다. 순박하고 성실한 시골 여자였다.

두 여자는 녹색 덧문이 달린 조그만 집에 살았다. 노르망디의 긴 도롯가에 있는 뻬이 드 꼬** 한가운데였다.

집 앞에는 비좁은 정원이 있어서 그들은 거기에 채소를 조금 길렀다.

그런데 어느 날 밤, 누군가 양파 열두 개를 훔쳐갔다.

로즈는 도둑질당했다는 것을 알자마자 마님에게 말하려고 뛰어갔고, 마님은 양모로 만든 속치마 바람으로 아래층으로 내려왔다. 그것은 처참함이었고 공포였다! 르페브르 부인의 집에 도둑이 든 것이다! 그렇다면 그 고장에 도둑들이 있다는 뜻이고, 앞으로 또 언제 올지 모른다는 말이었다.

*끈을 턱밑에서 묶는 모자.

**센강 어귀의 북쪽 해안 지역으로 노르망디주에 속한다.

겁에 질린 두 여자는 발자국을 염두에 두고 온갖 상황을 추측하며 이야기를 나눴다. "이것 좀 봐, 저쪽으로 갔어! 담벼락 위를 딛고는 화단으로 뛰어내렸어!"

그들의 앞날은 더 불안해졌다. 이제 어떻게 마음 편히 잘 수 있단 말인가!

도둑이 들었다는 소문이 퍼졌다. 이웃 사람들이 와서 살펴보고는 각자 나름대로 의견을 피력했다. 두 여자는 새로 오는 사람마다 자기들이 본 것과 자기들의 의견을 설명했다.

근처에 사는 한 농부가 이렇게 충고했다.

"개를 한 마리 키워야 해요."

일리가 있는 말이었다. 경고를 하기 위해서라도 개가 한 마리 있어야 했다. 큰 개는 절대 안 되었다. 세상에! 큰 개를 어떻게 감당하겠는가? 그놈은 먹는 데에만 정신이 팔려 망할 것이다. 하지만 작은 개(노르망디에서는 "쉬엥(chien, 개)"을 "꼥(quin)"이라고 부른다), 조그만 꼥이라면 요란하게 짖어댈 것이다.

사람들이 모두 떠나자마자, 르페브르 부인은 개를 한 마리 키우는 문제를 생각하며 상당한 시간을 보냈다. 곰곰이 생각해보니 개를 키우지 말아야 할 수많은 이유들이 떠올랐다. 음식으로 가득 찬 밥그릇이 떠올라 끔찍했다. 그녀는 돈에 지독히도 인색한 저 촌뜨기 여자들과 똑같은 부류에 속하기 때문이었다. 그네들은 늘 주머니에 푼돈을 가지고 다니면서 사람들 앞에서 거리의 거지들에게 적선하고 주일날 헌금 접시에 꼭 헌금을 한다.

동물을 좋아하는 로즈는 자기 의견을 말하면서 약삭빠르게 개를 키우는 것을 옹호했다. 그리하여 그들은 개를 한 마리 키우기로 결정했다. 아주 작은 개로.

그들은 개를 수소문하기 시작했지만 큰 개밖에는 찾을 수가 없었다. 몸서리쳐질 만큼 게걸스럽게 먹어대는 큰 개들이었다. 롤빌에 있는 식료품 가게 주인이 아주 작은 개를 한 마리 가지고 있었지만, 개를 넘겨주는 대가로 2프랑을 요구했다. 르페브르 부인은 "껭"을 먹여 살리기는 할 테지만 돈을 주고 사지는 않을 거라고 딱 잘라 말했다.

그간에 일어난 일을 모두 알고 있던 빵집 주인이 어느 날 아침, 마차에 괴상하게 생긴 작고 노란 동물을 한 마리 싣고 왔다. 다리는 없는 거나 마찬가지일 정도로 짧았고, 몸통은 악어에다 머리는 여우에 꼬리는 동그랗게 말려있었다. 게다가 꽃 모양처럼 퍼진 꼬리는 몸의 나머지 부분을 모두 합친 것만큼이나 컸다. 어떤 손님이 그 개를 처분하려 해서 데려왔다고 했다. 르페브르 부인은 돈을 한 푼도 안 줘도 되는 이 흔한 똥개가 아주 적당하다고 생각했다. 로즈는 개를 끌어안고는 이름이 뭐냐고 물었다.

"삐에로예요." 빵집 주인이 대답했다.

개를 낡은 빈 궤짝에 들여앉히고 나서 우선 물을 조금 마시라고 주었다. 개는 물을 마셨다. 그런 다음 빵을 한 조각 주었다. 개는 빵을 먹었다. 그 모습을 보자 앞날이 걱정된 르페브르 부인에게 한 가지 생각이 떠올랐다. "개가 집에 완전히 길들여지면 자유롭게 풀어놔야겠어. 그러면 땅에서 설치류를 발견해서 먹을 거 아냐."

그들은 정말로 개에게 자유를 주었지만 그래도 늘 배가 고파 죽을 지경인 것 같았다. 또한 그 개는 밥을 달라고 애걸할 때 빼고는 절대 짖지 않았다. 다만 밥을 달라고 할 때에는 맹렬하게 짖어댔다.

정원에는 아무나 들어올 수 있었고, 누구라도 들어오면 삐에로는 달려가서 꼬리를 치며 아양 떨었다. 절대 짖어대지 않았다.

어쨌든 르페브르 부인은 그 동물에게 익숙해졌다. 심지어 애정을 가질 정도까지 되어서 가끔은 자기 접시에 있는 스튜에 빵 조각을 적셔 주기도 했다.

하지만 개 세금*에 대해서는 한번도 생각해 본 적이 없었다. 그래서 징수인들이 8프랑을 걷으러 왔을 때("8프랑입니다, 부인"), 심지어 한번도 짖은 적이 없는 이 강아지 때문에 8프랑을 낼 생각을 하니 충격을 받아 거의 기절할 지경이었다.

그들은 즉시 삐에로를 없애버려야겠다고 결정했다. 하지만 아무도 그 개를 키우고 싶어 하지 않았다. 50킬로미터 근방에 사는 모든 주민들이 개를 거절했다. 딱히 다른 방법이 없었기에 그들은 "채취장에 집어넣기"로 결심했다.

"채취장에 집어넣는다"는 것은 "이회토**를 먹는다"는 것을 뜻한다. 사람들은 개를 처분하고 싶어 할 때면 "채취장에 집어넣는다."

드넓은 평원 한가운데에 오두막 같은 것을 하나 볼 수 있는데, 오두막이라기보다는 땅 위에 세워진 아주 조그만 초가지붕이라고 하는 편이 더 맞다. 여기가 바로 이회토 채취장으로 들어가는 입구다. 그곳에는 커다란 구덩이가 지하 20미터까지 수직으로 파여 있고, 긴 지하 갱도들이 쭉 늘어서 있다.

1년에 딱 한 번 사람들은 이 채취장으로 내려가는데, 이회토를 파내서 땅에 거름으로 쓸 때이다. 그 외 나머지 동안은 버려지는 개들의 무덤으로 쓰였다. 이 구덩이 근처를 지나갈 때면 개들이 애절하게 울부짖는 소리나 사납게 짖는 소리 혹은 절망 어린 비명이나 구슬피 호소하는 소리가 귓전에 울린다.

사냥꾼의 개들이나 양치기개들도 이 애절한 곳에서는 두려움에 벌벌 떨면서 도망쳤다. 구덩이로 몸을 숙이면 부패하는 역겨운 냄새가 올라왔다.

*1770년 조사에 따르면, 프랑스에는 약 4백만 마리의 개들이 있다고 집계되었는데, 이는 잠재적으로 인간 인구의 6분의 1과 같은 양의 음식을 먹는다는 것을 의미한다. 개 소유는 1800년대 초반까지 점점 더 대중화되었으며, 프랑스 정부는 식량난에 대한 우려와 동시에 개들을 광견병의 잠재적 보균자로 설정하면서 질병의 확산을 막는다는 취지로 1855년 애완견에게 세금을 도입했다. 하지만 개 세금이 점점 늘어나는 개들의 숫자를 막지는 못하였고, 결국 폐지되었다.

**탄산칼슘 또는 석회가 풍부한 진흙. 이회토는 비료로 사용하기 위해 좁은 갱도를 통해 땅속에서 캐낸다. 폐기된 이회토 채취장은 종종 쓰레기장으로 쓰이게 되었다. 뻬이 드 꼬는 특히 이회토 채취장이 많은 곳으로 유명하다.

그 구덩이 안 어둠 속에서 끔찍한 비극이 벌어지고 있는 것이었다.

한 마리 동물이 그 구덩이 속에서 먼저 온 동물의 역겨운 잔해로 연명하며 열흘에서 열이틀 정도 고통을 겪고 있을 때, 이번에는 또 다른 동물, 더 크고 더 힘이 센 동물이 구덩이로 던져진다. 그들은 그곳에 눈빛을 번들거리며 굶주린 채 단둘만 있다. 그들은 서로 틈을 엿보고, 서로를 뒤쫓지만 아직은 주저하며 꺼린다. 그러나 굶주림이 그들을 몰아댄다. 그들은 서로 공격하면서 한동안 필사적으로 싸운다. 그리고 강자가 약자를 잡아먹는다. 산 채로 게걸스럽게 삼켜버린다.

삐에로를 "채취장에 집어넣기"로 결정하고 나서 그들은 그 일을 맡아줄 사람을 수소문했다. 도로를 수리하는 인부는 개를 거기에 데려가는 비용으로 10쑤를 요구했다. 르페브르 부인에게는 터무니없이 과도한 것으로 보였다. 이웃집에 고용된 하인은 5쑤면 좋다고 했다. 그것도 역시 너무 많았다. 그래서 로즈는 자기들이 개를 거기에 직접 데리고 가는 것이 더 낫겠다고 말했다. 그래야 가는 길에 잔인하게 취급당하지도 않을 것이고 자신에게 닥칠 운명을 알아차리지도 못하리라는 것이었다. 그들은 땅거미가 질 때쯤 함께 가기로 마음먹었다.

그들은 그날 저녁 개에게 맛있는 수프에 버터 한 조각까지 곁들여 주었다. 개는 한 방울도 남기지 않고 모조리 삼켰고, 기분이 좋아 꼬리를 흔들 때 로즈가 앞치마로 감싸 안았다.

그들은 마치 습격자들처럼 잽싸게 들판으로 갔다. 곧 이회토 채취장이 보였고, 그곳에 도착했다. 르페브르 부인은 구덩이 위로 몸을 숙여 동물의 신음소리가 들리지 않는지 귀 기울였다. 들리지 않았다. 어떤 소리도 들리지 않았다. 삐에로는 혼자 있게 될 터였다. 이윽고 로즈는 울면서 개에게 입을 맞추고는 구덩이 속으로 던져버렸다. 그러고 나서 그 둘은 구덩이에 몸을 숙이고 귀 기울였다.

그들은 먼저 쿵 하는 둔탁한 소리를 들었다. 그리고 이어서 고통에 찬 동물의 가슴을 후벼 파는 날카롭고 쓰라린 소리가 들려왔다. 버려진 개가 구덩이 입구 쪽으로 고개를 내밀어 비통한 외침, 절망에 차 부르짖는 호소, 애원하는 듯한 울음을 연이어 내고 있었다.

개가 컹컹거리며 짖어댔다! 아아, 세상에, 짖다니!

그들은 공포와 말로 설명할 수 없는 끔찍한 두려움과 회한으로 가득 찬 채 그곳에서 달아났다. 로즈가 더 빨리 달렸기에 르페브르 부인은 그녀를 따라가며 외쳤다. "기다려, 로즈. 같이 가!"

밤에 그들은 무시무시한 악몽에 시달렸다.

꿈속에서 르페브르 부인은 식탁에 앉아 수프를 먹으려는 참이었다. 그런데 움푹한 수프 그릇의 뚜껑을 열자 그 안에 삐에로가 있었다. 삐에로는 풀쩍 뛰어올라 그녀의 코를 물어뜯었다.

잠에서 깨어서도 개가 컹컹 짖는 소리가 들리는 것 같았다. 귀를 곤두세웠지만 착각일 뿐이었다.

그녀는 다시 잠이 들었다. 이번에는 끝이 보이지 않는 한길가에 있었다. 끝도 없는 그 길을 그녀는 계속해서 따라 걸었다. 그런데 돌연 길 한복판에 광주리가 하나 있었다. 농부들이 쓰는 커다란 광주리였다. 그녀는 이 광주리가 몹시 무서웠다.

하지만 결국 광주리를 열자, 그 안에 숨어있던 삐에로가 그녀의 손을 물더니 놓아주지 않았다. 이빨 사이로 팔 끝을 꽉 문 삐에로를 매단 채 그녀는 두려움에 벌벌 떨며 도망쳤다.

그녀는 동틀 무렵에 일어나, 거의 제정신이 아닌 채로 이회토 채취장으로 달려갔다.

개는 컹컹 짖고 있었다. 아직도 짖고 있었다. 아마 밤새도록 짖었을 것이다. 그녀는 흐느끼기 시작하며 온갖 살가운 애칭으로 개를 불렀다. 개도 온갖 애정이 깃든 부드러운 억양으로 대답했다.

그녀는 다시 한번 개를 보고 싶었다. 그리고 개가 죽을 때까지 행복하게 해주겠다고 다짐했다.

그녀는 이회토를 채굴하는 게 일인 인부에게 달려갔다. 그리고는 그에게 사정을 말했다. 남자는 아무 말 없이 그녀의 얘기를 들었다. 그녀가 이야기를 마치자 그가 말했다. "꼥을 꺼내고 싶다고요? 그럼 4프랑 내세요."

미치고 팔짝 뛸 노릇이었다. 그녀의 모든 비통함이 그 즉시 날아가 버렸다.

"4프랑이라고요? 무슨 얼어 죽을! 4프랑이라니!"

인부가 대답했다. "생각해보세요. 밧줄도 가져와야 하고, 크랭크 핸들도 필요하고, 준비해야 할 게 많다고요. 그리고 조수도 같이 내려가야 해요. 마님한테 돌려준다는 즐거움 때문에 그 망할 놈의 개가 나를 물게 할 순 없잖아요? 그럴 거면 거기에 던지지 말았어야죠."

그녀는 분개하면서 자리를 떠버렸다. 4프랑이라니!

집에 들어서자마자 곧바로 로즈를 불러 인부가 했던 얘기를 들려줬다. 로즈는 완전히 체념한 채 그녀의 말을 따라 했다. "4프랑이라니요! 너무 큰 돈인데요, 마님."

그런 다음 덧붙였다. "우리가 그 불쌍한 꼥에게 먹을 것을 던져주면 어떨까요? 그러면 굶어 죽지는 않을 거 아니에요."

르페브르 부인은 이 말에 상당히 만족해하며 고개를 끄덕였다. 그리고는 버터를 바른 커다란 빵 덩어리를 품에 안고 출발했다.

그들은 빵을 먹기 좋게 한 입씩 잘라내 삐에로에게 말을 건네며 하나씩 던져 넣었다. 개는 한 조각을 먹자마자 더 달라고 컹컹 짖었다.

그들은 그날 저녁에도, 그리고 다음 날에도, 매일 매일 갔다. 하지만 한 번 이상은 절대 가지 않았다.

어느 날 아침, 빵 조각을 막 떨어뜨리는 순간 별안간 구덩이 속에서 무시무시하게 짖어대는 소리가 들렸다. 개가 두 마리였다! 누군가 또 한 마리를 거기에 던져 넣은 것이었다. 그것도 아주 커다란 개를!

로즈가 소리쳤다. "삐에로!" 그러자 삐에로가 짖고 또 짖었다. 그들은 다시 먹이를 조금씩 아래로 떨어뜨리기 시작했다. 하지만 먹을 것을 떨어뜨릴 때마다 개들이 끔찍한 싸움을 벌이고 있다는 것을 분명하게 알아챌 수 있었다. 그때 동반자에게 물렸는지 삐에로가 애처롭게 우는 소리가 들렸다. 덩치 큰 개가 더 강했기 때문에 모조리 먹어치웠던 것이다.

그들이 아무리 이렇게 일러주어도 소용없었다. "삐에로, 이건 네 것이야." 삐에로는 단 한 조각도 먹지 못하고 있는 게 분명했다.

두 여자는 말문이 막혀서 서로를 바라보았다. 르페브르 부인이 냉정한 말투로 말했다.

"저 구덩이에 던져지는 모든 개들을 내가 다 먹여 살릴 순 없어! 그만 포기해야 돼."

모든 개들이 그녀의 돈으로 살아간다고 생각하니 숨이 턱 막혔다. 그녀는 심지어 남아있는 빵까지 싸 들고 그곳을 떠났다. 걸어가면서 빵을 씹어 먹었다.

로즈는 파란 앞치마 자락으로 눈물을 훔치며 그녀를 따라갔다.

기 드 모파상 어떤 복수

파울로 사베리니의 미망인은 보니파시오* 성벽에 있는 초라하고 작은 집에서 아들과 단둘이 살았다. 산의 돌출부에 세워져 있는 마을의 어떤 곳들은 심지어 바다에 매달려 있는 것처럼 보이는데, 이 마을에서는 사르데냐**의 낮은 해안까지 암초로 가득한 물길이 내려다보였다.

마을 반대쪽을 거의 완전히 빙 둘러싸고 있는 거대한 회랑처럼 깎아지른 듯한 절벽 아래에는 항구 역할을 하는 수로가 있다. 그 가파른 벽 사이로 난 긴 수로를 따라 이탈리아나 사르데냐의 소형 고기잡이배들이 집 바로 앞까지 왔으며, 2주일마다 한 번씩 아작시오***를 오가는 낡은 증기선이 털털거리며 왔다.

하얀 산 위의 집들은 무리 지어 있어서 한층 더 하얀 반점처럼 보였다. 암석 위에 얹어있는 야생조류의 둥지처럼 보이는 집들은 선박들도 좀체 위험을 무릅쓰지 않는 무시무시한 수로를 내려다보고 있다. 가로막힌 게 없이 부는 바람은 풀이 드문드문 덮인 험한 해안을 휩쓸며 좁은 해협으로 휘몰아쳐 해안가를 더욱 을씨년스럽게 만들었다. 치솟는 파도에서 쏟아져 검은 바위에 달라붙는 무수한 하얀 물거품들은 바다 위에서 범포帆布 조각이 요동치며 표

*Bonifacio. 프랑스 코르시카섬 최남단에 있는 항구도시.
**Sardegna. 이탈리아 반도 서쪽 해상에 있는 지중해 제2의 섬.
***Ajaccio. 코르시카섬의 중심도시.

류하는 것처럼 보였다.

절벽 가장자리에 매달려 있는 사베리니 미망인의 집에서는 세 개의 창문을 통해 이렇듯 황량하고 적막한 지평선이 내다보였다. 그녀는 거기서 아들 앙뜨완과 세미앙뜨라는 개와 살았다. 세미앙뜨는 크고 말랐으며 털이 북슬북슬한 양치기개 품종이었다. 청년은 사냥하러 갈 때 그 개를 데리고 다녔다.

어느 날 밤, 말다툼 비슷한 것을 벌인 후에 앙뜨완 사베리니는 니꼴라 라볼라띠가 비겁하게 휘두른 칼에 찔려 죽었다. 니꼴라는 그날 밤 곧장 사르데냐로 달아났다.

노모는 이웃 사람들이 옮겨온 아들의 시체를 보고도 울지 않았다. 그저 오랫동안 가만히 아들을 바라보고만 있었다. 그런 뒤 주름투성이 손을 시체 위로 내밀며 복수를 다짐했다. 그녀는 아무도 곁에 오는 것을 바라지 않았고, 개와 함께 시체 옆에 처박혀 있었다. 개는 침대 발치에 서서 꼬리를 다리 사이로 내리고 머리를 죽은 주인 쪽으로 향한 채 쉬지 않고 울부짖었다. 이제 개는 어머니처럼 더 이상 움직이지 않았고, 어머니는 멍한 눈으로 시체 위에 웅크린 채 소리 없이 눈물을 흘리고 있었다.

굵은 천으로 만든 재킷을 입고 반듯이 누워있는 청년의 가슴팍은 찢겨져 있었는데, 마치 잠든 것처럼 보였다. 그러나 온몸은 피범벅이었다. 응급처치를 하려고 찢어놓은 셔츠와 조끼, 바지, 얼굴, 손이 온통 피투성이였다. 수염과 머리카락에는 핏덩이가 굳어 있었다.

노모는 아들에게 말을 하기 시작했다. 목소리가 들리자 개가 조용해졌다.

"걱정 마라, 아들아. 내 귀여운 아가야. 네 복수를 해주마. 잘 자거라. 잘 자. 복수는 꼭 해줄 테니까. 알았지? 이건 엄마의 약속이란다. 그리고 엄마는 언제나 약속을 지킨단다, 언제나. 너도 잘 알 게다."

그녀는 천천히 아들 위로 몸을 숙이고는, 차가운 입술을 죽은 아들의 입술에 댔다.

그러자 세미앙뜨가 다시 귀청을 찢는 듯 날카로운 소리를 내며 소름 끼치게 울부짖기 시작했다.

여자와 개, 그 둘은 아침까지 거기에 그렇게 계속 있었다.

앙뜨완 사베리니는 다음날 땅에 묻혔고, 곧 그의 이름은 보니파시오에서 들리지 않게 되었다.

그에게는 형제도 가까운 친척도 없었다. 복수를 해줄 남자가 아무도 없었던 것이다. 노모인 그의 어머니만이 복수에 대해 곰곰이 생각했다.

아침부터 저녁까지 그녀는 해협 건너편 해안에 있는 하얀 반점을 보았다. 사르데냐의 작은 마을 론고사르도였다. 코르시카의 범죄자들이 옥죄어오는 추격으로부터 대피하는 곳이었다. 그 조그만 마을의 주민 대부분은 "마키"* 로 가서 고향으로 돌아갈 때가 오기만을 기다리고 있었다. 그녀는 니꼴라 라볼라띠가 이 마을로 달아났다는 것을 알았다.

그녀는 홀로 하루 종일 창가에 앉아서 그 마을을 지켜보며 어떻게 복수할 것인가를 생각했다. 아무런 도움 없이 혼자 어떻게 할 수 있단 말인가? 병약한데다 죽을 날이 머지않은 그녀가? 하지만 그녀는 약속을 했고, 시체에 대고 맹세했었다. 그녀는 잊을 수도 없고, 기다릴 수도 없었다. 어떻게 해야 할 것인가?

이제 밤에도 잠이 오지 않았다. 쉴 수도, 마음의 평안을 찾을 수도 없었다. 그녀는 끈덕지게 생각했다. 발치에서 꾸벅꾸벅 졸던 개가 이따금 머리를 들어 컹컹 짖었다. 주인의 죽음 이후 개는 마치 주인을 부르는 것처럼, 마치 슬픔을 가눌 수 없는 짐승의 영혼이 아무것도 지워버릴 수 없는 기억을 계속해

*maquis. 코르시카섬 주변에 무성한 상록의 잡목림. 도망자 등의 은신처.

서 간직하고 있다는 듯 이렇게 수시로 울부짖었다.

어느 날 밤, 세미앙뜨가 목 놓아 울부짖기 시작하자 어머니는 퍼뜩 어떤 생각이 떠올랐다. 야만적으로 징벌할 수 있는 흉포한 생각이었다. 그녀는 아침이 될 때까지 그 문제를 계속 곱씹었다. 그런 뒤 해가 뜨자마자 교회로 갔다. 그녀는 바닥에 엎드려 주님께 도와달라고, 힘을 북돋아달라고, 가련하고 기운이 다 빠져버린 자신에게 아들의 복수를 위해 필요한 힘을 달라고 간청하는 기도를 드렸다.

집으로 돌아왔다. 마당에 오래된 나무통이 있었다. 수조 역할을 하던 것이었다. 그녀는 그 통을 뒤집어 속을 텅텅 비우고는 막대기와 돌로 땅에 단단히 박아 놓았다. 그런 다음 즉석에서 지은 이 개집에 세미앙뜨를 묶어놓은 뒤 집으로 들어갔다.

그녀는 이제 방에서 끊임없이 왔다 갔다 서성이면서도, 눈은 계속해서 멀리 떨어진 사르데냐 해안에 고정되어 있었다. 그가 저기에 있었다, 그 살인자가.

개는 밤낮없이 목 놓아 울부짖었다. 아침이 되자 늙은 여인은 그릇에 물을 조금 담아왔다. 그러나 물 외에는 수프도 빵도, 아무것도 주지 않았다.

또 하루가 지나갔다. 세미앙뜨는 기진맥진해서 잠들어 있었다. 다음날 개는 두 눈을 번뜩이며 털을 곤두세운 채 개줄을 필사적으로 잡아당기고 있었다.

오늘도 늙은 여인은 개에게 먹을 것을 하나도 주지 않았다. 그 짐승은 목이 쉬도록 맹렬하게 짖어댔다. 또 하룻밤이 지나갔다.

그런 뒤, 동틀 무렵에 어머니 사베리니는 이웃에게 짚을 조금 얻어왔다. 그리고 전에 남편이 입었던 낡은 누더기 같은 옷을 가져와 짚을 채워 넣어 사람의 몸처럼 보이도록 만들었다.

세미앙뜨의 개집 앞 땅바닥에 막대기를 하나 세우고 이 허수아비를 막대기에 붙들어 맸다. 꼭 사람이 서 있는 것 같았다. 그런 다음 낡은 누더기들을 가지고 머리 모양을 만들었다.

배가 고파 죽을 지경이긴 했지만 개는 짚으로 만든 인형을 보고 깜짝 놀라 얌전해졌다.

그런 뒤 늙은 여인은 정육점에 가서 기다란 부뎅 느와*를 한 덩어리 샀다. 집에 돌아와 마당에 있는 개집 가까이에서 불을 피우기 시작하고는 부뎅 느와를 구웠다. 세미앙뜨는 입에 거품을 물며 미쳐 날뛰었다. 개의 눈은 음식에 고정되어 있었고, 소시지를 굽는 냄새가 뱃속을 곧장 파고들었다.

그런 뒤 늙은 여인은 김이 모락모락 나는 소시지로 넥타이를 만들고는, 허수아비의 목에 줄로 단단하게 묶고 난 뒤 개줄을 풀어주었다.

짐승은 단번에 허수아비의 목으로 뛰어올라 어깨에 발을 얹더니 목을 물어뜯기 시작했다. 입에 한 조각을 물고 뒤로 물러난 뒤 다시 위로 뛰어올랐고, 송곳니를 소시지 넥타이줄에 단단히 박아 넣고는 고기 몇 점을 낚아챘다. 그러고는 다시 물러났다가 또다시 앞으로 뛰어올랐다. 개는 허수아비의 얼굴을 이빨로 갈기갈기 물어뜯었고, 목 전체가 갈가리 찢겨졌다.

늙은 여인은 꼼짝도 않고 아무 말없이 그 모습을 열심히 지켜보고 있었다. 그러고 나서 다시 개를 묶었다. 그 뒤 이틀 동안 더 먹을 것을 주지 않고 사흘째에 다시 이 이상한 훈련을 시작했다.

그렇게 석 달 동안 그녀는 먹이를 통해 개가 이런 종류의 싸움에 익숙해지고 송곳니로 물어뜯도록 만들었다. 이제는 더 이상 개를 묶지 않았고, 손으로 허수아비를 가리키기만 했다.

허수아비의 목에 먹이를 숨기지 않아도 갈가리 찢어 게걸스럽게 집어삼

*boudin noir. 돼지고기를 갈아서 속을 채운 긴 소시지. 우리의 순대와 비슷하다.

키도록 가르쳤던 것이다. 그런 다음 보상으로 소시지를 한 조각 주었다.

이제 세미앙뜨는 그 '사내'를 보는 순간 부르르 떨면서 여주인을 올려다보았다. 그러면 그녀는 손가락을 까딱하면서 "가!"라며 휘파람 소리를 냈다.

드디어 때가 왔다고 판단했을 때, 어머니 사베리니는 일요일 아침에 고해하러 가서 무아지경의 상태에서 열광적으로 성찬식에 참여했다. 그런 다음 늙은 부랑자처럼 보이는 남자 옷을 입고는 그녀와 개를 건너편 해안으로 데려다 줄 사르데냐의 어부와 흥정해서 타협을 봤다.

가방 속에는 커다란 소시지가 하나 있었다. 세미앙뜨는 이틀 동안 아무것도 먹지 못한 상태였다. 늙은 여인은 계속해서 개에게 음식 냄새를 맡게 해 식욕을 자극했다.

그들은 론고사르도에 들어갔다. 코르시카의 여인은 다리를 절름거리며 빵집에 가서 니꼴라 라볼라띠에 관해 물었다. 오래전부터 하던 목수 일을 다시 시작했으며, 가게 뒤편에서 혼자 일하고 있다는 말을 들었다.

늙은 여인은 문을 열고 그를 불렀다.

"어이, 니꼴라!"

그가 돌아섰다. 그때 그녀는 개를 풀고 외쳤다.

"가, 가! 다 먹어치워! 얼른!"

한 마리 짐승이 광분한 채 니꼴라에게 뛰어오르더니 목을 덮쳤다. 사내는 두 팔을 뻗어 개를 거머쥐고는 땅바닥을 굴렀다. 그렇게 몇 초 동안 그는 땅바닥에서 발버둥 치며 몸부림을 쳤다. 그러나 얼마 지나지 않아 세미앙뜨가 송곳니로 사내의 목을 갈기갈기 찢어버리자 움직임이 멈추었다.

그 집 문 앞에 앉아있던 이웃사람 둘은 늙은 거지가 비쩍 마른 검은 개에게 먹이를 주면서 나오는 것을 정확히 보았다고 기억했다.

해질녘에 늙은 여인은 다시 집에 왔다. 그녀는 그날 밤 단잠을 잤다.

• 이 도서의 국립중앙도서관 출판예정도서목록(CIP)은 서지정보유통지원시스템 홈페이지(http://seoji.nl.go.kr)와 국가자료공동목록시스템(http://www.nl.go.kr/kolisnet)에서 이용하실 수 있습니다.(CIP제어번호: CIP2017029862)

개를 읽는 시간

처음 만나는 개 세계문학 단편

오 헨리, 기 드 모파상, D. H. 로렌스 외
지은현 옮김

초판 1쇄 발행 _ 2017년 12월 8일
펴낸이 강경미 | **펴낸곳** 꾸리에북스 | **디자인** 앨리스
출판등록 2008년 8월 1일 제313-2008-000125호
주소 121-840 서울 마포구 합정동 성지길 36, 3층
전화 02-336-5032 | **팩스** 02-336-5034
전자우편 courrierbook@naver.com

ISBN 9788994682280 03800